唐代小説「板橋三娘子」考

唐代小説「板橋三娘子」考

―― 西と東の変驢変馬譚のなかで ――

岡田充博著

知泉書館

目次

序……三
第一章　原話をめぐって……九
はじめに……一〇
一　ヨーロッパ……一一
二　西アジア……三七
三　インド……五二
四　その他――モンゴル・チベット・韓国……六六
おわりに……七七
第二章　物語の成立とその背景……八一
はじめに……八二
一　所載小説集と撰者……八三
二　「板橋三娘子」とその背景……九九
1　汴州・板橋・旅店・驢……一〇〇

2 投宿・店内……一一六
3 幻術――木偶人・種麦……一三三
4 変驢・黒店……一五二
5 帰 路……一六〇
6 詐術・騎驢……一六二
7 華岳廟・復身・遁走……一七七
おわりに……一八六

第三章 中国の変身譚のなかで……一八九
はじめに……一九〇
一 中国の変身譚と変身変化観……一九一
1 人への変身……一九一
2 動物への変身――神仙……二〇〇
3 動物への変身――人間……二三一
4 変身術――化虎譚の場合……二三九
二 中国の変驢変馬譚と「板橋三娘子」……二六五
1 「応報譚」系……二六六
2 『出曜経』系……二九七

3 『カター』『千一夜』系……三二九
4 その他……三六六
おわりに……三七九

第四章　日本の変身譚のなかで……三八三
はじめに……三八四
一　日本の変身譚と変身変化観……三八五
1 古代から近世に至る変身譚……三八五
2 変身術……三九八
二　日本の変驢変馬譚と「板橋三娘子」……四一二
1 「応報譚」系……四一二
2 『出曜経』系……四三五
3 『カター』『千一夜』系……四五二
4 その他……四八五
おわりに……四九三

結　語……四九五

附論1　『出曜経』遮羅婆羅草・『毘奈耶雑事』遊方の故事とその類話……五〇一
附論2　「板橋三娘子」校勘記……五二七
附論3　古代ギリシアの変身観　ノート……五四一
あとがき……五五三
参考文献……五六一
「板橋三娘子」考　略年表……75
索　引……1

唐代小説「板橋三娘子」考

――西と東の変驢変馬譚のなかで――

序

李白や杜甫を筆頭に、名立たる詩人達が輩出した唐王朝の世紀は、詩の時代と呼ばれる。しかし七世紀初頭に始まるこの三百年は、小説という中国文学史上に遅れて登場したジャンルが、目覚ましい発展を遂げた時代でもあった。断片的な記録に近い水準にあった六朝期の志怪・志人小説の後を受けて、構成や表現の工夫・フィクションの意識を備え、現代的な意味での「小説」らしい作品が誕生したのは、他ならぬ唐代であった。志怪の流れを継ぐ怪異譚や神仙譚はもとより、夢と現実、純愛と背信、あるいは剣侠や仇討ちの物語など、六朝小説を遙かに凌ぐ多彩な世界が、そこには華開いている。

そうした唐代の作品群のなかに、動物が人に変わる、あるいは人が動物に変わる変身の物語がある。中国の変身譚は、動物が人に変わる前者の話が主流をなすとはいえ、後者のうちにも、古典として読み継がれる魅力的な作品が残されている。たとえば、日本の作家の心を捉え、上田秋成「夢応の鯉魚」や中島敦「山月記」の名作を生み出すこととなった、「魚服記（薛偉）」「人虎伝（李徴）」は、いずれもこの時代のものである。

ところで、現在も輝きを失うことのないそれらの変身譚に混じって、「板橋三娘子」と題する不思議な一篇がある。知名度では、無論「人虎伝」や「魚服記」に遠く及ばない。総字数は八百字にも満たず、短篇によって占められる唐代小説の中でも、短い部類に属していよう。しかしこの物語の背後には、実は予想を越える広汎な類話の分布と、解明を待つ多くの謎が横たわっており、そうした面白さからすれば、あるいは唐代随一といって過言でないかも知れない。舞台は汴州（河南省開封）の板橋、ここで小さな宿屋を営む女将の名が、タイトルに見える三娘子である。旅人を驢馬に変える妖術が登場するその内容を、先ずはあらすじで紹介しておくことにしよう。

唐の時代、汴州の西に板橋店という宿場があった。そこの女将の三娘子は、年のころは三十過ぎ、やもめの独り暮らしで素姓もわからない。小さな宿屋を営んでいるのだが、なぜか裕福で驢馬を沢山飼っている。旅人たちは、親切で評判のこの宿によく泊まった。

ある時、趙季和という男が、洛陽に向かう途中ここに宿をとった。三娘子は泊まり客たちを手厚くもてなし、夜になると酒が出た。下戸であった季和も、宴席の賑やかな談笑には加わった。

夜も更け、客たちは皆酔いつぶれて眠ってしまったが、彼だけは寝つかれない。寝返りを打つうち、壁ごしに三娘子の部屋から何やら物音が聞こえてくる。そこで壁のすき間からこっそり覗いてみると、三娘子が明かりをつけ、箱から小さな犁と木の牛・人形を取り出し、かまどの前に置いてプッと水を噴きかけた。すると牛と人形が動き出し、土間を耕し蕎麦の種まきをする。蕎麦はたちまち芽を出し、花を咲かせ実がなる。彼女は、それを人形に刈り取らせ、脱穀して臼で挽かせた。そしてその粉を使って、焼餅（シャオピン）を数個こしらえた。

翌朝、その焼餅が食卓に並んだ。胸騒ぎがした季和は、朝食をとらずに早々に宿を出て、物陰からこっそり中のようすを窺った。すると、焼餅を食べた客たちは、嘶（いなな）いて見る間に驢馬に変わってしまったのである。三娘子は驢馬を店の裏に追い込み、客たちの金品を奪い取ってしまった。だが、彼はこのことを人に知らせなかった。内心その術をうらやましく思ったからである。

一か月あまりして洛陽からの帰り途、季和はそっくりの焼餅を別に用意して、また板橋の同じ宿に泊まった。その晩は他に客もなく、三娘子のもてなしは、いつもに増して手厚かった。翌朝、例の製法の焼餅が、大皿に盛って出される。が、季和は彼女の隙を窺って、その一つをあらかじめ用意の焼餅とすり替えた。そして皿から掠（かす）めた焼餅を、言葉巧みに彼女に食べさせた。一口頬張ると三娘子はたちまち土間に這いつくばり、嘶いて驢馬になってしまった。彼はその驢馬に跨がり、旅を続けることにした。人形も奪って試してみたが、これは上手くゆかなかった。

四年後、季和は三娘子の驢馬に乗って、華岳廟の近くを通りかかった。すると、不意に現われた一人の老人が、「板橋の三娘子よ、何でそんな姿になり果てたのじゃ」と大笑いし、彼に向かって言った。「これは確かに過ちを犯したが、あんたの仕打ちも手ひどい。可哀そうじゃから、許してやってくださらんか」。そして驢馬の口と鼻に両手をやって、力まかせに引き裂くと、中からもとの姿の三娘子が飛び出した。彼女は老人を伏し拝むと走り去り、どことも行方が知れなくなってしまった。

この物語は、中国の変身譚としては一風変わっている。なぜなら、中国の小説や筆記にみえる変身が、人形の小道具や不思議な食物を使うことはまず無いからである。妖術使いの三娘子から私たちがふと思い浮かべるのは、唐の宿場町からは遠く離れた、西の異国の魔女の姿ではないだろうか。あるいは、視線を逆に東に向けてみるならば、よく似た話が日本にもあることに気づく。東北から九州にわたって広く分布する、「旅人馬」の昔話がそれである。要するに、三娘子をめぐって原話や伝播の問題に足を踏み入れようとする時、対象となる世界は中国のみに止まらず、国境を越えて遠く広がってゆく気配を見せるのである。

唐代小説にあって異色のこの変身譚は、日本の民俗学の巨人、南方熊楠に早く注目された。一九一三年、『郷土研究』一巻九号に発表された「今昔物語の研究」は、『今昔物語集』の諸説話の典拠を探った労作であるが、その中の変馬譚に関する考証において、日本・ヨーロッパ・インドの類話とともに「板橋三娘子」の名が挙げられている。(1)この先駆的な業績のあと、断続的にではあるが注目すべき論考が発表され、原話・類話については、重要な新資料が明らかになった。ただ、多くはヨーロッパあるいは日本の神話・民話に関する研究中の論及であり、そのため、肝腎の唐代小説の研究者には、意外なほど知られていない。また折角の貴重な諸論考も、他分野の研究については目配りが十分でなく、加えて「板橋三娘子」についての専論でもないため、多くは断片的な指摘にとどまっている。

そこで本書では、これら先行研究の成果を再検討し統合する試みから始め、原話の伝播とその後の変遷、物語の成立事情をめぐる諸問題など、この作品を総合的に論じ直してみることにしたい。論の構成としては、第一章「原話をめぐって」、第二章「物語の成立とその背景」、第三章「中国の変身譚のなかで」、第四章「日本の変身譚のなかで」の四つの柱を設ける。そして第一章では、先ず「板橋三娘子」の原話と類話を、ヨーロッパ・西アジア・インドなどの諸国に求める。第二章では、「板橋三娘子」の精読を通じて、この物語を成立させた唐代の社会的文化的背景を探る。続いて第三章と四章では、中国国内における「三娘子」の類話・翻案の創作、さらには物語の日本への伝播とその後の展開を辿ることにする。

分け入るほどに深く、様々な領域へと連なるこの研究対象は、実のところ、私一人の手には余るものがある。

しかし、物語が秘める多くの謎と広域にわたる伝播の状況について、その概略を示しておくことは可能であろうし、そこから新たに浮上する問題も少なくない筈である。たった一篇の変身譚をめぐって終始する、その意味では狭く小さな論考であるが、この物語の世界をくぐり抜けることによって眼前に広がる、遙かな眺望を描いて見せることができたらと考えている。

（1）「板橋三娘子」に言及した論考としては、実は南方熊楠よりも早く、高木敏雄「今昔物語の研究」がある。明治大正期、比較神話伝説研究の第一人者として活躍した彼は、『郷土研究』の創刊号に赤峯太郎のペンネームでこの論文を載せ、『今昔物語集』中の変馬譚の出典として、三娘子の話を挙げている。これに対して、さらにヨーロッパの資料等の存在を指摘してみせたのが、南方論文である。

高木・南方両論考の発表の経緯については、増尾伸一郎「説話の伝播と仏教経典――高木敏雄と南方熊楠の方法をめぐって」（『中国学研究』第二五号、二〇〇七年）に詳しい。

第一章　原話をめぐって

はじめに

「板橋三娘子」の物語は、人を驢馬に変える妖術に何処か異国の趣きを漂わせている。では、その異国の場所と元になった話については、これまでどのように考えられてきたのであろうか。またそれらの諸説は、どのように統合させることが出来るのであろうか。本章では、先行研究の成果に基づいて「三娘子」の類話を世界各地に求め、原話の所在を探ることにしたい。

一　ヨーロッパ

「板橋三娘子」の原話を中国以外に尋ねようとする時、魔女と変身術というモチーフから想起されるのは、第一にヨーロッパであろう。古くギリシア・ローマの昔から伝えられる多くの変身譚は、後世の伝説や文学に大きな影響を与えている。人から驢馬への変身譚に関しても、当然この地が原話の有力な候補となる。本章の考察も、先ずはヨーロッパから始めるのが順当であろう。

初期の研究が「板橋三娘子」との関わりで挙げる資料は、いずれもヨーロッパのものである。一九一三年、「今昔物語の研究」で「三娘子」に注目した南方熊楠が、変驢譚の原話として紹介したのは、ローマのアプレイウスの小説『メタモルフォーセーズ』（別名『黄金の驢馬』、『金驢篇』）であった。それから三十数年後の一九四七年、中国の楊憲益に『零墨新箋』（中華書局）所収の「板橋三娘子」[1]がある。楊氏はここで、ホメロスの叙事詩『オデュッセイア』に見える魔女のキルケ（キルケーとも表記される）の話を、『メタモルフォーセーズ』に加えて最も古い原話として挙げている。そしてこの楊氏論文とほぼ時を同じくして、翌一九四八年、『歴史』第一巻三号に発表されたのが、佐々木理「驢馬になった人間」であった。[2]ギリシア神話学者の佐々木氏のこの論文は、アプレイウスの『メタモルフォーセーズ』について論じられたものであるが、末尾で「板橋三娘子」との類似について触れ、あわせて『オデュッセイア』のキルケにも論及している。日中の研究者によって指摘されたこの二つの資料について、最初に『オデュッセイア』の方から見てゆこう。

古代ギリシア最大の詩人、ホメロス（紀元前八〇〇年頃）の作になる『オデュッセイア』は、トロイア戦争の勇将オデュッセウスを主人公とする。叙事詩の前半は、海神ポセイドンの怒りに触れ、妖精カリュプソの島に留め置かれていた彼の、故国イタケーに向けての十年にわたる苦難の船旅が中心をなす。その波瀾万丈の漂流冒険譚のなかで、第一〇歌に魔法使いとして登場するのが、アイアイエの島に住む美しい髪の女神、キルケである。

アイオリエの島で怪力のライストリュゴネス一族の襲撃を受け、オデュッセウスの一行は多くの仲間を失ってしまう。命からがら逃げ延びた彼らが、やっとたどり着いたのがアイアイエの島であった。オデュッセウスは部下を二組に分け、その一隊をエウリュロコスに指揮させ偵察に向かわせるが、ここには、人を獣に変える恐ろしい魔法の使い手、キルケが住んでいた。そうとも知らず彼女の館を訪れた一隊は、機を織るキルケの美しい歌声に惹かれて案内を乞い、次のような悲劇が起こる(3)。

一同は声をあげて案内を乞うた。すると歌の主（ぬし）は直（す）ぐに出てきて、美しい扉を開け中へ招じてくれたので、一同は何も知らぬまま彼女の後に随って中へ入ったが、エウリュロコスのみは、何か企みがあるのを予感して後に残った。キルケは一同を中へ招じ入れると、ソファーと椅子をすすめ、彼らのために、チーズと小麦粉と黄色の蜂蜜とを、プラムノスの葡萄酒で混ぜ合わす。その上さらに、故国のことをすっかり忘れさせるために、恐ろしい薬をその飲物に混ぜた。一同がすすめられるままに飲み乾すや、キルケは直ぐに彼らを杖で叩きながら、豚小屋へ押しこめてしまった。今や彼らは頭も声も毛も、またその姿も豚に変わったのだが、心だけは以前と変わらぬままであった。こうして泣きながら小屋に閉じこめられている彼らに、キルケはどんぐりの類（たぐ）いやみずきの実など、地べたに寝る豚の常食とするものを餌に投げ与えた。

一人逃げ帰ったエウリュロコスから話を聞いたオデュッセウスは、単身、部下の救出に向かう。その途中、ヘルメイアス（ヘルメス）神が美しい青年に化して現われ、キルケに立ち向かう術を教え、魔法から身を守る薬草モーリュ(4)を手渡してくれる。キルケの館を訪れたオデュッセウスは、このヘルメイアスの助言にしたがって、彼女と対決する。以下、再び翻訳によって続く展開を見ておこう。


女神はわたしを中へ案内すると、銀の金具のついた高椅子をすすめてくれた――見事な細工を施した美しい椅子で、足下には足台が置いてある。それから、わたしに飲ませようと、金の盃でキュケオーンを調合し、心中に悪巧みをめぐらしながら、それに毒を混ぜた。しかし、彼女が飲み物をわたしに手渡し、わたしがそれを飲み干した時――わたしには魔法が利かなかったのだが――キルケは棒でわたしを打ち、こういった。

『さあ、豚小屋へ行って、仲間と一緒に寝ておいで。』

こういった途端に、わたしは腰の鋭い剣を抜き放ち、切り殺さんとの勢いを示して、キルケに躍りかかった。彼女は大声をあげてこちらの足許へ駈け込むと、わたしの膝にすがりおろおろと泣きながら、翼ある言葉をかけていうには、

『そなたは一体、何処から来たどういうお人です。国はなんという町で、親御は何処におられる。そなたがこの薬を飲んで魔法が利かぬとは、全く驚くばかり、これまでこれを飲んで、一たび薬が歯の垣根を越えたが最後、薬の魔力に耐えた者は一人だになかった。そなたの胸には、魔法のかからぬ心が宿っているのであろう。思えば黄金の杖持つアルゴス殺しの神が常々わたしに、オデュッセウスなる者が船脚速き黒塗りの船に乗って、トロイエからの帰途、ここへ立ち寄ると話していたが、そなたこそその知謀豊かなオデュッセウ

スに相違あるまい。さあ太刀は鞘におさめておくれ、そうしてから二人でわたしの寝台に上がり、愛の契りを交わして、互いに心を許し合おうではないか。』

こういうキルケに、わたしは答えていうには、

『キルケよ、優しくしてくれなどと、よくもわたしにいえたものだな、この屋敷で部下たちを豚に変え、またこのわたしをここに留め、裸にしておいて男子の精気を奪い、役立たずにしようなどと、善からぬ企みをめぐらし、寝所に入ってそなたの寝台に上がれと誘うようなあなたがだ。女神よ、あなたが今後わたしに危害を加えるようなことは一切考えぬと、敢えて堅い誓いをする気になって下さらぬ限り、あなたの閨に入るつもりは毛頭ない。』

こうわたしがいうと、キルケは直ぐにわたしの望む通り、そのようなことはせぬと誓言した。キルケが誓い、誓い終えた時、始めてわたしは彼女の豪奢な寝台に上がった。

こうしてキルケと愛を交わした後、オデュッセウスは、豚の姿になった部下たちを別の塗り薬によって人間にもどらせ、彼女のもとに一年にわたって留まることになるのである。

『オデュッセイア』のこの話は、人を獣や家畜に変える魔女が登場するという点では、なるほど「板橋三娘子」と共通する要素を持っている。しかし、キルケの使う魔法は薬を飲ませ杖で叩くという単純なもので、三娘子の手の込んだ焼餅の製法とは異なる。また、変身も人から豚へであって、驢馬ではない。それに何より、話の後半には彼女とオデュッセウスの性愛・恋愛という、全く違った要素が加わってくることになり、計略によって魔女を動物に変えてしまうくだりは見当たらない。したがって私たちは、キルケとその魔法を三娘子の遠い始原に想

定することはできても、これをそのまま原話と認めるわけにはゆかない。

なおキルケの話は、時代を下って、ローマのオウィディウス（前四三―後一七、八）の『変身物語』巻一四にも見えている。しかし、豚にされてしまった部下の回想として語られるその一節は、細部において異なる箇所を持つものの[5]、大筋は『オデュッセイア』と同じであり、残念ながら、「三娘子」の原話に関わる新たな内容が探りだせる訳ではない。ただこの物語では、彼女の求愛を拒絶したために啄木鳥にされてしまった、イタリアの美男の王ピクスの話が、続いて紹介されている。恋の情熱に溺れやすいこの女神の性と愛、彼女があわせ持つ善と悪、友好と敵対といった両面性については、もう少しヨーロッパの変身譚をたどった上で論及したい。

またこの他、アポロドーロス（一、二世紀？）の『ギリシア神話』も、「摘要」第七章にキルケの同じ話を載せる。魔術による変身が豚に限られておらず、その中に驢馬が含まれる点は注目されるが[6]、話の内容は『オデュッセイア』の要約に過ぎない。

このように、『オデュッセイア』およびそれを受け継ぐ二書のキルケの話が、直接の原話とは認めにくいとすると、もう一つの『メタモルフォーセーズ』の方はどうであろうか。ローマの文学者アプレイウス（一二三―？）によって著されたこの小説は、ルキウス（あるいはルーキオスとも）という若者が主人公である。

魔法幻術の都として知られるテッサリアに所用で出かけたルキウスは、知人から紹介されたミロオの屋敷で世話になる。ところが、このミロオの妻パンフィレエは魔法使いで、夜になると耳木菟（みみずく）に姿を変えて、思いを寄せる男のもとに飛び去ってゆく。それを知ったルキウスは、魔法を盗んで自分も鳥になってみたいと考える。そこで懇ろな仲となった下女のフォーティスをそそのかし、パンフィレエの留守をねらって彼女の部屋から魔法の塗膏（ぬりあぶら）を盗み出させる。このくだりも翻訳を借りて読んでみよう[7]。

……娘はすっかりびくびくもので部屋に忍びいり、筐の中から小箱をとり出しました。それを私は受けとるなり先ず胸に抱きしめ接吻（くちづけ）をして、自分にも何とぞ首尾よく羽根が生えて飛べるようお許しをと祈り上げつ、早速著てた衣類をすっかり脱ぎすてると、急（せ）かせかと手を突っこんで塗膏をしこたましゃくい出し、体中くまなく塗りたくりました。

そいでかわりがわり両腕をしきりに振ってみては、今にももう同じような鳥になれようかと待ち構えていたのですが、とんと小羽根一つも、翼はいうまでもなく、生えてくるどころか、見る見る髪の毛は硬くつっぱって荒いたてがみとなり、しなやかだった膚もざらざらした皮に変り、手足の先は五本の指がみんな合さって数が減りたった一つの蹄になると、背筋の末にも大きな尻尾がにょきにょきと生えてるのでした。

もう顔もおっそろしく変って口は長く延び、鼻の孔も大きく開き、脣は垂れ下がり、耳まで異様に大きくなって粗毛に被われてます。

実はフォーティスは慌てるあまり、よく似た小箱に入った、驢馬になる塗膏を盗み出してしまったのである。彼女の間違いから思いもかけない姿になってしまったルキウスは、その後、山賊の手に渡って殺されかけたり、人語を解する珍しい驢馬として見せ物に出されるなど、様々な辛苦と波乱の遍歴を体験する。そして最後は、イーシス女神の慈悲により、解毒の働きを持つバラの花を食べて人間の姿に戻り、女神に仕える僧侶となって物語は幕を閉じる。

人が驢馬となる変身譚という点では、アプレイウスのこの小説は、最も早い時期の資料として貴重である。しかし物語の内容には「三娘子」と重なり合うところがなく、両者の距離は、『オデュッセイア』のキルケの話よりも遥かに大きいと言わざるを得ない。したがって、原話はさらに他に求められることになろうが、別の文献に目を移す前に、一つ付け加えておきたい事柄がある。

いま『メタモルフォーセーズ』を、最初期の変驢譚として紹介したけれども、実はこの小説には基づくところがあったようである。作者のアプレイウスは、物語の冒頭で「さてこれから、私が御存じのミレトス風な物語に種々様々なお噺を織りあわせ、御贔屓（ごひいき）にして下さる皆さんのお耳をたのしいさざめきでうっとりさそう、というわけなのですが」と述べている。この「ミレトス風な物語」のなかに、先行する類似した変身譚の存在が推測されるのである。

ミレトスは、現在のトルコの西端部、エーゲ海に望むイオニア地方に位置し、ギリシア時代に都市国家として栄えた。当時の政治・経済・文化の中心であり、タレスを祖とする自然哲学のミレトス学派を生んだことでも知られる。紀元前四九四年、ペルシアの侵攻を受けて陥落し、以後は往時の繁栄を取り戻すことができなかったと言われるが、ヘレニズム・ローマ時代を通じて商工業が盛んで、海外貿易あるいは小アジア内陸部との交通の要地でもあった。この地では様々な綺譚が好んで語られたようで、それらは「ミレトス噺」と総称される(8)。アプレイウスのいう「ミレトス風な物語」とは、これを指している。

「板橋三娘子」について考える際、アプレイウス『メタモルフォーセーズ』の存在は、ことさら強調される必要はなかろう(9)。しかし、このミレトス噺は、私たちの想像をかき立てて止まない。ギリシアと小アジアをつなぐ交通の拠点ミレトスには、各国から様々な説話が流入し、この地で豊かな脚色を加えられた後、さらに東へ西へと伝えられていったに違いない。当時この地で語り伝えられた綺譚のなかには、西アジアやインド、さらには後に中国の「三娘子」ともつながる、変身の物語があったかも知れないのである。ただ、残念ながらミレトス噺は現在わずかな断片を残すのみで、これ以上のことを知る術がない。広がる想像は想像に留め、再び文献資料に戻ることにしよう。

さて、アプレイウスの小説に続く古い資料として挙げられるのは、論文「驢馬になった人間」より五年後、佐々木理氏が「黄金驢馬」(『名古屋大学文学部研究論集』四、一九五三年)で紹介された、アウグスティヌス(三五四―四三〇)の『神の国』である。ローマのキリスト教会の教父であった彼は、晩年の大冊に次のような記事を書き留めている。(10)

わたしたちがそれらの話を信じてはならないと言っても、何かそのような類のことをたしかに聞いたとか、自分で経験したとか主張する人々は今日においてもいないわけではない。じっさい、わたしたちがイタリアにいたときも、その国のある地方からそのような話を聞いたことがある。その地方では、悪しき術に通じている宿の女主人たちが、自分たちが望んだりあるいは可能な場合に、よく旅人にチーズを与えたが、そうするとたちどころに旅人は駄獣に変わり、必要なものを何でも運び、その仕事がすむと再びもとにもどったそうである。だが、心は動物にはならず、理性的かつ人間的なままであった。これは、アプレイウスが、『黄金のろば』という題の書物の中で、自分の身に起こったこととして、薬を飲むと心は人間のままでろばになったと書いていることであるが、あるいはつくり話かもしれない。

不思議な食べ物の製造法、旅人の計略などの要素はここにはない。しかし、宿の女主人が客を騙して妖しげな食物を与え、家畜に変えてしまうという点は、「三娘子」とそっくりである。おそらく女神あるいは魔女の古い神話伝説を起源としつつ、それが現実の旅の危険性に引き寄せられて、このような伝承を生んでいたのであろう。『神の国』が記すこの話は、その後も形を変えて語り伝えられていったようで、イタリアのトスカーナ地方には、「ロバになって働く魔女姉妹」の民話が伝わっている。(11) また篠田知和基『人狼変身譚——西欧の民話と文学から』（大修館書店、一九九四年）によると、同じ話が舞台だけ山の宿屋に移して、アルプス山中のサヴォア地方でも語られているという。(12) さらに同書は、一八八八年刊のソーヴェ『ヴォージュ民俗誌』から、次のような興味深い伝承を引いている（第二章、一四九―一五〇頁）。

ヴォージュの魔女は、とある農園の女主人だったが、夜ごと下男が寝ているところへやってきて、くつわを噛ませて馬にして外を走り回るのを常としていた。男のほうはくたくたになって痩せ細ってゆくのだが、夜中のことは少しも覚えていない。疲れはてているので夜になればぐっすり眠りこむ。そこを好きなように馬にされるのだろう。しかしこの下男の様子を同僚の男が不審に思って、ある晩、眠らずに様子をうかがっている。すると女主人がくつわをもってきて仲間の下男を馬にしているので、はは あこれだなと納得がいった。ひとつあの女に思い知らせてやろうと、次の晩は心づもりをして待ち構えている。そこへいつものように女がやってきたので、やにわにくつわを奪いとって女を抑え、女の顔にくつわをあてがうと何と女が馬になった。そこで、その馬に乗って外を走り回り、明け方に鍛冶屋へ寄って、蹄鉄を打ってもらってくる。翌日、人間の姿に戻った女の手足には蹄鉄が打ち込まれていた。

この話では、魔女は宿の女将ではなく農園の主人となっているが、人を馬にして使うというのは『神の国』の話と似ている。また魔女への仕返しには、三娘子の話を思い起こさせるものがあろう。

同様な話はスイスにも拾うことができ、[13] この資料の出現によって、話はさらに「板橋三娘子」に接近する感がある。しかし、問題はそれほど単純ではない。というのは、類似した側面を持ちながらも、ヴォージュの魔女と三娘子は、魔術の方法では逆に大きな違いを生じている。またその成立時期についても、原話といえるほど遡れるかどうか疑問だからである。加えて、これとは別の話群（話型群）に目をやると、ヨーロッパの変身譚と「三娘子」との間には、再び開く距離が感じられるのである。

ヨーロッパにおけるその他の類話については、やはり先ず南方熊楠の論文に頼ることになる。これも時代を大きく下るけれども、「今昔物語の研究」が紹介しているのは、一八八七年刊行のクラウストン『俗話小説の移化』第一巻に載るという、次のようなローマの俗話である。[14]

貧人の二子、林中で大鳥が卵を落としたるを拾うと字を書きつけある。庄屋に見せると、「わが頭を食う者、帝たらん。わが心臓を食う者、金常に乏しからじ」とある。庄屋、自身頭も心臓も食わんと思い、二人に、これはこの鳥を食うとうまいと書いておる、だから強な棒を準備して、かの鳥を俟ち受けて殺せと命ず。かくて翌日二人その鳥を殺し、庄屋を待ち受けて食わんと炙る内、鳥の頭が火の中へ落ちた。焦げたものを庄屋に呈るべきでないと思い、弟が拾うて食ってしまう。次に心臓が火の中へ落ちて焦げたから、兄が食ってしまう。ところへ庄屋が来て、大いに失望して怒り散らして去る。父に話すと、かかる上は他国へ出よと言うので、二人あてもなく旅立つ。それから毎夜旅舎で睡ると、兄の枕の下に金が出て来る。弟その金を持って兄より前に都に入ると、ちょうど国王が死んで嗣王を撰立するところだったが、金の光でこの弟がたちまち王と立てられた。かくとも知らず、兄も都に入って、母と娘二人暮しの家に宿ると、例のごとく枕の下から金が毎夜出る。娘この男を賺(すか)して事実を知り、吐剤を酒に入れて飲ませて、かの鳥の心臓を吐き出さしめ、男を追い出す。詮方なく川畔に歎きおると、仙女三人現われ愍(あわ)れんで、手を探るごとに金を出す袂ある衣をくれる。男愚かにもその金で餽(おく)り物を求め、またかの家へ往く。娘謀してその出処を知り、偽衣を作り、男が睡った間に掏り替える。明旦起き出でてその奸を知れども及ばず。また河畔に往くと、仙女来て、案(つくえ)を打てば何でも出る棒をくれる。また娘の宅へ往き窃(ぬす)まれる。例により例の川辺で、何でも望の叶(かな)う指環をもらう。これが最終だから、取られぬよう注意せよと言われたが、懲りずに娘の宅に往き問い落とされる。娘いわく、そんならわれら二人向うの山へ飛び往き、鱈腹珍味を飲食しょうと望んで見なさいな。よって男その通り、環に向かって望むとたちまち望み叶う。この時娘、酒に麻薬(しびれぐすり)を入れて男を昏睡せしめ、指環を盗み、自宅へ還ろうと望むと、たちまち還り去る。男眼覚めて大いに弱り、三日泣き続けておびただしく腹空(す)けるゆえ、無鉄砲に手近く生えた草を食うと、即座に驢身に化し、両傍に二籃(かご)懸かれり。心だけは確かで、その草を採って籃に容れ、麓まで下りてそこな草を抜くと、たちまち人身に復(かえ)った。よってその草をも籃に入れ、姿を替えてかの娘の宅前に往き、菜を買わぬかと呼ぶ。娘、菜は大好きで、その草を執って嘗(こころ)みると、すなわち驢形に変ず。男これを打ち追って街を通る。その打ちようがあまり酷いゆえ、町人これを捕え王に訴え出る。男その王を見ると骨肉の弟だから、乞うて人を退け事由を談(かた)る。そこで王命じて驢化した女に、兄とともに宅に帰って、従来盗んだ物をことごとく返さしめ、その後霊草を食わせると、もとの人身に復した。

物語後半に驢馬への変身譚が登場するものの、「三娘子」との隔たりは大きい。先の『神の国』が載せるイタリアの話とも、直接結びつく要素はない。

南方が紹介したこのローマの俗話は、ヨーロッパに語り継がれる昔話の或る話群に属する。著名な『グリム童話集』のなかに例を取れば、「キャベツろば」（KHM122）が、よく似た次のようなあらすじである。[15]

むかし、ある若い狩人が森に狩りに出かけ、一人の老婆と出会った。老婆は彼に「九羽の鳥が一枚の合羽を争っている所に行き当たったら、それを鉄砲でお撃ち。合羽は願い事を何でもかなえてくれるし、撃ち落とされた鳥の心臓を呑み込めば、毎朝枕の下で金貨が一枚拾えるよ」と教えてくれる。その言葉に従って彼は合羽を手に入れ、鳥の心臓を呑んで旅に出る。

旅の途中、立派な御殿に住む美しい娘に一目惚れし、狩人はここに宿をとる。しかし、その娘の母親は魔女であった。魔女は娘を脅し、彼を騙して心臓を吐き出させてしまう。次に宝石を採りに遠くの山に、合羽を使って飛んで行かせる。狩人が疲れて居眠りをした隙に、娘は合羽を盗んで一人御殿にもどってしまう。困り果てた若者は、通りがかった大入道の言葉をたよりに山頂にのぼり、雲にさらわれ野菜畑に舞い降りる。空腹の余り畑のキャベツを食べると、何と驢馬になってしまう。そのうち別の種類のキャベツをみつけ、これを食べてみると人間にもどることができた。そこで、このキャベツを使って仕返しをしようと考える。

狩人は変装して御殿にでかけ、魔女と娘とその女中の三人を騙し、キャベツを食べさせ驢馬にしてしまう。粉ひき場に連れてゆかれた三匹のうち、最も酷い仕打ちを受けた魔女の驢馬は死んでしまうが、思い直した狩人は残る二匹を連れ戻し、別のキャベツで人間に戻してやる。娘が跪いてわびると狩人はすっかり機嫌をなおし、二人は結婚して生涯楽しく暮した。

この話群は、実はヨーロッパに広く分布していて、[16] 来源を古く辿ることができる。『ゲスタ・ロマノールム』は、一四世紀前半に成立したラテン語教訓例集であるが、その第一二〇話「ヨナタン」の展開は、「キャベツろば」と極めてよく似ている。[17] さらにこの物語はヨーロッパを離れ、遠くインドの仏典『根本説一切有部毘奈耶雑事』が巻三〇に載せる、自分を騙した娼婦に魔法の「箸」（これを使って触れた物を伸び縮みさせることができる）で復讐する商人の話に溯ることができ、[18] 探索の興味は尽きない。しかし、ここでは話題を今一度、後世に戻すことにしたい。

さて、ルーマニアには「三人兄弟の王様」という話が伝わっており、これも明らかに同系統の話である。長くなるが、これまで紹介されたことのない資料と思われるので、あらすじを記しておく。[19]

むかし、貧乏な男がいた。彼には妻と三人の息子があった。ある日、薪を拾いに森に出かけた彼は、木の上の鳥の巣に、美しく輝く不思議な卵を見つけ、家に持ち帰る。その卵を市場で売ると、びっくりするほどの高値で金持ちが買ってくれ、一家は御馳走を口にすることができた。翌日から男はまた森に出かけ、卵を見つけてはそれを売り、すっかり裕福になった。

ある日、いつものように森に出かけた男は、その卵を産む鳥を見つけ、これを捕らえて帰る。鳥は毎日一個づつ卵を産み、大金持ちになった男は、商売に手を染め遠く海外に旅に出る。ある日、子供たちが遊びながら鳥の羽を裏返してみると、何やら知らない文字が書きつけてある。そこで村の先生のところに出かけ、その文字を読んでもらうことにした。先生は、それを読むや悪だくみを考え、子供たちには無意味な内容だと嘘をついた。実はそこには、「鳥の頭を食べた者は王となり、砂嚢を食べた者は神通力を得、心臓を食べた者は毎朝枕の下に金の入った袋を見つける」と書かれていたのである。

村の先生は、あらゆる手管を使って男の妻に言い寄り、恋仲となるとその鳥が食べたいと持ちかけた。ためらいながらも結局押し切られた妻は、料理人に鳥を料理させる。しかし、腹を空かせた子供たちが台所にやってきて、鳥の頭は長男に、砂嚢は次男に、心臓は三男に、それぞれ食べられてしまう。先生は怒り狂い、子供たちを殺して腹の中の鳥を奪い返そうと、三人を納屋に閉じ込める。神通力ですべてを知った次男は、兄と弟に事情を話し、窓を破って脱出する。兄弟は三叉路で別れるが、長男と次男は再び出会い、ある大きな都にたどり着く。その都では白鳩の占いで新しい王を選ぼうとしているところであった。白鳩は三度飛ばされ、三度とも長男のもとに舞い降りた。そこで長男は王となり、次男は彼を補佐することとなった。国は大いに治まり、その名声は近隣の諸国に鳴り響いた。

一方、三人に逃げられたことを知った村の先生は、地団駄踏んだがどうすることも出来なかった。そうこうするうち、旅から男が帰り、妻の不貞を知ってしまう。彼はあらゆる裁判所に訴え出たが、納得のゆく判決は得られなかった。そこで、評判の兄弟が治めるという国に出かけ、正しい裁決を得たいと考える。裁判の日、男は二人の息子と再会することになり、妻と村の先生は神罰で石に化してしまう。

さて、残された三男は旅を続け、川の中洲の御殿に住む美しい娘のことを知る。その美しい娘と会うには、必ず金を用意して行かなければならないのだが、彼女に恋した三男は、毎日そこに通って大枚をはたく。娘の方は、甘い言葉で金の秘密を聞き出すと、三男に薬を呑ませて鳥の心臓を吐き出させた上、彼を追い出してしまう。その後三男は、釣り上げた魚の腹から、汲んだ水を金に変える不思議な石の器を手に入れ、再び娘のもとに赴く。しかし今度もまた器を奪われ、御殿を追い出されてしまう。

そんな酷い目にあいながら、娘への思いを断ち切れない三男は、さまようちに川辺に出る。川の向こう岸にイチジクの木を見つけ、空腹を癒すためにその実を口にすると、彼の身体は驢馬に変わってしまう。途方に暮れた三男は、丸一日歩き回って腹をすかせ、見つけたイナゴマメを食べる。するとまた元通りの人間にもどることができた。そこで、このイチジクとイナゴマメを採って御殿に引き返し、彼女と仲間の女たちにイチジクを食べさせ、驢馬にしてしまう。三男は、驢馬の群れを引き連れて旅を続け、兄たちの治める国にたどり着き、再会を果たす。長男は三男のために立派な馬屋を建ててやり、驢馬はここで飼われることになる。

ある日、長男が三男に言う、「驢馬をどうするつもりだい。もう十分罰したから、許してやってはどうかね。君のつらい体験はよく承知しているが、驢馬の苦しみも十分だろう。しかも君は、彼女がいないことをとても寂しく思っているはずだ」と。そこで、驢馬にイナゴマメを食べさせると、もとの美しい娘に戻った。娘は長男に感謝し、三男への仕打ちを詫びて言った、「私はこの世で、あなた以外の人に負けたことがありません。ですから、あなたが望まれるのでしたら、私はあなたの妻になりたい。あなたを苦しめたことを、どうぞお許し下さい」。三男は彼女を許し、二人の盛大な結婚式が挙げられた。三兄弟の国はよく治まり、人々は彼らを「三人兄弟の王様」と呼んで称えた。

この説話は、ブカレスト郊外居住の老女によって語られたもので、一八七四年に初めて公刊されたという。したがって採話の年代は、先のクラウストンの著作や『グリム童話』の資料とほぼ重なり、話の基本構造もそれらと全く同じである。目に止まるのは、物語の末尾、女を許して人に戻してやれという長男の言葉で、「三娘子」の老人の台詞と何故かよく似ている。しかし、これはロバになった女を人の姿に戻してやるという、同じシチュエーションの下に生じた一致であって、ここに「三娘子」の原話を探る糸口が潜んでいるわけではなかろう。ただ、川の中洲に住む美しい娘には、物語の女性像のより古い面影が窺われて興味深い。

旅先の御殿に住む美女という設定の背後にあるのは、明らかに娼家の存在であろう。童話の「キャベツろば」では、当然きれいにカモフラージュされているが、「三人兄弟の王様」では美女に会うためには金が必要とされ、そのことがはっきり透けて見える。また、女性が母親と娘の二人に分かれ、母親が〈悪〉の役割を担う「キャベツろば」に対し、「三人兄弟の王様」は、一人の美女が〈善〉と〈悪〉（ないしは〈親愛〉と〈敵対〉）の両面を備えており、『オデュッセイア』のキルケに近い。驢馬から人間に戻った美女の、「私はこの世で、あなた以外の人に負けたことがありません。ですから、あなたが望まれるのでしたら、私はあなたの妻になりたい」という言葉には、オデュッセウスに屈して彼をベッドへと誘う、キルケの台詞を思い起こさせるものがある。つまり右のルーマニアの民話は、この系列の物語に登場する美女が、素姓をたどれば娼家の女であり、さらに遡れば神話の多情な女神にまで行き着くことを教えてくれているのである。[20] 主人公を騙す女性が娼婦という設定は、無論、原話となる仏典『毘奈耶雑事』以来のものではあるが、同時にそこには、ヨーロッパ古代の女神像が受け継がれていることも、見逃されてはならない。

以上、ヨーロッパに伝わる家畜や驢馬への変身譚について通覧してみた。他にもまだ幾つか変驢譚は拾い上げられるけれども、[21]「板橋三娘子」の原話という点では、結局、これぞと思わせる話は見当たらない。[22] ここに紹介した資料を通じて感じるのは、むしろ、「板橋三娘子」に欠ける性愛・恋愛を重要な要素とし、それを軸に展開してゆく、ヨーロッパの物語の特徴であろう。それは、『オデュッセイア』のキルケに始まり、現代に伝わる民話・童話にまで受け継がれているのである。

ところで、このキルケが覗かせる対立的な両面には、善神と悪神が未分化の、太古の神の姿を想起させるものがある。エリッヒ・ノイマンは、その著書『グレート・マザー』において、善と悪、友好と敵対といった対立的要素を包含する太古の女神に、「グレート・マザー（地母神）」の原元型を見ているが[23]、キルケの性格にはそうした遥かな過去に繋がるものが潜んでいよう。ただ、キルケについてのノイマンの分析は、そこに元型から分離したアニマ像[24]の典型を想定しており、次のように述べる（四九―五〇頁）。

アニマが、一見否定的に見え、たとえば、男性の意識を毒して危険におとしいれようと《意図》しているようなときでさえ、肯定的に逆転することがありうる。なぜなら、アニマはいつも負けることになっているから。男を豚の姿に変える誘惑者キルケーは、オデッセイというすぐれた男性に出会ったとき、エディプスに謎を解かれたスフィンクスのようには自殺せず、オデッセイを彼女のベッドに招いたのである。…（中略）…一見《死をもたらす》ように見えるアニマも、変容的性格のプラスの可能性をふくんでいる。

民話の美女が留めている両面性については、こうした観点からの解析も効力を持ち得よう。最後にもう一つ指摘しておきたいのは、キルケの魔術についてである。性愛・恋愛という点においては深く繋がりながら、民話に登場する美女に、魔術の能力が全く失われているのは何故であろうか。善と悪の分離といった理由も、無論挙げられよう。しかしそれ以上に私たちは、これらの物語が、あの魔女狩りで知られる中世近世を潜ってきたことを思い起こすべきであろう。もしも登場する女性が魔術の使い手であったならば、彼女を待ち受ける運命は悲惨な破滅か死以外にない。対立する両面性をキルケから受け継ぎながら、彼女が人間の若者とめでたく結ばれようとするならば、神格を捨てた彼女はさらに魔術をも捨てて、御殿（娼館）の美女とならざるを得なかったのである。

（1）ただし、一九四七年刊の中華書局版は未見。一九八三年刊の香港商務印書館版『零墨新箋』と、同年三聯書店版『訳余偶拾』によったが、両書の「板橋三娘子」論は同一の内容である。

（2）佐々木氏には、この論文の続編として、『名古屋大学文学部研究論集』の第四輯（一九五三年）に発表された「黄金驢馬」がある。本章の考察においても以下幾度か参照するが、大幅な増補によって世界各地の変驢変馬譚が取り上げられており、教示を受けるところが多い。

（3）松平千秋訳『オデュッセイア』上冊（岩波文庫、岩波書店、一九九四年）の翻訳によった。該当箇所は二五七頁。後半の引用は、同二六一―二六二頁。

（4）オデュッセウスをキルケの魔術から救った、薬草「モーリュ」については、プリニウス（二三―七九）『博物誌』に言及がある。中野定雄・中野里美・中野美代訳『プリニウスの博物誌』（雄山閣出版、一九八六年）によれば、次のような草だという。

植物のうちでもっとも有名なものは、ホメロスによれば、メルクリウスが発見し、その力はもっとも強い魔術にも勝ることを教え、神々がそれをモーリュと名づけたものと彼が考えている植物である。報告によるとそれは今日ペネウスのまわりのアルカディアとキュレネに生えているという。それはホメロスが描写した通りで、丸くて黒ずんだタマネギくらいの大きさの根があり、葉はカイソウに似ていて、掘り上げるのはわけがないという。……

（第Ⅱ巻、第二五巻、一〇五九頁）

（5）中村善也訳『変身物語』下冊（岩波文庫、岩波書店、一九九五年、第一刷は一九八四年）を参照した。該当箇所は巻一四の二六一―二七三頁。

『変身物語』の話は部分的に描写が詳しくなっており、『オデュッセイア』とは異なる箇所も見られる。たとえば、『オデュッセイア』では機を織りつつ美しい歌声を聞かせたキルケは、『変身物語』では椅子に腰かけ、妖精たちに薬草を選り分けさせながら、自分もそれを秤にかけて調べている。明らかに、彼女が使う魔術と結びつけるための伏線であり、説話の変遷という点では面白い。ただ、魔術を強調するあまり、キルケの女性としての魅力を削いでしまっているし、特に取り上げるべき相違点ではない。

また、キルケが手にする杖は、人を豚に変える際に頭に触れ、人に戻す際にも薬を塗った上で頭を打つなど、『変身物語』では魔法の道具としての役割が明瞭になっている。魔女が使う杖という点では興味を引かれるが、これも大きな違いではない。

（6）高津春繁訳『ギリシア神話』（岩波文庫、岩波書店、一九六八年、第一刷は一九五三年）によれば、変身の場面は次のようになっている。

彼女は各人に、大コップをチーズ、蜜、大麥、葡萄酒でみたし、魔法の薬を混ぜて、與えた。彼等がこれを飲むと、杖で彼等に觸れ、その姿を變え、ある者は狼、ある者は豚、ある者は驢馬、ある者は獅子にした。（二一二―二一三頁）

（7）呉茂一訳『黄金のろば』上冊（岩波文庫、岩波書店、一九八三年、第一刷は一九五六年）の翻訳によった。該当箇所は、巻三の九三頁。

（8）アプレイウスの小説と「ミレトス噺」については、佐々木理「驢馬になった人間」、および「黄金驢馬」が詳しい。これに従って、いま少し説明を付け加えておくことにする。氏によれば、アプレイウス『メタモルフォーセーズ』と同時期の二世紀、ギリシアの文人ルキアノスによって、長さは十分の一程度であるが、ほぼ同じ内容の作品『ルキオス驢馬』が書かれているという。両者は実は、ギリシアのパトライのルキオスなる人物（生卒年不詳。紀元前一世紀あるいは紀元後一、二世紀？）の作とされる、『変生談（メタモルフォーセオーン・ロゴイ）』を種本とした作品と考えられる。（ただし、この書は散佚して伝わっていない。）そしてさらに、このパトライのルキオスの『変生談』が拠り所としているのが、ギリシアのアリステイデス（紀元前二世紀頃）に代表されるミレトス噺で、現在に伝わる断片的な資料を通じて、アプレイウスの小説につながる驢馬物語を、そのなかに読み取ることができる。

なおミレトスについては、松原國師『西洋古典学事典』（京都大学学術出版会、二〇〇〇年）などによって知識を得た（「ミーレートス」の項、一二五二頁)。

(9) ただ、この物語の後世への影響は、ヨーロッパにおいては大きなものがあったようである。佐々木論文は、それが民間に入り、ヨーロッパの諸地方で民譚となって残っていることを指摘する。そしてアンデルソンの研究書(一九一四年刊)から、チロル地方に伝わる代表的な類話一篇を引いて紹介している(「驢馬になった人間」三〇頁、「黄金驢馬」一七―一八頁)。同じ話は、金田鬼一訳『完訳グリム童話集』(岩波文庫、岩波書店、一九九四年改版第二四刷、改版第一刷は一九七九年)の「ろばの若様」の注(第四冊、一八四―一八六頁)にも、あらすじが紹介されており、次のような内容である。

どこかの百姓女のうちに一人の青年が下男奉公をしていて、これが百姓女の娘にほれこんだ。ある晩、かくれて二人の女の話を立ちぎきしていると、二人は着物をぬぎすて、何やら油薬をからだへぬりつけると、「上へとびだせ、どこへもさわるな」と言いながら、煙だしからとびだして行った。下男もそのまねをして、魔女の遊宴の場へ飛んで行ったが、女ふたりがこれを見つけて、罰として下男を驢馬にして追いはなった。ろばは、粉ひきの手におちて、ほんとうのろば同様にこき使われ、ろばの食べものをあてがわれて、さんざんぶんなぐられた。

だいぶたってから、自分をろばにした魔女ふたりにあうと、ふたりはちゃんと知っていて、娘が、このろばが人間の姿をとりもどす方法はないかと母親にたずねる。方法は一つある。それはキリスト聖体節の行列祈禱の最中に純潔な処女の頭から花輪をうばってそれを食べてしまうことだと母親の答えるのをぬすみぎきして、ろばは、聖体節の当日、行列の中へあばれこみ、なぐられるのを物ともせず、やっと目的を達して処女の髪飾の花環をたべてしまったとたんに、もとのはだかの男の姿にかえった。

明らかにアプレイウスの『メタモルフォーセーズ』をもとにし、そこに魔女伝説が加わった話である。

(10) 第一八巻、第一八章。大島春子・岡野昌男訳『アウグスティヌス著作集』第一四巻(教文館、一九八〇年)の翻訳によった(三〇〇―三〇一頁)。

(11) 日本民話の会・外国民話研究会編訳『世界の魔女と幽霊』(三弥井書店、一九九九年)に載る(一一三―一一四頁)。この「ロバになって働く魔女姉妹」は、イタリアのトスカーナ地方に伝わる民話とされ、アウグスティヌス『神の国』に記されるイタリアの女将の術と似るところがあって興味深い。内容は次の通り。

カパンネッレの近くに、むかし、三人の姉妹が住んでいた。若いときに孤児になったが、両親はなにがしかの土地と、数多くの家畜を彼女たちに遺していた。

この三人の女は年とってからも、自分たちの土地でてきぱきと仕事をしていた。だれもが感心していたし、模範だとされていた。

だが嫉みも買うようになった。近辺の百姓たちはこんなことをいいあうようになった。どうして彼女たちの雌牛はよそのより乳がたくさん出るのだろう？　どうして彼女たちのトウモロコシはいつもりっぱなんだろう？　初めのうちは冗談で、でも、そのうちあまり冗談ではなく、彼女たちは魔女なんじゃないかというようにもなった。

ある年、施肥の季節だったが、夕方には彼女たちの納屋にまだ肥やしが山と積んであったのに、仕事をはじめた夜明けにはもう畑にあることにだれかが気がついた。その噂はあっというまに近所中にひろまった。噂はエスカレートして、とうとう夜のあいだ彼女たちの家を見張ろうということになった。

ふたりの若者が見張りをかってでて、暗くなるとすぐ、住居の入り口近くの植え込みの陰に身をひそめた。待つこと数時間、戸が開くのが見えた。姉妹が出てきた。ひとりが手に小さな壺を持っていて、その中から、指でなにやらゼリー状の塗り薬を取りだし、自分の腕や脚に塗り、あとのふたりにも同じことをした。たちまち姉妹はロバに変身した。そして、肥やしを積むと畑に運んだ。そんなふうにして一晩じゅう働いた。夜が明けかけると、ロバたちはまた薬を塗って人間にもどった。これで、なにもかも説明がついた。

結局、近所に被害を及ぼすわけではないからという理由で、姉妹はそっとしておかれた。

そのときから、彼女たちはチャランドレイのロバとあだ名されるようになり、今でも人々はそのことを覚えている。

一つ間違えば残酷な魔女狩りの犠牲となったであろう彼女たちの変身術は、食べ物ではなく塗り薬を用い、変身も術者自身がロバに変わるものである。しかし、仕事を終えると元の姿に戻るなど、『神の国』の話と共通する部分もあり、そのあたりにイタリアの古い伝承を受け継いでいよう。

ただ、チャランドレイのロバが資料としてこのような価値を持つとすれば、それはまた、『神の国』に記されたイタリアの伝承が、その後「板橋三娘子」に近づく方向には発展してゆかなかったことを、逆に示しているのではないだろうか。

(12)　第二章「女の変身——民話の森の中で」一四二頁。物語のそうした不変性は、『神の国』中の伝承と「板橋三娘子」とが、後で述べるように実は接点を持たないことを示す、一つの傍証であるように思われる。

(13) 馬勒を嵌めることによって馬に変身するという話は、スイスにも伝わっている。スイス文学研究会編『スイス民話集成』（スイス文学叢書、早稲田大学出版部、一九九〇年）には、「魔女の馬勒」と題してドイツ語圏の同様な民話が紹介されている（一一八―一二〇頁）。

この話では馬にされた魔女は、前脚に蹄鉄を打ち付けられながら、馬勒を外して逃亡する。しかし、手の傷によって正体を見破られ、捕らえられることになっている。怪我によって正体がばれるという筋は、人狼や吸血鬼の伝説にも繋がるところを持っていよう。また、男を馬にして乗り回し窶れさせてゆく魔女のイメージには、『オデュッセイア』のキルケなど、ギリシャ神話の魔女以来の性的な要素が潜んでいると思われる。

呪力を持つ馬勒が登場する話は、他にも種々伝えられているようである。篠田知和基「人馬変身譚の東西」（『名古屋大学文学部研究論集』文学三六・通号一〇六、一九九〇年）によれば、教会の築造を妨げようと馬に変身してやってきた悪魔が司祭に馬勒をかけられ、逆に聖なる目的のために働かされるという説話が、少なからずあるという（六頁）。

なお、次節で見る『アラビアン・ナイト』の魔女ラープも、ラバに変身させられた後、主人公のバドル・バーシムに馬勒を嵌められて、やっとおとなしくなっている。「板橋三娘子」では物語からこの部分が消えており、驢馬になった三娘子の従順さが、現代の読者には違和感を覚えさせるのであるが、中国においては、他の変驢変馬譚にもこうした呪力を持つ馬勒は登場しない。日本の場合は、轡や蹄鉄を投げつけられ、当たった個所に馬の毛が生えるという、「旅人馬」の話がある（第四章第二節「3『カター』『千一夜』系」の「旅人馬」の項を参照）。このような差違も興味深いところである。

(14) 「今昔物語の研究」の要約をそのまま引用する。増尾伸一郎氏（東京成徳大学）の教示によれば、クラウストンは、一九世紀イギリスの民俗学者で、文化伝播論を唱えた。同書の原題は“Popular Tales and Fictions, their migrations and transformations.”で、『南方熊楠邸蔵書目録』（田辺市南方熊楠邸保存顕彰会、二〇〇四年）にその名が見える（八七頁）。またこの物語は、同じ南方の論文「鳥を食うて王になった話」では、バスク『羅馬列伝』から引用されている。バスクおよびその著書については未調査。『南方邸蔵書目録』には記載がない。

なお、南方は物語の前半と後半について、それぞれ仏典に見える類話を指摘している。それによれば『根本説一切有部毘奈耶雑事』巻二七には、鳥を食べて王になる話が、巻三〇には、カラスの嘴を長くしたり短くしたりする「箸」を使って、自分を騙した娼婦の鼻を伸び縮めさせる話がある。（『毘奈耶雑事』は、『大正新脩大蔵経』第二四巻・律部三所収。巻三〇の魔法の道具は、原文では「箸」。これにそのまま従ったが、ハシでは腑に落ちないところが残る。南方熊楠は「小枝」と訳している。）また『出曜経』巻一五には、驢馬にされた人を元の姿に戻す薬草の話がある。変驢譚として注目される後者については、本章第三節のインドの項で改めて取り上げることにする。

（15）金田鬼一訳『完訳グリム童話集』第三冊（岩波文庫、岩波書店、一九九四年改版第二四刷）をもとに要約しておく。該当箇所は三九三―四〇五頁。

「キャベツろば」は、『グリム童話集』第二版から初版の「長い鼻」（第二巻、三六番）に代わって収められた話である。「長い鼻」は、二版以降は「背嚢と帽子と角笛」（KHM54）の注に移されたが、やはり食物による体の変形が見られる。それは、リンゴを食べると鼻が伸び、ナシを食べると短くなるというものである。この鼻の伸び縮みは、前注に挙げた『根本説一切有部毘奈耶雑事』の話と同じで、こうした一連の説話の遠い起源を明らかにしてくれる。

グリム童話集初版の翻訳には、吉原素子・吉原高志訳『初版グリム童話集』全四巻（白水社、一九九七年）がある。「長い鼻」は、同書第四巻三四―四〇頁。

（16）「キャベツろば」系の話は、ヨーロッパをはじめとして、世界的な伝播を見せているようである。アンティ・アールネ、スティス・トムソンの『昔話の型』（*The types of the Folktale, A Classification and Bibliography,* Helsinki, 1927）は、五六六番として The Magic Objets and the Wonderful Fruits の項を設け、ヨーロッパ・ロシア・インドからインドネシア・中国、さらにはアメリカインディアンに伝わる類話の存在を指摘している（二〇七―二〇八頁）。

今、邦訳書によって調査してみても、たとえばフランスにおいては、かなりの数の類話が採集されていることが分かる。アシル・ミリアン、ポール・ドラリュ著、新倉朗子訳『フランスの昔話』（大修館書店、一九八八年）は、「魔法の品と不思議な果実」を載せ（一三三―一四五頁）、ここではリンゴを食べると角が生え、ナシを食べると角が落ちる。ポール・ドラリュは、この話に詳細な注釈を付し（三〇三―三一〇頁）、合計二十八の類話を調査したと言う。他に、小澤俊夫編『世界の民話25　解説編』（ぎょうせい、一九七八年）の索引によって検索すると、このシリーズの第一巻『ドイツ・スイス』（一九七六年）にも、「鼻が長く伸びた王女」の話が紹介されている。

（17）前掲『フランスの昔話』のポール・ドラリュ注によれば、一四世紀前半に収集された『ゲスタ・ロマノールム』の写本中に古い類話があり、一五世紀末の『フォルテュナテュスの不思議な物語』（ドイツで作られ、何世紀かの間ヨーロッパ全体で大きな人気を博した大衆小説、原題は『フォルテュナテュス』）のなかにも、この昔話の主な要素が見出される。いずれも「キャベツろば」のような動物への変身ではないが、この話のヨーロッパにおける変遷の歴史と、食物による変形変身の根強い人気のほどを示して興味深い。

なお、インドを起源とするこの話の伝播と分布については、附論1の「『出曜経』遮羅婆羅草・『毘奈耶雑事』遊方の故事とその類話」を参照。

(18) 前注14、15参照。

(19) P. Ispirescu: *Zîma Zîmelor*, Editura pentru literatură, 1966. pp. 218-240
ルーマニアに伝わるこの説話については、横浜国立大学に同国から留学中であったステファン・リーチャヌ君と、御母堂のパリ人類学研究院アウロラ・リーチャヌ博士（心理学）の教示によって知ることができた。博士は原書のコピーをわざわざお送り下さり、その逐語訳をステファン君にお願いした。お二人の御厚意に深謝する。

(20) 古代オリエントの農耕文化にあって信仰された女神（地母神）は、豊穣・生殖・生産を司っており、その宗教儀礼のなかに性的な行為を含むことも少なくない。たとえば、森雅子『西王母の原像——比較神話学試論』（慶應大学出版会、二〇〇五年）によれば、シュメールの女神イナンナの信仰には、王との「聖婚」の儀式があったという（「西王母の原像」五二—五八頁）。ジャン・ボテロ著、松島英子訳『最古の宗教　古代メソポタミア』（りぶらりあ選書、法政大学出版局、二〇〇一年）は、メソポタミアの聖職者に関して、「男神に身を捧げた女性祭祀がいただけではなく、ほかの女性聖職者たちもまた女として男に身を捧げたのである」「もっとも重要なイナンナ／イシュタルが「自由恋愛」を守護し、みずからも積極的に携わったこの地においては、「売春」と宗教との関係は遠くはなかった」（「宗教的振る舞い」二〇一頁）と述べる。
また、早くはエンゲルスも『家族、私有財産および国家の起源』において、「……バビロニアの女は、年に一夜ミリッタの神殿で身をまかさなければならなかった。他の西アジアの諸民族は、娘達を数年間アナイティス〔古代イランの愛の女神—訳者〕の神殿に送ったが、彼女達は、そこで自分でえらんだ愛人と自由恋愛にふけってからでなければ結婚をゆるされなかった。宗教的に粉飾された同様な慣習は、地中海とガンジス河との間のほとんどすべてのアジア民族に共通している」と記している（佐藤進訳『エンゲルス　社会・哲学論集』世界の大思想、河出書房、一九六七年刊による。「第二章　家族」一八〇頁）。
豊穣の女神と性愛の世界に生きる娼婦とは、深く結びつくところがあったようである。

（21）食物による変身という条件を除けば、ロバに変身させられる話は、まだまだ拾うことができる。たとえば、ギリシア神話では、アポロンによって驢馬の耳に変えられたミダス王、戯曲ではシェイクスピア（一五六四―一六一六）『真夏の夜の夢』のボトム、童話では『グリム童話集』の「ろばの若様」（KHM144）、カルロ・コッローディ（一八二六―一八九〇）の『ピノッキオの冒険』など。前掲の篠田氏の論文・著書にも、馬やロバへの変身譚が数多く紹介されている。しかし、「板橋三娘子」と関わりを持ちそうな話は、やはり見出せない。

参考までにもう少し付け加えておくと、栗原成郎『増補新版　スラヴ吸血鬼伝説考』（河出書房新社、一九九一年）には聖サヴァの話が載る（一八六頁）。聖サヴァは、スラヴ地方の古い狼神信仰がキリスト教と混淆して生まれた聖者たちの一人で、狼を守護する「狼の牧者」と呼ばれる。この聖者の性格は激しく、彼の下す刑罰はしばしば不公正であって、ある修道士は、嵐の時に旅に出ないように善意から忠告したにもかかわらず、ロバに変身させられてしまったという。また小澤俊夫編『世界の民話13　地中海』（ぎょうせい、一九七八年）には、バレアレス諸島に伝わる話として「ろばに変身させられた男」が収録されており（三一一―三一四頁）、要旨を紹介すると次のような内容である。ある時、イエスと聖ペトゥルスは老人の姿をして旅を続けていた。彼らに親切にした貧しい寡婦は、サラダ油とパンに不自由しなくなる。しかし、彼らを山犬の餌食にしようとした農家の主人は、ロバに変身させられ、寡婦のところで七年間苦役させられた。

いずれも「板橋三娘子」とは接点を持たないが、後者の話は、弘法大師伝説や、第三章で見る畜類償債譚などと似たところがあって面白い。

（22）「板橋三娘子」との直接的な関わりを確認できる話は、以上の考察による限り、ヨーロッパには見当たらない。しかし、ただ一つ気になる資料がある。

実吉達郎『中国妖怪人物事典』（講談社、一九九六年）は、「板橋三娘子」の項を設けてこの物語を紹介した後、次のようにいう（五六六頁）。

また幼いころ読んだフランス童話「水蓮（ママ）の唄」の結末部分では、妖婆が三つの菓子をつくり、そのうち二つに何やら怪しい薬草を入れ、二人の姫に食べさせようと企（たくら）む。こっそりこれをのぞいていた末の娘の姫は、妖婆が二人の姫を起しにいっているあいだに、その菓子のうち草を入れた方を一つに丸め、何も入れなかった一つを二つに分けて皿にのせておく。そうとも知らずにそれを食べた妖婆は、頭の三つあるブタになってしまう、という場面があったのを思い出す。

趙季和の焼餅のすり替えと同じ趣向が見られ、「板橋三娘子」とつながるとすれば、これは貴重な資料ということになる。ただ、この童話、誰の手になる何時頃の作品なのか皆目分からない。識者の教示を待つことにしたいが、おそらく三娘子の原話というところまで遡れる話ではなかろう。また、内容も「板橋三娘子」とはかなり異なっており、翻案と見なすのもためらわれる。あるいは、本章第三節で紹介する『カターサリット・サーガラ』系の物語が西に伝わり、こうした話を派生させたのであろうか。

(23) エリッヒ・ノイマン著、福島章・町沢静雄・大平健他訳『グレート・マザー　無意識の女性像の現象学』(ナツメ社、一九八二年) 第三章「女性性の二つの性格」。

(24) よく知られているように、「アニマ」はユング心理学の基本的な概念。ユング自身の言葉を借りれば、「アニマとは、いうまでもなく男性の内なる女性的人格要因をあらわすが、同時にまた男性が女性についていだく心像、女性性の元型でもある」(笠原嘉・吉本千鶴子訳『内なる異性　アニムスとアニマ』海鳴社、一九七六年、六四頁)。

二　西アジア

ヨーロッパに続いて、北アフリカから西アジアにかけての一帯に目を移すことにしたい。

驢馬といえば、このアフリカの東北部が原産地であり、古代エジプトにおいては、紀元前三千二百年頃すでに家畜として飼育されていた[1]。また一説によれば、後世は愚鈍の代名詞となって卑しめられるこの動物が、古くエジプトあるいはイスラエルにおいて宗教的な崇拝の対象だったこともあるといわれ[2]、驢馬をめぐる話題には事欠かない。

人から動物への変身については、古代エジプトにもそうした神話や伝承があったようである。たとえば、『オデュッセイア』よりもさらに遠く時代を遡る、紀元前一三世紀の新王国時代の伝承「二人兄弟の話」には、牡牛への変身が見られる[3]。また、魔術に関する話も幾つか残されており、紀元前一七世紀の中王国時代と推定される「ウェストカー・パピルスの小話」のなかには、蝋で作った小さなワニに呪文をかけ、本物のワニにして人を襲わせる術がある[4]。いずれも「板橋三娘子」と関わりあうものではないが、古代オリエントにおける様々な変身・魔術の伝承の存在を想像させてくれる。

この他、楊憲益の論文「板橋三娘子」が紹介する、宋の趙汝适（一一七〇―一二三一）『諸蕃志』巻上の「中理国」の記事も興味深い。中理国は、インド洋に面するアフリカ東部ソマリーランド地域にあり、沿海のソコトラ島を含むと推定されているけれども[5]、趙汝适は、この国の人々が妖術を使い、鳥や獣、あるいは水中の動物に変身すると述べている。[6] 楊氏はさらに、「日食焼麪餅（焼麪や焼餅を常食とし）」とある記事に注目し、「板橋三娘子」の「焼餅」と結びつけているが、これは余りに性急過ぎよう。『諸蕃志』[7]の記事は、海を隔ててアラビア半島に近いこの地域に、変身の妖術にまつわる様々な伝承があったことを示す資料として見るべきで、「板橋三娘子」と直結させるには無理がある。

北アフリカから西アジアにかけての地域は、このように未知の魅力に富むけれども、参照できる資料・研究は限られる。[8] 結局、本節で拠ることができるのは、アラブ世界を代表する説話の大成、『アラビアン・ナイト』ということになる。魔神や魔女、鳥や獣への変身の術が随所に登場するこの物語集が、現在のような形をとったのは一三、四世紀頃、あるいは一六世紀初頭以前といわれる。[9] したがって、文献的には「板橋三娘子」よりかなり時代を下る資料として、先ずは扱わざるを得ない。しかし早くは日本の柴田宵曲、後に劉守華をはじめとする中国の研究者が指摘するように、[10] その中には、「三娘子」と酷似した、注目すべき類話が織り込まれているのである。

『アラビアン・ナイト』の様々な物語のなかでも、「格別の異色と魅力に富んだ一編」（前嶋信次『アラビアン・ナイトの世界』）と言われる作品に、「ホラーサンのシャフルマーン王の物語」がある。「シャフルマーン王の子バドル・バーシムとサマンダル王の娘の物語」、あるいは「海王の娘ジュルラナールとその子バドル・バーシム王の物語」、「『石榴の花』と『月の微笑』の物語」などの別名でも知られるこの物語は、ペルシアの王家と海中に住む王族との二代にわたる通婚が骨子となっている。

ペルシアのホラーサンに都するシャフルマーン王は、女奴隷として連れてこられた海の王族の姫君、ジュルラナール（「石榴の花」の意）の美しさに惹かれ、彼女を妃とする。やがて待望の王子が生まれ、バドル・バーシム

（「微笑む望月」の意）と名付けられる。十七の年、バドル・バーシムは、海のサマンダル王の娘ジャウハラ（「宝石」の意）姫の噂を聞き、彼女を恋して密かに求婚の旅に出る。ジャウハラ姫とは偶然めぐり合うことができたものの、彼女の誤解から魔法によって白鳥にされた彼は、ある国の王に献上され、宮殿で飼われることになる。たまたま王の妃は魔法使いで、白鳥となったバドル・バーシムの素姓を見抜き、もとの人間の姿に戻してくれる。バドル・バーシムは、一先ず故国のペルシアに帰ることにするが、途中嵐に遭って船は難破、三日におよぶ漂流の後、ある島に流れ着く。ところが、この島には魔法使いの女王ラープが住んでいた。

　バドル・バーシムを助け、食べ物を恵んでくれた八百屋の老人（実は、アブド・アッラーフというラープ以上の魔法の使い手）は、彼女が奸智にたけた淫蕩な魔女で、若い男を引き込んで四十夜を共にし、それが過ぎると男に魔法をかけ、ラバや馬やロバにしてしまうことを教えてくれる。しかし、この老人のもとで暮らすうち、バドル・バーシムはラープの目にとまってしまい、結局彼女の宮殿で甘い日々を過ごすことになる。そして四十日たった夜、ラープはこっそり起き上がり、次のような魔術を始める[11]。

……女王は夜半になると、寝床から起き上がりました。バドル・バーシム王はそれに気づいていましたが、あくまで眠ったふりをして、女王が何をするのか、盗み見ていました。すると女王が赤い袋から何やら赤いものを取り出し、それを宮殿のまん中に植え込むと、突然それは海のような流れになりました。ついで女王は、ひとにぎりの大麦を手に取り、地面にまき、流れから水を注ぎました。すると大麦はすぐに成長して穂をつけました。女王は麦穂を取って、粉にひき、ある場所におくと、戻って来てバドル・バーシムのそばで朝まで眠りました。

（第七七五夜）

道具立ては揃っていないけれども、穀物の種をまいて収穫するのは、明らかに板橋の三娘子と同じ術である。[12]ヨーロッパの伝承からは捜し出すことができなかった、三娘子の妖術がここに見られる訳であるが、二つの話の類似はこれだけではない。バドル・バーシムの物語の続く展開を、もう少し追ってみよう。

さて、朝になってバドル・バーシムは、何気ない素振りで老人のもとに出かけ、昨夜のことを話す。すると老人は、サウィーク（麦を焙って粉にし、ナツメヤシの実や砂糖などを混ぜ合わせた食品）を取り出して彼に与え、ラープを逆に計略にかける方法を教えてくれる。そして、宮殿に戻ったバドル・バーシムとラープとのやり取りは、以下のように語られる。[13]

女王はバドル・バーシム王をみとめると、

「ようこそお帰り下されました」

と言って、立ち上がり、王に口づけしてから、

「あなた、遅かったではありませんか」

となじりました。バドル・バーシム王が、

「叔父の家に参ったところ、このサウィークをご馳走になりましたもので」

と答えると、女王は、

「こちらにはそれよりおいしいサウィークがありますわ」

と言って、王のサウィークを皿に移し、女王のサウィークをもう一枚の皿に入れました。そうしておいて、

女王は、

「こちらのサウィークを召し上がって下さい。あなたのサウィークよりおいしいわ」と言いました。そこで王は女王のサウィークをさも食べたそぶりをしました。〔引用者注：老人に教わった通り、彼からもらったサウィークを代わりに食べた。〕女王は王がサウィークを食べたものと思い込むや、水を手にくんで、王にふりかけ、

「これ変態野郎のげす男、この姿から醜い片目のラバの姿に変われ」

と言いました。しかし王はいっこうに変身しませんでした。女王は王が元のままの姿で変身しないのを見て取ると、立ってそばに寄り、王の両目の間に口づけしてから、「私のいとしいお方、ほんの少しあなたをからかっただけですのよ。こんなことで、私に腹を立てないで下さいな」

と哀願しました。バドル・バーシム王は、

「どうして女王さま、もともとから私はあなたに腹を立てたりはしておりません。それどころか、あなたは私を心から愛して下さっていると信じているのです。このサウィークをどうか召し上がれ」

と言いました。〔引用者注：老人からもらったサウィークを差し出した。〕すると女王はサウィークをひと口分取って食べてしまいました。それが女王の胃の中に落ち着くと、女王は身悶（みもだ）えを始めました。バドル・バーシム王は、手の平に水をくみ、女王の顔にふりかけ、

「この人間の姿からまだらの雌ラバに変わってしまえ」

と叫びました。女王はたちどころに雌ラバになった己（おの）が姿を見て、両頬（ほお）にどっと涙を流し、両足で頬をこすりはじめました。

って違いが見られる。

食べ物のすり替えはないものの、これも「板橋三娘子」と同じである。ただ、この後の展開は、テキストによって違いが見られる。『アラビアン・ナイト』の諸本のうち、邦訳によって参照し得るのは、原典のマク・ノーテン版（通称「カルカッタ第二版」）、このカルカッタ第二版に拠ったバートン英訳本、ブーラーク版に拠ったマルドリュス仏訳本の三種類である。[14] 三種のうち前二者では、続いて次のような話になっている。

ラープを逆にラバにしてしまったバドル・バーシムは、これに馬勒（はみ）を嵌めようとしたが、ラバは言うことを聞かない。そこでまた老人のもとに相談にゆくと、老人は別の馬勒をくれる。持ち帰ってラバの口に嵌めてみると大人しくなったので、これに乗って旅立つ。別れに際して老人は、馬勒を決して他の者に渡すなと忠告する。

さて、ある都の近くまでやって来ると、白髪の老人が現われ、家に泊まるよう勧めてくれる。そこで老人について行くと、途中で一人の老婆が現われ、バドル・バーシムのラバが倅の死んだ雌ラバにそっくりだから是非譲ってくれという。しつこく食い下がる老婆をあきらめさせようと、バドル・バーシムはラバの値段を高くふっかける。すると彼女は意外にもその金額を帯から取り出し、バドル・バーシムはラバから下りざるを得なくなってしまう。（第七五五夜あらすじ）

ラバを老婆に手渡すと、彼女は馬勒を外し、ラバに水をふりかけて呪文を唱え、元の姿のラープに戻してしまう。実は老婆は、ラープの母親だったのである。怒ったラープは、仕返しにバドル・バーシムに呪いをかけ、醜い鳥の姿にしてしまう。（第七五六夜あらすじ）

こうしてバドル・バーシムは、ジャウハラ姫と結ばれる前に、もう一つの苦難を体験することになるのである。ところが、このくだりはマルドリュス仏訳本では、次のような簡単な筋になっている。[15]

月の微笑が、牝驢馬になった女王を引き渡すと、老人はその首に二重の鎖をかけ、壁の環に結びつけた。そしてその後、月の微笑を故国に返してやろうと言って、口笛を吹いて四枚の翼を持った魔神を呼ぶ。魔神は月の微笑を乗せ、六か月の道程を一昼夜で飛んで、母の待つ宮殿に彼を送り届ける。

（第五四七―五四八夜あらすじ）

変身が驢馬である点、魔女の仕返しがないという点などからすると、一見このブーラーク版の話の方が、「板橋三娘子」に近いように思われる。しかしラバと驢馬の違いは、物語の構造から言えば、無視できる微小な差異にすぎない。魔女の仕返しについても、カルカッタ第二版の物語を中途で裁断すれば、その部分は消えることになる。となると、むしろここで重視されるべきは、ラバに乗っての旅のくだりと、女王を助け人間にもどしてやる人物の出現ではないだろうか。短話作成の必要上、老婆と魔女から男性主人公に対する敵対性が除去される可能性を想定してみると、カルカッタ第二版の話の方が、「三娘子」との距離を大きく縮めてくることになろう。[16]

このように「ホラーサンのシャフルマーン王の物語」の一節は、物語のポイントとなる箇所で「板橋三娘子」と共通項を持ち、何らかの関連性を有する類話であることは間違いない。ただ問題は先にも述べたように、『アラビアン・ナイト』の成立が「板橋三娘子」よりもかなり時代を下る点である。この「ホラーサンのシャフルマーン王の物語」は、『アラビアン・ナイト』の原典諸本すべてに見える十三の物語の一つで、比較的古い一〇世紀頃のものと推定されている。[17] しかし、それでもなお九世紀後半成立の「板橋三娘子」より遅れる。[18] では、「板橋三娘子」が逆に『アラビアン・ナイト』に流れ込んだ可能性を考えるべきかというと、これは全くの見当違いであろう。よく知られているように『アラビアン・ナイト』は、インド系、ペルシア系の諸説話に、アラビア・イラク・シリア・エジプトなどに伝わる様々な説話、さらにギリシア・ローマの神話や文学が加わり、長い時間をかけて形成されていった物語集である。妃の不貞から女性不信に陥り、一夜を共にした相手を殺害する王に、聡明な美女が毎夜興味をつなぐ話を聞かせてゆくという、『アラビアン・ナイト』全体を構成する枠物語自体が、六世紀頃ササーン朝ペルシアに伝わったインド起源の話に基づくとの説もある。[19] したがって、現在のような形の物語集となったのは遅いけれども、話の起源は古く遡ることのできるものが少なくない。現にこの物語に登場する魔女ラープにしても、先に見たホメロス『オデュッセイア』のキルケとの関連性が、早くから指摘されている。[20] となると、ラープが使う魔術も、いっそう古い起源を持つことは十分考えられる。そしてそうした古い資料が存在すれば、バドル・バーシムとラープのこの話もさらに時代を遡らせ、原話としての可能性をあらためて浮上させることができよう。

さて、ここまでヨーロッパから西アジアへと類話・原話をたどってきたが、古代の説話といえば、やはりインドに行き着く。物語の宝庫として知られるインドは、『マハーバーラタ』『ラーマーヤナ』の二大叙事詩中の挿話、『ジャータカ』や仏典の様々な説話、あるいは寓話集『パンチャタントラ』など、世界の他民族を遥かに凌駕する量と質を誇り、それらは諸国に伝播して大きな影響を及ぼしている。この国には、人から動物へのどのような変身譚が伝わっているのであろうか。次節では、それを見てゆくことにしたい。

（1）　加茂儀一『家畜文化史』（法政大学出版局、一九七三年／初版は改造社より一九三七年刊行）の「家驢とオナーゲル」による（法大版四六一、四七四頁）。加茂氏には、訳書としてコンラッド・ケルレル『家畜系統史』（岩波文庫、岩波書店、一九三五年）があり、こちらも参照した。驢馬については、一〇八―一一二頁。

（2）　佐々木論文「黄金驢馬」には、古代エジプトのセト神が驢馬の頭を持つこと、イスラエルの民に驢馬崇拝の信仰があったことなど、興味深い指摘が見える。しかし、これに関しては左に列挙するように異説が多く、佐々木説には再検討の必要があろう。専家の教示を待つ。

J・チェルニー著、吉成薫・吉成美登里訳『エジプトの神々』（六興出版、一九八二年）は、第一王朝期の墓石に刻まれたセト神の崇拝動物が「いくぶんかロバに似」ており、のち「犬のような伝説上の動物」に変わったとする（三二頁）。マンフレート・ルルカー著、山下主一郎訳『エジプト神話シンボル事典』（大修館書店、一九九六年）も、この神の外観について、最初期の図像がロバに極めてよく似ることを指摘しつつ、慎重に特定を避ける（一二九―一三〇頁）。またステファヌ・ロッシーニ、リュト・シュマン・アンテルム著、矢島文夫・吉田春美訳『図説　エジプトの神々事典』（河出書房新社、一九九七年）は、特定不能な複合的な外観を持つとし、犬科の動物かと推測している（一六八―一七一頁）。

加茂儀一『家畜文化史』（前掲）は、セト神を、南方のヌビア地方から驢馬を伴ってナイル河畔に移住した、東部アフリカの樹上生活者の神であったと見る。後に古代エジプト人が彼らを放逐して王朝を建て、その結果、この異民族の神は驢馬と結びついた悪神の地位に留められたという。驢馬崇拝については、古代エジプトにおいても、西アジアのセム族一般においても、そうしたことはなかったとする（四六三―四六五、四七五頁）。

F・E・ゾイナー著、国分直一・木村伸義訳『家畜の歴史』（法政大学出版局、一九八三年）は、驢馬がもとから軽蔑の対象だったわけではないことを、二、三の例を挙げながら述べている。しかし、驢馬崇拝についての言及はない（四三二頁）。

ジャン・ポール・クレベール著、竹内信夫他訳『動物シンボル事典』（大修館書店、一九八九年）は、ユダヤ教徒や初期キリスト教徒が、彼らの神を「驢馬」の姿として信仰していたことを指摘するが、それは実は驢馬ではなく、敏捷駿足で体格も良いオナガー（オナーゲル、野驢馬なども言い、驢と馬の中間にある半驢に属する）であったとする（三七一頁）。

リチャード・H・ウィルキンソン著、内田杉彦訳『古代エジプト神々大百科』（東洋書林、二〇〇四年）には、「紀元前一千年紀になると、セトの動物は美術表現や文献から姿を消し、セトは頭部にナイフを突き立てられ無力化されたロバの姿で、最も頻繁に表わされるようになる」とある（一九九頁）。とすれば、ロバはセト神に対する崇拝の意味ではなく、忌避の念の現われとして理解されるべきであろう。セトは善悪の両面を持つ、不気味な混沌の神であった。

（3）左記の二書を参照した。

矢島文夫編『古代エジプトの物語』（現代教養文庫、社会思想社、一九七四年）

杉勇訳・三笠宮崇仁解説『古代オリエント集』（筑摩世界文学全集、筑摩書房、一九七八年）

（4）前掲書による。この魔術は、「裏切られた夫」に見える。『古代エジプトの物語』六六―六九頁、『古代オリエント集』四一七―四一八頁。

（5）前章で挙げた楊憲益の論文「板橋三娘子」、あるいは藤善真澄訳注『諸蕃志』（関西大学出版部、一九九一年）、楊博文『諸蕃志校釈』（中華書局、一九九六年）などに考証がある。藤善氏の訳注が紹介するところによれば、中理国の「中理」を「中理」の誤記とし、Somali の音訳と考える陸峻嶺らの説もあるという（一七六頁）。

（6）『諸蕃志』該当箇所の原文と邦訳を、前掲の楊博文校釈（一〇四―一〇五頁）、藤善訳注（一七五―一七七頁）を参考に示しておく。

中理国、人露頭跣足、纏布不敢着衫、…（中略）…日食燒麪餅、羊乳、駱駝乳、牛羊駱駝甚多。大食惟此國出乳香。人多妖術、能變身作禽獸或水族形、驚眩愚俗、番船轉販、或有怨隙、作法咀［詛］之、其船進退不可知、與勸解方爲釋放、其國禁之甚嚴。……

中理国では、人はむき出しの頭に裸足で、布をまとって単衣を着けない。…（中略）…焼麺や焼餅、羊や駱駝の乳を常食とし、牛・羊・駱駝が甚だ多い。大食諸国では、この国にだけ乳香を産出する。人々には妖術が多く、変身して禽獣や水生動物の姿となることができ、無知な世人たちを驚かせ惑わせる。外国の船舶が商売に訪れ、怨みや仲違いが起こると、術を使って呪いをかける。するとその船は進むも退くもままならなくなり、和解につとめてやっと釈き放たれるのであるが、この中理国ではこれを厳しく禁じている。……

なお「牛羊駱駝甚多。大食惟此國出乳香」の一節は、ひとまず藤善訳に従ったが、楊氏の校釈は、『諸蕃志』中には乳香を産する国が多いところから、こうした旧来の読解に疑問を投げかける。氏は「牛羊駱駝甚多、大食惟此。國出乳香」と句読を改め、「大食」をサラセン帝国の国名ではなく、「長食」つまり常食の意味に取るのであるが、上文の「日食……」と内容的に重なり、文章として今ひとつすっきりしない。「作法咀之」については藤善氏の訳注に従い、「作法詛之」の意と理解した。「咀」は「詛」と通用する。

（7）この地域のうち殊にソコトラ島は、妖術使いの島として有名だったようである。前掲の楊憲益、藤善真澄、楊博文の研究が指摘するように、マルコ・ポーロ（一二五四―一三二四）の『東方見聞録』第六章にも、「世界に類のない魔術師」の住む島として紹介されている。（東洋文庫に愛宕松男訳注がある。平凡社、一九七一年、第二冊二三一―二三六頁。）マルコ・ポーロが一例として記している魔術は、風を自由に操って船を島から離れられなくするもので、『諸蕃志』の「作法咀之、其船進退不可知、…」の記事とも重なる。

（8）西アジアあるいは内陸アジアの民話に関する便利な邦訳文献としては、たとえば小澤俊夫編『シルクロードの民話』全五巻（ぎょうせい、一九九〇年）がある。ロバへの変身譚は、そのうち左の三話。

第四巻「ペルシア」

第一〇話「ザッドとザイード」

第五巻「アラビア・トルコ」

アラビア　第二三話「外見変われど中身変わらず」

トルコ　第四三話「じんぞう」

しかし、このうちペルシアとトルコの二話は『毘奈耶雑事』―「キャベツろば」系の話、アラビアの一話は、浮気男が魔術師の妻にロバにされるが、性根は変わらなかったという内容で、いずれも「板橋三娘子」とは繋がりを持たない。詳しくは附論1「『出曜経』遮羅婆羅草・『毘奈耶雑事』遊方の故事とその類話」参照。他にイネア・ブシュナク編、久保儀明訳『アラブの民話』（青土社、一九九五年）も手に取ってみたが「三娘子」の類話は見当たらない。

（9）佐藤正彰訳『千一夜物語Ⅳ』（世界古典文学全集、筑摩書房、一九七〇年）の解説では、一三、四世紀頃のこととする（五四五頁）が、異説も多いようである。『増補改訂　新潮世界文学辞典』（新潮社、一九九〇年）の前嶋信次解説によれば、長い時間をかけて一二世紀頃、『千夜一夜物語（アルフ・ライラ・ワ・ライラ）』とよばれる大長編となったこの物語集は、カイロで最後の仕上げがおこなわれた。そして、そこのマムルーク王朝がオスマン・トルコに征服された一六世紀初頭には、おおよそ現在のような形を整えていたと見るのが、最も有力な説であるという（三六―三七頁）。

(10) 中国の劉守華「《一千零一夜》与中国民間故事」(『外国文学研究』一九八一年第四期)、周双利・孫冰「《板橋三娘子》与阿拉伯文学」(『内蒙古民族師院学報〔社会科学〕』2、一九八六年)などに指摘がある。しかし、実はこれより二十年近くも前、柴田宵曲『妖異博物館　続』(青蛙房、一九六三年/ちくま文庫、筑摩書房、二〇〇五年)の「馬にされる話」に、すでに言及が見える。著者は俳門で活躍した文人であるが、その該博な知識には驚かされる。「馬にされる話」(ちくま文庫本では、二七一—二七五頁)は、日中の研究者の発見に先立って、「板橋三娘子」と『アラビアン・ナイト』の挿話との類似を、最初に指摘した文章ということになる。そしてこの事を、中国の研究者は無論のこと、日本の研究者もずっと気づかずにいたのである。かく言う私自身、ちくま文庫本で最近これを読み、初めて知った次第である。

(11) 引用は池田修訳『アラビアン・ナイト』第一五冊(東洋文庫、平凡社、一九八八年)による。第七五五夜、六八—六九頁。以下、原典のマク・ノーテン版(「第二カルカッタ版」あるいは「カルカッタ第二版」と呼ばれることが多い)に基づくこの翻訳を利用した。

余談になるが、ラープが術を始めるまでの日数の「四十」は、『聖書』においては特別の意味を持っている。たとえば、ノアの箱船の話で、降り注いだ大雨と地上を洗い尽くした洪水は、いずれも四十日四十夜。エジプトの虜囚から逃れ、ユダヤの先祖達が荒野をさすらった歳月が四十年。その旅の途上、神の十戒を受けたモーセがシナイの山頂に籠ったのが四十日と四十夜。また、霊によって荒野に導かれたイエスが行った断食も、「マタイ伝」が記すところでは四十日四十夜である。犬養道子『新約聖書物語』(新潮社、一九七六年/新潮文庫、一九八〇年)の第一章第四節「四十日四十夜」によれば、この「四十」は、ユダヤの民にとって「新生と新しい啓示の、言わば序文的な意味を帯びる数」であったという(文庫本、上冊四四—四五頁)。ラープの話の四十日も、新たな事件を引き起こす契機となる、この数字の旧約時代からの象徴的な意味を受け継いでいると言えよう。

犬養氏の指摘のほかには、井本英一「四十日祭」(『イラン研究』2、二〇〇六年)があり、聖数「四十」をめぐって博引旁証の論考が展開され、教示を受けるところ多大である。氏によれば、イランには死者は四十日後に死んだ場所に帰るとする俗信があり、四十日で死から再生するモティーフは、イラン民話に多く伝えられているという。「四十」は、死からの再生を意味する数字であったことが分かる。

(12) ラープが魔法として持つ、植物の生長をあやつり人を動物に変える能力は、動植物を支配し物質を変容させる、グレート・

マザーの性格を受け継いでいるように思われる。前節で触れた、エリッヒ・ノイマン『グレート・マザー』の第一二章「植物の女主人」、第一三章「動物の女主人」が参考になる。

また、ラープが術に用いる「赤い袋のなかの赤いもの」の赤色は、古代農耕生活のなかで豊穣を祈って行われた、裁断儀礼の犠牲の血を連想させる。裁断儀礼、人身供犠については、ミルチャ・エリアーデ著、堀一郎訳『大地・農耕・女性――比較宗教類型論』（未来社、一九六八年）第四章の第三節「農耕的供物」二三五―二三六頁、第六節「人身供犠」二四五―二四八頁、あるいはアードルフ・E・イェンゼン著、大林太良・牛島巌・樋口大介訳『殺された女神』（人類学ゼミナール、弘文堂、一九七七年）の第一章「原古の神話とその祭儀的表現――オセアニアとアメリカのハイヌヴェレ神話」などを参照。
(13) 池田修訳『アラビアン・ナイト』第一五冊、第七五五夜、七〇―七二頁。
(14) 原典のマク・ノーテン版（カルカッタ第二版）からの翻訳には、前掲の前嶋信次・池田修訳『アラビアン・ナイト』全十八冊（東洋文庫、平凡社、一九六六―一九九二年）がある。バートン英訳本を底本とした翻訳には、大場正史訳『バートン版千夜一夜物語』全十冊（河出書房、一九六七年／ちくま文庫、筑摩書房、全十一冊、二〇〇三―二〇〇四年）があり、山主敏子編訳『アラビアン・ナイト　バートン版』全六冊（ぎょうせい、一九九〇年）は抄訳。マルドリュス仏訳本を底本とした翻訳には、佐藤正彰訳『千一夜物語』全四冊（世界古典文学全集、筑摩書房、一九六四―一九七〇年／ちくま文庫、一九八八―一九八九年）、豊島与志雄・渡辺一夫・佐藤正彰・岡部正孝訳『完訳　千一夜物語』全十三冊（岩波文庫、岩波書店、一九五〇―一九五五年、一九八八年改訂版）がある。
(15) 前掲の豊島与志雄他訳『完訳　千一夜物語』（岩波文庫改訂版）では、第八冊一二六―一二七頁。なおマルドリュス本の翻訳では、バドル・バーシムは「月の微笑」、ラープは「アルマナク」の名称となっており、動物への変身は、雌ラバではなく「牝驢馬」になる。
(16) 前掲の佐藤正彰訳『千一夜物語』（筑摩世界古典文学全集）第四冊の解説によれば、カルカッタ第二版は、エジプトで発見されインドにもたらされた筆写本による刊本で、他の主要な版本も参照して編集されており、大部分の物語についての最も完全なテキストとされる。一方、マルドリュス仏訳本が基づくブーラーク版は、エジプトで発見された筆写本による刊本で、諸版本のなかで最も簡潔と言われる（五四〇―五四一頁）。写本・版本等に関しては、西尾哲夫『アラビアンナイト――文明のはざまに生まれた物語』（岩波新書、岩波書店、二〇〇七年）の第二章「まぼろしの千一夜を求めて」、第三章「新たな物語の誕生」が詳しく、こちらも参照した。

また、Husain Haddawy: *The Arabian Nights*. W.W.Norton and Company, New York London, 1990. は、一四世紀シリア系原写本の復元に成功したムフシン・マフディーの画期的な研究の英訳であるが、ここに見えるラープも人の姿に戻って復讐している（第二六九夜、第一冊四二四頁）。一九八四年に発表されたムフシン・マフディーのこの研究と、フセイン・ハッダウィーの英訳については、杉田英明編『前嶋信次著作選1　千夜一夜物語と中東文化』（東洋文庫、平凡社、二〇〇〇年）所載の、池田修「ムフシン・マフディー版『アラビアン・ナイト』の登場」から知識を得た（四六九―四七五頁）。

(17) これも佐藤正彰『千一夜物語』の解説による（五四〇頁）。なお、前掲の西尾哲夫『アラビアンナイト』（岩波新書）によれば、『アラビアン・ナイト』の原型は、アッバース朝が最盛期を迎えようとする九世紀頃、バグダッドで誕生したとされる。ただ、『アルフ・ライラ（千の夜）』と呼ばれるその物語集は、現在のような大長編ではなく何分の一以下の規模だったようであり、その内容についても極く一部を除いて明らかでない（三五―三七頁）。

(18) 中国の諸研究は、いずれも『アラビアン・ナイト』のこの話を原話と見なしているが、成立年代についての論証はなされておらず、詰めが不十分である。また、次節で紹介するインドの資料、『カターー・サリット・サーガラ』についても言及がない。柴田宵曲「馬にされる話」（前注10）は、『アラビアン・ナイト』のラープの話を紹介しながらも、「板橋三娘子」との関連性については、「軽々に断ぜられぬ」と述べるに止まる。

(19) 前嶋信次『アラビアン・ナイトの世界』（平凡社ライブラリー、平凡社、一九九五年、初版は一九七〇年刊の講談社現代新書）の「Ⅲ　枠物語の三つの由来」に詳しい（五八―一二五頁）。ただ、前嶋氏も指摘されるように、枠物語の形式はインドのみに限られたものではない。それがヨーロッパやエジプトの古代文学にも見られるところから、ロバート・アーウィン著、西尾哲夫訳『必携アラビアン・ナイト　物語の迷宮へ』（平凡社、一九九八年）は、インド起源説に異議を唱える（一〇一頁）。容易に決着がつきそうにない問題ではあるが、いずれにしても『アラビアン・ナイト』に古い由来の話が流れ込んでいることは、ここから推測できよう。

(20) 前掲の前嶋信次『アラビアン・ナイトの世界』の「Ⅴ　若い男を動物に変える女――ラープとキルケー」二二九―二三四頁、ロバート・アーウィン『必携アラビアン・ナイト』の「第三章　物語の大海」一〇二頁は、共にそのことを指摘し論じている。

また、魔女ラープをめぐってキルケと共に思い出されるのは、女神エオスと美男子ティトノスの物語である。曙の女神エオスは、トロイア王家のティトノスの端麗な風貌に魅せられ、彼を東の国に連れ去る。そしてゼウスに願って彼に不死の齢を乞い受け、極洋の流れのほとりに二人で住んで歓楽の時を過ごす。しかし、彼のために不老を求めるのを忘れたため、やがてティトノスは醜く老い、それを嫌ったエオスは彼を一室に閉じこめてしまう。ひからびて小さくなりながら、おしゃべりを止めないティトノスは、とうとう蝉になってしまったという。呉茂一『ギリシア神話』（新潮社、一九九三年、第一刷は一九六九年）三一頁。

ティトノスの変身は魔術によるものではないが、ラープの話と一脈通じるところがあり、『アラビアン・ナイト』の魔女の古い来歴を示すように思われる。

三　インド

変身譚を考えようとする時、インドもまた幾つもの貴重な資料を提供してくれる。

インダス文明の繁栄と衰退に続く、インド古代史上の一大事件といえば、紀元前千五百年頃から始まったアーリア人の西北インドへの進入であろう。インダス川流域のパンジャブ地方で牧畜と農耕の生活に入った彼らは、紀元前一千年頃には、さらにガンジス川上流域にも進出して農耕生活を確立した[1]。このインド・アーリアンの宗教は、『リグ・ヴェーダ』をはじめとするバラモン教諸聖典として伝えられているが、後期のヴェーダ文献最大の遺産、ウパニシャッド哲学（前八〇〇―前六〇〇年頃）には、すでに「業による輪廻」の思想が見られる[2]。言うまでもなくそれは、死を通しての人から動植物への転生であって、魔術等による変身ではない。しかし、この「業」「輪廻」の思想は、ゴータマ・シッダルタ（前五六六―前四八六）によって開かれる仏教へと受け継がれ、後世の変身譚とも深い関わりを持つことになる。

そこで仏教の典籍に注目してみると、輪廻の思想はもとよりのこと、豊富な仏教説話のなかには、驢馬への変身譚も顔をのぞかせている。いずれも先行の諸研究によって指摘された資料であるが、以下、漢訳仏典によってそれらを示しておきたい。

「業」と「輪廻」の思想については、たとえば『成実論』の「六業品」に見える次の一節がある[3]。

業有六種。地獄報業・畜生報業・餓鬼報業・人報・天報・不定報業。…（中略）…畜生報業、何者是耶。答曰、若人雜善起不善業、故墮畜生。又結使熾盛、故墮畜生。…（中略）…又若人觝債不償、墮牛羊麞鹿驢馬等中、償其宿債。如是等業、墮畜生中。

業には六つの種類がある。地獄報業・畜生報業・餓鬼報業・人報・天報・不定報業である。…（中略）…畜生報業とは、何がこれにあたるのか。答えて言う、もし人が善にまじって不善の業を起こすならば、その故に畜生の身に堕ちるのである。また結（煩悩）を盛んに燃え立たせるならば、その故に畜生の身に堕ちるのである。…（中略）…また、もし人が借財をして償わないならば、牛・羊・麞（のろ）・鹿・驢・馬などのなかに堕ち、前世の債務を償うことになる。このような業は、畜生のなかに堕ちるのである。

ここで注目されるのは、前世の借財のために驢馬や馬に生まれ変わり、労役に服してその償いをするという思想である。中国においては、この「宿債」の発想をもとに多数の「畜類償債譚」が生み出されており、[4] 人から驢馬・馬への変身譚の主流を占めている。これを「板橋三娘子」など他系列の話群の消長と比較すると、この国の変身譚の特徴的な一面が浮かび上がってくるのであるが、こうした問題については、第三章以降で論じることにする。

この他、仏典に見える驢馬への変身譚としては、南方熊楠が「今昔物語の研究」で指摘する『出曜経』の話がある。[5]

昔此貴邦有一僑士適南天竺。同伴一人、與彼奢波羅呪術家女人交通。其人發意欲還歸家、輒化爲驢、不能得歸。同伴語曰、我等積年離家、吉凶災變、永無消息。汝意云何、爲欲歸不。設欲去者、可時莊嚴。其人報曰、吾無遠慮、遭値惡縁、與呪術女人交通、意適欲歸、便化爲驢。神識倒錯、天地洞燃爲一、不知東西南北、以是故不能得歸。同伴報曰、汝何愚惑、乃至如此。此南山頂、有草名遮羅波羅、其有人被呪術鎭壓者、食彼藥草、即還服〔一作「復」〕形。其人報曰、不識此草、知當如何。同伴語曰、汝以次啖草、自當遇之。其人隨語、如彼教誡、設成爲驢、即詣南山、以次啖草、還服〔一作「復」〕人形。採取奇珍異寶、得與同伴安隱歸家。

むかし、この貴き国に南天竺に出かけた旅人がいた。連れを一人伴っていたのだが、シャバラ族(6)の呪術家の女性と通じてしまった。彼は、思い立って家に帰ろうとするたび驢馬にされてしまい、帰ることができなかった。

連れの友人が「わしらは何年も家を離れたままで、家族の吉凶や災変については、長いあいだ音沙汰もない。おまえの気持ちはどうだ。帰りたいと思っているのかい。もしここを離れたいのなら、時機をみてしっかり準備せねば(7)」と忠告したところ、その人は答えた。「わしは思慮がないため悪縁に出くわし、呪術家の女と通じてしまった。たまたま帰ろうとすると、すぐに驢馬にされてしまう。頭の中は混乱し、天地が燃えさかって一つになり(8)、東西南北も分からなくなってしまうんだ。そんなわけで帰ることが出来ずにいる」と。同行の友人は言った、「おまえは何と愚かな！　この南山の頂上には、シャラバラという名の草がはえている。呪術にかけられてしまった人がいても、その薬草を食べれば、すぐに元の姿に戻れるのに」と。するとその人は、「わしはその草を知らない。見つけるにはどうしたらいいのだろう」と言う。そこで友人は、「次々に山頂の草を食べてゆけば、自然にその草にゆき当たるはずだ」と教えた。

その人は友人の言葉どおりに、驢馬にされるとすぐ南山に行き、片端から草を食べて人間の姿に戻ることができた。そして珍しい財宝を手に入れて、友人とともに無事に家に帰ることができたのであった。

この話は、施主が得道の聖人にめぐり会おうとするならば、目星をつけて施しをするのではなく、衆人すべてに施す方法を取るべきことの譬えとして引かれている。説話としてはさほど面白いものではないが、人から驢馬への変身譚のなかでは重要な資料となる。というのは、第四章において考察するように、日本の「旅人馬」の原話の一つとなっているからである。

またこの話には、①旅先の地に住む魔法使いの女、②その女が使う人を動物に変える術、③その術への対処法を教えてくれる援助者、④魔術を解く薬草といった要素が揃っている点も興味深い。それは、『オデュッセイア』のキルケの話と構造的にほぼ一致するのである。とはいえ、こうした同一性のみをもとにして、『オデュッセイア』と『出曜経』との結びつきへと、いきなり想像を膨らませるのは無謀であろう。両者の間に横たわる資料的な空白が余りに大き過ぎるし、物語の構造が覗かせる相似性も、説話に共通する一つの基本的パターンとも考えられ、影響関係を示すものとは限らない。ここではこれ以上の穿鑿は避け、類似した構造と発想を持つ同系列の話として、緩やかな括りをかけるに止めておこう。(9)

なお、梁の宝唱（六世紀初）の『経律異相』巻二九にも、『雑譬喩経』中の話として、『出曜経』と同様な話が載せられている。(10)

昔有國王、人身驢首。佛語國王、雪山有藥、名曰上味。王往食之、可復人頭。王往雪山、擇藥噉之、遂頭不改。王還白佛、何乃妄語。佛白王言、莫簡〔一作「揀」〕藥草、自復人頭。王復到山、山中生者、皆自除病、不復簡〔一作「揀」〕擇、噉一口草、即復人頭。

むかし体は人で驢馬の頭の国王がいた。仏がその王にお話しなさるには、「雪山（ヒマラヤ）に薬草があって、名を上味と申します。王様が行ってこれをお食べになれば、人の頭にもどられましょう」と。そこで王は雪山に出かけ、薬草を選んでこれを食べてみたが、結局、頭はもとに戻らなかった。王は帰って仏に「どうして出鱈目を言われるのか」と申し上げた。すると仏は王におっしゃった、「薬草を選び取ることがなければ、おのずから人の頭にもどることができます」と。王はまた山に到り、山中に生えるものはみな病を取り除くと考え、今度は選び取ることをせず、口いっぱい草を頬張った。するとすぐに人の頭に戻ったのであった。

ミダス王(11)を思わせるこの驢首の王の出自は明らかでない。しかし、薬草による人身への復帰という、中国には見られない変身のパターンが、インドにおいてはヨーロッパと同様に一般的だったことを、これらの説話は示してくれていよう。

以上、仏典中の資料を通覧してみた。ヨーロッパの説話との類似性には興味深いものがあったが、しかし、「板橋三娘子」との関わりは薄い。『アラビアン・ナイト』に見られたような、明らかな関連性を持つ資料は他にないのであろうか。

インドには、仏教説話以外にも数多くの寓話・説話が残され、その物語集が伝えられている。わけても名高いのは、一一世紀のカシュミールの詩人ソーマ・デーヴァによって著された、『カターー・サリット・サーガラ』

（「説話の川の海」の意）である。その名の通り、十八ランパカ（巻）、二万二千に達する詩節よりなる大冊であるが、実はこのなかに「板橋三娘子」に似た話がみえる。一九九一年、高橋宣勝「旅人馬」解説文（『別冊国文学41昔話・伝説必携』学燈社、一九九一年）[12]によって指摘されたその話は、長編「ムリガーンカダッタ王子の物語」のなかに織り込まれている。

「ムリガーンカダッタ王子の物語」は、王子の妃探しの物語である。都城アヨーディヤーに住むアマラダッタ王の子ムリガーンカダッタは、悪魔ヴェータ－ラの予言と夢のお告げによって、ウッジャイニーに住む美しい王女、シャシャーンカヴァティー姫が自分にふさわしい相手であることを知る。そこでビーマ・パラークラマら十人の侍臣を供として、姫を求める旅に出る。ところが途中、苦行者を助けて竜族の名剣を奪おうとして失敗、逆に竜の呪いを受けて、一行は散り散りにされてしまう。様々な苦難の末、王子と侍臣たちは再会し、最後にはめでたく目的を果たすのであるが、王子とビーマ・パラークラマとの再会の一段で、パラークラマの体験として次のような変身譚が語られる[13]。

……ビーマ・パラークラマは夜中にチャンダ・ケートゥの家でムリガーンカダッタ王子に話しましたのち、さらに言葉を続けて、

「さて、忠告されましたわたくしは、あなたに会うために、森を出て、あなたが行こうとしておられましたウッジャイニーの都へ参りました。あなたに会うことはできず、ひとりの女の家に宿らせてもらおうとして這入り、食物の代金を女に渡しました。寝床を与えられたわたくしは疲れていましたので暫くの間ねましたが、眼が覚めましたので、好奇心を起して女のすることを黙って見ていました。すると、女は一握りの大

麦を持ち出し、下唇を動かして呪文を唱えながら、家の中に一面に蒔きました。すると、大麦はすぐに芽ばえ、穂を出し、熟しました。女はそれを刈りとり、炒り、粉にして、団子をつくりました。そして、その団子を銅製の皿に盛り、水にひたしたのち、家をもと通りにして、急いで水浴に出かけました。

そこで、わたくしは女が魔女であると考え、素早く起上って、皿に載せてある団子を別の櫃にうつし、まざり合わないように注意して、その櫃から同数の団子を取出して、皿の中に入れておきました。

こうして、わたくしが再び寝床に這入っていますと、女が帰ってきて、わたくしを起して、皿に載せてある団子をわたくしの食事に差出しました。そして、わたくしが取換った（ママ）ことを知らずに、呪文のかかった団子を櫃から取出して、自分も食べました。その団子を食べた途端に女は雌山羊となりましたので、わたくしはそれを牽いて行って肉屋に売りとばしまして、讐をかえしました。

すると、肉屋の女房がやって来まして、怒って、わたくしに申しました。

『お前さんはわたしの友だちをだましましたね。このお返しをきっとお前さんにするからね。』

と、おどされまして、わたくしはひそかに都城を出て、ヌヤグローダ樹の根元に疲れて睡りました。わたくしがこうした状態でいましたとき、邪悪な魔女である肉屋の女房がやって来まして、わたくしの頸に紐を結びつけました。その性悪な女が立去った途端に、わたくしは眼が覚めましたが、見ると、わたくしは孔雀になっていました。……」

明らかに『アラビアン・ナイト』のラープ、「板橋三娘子」と関わりを持つ話であり、しかも、団子のすり替えという点では、『アラビアン・ナイト』以上に「三娘子」に近い。問題は『カター・サリット・サーガラ』の成立が一一世紀（一〇六三―一〇八一年の間）であって、「三娘子」よりも遅れる点であるが、実はこの著作はさらに古い説話集に基づいている。

ソーマ・デーヴァ自身が冒頭の詩頌に記すところによれば、彼のこの書は、『ブリハット・カター』（『大説話』と訳される）という説話集の忠実な改稿であるという。[14]『ブリハット・カター』原本は現存しないが[15]、この物語集は二、三世紀頃に、アンドラ王国のグナーディアという人物によって著されたと伝えられる。[16]つまり、「三娘子」よりも遙かに時代を遡る成立ということになる。もっとも、グナーディアと『ブリハット・カター』に関する伝承は、神話的な要素を含んでいてそのまま事実とは認め難く、文献学的にもこの説話集の成立年代は、六世紀以前としか言えないようである。[17]加えて、ソーマ・デーヴァが基づいたのは『ブリハット・カター』原本ではなく、七世紀頃の伝本であったとも言われる。[18]しかし、それでも「三娘子」より古いことは間違いない。となると、そこに収められていたはずの「ムリガーンカダッタ王子の物語」のこの話は、「板橋三娘子」の最も古く確かな来源ということになる。遠回りな考察になったけれども、高橋氏の発見によって、中国古典小説の研究者にとって謎であった三娘子の出自が、やっと解明されたわけである。

ただし、これで原話をめぐる問題が全て解決したかというと、そうではない。『アラビアン・ナイト』のラープの話も、『ブリハット・カター』が一つの源流ということになれば、成書以前の伝承の段階を想定して「板橋三娘子」以前に遡らせることができ、前節で述べたように、原話としての価値が再浮上してくることになる。そこで、あらためて『カター・サリット・サーガラ』（『ブリハット・カター』）と『アラビアン・ナイト』カルカッタ第二版の話を比較してみると、『アラビアン・ナイト』の方が「三娘子」に近いといえる箇所も、いくつか指摘できるのである。

たとえば『カター・サリット・サーガラ』では、雌山羊にされてしまった魔女はすぐに肉屋に売られてしまい、また再びもとの人間の姿にもどる場面も見られない。さらに魔女の味方である肉屋の女房も、『アラビアン・ナイト』のような、男性主人公が背に乗って旅するくだりはなく、[19]「三娘子」の老人と結びつく要素が希薄である。短篇化のための改変という点から考えるならば、むしろ『アラビアン・ナイト』の登場人物たちの方が、無理なく三娘子を助ける老人へと移行できるように思われる。すなわち、話を短くして魔女の復讐以前で終わらせるために、先ずラープと彼女の母親から、男性主人公に対する敵意が消される。そしてさらにこの母親（老婆）が、男性主人公の味方であった八百屋のアブド・アッラーフ、宿を貸してくれるという親切な白髪の老人と一体化するとすれば、そこには「三娘子」の老人の原型がおのずから浮かび上がるはずである。[20]

このように見てくると、「ムリガーンカダッタ王子の物語」は、「板橋三娘子」の原話といえる最も早い資料には違いないけれども、この話が直接「三娘子」と結びつくとは言えそうにない。『ブリハット・カター』のこの物語は、おそらく、そのままの形でインドから直（じか）に中国にもたらされたのではなかった。それは先ず西の地に伝わり、『アラビアン・ナイト』へと流れ込む説話を含む、多様な形に変化した。そしてそのなかの一つが中国へと運ばれ、「板橋三娘子」の直接の原話となったのではないだろうか。[21]

（1）　古代インドに関しては、主として山崎元一『古代インドの文明と社会』（世界の歴史、中央公論社、一九九七年）によった。併せて山崎元一・小西正捷編『南アジア史1　先史・古代』（世界歴史大系、山川出版社、二〇〇七年）も参照した。
前嶋信次編『新版　西アジア史』（世界各国史、山川出版社、一九七二年）の序説によれば、アリアン（アーリア）族とは、西アジア史上で重要な役割を果たした北方人種（本源地については、カスピ海沿岸説のほか東南ヨーロッパ説など諸説あり）

のなかの、カスピ海東方に移った一分派の名称であり、その一分派がイラン高原に広がり、それからさらに分派したものがインドに入った。また他の諸群は、アルメニア・小アジア・ギリシア、およびヨーロッパ一円に広がっていったという。なお、アーリア人のインド亜大陸への進入については、山崎元一他編『南アジア史1』の「第二章　ヴェーダ時代の宗教・政治・社会」が詳しい（「2　アーリア人の到来」六〇―六五頁）。

ギリシア、ヨーロッパ、インドと、いずれも豊富な変身の物語を有し、変身譚を愛したこれらの国々の精神文化には、インド＝ヨーロッパ語族に共通する心性、ないしは神話世界が反映しているのであろうか。

（2）長尾雅人編訳『バラモン教典　原始仏典』（世界の名著、中央公論社、一九六九年）の「ウパニシャッド」（「チャーンドーギア・ウパニシャッド」第五章）に、輪廻が論じられ、次のような一節がある。

さて、この世においてその素行の好ましい人々は、好ましい母胎に、すなわち、婆羅門の母胎か、王族の母胎か、庶民（ヴァイシュア）の母胎にはいると期待される。しかし、この世においてその素行の汚（けが）らわしい人々は、汚らわしい母胎に、すなわち、犬の母胎か、豚の母胎か、賤民（チャーンダーラ）の母胎にはいると予測されるのである。（第一〇節、一一〇―一一一頁）

（3）『成実論』巻八、六業品。『大正新脩大蔵経』第三二巻・論集部に、後秦の鳩摩羅什（三四四―四一三）の漢訳を収める。著作年代は西暦四〇二―四一二年。該当箇所は三〇一頁下段。

（4）「畜類償債譚」の呼称は、澤田瑞穂氏の同題の論文による。同論文は『仏教と中国文学』（国書刊行会、一九七五年）に収められ（初出は『仏教文学研究』第六集、法蔵館、一九六八年）、中国に伝わるこの種の話が博捜されている。また同書所収の「釈教劇叙録　一、龐居士劇」（初出誌は『天理大学学報』第四四輯、一九六四年）にも多くの畜類償債譚が紹介されており、共に資料集として大変参考になった。なお、堤邦彦『江戸の怪異譚　地下水脈の系譜』（ぺりかん社、二〇〇四年）は、こうした話を「借財化畜譚」として括っている（一九頁）。こちらの方が分かりやすいけれども、そうすると「償債」の意味が抜け落ちてしまう。「化畜償債譚」とでも名付けたい気がするが、ひとまず耳慣れた旧来の呼称に従うことにする。

（5）『出曜経』巻一五、利養品。『大正新脩大蔵経』第四巻・本縁部下に、晋の竺仏念（三五〇―四一七）の漢訳を収める。著作年代は西暦三五〇―四一七年。該当箇所は六九一頁上―中段。

『出曜経』は『国訳一切経　印度撰述部』（大東出版社、一九七四年第三版、初版は一九三〇年）の本縁部第一〇冊にも収められている。該当箇所は三〇〇頁。翻訳にあたっては、南方熊楠の訓読文とあわせて参照したが、私見により、従わなかった箇所もある。
（6）岩本裕訳『インド古典説話集 カター・サリット・サーガラ』第一冊（岩波文庫、岩波書店、一九八九年、第一刷は一九五四年）の、訳注二一「シャヴァラ族」の説明には、「デッカン地方に住む蠻族の一」とある（一八四頁）。また同書第四冊（一九八九年、第一刷は一九六一年）の訳注35「シャヴァラ」の説明には、「ヴィンドヤ山中に住む蠻族の一」とある（二三九頁）。

この「同伴一人與彼奢波羅呪術家女人交通」の部分を、『国訳一切経』は「一人を同伴せしに、彼と奢波羅の呪術家の女人と交通せり」と読み下している。しかし、この訓読はいかにも苦しい。「今昔物語の研究」の南方の訓読、「一人と同伴す。かの奢波羅呪術家の女人と交通す」に従った。「彼」字は、「此貴邦」の「此」字と対応しているようにも思われる。
（7）南方熊楠、『国訳一切経』のいずれも「時に荘厳すべし」。「莊嚴」は、『岩波仏教辞典』（岩波書店、一九八九年、二〇〇二年第二版）によれば、「莊」「嚴」どちらも「おごそかにきちんと整える」の意で、転じて仏像や寺院の内外を飾ることをいう（四二三—四二四頁）。ただここでは、入念に準備をすることを言うのであろう。梁の陸運「御講般若経序」に「莊嚴法事、招集僧侶（法事を荘厳して、僧侶を招集す）」とある（『広弘明集』巻一九）。あるいは、『後漢書』巻二五・劉寛伝に見える「裝嚴（身じたく）」と通じる用例か。なお「莊嚴」については、神塚淑子氏（名古屋大学・中国哲学）から教示を得た。
（8）『大正大蔵経』は、この箇所を「神識倒錯天地洞燃。爲一不知東西南北」と句読を切り、『国訳一切経』もそれに従って「神識倒錯し、天地洞燃たり。爲に一も東西南北を知らず」と読み下している。しかしここは、南方の訓読「神識倒錯し、天地洞燃として一となり、東西南北を知らず」に従うべきであろう。「洞燃」は、火が燃えさかるさま。唐・五代の詩僧として知られる斉己の「贈持法華経僧」詩に、「劫火洞燃」の語が見える（『白蓮集』巻一〇、『全唐詩』巻八四七）。
（9）『オデュッセイア』との関わりはともかくとして、後の『ゲスタ・ロマノールム』「ヨナタン」から『グリム童話集』「キャベツろば」へと展開する一連の話群においても、『出曜経』シャラバラ草との直接的な影響関係は想定しにくい。（詳しくは附論1「『出曜経』遮羅婆羅草・『毘奈耶雑事』遊方の故事とその類話」を参照。）ただ、シャラバラ草の話が持つ、ヨーロッパの類話との構造的な相似については、なお注目されるべきものがあろう。
（10）『経律異相』巻二九、「驢首王食雪山薬草得作人頭」。『大正大蔵経』第五三巻・事彙部上によって引用し、上海古籍出版社本（『影印宋磧砂版大蔵経』縮印、一九八八年）も参照した。なおこの話は、現存の漢訳『雑譬喩経』（『大正大蔵経』第四巻・

本縁部下）には見えない。

(11)　ミダス王の所謂「王様の耳はロバの耳」の類話は、ヨーロッパに限らず東洋にまで極めて広い分布を見せている。これについては、佐々木理『ギリシア・ローマ神話』（グリーンベルト・シリーズ、筑摩書房、一九六四年／講談社学術文庫、講談社、一九九二年）の第二章「葦のささやき」が詳しい。同論考によれば、同様な話はモンゴルの説話集『シッディ・クール』や朝鮮の史書・説話集『三国遺事』にも見え、穴を掘って秘密を言いこめることだけなら、日本の『大鏡』にもあるという。『シッディ・クール』は一三世紀頃の成立で、この話は第二二章に載る。『三国遺事』（一三世紀後半成立）の方は、巻二に見える景文大王の話で、この資料については、早く高木敏雄「驢馬の耳」に論及がある。同論文は『増訂　日本神話伝説の研究　2』（東洋文庫、平凡社、一九七四年）に収められ、初出は『読売新聞』明治四三年（一九一〇）一一月二六日号。『大鏡』（一二世紀成立?）は、冒頭の大宅世継の言葉に「おぼしきこと言はぬは、げにぞ腹ふくるる心地しける。かかればこそ、昔の人はもの言はまほしくなれば、穴を掘りては言ひ入れはべりけめとおぼえはべり」とある。佐々木氏所掲の資料にないところでは、ブータンにもこの話が伝わる。クスム・クマリ・カブール編、林祥子訳『ブータンの民話』（恒文社、一九九七年）に、「ロバの耳を持った王様」が収録されている（一八一―一九四頁）。

(12)　高橋氏には、これに先立つ論考として「昔話の変身構造――旅人馬をめぐって」（『国文学――鑑賞と教材の研究』三四巻一一号、一九八九年）がある。ただこの論文には、『カター・サリット・サーガラ』についての言及はまだない。

(13)　前掲（注6）の岩本裕訳『カター・サリット・サーガラ』第四冊（一九六一年刊）の訳文によった（六二―六三頁）。

(14)　岩本裕『カター・サリット・サーガラ』第一、二冊の解題によれば、バイシャーチー語の散文で綴られたという、『ブリハット・カター』の原本は今日に伝わらず、カシュミールおよびネパールに伝わったサンスクリット改稿本が現存するのみである（第一冊一九九―二〇一頁、第二冊一七三頁）。辻直四郎『サンスクリット文学史』（岩波全書、岩波書店、一九七三年）の「第八章　物語」によれば、前者の『ブリハット・カター・マンジャリー』は、十八ランバカ（巻）、七千五百詩節から成り、一一世紀『カター・サリット・サーガラ』よりも三、四十年早い成立。後者の『ブリハット・カター・シュローカ・サングラハ』は、二十八章、四千五百詩節を含む残本で、八―九世紀のもの（一四三―一五一頁）。岩本訳の解題や注に指摘が見えないことからすると、それらの中には、「ムリガーンカダッタ王子の物語」は収載されていないようである。

(15)　岩本裕『カター・サリット・サーガラ』第一冊の解題によれば、ソーマ・デーヴァは冒頭の詩頌で次のように述べているという（一九八―一九九頁）。

この書〔『カター・サリット・サーガラ』〕はその〔『ブリハット・カター』の〕根本を正確に踏襲し、それより僅かながらも離れることはない。ただ言語のみは冗長さを短縮するように撰び、この點のみが異なる。妥當適切で無理のない順序を守ることと、物語の本筋を害わないように詩文を組み立てることとの二つは、出来うるかぎり守られている。

(16)『カター・サリット・サーガラ』と『ブリハット・カター』に関しては、岩本『カター・サリット・サーガラ』、辻『サンスクリット文学史』のほかに、岩本裕『インドの説話』（精選復刻紀伊国屋新書、紀伊国屋書店、一九九四年、初版は一九六三年刊）の序章などを参照した。『ブリハット・カター』の著者グナーディアについては、岩本氏は二世紀、『増補改訂 新潮世界文学辞典』（新潮社、一九九〇年）の解説は、「三世紀？」の人とする（執筆者は原実、三〇〇―三〇一頁）。

(17) 岩本『カター・サリット・サーガラ』第一冊の「はしがき」は、『ブリハット・カター』の成立を西暦二、三世紀としている（五―六頁）。しかしグナーディアの『ブリハット・カター』撰述は、シヴァ神とその妃の呪詛によって地上に生み落とされた彼が、呪詛を解き天上に戻るために物語を書き残すという、神秘的な伝説に包まれており、彼の生卒年から成書の年代を決定するのは必ずしも正しいとは言えない。辻『サンスクリット文学史』は、「遅くも七世紀には存在していた」とし（一四三頁）、『新潮世界文学辞典』の原実解説は、「六世紀には既に有名だったが、おそらく何らかの形で西紀以前より存在したと推測される」という。山崎元一他編『南アジア史1 先史・古代』（前掲、注1）も、六世紀頃までには成立と説明する（執筆者は横地優子、第九章「2 説話文学」三〇四―三〇五頁）。

(18)『ブリハット・カター』には、系統を異にする諸伝本があったようである。ソーマデーヴァが『カター・サリット・サーガラ』執筆にあたって基づいたのは、『ブリハット・カター』原本ではなく、カシュミール本といわれる伝本で、成立は七世紀頃と推定されている（辻『文学史』一四四―一四五頁）。上村勝彦訳『屍鬼二十五話 インド伝奇集』（東洋文庫、平凡社、一九七八年）の解説も、辻説に基づく（二八二―二八三頁、三〇〇頁・注五）。

以上、要するに『ブリハット・カター』原本、あるいはそのカシュミール系伝本のいずれにしても、六、七世紀ないしはそれ以前と、「板橋三娘子」より古いことは確実である。

なお、インド古代説話に関する参考文献等については、故島岩氏（金沢大学・インド哲学）から手解きを受けた懐かしい思い出がある。故人の冥福を祈りつつ書き留めておく。

(19) そもそも山羊への変身では、その背に乗っての旅という展開はあり得ない気がする。ただし、これは日本の山羊からの連想に基づくもので、品種は不明であるが山岳地の山羊には、乗用とされるものがある。岩本裕『カター・サリット・サーガラ』第二冊「解題」によると、『ブリハット・カター』のネパール伝本『シュローカ・サングラハ』中のサーヌダーサの物語には、山羊に乗る一段が見え、「足の確かな獣の山羊のみが尾根の小径を眩暈せずに通ることができる」のだという（一七九頁）。しかしいずれにしても、『カター・サリット・サーガラ』のこの話では、役畜に変身した魔女に乗っての旅には繋がらない。

(20) もう少し説明を補っておくことにする。

　男性主人公に対する敵意を消すとすれば、魔女の肉親でない者が彼女を助ける設定のほうが好都合であろう。その点では、同じ魔法使いでラープと知り合いでもある、八百屋の老人アブド・アッラーフが格好の存在といえる。そして、このアブド・アッラーフが親切な白髪の老人に同化して、男性主人公バドル・バーシムとは初対面の登場人物ということになれば、そこに成立するのは、「板橋三娘子」の老人と極めて近い人物像ということになる。また、もし『カター・サリット・サーガラ』（遡って『ブリハット・カター』）の話をもとに、魔女の復讐よりも前の部分で短編に仕上げるとすれば、肉屋に売り飛ばしたところで終えればよいわけで、動物になった魔女をもとに戻す人物は、登場の必然性を失う。たとえば、次節で見るモンゴルの『ゲセル・ハーン物語』の一段は、まさにこの形を取っている。

(21) 唐代、殊に前期における中国とインドの交通は、陸路を中心としていた。『大唐西域記』の玄奘の旅程が示すように、それは西域の中央アジアを経由し、ヒンドゥークシュ山脈を越えてインド西北部とつながるものであった。したがって、インドから流れ出た説話が西域において変化してゆく過程を想定するのは、決して無理なことではない。玄奘の旅程については水谷真成訳注『大唐西域記』（中国古典文学大系、平凡社、一九七一年／東洋文庫、平凡社、一九九九年）付載の地図を参照。

　なお瞿愷「唐代外貿由陸路向海路的転移」（『思想戦綫』一九八六年第四期）によれば、唐代前期の外国貿易は、主として西北の陸路に集中していたが、安史の乱以後は、江南の経済的発展、吐蕃による河西走廊一帯への侵攻占領、あるいは航海技術の発展等によって、海路中心へと移っていったという。唐代の海洋貿易に関する論文としては、家島彦一「唐末期における中国・大食間のインド洋通商路」（『歴史教育』第一五巻五・六号、一九六七年）がある。他に、李斌城主編『唐代文化』（中国社会科学出版社、二〇〇二年）の下冊・第一〇編「対外文化交流篇」なども参照した。ただ「板橋三娘子」の原話は、次章第二節の「6　詐術・騎驢」で考察するように、陸路を通って伝わったと考えられる。

四　その他――モンゴル・チベット・韓国

「板橋三娘子」の原話をめぐっての考察は、前節のインドで一段落ついた感がある。ただ、佐々木論文「黄金驢馬」が指摘するいま一つの資料も、忘れられてはならない。それは、モンゴルに伝わる英雄叙事詩『ゲセル・ハーン物語』である。

妖魔や悪人が地上にはびこるのを憂えた帝釈天は、無辜の民の苦しみを救うため、三人の息子の第二子を天界から降臨させる。下界に転生した彼は、幼時は洟垂れ（ニスハイ）ジョルと呼ばれながら、機知と神通力によって悪魔を次々と退治してゆく。そしてリン国の大王（ハーン）となってゲセル・ハーンと号し、諸国を平定して地上に平和をもたらす、というのがこの物語のあらすじであるが、その第五章「シャライゴル征伐」の一節に、次のような話が見える[1]。

　しばらく行くと、道端に一張の長い白テントがあった。その中から一人の美しい女が出てきて、あいそよくゲセルに勧めた。
「聖明ハーンよ、どうぞわが家にお寄りになって、お茶でも召し上がって下さいませ」
　ゲセルはこの女がいささか気になったので、アルルン・ゴアに、「おまえはこのまま行け。わしはちょっと寄ってみる」と言って、馬を下りた。かくして彼はテントの中に入って座った。その女は、角の生えた糞虫に犂を引かせて、瞬く間に地を耕し、燕麦を播き、実らせ、刈り入れると、鍋に入れて焼いて、菓子を二つ作ったが、その片方には目印を付け、もう片方には目印を付けなかった。女は目印を付けた方をゲセルの面前に、目印を付けない方を自分の席に置いたまま出て行ってしまった。この間に、天上の三人の姉が一羽のほととぎすと化して、天窓の上に止まって叫んだ。

「ほーい！　ニスハイや、分かっていますか。あいつがおまえにただで食べ物をくれるわけがありません。毒を入れて、くれたのです。あいつは十二首魔王の伯母ですよ」

これを聞いて、ゲセルは、目印の付いた菓子を女の席に、目印の付いてない菓子を自分の前に置き換えてしまった。

女がテントの中へ入って来て、ゲセルがまだ菓子を食べていないのを見ると、長さ三尋の黒い杖を手に取って、「ゲセル・ハーンよ、なぜ座ったままでいなさるのです？　さあ、召し上がれ」と勧めた。ゲセルは目の前の菓子を手に取って一口に食べてしまうと、相手に「あなたも食べなされ」と言った。女は目印の付いた菓子とも知らずに食べてしまってから、「シュク・シュク、グル・シュク」と唱えて、ゲセルの頭を黒い杖で三遍叩いた。ゲセルもそれを真似て、女の杖を奪い取ると「シュク・シュク、グル・シュク」と唱えて、女の頭を三度叩いた。たちまち女は驢馬と化してしまった。ゲセルはその驢馬を曳いてアルルン・ゴアのところまで行き、薪を山と積み上げて、火を着けると、驢馬を中へ押し込んだ。そいつは猛火の中で、女に戻ってひとしきり悲鳴を上げていたが、再び驢馬と化して嘶きながら焼け死んでしまった。こうしてゲセルは十二首魔王の血族を根絶やしにしたのであった。

「板橋三娘子」、あるいは『カターー・サリット・サーガラ』や『アラビアン・ナイト』との類似は、一読して明らかである。では、このゲセル・ハーンの話は、類話の系譜の何処に位置付けられるのであろうか。

モンゴルの『ゲセル・ハーン物語』の発生時期は、一三世紀以後とみる説が有力である。実は、チベットにおいて広く語り継がれている説唱文学に、『ケサル王伝』という英雄叙事詩があり、これが元帝国の成立後、盛んとなった民族間の相互交流のなかで流伝し、モンゴルのゲセルの物語となっていったと考えられているのである。[2]一三世紀以後ということであれば、「板橋三娘子」より随分時代を下ることになるけれども、気になるのはチベットの『ケサル王伝』の方である。もし『ケサル』に「シャライゴル征伐」の一節と似た話があれば、さらに時代を遡らせることができるからである。

しかし、降辺嘉措・呉偉共編の『格薩爾王全伝』（作家出版社、一九九七年）を通覧した限りでは、そこに類話は見当たらない。[3]また、チベットの『ケサル』の発生時期についても、宋元時代（一〇―一三世紀）とする説が有力であり、[4]仮に類話が見つかったとしても、それが唐代にまで遡行できる確証は得難い。結局、モンゴルの『ゲセル・ハーン物語』が伝える右の資料は、「板橋三娘子」よりも後のものと考えるのが、現時点では穏当ということになろう。

では、『ゲセル・ハーン物語』のこの一節は、どこからもたらされたものであろうか。可能性は二つ考えられる。一つは、インドの『ブリハット・カター』『カターー・サリット・サーガラ』系列の類話の流伝、いまひとつは「板橋三娘子」の影響。[5]しかし、西方から伝来した説話を伝奇小説化した「板橋三娘子」が、再び西に流れ出て民間伝承に影響を与えたと考えるよりも、インドや西アジアに伝わる説話が流れ込んだと考えるのが自然であろう。[6]ゲセルの物語は内容的に『カターー・サリット・サーガラ』に最も近く、おそらくその系列の伝承の一つが、取り入れられているのと考えられるのである。

なお、右の話で注目しておきたいのは、魔女の妖術である。地を耕し穀物の種をまくために、彼女は角の生えた糞虫に犂を引かせている。つまり、ヨーロッパからインドにわたる類話には全く見当たらず、「板橋三娘子」のみに登場していた、木牛を使っての耕作というパターンがここに初めて窺われるのである。[7]「シャライゴル征伐」の一節が「板橋三娘子」をもとにしていないという推測が正しければ、この犂を引く糞虫も貴重な資料ということになろう。

このように、『ゲセル・ハーン物語』の「シャライゴル征伐」の一節も、興味深い幾つかの謎を抱えている。ただ、その解明のためには、モンゴルおよびチベットの口承文芸に関する、新しい資料と研究の成果が待たれる。[8]

モンゴルからチベットへと話が及んだところで、もう一つ紹介しておくべき変驢譚がある。チベット族とモンゴル族の民間に、チベット語で『屍語故事（ro sgrung）』、モンゴル語で『喜地呼爾（shiditu hegurun uliger）』と呼ばれる説話集が広く伝わっている。法師の依頼を受けた汗（ハーン）が鬼神の取り憑いた死体を運ぼうとすると、汗から逃れるために死体が次々に不思議な話を語りかけるという筋で、「喜地呼爾（シッディ・クール）」とは、この鬼神の取り憑いた死体を指す。インドの『カター・サリット・サーガラ』第一二巻の挿話を一書とした、『屍鬼二十五話』に出自を持つものであるが、その中に相手を驢馬に変えて仇を討つ話が見える。『喜地呼爾』の色音・陳崗龍訳によって、「カメの餌（人身御供）になった汗の息子（王子）」と題された、その話のあらすじを紹介しておく。[9]

むかし、ある国の水源池に二匹のカメが棲み着き、災いをもたらしていた。人々は毎年、籤引きで人身御供を決めてカメに捧げていたが、ある年、国の可汗自身が籤に当たってしまった。それを知った一人息子の王子は、自分が可汗の代わりになることに決めた。彼には無二の親友がいた。貧民の息子であるその親友は、自分が身代わりになろうとしたが、王子は許さず、結局二人で出かけることにした。

池に近づくと、二匹のカメが「自分たちの頭を一撃で叩き落として食べれば、好き放題に金やエメラルドを吐き出せるようになる」と話しているのが聞こえた。そこで二人はカメの頭を叩き落として食べ、王子は金貨を、従者の親友はエメラルドを吐き出せるようになる。

山の麓まで下りてくると、そこには美しい母娘が住んでいて、旅人に酒を売っていた。王子が金を吐き出せることを知ると、母娘は酔わせて法外な金を巻き上げ、彼等を外に放り出だしてしまった。意気消沈した二人だったが、旅を続ける途中、口論をしている子供たちから姿を隠す帽子を、妖怪たちから何処にも自由に行ける靴を騙し取ることができた。そこで「可汗になれる国に行きたい」と靴に呪文を唱え、着いた国で可汗と宰相に選ばれる。

やがて可汗は后を娶るが、彼女には美しい鳥となって訪ねてくる情人（実は天の子）がいた。そのことに気付いた宰相は、飛んできた鳥を捕らえて火の中に投げ込む。重傷を負った天の子が空へと飛び去った後、后は目に見えて可汗に懐くようになった。

一件が落着して安堵した宰相は、例の帽子で姿を隠し外へ出た。するとある寺で、門番の寺男が仏像の下から大きな神の巻物を取り出していた。この巻物には一頭のロバが描いてあり、その上で横になって身を反らせるとロバに変身し、逆向きでもう一度身を反らせると元の姿に戻る。寺男が出かけた隙に、宰相はその不思議な巻物を手に入れ、以前自分たちを酷い目に遭わせた母娘の所へ出かける。そして、上で身を反らせれば金貨が手に入る巻物と騙して二人をロバに変え、可汗の下に連れてくる。

　ロバは罰として重い荷を運ばされ、三年が経った。可汗は二頭が疲れ果ててよろめきながら働いているのを目にし、「これだけ懲らしめたのだから、許してやってはどうかな」と言った。そこで宰相がロバを元の姿に戻してやったが、母娘は長い間の虐待のため腰が曲がって皺寄り、見る影もなかった。

　物語はこれで終わるのであるが、驢馬にした悪女を三年間働かせるくだりは、三娘子の話を思い起こさせる。最後の可汗の言葉も、三娘子を助ける老人の台詞に似ている。ただ系統的には、ヨーロッパに広汎に見られた「キャベツろば」系の話であって、『カター・サリット・サーガラ』『アラビアン・ナイト』系の三娘子とは、やはり直接的には結びつかない。

　モンゴルから西に進んで中央ユーラシアにも、罰として女を驢馬や馬に変身させる話が伝わっている。たとえばC・F・コックスウェル著、渋沢青花訳『北方民族（上）の民話』（アジアの民話、大日本絵画巧芸美術、一九七八年）に載る、カルマック族[10]の民話「汗（ハーン）と貧乏人の息子に何がおきたか」（一八二―一九二頁）は、右の『喜地呼爾』の話とほぼ同じ内容である。[11]さらに渋沢氏の同書の注解によれば、北方民族には他にも幾つもの変驢変馬譚が伝わっており、なかには興味深い内容のものも見られる。[12]しかし、「板橋三娘子」の原話という観点から、さらに検討が必要な資料ではなさそうである。

　この他、東アジアの東端にも類似した昔話が伝えられている。韓国の「牛に化けた不精者」、日本の「旅人馬」がそれである。韓国の話は、馬ではなく牛への変身で、次のような内容である。[13]

むかし、ある村に怠け者がいた。妻の小言をうるさがった彼は、家を出ることにして裏の山を越えた。道すがら、見知らぬ一軒家で牛の仮面を作っている老人に出遇った。老人が「仕事嫌いがこれを被ると、素晴らしいことが起こる」と言うので、試してみると何と牛にされてしまった。市場に連れてゆかれ、一人の百姓に売られたが、その際に老人は、「牛に大根を食べさせると死んでしまうから、大根畑には決して行かせないように」と言った。牛になった怠け者は百姓に酷使されたので、いっそのこと死んでしまおうと、大根畑に入って大根を食べた。すると体が軽くなるのを感じ、人間の姿に戻ることができた。彼は家に帰り、心を入れかえて立派な人になり、幸せに暮らした。

ただ、一読して明らかなように、これは『出曜経』のシャラバラ草に近い話である。韓国の昔話には、この類の話が少数見られるのみで、『カター・サリット・サーガラ』や『アラビアン・ナイト』の系列、すなわち「板橋三娘子」に繋がる変驢変馬譚は見当たらない(14)。韓国には、「板橋三娘子」の原話は無論のこと、その影響を受けた伝承も生まれなかったようである。

一方、日本の「旅人馬」の伝承には、「板橋三娘子」と明らかに関わりを持つ内容の話が数多い。しかし、こちらも西域の原話ではなく「三娘子」が日本に伝わって生み出した昔話であり、この話群については、第四章第三節で詳しく論ずることにしたい。

(1) 若松寛訳『ゲセル・ハーン物語 モンゴル英雄叙事詩』(東洋文庫、平凡社、一九九三年)の訳文によった(一六四―一六五頁)。

（2）前掲の若松寛『ゲセル・ハーン物語』の解説による（四一一—四一三頁）。
（3）降辺嘉措・呉偉共編の『格薩爾王全伝』（宝文堂書店、全三冊、一九八七年／作家出版社・再版修訂本、全二冊、一九九七年）は、公開出版された各種の蔵文本や手抄本・木刻本、民間芸人の説唱本など、多種にわたる資料をもとに、章回小説風にまとめている。ケサルの物語の全貌を窺うには便利な本である。
（4）前掲の若松寛『ゲセル・ハーン物語』解説による。ただし、若松氏の解説が紹介する降辺嘉措『《格薩爾》初探』（青海人民出版社、一九八六年）では、『ケサル王伝』とその原型となる故事・史詩の発生は、吐蕃（八—一〇世紀）さらにはそれ以前の時代にまで遡って考えられている（「産出年代」二二—五五頁）。
（5）『ゲセル・ハーン物語』の「シャライゴル征伐」の一節は、菓子のすり替えという点で、『カター・サリット・サーガラ』に見える話および「板橋三娘子」に近い。また、驢馬となった魔女の人間への復帰がないという点では、『カター・サリット・サーガラ』の話と共通する（第三節の注20および該当本文参照）。この二点から、『アラビアン・ナイト』に見える説話の直接の影響はないと判断できる。
（6）前掲（第三節、注15）の岩本裕『インドの説話』によれば、インドの説話は、中世すなわち六世紀以降に仏教とともにチベットに入ってラマ教化し、ラマ教の伝播とともに青海・蒙古地域に広まったという（序章、七頁）。こうした伝播の経路のなかでの、様々な可能性を考えてよいのではないだろうか。
（7）三娘子が使う魔術の先例は、すでに指摘したような原話を挙げることが出来る。しかし、木牛や人形を使っての耕作に限っていうと、他に例が見当たらない。周知のように『アラビアン・ナイト』には、しばしば変身の術が登場する。しかしそれらは、呪文を唱えて水をふりかける、土をつかみ呪文を唱えて振りかける、呪文、呪いの言葉、自在な変身などで、人形を使う術は一例もない。（また穀物の栽培から始まる手の込んだ術も、この物語に登場するのみである。）ただ、ローズマリ・エレングィリー著、荒木正純・松田英監訳『魔女と魔術の事典』（原書房、一九九六年）を読むと、「ガウディー、イザベル」の項（九三—九四頁）に、自称魔女の興味深い術が紹介されている。「板橋三娘子」より随分時代を下る資料である上に、同じ術ともいえないのであるが、一言触れておきたい。
　魔女裁判史上有名なこのスコットランド人女性は、自発的に魔女であることを告白した（したがっておそらく拷問も用いられることがなかった）珍しい例として知られる。彼女は、一六六二年四月一三日から五月二七日までの間の四回の自白において、野ウサギや猫などに変身したこと、空を飛んでサバトに赴いたこと、魔王と性交したこと等を喜々として話したという。彼女が自分の自供を信じていたことは陳述の記録から明らかであり、その内容は、スコットランドにおける魔女術に関する俗信の梗概にも匹敵すると言われる。

イザベル・ガウディーが自ら行ったと告白した様々な魔術のなかに、注目されるものが一つある。それは、ヒキガエルにミニチュアの鋤で農地を耕かせ、そこを不毛の土地に変えるという術である。この術については、ノーマン・コーン著、山本通訳『魔女狩りの社会史　ヨーロッパの内なる悪霊』（岩波書店、一九八三年／岩波モダンクラシックス、一九九九年）に、より詳しい言及が見られる。それによれば、「サバトでは彼女たちは雄羊（ラム）の角でスキを作って、草を綱として使ってカエルをそれにくくりつけた。魔女集会の男性の役員たちに手伝われて悪魔がスキを動かして、畑を回る時に、魔女たちはその後に従って、大地があざみといばらだけを生み出すように、と悪魔に祈った」という（「第六章　実在しない魔女の社会」、モダンクラシックス版、一五一頁）。

三娘子の種麦の術とは正反対の、土地の不毛化の術ではあるが、小動物（三娘子の場合は木牛）を使って鋤で耕作させる方法が共通する。ただ、一七世紀の魔女の術が時代的にどこまで遡りうるものか、正直なところ不安な点が多い。また、モンゴル『ゲセル・ハーン物語』の糞虫に鋤を引かせる魔術とは、関わりを持つものか否か全く不明で、今のところ調査の手掛かりもない。待考。

（8）『ゲセル・ハーン物語』には、他にもう一箇所、驢馬への変身術が見られる。第八章の「ロブサガ・ラマ退治」の話がそれで、ゲセルはロブサガ魔王の術で驢馬にされてしまい、妃のアジュ・メルゲンの助けによって人の姿に戻っている。しかし、魔王の術は驢馬の画像をゲセルの頭に載せるというもので、不思議な食べ物の使用はない。驢馬から人間に戻す際に使われるのは、様々な霊薬入りの食べ物や甘露水で、これも三娘子の場合とは全く異なる。こちらの話は別系統と考えてよいであろう。

（9）『喜地呼爾』は、「シッディ・クール」あるいは「シッディ・キュール」「シッディ・キュル」などと表記される。前節の注11でも触れたが一三世紀の成立と推定されており、邦文では次のような翻訳や論文がある。

吉原公平訳『蒙古シッディ・クール物語』（ぐろりあ・そさえて、一九四一年）

色音・陳崗龍訳「シッディ・クール（1）―（5）」（『比較民俗学会報』第三〇巻第二・三・四号、第三一巻一・二号、二〇一〇―二〇一一年）

烏力吉雅爾著、西脇隆夫訳「『シッディ・クール』と『屍語故事』（上）（下）」（『名古屋学院大学論集　人文・自然科学篇』第四五巻第一号、二〇〇八年、『名古屋学院大学論集　言語・文化篇』第二〇巻第一号、二〇〇八年）

吉原訳はバスク英訳本により、色・陳訳はモンゴル語版『喜地呼爾』（内蒙古人民出版社、一九五七年）にもとづいている。「カメの餌になった汗の息子」（吉原訳では「吐金王子」）は、第二章の話。また稲田浩二他編『世界昔話ハンドブック』（三省堂、二〇〇四年）によれば、チベット族には「金を吐く王子」など、これと極めてよく似た話が伝わっている（六〇―六一頁）。ただ、『シッディ・クール』の源流であるインドの『屍鬼二十五話』には、この話は見られない。

なお『シッディ・クール』については、櫻井龍彦氏（名古屋大学・民俗学）から教示を受けた。

(10)　カルマックは、モンゴル系のオイラト族。オイラトは、中央ユーラシアにおいて一五―一八世紀にかけて大きな勢力を持ち、アジア各地を侵略した遊牧部族。渋沢氏同書によれば、カルマック族の主要部は、ゴビの西南ズンガリア（ジュンガリアとも）の天山山脈の東部スロープに存在する。フェルトのテントを家とし、遊牧の生活を続けながら、馬・牛・羊を飼養する民族である（一五九頁）。小松久男・梅村坦・宇山智彦他編『中央ユーラシアを知る事典』（平凡社、二〇〇五年）によって補えば、似た呼称である「カルムィク」は、広義にはオイラトの別称、狭義にはヴォルガ川下流に住み着いたオイラト支族のトルグート族などを指す。カルマックは部族間の内紛を避けて西に大移動し、一六三〇年ヴォルガ川に達した。騎乗と弓射に巧みな彼等は、初めは戦力としてロシアに利用されたが、のち近隣異族の入植、ロシア正教への改宗の強制等により、再び故郷ジュンガリアへの帰還を企てた。しかしヴォルガが十分に凍結しておらず、右岸ヨーロッパ部の住人は渡河できずにその地に残った。彼等は移住の際にチベット仏教をも携え、苦難の歴史を反映した「ジャンガル」という英雄叙事詩を持つ（一四九―一五〇頁、坂井弘紀・田中克彦解説）。

また、護雅夫・岡田英弘編『民族の世界史4　中央ユーラシアの世界』（山川出版社、一九九〇年）は、「カルムィクの語源はトルコ語のカルマックで、十五世紀に彼らの侵略を受けた中央アジアの人びとがオイラトをさしてこう呼んだのがはじまりである。意味は明らかではない。その後ロシア人がこの名称を使用してひろまったが、彼らの自称はオイラトである」と解説する（三五一頁）。同書によれば、オイラトの部族名が歴史に登場するのは、一三世紀初めのことという。従って古い文献資料は期待できず、この部族の民話も、成立時期を遡って探ることが難しそうである。

(11)　前掲（注9）の吉原公平『蒙古シッディ・クール物語』の解説によれば、『シッディ・クール』の第一話から一三話までは、カルムィク人によって集成されたと見なされている（三六五頁）。そうであれば、「汗と貧乏人の息子」の話が「カメの餌になった汗の息子」と酷似するのも、当然のことである。このカルムィク族の民話については、附論1「『出曜経』遮羅婆羅草・『毘奈耶雑事』遊方の故事とその類話」にあらすじを紹介してある。

（12）以下、渋沢氏の注解の一節を引用しておく（一九二頁）。

……驢馬或いは馬に変えられた女の処罰は、ヴォトヤークの「魔法の鳥」にも見られる。そこでは三人の娘が林檎を食べさせられて、そのために黒い牝馬に変えられ重い荷を負わされる。モルドヴィンの「魔法使い夫婦」では、夫が妻君を牝馬に変える。オセット族の「ツォーパン」では、ある夫婦が驢馬に変えられて、働く。エストニアの「農夫と鬼」では、宿屋の亭主が馬に変えられて、三年間召使にこき使われる。フィンランドの話「商人の息子たち」では、ある女が、なんともいえぬ美しい馬に変えられ、夫がその馬に乗って、旅して歩く。

（13）韓国の昔話「牛に化けた不精者」は、崔仁鶴『韓国昔話の研究　その理論とタイプインデックス』（弘文堂、一九七六年）に要約が載るが（三〇〇頁）、簡略すぎて分かりづらい。関敬吾監修・崔仁鶴編著『朝鮮昔話百選』（日本放送出版協会、一九七四年）に、「牛に化けたなまけ者」と題して採録される話（二一〇―二一四頁）をもとに、あらすじを示した。

（14）前掲、崔仁鶴『韓国昔話の研究』の第四章「韓日および日韓昔話対照表」（一四一―一六三頁）等に拠った。

おわりに

以上、本章では「板橋三娘子」の原話をめぐって、ヨーロッパから西アジア・インド、さらにはモンゴルや韓国に残る類話について考察した(1)。

ヨーロッパには、多様で豊富な変身譚が伝えられており、三娘子の物語と興味深い類似を示す話もいくつか存在する。しかし、直接の原話と断言できる確かな資料は、結局のところ見当たらない。ただ、ヨーロッパに特徴的な性愛・恋愛の要素、あるいは『毘奈耶雑事』――「キャベツろば」系の話の広範な分布は、中国や日本の変身譚を取り上げる際に、あらためて比較の対象となるであろう。

ヨーロッパから目を転じ、西アジアからインドにわたる地域の文献を探る時、初めて直接的な関わりを持つ類話に出会うことができる。『アラビアン・ナイト』のバドル・バーシムと魔女ラーブの話、『カターー・サリット・サーガラ』のムリガーンカダッタ王子の侍臣の話がこれである。いずれも先行研究によって、原話としてすでに指摘されたものであるが、この二つの話の相互関係と「板橋三娘子」への変遷の経緯については、論じられることがなかった。これについては、『カターー・サリット・サーガラ』に先立つ『ブリハット・カター』の存在を視野に入れることで、一つの推論を立てることができる。つまり、『ブリハット・カター』所収の話が西方に伝わり、多様に変貌しつつ『アラビアン・ナイト』の源流ともなってゆく過程で、その一支流が中国に伝えられて「板橋三娘子」となった、というものである。この推論をもとに、次章ではさらに物語の伝播について掘り下げてみたい。

なお、ここまでの作業を通じて最も注目されるのは、物語の宝庫インドである。この国の魅力溢れる豊富な変身譚は、一面においてヨーロッパやアラブの物語との類似性・血縁性を覗かせながら、他方では仏教説話を中心に、東洋の諸地域への広汎な伝播の跡を残している。しかも、人から驢馬や馬への変身の話も、『成実論』を始めとする仏典の応報転生譚、『出曜経』のシャラバラ草、『カター・サリット・サーガラ』の魔術と策略など、内容も多岐にわたる。後の章で中国や日本の変身譚について考察する際、これらインドの文献資料には、分類の基準として改めて登場願うことになるはずである。

さて、こうして原話の所在と伝播の過程が粗描できたとなると、次に取り上げるべきは、この話の流伝と中国における成立事情の、より詳しい解明であろう。次章ではこれらの問題について、作品の精読を通じて考えてゆくことにしたい。

(1) 考察に当たって参照した「三娘子」関連の主な論文・解説文・訳注等を、論中で言及しなかったものも含めて列挙しておく。

一 邦 文

南方熊楠「今昔物語の研究」(『郷土研究』一巻九号、一九一三年/『南方熊楠全集』第二巻、平凡社、一九七一年)

南方熊楠「人を驢にする法術」(『郷土研究』二巻九号、一九一四年/『全集』第二巻、一九七一年)

南方熊楠「鳥を食うて王になった話」(『牟婁新報』一九二一—一九二二年/『全集』第六巻、一九七三年)

佐々木理「驢馬になった人間」(『歴史』第一巻三号、一九四八年)

佐々木理「黄金驢馬」(『名古屋大学文学部研究論集』四、一九五三年)

山下正治「支那の説話と日本の昔話」（『立正大学城南漢学』八、一九六六年）
今西　実「奈良絵本『宝月童子』とその説話」（『ビブリア』第二一号、一九六二年）
澤田瑞穂「メタモルフォーシスと変鬼譚」（『昔話――研究と資料』第二号、一九七三年／『中国の民間信仰』工作舎、一九八二年）
高橋宣勝「昔話の変身構造――旅人馬をめぐって」（『国文学――鑑賞と教材の研究』三四巻一一号、一九八九年）
高橋宣勝「旅人馬（話の履歴書昔話六十選　23）」（野村純一編『別冊国文学41　昔話・伝説必携』学燈社、一九九一年）
篠田知和基「人馬変身譚の東西」（『名古屋大学文学部研究論集』文学三六・通号一〇六、一九九〇年）
篠田知和基『人狼変身譚――西欧の民話と文学から』（大修館書店、一九九四年）
稲田浩二編『日本昔話通観　研究編2　日本昔話と古典』（同朋舎出版、一九九八年）「旅人馬」
稲田浩二編『日本の昔話』上冊（ちくま学芸文庫、一九九九年）「旅人馬」
稲田浩二・稲田和子編『日本昔話ハンドブック新版』（三省堂、二〇一〇年）「旅人馬」

二　中　文

楊憲益「板橋三娘子」（『零墨新箋』中華書局、一九四七年、香港商務印書館、一九八三年／『読書』一九七九年第九期「訳余偶拾・三」／『訳余偶拾』三聯書店、一九八三年）
劉守華「《一千零一夜》与中国民間故事」（『外国文学研究』一九八一年第四期）
劉守華「中国与阿拉伯民間故事比較」（『比較故事学』中国民俗文化研究叢書、上海文芸出版社、一九九五年）
周双利・孫冰「《板橋三娘子》与阿拉伯文学」（『内蒙古民族師院学報〔社会科学〕』2、一九八六年／『中国民俗文学与外国文学比較』中央民族学院出版社、一九八九年）
劉以煥「古代東西方〝変形記〟雛型比較并溯源」（『文学遺産』一九八九年第一期）
王曉平「貌同神異　奪胎換骨――日本近代作家対志怪伝奇的新視角」（『仏典・志怪・物語』東方文化叢書、江西人民出版社、一九九〇年）
王隆升「唐代小説〈板橋三娘子〉探析」（『輔大中研所学刊』第四期、一九九五年）
王立・陳慶紀「道教幻術母題与唐代小説」（『山西大学師範学院学報』二〇〇〇年第三期）

張鴻勛「亦幻亦奇　扑朔迷離——唐伝奇〈板橋三娘子〉与阿拉伯民間故事」（『天水行政学院学報』二〇〇一年第六期）

呉海鴻「回族文学的萌芽——唐宋回族民間文学」（『西北第二民族学院学報』二〇〇一年第一期）

閻偉「〝驢眼看人〟与〝人眼看驢〟—《金驢記》与《河東記・板橋三娘子》叙視覚之比較」（『湖北教育学院学報』二〇〇六年第一期）

劉海瑛「東西方文学中〝人変驢〟故事的類型」（『沈陽農業大学学報（社会科学版）』二〇〇八年第一〇期）

二〇〇一年以降の論文については、櫻井龍彦氏（名古屋大学）より教示を受け、わざわざコピーをお撮りいただいた。御好意に厚く感謝する。なお、呉海鴻論文については未見。李剣国・陳洪主編『中国小説史　唐宋元巻』（北京高等教育出版社、二〇〇七年）第五編第四章、第三節「《玄怪録》及其続書《河東記》与《続玄怪録》」の記事による（崔際銀執筆、五六七頁・注1）。

日本の研究者による「板橋三娘子」の専論は、拙論の試み以外には見当たらない。ただ、唐代小説の翻訳等に付された注記に、参考になるものがある。左に四書を挙げておく。（訳書についての詳細は、次章第二節の注3を参照。）

柴田宵曲『妖異博物館　続』（青蛙房、一九六三年／ちくま文庫、筑摩書房、二〇〇五年）

今村与志雄『唐宋伝奇集』下冊（岩波文庫、岩波書店、一九八八年）

近藤春雄『中国の怪奇と美女——志怪・伝奇の世界』（武蔵野書院、一九九一年）

溝部良恵『広異記・玄怪録・宣室志　他』（中国古典小説選、明治書院、二〇〇八年）

第二章　物語の成立とその背景

はじめに

第一章では、「板橋三娘子」の原話を求めて『アラビアン・ナイト』、さらにはインドの『カター・サリット・サーガラ』、『ブリハット・カター』まで辿ってみた。

インドから流れ出たこの物語は、何時、どのようなルートを通って中国に伝えられたのであろうか。それは中国に渡った後、どのように翻案されて「三娘子」に生まれ変わったのであろうか。また、それに与った小説作家は、どんな人物だったのであろうか。次々と湧くこうした疑問に対して、解明の鍵となる資料は極めて乏しい。しかし、作品そのものを丹念に読み解く作業のなかから、幾つかの手掛かりを拾い上げることは可能であるように思われる。

本章では、先ず第一節として「板橋三娘子」の所載小説集と撰者について考察し、続く第二節で、作品を詳しく読み直してみることにする。そして上記のような問題を念頭に置きながら、背後に広がる唐代の社会と風俗について、物語の構成要素と絡めて検証しておきたい。私たちはここから、この物語の成立の背景、文学作品としての完成度、あるいは歴史資料としての価値など、多岐にわたる論点を掘り起こせるはずである。

一　所載小説集と撰者

「板橋三娘子」を収録する諸文献のなかで最も古い資料は、北宋初、李昉らによって編纂された古小説の集成、『太平広記』（九八一年雕印）である。五百巻にのぼるこの大冊は、巻二八六・幻術部に「板橋三娘子」のタイトルで話を収め、末尾に「出河東記」と注記する。つまり「三娘子」の出所は、『河東記』という小説集だったのである。

ではこの『河東記』とは、何時、誰の手に成ったものであろうか。南宋の著名な蔵書家晁公武（一一〇五？—一一八〇？）の『郡斎読書志』が、それを教えてくれる。巻一三・小説類に、次の記事が見える。

河東記　三巻
右唐薛漁思撰。亦記譎怪事。序云、續牛僧孺之書。

河東記、三巻。
右は唐の薛漁思の撰である。この書もまた、あやしげな怪異の事を記している。序文に、「牛僧孺の書を継ぐ」という。

晁公武が残してくれたこの記録によれば、『河東記』はもと三巻の怪異小説集で、撰者は唐の薛漁思という人物であった[1]。文中に言う「牛僧孺之書」とは、晩唐の牛僧孺（七八〇―八四八）によって撰述された、『玄怪録』全十巻を指す。彼は後世、李徳裕との間の派閥抗争、所謂「牛李の党争」によって知られる政治家であるが、文筆においても優れた才能の持ち主であり、韓愈と皇甫湜に激賞されたという若き日のエピソードも伝わる（五代・王定保『唐摭言』巻六・公薦）。この書は、そうした著名な高官の手になる志怪小説集として早くから注目されたようで、薛漁思はそのあとを継ぐ意図を持って、執筆にかかったのである。『玄怪録』の後継ということでは、他に李復言（?―?）の『続玄怪録』がある[2]。大和（八二七―八三五）から開成（八三六―八四〇）にかけて、つまり『河東記』と前後しての成立と推定されている[3]。

なお、『河東記』の著者名については、南宋の洪邁（一一二三―一二〇二）の『夷堅志』文癸序が「薛渙思之河東記」と記しており、これに従う説も見られる[4]。しかし、薛漁思あるいは薛渙思のいずれを取るにしても、伝記資料にはこの名が全く見当たらず[5]、謎の人物という他ない。わずかに推測できるのは、書名からみて河東（広義には山西省西部地方を指すが、県名として存在する山西省永済県の地をいうか）が縁故、あるいは撰述の地だったらしいこと程度に留まる。ただ、河東の薛氏といえば六朝以来の名族として知られ、薛漁思もその末裔であった可能性が高い[6]。

残念ながら、著者名から私たちが探り得る情報は、このように皆無に近い。しかし『河東記』の著者に関する考察を切り上げる前に、検討しておくべき仮説が一つだけ存在する。それは、台湾の研究者王夢鴎の『唐人小説校釈』に見えるものである[7]。王氏は、五代・北宋の孫光憲『北夢瑣言』の巻一二に載る、補闕の職にあった薛沢という人物と、彼が伝えた不思議な話に注目する。その話とは、懿宗（在位八五九―八七三）朝の宰相楊収の息子楊鑣が、大孤山上の祠の女神像に戯れて言葉をかけたところ、空から女神の妹が迎えに現われ、一か月後に俄かに亡くなったというもので、鐈と姻戚関係にあった補闕の「薛澤」なる人物が詳しく語ったとされている。

ところで、『太平広記』が『河東記』の話として引く資料の中に、「蘊都師」と題する次のようなあらすじの一編がある（巻三五七・夜叉部）。曰く、「経行寺の僧の行蘊は、ある日、盂蘭盆会の準備で堂内を掃き清めながら、仏像の前に置かれた一体の妖艶な蝋人形に目をとめた。そして、こんな女性がいたら妻としたいものだと戯れ言をいった。すると夜になって寺の扉を叩く者がいる。訝しく思って開けてみると、絶世の美女が侍女を従えて立っており、今朝方のお言葉に絆されてやって参りましたという。蘊は驚いたものの、妄心を起こし二人を部屋に入れる。が、しばらくすると悲鳴が響き、骨を齧り噛み砕く音が聞こえた。そして蘊を激しく罵る声がしたかと思うと、中から巨大な夜叉が飛び出した。後で僧侶たちが仏座の壁画を見ると、そこに描かれていた二体の夜叉の唇にべっとりと血の痕が残っていた」と。王氏は、この話が先の『北夢瑣言』の楊鐈の事件に似ており、話を伝えた人物の姓がともに薛であることに注目する。しかも、「澤」と「漁思」とは意味的にも関わりがあり、同一人物の諱と字だったとも考えられる。もしそうだとすれば、薛漁思とは薛沢のことで、僖宗（在位八七三―八八八）・昭宗（在位八八八―九〇四）の頃の人であった、というのが氏の推論である。

類話を織り込んでの王氏の推理は、なかなかに冴えたところを見せている。その上、もし薛漁思が薛沢と同一人物であったとすると、実は彼には、僅かながら名を記す資料が残されているのである。[8]となると興味は一層募ってくるけれども、ただ、この推論には些か気になるところがある。それは、『河東記』が出所であることの明らかな作品を収集し、年号の記載に注目してみると、最も遅いものでも大和八年（八三四）より下らない点である。[9]つまり、薛沢が唐末・五代にこの小説集を編んだと仮定すると、大和八年以降の数十年ないしはそれ以上にわたる空白が、成書の時期との間に生じてしまうことになる。開成以降の事を伝える作品が偶々散逸してしまった、あるいは何らかの理由で話を開成以前に限った等、様々なケースは無論考えられよう。しかし、この空白期の意味については、薛漁思と薛沢を世代の異なる別人物と見た方が、遥かに自然に説明できるのである。仮説としての魅力を持ちながら、一方にこうした難点を抱える王氏の推理は、李剣国『唐五代志怪伝奇叙録』の考証によって、さらに窮地に立たされる。李氏は『河東記』の成書年代についての推論の中で、「韋斉休」（『太平広記』巻三四八・鬼部）の話を取り上げる。この物語は、「大和八年」という最も遅い年次の記載を含む二作品のうちの一つで、その内容は、韋斉休なる人物が、死後も現われて家庭内の諸事に指示を下したというものである。李氏は、話の結びの次のような一文に注目する。

其部曲子弟、動即罪責、不堪其懼、及今未已、不知竟如之何。

韋家の下僕や子弟たちは、何かというと死んだ斉休に罪責されるので恐懼に耐えなかったが、今もまだ止むことがなく、どうしたものか途方に暮れている。

薛漁思が綴った「今に及ぶも已まず」の「今」とは、常識的に考えれば、この事件が起こった大和八年から、それほど隔たっていない時期であろう。李氏はそれを二、三年後と考え、『河東記』の成書を開成一、二年（八三六、七）の頃と見なすのである（六四〇頁）。一方、薛沢は王氏の説に従えば、僖宗（在位八七三―八八八）・昭宗（在位八八八―九〇四）の頃の人で、さらに『北夢瑣言』に載る別の記事によれば、後唐の明宗（在位九二六―九三三）の即位後、不遇な日々を送ったことが分かる。[10] この歳月の大きな開きから見る限り、王氏の推論は、やはり成立し難いと言わざるを得ない。[11] 結局、私たちの前に残るのは、『郡斎読書志』の零細な記事のみということになるのである。

なお、「板橋三娘子」の作者と所載小説集に関してもう一言つけ加えておくと、これを薛漁思の『河東記』とせずに、孫頠の『幻異志』とする文献が後に見られる。[12] しかし、孫頠は唐の粛宗（在位七五六―七六二）の頃の人であり、[13]「三娘子」の物語の、半世紀も遅い元和（八〇六―八二〇）年間の舞台設定とは、大きな矛盾を生ずる。また、『幻異志』という小説集の名前は、『太平広記』中にも宋代の書目類にも見当たらない。偽書であることは明らかで、李剣国『唐五代志怪伝奇叙録』に、収録作品の検討に基づいた詳しい論証がある（一一七四―一一七五頁）。

著者をめぐっての探索が、こうして先を閉ざされてしまうとなると、『河東記』そのものから得られる情報はないであろうか。こちらも多くを期待することは難しそうだが、収録作品の概観を兼ねて見直しておくことにしたい。

『河東記』の名は、『郡斎読書志』『夷堅志』以外にも、陸游の『老学庵筆記』（一一七四―一一九四年の間に成る）巻一〇に見え、[14] 南宋の末頃までは流布していたようである。しかし、その後散逸して現在には伝わっていない。ただ、すでに見たように幸い『太平広記』に収められた作品が残り、その数は三十三篇にのぼる。さらに、元の陶宗儀『説郛』に所載の資料を参考に、『広記』からもう一篇を拾い出すことができ、[15] 合計三十四の話が現存する。原本が何話を収めていたかは明らかでない。しかし、三巻という分量から推測して、それほど多いとは思われない。現存する作品中には比較的長いものも含まれるところから、三十四という数は、おそらく全体の二分の一には達していよう。

それらの現存する話群の内容は、半数近くを占める鬼（幽鬼）や冥界の話のほか、神仙・再生・夢・道術・応報など様々であるが、「板橋三娘子」を念頭に置いた視点からも、興味深い作品を幾つか拾い出すことができる。たとえば、「蕭洞玄」という話がある（『太平広記』巻四四・神仙部）。あらすじは、およそ次の通り。

王屋山（山西省）の霊都観の道士蕭洞玄は、仙丹を錬り上げようと、数年にわたって努力を重ねたが成功しなかった。道家の真人に会ったところ、彼は煉丹の秘法を授けてくれたうえで、「志を同じくする者を捜し出して、共に事を謀れ」という。そこで蕭洞玄は、同志を求めて天下を旅すること十数年、揚州の近くで終無為と名乗る者をやっと見つけ出した。彼は、船の衝突で右腕をへし折られそうになっても顔色一つ変えず、声も挙げないのであった。

この男こそと見込んだ蕭洞玄は、わけを話して連れ立って王屋山に還り、二人で修業を積んだのち、いよいよ神丹の煉成に取りかかる。ところでその秘法とは、洞玄が壇上で祈る一方で、終無為は丹炉を見張って正座し、夜明けまで沈黙を守るというものであった。さて、無為が沈黙の行に入ると、天上世界の道士、美女、猛獣、夜叉などが次々と現われ、誘惑や威嚇を繰り返す。はては地獄に突き落とされ、様々な責め苦を受けたのち、長安の貴人の家に男児として生まれ変わる。ただ、一言も口をきくことなく成長し、やがて妻を娶り一子を儲けた。

ある日、庭で妻子とくつろいでいる時、子供を抱いた妻が、「私を愛しているのなら、一言話しかけて下さいまし。でないと、私はこの子を殺してしまいます」と言いだす。慌てて子供を奪い返そうとしたが間に合わず、子は庭石に叩きつけられ、余りのことに彼は思わず声を挙げてしまう。気づくと夜は明け初め、洞玄の修法もまさに終わろうとするところであった。しかし、無為の声とともに丹炉はふっとかき消え、失敗した二人は慟哭するしかなかった。すぐにまた修業に取りかかったが、その後はどうなったものやら定かでない。

明らかにこの話は、著名な「杜子春」と源流を一にする物語である。「杜子春」の所載小説集については、牛僧孺の『玄怪録』とする説と、李復言の『続玄怪録』とする説の二つがあって、いずれとも決めがたい[16]。もし『玄怪録』所載であれば、「牛僧孺の書を継ぐ」という『河東記』序文の薛漁思の意図が、そのまま現われた作品ということになろう。また、『続玄怪録』所載であれば、李復言「杜子春」との影響、先後関係が改めて問題となってくるが、そのあたりの事情は確定が難しい[17]。

ただ、それよりも興味深いのは、これらの物語の源流がインドに求められる点である。よく知られているように、『大唐西域記』巻七「婆羅痆斯（バーラーナシー）国」の救命池の条に、池の名の由来にまつわる伝説が見え、それが「杜子春」「蕭洞玄」などの翻案を生んでいる[18]。西域伝来の説話への関心という点では、「三娘子」の作品世界とも通じる薛漁思の嗜好を、ここに窺うことができる。

さて、西域趣味ということで言えば、「胡媚児」もそうした雰囲気を漂わせる作品である。この話は、『太平広記』巻二八六・幻術部に、「板橋三娘子」とともに収められている。これもあらすじを示しておこう。

唐の貞元（七八五—八〇五）年間のこと、どこから来たのか、揚州（江蘇省）に胡媚児と名乗る大道芸人が現われた。ある日のこと、彼女は懐から玻璃の瓶子（ガラスの水差し）を取り出し、見物人に向かって、「どなたか、この瓶子に一杯になるほどお恵みくださいませんか」といった。瓶子の口は、葦の管ほどの細さだった。見物人の一人が百銭を与えた。投げ入れると、ちゃりんと音がして、粟粒くらいになって中に入る。みな不思議がって、千銭、万銭、さらには十万二十万と与える物好きもいたが、同じように中に入る。やがて見物人のなかには、馬やロバをつれて自分が入る者まで現われる始末。なかの人馬はみな蠅くらいの大きさで、動きはもとのままであった。

と、そこへ役人の率いる隊列が、上納用の物産を運んで通りかかった。車を止めて見物した役人は、胡媚児に向かって、「お前は、隊列の車を全部、瓶子のなかに入れられるか」と尋ねた。媚児が「お許しがあれば、できます」と答えるので、さっそく試させてみると、彼女のかけ声とともに、車は次々一輛残らず瓶子のなかに入ってしまった。蟻くらいの大きさになった車輛は、しばらくして見えなくなった。すると媚児はひらりと身を躍らせて瓶子のなかに飛び込んだ。役人は仰天し、あわてて徳利をたたき割って捜したが、何一つ有りはしなかった。それから胡媚児の所在もわからなくなってしまった。

一か月あまりたった後、ある人が清河（河北省）の北で、車輛をひきいて旅する彼女に出会ったという。

この作品の原話については不明であるが、似た話としては、晋の葛洪『神仙伝』巻五の有名な壺公の話が想い起こされる。市中で薬を売り、日暮になると屋上に懸けた壺に跳び込んで休む仙人の術は、当然、薛漁思の知るところだったはずである。

ただ、小さな壺に人が入る、あるいは微小なものの中に大きなものが納まるという発想は、インドに起源を持つと言われる。(19) 作品世界を通して窺われる薛漁思の意識も、中国の仙術よりは、むしろ西域の幻術に向けられているように思われる。たとえば、胡媚児の「胡」という姓、それに何よりも彼女の「玻璃の瓶子」が、異国との結びつきを暗示する。透明なガラス細工は、漢代から六朝にかけては、遠い西の異国の情趣と不思議を伝える、珍奇で高価な輸入品であった。唐代においては、すでに中国国内における生産も活発であったが、ガラス器と西域のイメージには、切り離し難いものがあったはずである。胡媚児が用いる細首の瓶子は、わが国の正倉院に伝わる白瑠璃瓶のような、当時「胡瓶」と呼ばれたイラン風の形のものではないかと想像される。[20] 胡媚児の術を綴る薛漁思の筆先には、漂う西域の香りを楽しむ風情がある。

不思議な術をテーマにした作品では、他に「葉静能」がある（『太平広記』巻七二・道術部）。この話は、当時著名な術師であった葉静能が、酒豪の汝陽王のもとに小人の道士を呼んで相手をさせたが、何とそれは五斗の酒樽だったというもの。実は同様な話は主人公の名を変えて幾つも残されており[21]、当時よく知られた伝承だったようであるが、幻術に興味を示す薛漁思の触手は、ここにも伸ばされているのである。

これ以外にも、注目しておきたい作品が一つ二つある。たとえば、「申屠澄」（『太平広記』巻四二九・虎部）は比較的知られた話で、次のような内容である。

申屠澄は、貞元九年、地方の県尉となって赴任する途中、真符県[22]の東で吹雪に遭い馬が進めなくなった。一軒の茅葺きの家の煙を見つけて立ち寄ると、そこには老夫婦と若く美しい娘が住んでいた。老夫婦の厚意で一夜の宿を借りることになり、爐を前に暖めた酒が出された。申屠澄は、酒令の詩句のやりとりで娘の聡明さに驚き、彼女を妻としたいと願い出て老人の許しを得る。

娘と連れだって任地に赴いた澄は、その地でたちまち声望を得た。夫婦仲もよく、任期が満ちるまでに一男一女を授かった。彼はある時、妻に贈る愛情のこもった詩を詠いあげた。妻は心の中でそれに唱和する風であったが、決して口に出そうとはしなかった。

やがて任期も満ち、家族を連れて都に戻ることになった。その途次、妻が先の贈詩に和した一首を口ずさみ、涙を流した。何やら思いこんでいる様子である。それからさらに旅を続け、妻の実家にたどり着いた。家はもとのままだったが人の気配はなく、その夜はそこに泊まることになった。ふと見ると、壁の隅の古い衣服の下に、埃を被った虎の皮がある。妻は不意に声をあげて笑い出し、「まあ、まだこれがあったの」というと、それを羽織った。するとたちまち虎に変身し、吼え叫び門を突きぬけて走り去った。

澄は驚いて逃げ出したものの、すぐに二人の子をつれて妻の行方を捜した。森に向かって数日慟哭したが、行方はついに分からなかった。


「人虎伝（李徴）」をはじめとして、中国の古典に虎への変身譚は数多いが、そのなかでも「申屠澄」は、情趣を湛えた佳品といえる。[23] つまり、変身譚も薛漁思が好んだテーマの一つとして、力が注がれているのである。加えて、「盧従事」の話（『太平広記』巻四三六・畜獣部）も挙げておいてよかろう。これは、嶺南の従事であった盧伝素の甥が、盧の金を着服したため馬に生まれ変わって負債を償うという、典型的な「畜類償債譚」[24]である。因果応報の思想をもとにした、死が介在する形での動物への転生ではあるが、人から馬への変身譚の一種には違いない。

すでに述べたように、『河東記』三十四話のモチーフは鬼・冥界を中心に多様で、ここに挙げた作品がその主要部分を占めているというわけではない。しかし、『河東記』に「板橋三娘子」が書き留められた事情の一端は、これらの作品を通じて推し量ることができよう。遠く西から運ばれた、中国に類のない魔術と変身の物語は、西域の奇談や幻術に心惹かれ、変身譚に興味を持つ薛漁思にとって、願ってもない素材だったはずである。薛漁思という人物について、私たちはほとんど何一つ、具体的に知ることができない。しかし、この物語と出会った時の彼の瞳の輝きや笑顔は、なぜか想像できるような気がするのである。

（1）もっとも、正確に言うと『郡斎読書志』には、「袁本」「衢本」と称される二系統のテキストがあり、薛漁思の名を記すのは衢本で、袁本は「右不著撰人」としている。ただ、孫猛『郡斎読書志校証』（上海古籍出版社、一九九〇年）の前言によれば、「衢本」は補正本というべき内容であって、初版本系統の「袁本」よりも体裁が整い、特に小序と解題には、大幅な補訂が施されているという（五—六頁）。また、程毅中『古小説簡目』（中華書局、一九八一年）七五—七六頁、袁行霈・侯忠義『中国文言小説書目』（北京大学出版社、一九八一年）五一頁、李剣国『唐五代志怪伝奇叙録』（南開大学出版社、一九九三年）下冊六三四頁などが指摘するように、元の馬端臨『文献通考』も「衢本」によって『河東記』の解題を記しており（巻二一五・経籍考四二・子部小説家類）、私たちは「衢本」の記事に従ってよさそうである。

（2）『郡斎読書志』は、巻一三に『続玄怪録』の名を載せ、「續牛僧孺書也」と記す。

（3）成立年代は、李剣国『唐五代志怪伝奇叙録』の考証による（下冊六三四頁）。『河東記』との先後関係については、『続玄怪録』の成立が早く、薛漁思は同じ書名を避けたのではないかとする説（後述の王夢鴎『唐人小説校釈』）もあるが、確たる論拠にはならず不明。ただ、後の注17で触れる「蕭洞玄」と「杜子春」の両作品の関係からすると、薛漁思は『続玄怪録』を目にしていなかったように思われる。

（4）たとえば、程毅中『古小説簡目』はこの説を採り（七六頁）、今村与志雄『唐宋伝奇集』もこれに従う（下冊二九七頁、訳注一）。しかし李剣国『唐五代志怪伝奇叙録』は、南宋の朱勝非『紺珠集』の巻七に摘録された『河東記』を反証として挙げ、その題下の原注に「薛漁思」と記すとして、「渙思」説を退けている。

ただ、李氏が参照しているのは文淵閣四庫全書本であるが、台湾より影印出版の明刊罕伝本『紺珠集』を開いてみると、『河東記』の下には注記がない。このあたり検討の余地は残されるが、やはり「薛漁思」説が有力であろう。なお、同影印本には出版社の名が明記されていないが、東京大学東洋文化研究所の文献データによると、台湾商務印書館となっている。

（5）『新旧唐書人名索引』（上海古籍出版社、一九八六年）、『唐五代人物伝記資料総合索引』（中華書局、一九八二年）、『唐五代五十二種筆記小説人名索引』（中華書局、一九九二年）など、いずれにもその名が見当たらない。

（6）『旧唐書』巻七三および『新唐書』巻九八の薛収伝、『太平広記』巻一六九・知人部「薛収」（出典は唐の胡璩『譚賓録』）に、彼が一族の薛元敬・薛徳音とともに「河東三鳳」と称されたとの記事が見える。薛収は蒲州（山西省永済県）の人とされる。また『新唐書』巻七三下・宰相世系表には、河東の薛氏の条項がある。唐代においても赫々たる名門であったことが分かるが、薛漁思らしき人名は見当たらない。名門の血筋を意識し、それを自らの著作のタイトルに示しながら、ついに出世することなく終わった人物ということであろうか。なお、河東の薛氏に関しては、荒井健・谷川道雄両先生より示教をいただいた。

（7）王夢鴎『唐人小説校釈』下集（正中書局、一九八五年）、「申屠澄」叙録の一一六―一一七頁。

（8）薛沢の名を留める資料は、『北夢瑣言』に三条残されている。うち一条については、後の注10参照。

（9）李剣国『唐五代志怪伝奇叙録』に、すでに考証がある（六四〇頁）。

（10）『太平広記』巻二六六・軽薄部に、出典を『北夢瑣言』として引かれる「韋薛輕高氏」がある。（現存の『北夢瑣言』には見られない逸文。）この資料には、①後唐の荘宗（在位九二三―九二六）が後梁を滅ぼして中原の地を制した時、薛沢は補闕に任ぜられたこと、②春秋博士に任ぜられた韋荊とともに得意の様子で、先の後梁朝の行軍司馬であった高季昌を軽んじたこと、③しばらくして洛陽に政変が起こり、明宗（在位九二六―九三三）が即位すると、二人は荊楚の地に身をかがめて生きる境遇となったこと、等が記されている。その後の二人については「韋荊寂寞（一作州幕）而卒、薛澤攝宰而終」とあり、「攝宰」の意味が明らかでないが、文脈から推して不遇であったことが分かる。

（11）澤崎久和氏（福井大学・中国文学）の教示により、王説が成立し難い傍証をもう一つ挙げておく。先の「蘊都師」の舞台となっている経行寺は、宋の宋敏求『長安志』巻十「次南崇化坊」の記事によれば、大中六年（八五二）に龍興寺と改められている。晩唐末から五代にかけての人である薛沢が撰者であったならば、寺名を「龍興寺」と記していたのではないだろうか。またこの「経行寺」の寺名から、『河東記』の成書について、大中六年より以前、あるいは遅くとも寺の改名から左程年月を経ていなかった時期と推測することが出来よう。

（12）「板橋三娘子」を孫頠『幻異志』所収とする文献は、明の王世貞『艶異編五十一種』（蓬左文庫本）、清の陳世熙『唐人説薈（唐代叢書）』、馬俊良『龍威秘書』など。

（13）孫頠については、『全唐文』巻四五七の小伝に「粛宗時人」とある。中唐の詩人、郎士元に「送孫頠」の詩があるが（『全唐詩』巻二四八）、ただ、「頠」は一に「願」にも作る。

（14）王夢鴎『唐人小説校釈』に指摘がある（下集一一五頁）。

（15）李剣国『唐五代志怪伝奇叙録』の考証による（下冊六三九―六四〇頁および六二三頁）。『太平広記』巻三八五・再生部に『玄怪録』からとして収める「崔紹」の話。『説郛』巻四の『墨娥漫録』に同話を節録し、出自を『河東記』とする。

（16）「杜子春」は、明刊『玄怪録』二種（稽古堂一一巻本、陳応翔四巻本）のいずれにも、第一巻冒頭に収められているが、『太平広記』は出所を『続玄怪録』と記す（巻一六・神仙部）。李剣国『唐五代志怪伝奇叙録』は、『玄怪録』所載として暫定的に扱い（下冊六一二頁）、今村与志雄『唐宋伝奇集』は、「絶対的にどちらかとはきめにくいところがある」という（下冊二六六頁）。程毅中点校『玄怪録　続玄怪録』（古小説叢刊、中華書局、一九八二年／古体小説叢刊、中華書局、二〇〇六年）は、明刊本に従って「杜子春」を『玄怪録』に収めるが、この問題に関する考証はない。また、赤井益久「『杜子春伝』臆説」（『中国古典研究』第五三号、二〇〇八年）は、両説を並記して論断を控える。

（17）ただ、「蕭洞玄」と「杜子春」を比較すると、作品としては「杜子春」の方が優れ、展開に工夫の跡が見られる。（たとえば「蕭洞玄」では、道士の意図が当初から明示されてしまっているのに対し、「杜子春」の老人は謎の人物として現われる。また「蕭洞玄」で終無為は、そのまま男として転生するけれども、「杜子春」ではもう一捻りして、女性に生まれ変わることになっている。実は「蕭洞玄」の展開は、後述する原話『大唐西域記』救命池伝説をそのまま踏襲しており、「杜子春」よりも原話に近いといえる。）ここから推測すると、薛漁思は小説「杜子春」の存在を知らずに、「蕭洞玄」を書いたように思われる。もしそうだとすれば、「杜子春」は『続玄怪録』に収められた話で、薛漁思はこの小説集を目にしていなかったということになろう。ちなみに、金関丈夫『木馬と石牛』（大雅堂、一九五五年／岩波文庫、岩波書店、一九九六年）所収の論文「杜子春系譜」の系統図では、影響関係を考えずに両作品を並列させている（岩波文庫本一三四頁）。

（18）『大唐西域記』の救命池伝説と唐代小説との関わりは、唐の段成式『酉陽雑俎』続集巻四の言及をはじめとして、明の李詡『戒庵老人漫筆』巻三など、早くから指摘が見える。銭鍾書『管錐篇』（中華書局、一九七九年）第二冊六五五―六五六頁や、李剣国『唐五代志怪伝奇叙録』下冊六一二―六一三頁に考証がある。

救命池（一名、烈士池）伝説のあらすじを紹介しておくと、次のような話である。

昔、この池の傍らに変化の術を使う隠士がいて、天空飛行・不老長生の仙術を会得したいと考えた。そこで術書を研究したところ、「術を得ようとする者は、まず周囲一丈余の壇場を築く。そこを勇武顕著な烈士に沈黙を守って警護させ、自らは壇上で長刀を持ち神呪を唱える。こうして夕方から明け方に至れば、長刀は宝剣となって諸仙人を服従させ、不老不死の身となることができる」とあった。かくて隠士は烈士を尋ねる旅に出、何年かの後、主人から酷い仕打ちを受けたと泣いている一人の男に出会った。その人相を見てこの男こそと確信した隠士は、幾度も多額の贈物を与えて彼の窮状を救ってやった。その上で協力を求めると、恩に感じた彼は即座に承知した。

こうして烈士を連れ帰った隠士は、壇を築き術書通りに修行をはじめた。しかし、まさに夜が明けようとする時になって突然、烈士が叫び声を挙げた。その瞬間、煙と炎が立ち昇り、隠士は烈士を抱え池に飛び込んで難を逃れた。そして「声を出さないようにと誡めたのに、どうして叫んだのか」と尋ねると、彼は言った、

「夜中になると、ぼんやり夢のような気分になり、不思議なことが次々と起こりました。もと仕えていた主人がやってきて私に謝ったのですが、押し黙っていると彼は激怒し、私を殺してしまいました。殺された私は、南インドの大婆羅門の家に生まれ変わり、成長して結婚し子供も授かりました。しかし、あなたとの約束を守って一言も口をきくことはありませんでした。年六十五になった時、妻は私に『本当は口がきけるのでしょう。口をきいてくれないなら、この子を殺してしまいます』と言った。私は老い先短く、この子だけしかいないことを思って、思わず声を挙げてしまったのです」と。

隠士は「私が間違っていた。これは魔物に魅入られていたからだ」と言った。烈士は事の成就しなかったことを悲しみ、憤って死んでしまった。火災の難を逃れたために「救命池」といい、恩に感じて死んだので「烈士池」ともいうのである。

(19) 微小なものの中に大きなものが収まる話としては、晋の荀氏『霊鬼志』の「外国道人」、梁の呉均『続斉諧記』の「陽羨鵞籠」が有名である。両話は共に、「不思議な書生(あるいは道士)が口中から食事や妻を吐き出し、書生が眠ると妻は別の男を吐き出す。その妻が書生と眠ると、男は若い女を吐き出して食事を取る。しばらくして書生が目を覚ましそうになると、男が若い女を、さらにその男を妻が呑み込み、最後に目覚めた書生が妻や食器を口中に収める」というもので、仏典『旧雑譬喩経』に基づくことを、晩唐の段成式『酉陽雑俎』が夙に指摘している(続集・巻四・貶誤)。魯迅『中国小説史略』は、この話を取り上げて『旧雑譬喩経』を示し、さらに『観仏三昧海経』巻一の「一筋の毛のなかに百億光があり、その光のなかに菩薩が現れる」という話を引く。中島長文訳注『中国小説史略 1』(東洋文庫、平凡社、一九九七年)の「第五篇 六朝の鬼神志怪の

書（上）」一一三―一一八頁、一三〇―一三一頁を参照。もっとも『観仏三昧海経』については、中島氏は「陽羡鵞籠の…（中略）…入れ子式の話の展開とは直接の関係がない」とする（一三一頁）が、古くインドにそうした発想があることの証左とはなろう。

なお、榎一雄「黎軒・条支の幻人」は、中国に伝来した様々な雑伎・幻術を論ずるなかで「胡媚児」を取り上げ、この種の幻術の起源をインドに求めている。もっともその一方で氏は、「胡媚児の話は、レンズを応用しての技術かと思われるものであって、必ずしも外国から伝えられた知識を反映しているものではないかも知れない」と述べて慎重であるが、ここではトリックの種明かしやその起源よりも、胡媚児と彼女の術に漂う異国の雰囲気に注目したい。同論文の初出誌は『季刊東西交渉』第二巻一―四号（一九八三年）、のち『榎一雄著作集・第四巻　東西交渉史Ⅰ』（汲古書院、一九九三年）に収載された（該当箇所は三五〇―三五六頁）。

(20)　中国におけるガラスの歴史については、『正倉院のガラス』（日本経済新聞社、一九六五年）所載の、原田淑人「東洋古代ガラスの史的考察」を参照した。氏の考証によれば、「四世紀には中國にガラス容器の使用されたことは明らかであるが、その餘りにも珍寶視されているところからみると、ほとんどすべてがローマ・ガラス器の輸入品と斷定すべきではあるまいか。しかるに五世紀に入ると、中國内においてガラス器が自由に製作されたことが確認される」という（七五―七六頁）。白瑠璃瓶については、同書の一二―一五頁に写真と解説がある。

なお、容器ではなく彩色されたガラス玉ということであればさらに遡るようで、原田氏は後漢の王充『論衡』率性篇の記事をもとに、「少なくとも後漢時代にたとえ工人が外國人であったにせよ、中國において鑛石によって設色した五色のガラス玉の製作されたことを示唆する」と述べる（七二頁）。また榎一雄「セリグマン・ベック氏共著『極東古ガラスの分析的研究』」（『著作集』第四巻、初出誌は『東洋学報』第二六巻二号、一九三九年）は、中国におけるガラス製造を漢代あるいはそれ以前とする（『著作集』四〇四、四一〇頁）。ただ、こうした中国におけるガラス生産の古い歴史は、その中国化の早さを示しているというよりも、むしろ異国の珍宝の透き通った不思議な美しさが、如何に中国の人々を魅了し続けて止まなかったかを物語るものであろう。

(21)　『太平広記』からも、「葉静能」の類話を幾つか拾い出すことができる。たとえば、巻二六・神仙部「葉法善」（出典は『集異記』『仙伝拾遺』）、巻三〇・神仙部「張果」（出典は『明皇雑録』『宣室志』『続神仙傳』）中の一段に見える酒甕の話、巻三七

○・精怪部・雑器用「姜修」（出典は『瀟湘録』）に見える酒甕の話など。特に「張果」の話は、「葉静能」と極めてよく似ている。ほかに敦煌変文「葉浄能詩」の第四話にも、酒甕に化した道士の話が含まれる。「葉浄能詩」は、項楚『敦煌変文選注』（巴蜀書社、一九九〇年）、黄征・張涌泉『敦煌変文校注』（中華書局、一九九七年）などに所収。以上の資料は、澤崎久和氏の教示による。

(22) 真符県は、今の四川省内の地。今村与志雄『唐宋伝奇集』は、貞符県（陝西省洋陽県の北）の誤りではないか、とする（下冊三〇一頁）。

(23) もっとも、志村五郎『中国説話文学とその背景』（ちくま学芸文庫、筑摩書房、二〇〇六年）は、「申屠澄」を「詩をいれたりして文学作品としようとした跡が見えるが、あまり成功していない」と評する（一七五頁）。確かに、挿入された詩の出来映えは今一つの感があるが、物語自体は捨てがたい情趣を湛えている。今村与志雄『唐宋伝奇集』は、「本篇は、この種の作品のなかですぐれたものである」と評価する（下冊三〇二頁）。

国外への流伝について見てみると、高麗の僧一然の『三国遺事』（成立は一三世紀）巻五に見える「金現感虎」の話に、この「申屠澄」が並載されている。金思燁『完訳三国遺事』（六興出版、一九八〇年）四〇二—四〇八頁、村上四男『三国遺事考証下之三』（塙書房、一九九五年）九五—一一〇頁。また「申屠澄」は日本にも伝わり、江戸中期の鳥飼酔雅『近代百物語』では、「狐の嫁入り出生の男女」と題して、狐の話に翻案されている（三之巻、第三話）。太刀川清校訂『続百物語怪談集成』（叢書江戸文庫、国書刊行会、一九九三年）所収、三〇六—三〇八頁。こうした海外での反響からしても、佳作と見て良いであろう。

(24) 澤田論文「畜類償債譚」（第一章第三節・注4参照）の命名による。なお「盧従事」の話は、第三章第二節において取り上げる。

二　「板橋三娘子」とその背景

作者と所載小説集についての考察を終えたところで、「板橋三娘子」全文を読み通しておくことにする。物語の展開に沿って注解と分析を試み、行き当たる問題を取り上げてゆくという、いささか芸のない方法を取るため、おそらくは雑然とした印象を与えることになろう。ただ心づもりとしては、「板橋三娘子」の成立事情、小説としての技法と完成度、物語の社会風俗的な背景等について、関連する諸資料を読み合わせながら、新たな角度から検討を加えてみたいと考えている。なお「板橋三娘子」の本文は、点校本の『太平広記』（中華書局、一九八一年第二次印刷、第一次印刷は一九六一年）を底本とした。この物語は、明の陸楫の『古今説海』説淵丁集・別伝二一に「板橋記」の題名で収められるほか、明清の複数の小説集に収録されている。[1] 細かな字句の異同は少なくないが、後の「4　変驢・黒店」で指摘する削除部分一箇所を除いては、特に大きな問題となる箇所は見当たらない。ここでは、言及が必要と思われるもの以外は省略することにした。[2]

訳注あるいは鑑賞の類は、日本と中国をあわせれば、かなりの数に上る。[3] 当然、解釈の相違も多いが、これも煩を避けて要点のみの指摘に留める。

1　汴州・板橋・旅店・驢

唐汴州西有板橋店。店娃三娘子者、不知何従來。寡居、年三十餘、無男女、亦無親屬。有舍數間、以鬻餐爲業。然而家甚富貴、多有驢畜。往來公私車乘、有不逮者、輒賤其估以濟之。人皆謂之有道、故遠近行旅多歸之。

唐の汴州（河南省）の西に板橋店という宿場町があった。そこの女将の三娘子は、どこからやって来たのか素姓が分からない。独り暮らしで年の頃は三十あまり、息子も娘もなく親戚もいなかった。広さ数間ほどの小さな家で、食事を出して商売を営んでいた。しかしその家は大変裕福で、驢馬をたくさん飼っていた。行き来する公用私用の乗物に不足が生じると、安値で用立てて助けるのだった。それで人々は皆、彼女のことを親切な出来た人だといい、遠くあるいは近くへ赴く旅人たちは、多くここに宿をとったのである。

唐代の小説の発端は、史書の文体の影響を受けて、概ね主人公の平板な紹介から始まる。この小説も、さりげない書き出しで幕が開き、女主人公と彼女が経営する旅店の様子が語られてゆく。しかし注目しておきたいのは、ここにはすでに、物語の展開につれて効果を発揮する、いくつかの伏線が周到に張りめぐらされている点である。親切で評判の女将ながら、来歴不明で独り暮らしの三娘子、小さい宿なのに何故か裕福で、しかも沢山の驢馬が飼われている――。こうした謎を潜ませての冒頭の描写には、実はなかなか巧みなところがある。薛漁思の小説家としての工夫と技量を、読み進むにつれさらに確認できそうな予感がする。なお冒頭の「唐」字は、『太平広記』収録時に付け加えられたもので、薛漁思の原作にはなかったと考えられる。

ここで物語の舞台となる板橋の旅店を中心に、それぞれ項目を立てるかたちで考察を加えておこう。

【汴州・板橋】

三娘子が旅店を構える汴州の板橋とは、どのような土地だったのだろうか。先ずは汴州から見てゆきたい。ここは後の宋代、首都開封が置かれた地で、治所は現在の河南省開封市にあった。古くは戦国時代の魏の都で、大梁と呼ばれたところから、後世もしばしばこの名称が用いられる。漢代には陳留郡が置かれ、『史記』巻九七・酈食其伝にも、「陳留、天下之衝、四通五達之郊（陳留は天下の要衝であり、四方八方に通じるかなめの地です）」という酈食其の言葉が見える。交通の要路に位置し、早くから開け栄えたこの商業都市は、隋の時代、煬帝がこの地を経由する大運河通済渠（汴河ともいう）を開鑿したことにより、さらに重要な拠点となった。隋唐の漕運物資の大部分が、ここを経て洛陽や長安の都に送られた[4]。ただ、水陸の交通の要地として発展した結果、綱紀風俗の乱れを生じ、役人泣かせの土地柄でもあった。『旧唐書』巻一三一・李勉伝には、玄宗朝のこととして「汴州水陸所湊、邑居龐雜、號爲難理（汴州は水陸両路の集まる所であり、町の住居は入り乱れ、治めにくいことで評判だった）」という[5]。三娘子の物語の背景として、記憶しておいてよいかも知れない。

次に、汴州の西にあるとされる板橋について見てみよう。この地に関する文献資料は多くない。しかし、楊憲益『零墨新箋』が紹介する、清の王士禛『隴蜀餘聞』全一巻の記事は参考になろう。王士禛は三娘子の物語に触れた後、板橋の所在を「今の中牟県の東十五里」（清代の一里は約五七六メートル）とし、さらに白居易や李商隠の詩を例として引いている。（この詩は後の「店内」の項で紹介する。）中牟県は現在の河南省中牟県の地で、汴州

〔開封〕の西三十キロ足らずに位置する[6]。歴史を遡って『三国志』巻一・魏書の武帝紀を繙くと、洛陽の董卓のもとを逃れた曹操が、有名な呂伯奢殺しの事件を引き起こした後、ここで亭長に捕えられ危機に陥っている。なお清の顧祖禹『読史方輿紀要』では、巻四七・河南開封府の条に「板橋、在〔開封〕縣西七里」と説明される。『隴蜀餘聞』とは逆方向からの計測で、距離がかなり食い違うが、おおよその位置関係は押さえられよう[7]。

要するに板橋は、汴州近郊の、洛陽・長安と結ばれた街道沿いの宿場町であった。西の魔女の物語が、旅人を待ち受ける術使いの女将の伝奇に変貌を遂げるには、格好の舞台というべきであろう。ただし、術使いの女将の宿といっても、人里離れた寂しい場所ではない。汴州と都を結ぶ街道といえば、陸路の最も重要な幹線にあたる。「往来の公私の車乗」も多い、活気にあふれた宿場町であるところが、日本の「旅人馬」などと異なって面白い。

ところで、ここで少しばかり気になるのは、原文の「板橋店」という表現である。これは、三娘子の店の屋号なのであろうか、それともこの宿場町を指しているのであろうか。邦訳・現代中国語訳はまちまちで注記もなく、参考にならない。しかし、日野開三郎『唐代邸店の研究』正続二巻の大著[8]が、この問題を解決してくれる。日野氏の詳細な考証によれば、「店は、旅館兼飲食兼倉庫業をいい、またその店舎をいう語であって、これが店の基本的概念である」が、店の所在地名、あるいは店の聚落など、しばしば拡大された語義でも用いられる。氏は、詩・小説を対象とした広汎な調査によって多くの用例を示した後、この「板橋三娘子」を資料として取り上げる。そして、「有板橋店。店娃三娘子」の一句は、「板橋店と呼ばれる営業店の店娃三娘子」の意味ではなく、「板橋店という名の店聚落の中の一営業店の店娃三娘子」の意味であると、丁寧に結論づけている（『続　唐代邸店の研究』二二八—二五二頁）。これに従うべきであろう。

なお、「店娃」は、「娃」に美人の意味があるところから、店の美人ないしは美人の女将ということになろうが、意外に用例が捜し出せない。ただ、『太平広記』には「店媼」「店婦」といった語が見え[9]、これと同様な造語であることを推測させてくれる。「娘子」は、女性に対する呼称。牛志平・姚兆女編著『唐人称謂』（隋唐歴史文化叢書、三秦出版社、一九八七年）によれば、身分の尊卑あるいは既婚・未婚にかかわらず用いられた通称。また、主婦に対する尊称ともなる（一〇〇―一〇一頁）。

【旅店】

地名についての検討が終わったところで、次に三娘子の店について、もう少し詳しく見ておくことにしたい。ただし、ここでも専ら日野氏の業績に頼ることになる。

三娘子の店は「數間」であったと記されている。「間」は家の柱と柱の間をかぞえる単位で、部屋数の意味にも用いるところから、これに従う解釈も多い。しかし、後の店内の描写から判断できるように、この宿の客室は一室の相部屋であり（『唐代邸店』四九頁）、ここは家屋の広さ・規模をあらわすと取るのが正しい[10]。「間」は絶対寸法ではないため、具体的な数値は不明であるが、最小規模の一般住居が三間だったことを示す資料がある（『唐代邸店』二二頁）。日野氏によれば、邸店には様々な規模があり、通常大型のものは「邸」、小型のものは「店」と呼ばれた。「店」にもまた大小があって、大きい方では、二十間の広さのものを「店」と呼んだ例が見られる。十間前後の広さが中型で、したがって三娘子の経営する数間の広さの店は、いちばん小型ということになる。ただ、数の上から最も多く一般的だったのは、この数間規模の店だったようであり、「草店」などとも呼ばれている。「草」は、粗小の意味と考えられる（『唐代邸店』一三―二七頁）。

こうした小さな宿屋が、女将ひとりで経営されているという話は、他にもある。『太平広記』巻三一四・神部に、南唐の徐鉉『稽神録』からの話として引かれる、「司馬正彝」を見てみよう。その冒頭はこんな風に始まっている。

司馬正彝者、始爲小吏、行溧水道中。去前店尚遠、而饑渴甚、意頗憂之。俄而遇一新草店數間。獨一婦人迎客、爲設飮食、甚豐潔。……

司馬正彝が、まだ小役人であったころ、溧水（江蘇省）沿いの街道を旅した。先の宿場はまだ遠いのに、飢えと渇きがひどく、それがとても心配になった。ふと一軒の建ったばかりの数間ほどの草店に行き当たった。そこは女ひとりで、客を迎えて料理を出してくれたが、清潔で盛りだくさんな御馳走だった。……

もっともこの話では、女将は実はその地の廟に祭られた神女であり、町で紅白粉を買ってきてもらおうと、人の姿になって現われたという展開になっている。したがって、これをそのまま現実の資料として扱うわけにはゆかない。けれども、物語のこうした舞台設定は、女主人ひとりの小さな宿が、当時実際に存在したという背景を前提としていよう。小さな宿を女手一つで切り盛りし、日々の暮らしを立ててゆくのは、決して楽なことではない。貧しい草店が多いなかで、「数間」規模の店にもかかわらず、三娘子は何故か「甚だ富貴」だったのである。（「富貴」は、裕福。ここでは専ら「富」に意味が置かれる。）

さて、三娘子は、「餐を鬻（ひさ）ぐ」ことを生業としていたとある。宿屋であれば当然宿泊客に食事を提供するわけだが、この表現は、彼女の店が宿泊客以外も立ち寄った、飲食店も兼ねていたことを示している。再び日野氏の研究（『唐代邸店』五二―七六頁）によると、店は旅宿業以外にも飲食業あるいは倉庫業などを営んでおり、飲食業に関しては、宿泊客以外の人々が気軽に利用したことを示す資料も少なくない。それらを通じて、酒や料理を注文できる店から、胡餅や蒸餅の軽食を扱う店、漿（甘蔗のジュース）を販売する店など、営業の様子をうかがい知ることができる。この一節には、そうした事情が反映されているのである。

店は、こうして種々の兼業によって収入を得ていたのであるが、そのなかに、車輌・旅具の売買補修、馬や驢の売買賃貸があった（『唐代邸店』一二一―一二六頁）。当時の最も重要な交通手段であった、車輌や役畜の便をはかることも店の重要な役割で、不都合が生じた際の三娘子のような対応は、旅客達に重宝がられ感謝されたのである。役畜としての驢については、続いて一項を設けて論じることにしよう。なお「往來公私車乘…」の一節は、「不逮」の解釈をめぐって説が分かれるが、ここは「数が足りない」あるいは「(不足して) 間に合わない」の意味であろう。[11]

【驢】

唐代、交通運輸の手段として用いられた役畜には、馬・驢・牛・駱駝などがある。このうち、牛は牽引用に充てられることが多く、他は乗用・駄用・牽引用に使われた。総ての用途にすぐれているのは、言うまでもなく馬である。しかし、供給量が限られるために値段が高く、概ね貴人や富豪の使用に限られた。最も普及し大衆的だったのは、力役に耐えて値段も安い驢であった（『唐代邸店』一二二―一二四頁）。[12] この時代、整備された主要な街道の各宿駅には、乗り継ぎの「驛驢」も置かれ、旅客の利用を待っていた。唐の杜佑の『通典』には、次のような記事が見られる。王文錦等点校『通典』（中華書局、一九八八年）によって引く。

東至宋汴、西至岐州、夾路列店待客。酒饌豐溢、毎店皆有驢、賃客乗倏忽數十里、謂之驛驢。南至荊襄、北至太原范陽、西至蜀川涼府、皆有店肆以供商旅、遠適數千里、不持寸刃。

東は宋州・汴州（河南省）、西は岐州（陝西省）に至るまで、街道をはさんで店が軒を列ね旅客を待ちうける。酒や料理はふんだんで、どの店にもロバが用意されている。運賃を払って乗ると、忽ちのうちに数十里を行くことができ、これを「駅驢」と言う。また南は荊州・襄州（湖北、湖南省）、北は太原（山西省）や范陽（河北省）、西は蜀川（四川省）・涼州（甘粛省）に至るどの街道にも、店肆があって商人旅客に物を売り、遠く数千里を行くにも、（護身用の）短刀一つ持ことはない。（巻七、食貨、歴代盛衰戸口）

長安から「東のかた宋汴に至」る路というのは、まさしく板橋を通る街道にあたる。その道路をはさんで立ち並ぶ店々の活気に満ちた様子が、短い一文を通じて伝わってくるようである。[13]もっとも、杜佑のこの文章は、開元一三年（七二五）に玄宗が泰山で封禅の儀式を挙行した、唐王朝の最盛期の事情について述べたもので、「板橋三娘子」の舞台となっている元和年間（八〇六—八二〇）とは、百年近い開きがある。『通典』も続く文章で、その後の天宝（七四二—七五六）末の南蛮の反乱や安史の乱の際に、街道の馬驢車牛が略奪徴用されたことから、その数が十分の三に減少したことを述べる。しかし、日野氏も説くように中唐期に入って商業の発達はめざましく、士人の遊歴も一層盛んとなった。邸店の賃驢業も、それに対応して依然繁盛していたと考えてよいであろう（『唐代邸店』一三四—一三五頁）。

さて、廉価な役畜として中国全土に普及した[14]驢であるが、もともと中国の動物ではない。加茂儀一『家畜文化史』（改造社、一九三七年／法政大学出版局、一九七三年）によれば、原産地は東北アフリカで、紀元前三二〇〇年頃には、すでにエジプトで飼育されていた。テーベの北方にある先史時代の遺跡、ナガダーの古墳から出土した石盤には、牛や羊とともに驢が浮き彫りにされている（四六一、四七四頁）。その後アジアへと分布していった驢が初めて中国に渡ったのは、加茂氏によれば前漢の時代とのことであるが（四九〇頁）、これはもう少し時代を引き上げられそうである。清の顧炎武も『日知録』巻二九・驢驘のなかで、「自秦以上、傳記無言驢者、意其雖有、而非人家所常畜也（秦より以前には、記録に驢について言うものがないのは、思うにそれはいたのだけれども、一般の家で普通に飼われる家畜ではなかったからである）」と、慎重な言い回しながら漢以前と考えている。[15] ただいずれにしても、漢代においては珍しい動物であったようで、司馬遷の『史記』巻一一〇・匈奴列伝は、「奇畜」として橐駞（らくだ）・驘（らば、雄ロバと雌ウマの一代雑種）・駃騠（けってい、雄ウマと雌ロバの一代雑種）などと並んで驢をあげる。後漢の班固『漢書』巻九四上・匈奴伝も、この『史記』の文をそのまま踏襲している。

前漢の武帝（前一四一―前八七在位）の時代、張騫の西域旅行（前一三九―前一二六）を契機として烏孫・大宛・大月氏などとの交通が開け、シルクロードによって西方の珍しい文物が中国にもたらされたことは、よく知られた事実である。当時、西域辺境や周辺諸国では、すでに驢の飼育が普及していた。[16]「奇畜」驢の中国への輸入は、このころから本格的に始まったと考えられる。

「奇畜」としての驢の面影は、後漢から三国時代にかけての伝記資料中にも拾い出すことが出来る。たとえば、南朝宋の范曄の『後漢書』巻八三・逸民伝には、戴良の母親が驢馬の鳴き声を好むので、親孝行な彼は、いつもそれを真似て母を喜ばせたとある。[17] また、南朝宋の劉義慶『世説新語』の傷逝第一七は、魏の王粲が驢馬の鳴き声を好んだので、彼の葬儀の際、文帝の発案で会葬者がそれぞれに一声ずつ嘶いてみせたという話、晋の孫楚が亡くなった時、友人の王済が、驢鳴を好んだ故人のために嘶いたという話、の二つを収める。[18] とても美しいとは思われない驢鳴の愛好の背後には、西域渡来の「奇畜」として驢を珍重した、前漢期の風潮の名残りが窺われるように思われる[19]。

しかしその一方で、驢はこの時代に急速に普及してゆく。『後漢書』巻一五・来歙伝を見ると、光武帝が歙の上書に従って征討軍に糧食を送り込んだ記事があり、これに唐の李賢は次のような注を加えている。

東觀記曰、詔於汧積穀六萬斛、驢四百頭負馱［駄］[20]。

『東観記』にいう、「汧の地に詔を発して穀物六万斛を積みだし、ロバ四百頭に背負わせた」と。

「東観記」とは、後漢の班固・劉珍らの撰になる『東観漢記』を言う。「汧」は、現在の陝西省隴県の南に位置する。後漢初、軍糧を運ぶために、すでにこの地で四百頭の驢が調達できたのである。

『後漢書』には、また次のような記事も見られる。

〔張〕楷字公超、…（中略）…家貧無以爲業、常乗驢車至縣賣藥、足給食者、輒還郷里。

（巻三六・張楷伝）

張楷は字を公超といった。…（中略）…家が貧しくて生業とするものも無かったので、いつもロバに牽かせた車で県にでかけて薬草を売り、なんとか食べられそうなかせぎになると、郷里に帰ってゆくのだった。

向栩字甫興、…（中略）…恒讀老子、狀如學道。…（中略）…或騎驢入市、乞匄保於人。

向栩は字を甫興といった。…（中略）…いつも老子の書を読み、そのようすは道を学ぶ者のようであった。…（中略）…ときにはロバに騎って市場に入り、人に物乞いをしたりした。（巻八一・独行列伝・向栩）

張楷は順帝（在位一二五―一四四）の頃、向栩は桓帝（在位一四六―一六七）霊帝（在位一六八―一八九）の頃の人である。この伝記の中では、驢はもはや珍しい動物ではない。貧者も利用できる、廉価な乗り物となっている。[21]当然輸入のみでなく、すでに国内での繁殖が行われていたと考えられる。

ところで、前章で紹介した佐々木理論文「驢馬になった人間」は、末尾で「板橋三娘子」とその原話に言及し、小川環樹氏からの教示として、次のようなコメントを紹介している。「清初の學者顧炎武の『日知録』をよんでゐたら（巻二十九）驢馬（ただ驢とかいてありますが（ママ））秦以前の書物には見えず、漢代でも大てい塞外から来たものだったといふ考證があります。して見ると、ロバの話も、ロバそのものと一しょに漢以後にたぶん西方から輸入されたものであることは疑ないと思ひます」（三三頁）。

小川氏の推論は、「漢以後にたぶん西方から」という基本的なところでは、的を外していない。しかし、前章で『アラビアン・ナイト』と『カタ－・サリット・サーガラ』を読み、今ここで秦漢以降の驢の普及状況を確認した私たちは、これに幾らかの修正と補足を加えることができよう。前章で述べたように、『カタ－・サリット・サーガラ』の原本となった『ブリハット・カタ－』の成立は六世紀以前、伝説において著者とされるグナーディアまで仮に遡れば、一―三世紀ということになる。これは、中国では後漢の後半から三国六朝の時代ということになる。つまり、驢が中国に普及し、国内で急速に繁殖していった時期にあたる。文献を通じてたどれる「板橋三娘子」の原話の上限が、およそこの辺りまでだとすると、小川説の「ロバの話も、ロバそのものと一しょに」の箇所は、訂正されるべきであろう。「板橋三娘子」の原話は、「奇畜」としてのロバの輸入とともに中国に渡来したのではない。（もしも馴染みのない動物の話であれば、それは伝承の過程で、よく知られた動物の話に変わる可能性が高い。たとえば、第四章で見る日本の昔話「旅人馬」が、多く「板橋三娘子」をもとにしながら、当時日本にはいなかったロバの話ではなく、馬の話に変えられているように。）ロバがすでに普及していた中国に、身近な常畜の登場する不思議な物語として伝わってきたのである。

また、これも前章で述べたように「三娘子」の原話は、『ブリハット・カター』『カター・サリット・サーガラ』系の話から流れ出た一支流が、さらに部分的に『アラビアン・ナイト』系の話に変化するという過程を経たのち、中国に伝えられたと推測される。こうした変遷に要する時間を考慮すれば、それが伝わった時期の上限は、「漢以後」よりもさらに下ってよいであろう。それをどこまで引き下げられるかについては、この物語をもう少し読み進んだ後で考えることにして、ここは次の一段に移りたい。

（1）『古今説海』は、内閣文庫所蔵明刊本によった。また明の馮夢龍は、『古今譚概』第三二・霊蹟部に「板橋三娘子」と題して『古今説海』から節録し、『太平広記鈔』にも同題で一部簡略化して収録する。他に明の王世貞『艶異編五十一種』、呉大震『広艶異編』、袁中道『霞房捜異』、清の陳世熙『唐人説薈（唐代叢書）』、馬俊良『龍威秘書』なども念のため参照した。

（2）字句の異同の詳細については、附論2「『板橋三娘子』校勘記」を参照されたい。また中国原典の引用は、原則として旧字体によっているが、使用したワードプロセッサー「一太郎」「ATOK」収載漢字の制約から、通行の字体によった漢字もある。

（3）読解に当たって参照した主要な文献を、左に列挙しておく。

一、日本の翻訳・注解

田中貢太郎『支那怪談全集』（博文館、一九三一年／『中国の怪談（一）』河出文庫、河出書房新社、一九八七年）

岡本綺堂『支那怪奇小説集』（サイレン社、一九三五年／『中国怪奇小説集』旺文社文庫、旺文社、一九七八年）
奥野新太郎他監修、駒田信二編訳『中国史談5　妖怪仙術物語』（河出書房新社、一九五九年）
前野直彬編訳『六朝・唐・宋小説集』（中国古典文学全集、平凡社、一九五九年）
前野直彬編訳『唐代伝奇集』第2冊（東洋文庫、平凡社、一九六四年）
前野直彬編訳『六朝・唐・宋小説選』（中国古典文学大系、平凡社、一九六八年）
漢文資料編集会議編（担当尾上兼英）『伝奇小説』（大修館書店、一九七一年）
鈴木了三編訳『中国奇談集』（現代教養文庫、社会思想社、一九七二年）
今村与志雄訳『唐宋伝奇集』下冊（岩波文庫、岩波書店、一九八八年）
竹田晃編『中国幻想小説傑作集』（白水Uブックス、白水社、一九九〇年）
近藤春雄『中国の怪奇と美女――志怪・伝奇の世界』（武蔵野書院、一九九一年）
八木章好編『中国怪異小説選』（慶応義塾大学出版会、一九九七年）
太平広記研究会訳「『太平広記』訳注（十）――巻二百八十五「幻術」（三）」（『中国学研究論集』第一九号、二〇〇七年）
竹田晃・黒田真美子編、溝部良恵著『広異記・玄怪録・宣室志　他』（中国古典小説選、明治書院、二〇〇八年）

二、中国の現代語訳・鑑賞

王汝濤等選訳『太平広記選』上冊（斉魯書社、一九八〇年）
陸昕等訳『白話太平広記』（北京燕山出版社、一九九三年）
高光等訳『文白対照全訳《太平広記》』第三冊（天津古籍出版社、一九九四年）
丁玉琤等訳『白話太平広記』第三冊（河北教育出版社、一九九五年）
魏鑑勛・袁閭琨・李平編訳『白話唐伝奇』（黒竜江人民出版社、一九八四年）
王夢鴎校訳『唐人小説校釈』下冊（正中書局、一九八五年）
劉永濂選訳『中国志怪小説選訳』（宝文堂書店、一九九〇年）
馬清福主編『隋唐仙真』（遼寧大学出版社、一九九一年）
盧潤祥・沈偉麟編『歴代志怪大観』（上海三聯出版社、一九九六年）

李剣国主編『唐宋伝奇品読辞典』上冊（新世界出版社、二〇〇七年）

（4）楊金鼎主編『中国文化史詞典』（浙江古籍出版社、一九八七年）の「大梁」の記事（五二頁）などを参照した。

（5）青山定雄編『唐宋時代の交通と地誌地図の研究』（吉川弘文館、一九六九年再版、初版は一九六三年）の「第七　唐代の水路工事」に、すでに指摘がある（二八四—二八五頁）。同論文の初出誌は、『東亜学』二（一九四一年）。

（6）譚其驤主編『中国歴史地図集　第五冊　隋・唐・五代十国時期』（地図出版社、一九八二年）による（図44—45、都畿道河南道）。唐代の歴史地図については、以下も主として本書を利用した。

（7）板橋の正確な位置については、判定が難しい。『隴蜀餘聞』は、板橋の所在を「今中牟県東十五里」と説明した後、続いて白居易の「板橋路」詩を「白樂天詩、梁苑城西三十里、…」と引いている。つまり王士禛は、汴州から板橋までを三十里と考えていたようであり、『読史方輿紀要』の記事とは、かなり距離の差がある。彼はまた、『香祖筆記』巻五においても板橋に触れ、「在今汴梁城西三十里、中牟之東」と説明している。実は、白居易の詩の原文は「梁苑城西二十里」となっており、王士禛の記憶違いのようであるが、「二十里」としても（唐代の一里は、約五六〇メートル）、やはり『読史方輿紀要』とは食い違う。なお『隴蜀餘聞』は龍威秘書本、『香祖筆記』は上海古籍出版社の明清筆記叢書本（一九八二年）、『読史方輿紀要』は中華書局の古代地理総志叢刊本（二〇〇五年）に拠った。

厳耕望『唐代交通図考　第六巻・河南淮南区』（中央研究院歴史語言研究所専刊八三、二〇〇三年）は、多くの文献を引いて詳しい考証を行っているが（一八一一—一八一二頁）、結論は白居易「板橋路」詩の「梁苑城西二十里」の句をもとに汴州の西二〇里の地とし、『読史方輿紀要』の記事との誤差については触れていない。さらに同書は、板橋について「蓋濱臨汴渠、爲汴城西行公私宴餞之所（思うに汴河の岸辺に臨み、汴城の西で公私の宴会を開いた場所だったのであろう）」と説明している。この宿場の活況は、こうした利用客達によっても支えられていたと考えられる。

また、板橋という地名は各地にあって、誤りやすい。楊憲益も『隴蜀餘聞』を引きながら、それに続く考証では、『宋史』食貨志の記事によって、山東の密州としてしまっている。これが正しくないことは、今村与志雄『唐宋伝奇集』にすでに指摘がある（下冊三〇〇頁）。

煩瑣な注になったが、最後に板橋に関する資料を、もう一つ付け加えておく。『太平広記』巻二八二・夢部に、「張生」と題する話が見え（出典は唐の李玫『纂異記』）、次のような書き出しで始まっている。

有張生者、家在汴州中牟縣東北赤城坂。以饑寒、一旦別妻子遊河朔。五年方還、自河朔還汴州。晩出鄭州門、至板橋、已昏黒矣。……

張生という者がいた。家は汴州の中牟県の東北の赤城坂にあった。飢寒に駆られて、一旦妻子と別れて河朔の地方に出稼ぎにでかけた。五年たってやっと帰ろうとし、河朔から汴州に戻った。夕方に鄭州の門を出て、板橋までやって来たところ、日はすでにとっぷりと暮れてしまった。……

ここに見える板橋も同地を指すと思われる。ただ、河朔から中牟県付近の家に帰るには、汴州に戻ってそこから西の中牟県に向かうのが普通で、西の鄭州から東に向かい、しかも中牟県を通り過ぎて板橋に着くというコースが理解出来ない。また、鄭州から板橋までは、晩に出かけて着くような距離ではない。「鄭州」は「汴州」の誤りであろうか。

(8) 日野開三郎『唐代邸店の研究』（九州大学文学部東洋史研究室、一九六八年）、および『続　唐代邸店の研究』（九州大学文学部東洋史研究室、一九七〇年）。なお、三一書房より刊行の『日野開三郎東洋史学論集』の、第一七、一八巻（一九九二年）にも収められている。

(9) 『太平広記』巻八五・異人部の「華陰店嫗」、および巻一三二・報応部の「店婦」。「娃」字についての論考としては、徐君慧『古典小説漫話』（巴蜀書社、一九八八年）の「李娃的〝娃〟」があり、唐代小説「李娃伝」の女性主人公の「娃」は本名ではなく、美称であるとしている（七五—七六頁）。

(10) 日野氏の研究のほか、黄正建『唐代衣食住行研究』（首都師範大学出版社、一九九八年）も、「旅店」の項に「板橋三娘子」を引き、「幾個人同住的大房間」とする（一八三頁）。

「間」については、田中淡「唐代都市の住居の規模と算定基準」（『岩波講座世界歴史9　中華の分裂と再生：3—13世紀』月報16、一九九九年）に論及がある。それによれば、「間」とは建物正面の柱間の数（たとえば柱六本なら五間）を言い、一間＝六尺といった絶対寸法ではなく、建築構造の規模の表記である。なお田中氏には、他に「中国の伝統的木造建築」（『建築雑誌』98・No. 1214. 一九八三年）があり、中国で常用された建築規模の表記法、「間架」について論じられている。同論文については、澤崎久和氏（福井大学）の教示によって存在を知った。

当時の店舗の実際の規模については、中国科学院考古研究所西安唐城発掘隊「唐代長安城考古紀略」（『考古』一九六三年一一期）が参考になる。それによると、長安西市の一般店舗はさほど大きくない。最大で一〇メートル足らずの三間前後、最小のものが四メートルほどで、一間という（六〇六頁）。小規模店舗が密集して空き地がほとんどない状態の長安西市に比べれば、汴州近郊の板橋は、土地にもう少し余裕はあったであろうが、繁華な宿場町ということでは、店舗の造りにそれほど違いはなかろう。七、八人の客で満員となる三娘子の「數間」の宿は、おそらく三間で、大きく見積もったとしても、せいぜい長安の最大クラス規模の店構えと考えられる。

(11)「不逮」は、追いつかない、間に合わない、数が足りない、などの意味に理解される。ここから、「公私の乗物が間に合わない」「公私の乗物を牽く驢馬や馬が足りない」「公私の乗物が目的地まで行き着けない」など、いくつもの解釈が可能になる。少し変わったところでは、「訪れる客で、公務の者であろうと私用の者であろうと、宿賃を払いきれぬ者には値引きしてやるため、義侠心に富んだ女という評判がたち」という訳もある（竹田晃訳）。

この「不逮者」の意味に関しては、『太平広記』巻一二・神仙の「董奉」（出典は晋の葛洪『神仙伝』）に見える用例が参考になる。董奉は杏林の故事で名高い仙人であるが、治療費代わりに患者に植えさせた杏について述べた箇所に、「奉毎年貨杏得穀、旋以賑救貧乏、供給行旅不逮者」とある。この一節は「奉は毎年アンズを売って穀物を手に入れ、すぐにそれで貧しい人々を助け、路銀や食糧が足りなくなった旅人たちに与えた」と取ることができ、「不逮」は「足りない」の意に用いられている。「板橋三娘子」の場合も同様な意味と考えられる。ただし、足りなくなるのは路銀ではなく、乗ったり車を引かせたりする役畜。上文で「多有驢畜」と話題になっているロバ、さらには「車乘」とのつながりからして、そう取るべきであろう。

(12) 小説「杜子春」は、主人公が老人からもらった金を使い果たし、貧窮にもどる有様を、次のように描写している。「衣服車馬、易貴従賤、去馬而驢、去驢而徒（衣服車馬は、高価なものから安いものとなり、馬を売って驢馬にし、驢馬を売って徒歩となった）」。馬に乗る階層と驢馬に乗る階層の差が、ここからも読み取れる。

(13)『新唐書』巻五一・食貨志にも、天宝三載（七四四）のこととして、「是時、海内富貴、米斗之價銭十三、青・齊間斗纔三銭、絹一匹銭二百。道路列肆、具酒食以待行人、店有驛驢、行千里不持尺兵」と同様の記事が見える。「道路」以下の文章は、『通典』によっている。

(14) もっとも、例外はあったようで、柳宗元の著名な散文「黔之驢」は、「黔無驢（黔に驢なし）」で始まる。黔州は、今の四川省の地。蛇足であるが、黔州には柳宗元の時代以降も、ずっとロバがいなかった。清の檀萃『滇海虞衡志』巻七・志獣には、「黔無驢而滇獨多」とある。何故であろうか。

(15) 清の段玉裁も『説文解字注』で、「驢」字は秦代に造られたものであろうと推測している（一〇篇上）。なお、笹崎龍雄・清水英之助『中国の畜産』（養賢堂、一九八五年）は、ロバとラバの中国導入を紀元前三世紀末とする（一〇三頁）が、論拠は挙げられていない。

(16)『史記』巻一二三・大宛列伝や『漢書』巻九六・西域伝などに驢の記事が見え、西域諸国での驢馬の普及を示している。『史記』大宛列伝には、弐師将軍李広利が敦煌から大宛討伐に出生する際に携えた役畜が、「牛十萬、馬三萬餘匹、驢騾橐它以萬數」であったという。また、『漢書』西域伝では、鄯善国、烏秅国、烏孫国などの条に「驢」の名が見える。

(17) 原文は次の通り。中華書局点校本による。

戴良字叔鸞、汝陽愼陽人也。…（中略）… 良少誕節、母憙驢鳴、良常學之以娯樂焉。

(18) 原文は次の通り。徐震堮『世説新語校箋』（中華書局、一九八四年）による。

王仲宣好驢鳴、既葬、文帝臨其喪、顧語同遊曰、王好驢鳴、可各作一聲以送之。赴客皆一作驢鳴。

孫子荊以有才少所推服、唯雅敬王武子。武子喪時、名士無不至者。子荊後來、臨屍慟哭、賓客莫不垂涕。哭畢、向靈牀曰、卿常好我作驢鳴、今我爲卿作。體似真聲、賓客皆笑。孫舉頭曰、使君輩存、令此人死。

(19) 後漢三国期に驢鳴が愛好された背景には、これとは別の要因もあったようである。郎延芝・羅青『中国古代雑技』（中国文化史知識叢書、山東教育出版社、一九九二年）は、当時、口技（声色、ものまね）が流行し、「嘯」が盛んだったことと結びつけて説明している（二六—二七頁）。

(20) 原文は「負駄」に作るが、「負駄」の意であろう。

(21) 驢馬の普及に伴い、その鳴き声も好まれなくなっていった。唐の張鷟『朝野僉載』巻六には、北朝の人となった庾信の、北方文士に対する批評が見え、そのなかに「薛道衡・盧思道少解把筆、自餘驢鳴犬吠、聒耳而已」とある。つまり、「薛道衡と盧思道は少しは筆が立つが、その他は驢馬や犬の鳴き声と同じで、耳障りなだけだ」というわけで、鳴き声を真似た話など嘘のようである。

2 投宿・店内

元和中、許州客趙季和、將詣東都、過是宿焉。客有先至者六七人、皆據便榻。季和後至、最得深處一榻。榻鄰比主人房壁。既而三娘子供給諸客甚厚、夜深致酒、與諸客會飲極歡。季和素不飲酒、亦預言笑。至二更許、諸客醉倦、各就寢。三娘子歸室、閉關息燭。人皆熟睡、獨季和轉展不寐。隔壁聞三娘子悉窣若動物之聲。

元和年間に、許州からの旅人の趙季和は、東都洛陽に赴く途中、ここに立ち寄り宿を取った。先客がもう六七人あり、みな寝台を占領していた。季和は遅れて到着したのだが、ちょうどうまく奥の寝台が得られ、そこは女将の部屋の壁隣りであった。三娘子は宿泊客たちを手厚くもてなし、夜が更けると酒を出し、客たちと一緒に飲んで存分に楽しんだ。季和はもともと下戸だったのだが、その談笑の輪に加わった。十時頃にもなると、客たちは酔いつぶれて、それぞれ眠りに就いた。三娘子は部屋に戻ると、関(かんぬき)をかけ燭(あかり)を消した。皆ぐっすり寝込んでしまったが、ひとり季和だけは寝返りをうつばかりで眠れなかった。すると壁越しに、三娘子が何やらガサゴソと物を動かす音が聞こえる。

ここで物語の時代が元和(八〇六—八二〇)と明示され、男性主人公の趙季和が登場する。彼の出身地となっている許州は、現在の河南省許昌県の地で、汴州から南南西に六、七十キロの距離にある。厳耕望『唐代交通図考 第六巻・河南淮南区』によれば、洛陽に赴くには、西北の陽翟県あるいは西の汝州を経由する両ルート、また北の鄭州に抜け、都に通じる街道に出るルートもあった(一八四八、一八七一頁)。一度汴州まで行き、板橋を経由して街道を西に向かうのは、いずれにせよ三角形の二辺をたどる最も遠い迂回路になる。季和がなぜこのルートを取ったのかは明らかにされていないが、汴州・板橋が、それだけ人を引きつける繁華な町だったということなのであろうか。

親切で評判の三娘子の小さな宿が、案に違わず客で賑わっており、遅れて着いた季和には壁際の寝台しか残っていなかった、という話の運び方は巧みである。店の繁盛ぶりを描写しながら、同時にそれが、三娘子の部屋を覗きみる展開と自然に結びついてゆく。加えて、この趙季和は下戸という設定で、酔いつぶれて前後不覚の旅客たちと対比させての役作りに、抜かりはない。

こうしてこの一段は、作家としての手腕を見せながら、最初の山場となる幻術の場面へと向かってゆくが、ここに描き出されている三娘子の店の様子も、なかなか興味深い。実は、この時代の旅店について具体的に記した文献は極めて乏しく、「板橋三娘子」という小説自体が、それを伝える貴重な風俗資料なのである。そこで次に、少し紙幅を割いて店内を眺めておくことにしたい。

【店内】

三娘子の数間の小さな店は、八人ほどの客でもう満員であった。彼女の部屋は壁を隔てて別になっているが、客室は個室ではなく相部屋であった。その一隅に「榻」を並べ、残りの空間を利用して、食事用の大きなテーブル「食牀」が置かれていたようである（これは、後の朝食の場面にみえる）。調理場は、間取りに余裕のない草店の場合、しばしば相部屋の一角に炉があり、そこが充てられた（『唐代邸店』四九頁）。ただ、これも後の幻術の場面によると、三娘子の宿では彼女の部屋に竈が置かれている。おそらく部屋の奥隅の一角を間仕切りし、そこが調理場を兼ねた三娘子の個室となっていたものと思われる。

なお、寝台と訳した「榻」は、正確には長椅子兼寝台用の家具をいう。一般に大型のものを「牀」、座面の上に附属物がない小ぶりのものを「榻」という[1]。「便榻」は、簡便な安作りの「榻」であろう[2]。

遅くやってきた趙季和は、「最得深處一榻」とあるが、実はこの「最」字がよく分からない。多くの訳は「最も奥の一榻」と取っているけれども、そうであれば語順は「得最深處…」となる。王汝濤『太平広記選』の語注は、これを唐人習用の句式とし、「得最深處一榻」に同じとするが、論拠となる用例が挙げられていない。溝部訳は「最」を「撮」と同じとし、「最得」で「求めて手に入れる」の意味と説明する。しかしこれもそうした用例が探し出せない。時代は遡るが、『三国志』巻九・呉書・周瑜伝、赤壁の戦いの件りに付された裴松之の注を見ると、『江表伝』からの引用として「時東南風急、因以十艦最着前、中江擧帆（折しも東南の風が激しく吹いていたので、十艘の軍船を先頭に立て、長江の中央で帆を挙げ…）」の用例が見える。あるいはこれと似た用法であろうか。

ただ、「最」を「もっとも」以外の意味に取ることも可能であろう。王鍈『詩詞曲語辞例釈』（中華書局、一九八六年増訂版）を見ると、唐詩の用例をもとに、「最」に「恰、正（ちょうど、ほどよく、まさに）」の意味があると説かれている（三四二―三四三頁）。王学奇・王静竹『宋金元明清曲通釈』（語文出版社、二〇〇二年）も同様で、唐詩のほかに『世説新語』や杜甫の詩などの用例を引く（一四五六頁）。これに従って解釈するならば、「季和は遅れてやってきたのだが、ちょうど奥の寝台が得られた」となろう。

さて、この店では料理が出されるだけでなく、夜ともなれば酒を出し、三娘子が接客するというバーに早変わりした。これも、店の繁盛の一因に違いない。ところで宿場の女性といえば、この板橋には妓女もいたようである。先の王士禛『隴蜀餘聞』に言う白居易と李商隠の詩は、いずれもこの地での妓女との別れを詠ったものである。参考までに左に挙げておこう。

板橋路

梁苑城西二十里
一渠春水柳千條
若爲此路今重過
十五年前舊板橋
曾共玉顔橋上別
不知消息到今朝

板橋の路　　白居易

梁苑の城西二十里の地は
一筋の春の流れと千條の柳
此の路は如何にと　いま再び歩めば
十五年前そのままの旧い板の橋
昔　この橋で別れた美しい人
行方も知らず　私は今朝を迎えた

（『白氏文集』巻一九、『全唐詩』巻四四二）

板橋曉別

廻望高城落曉河
長亭窓戸壓微波
水仙欲上鯉魚去
一夜芙蓉紅淚多

板橋の有明の別れ　　李商隠

振り返り望めば城郭に暁の銀河は落ち
長亭の窓は　さざ波を押さえるかのよう
水仙の殿方は鯉の船で別れゆき
一夜　芙蓉の頬には　あふれる涙

（『李義山詩集』巻六、『全唐詩』巻五四〇）

白居易の詩の冒頭にいう「梁苑」は、前漢の梁の孝王が造成した広大な園林で、司馬相如や枚乗ら当時の名士がここに集った。故址は今の河南省開封の東南、商丘市付近にある。開封市からは離れているが、詩人たちに好んで詠われ、汴梁の地の代称としても用いられる。第三句「若爲」は「如何」に同じ。方法や状況・程度を問う疑問詞で、李白の「寄遠十一首・其三」詩に「離居經三春、桃李今若爲（家を離れて三度の春、庭のモモやスモモは今どんなであろうか）」の用例が見える。第四句は、板橋の地名の由来も伝えていよう。[3] 李商隠の詩の転句は、妓女と別れて船で去る男を、赤鯉に乗る仙人の琴高に喩えている。「芙蓉」は言うまでもなく美女。起句の「曉河」を汴河と取る説もある。[4] そうであれば、町を囲む城壁の影が河面に映る様子ということになる。

白居易や李商隠が宿泊したのは、無論、民衆の利用する私営の草店ではない。官制の駅館や高級な邸店・妓楼が舞台であろう。一方、三娘子はあくまでも宿の女将であって、妓女ではない。しかし、三娘子の店の酒宴と二人の詩人の作品は、別の世界でありながら微妙に交錯して、板橋という宿場町の夜と、そこに漂う脂粉の香りを伝えてくれるように思われる。[5]

こうして華やいで更けてゆく板橋の夜であったが、しかし、三娘子の店は、皆が寝静まると様子が一変する。「二更」は、夜の八、九時から一〇、一一時頃の間。（夜の時間を五つに分け、初更から五更とする。一更は約二時間。「許」は概数を表す助詞。）眠れぬ季和が「轉展」と寝返りを打つうち、自室に入った彼女は、何やら不審な行動を取りだすのである。この「二更」を、明の馮夢龍『太平広記鈔』所載の「板橋三娘子」は「三更」、つまり真夜中に作っている。これなら怪異に相応しい時間帯ということになるが、鶏鳴と共に出立の準備が始まる当時の旅店では、夜は早めの就寝だった筈である。原作の「二更」は、やはり改められるべきではない。「悉窣」は、小さな物音をあらわす擬音語、がさごそ。「窸窣」とも書く。『太平広記』のなかでは、巻四五九・蛇部の「衞中丞姉」などに用例が見える。唐の皇甫氏『原化記』から引かれるこの話は、暴戻な性格で使用人を打ち殺すことも多かった女性が大蛇に変身してしまうという内容で、「悉窣」は次のような場面で用いられている。

忽得熱疾六七日、自云、不復見人、常獨閉室。而欲到者、必嗔喝呵怒。經十餘日、忽聞屋中窸窣有聲。潛來窺之、昇堂、便覺腥臊毒氣。開牖、已見變爲一大蛇、長丈餘、作赤斑色。……

急に熱病にかかって一週間ほどすると、「もう人とは会いません」と言って、ひとりで部屋に閉じこもったきりになってしまった。そして、入ろうとする者がいると、必ず怒り狂ってどなりつけるのである。十日余りたって、不意に部屋の中でガサゴソと音がするのが聞こえた。こっそり行って様子を窺い、座敷に上がってみると、生臭い毒気が漂う。窓を開けてみると、一丈余りの赤いまだらの大蛇になってしまっていた。

……

やはり、何やら怪しい事が起こりそうな場面での、不安をかき立てる物音である。

（1）明・文震亨著、荒井健他訳注『長物志　明代文人の生活と意見』第二冊（東洋文庫、平凡社、二〇〇〇年）の、巻六「几榻」の訳注によった（一三〇頁）。

（2）「便榻」については、他の用例を捜し出せていない。「便」を「手近な」と解する竹田氏の説もあるが、多くの訳注の解釈に従った。

（3）梁苑については、松浦友久編『漢詩の事典』（大修館書店、一九九九年）所載の、植木久行「名詩のふるさと（詩跡）」に詳しい（四〇二―四〇五頁）。

なお、白居易の「板橋路」とほとんど同じ内容の絶句が、『全唐詩』巻三六五に劉禹錫の「楊柳枝」として収められている。北宋の阮閲『詩話總亀』前集・巻二〇・詠物門、南宋の計有功『唐詩紀事』巻四九・滕邁にも見えるが、もとは唐の范攄『雲渓友議』巻下の「温裴黜」の話に引かれる、次のような詩である。

春江一曲柳千條　　春江一曲　柳千條
二十年前舊板橋　　二十年前の旧板橋
曾與美人橋上別　　曽て美人と橋上に別る
恨無消息至今朝　　消息なきを恨みて今朝に至る

ただこの作品は、四部叢刊本『劉夢得文集』には収録されていない。「板橋路」を剽窃した偽作と見てほぼ間違いなく、詩としても余韻に乏しいものになっている。王仲鏞『唐詩紀事校箋』（巴蜀書社、一九八九年）は、唐代、詩の四句を切り取って歌に載せることがあったところから、この詩も歌手によって作り替えられ、「竹枝詞」などの俗謡でも名高い、劉禹錫の作として伝えられたものであろうという（下冊一三三二―一三三三頁）。妥当な説と言えよう。

（4）鄧中龍『李商隠詩訳注』（岳麓書社、二〇〇〇年）の説（中冊九一五―九一八頁）。なお清の馮浩『玉渓生詩集箋注』は、この詩を「不編年」の部に入れ（巻三）、張采田『玉渓生年譜会箋』（中華書局、一九六三年）も「不編年詩」に収める（巻四、二〇六頁）。ただ劉学鍇・余恕誠『李商隠詩歌集解』（中華書局、一九八八年）は、大中四年の作としている（第三冊一〇一四―一〇一六頁）。この年、李商隠は徐州の盧弘正の幕府から長安に戻っており、劉・余両氏の説に従うならば、その途次で詠われたことになる。

（5）板橋といえば、その宿を舞台とした色恋絡みの不倫殺人事件を思い出す。『太平広記』巻一七一に見える「蔣恒」（出典は唐の張鷟『朝野僉載』）の話で、この事件を見事解決した裁判官が主人公となっている。しかし、『朝野僉載』『太平広記』いずれも「衛州」の板橋としており、疑問が残る。汴州の誤りか、それとも衛州に板橋と呼ばれる別の宿場があったのであろうか。ただ面白い内容なので、あらすじを左に示しておく。

唐の貞観年間（六二七―六四九）、板橋で宿屋を営む張逖という人物がいた。彼の妻が里帰りして留守の時、三衛（衛兵）の旅客が逖の宿に泊まり、夜明け前に早立ちをした。実はそれよりも前、何者かが彼の刀を使って逖を殺し、その刀をまた鞘に納めておいたのであるが、それには気づかなかった。

夜が明けて事件が発覚し、宿の者達が追いかけて捕らえ、刀を鞘から抜いてみると血がべっとりとついている。かくて役所に突き出された彼は、拷問の痛苦に耐えかね、無実の罪に服した。しかし不審に思った政府は、御史の蔣恒を派遣して再審させた。

板橋に着いた恒は、宿場の住人達を召喚したが、人数が足りないとしてひとまず帰らせ、老婆一人だけを残した。そして日が暮れてから彼女を帰し、牢番にひそかに後をつけさせて、「老婆に話しかける者が必ずいるはずだから、その者をよく覚えておくように」と言いつけた。老婆が出てゆくと、はたして話しかけた者がいたので、牢番はその者を覚えておいた。

恒は翌日も同じようにした。すると昨日の男が、また老婆に話しかけて、「お役人はどんなことを聞いたのかね」とたずねた。三日同じことを繰り返すと、老婆に話しかけるのはいつもその男であった。そこでこの男を尋問した。すると男はおそれいって、「逖の妻と密通して、逖を殺しました」と自供した。そこでこの一件を奏上し、蔣恒は功績によって恩賞を賜り、侍御史に昇進したのであった。

唐初、旅客で賑わう宿場町「板橋」では、こんな事件も起きたのである。この話は、南宋の桂万栄が著した裁判実話集『棠陰比事』の巻上、北宋から五代に遡って和凝・和㠓父子の『疑獄集』巻一にも収められており、主人公の名は「蔣常」となっている。

なお、「三衛」を『疑獄集』が「二衛」、『棠陰比事』が「王衛」とするのは、この語を「三人の衛兵」の意味に取ったことによる原文の改悪。「三衛」は、唐代の禁衛軍の親衛・勳衛・翊衛を指す言葉であるが、所属の兵士の肩書きとしても用いられる。『太平広記』巻九九・釈証部「劉公信妻」、巻二二一・相部「張冏蔵」、巻二六三・無頼部「宗玄成」、巻三〇〇・神部「三衛」などを参照。

3　幻術――木偶人・種麦

偶於隙中窺之、即見、三娘子向覆器下、取燭挑明之、後於巾廂中、取一副耒耜、並一木牛、一木偶人、各大六七寸、置於竃前、含水噀之、二物便行走。小人則牽牛駕耒耜、遂耕牀前一席地、來去數出。又於廂中、取出一裹蕎麥子、受於小人種之。須臾生、花發麥熟。令小人收割持踐、可得七八升。又安置小磨子、磑成麵訖、却收木人子於廂中、即取麵作燒餅數枚。

たまたま壁のすき間から覗いてみると、こんな情景が目に入った——

三娘子は覆器の下に向かい、燭を執って灯心をかきたてて明かるくすると、手箱のなかから一揃いの犁と、木の牛と人形の六、七寸大のものを一体ずつ取り出した。それらを竈の前に置き、水を含んでプッと吹きかけると、牛と人形が動き始めた。人形の小人は牛を牽いて犁をあやつり、寝台の前の敷物一枚分ほどの土間を耕し、何度か行ったり来たりした。

三娘子はさらに箱のなかから一包みの蕎麦の種を取り出し、小人にわたしてそれを蒔かせた。すると、たちまち芽が出て、花が咲き蕎麦が実った。そこで小人に刈り取らせ脱穀させると、七、八升の収穫があった。その次に小さな石臼を据え、蕎麦をひいて粉にした。それがおわると、木の人形などを箱にしまいこみ、蕎麦粉で焼餅(シャオピン)を数個こしらえた。

三娘子が始めた人形を使っての不思議な術には、怪しさと同時に、どこか童話的でコミカルな味がある。種蒔きから収穫・製粉までの人形のかいがいしい働き、ジャックと豆の木を思い出させる植物の急成長など、読ませどころの場面が持つそうした雰囲気は、物語全体の軽妙さとも響き合って効果的である。中国の古小説には類のない、珍しく手の込んだこの幻術については、項目を立てて考察することにし、その前に、一段の冒頭の描写に見える言葉に説明を加えておく。

「三娘子向覆器下」の「覆器」については、説が分かれる。「伏せた器」あるいは「蓋のしてある器」とするものが多いが、「灯火が風で消えないように覆うかさ」と取る王夢鴎説もある。しかし、これはやはり「伏せた器」であろう。『漢書』巻六五・東方朔伝の「射覆」に付された顔師古の注に、「於覆器之下而置諸物、令闇射之、故云射覆（覆器の下に色々な物を置いて、これを当てさせるので、射覆という）」とある。なおこの箇所、『古今説海』は分かりやすく「三娘子向壁下」と改めている。

「向覆器下」から「取燭挑明」に続く箇所は、「覆器の下から燭を取り出し、灯心をかきたてて明るくし」とするのが一般的な解釈である。しかし、「覆器」が伏せた器であれば、その下にあったのは「燭」ではなく、「巾廂」だったと考えるのが自然であろう。そうであれば、三娘子は覆器の下に向かい、燭を執って明るくして、（覆器の下から）手箱を取り出したのである。またこの箇所は、「取燭挑明之、後於巾廂中…」と句読を切るのが一般的であるが、「取燭挑明之後、於巾廂中…」と読むべきかも知れない。

「燭」については、蝋燭とする訳も見られるが、正しくない。民間で使用されたのは高価な蝋燭ではなく、油に灯心を入れた形のものであろう。「挑」は、かき立てる。灯心をかきたてて光を強めることをいう。(1)「巾廂」は「巾箱」に同じ。頭巾や手巾、書巻などを入れる小さな箱。「廂」は通常「ひさし」の意味で使われるので、『古今説海』は「巾箱」に改めている。しかし、両字はしばしば通用し、「廂」を「はこ」の意味に使うこともある。(2)「一席地」は、筵一枚ほどの、わずかな広さの土地。杜甫の「種萵苣」詩の序に「隔種一兩席許萵苣、向二旬矣（ムシロ一、二枚ほどの地に間を隔ててチシャを播いて、二十日になろうとする）」とある（『杜詩詳註』巻十五）。唐代の「寸」は約三センチ、「升」は約〇・六リットル。

【木偶人】

三娘子の術の特徴は、木製の人形や道具を使うところにある。これは、前稿でも指摘したように、『アラビアン・ナイト』『カター・サリット・サーガラ』のいずれの話にも見られなかったものである。モンゴルの『ゲセル・ハーン物語』には、「角の生えた糞虫」が登場して犂を引いているけれども、三娘子の術でいえば木の牛の役どころのみで、いちばんの働き手である人形は見当たらない。三娘子の幻術がこの物語の読ませどころの一つであるとすれば、人形や道具を使うというアイディアが、何処からどう取り入れられたかについて考えておく必要があろう。

では、三娘子の幻術に使われる人形は、外来の何らかの原話にもとづいているのであろうか、それとも中国に入って新たにつけ加えられた要素なのであろうか。この問題を外来の可能性から考えるとすれば、今のところ『ゲセル・ハーン物語』の糞虫が唯一の手掛かりである。しかし、この手掛かりも前章の第四節で述べたように、それがチベット渡りの古い来歴をもち、しかも「板橋三娘子」の影響を受けたものでない、という二重の条件を満たして初めて論拠となり得る。また、仮に論拠となったとしても、三娘子の幻術の中心的な働きをする人形については、依然類話が見当たらない状態のままである(3)。

このように、『ゲセル・ハーン物語』になお僅かな可能性を残しながらも、外来説を支える確実な論拠が捜し出せないとなると、焦点は当然、国内に向けられることになる。中国には古来、こうした幻術はなかったのであろうか。

あらためて言うまでもなく、幻術の話は中国の古小説中に数多い。『太平御覧』『淵鑑類函』『古今図書集成』といった類書の方術部や幻術部、『太平広記』の神仙・道術・幻術などの項を開けば、そこに収められた様々な術のうちには、木や草や紙で作った人形・動物を使う術、あるいは豆を兵士や軍馬に変える術などが散見される(4)。しかし、三娘子の幻術との関連性を明確に指摘できる資料は、唐以前にはなかなか捜し出せない。その中で幾分似たところを持つ術を挙げるとすれば、『太平広記』巻三〇・神仙部の「張果」に、次のような仙術がある（出典は唐の鄭處誨『明皇雑録』、張読『宣室志』、五代の沈汾『続神仙伝』）。

〔張〕果常乘一白驢、日行數萬里。休則重疊之、其厚如紙、置於巾箱中。乘則以水噀之、還成驢矣。

張果はいつも一頭の白い驢馬に乗り、一日に数万里も行った。休む時にはこれを折りたたみ、紙ほどの厚さにして手箱の中にしまい込んだ。乗る時にこれに水を吹きかけると、また驢馬になるのであった。

この話を収める『明皇雑録』は、大和（八二七―八三五）開成（八三六―八四〇）の頃の成書、『宣室志』は大中五年（八五一）から乾符元年（八七四）の間の成書とされ(5)、『河東記』と前後する。張果は初唐から盛唐にかけての著名な仙人であり、その伝説は早くから知れ渡っていたはずで、三娘子の幻術のヒントとなった可能性もなくはない。しかし、ここにもやはり人形は登場せず、三娘子の術の直接のルーツとは言えそうにない(6)。

こうしてみると、三娘子の幻術は、中国においてもほとんど類例を見ない珍しいものと言える。そして、おそらくこの珍しさが、読者を引きつける一つの要因となっているのであろう。ただし、三娘子が人形を動かす時に使う、水を口に含んで吹きかける術に限って言えば、これは「噀水」あるいは「噴水」として、仙術や道術などに常見されるものである。魔女の呪文は、中国風の呪法に変えられている(7)。

幻術や仙術に類話がないとすれば、もう少し枠を広げてみてはどうであろうか。たとえば、精巧なからくり人形の類まで視野に入れた場合、新たに見えてくるものがありそうな気がする。

からくり人形に関する資料のなかで、物語の舞台となる時代が古いものとしては、『列子』の湯問篇に見える偃師の話がある。これは周の穆王の時、西国の工人偃師が造った人形が、生きた人間そのままに歌をうたい舞を踊ったというものである。事実かどうかは疑わしいが、からくり人形の古い来歴を想像させる資料としては貴重である。偃師の出身地が西国であるところには、こうした技術の西方との関わりが示されているかも知れない。しかし、古代の工匠として有名なのはむしろ、魯班（魯般、公輸班などともいう）、墨子といった中国の人々である。彼らが作った精巧な木製の鳶や人形については、種々の伝説が残されている。なかでも、面白いのは後漢の王充『論衡』巻八・儒増篇に見える、次のような魯班の話である。(8)

世傳言曰、魯班巧亡其母也。言巧工爲母作木車馬、木人御者。機關具備、載母其上、一驅不還、遂失其母。

世の言い伝えによると、魯班の巧みな技が、彼の母親の命を奪ったとされる。曰く、「巧工の魯班は母のために木製の馬車と馬、御者を作った。仕掛けがすっかりでき上がると母をその上に載せたが、車は走り出すや戻ってこず、とうとう母親は行方不明になってしまった」と。

これも事実とは思われないが、人形が木の動物を御するという点では、「三娘子」の話と共通する要素を持とう。

からくり人形の起源をめぐる問題、資料の信憑性などについては、議論を残す部分が多い。しかしいずれにしろ、巧みな木工技術が中国において古い歴史を持ち、それにまつわる様々な伝承が、これも古くから語り継がれていたことは明白である。

時代を下って、晋の陸翽『鄴中記』には、こんな話が見える。

　石虎有指南車及司里車。又有舂車木人、及作行、碓于車上。車動則木人踏碓舂、行十里成米一斛。又有磨車、置石磨于車上、行十里、輒磨麥一斛。…（中略）… 中御史解飛、尚方人魏猛變所造。(9)

　後趙の石虎には指南車や司里車があった。また舂車木人を持っており、行軍となると、車の上で碓（ふみうす）を動かした。車が動くと木の人形が碓舂（うす）を踏み、十里行くあいだに米一斛をついた。また磨車があり、石の磨（ひきうす）を車上に置き、十里行くあいだに、麦一斛をひいた。…（中略）…中御史の解飛と尚方人の魏猛変が造ったものである。

幻術的要素はなく、あくまでも精巧な仕掛けで動く人形であるが、石磨をひくところが面白い。三娘子の人形のモデルにも、あるいはなり得るのではないだろうか。

　さて、こうしたからくりの技術は、唐代に到ってさらに発展し、人々の興味と関心を集めた。『太平広記』巻二二五から二二七にかけての伎巧部の条には、それを物語る数多くの話が収められている。たとえば、酒の相手をし、歌をうたい笙を吹く妓女の人形、町中を托鉢して回り、「布施」と声を出す僧侶の人形、水に潜って魚をとる木製の獺、等々。(10) 当時の工匠のなかには、韓志和という飛騨の匠を思わせる日本人もいる。空を飛ぶ鳥、鼠を捕る猫を木で作った彼は、その才能を認められて、「見龍床」という台を穆宗に献上している。この台は、人が足をのせると、爪と牙をむき出し鱗を逆立てた龍が現われる仕組みで、その真に迫った迫力は、穆宗を震え上がらせたという。[11]

読む者を楽しませてくれる資料ではあるが、三娘子の幻術と直接結びつくような人形は、残念ながら見当たらない。しかし、こうしたからくりの流行が、「板橋三娘子」に登場する人形の活躍を、背後から支えていることは確実であろう。加えてこの唐代は、人形劇が発達し喜ばれた時代であった。杜佑『通典』巻一四六・散楽には、「窟礧子（人形つかい）」について述べた条があり、「今閭市盛行焉（いま村里のさかり場では盛んにこれを演じている）」という。面白いことにこの杜佑には、人形劇にまつわる次のようなエピソードも残されている。

大司徒杜公在維揚也、嘗召賓幕閑語、我致政之後、必買一小駟八九千者、飽食訖而跨之、著一粗布襴衫、入市看盤鈴傀儡足矣。……

大司徒の杜公が揚州に在任中、かつて幕客を召して閑談し、「私は退官したら、八九千銭ほどの小さな駟（四頭立ての馬車）を一台買うぞ。腹一杯食べ終わったらそれに乗り、粗布の襴衫（すそつきの単衣）を着て、盛り場に入って盤鈴（楽器の一種）が伴奏する人形芝居を観られたら満足じゃ」と言われたことがあった。

……

唐の韋絢『劉賓客嘉話録』に見える記事で、唐代の人形劇ブームは、高官の心をも動かしていたのである。[12]

からくり人形に関する唐代までの資料は、おおよそこのようなところである。[13] ただ、成立期が定かでない資料の中に、三娘子の幻術の人形と極めてよく似たものが残されており、これを無視することは出来ない。そこで些か紙幅を割いて取り上げておくことにするが、この話は意外にも、三国蜀の軍師諸葛孔明と関わってくる。

王瑞功主編『諸葛亮研究集成』（斉魯書社、一九九七年）下編・遺事遺跡巻の「（二）逸聞」を見ると、「木牛流馬」と題して、清の褚人穫『堅瓠集』壬集巻二の次のような記事が紹介されている。(14)

武侯居隆中、客至、命妻黄氏具麵。頃之、麵至。侯怪其速。後潛窺之、見數木人斫麥運磨。拜求其術、變其制爲木牛流馬云。

諸葛武侯が隆中にいた時、客が尋ねてきたので、妻の黄氏に言いつけて麺をこしらえさせた。すると短い時間で麺が出されたので、武侯はその早さを不審に思った。後に密かに様子をうかがったところ、数体の木の人形が麦を刈り、石臼を回していた。そこでその技術を請い求め、その仕組みを応用して木牛や流馬を造ったという。

さらに同書の注の按語は、清の張澍編『諸葛忠武侯文集』付載の「遺事」に、南宋の范成大（一一二六―一一九三）『桂海虞衡志』の記事として、「沔南人相傳、…（沔南の人々は、こう言い伝えている…）」に始まるほぼ同一の文が載ることを指摘する。(15) 沔の地名は陝西省と湖北省に見られる。前者であればこの地の沔陽は、漢中に出陣した孔明が軍を駐屯させた故地である。しかし隆中（湖北省）を話の舞台としているところからして、ここは後者であろう。先の『堅瓠集』の内容に加え、それが沔南の民間に伝わる口頭伝承であったことを示している点が、資料として貴重である。

ここで気になるのは、この民間伝承の成立年代である。諸葛孔明の妻の話ということであれば、可能性としては唐代を遙かに遡り得ることにもなろう。もしそうなれば、これが三娘子の幻術のルーツになるわけであるが、結論を急ぐのは待った方がよい。当然のことながら、物語の時代設定は、成立時期と重なるわけではない。その上、この記事には次のような問題点が含まれる。

第一に、張澍は『桂海虞衡志』を出典としているけれども、『諸葛亮研究集成』が按語で続けて述べるように、現行の『桂海虞衡志』には該当する一文が見えない[16]。仮に宋代の他の文献と取り違えたとしても、それでは「板橋三娘子」以前に遡ることはできない。管見によれば孔明の妻の術は、明末の謝肇淛『五雑組』巻五や楊時偉『諸葛忠武書』巻九に見える記事が最も早いもので[17]、これでは宋代にまで遡行することも難しい。

第二にこの話は、その術（技術）が木牛や流馬（ともに軍事物資を運んだ道具で、陳寿『三国志』の諸葛亮伝に見える）の製作に応用されるという展開となっている。つまり孔明の妻が使う人形は、魔術によって動くものではなく、精巧な機械仕掛けとして想定されているのである。他に孔明の妻（彼女は河南の名士黄承彦の娘で、容貌は劣っていたが聡明この上ない女性であった）にまつわる民間伝承には、こんな内容の話もある。それは、「黄承彦の娘を妻にと訪ねた孔明が、裏庭の花園で待つ彼女のもとに赴こうとすると、一頭の虎に襲われる。しかし実はこの虎は、承彦の娘が作った木頭鉄身の精巧な機械仕掛けであった」というもの[18]。ここからも明らかなように、才知で知られる孔明の妻は魔術師ではなく、あくまでも優れた発明家だったのである。

こうした点を考えると、この民間伝承は魔女「三娘子」の人形のルーツではなく、逆に彼女の幻術を採り入れ、発明家「孔明の妻」の話へと作り替えた、短い翻案の一つだったのではないかと思われる。となると、精妙なからくり人形をめぐる話は豊富であっても、魔術によって働く人形の話は、中国にはいよいよ例がないことになる。木牛や人形を使う三娘子の魔術の誕生については、結局、中国の内・外いずれに目を向けても、決定的な証拠資料が探し出せないのである。

紙幅を費やして資料を並べ立ててみたものの、謎を解く鍵は依然として発見できない。現段階では「未詳」としてこの項を結ぶのが賢明と言えようが、ここまでの考察をもとに、もう少しこの問題について整理し、私見を付け加えておくことにしたい。

『カター・サリット・サーガラ』『アラビアン・ナイト』の話に基づくならば、先ず浮上するのは、原話の魔術に人形は登場しなかったとする見方であろう。この場合、魔術に人形を使うアイディアは、当然中国において生まれたことになる。からくり人形や人形劇の流行、あるいは神仙の術がそのヒントになったと考えれば、これで十分説明はつきそうに思われる。

しかし、ここで気になるのは、中国には本来、魔術によって人形を働かせるという発想がなかったという点である。伝来した原話に人形による耕作がなかったとすれば、三娘子の話も彼女自身が蕎麦を栽培する展開で済んだはずである。それにもかかわらず、彼女が中国の幻術とは異質の人形を手にしているのは、やはり何か外的な影響によるものではないだろうか。となると、糞虫に鋤を引かせた『ゲセル・ハーン物語』の魔女の術に、なお原話としての微かな望みを繋いでおくことも必要と考えられるのである。

煮え切らない議論で、隔靴掻痒の感に我ながら苛立つが、人形による土間の耕作と蕎麦の栽培は、外来の魔術の話を下敷きにして初めて生まれ得たものではないか、というのが私の現時点での憶測である[19]。

以上、長くなったが、三娘子の幻術に登場する人形について考察してみた。勤勉に働くこの人形は、中国的な幻術・からくりの雰囲気を漂わせながらも、その役どころを仔細に見れば、他に類例のない珍しいものである。おそらく、一面にのぞく中国的な要素が、当時の読者を違和感なく幻術の世界に招き入れ、他方に展開する物珍しさが、読者の好奇心をかき立てる役割を果たしているのであろう。それが薛漁思一人の手になるのか、それ以前の伝承者から受け継がれているのかは、明らかにしがたい。しかし、この人形の登場と念入りな造形が、「板橋三娘子」の物語を成功へと大きく導いていることは、否定できない。からくり・人形劇の流行という当時の世相を反映させながら、独創的な幻術の世界を描き上げたその力量は、高く評価されてよいであろう。

ただ、この項を終えるにあたって付言しておくと、三娘子の人形の術は、後世の中国の小説のなかでも、そのまま利用されることはなかったようである。次章であらためて触れることになるが、中国における「板橋三娘子」の翻案からは、幻術中の人形の要素が逆に取り払われてゆく。また、三娘子の術と同じ人形の使い方は、後世の幻術・呪術のなかにも見当たらない。[20] この点は、次に見る三娘子の「種麦」の術とは対照的な様相を呈しており、興味を引かれるところである。

【種麦】

三娘子の使う人形の素姓については考証に手間取ったけれども、人形に播かれた種が急成長するくだりに関しては、その必要はない。この個所は、『カターー・サリット・サーガラ』『アラビアン・ナイト』のいずれの話にも見られ、それが外来のものであることは明らかである。ただ、注意しておきたいのは、唐代の人々にとってこの術が、初めて知る珍しいものではなく、すでに中国化した馴染みの幻術であったという点である。この項では、そのあたりを押さえ直しておくことにする。

インドや西方諸国に伝わる幻術・雑技の中国への輸入と、その後の変遷発展については、榎一雄「黎軒・条支の幻人」が最も詳しく参考になる。[21] 以下、主として榎氏の論文によりつつ、中国に渡った幻術について、三娘子の「種麦」の術と関わるところを中心に眺めてみよう。

西域に不思議な術があることは、早くから中国に知られていた。司馬遷の『史記』巻一二三・大宛列伝には、條枝国（シリア、あるいはアンティオキア）が「眩を善くす」るとの記事が見られる。この「眩」は幻と同じで、幻術を指している。西域に伝わる様々な幻術が、中国に大量に輸入され始めたのは、前漢の武帝の時代であり、班固『漢書』巻六一の張騫伝には、つぎのような記事がある。「而大宛諸國發使隨漢使來、觀漢廣大、以大鳥卵及犛軒眩人獻於漢、天子大説（そこで大宛の諸国は使者を派遣し、漢の使者に随行して来朝し、漢の広大な様を見たのち、大鳥の卵と犛堝の幻術使いを漢に献上した。天子は大いに悦ばれた）」。「犛軒」については諸説があるが、ローマ帝国、ペルシアのラゲ、あるいはエジプトのアレキサンドリアなどとされる。[22]

ところで『漢書』のこの個所には、唐の顔師古（五八一―六四五）が注を加えていて、これが貴重な資料となる。左に関連する部分を挙げてみよう。

師古曰、…（中略）…眩讀與幻同。即今呑刀吐火、植瓜種樹、屠人截馬之術、皆是也。本從西域來。

顔師古曰く、「…（中略）…眩の読みは幻と同じである。すなわち今の呑刀・吐火、植瓜・種樹、屠人・截馬の術など、すべてこれに当たる。もとは西域から伝来したものである」。

「今」すなわち唐代を代表する幻術として、顔師古が挙げている術は、いずれもタイトルからその内容を想像できる。「呑刀」「吐火」は、サーカスなどでお目にかかる、刀を飲み込んだり、口から火を吐いたりする芸。「屠人」「截馬」は、これもマジック・ショーで演じられる、人や動物を刃物で切断し、また元通りに戻す奇術であろう。そして、「植瓜」「種樹」とあるのが、三娘子の術と同じ、植物の種や苗を急成長させるマジックである。

この「植瓜」「種樹」の術は、単なる娯楽としてのみではなく、仏教の超能力を誇示する呪術としても渡来し、道教もこれを取り入れていった[23]。晋から南北朝期にかけての文献資料には、幻術師や僧侶・道士の術として散見され[24]、その盛行が窺われる。なかでも特に有名なのは、晋の干宝の『捜神記』巻一に載る[25]、三国呉の徐光の話であろう。

呉時有徐光者、嘗行術於市里。従人乞瓜、其主勿與。便従索瓣、杖地種之。俄而瓜生蔓延、生花成實。乃取食之、因賜觀者。鬻者反視所出賣、皆亡耗矣。……

呉の時に徐光という者がいて、いつも町に出て術を使っていた。あるとき瓜をくれとたのんだが、瓜売りはやろうとしなかった。すると光は瓜のなかごをもらい、地面を掘って種をまいた。瓜は見る見るうちに芽を出し、蔓をのばし、花を咲かせ実がなった。そこで光はもぎ取って食べ、見物人にも分けてやった。瓜売りがふと振り返って自分の売り物を見ると、全部なくなってしまっていた。……

この話は、日本に渡って『今昔物語集』の「外術を以て瓜を盗み食はる語(こと)」となり(巻二八・本朝世俗部)、中国では時代を遥かに下って清代、蒲松齢『聊斎志異』の「種梨」(巻一)の原話にもなっている。なお、この「植瓜」「種樹」の術の起源については、『旧唐書』巻二九・音楽志が「幻術皆出西域、天竺最甚(幻術はみな西域から出ており、なかでもインドが最も甚しい)」と述べるなど、インドが有力なように思われるけれども、詳細については不明である[26]。

西域から渡来した幻術は、当初は宮廷内の娯楽としてのみ演じられたが、時とともに演目と演者を増やし、宮廷以外の場所でも行われるようになった。後魏の楊衒之が六世紀中頃に著した『洛陽伽藍記』の巻一には、景樂寺の境内で演じられた歌舞や奇術の記事があり、その中に「植棗」「種瓜」の演目が見える。右の徐光の話も、この術の民間への流出を示していよう。

南北朝期においても「百戯」（当時は雑技をこう呼んだ）は衰えることなく、榎氏の論文によれば、殊に北魏・北斉・北周の三王朝は、いずれもその奨励に力を注いだ。さらに北斉の滅亡に伴う、宮廷の曲芸家の解散と民間への流出は、百戯を一層流布発展させたという。続く隋の南北統一と滅亡も、百戯の統合と民間における発達を促し、これを引き継いだのが唐であった（榎論文三〇一―三〇三頁）。

唐代、頻繁となった西域・インドとの交流により、さらに多くの新しい演技が伝来し、雑技は空前の活況を呈した。ただその中には、手足を断ち切ったり、腸や胃を抉り出したりする、顔師古のいう「屠人」にあたる術も多くあり(27)、衆を惑わすものとして、高宗の時代には西域からの流入を禁ずる勅令まで出されている(28)。しかし、雑技の流行がこれによって押し止められることはなかったようである。

そうしたなかで唐五代の「植瓜」「種樹」は、主として仙術・道術として文献に現われる。『太平広記』からは十例ほどの話を拾い出すことができるが、そのうちの幾つかを左に節録しておこう。

馬湘字自然、杭州鹽官人也。…（中略）…治道術、遍遊天下。…（中略）…〔馬〕植請見小術、乃於席上、以瓷器盛土種瓜。須臾引蔓、生花結實。取食衆賓、皆稱香美、異於常瓜。

馬湘は字を自然といい、杭州の塩官（浙江省）の人である。…（中略）…道術を治め、天下を遊歴した。

…（中略）…馬植がちょっとした術でよいから披露してほしいと頼んだ。すると座席の上に、瓷器（かめ）に土を盛って瓜を種えた。たちまち蔓がのび、花を咲かせ実を結んだ。客人達に振る舞うと、皆、香りと美味さが普通の瓜とは異なると褒めそやした。

（巻三三・神仙部「馬自然」、出典は五代の沈汾『続仙伝』）

麻婆與〔盧〕杞歸、清齋七日、斸地種藥、纔種已蔓生。未頃刻、二葫蘆生於蔓上、漸大如兩斛甕。

麻婆は盧杞と帰り、潔斎すること七日、地を掘り起こして（仙女からもらった）丸薬を撒くことにし、撒いたかと思うともう蔓がのび出した。それほど経たないうちに、二つの葫蘆（ひょうたん）が蔓に生え、しだいに大きくなって二斛の甕ほどになった。

（巻六四・女仙部「太陰夫人」、出典は唐の盧肇『逸史』）

唐元和中、江淮術士王瓊嘗在段君秀家。…（中略）…又取花含、黙封於密器中、一夕開花。

唐の元和年間に、江淮の術士の王瓊が、段君秀の家に滞在したことがあった。…（中略）…また花の蕾を取って、容器に密封し、一晩たつと花が咲いていた。

（巻七八・方士部「王瓊」、出典は唐の段成式『酉陽雑俎』）

王侍中處回常於私第延接布素之士。一日有道士、龐眉大鼻、布衣襤褸、…（中略）…囊中取花子二粒種子、令以盆覆於上、逡巡去盆、花已生矣。漸漸長大、頗長五尺已來、層層有花、燦然可愛者兩苗。

侍中の王処回は、いつも私邸に無官の人士を迎え接待していた。ある日、太い眉に大きな鼻、襤褸(ぼろ)をまとった道士があらわれた。……（中略）……彼は袋の中から二粒の花の種を取り出し、その上に鉢をかぶせさせた。しばらくして鉢を取り去ると、花はもう生長していた。それはだんだんと大きくなり、五尺近くにまでなった。いくえにも重なって咲き誇ったが、輝くばかりでほれぼれする二本であった。

（巻八六・異人部「王處回」、出典は五代の景煥『野人閑話』）

三娘子の「種麦」の術も、唐代の読者には、すでに中国化したこれらの仙術・方術の一種として、違和感なく受け取られたことと思われる。外来の術でありながら、「植瓜」「種樹」は、すっかり中国に同化し根を下ろしていたのである。

澤田瑞穂「種まきの呪法」（『修訂　中国の呪法』平河出版社、一九九〇年、初出誌は『節令』第四期、一九八三年）によれば、中国には古来、果樹の幹を叩いたり傷つけたりして脅迫し、その年の収穫をあげ、落果を少なくしようとする呪法があったという。後魏の賈思勰『斉民要術』、唐の韓鄂『四時纂要』にすでに見えるこの園芸農家の呪法は、嫁樹法あるいは嫁果・騸樹と呼ばれ、同様な風習は、「果物責(くだものぜめ)」として日本の各地にもあるとされる。(29)(30)おそらくは太古から農耕社会に伝わるこうした呪法と、それを守り伝える心性は、「植瓜」「種樹」の術を好んで受け入れる下地となったと考えられる。また榎論文は、段成式『酉陽雑俎』前集・巻一九に載る、韓愈の次兄の孫韓湘の話(31)などを引いて、植物の開花を早めたり、牡丹を好みの色に咲かせる技術が唐代に発達し、当時の人々に一種のマジックとして受け取られていたことを指摘する（三四九―三五〇、三五九頁）。これも、「植瓜」「種樹」の流行と深く関わるところがあろう。

幻術についての考察は、ひとまず以上で切り上げ、ここで「焼餅」について触れておきたい。

餅は当時の主食の一つで、「蒸餅」「湯餅」「油餅」「胡餅」など様々な種類があった。現在の「焼餅」は、小麦粉を発酵させて薄くのばしたものに油カスや塩をぬり、巻いて適当な大きさにちぎって形を整え、天火で焼き上げて作る。しかし、この時代の「焼餅」は、製法が異なったようである。向達「唐代長安与西域文明」[32]は、『斉民要術』餅法第八二の「焼餅」の製法に注目する。そこには、「作焼餅法、麵一斗、羊肉二斤、葱白一合、豉汁及鹽、熬令熟、炙之。麵當令起。(焼餅の作り方は、一斗の麵、二斤の羊肉、一合の白い葱を用い、味噌の汁と塩を加えてよく炒め、〔麵に包んで〕焼き上げる。麵はあらかじめ発酵させておく)」と記されており、唐代の焼餅も同様な製法であろうというのが、向氏の意見である。だとすれば、肉餡入りということになる。ただ中村喬「早食と點心」(『立命館文学』第五六三号、二〇〇〇年)によれば、「点心は起床後すぐにでも食べるものであるから、あらためて調理しなくてもよい食品」で、少しずつ小出しにして使える「餅餌類のようにあるていど保存のきく」ものだったという(五二頁)。保存のきく点心であれば、必ずしも肉入りとは限らないように思われる。

焼餅の原料は、ふつう小麦粉を用いる。しかし三娘子は焼餅を蕎麦で作る。なぜ蕎麦製なのか知りたいところであるけれども、残念ながら手掛かりがない[33]。ただ、中国における蕎麦の歴史については、篠田統『中国食物史』(柴田書店、一九七四年)および『中国食物史の研究』(八坂書房、一九七八年)が参考になる。両書の記述によると、蕎麦の名が出てくる最も古い文献は『斉民要術』であり(もっとも、その個所は六朝末の付加と考えられている[34])、次に古いのが初唐の孟詵『食療本草』であるという。(この書は散逸して伝わらず、蕎麦の記事は、丹波康頼『医心房』に見える引用から知ることができる。)下って中唐になると、白居易『白氏文集』の二首に、蕎麦が次のように歌われている。

獨出前門望野田　独り前門を出て　田野を眺めれば
月明蕎麦花如雪　月明かりに　蕎麦の花は一面雪のよう

（巻一四「村夜」、『全唐詩』巻四三七）

蕎麦鋪花白　蕎麦は　花を鋪いて一面の白さ
棠梨間葉黄　棠梨は　緑の葉に間って鮮やかな黄色

（巻一五「渭村退居……一百韻」、『全唐詩』巻四三七）

朱金城『白居易集箋校』（上海古籍出版社、一九八八年）によれば（第二冊八五七頁、八七四―八八一頁）、二首はともに元和九年（八一四）、下邽（陝西省）での作。つまり、「板橋三娘子」の物語世界とちょうど同じ時代、長安から遠くない農村で、畑一面に蕎麦が栽培されていたことが分かる。蕎麦の原産地は東アジア北部といわれるが、六朝唐代を通じてこのように広く栽培されるようになったのである。板橋近在の農村に関しては、当時の資料は見当たらない。ただ時代を遙かに清代まで下ると、徐珂編撰『清稗類鈔』飲食類の「汴人之飲食」の条に、「汴人常餐、以小米、小麥、高粱、黍、粟、蕎麥、紅薯爲主品」とある（中華書局、一九八四―一九八六年、第一三冊六二四七頁、初版は商務印書館より一九一七年刊）。清代、蕎麦はこの地方の常食とされる穀物であった。

焼餅は胡餅とともに、西域から伝わった「胡食」とされ、胡風文化の影響の強い唐代においては、広く好んで食された。なお、『太平広記』所載の小説には、「胡餅」「蒸餅」など、餅はしばしば登場するが、「焼餅」は「板橋三娘子」にしか見えない。どういう理由によるものか、よく分からない。

（1）唐の岑参の「邯鄲客舎歌」（『岑嘉州集』巻二、『全唐詩』巻一九九）に「邯鄲女兒夜沽酒、對客挑燈誇數錢（邯鄲の女児夜に酒を沽り、客に対し灯を挑き誇りて銭を数う）」の句がある。劉開揚『岑参詩集編年箋註』（巴蜀書社、一九九五年）は、さらに早い例として、北斉の盧詢祖「中婦織流黄」詩の「下簾還憶月、挑燈更惜花（簾を下して還た月を憶い、灯を挑きて更に花を惜しむ）」を挙げる（四三頁）。

（2）明の文震亨『長物志』巻六・几榻に「匾」の項目があり、箱の意味で用いられている。前掲（「2 投宿・店内」注1）の荒井健他訳注（東洋文庫、平凡社）に「匾」「箱」両字の通用についての説明がある（第二冊、一五七頁）。ただ、「匾」を「はこ」の意味に使う、唐以前の用例を探し出せない。待考。

（3）三娘子の幻術そのままの例は、世界の民話伝説にも見当たらないようで、小澤俊夫『世界の民話 解説編』やアールネ＝トムソン『昔話の型』、あるいは稲田浩二『日本昔話通観』の研究篇などにも指摘がない。ただ、田仲一成先生より教示いただいたギリシアのルキアノス「エジプトの魔法使い」には、注目しておきたい。出典、訳書等に関する知識がないので、高津春繁『基礎ギリシア語文法』（要書房、一九五一年）所載の同話の訳文（三三三頁）をもとに、左にあらすじを紹介しておく。

　私がまだ若くエヂプトで暮らしていた頃、コプトスへ遡航の途中、寺院の書記であるメムビスの男と同船した。彼はイーシス神に魔法を伝授され、二十三年間を神殿地下の奥所に過ごしたといわれていた。私は次第に彼と親しくなってゆき、彼から秘密を知らされるまでになった。

　私は家僕達をメムビスに残し、彼と二人で旅に出た。ある宿場に着いたとき、その男は扉の閂や帚・擂木などを手にとって衣を着せ、何か呪文をとなえて歩かせた。他の人々には人間に見えるそれらを十分に働かせたのち、彼は再び呪文を唱えて元の形に戻した。

　この術を何とか学び取りたいと思っていた私は、ある日こっそりその呪文を立ち聞きした。そこで次の日、彼が市場に出かけた留守に、擂木を取り上げて同じ恰好にこしらえ、呪文をとなえて水汲みを命じた。そしてそれが水甕を満たして戻ってきた時、「止めよ」と命じたのだが、従う気配もなく、家を一杯にするまで水を運びつづけた。困った私は、斧で擂木を真っ二つに割った。しかし結果は、その両方の部分が、それぞれ水甕を取って働き始めてしまった。

　そうこうするうち、彼が帰ってきた。そしてこの出来事を目にすると、呪文でそれらを木切れに戻してくれた。だが、彼自身は私をすてて、ひそかに行方をくらましてしまった。


ここに登場するのは帚や擂木で、その働きの内容も三娘子の人形とは異なる。しかし、器物に呪文をかけて働かせるという点では、三娘子の幻術と明らかに共通する要素を持つ。しかも、エジプトという国名から思い出されるのは、「ウエストカー・パピルスの小話」のなかにあった、ロウで作った小さなワニに呪文をかけ、本物のワニにして人を襲わせる術である（第一章第二節の「二　西アジア」参照）。つまり古代エジプトにおいては、こうした器物に呪文をかけて働かせる魔術が広く信じられ、行われていたと推測されるのである。とすると、三娘子の人形を働かせる魔術も、その発想の遠い由来をオリエント文明まで遡ることができるかもしれない。（もっとも中国の仙人も、木や草の動物を本物に変えて乗り回す術を使うが、三娘子の人形との距離は、「エジプトの魔法使い」の擂木よりも遠いように思われる。）

　というわけで、なかなか興味深い資料ではあるが、残念ながらやはり三娘子の木人木牛と直接繋がるものではない。付記しておくと、この話はゲーテによってバラード（物語詩）「魔法使いの弟子」に翻案され、欧米では広く知られている。これをもとにフランスのポール・デュカスが作曲した、管弦楽曲「交響詩『魔法使いの弟子』」もある。日本では、早くに児童文学者の巌谷小波が「魔法弟子」として狂言体に作りかえて紹介しており、上田信道校訂『日本昔噺』（東洋文庫、平凡社、二〇〇一年）によって手軽に読むことができる。ゲーテのこの作品は、翻訳ゲーテ全集の他に、万足卓『魔法使いの弟子　評釈・ゲーテのバラード名作集』（三修社、一九八二年）にも訳出紹介されている（一四二―一五二頁）。ちなみに、ディズニーのアニメーション映画『ファンタジア』（一九四〇年公開）および『ファンタジア２０００』（二〇〇〇年公開）のいずれにも、ミッキー・マウス主演の「エジプトの魔法使い」が登場する。また同じくディズニー映画の最近作『魔法使いの弟子』（二〇一〇年公開）にも、ＣＧ技術を駆使した映像で、このシーンが取り入れられている。『ファンタジア』については、元フェリス女学院大学学生の大谷紗恵子さんから教示を得た。
（４）『太平広記』所載の話から幾つか拾い出してみると、たとえば、自作の木の羊に乗る葛由の術（巻二二五・伎巧部）、草で人馬を作って乗り回す孫甑生の術（巻七二・道術部）、紙を切って蝶にして舞わせる張辞の術（巻七五・道術部）、瓦のかけらに亀甲紋様を描いてカメにする王瓊の術（巻七八・方士部）、紙を魚の形に切って泳がせる黄万戸の術（巻八〇・方士部）、撒いた豆を兵士や軍馬に変える李慈徳の術（巻二八五・幻術部）、紙に甲兵を描いて動かす功徳山の術（巻二八七・幻術部）などがある。

人形を使う呪術としては、中国には古くから、たとえば漢代の巫蠱のような術がある。しかし、これは人形への禁呪を通じて人に危害を与えるもので、人形を動かすわけではない。

（5）『明皇雑録』の成書年代については、田廷柱点校の中華書局本（一九九四年）の解説によった。『宣室志』の成書年代については、張永欽・侯志明点校の中華書局本（一九八三年）の解説によった。

（6）似た術は、実はさらに古く晋の干宝『捜神記』巻一六「銭小小」にも見える。しかしこれは、呉の先主に殺された武衛兵の銭小小が突然現れ、人を介して廟から借り出させた木馬に酒を吹きかけると、何と本当の馬になったという話。三娘子の術とは直接繋がらない。

なお、『捜神記』は、汪紹楹校注の中国古典文学基本叢書本（中華書局、一九七九年）により、通行の二〇巻本の巻数を示した。ただ近年、李剣国『新輯捜神記　新輯捜神後記』（古体小説叢刊、中華書局、二〇〇七年）上下二冊の労作が上梓され、氏の新たな研究成果に基づく大幅な改編がなされている。これによれば、「銭小小」は巻二に所収。『捜神記』の巻数については、以降も便宜上、旧二〇巻本によって示すことにするが、必要に応じて李剣国氏の著作も参照し、『新輯』の略記で示すことにする。

（7）もっとも、「噀水」「噴水」が中国だけに伝わる呪法というわけではない。『太平広記』巻二八五・幻術部の「河南妖主」（出典は『朝野僉載』）には、ゾロアスター教（祆教）の神廟で行われる西域の「幻法」について紹介されており、その術に「噴水」が見られる。こうした呪法がどのような起源と広がりを持つのか、識者の示教を待ちたい。

（8）『論衡』の原文は、四部叢刊本および諸子集成本を参照した。魯班は「魯般」とも記し、『孟子』離婁篇や『韓非子』外儲説左上篇、漢の王充『論衡』儒増篇、乱龍篇などに見える。魯班の伝説とその研究については、今村与志雄『酉陽雑俎』第四冊（東洋文庫、平凡社、一九八一年）の注一に詳しい（一七八頁）。この人物は、行業神（職業神）として中国の工匠達に広く信じられており、その伝説や行業神に関する専著もある。専著に関しては、山之内正彦氏から教示をいただいた。左に主要なものを参考文献として付け加えておく。

鍾敬文『魯班的伝説』（中華本土文化叢書、甘粛人民出版社、一九八八年）

李喬『中国行業神崇拝』（中国歴代名人伝説叢書、中国華僑出版公司、一九九〇年）
李喬『行業神崇拝　中国民衆造神運動研究』（中国文聯出版社、二〇〇〇年）
劉守華『中国民間故事史』（湖北教育出版社、一九九九年）第四章第二節「《魯般作木鳶》和木鳥型故事」

（9）原文の引用は『武英殿聚珍版全書』によったが、『説郛』本の『鄴中記』では、「解飛者、石虎時工人。作旃檀車、左轂上置碓、右轂上置碓、毎行十里、磨麥一石、舂米一斛」となっていて、木人の記載が見えない。（左右の「轂上」に置かれたという「碓」のいずれかは、「磨」の誤りであろう。）記述全体が簡略になっており、節録された文章と思われる。

（10）西村康彦『中国の鬼』（筑摩書房、一九八九年）の「からくり」が、こうした話をまとめて紹介している（二七—四六頁）。劉守華『比較故事学』（上海文芸出版社、一九九五年）の「民間故事中的機器人—談〝木人〟故事」も参考になる（三五四—三五九頁）。ほかに王青『西域文化影響下的中古小説』（唐研究基金会叢書、中国社会科学出版社、二〇〇六年）があり、第七章「西域文化対中古小説情節的影響（下）」の「四　栩栩如生的機関木人」において、『雑譬喩経』『経律異相』『生経』などを引いて仏典からの影響を指摘している（四三五—四四二頁）。ただ、いずれも精巧な絡繰り人形の話であって、魔術ではない。

（11）日本出身のからくりの工匠、韓志和については、早く那波利貞「『杜陽雑編』に見えたる韓志和」（『支那学』第二巻第二・四号、一九二一年）、近時では蔡毅「飛龍衛士・韓志和」（中西進・王勇編『日中文化交流史叢書10　人物』大修館書店、一九九六年）の論考があって詳しい。なお飛騨の匠の歴史は古く、『万葉集』にも「斐太人」として歌われている（巻七・雑歌「羈旅作」一一七三、巻一一・古今相聞往来歌「寄物陳思歌」二六四八）。

からくり人形に関する日本の研究には、角田一郎『人形劇の成立に関する研究』（旭屋書店、一九六三年）があり、第一部「古代中国の操人形」は極めて詳細である。その第一章「機関木人」および巻末の「傀儡文献資料一覧表」には、唐五代までの関係資料が網羅されており、（後の注13に示す『大乗妙林経』を除いて）拙論で紹介した話は全てこの中に示されている。論文としては、濱一衞「唐の傀儡戯とくぐつ」（『吉川博士退休記念中国文学論集』筑摩書房、一九六八年）が参考になる。しかし、三娘子の木人と直接結びつくような話は、やはりそのいずれにも見当たらない。

（12）もっとも『劉賓客嘉話録』の文章は、続いて「司徒深旨、不在傀儡、蓋自汚耳」と述べ、それが自らを汚して保全をはかる、杜佑の深慮によるものだったとする。しかし、仮にそうした韜晦の手段であったとしても、彼の念頭に先ず浮かぶ庶民的娯楽として、傀儡戯があったことは間違いない。前注の濱論文によれば、唐代、傀儡戯はすでに歌舞戯となっており、市の戯場などで上演されて全国的な広がりを持っていたようである。（『劉賓客嘉話録』は、四庫全書本による。）

そうした風俗を反映してか、操り人形のことを詠った「傀儡詩」あるいは「傀儡吟」と題する絶句が、皇帝玄宗の作とも伝えられて現存し、晩唐の林滋にも「木人賦」が残されている。「傀儡詩」は、北宋の阮閲『詩話総亀』巻二五・感事門に、唐の鄭處誨『明皇雑録』の記事として引かれているが（現行本『明皇雑録』には見えない佚文）、そこでは、不幸な晩年を送る玄宗が口ずさんだ、李白の詩ということになっている。しかし南宋の計有功『唐詩紀事』は、巻二九に梁鍠の作としてこの詩を載せ（題は「詠木老人」）、玄宗あるいは梁鍠いずれの作か不明という。また南宋の呉曽『能改斎漫録』巻八・沿襲の「傀儡」は、唐の鄭綮『開天伝信記』をもとに玄宗作とする説を否定し、梁鍠の作としている。（ただし、現行の『開天伝信記』には、該当する記事は見えない。）このように作者に関しては問題が残る「傀儡詩」であるが、盛唐中唐期の作品であることに変わりはない。「木人賦」は、『文苑英華』巻八二、『全唐文』巻七六六に見える。

(13) ほかに幻術によって動く人形の資料として、『大乗妙林経』巻下・観真相篇第八（『道蔵』正乙部）の一節がある。該当箇所は宋の張君房『雲笈七籤』巻九五・仙籍語論要記にも引かれ、『妙林経』原典とは字句に異同がある。左には李永晟点校『雲笈七籤』（道教典籍選刊、中華書局、二〇〇三年）の校勘をへた原文を示しておく（第四冊、二〇六二頁）。

天尊告度命眞士曰、所謂安樂、皆從心生。心性本空、云何修行。知諸法空、乃名安樂。譬如愁人、心意昏亂、煩毒熱悶。於此人前、設諸幻術、木男木女、木牛木馬、羅列施張、作諸戲術。愁者見之、生牛馬想、息諸煩憒、心意泰然。……

天の神は度命真士に告げて言われた、「いわゆる安楽とは、みな心より生ずるものである。心性は本来空であるのに、何故に修行するのであろうか。諸法が空であることを知って、はじめて安楽と呼べるのだ。たとえば愁いをいだく人の場合、心は暗く乱れ、毒や熱に煩い悶えるかのよう。そこでこの人物の前に諸々の幻術を用意し、木男・木女・木牛・木馬をずらりと並べ、様々な戯術を演じる。愁いをいだく者はこれを見て、牛馬想（？）を生じ、諸々の煩いや心の乱れを休め、気持は泰然と安らぐのである。……」

木人や木牛を並べての幻術となれば、大いに興味を引かれるところであるが、魔術というよりも、むしろ手品や操り人形といった雑技の類の印象を受ける。結局この資料の幻術も、三娘子の魔術とは性格を異にしているようである。『大乗妙林経』の著者は明らかでないが、任継愈・鍾肇鵬編『道蔵提要』（中国社会科学出版社、一九九一年）によれば、成書は唐代とされる（一一〇九頁）。

(14) 褚人穫『堅瓠集』壬集・巻二の「木牛流馬」。『清代筆記小説大観』(上海古籍出版社、二〇〇七年)所収本により、簡体字を改めて記した(第二冊、一三七九―一三八〇頁)。なお『諸葛亮研究集成』は、『堅瓠集』壬集を誤って「楽集」と記し、文章にも若干の異同がある。

(15) 『諸葛亮研究集成』は「遺事」に見えるとするが、東洋文庫所蔵の『諸葛忠武侯文集』(嘉慶一七年序刊本)を参照したところ、「故事」巻四の「制作篇」に『桂海虞衡志』からとしてこの話を引いている。

(16) 按語が指摘する四庫全書本はもとより、胡起望・覃光広『桂海虞衡志校注』(四川民族出版社、一九八四年)、厳沛『桂海虞衡志校註』(広西新華書店、一九八六年)の両研究を参照しても、該当箇所は見当たらない。結局、張澍がどのような資料に基づいたのかは不明で、故事の探源については謎ということになる。

(17) 謝肇淛『五雑組』巻五・人部一、および楊時偉『諸葛忠武書』巻九・遺事に、ほぼ同内容の記事が見える。

謝肇淛は隆慶元年(一五六七)に生まれ、天啓四年(一六二四)に卒しており、『五雑組』の成立年は明らかでないが、万暦年間(一五七三―一六二〇)の末頃と推定される。清代には禁書とされ、中国では人の目に触れる機会がなかったのに対し、日本においては寛文元年(一六六一)に和刻本が刊行され、以後広く読まれることになった。邦訳には、藤野岩友『五雑組』(中国古典新書、明徳出版社、一九七二年)、岩城秀夫『五雑組』全八巻(東洋文庫、平凡社、一九九六―一九九八年)などがある。前者は抄訳で、九五―九七頁にこの記事を選録する。後者は全訳で、同記事は第三巻の一一一―一一二頁。両訳書ともに、『堅瓠集』『桂海虞衡志』等に関する論及はないが、藤野訳は、「妻が木人を使役するのをかいまみたというのは、唐代小説『板橋三娘子』と通ずる幻術的なにおいが感ぜられる」と指摘し、三娘子との関わりに興味を示している。

楊時偉の生卒年は未詳。ただ『諸葛忠武書』には、万暦己未(一六一九)の自序が付されている。『五雑組』よりやや遅れての刊行であろうか。

(18) 董暁萍編『《三国演義》的伝説』(南海出版公司、一九九〇年)所収の、「諸葛亮黄門求婚」(三四―三七頁)の一節である。

(19) この憶測に立って、さらに二、三付け加えておく。前章第二節で紹介した、ロウのワニに呪文をかける話(「ウエストカー・パピルスの小話」)、本項注3の「エジプトの魔法使い」などは、「三娘子」の幻術と直接関わるものではないが、人形に術をかけて働かせるという発想が、古く中国以外の地にあったことを示してくれている。

なお、仮に原話が小動物による耕作であったとすれば、その小動物に製粉作業をさせるという展開はおそらくない。従って、中国において小動物から人形に変わったところで、これに臼を挽かせることになったと考えられる。その際にヒントとなるのは、『鄴中記』の石臼を挽く人形など、中国古来のからくりの伝統であろう。ただ、原作が人形による耕作であった場合、一連の労働として、すでに製粉作業も行っていた可能性が高い。

もっとも、原話には魔女の小道具がなく、中国渡来後に人形が加わったとする推論も、依然として成立不可能というわけではない。資料の不足もあり、なかなか結論を下しにくい難問であるが、いずれにしても三娘子の幻術の背景として、からくり人形や人形劇の流行があったことは確かである。

人形劇に関しては、郭伯南他『中国文化のルーツ』（東京美術・人民中国雑誌社、一九八九年）が、簡略ではあるが参考になる。同書によると、一九七七年に河南省済源県董掌村で宋代の磁器の枕が出土し、その枕に描かれた絵のなかに、「鬼推磨（臼をひく鬼）」と呼ばれる玩具が見えるという（上冊一二八頁）。宋代の資料ではあるが、人形が臼をひくという発想とつながって興味深い。「鬼推磨」の話は、神塚淑子氏（名古屋大学）の教示によれば、古く南朝宋の劉義慶『幽明録』にすでに見える。（一九八八年に文化芸術出版社より歴代筆記小説叢書として刊行の、鄭晩晴輯注『幽明録』によれば、巻四に収められる「新鬼覓食」。）また、「鬼推磨」の玩具は電動式に姿を変え、今も中国でおもちゃとして販売されている。横浜国立大学留学生であった黄暁凱さん教示のインターネット情報によれば、発売元は角度玩具塑胶製品商行で、骸骨が臼を挽く画像が付されている。この玩具の長い歴史に驚かされる。

(20) 管見の限りでは、三娘子の人形と関わりを持つと思われる唯一の資料が、先の諸葛孔明の妻の話である。強いて他に挙げれば、宋の張耒『続明道雑志』全一巻に、奉議郎の丁綖が、一人の道士から指ほどの大きさの、酒を造る木偶人をもらった話が見える。試しに空になった酒壺の中に入れ、紙で蓋をしたところ、しばらくして、溢れるほどの酒ができ上がっていたという。三娘子の人形の働きと、幾分似たところはあろう。

また、明の謝肇淛の『五雑組』巻六・人部には、箱の中に二体の木人を入れ、これを自由に動かした王臣という妖人の話が載り、三娘子と似たところを感じさせる。しかし、明の楊循吉『呉中故語』によれば、その術は人形を沐浴させたり跳躍させたりするもののようで、三娘子の場合とはかなり異なる。『呉中故語』に王臣の記事が見えることは、岩城秀夫『五雑組』第三冊の訳注による知識で、原書は未見。

この他、澤田瑞穂『修訂　中国の呪法』（平河出版社、一九九〇年）所収の「工匠魔魅旧聞抄」には、待遇の悪さに不満を持った工匠が、雇い主を木や紙の人形で呪詛する、魘魅（厭勝）の術が数多く紹介されている。しかし、ここにも三娘子の術を彷彿させるようなものはない。

(21)『榎一雄著作集4　東西交渉史Ⅰ』（汲古書院、一九九三年）所収。前節注19参照。他に服部克彦『北魏洛陽の社会と文化』（ミネルヴァ書房、一九六五年）、『続　北魏洛陽の社会と文化』（ミネルヴァ書房、一九六八年）も参考になる。また論文に、鎌田重雄「散楽を中心とする東西文化の交流」（『史論史話』南雲堂エルガ社、一九六三年）、および「散楽の源流」（『史論史話第二』新生社、一九六七年）がある。鎌田論文の前者は、一九六〇年三月七日の外務省研修所講演に基づくもの、後者は尾形亀吉『散楽源流考』（三和書房、一九五四年）に尾形著として初出。

(22)『漢書』に見えるこの「廣大」について、越智重明氏は「中国雑技小考」（『榎博士頌寿記念東洋史論叢』汲古書院、一九八八年）において、朝鮮語の「広大」と同じ雑技芸人の意味に取ることを主張されたことがある。しかし、朝鮮語「広大」のこの語義は、中国宋代までにしか遡ることができず、越智氏も後に『日中芸能史研究』（中国書店、二〇〇一年）において、自説を撤回された（七八頁）。該当箇所の「觀漢廣大」は、普通に「漢の広大なさまを見て」と解釈されるべきである。「廣大」の語源については、先に挙げた濱一衛「唐の傀儡戯とくぐつ」が詳しく論じている。

幻術の本格的な渡来はこれ以降であり、その結果、人の目を奪う新奇な演目が、当然中心を占めていったと考えられる。

(23)　外国僧が仏教布教の際に利用した例としては、仏図澄の話が有名である。梁の慧皎の『高僧伝』巻九・神異は、彼が鉄鉢の水に青蓮の花を咲かせ、石勒を信服帰依させたという逸話を載せる。また、後魏の楊衒之『洛陽伽藍記』巻四には、インド僧の曇摩羅が枯木に葉を茂らせる術を使ったという記事が見える。（この曇摩羅の術については、後の「変驢」の項であらためて取り上げる。）

道教の神仙術がこれを取り入れた例は、葛洪の『神仙伝』などに見える。たとえば、葛玄は、真冬に客のために生の瓜を出し（巻七）、劉政は、各種の果樹を植え、すぐに実が食べられるようにした（巻八）、とある。また、陳登原『国史旧聞』（大通書局、一九七一年）の指摘（第一分冊、五二五頁「二一八　魔道術」）によって知ったが、『三国志』巻六三・呉書・趙達伝の裴松之注に引く、葛洪『神仙伝』の介象伝の異文にも、彼が瓜菜百果を植えて、たちどころに食べられるようにしたという記事が見える。

なお、オランダの外交官で中国学者・推理小説家として知られるロバート・ハンス・ファン・フーリックは、「植棗」「種瓜」

の奇術はインドから来た仏僧あるいは遊歴奇術師から伝えられ、それが道家の同種のトリックと合流したと考えているようである（榎論文三一一頁）。しかし、前漢の劉向の『列仙伝』には、この種の術は見えず、葛洪『神仙伝』に至って初めて登場する。

(24) 前注に挙げた話以外にも、たとえば、晋の葛洪『抱朴子』内篇・巻三・對俗篇に「瓜果結實於須臾」、北斉の顔之推『顔氏家訓』巻五・歸心篇に「種瓜」、『法苑珠林』巻六一および『太平御覧』巻七七三・方術部に引く『孔偉七引』に「殖苽」「種菜」、などの記事が見える。この他、後魏の酈道元『水経注』巻四〇・漸江水注、南朝宋の范曄『後漢書』巻八二・方術列伝下は、趙平が徐登と術くらべをし、枯れた柳の樹を生き返らせた話を載せる。また、南朝宋の劉敬叔『異苑』巻九は、王僕が鄭鮮之の娘を治療した水で枯れ木を生き返らせた話を載せる。これらの術も「種瓜」のヴァリエーションであろう。

植瓜種樹の術に関しては、王立『仏教文学与古代小説母題比較研究』（東方文化集成、崑崙出版社、二〇〇六年）の第四章「古代小説種植速長母題的仏教文学淵源」が詳しく論じており、参考になる。

(25) 徐光のこの話は、『法苑珠林』巻四一にも、『冤魂志』からの引用として載る。『冤魂志』は、北斉の顔之推の撰。『還冤志』、『還冤記』ともいう。

(26) 榎論文は、「具体的にどの奇術がどこから、何時ということになると、その追跡は決して容易ではない。それは西アジアやインド或いは中央アジア方面の関係記録の調査や整理が充分にというよりは、殆ど行なわれていないからである。」と述べる（三一二頁）。高木重朗『大魔術の歴史』（講談社現代新書、講談社、一九八八年）は、インドの出現奇術のうちで最も有名で、古代から現代まで行われているものに「マンゴー樹」の奇術（マンゴーを見る間に成長させ、実を成らせる）があるという（三四頁）。

(27) 殊にゾロアスター教の寺院では、身体を毀傷するマジックを盛んに行い、仏教や道教もこれに倣うところがあった。榎氏によれば、それは「一つには宗教的エクスタシーを表現し、一つにはそれによって法の神秘を示して信者の獲得に努め」るという目的を持っていた（三四一―三四七、三五九頁）。

(28) 唐代の雑技の沿革については、『通典』巻一四六・散楽、『旧唐書』巻二九・音楽志二、『唐会要』巻三三・散楽などに記事がある。

(29) 『斉民要術』巻四・種棗第三三に、「正月一日日出時、反斧斑駮椎之、名曰嫁棗（元旦の日の出に、斧の背で樹のあちこちを打つ。名付けて嫁棗という)」とある。他に同巻の「種李」などにも似た習俗が記されている。もっとも、繆啓愉校釈・繆桂龍参校『斉民要術校釈』（農業出版社、一九八二年）によれば、それは単なる呪（まじな）いではなく、樹の地上部の養分が下降するのを抑え、開花と果実の生長を促す効果があるという（一八八―一八九頁）

『四時纂要』には、春令・巻一・正月に「嫁樹法」「嫁李樹」として、『斉民要術』と同様な記事が載る。繆啓愉校釈『四時纂要』（農業出版社、一九八一年）の二一頁を参照。

(30) 澤田論文の初出誌は、『節令』第四期、一九八三年。なお、果樹の幹を叩いたり傷つけたりして脅し、その年の収穫をあげようとする呪法については、すでにフレイザーの『金枝篇』第九章・樹木崇拝の「一　樹木の精霊」に論及がある（岩波文庫本では、第一冊二四五―二四六頁）。邦人の論文には、斧原孝守「成木責めと問樹と――日本と中国における果樹の予祝儀礼」（『東洋史訪』第六号、二〇〇〇年）があり、多くの事例を紹介していて参考になる。ほかに繁原央『日中説話の比較研究』（汲古書院、二〇〇四年）序章の「はじめに――成木責めと猿蟹合戦」三―八頁、鶴藤慶忠・藤原覚一他『中国の民間信仰』（明玄書房、一九七三年）第四章・農耕儀礼「七　豊作の呪（まじない）」一〇五頁なども参照。この『中国の民間信仰』は、日本の中国地方の民間信仰に関する調査報告。広島県世羅郡地方の正月十五日の行事として、柿の木に「なるかならぬか」と聞いて手斧で傷つけ、餅粥をつける風習が紹介されている。

(31) 韓湘は神仙の術を学んだといわれ、八仙の一人に数えられる。彼が牡丹を思うままの色に咲かせたという開花術の話は、唐の段成式『酉陽雑俎』前集・巻一九に見える。

(32) 向達『唐代長安与西域文明』（三聯書店、一九八七年、初版は一九五七年）所収（四八―四九頁）。

「焼餅」については、青木正児『華国風味』（弘文堂、一九四九年）に「愛餅の説」「愛餅余話」があり、やはり『斉民要術』を引いて論じている。『華国風味』は、『青木正児全集』（春秋社、一九七〇年）の第九巻に収められる。また、石毛直道『麺の文化史』（講談社学術文庫、講談社、二〇〇六年、旧版は講談社文庫『文化麺類学ことはじめ』一九九五年）、黄永年「説餅―唐代長安飲食探索」（『唐代史事考釈』聯経出版、一九九八年）なども、あわせて参照した。ただ、「焼餅」については余り詳しい説明がない。

(33) 蕎麦の焼餅については、他に資料を探すことも難しい。管見では只一例のみであるが、五代後蜀・何光遠『鑑戒録』巻一の「走車駕」に、この焼餅が見える。唐末の大乱で昭宗が石門に蒙塵し、数日の間食料が途絶えた際、僧侶の懐宝が「蕎麺焼餅」（四庫全書本、筆記小説大観本による）を進めたという。小麦の焼餅よりも粗末な食物だったのであろう。

（34）『斉民要術』の序に付記された「雑説」に見える。もっとも、「雑説」は同書巻三の巻末にも置かれており、この部分は後世の竄入とするのが定説である。前掲（注29）の繆啓愉・繆桂龍『斉民要術校釈』の一八頁、注①を参照。なお巻三の「雑説」には、「蕎麦」の語は見えない。

4　変驢・黒店

有頃雞鳴、諸客欲發。三娘子先起點燈、置新作燒餅於食牀上、與客點心。季和心動遽辭、開門而去。即潛於戸外窺之。乃見諸客圍牀、食燒餅未盡、忽一時踣地、作驢鳴、須臾皆變驢矣。三娘子盡驅入店後、而盡沒其貨財。季和亦不告於人、私有慕其術者。

やがて鶏が鳴いて、旅客たちは宿を発とうとした。三娘子は先に起きて灯をともし、作りたての焼餅をテーブルに置き、客たちの朝の軽食とした。季和は胸騒ぎがして慌てて別れを告げ、扉を開けて外に出た。そしてすぐに戸外に身を潜めて、様子を窺った。旅客たちはテーブルを囲んで焼餅を食べ、まだ食べ終わりもしないうちに、突然土間に倒れこんだかと思うと、驢馬の鳴き声をあげ、またたく間にみな驢馬に変わってしまったのである。三娘子は、それを一匹残らず店の裏手に追い込み、金品を洗いざらいせしめてしまった。だが季和の方も、これを人に告げようとしなかった。内心その術をうらやましく思ったからである。

ここに至って、親切で評判の三娘子の正体が明かされる。彼女は、実はこんな恐ろしい術使いであった。同時に、冒頭に張られた伏線と呼応する形で、小さな店なのになぜ金回りがよいのか、どうして沢山の驢馬を飼っているのか、こちらも種明かしがされる構造となっている。『カターー・サリット・サーガラ』『アラビアン・ナイト』のいずれにもない、旅客の変身のシーンの挿入は、物語の構成のなかで極めて効果的に働いている。そして、ストーリー変更の当然の結果として、男性主人公の趙季和は、ビーマ・パラークラマやバドル・バーシムとは別の、独自の行動をしばらく取ることになる。彼は、ここでは三娘子と対決せず傍観者に終始し、『アラビアン・ナイト』に見えた性愛的要素とも全く無縁である。

一つだけ語釈を加えておくと、「點心」は、周知のように間食用の軽い食べ物、あるいは菓子の意味で現在も用いられる。「板橋三娘子」の用例は、それが唐代に遡ることを示すものである。宋の呉曽『能改斎漫録』巻二・事始、元の陶宗儀『南村輟耕録』巻一七などに「點心」の項があり、他の例を引いての考証が見られる。ただ、少し細かい詮索になるが、両書が引く『唐史』の一節「夫人顧其弟曰、治妝未畢、我未及餐、爾且可點心。（夫人は弟をふり返って言った、『お化粧が終わっていないから、わたしはまだ食事はしないわ。お前ちょっと軽く食べておくれ』）」など、明らかに「點心」を動詞として用いている例が多い。『大漢和辞典』の説明（第一二巻、一〇二六頁）によれば、この語は、もと「少しの食を心胸の間に點ずる」の意からきているという。『漢語大詞典』も、「點心」の語釈の①として「正餐之前、小食以充飢」と説明し、「板橋三娘子」のこの箇所、宋の荘季裕『鶏肋編』の一文などを用例として挙げる（第一二巻、一三四九頁）。名詞として解釈する訳も多いが、ここはやはり「客の与に点心す」と動詞に読むべきであろう。[1]

この一段で取り上げておきたいのは、物語の中軸をなす驢馬への変身、客を食い物にする宿屋（いわゆる「黒店」）の存在、それに対する趙季和の反応、等である。先ずは、驢馬への変身から見てゆこう。

【変驢】

すでに幾度か触れたように、人を驢馬に変える三娘子の術は、中国の幻術のなかでは極めて特異である。インド、西アジアの魔女の話を母胎としてはじめて、こうした食物による変驢譚が誕生した訳であるが、中国における動物への変身譚がどのような特徴を持ち、どのような「変身」観に支えられているかについては、次章において一項を設けて論ずることにする。ここでは、唐以前の幻術に見える驢馬への変身について、簡単に紹介しておくに留めたい。

幻術による動物への変身は、神仙や道士の話を中心に、早くから見られる。しかしそれは、術士自身が動物に変身するものがほとんどである。たとえば、左慈が曹操の追手から逃れるために使った、羊への変身の術（『神仙伝』巻五、『後漢書』巻八二下・方術伝）。同じ羊でも石の羊に変身した修羊公の術（『列仙伝』巻上）。あるいは、虎に変身する欒巴の術（『神仙伝』巻五）、昇仙ののち白鶴に化して現われた茅君の術、蘇仙公の門庭に白鶴となって降りた仙人の術（ともに『神仙伝』巻九）など。無論、人を動植物に変える術も全くないわけではない。たとえば、劉政という仙人は、三軍の兵士を隠して一叢の林にしたり、あるいは鳥や獣に変えたという（『神仙伝』巻八）。しかし数としては極めて少なく、具体的に驢馬あるいは馬に変身させた例は皆無である。

そうしたなかで、人を驢馬に変える術が一例だけ挙げられる。それは、『洛陽伽藍記』巻四の法雲寺の条に載る、次のような記事である(2)。

法雲寺、西域烏場國胡沙門曇摩羅所立也。在寶光寺西、隔牆並門。摩羅聰慧利根、學窮釋氏。至中國、即曉魏言隷書、凡所聞見、無不通解、是以道俗貴賤、同歸仰之。…（中略）…秘呪神驗、閻浮所無。呪枯樹能生枝葉、呪人變爲驢馬、見之莫不忻怖。

法雲寺は西域の烏場国の僧侶曇摩羅が建てたものである。宝光寺の西にあり、塀を隔てて隣合わせに門を並べていた。摩羅は聡明な生まれつきで、仏教を学んで精通していた。中国にやって来て、すぐに魏の言葉と隷書に通じ、見聞きすることで解らないものはなかった。そこで出家も在家も、貴人も賎者も、みな彼を仰ぎうやまった。…（中略）…彼の神秘な呪文の効験には、この世のものとも思われないところがあった。枯れ樹に呪文をかけると枝がのび葉が茂り、人に呪文をかけると驢馬や馬に変わった。これを見て、喜びあるいは怖れない者はなかった。

曇摩羅は小道具も食物も使わず、呪文のみによっているが、明らかに変驢の術である。彼の出身地「烏場國」は、インダス川上流のスワート川の河源地帯を領域とした国ウッディヤーナで、烏仗那あるいは烏萇などとも書く。晋の法顕『法顕伝』全一巻や唐の玄奘・弁機『大唐西域記』巻三などにも記事が見え、特に『大唐西域記』に、この国の人々が「禁咒（まじない）」をよくすることを述べている点が興味深い(3)。この術は、やはりインドに伝わるもので、北魏のころ、仏教とともにすでに中国に伝えられ、人々を驚かせていたのである。

もっとも、この曇摩羅の術と「板橋三娘子」との関わりについては、あまり穿鑿する必要はないであろう。他の術者に受け継がれたり、小説中に利用されたりした形跡がないことから推し量って、この幻術は、先に見た「植瓜」「種樹」の術のようには、流行しなかったと判断されるからである(4)。ただ、流行しなかったその理由について考察することには、意義があると思われる。中国の変身観と絡めて、これも次章で取り上げてみたい。

【黒店】

三娘子のような「黒店（ヘイティエン）」の女将といえば、先ず思い出される有名な話が、『水滸伝』第二七回に登場する母夜叉の孫二娘であろう。彼女は孟州道の峠の十字坡に、夫の張青とともに店を出している。三娘子は客を驢馬に変えてしまうのだが、こちらは、肉づきの良さそうな旅人に目をつけ、殺して人肉饅頭にして売り出すという物凄さである。ところで、近世の小説はさておき、唐代以前の小説筆記においては、「黒店」の記事は意外に少ない。勿論、そうした店がなかった訳ではない。『太平広記』に見える次のような記事が、恐ろしい宿屋の存在を伝えている。

唐定州何明遠大富、主官中三驛。毎於驛邊起店停商、專襲胡爲業。資財巨萬、家有綾機五百張。……

唐の定州（河北省）の何明遠は大富豪で、三つの官駅を取り仕切っていた。いつも宿駅のあたりに旅店を建てて旅商人を泊め、専ら西国の商人を襲って稼いでいた。たくわえた財産は莫大で、家には綾絹を織る機が五百張も並んでいた。……

（『太平広記』巻二四三・治生・「何明遠」、出典は唐の張鷟『朝野僉載』）

周杭州臨安尉薛震好食人肉。有債主及奴詣臨安、於客舎、遂飲之酔、殺而臠之。以水銀和煮、並骨消盡。後又欲食其婦、婦覺而遁。縣令詰得其情、申州、録事奏、奉勅杖殺之。

則天武后の周朝の時、杭州の臨安の県尉であった薛震は、人肉を食べるのが好きだった。ある金貸しが下僕と臨安にやって来た。薛震は旅館で酒を飲ませて酔わせ、殺して切り身にし、残りは水銀で煮て、骨まですっかり溶かしてしまった。その後、またその金貸しの妻を食べようとしたが、彼女は気づいて逃れた。県令が詰問して一部始終を知り、州の役所に報告した。役所は事件を記録して奏上し、勅命によって薛震を杖殺した。

（『太平広記』巻二六七・酷暴・「薛震」、出典は『朝野僉載』）

後者は「黒店」ではなく、旅館を利用した犯罪であるが、危険な宿屋ということで挙げてみた。それにしても凄じい話である。前者の西域の商人を専門にする「黒店」には、富裕な商胡が活躍した、唐代の世情の反映を読み取ることができる(5)。

殺伐な内容で、しかも極めて簡略なこれらの実話に対し、「板橋三娘子」はフィクションでありながら、当時の旅店の様子とその裏事情を、生彩に富んだ筆致で活写している。旅客を驢馬にしてしまうことはないにせよ、手玉に取って金品を巻きあげたり、人買いに売り飛ばしてしまうような犯罪は、繁華な宿場町の闇の部分に横行していたに違いない。貴重な歴史・風俗資料としての価値が、ここにも窺われると言ってよいであろう。

さて、この項でもう一つ取り上げておきたいのは、宿の事件の一部始終を覗き見ていた趙季和の反応である。普通ならば、仰天して役所に走り込むといった筋書きが、まず順当なところであろう。実際、清の蒲松齢『聊斎志異』巻二の「造畜」、程麟『此中人語』巻六の「変馬」など、後世の類話・翻案ではそういう決着になっている。（この二篇の小説については、次章第二節の「3　『カター』『千一夜』系」で取り上げる。）しかし、この話の季和は、内心その術をうらやましく思い、事件を人に告げようとはしない。つまり、あわよくば三娘子の術を盗み取ろうという魂胆である。おまけに彼は、驢馬にされた哀れな旅人たちを救おうともしていない。

この三娘子も顔負けの抜け目なさと強かさには、注目しておいてよい。とはいっても、ここで趙季和の道義的責任を問おうというわけでは、毛頭ない。そうではなくて、男性主人公のこうした性格を通じて、この物語を創り、伝え、そして喜んで聞き入った人々の貌を、朧気ながら浮かび上がらせることができると考えるからである。

初期の段階でこの物語を支えたのは、中国知識人の道徳観や、市人小説を支える勧善懲悪的な思想とは異質な、おそらく別の行動原理の下に生きる人々だったのではないだろうか。隙を見せれば命取りになりかねない、生半可な同情は無用の世界で、旅の危険に身を晒しながら一獲千金の機会をうかがう、そんな人々がこの物語の成立に関わったのであり、それは趙季和という主人公の人物像に、典型として集約されているのである。さらに付け加えておきたい事柄もあるが、それは、いましばらくこの話を読み進んでからのことにしよう。

ところで、この項を終えるに当たって一点、字句の異同について指摘しておかねばならない。それは、季和の抜け目なさを示す「季和亦不告於人、私有慕其術者」の箇所であるが、明の王世貞『艶異編五十一種』（蓬左文庫本）や清代の『唐人説薈（唐代叢書）』『龍威秘書』などでは、いずれも「私有慕其術者」の六字が無くなっている。『太平広記』の諸本にはこの一文が見られるところからすると、男性主人公の好ましからざる性格として、編者の意向で削除されたものと考えられる。しかし、実はこの一節こそ、三娘子の原話を語り伝えた人々について推理する際の、有力な手懸かりとなる箇所であり、その意味では六字の削除は、要らずもがなの配慮だったと言えよう。(6)

（1）　点心については、前項で参照した中村喬「早食と點心」（『立命館文学』第五六三号、二〇〇〇年）が詳しく参考になる。以下この論文によって、説明を補っておくことにする。

唐代では、起床ののち早食（朝食）に至るまでのつなぎに小食を食べることを、「点心する」といっていた。それは「心に点じる」、つまり心身を起動させることを意味するもので、わが国で朝起きたときに食べる菓子を「おめざまし」というのに類している。では、なぜ早食以前にこのような小食を取るのか。それは、当時「早食」と称するものが、起床後かなり時間がたってから取るものであったことによる。

当時の食事は一日二度で、この二食の第一回目つまり「早食」は、多く午前中に取られたが、ときには午時に至ることもあった。いずれにしても起床してから早食までかなり時間があったので、点心が必要だったのである。（したがって、点心を軽い朝食と見なし、早食を昼食と考えるなら、一日三食の現今の生活サイクルと変わることはない。つまり、かつての一日二食と、現在の一日三食とは、生活習慣の変化というより、食事にたいする観念の変化にすぎない。）

なお、元横浜国立大学大学院生柳清子氏の教示によると、東南アジアには、こうした「點心」「早食」的な食事の観念を今も残す地域が見られるようである。

（2）『洛陽伽藍記』の原文は、周祖謨『洛陽伽藍記校釈』（香港中華書局、一九七六年）によった（一五四―一五五頁）。なお、同書の初版は一九五八年。この一節も、テキストによって何箇所か異同が見られるが、記事の内容に違いはない。

（3）ただ、その記事は極めて簡略なもので、該当箇所を季羨林『大唐西域記校注』（中華書局、一九八五年）から引けば、この国の人々が「好學而不功、禁呪爲業（学問好きだが成果はなく、まじないを生業としている）」と記すのみである（二七〇頁）。「烏場國」については、入矢義高『洛陽伽藍記』（中国古典文学大系、平凡社、一九七四年）の訳注（八八―八九頁）、および水谷真成『大唐西域記』（中国古典文学大系、平凡社、一九七一年）の訳注（九九―一〇〇頁）を参照した。両書は、同社刊行の東洋文庫にも収められている。ほかに長沢和俊訳注『法顕伝・宋雲行紀』（東洋文庫、平凡社、一九七一年）「法顕伝」第二章の注一二（三三―三四頁）および第三章三五―三六頁、「宋雲行紀」第二章の一八四―一九三頁および注一三（一九六頁）も参照。

『大唐西域記』を引いたところで付言しておくと、「蕭洞玄」「杜子春」の原話として前節で触れた、同書巻七・婆羅痆斯国の救命池伝説の記事には、隠士が「人畜易形」の術を能くしたとある。婆羅痆斯国は、ガンジス川流域に位置している。インダス流域の烏場国に限らず、この地域にもそうした術の伝承が窺えることからしても、人を動物に変える術（あるいはそうした術の話）は、インドにおいては一般的だったと想像される。

（4）人を動物に変える術ということで、一つ付け加えておくと、『太平広記』巻二八四・幻術部の「周眕奴」には、呪符で人を虎に変える術が登場する（出典は斉の王琰『冥祥記』）。ただ、これも尋陽県の北の山中に住む蛮人の秘術とされ、中国に一般的な術とは異なる。

（5）　唐代の商胡が富裕だったことについては、すでに多くの指摘がなされている。小説「杜子春」に登場し、主人公に巨額の財を与えてくれる長安の「波斯邸」の老人などは、その際よく例として挙げられる。「波斯」とは、ペルシアの音訳。また「邸」は邸宅ではなく、「邸店」つまり商人の利用する旅館兼倉庫のこと。石見清裕『唐代の国際関係』（世界史リブレット、山川出版社、二〇〇九年）は、「杜子春」を引いて、これをソグド人の施設と見なしている（三四頁）。ソグド人については、後の「6　詐術・騎驢」において取り上げる。

また、商胡が中国人の知らない財宝を買い求めにやってくる話は数多く、こうした話群を博捜した論考として、石田幹之助「西域の商胡、重価を以て宝物を求める話――唐代支那に広布せる一種の説話について」（『民族』第四巻一号、一九二八年）、「再び胡人採宝譚に就いて」（『民俗学』第五巻一〇号、一九三三年）、「胡人買宝譚補遺」（日本大学文学部『研究年報』第六、一九五五年）が名高い。いずれも『増訂　長安の春』（東洋文庫、平凡社、一九六七年）に収められている。この石田論文を補う研究としては、澤田瑞穂「異人買宝譚私鈔」（『金牛の鎖　中国財宝譚』平凡社選書、平凡社、一九八三年、初出誌は『早稲田大学大学院文学研究科紀要』第二六輯、一九八一年）、佐々木睦「胡人と宝の物語」（『しにか』一九九七年一〇月号）がある。

なお全くの余談になるけれども、西村康彦『中国の鬼』（筑摩書房）に目を通していたところ、「あとがき」に、「街道筋の宿屋のおやじが、泊まった金のありそうな客を一年間に四十六人も殴り殺して庭にうめた」という事件が紹介されていた。唐代の話ではなく、一九八八年に陝西省で発覚した事件である。どの新聞に掲載された記事か詳らかにしないが、興味を引かれると同時に、複雑な気持ちになったので書き留めておく。

（6）　この六字の削除は、先に述べた蒲松齢「造畜」・程麟「変馬」二編の展開（目撃者が役所に訴え出て術者は逮捕される）とも、道義感において通じ合うものを持っていよう。

5　帰　路

後月餘日、季和自東都回、將至板橋店、預作蕎麥燒餅、大小如前。既至、復寓宿焉。三娘子歡悦如初。其夕更無他客、主人供待愈厚。夜深、慇勤問所欲。季和曰、明晨發、請隨事點心。三娘子曰、此事無疑、但請穩睡。半夜後、季和窺見之、一依前所爲。

それから一月余りたって、季和は洛陽から帰ってきた。板橋店に近づくと、彼はあらかじめ蕎麦粉の焼餅を作り、大きさは前（の三娘子のもの）と同じにした。到着して、もう一度そこに宿を取ると、三娘子は最初と同じように喜んで迎えてくれた。その夜は他に泊まり客もなく、彼女のもてなしは一段と手厚かった。夜が更けて、なにか御注文はと鄭重にたずねられ、季和は「明日の朝、出発します。何か適当な軽食をお願いします」と答えた。すると三娘子は、「そのことでしたら御心配なく。ごゆっくりお休みくださいまし」と言った。夜中すぎ、季和がのぞいてみると、全く前のとおりのことをしていた。

『カター・サリット・サーガラ』『アラビアン・ナイト』の話とは異なり、「三娘子」の物語には、一月余りの時間が流れることになる。話が二つに分かれ、やや間延びする印象はあろう。しかし、筋の運びに無理はない。物語の展開もテンポよく、歯切れの良い文体が心地よい。

趙季和は、バドル・バーシムのように老人の援助に頼ることはせず、自分で焼餅を作っており、彼自身の知恵という点が前面に推しだされることになる。また、初めて二人の簡単な会話の台詞が入るが、三娘子の応対は、なかなか板に着いている。ここに至るまでの描写全体を通じて、西の魔女は、うまく中国の宿場町の女将に変身できているようである。

季和の言葉に見える「點心」は、やはり動詞に取るべきであろう。「隨事」は、随意に、適当に見計らって。この一段では、特に項目を立てて論じておくべき事柄がない。以上の簡単な語釈で終えて、物語の第二の山場へと目を移すことにしよう。

6 詐術・騎驢

天明、三娘子具盤食、果實燒餅數枚於盤中訖、更取他物。季和乘間走下、以先有者易其一枚、彼不知覺也。季和將發、就食、謂三娘子曰、適會某自有燒餅、請撤去主人者、留待他賓。即取己者食之。方飲次、三娘子送茶出來。季和曰、請主人嘗客一片燒餅。乃揀所易者與噉之。纔入口、三娘子據地作驢聲、即立變爲驢、甚壯健。季和即乘之發、兼盡收木人木牛子等。然不得其術、試之不成。季和乘策所變驢、周遊他處、未嘗阻失、日行百里。

空が明るくなると、三娘子は大皿に食べ物を用意した。案の定、焼餅を数個皿に盛りおわると、さらに他のものを取りに行った。季和はそのすきに駆け寄ると、あらかじめ用意した焼餅を皿の一個とすりかえた。しかし彼女はそれに気づかなかった。季和は出発にあたって食事にかかり、三娘子に向かって言った。「たまたまわたしも焼餅を持っていました。おかみさんのは下げて、ほかの客にまわしてください」と。そして自分の用意した方を取り出して食べた。飲み物という段になると、三娘子はお茶を運んできた。すかさず季和は、「おかみさんも、わたしの焼餅を一ついかがですか」と言い、すりかえたものを選んで食べさせた。口に入れたとたん、三娘子は土間に這いつくばって鳴き声をあげ、たちまち驢馬になってしまった。たいそうがっしりとした丈夫な驢馬だった。季和はすぐにこれに乗って出発し、木の人形や牛なども残らず手に入れた。しかし、その術が分からないので、試してみたがうまくゆかなかった。季和は彼女の変身した驢馬に鞭をあてて、あちこち旅して回ったが、一度も事故を起こすことなく、一日に百里も行くのであった。

趙季和の行動は、ここで再び、ビーマ・パラークラマやバドル・バーシムと重なり合うことになる。しかし、細かな点では、やはり幾つかの違いがある。『カター・サリット・サーガラ』のビーマ・パラークラマの行動は、ほぼ季和の場合と同じである。けれども、妖しい製法の団子は、魔女の部屋に置かれていた別の櫃の団子とすり替えられる。一方、『アラビアン・ナイト』のバドル・バーシムは、老人からもらった特別なサウィークを使う。しかもこのサウィークは、バーシム自身が食べた際には何の異常もないが、魔女のラープが食べると、立ちどころに彼女を雌ラバに変えてしまうのである。もっとも、魔女だけに効くというのは、いまひとつ分かりにくいところが残る。そこで、同じ『アラビアン・ナイト』でもマルドリュス仏訳本においては、男性主人公が食べ物を一切口にせず、老人からもらった菓子を魔女に食べさせる、という筋書きに変えられている(1)。だが、いずれにしても食物のすり替えはない。

趙季和の場合、計略を胸に三娘子の宿に泊まったわけであるから、焼餅は当然あらかじめ用意されることになる。この点、『カター・サリット・サーガラ』のその場の機転よりは、話が練られている。また、相手の隙を窺ってのすり替えはスリリングで、しかも三娘子が自分の焼餅で驢馬になってしまうところに、諷刺がきいている。この箇所だけを取り上げれば、『アラビアン・ナイト』よりも面白く出来上がっているといえよう。しかし、ただ一つ気になるところがある。それは、前夜に朝食を頼んだはずの季和が、翌朝になると自分の焼餅を出して食べ、その上、三娘子にすり替えた一枚を食べさせるという展開である(2)。勿論、話の運びに大きな無理があるわけではない。辻褄はきちんと合っている。しかし、出来立ての焼餅を口にしようとしない季和に、三娘子は何の疑いも抱かないのであろうか。また折角用意した焼餅を断られ、内心面白くないはずの三娘子が、彼の差し出す焼餅に簡単に飛びつくというのは、少しばかり都合のよすぎる話ではないだろうか。ここは、出来ればもう一工夫欲しいところである。

とはいうものの、では一体どのように工夫したらよいのだろうか。逆に作者の立場にたって考えてみると、私たちはその難しさにあらためて気づかされる。宿の女将と客という設定で、心理的な不自然さを伴わずに、客が差し出す焼餅を彼女に喜んで食べさせるのは、思いのほか難問である。(3)とすれば、薛漁思のように心理面の細かな詮索は気にせず、詐術の面白さに頼って一息に書き上げるのが、最も賢明な策かも知れない。瑕瑾はあろうし、そこに翻案小説としての限界も見えようが、ここはやはり、このように書かれるしかなかったのである。

三娘子の心理ということで言えば、驢馬にされた彼女の、余りの従順さも気になる。(4)しかし、概して内面心理に踏み込むことの少ない中国古典小説の、しかも唐代の怪異譚に、そこまで要求するのは酷というものであろう。現代の読者としての批評は、このあたりに留めることにする。

次に、二、三語釈に関して補っておく。

「三娘子具盤食、果實焼餅數枚於盤中」の個所は、日本語訳では、「三娘子は盤食の果実と焼餅数枚を、盤中に用意した」の意味に取られることが多い。しかし、こう理解すると、短い文中に「盤食」と「盤中」が重複することになり、いかにも不自然である。ここは現代中国語訳の多くに従って、「三娘子は盤食を具(そな)えたが、果たして焼餅数枚を盤中に実(み)たした」と取るべきであろう。

「方飲次」は、「(食事を一段落すませ、)お茶という時になると」と考えて訳出した。しかし、現代中国語訳は「飲」を「食」の意味、あるいは「食」字の誤りと取り、「食事をしているときに」とするものがほとんどで、拙訳のように解する例は、『白話太平広記』（北京燕山出版社）のみである。日本語訳も多くこれに従っており、何故わざわざ窮屈な訳し方をするのか、納得がゆかない。この箇所は、『古今説海』など明代のテキストに至って「方食次」と改められたようで、『太平広記』諸本はいずれも「方飲次」としている。同じ『河東記』の「獨孤遐叔」（『太平広記』巻二八一・夢遊部）にも、「方飲次、忽見…」の用例が見える言葉であり、こちらに従って訳すべきであろう。

「送茶」は、お茶を出す、はこぶ。一般には茶を贈る、届けるの意味で用いられることが多いが、時代を降って宋代、釈普済『五燈会元』巻一三・青原下六世・雲居膺禅師法嗣に、「來日普請、維那令師送茶。師曰、某甲爲佛法來、不爲送茶來。（到着した日に普請があったので、維那は師に茶を運ばせた。すると師は言われた、『私は仏法のために来たのであって、茶を運ぶためにやって来たのではない』と。）」の用例が見える。なお、三娘子が茶を運んでくるという描写も、風俗資料として興味深い。巴蜀（四川省）を発祥の地とする飲茶の習慣は、前漢の王褒『僮約』にすでに見え、三国から六朝期にかけて揚子江下流へと広まってゆくが、唐代に至ると華北にも伝わって全国的に普及する。それが庶民の草店にまで及んでいたことを、この一文は教えてくれるのである。(5)

【詐術】

趙季和の詐術は、わずかに不自然なところを含むものの、『カタ―・サリット・サーガラ』『アラビアン・ナイト』の同箇所を凌ぐ出来映えで、読者を楽しませてくれる。唐代以前の小説では、こうした面白い詐術の例は少なく、これに匹敵するような話を挙げることは難しい。敢えて拾い上げるならば、王夢鴎『唐人小説校釈』も指摘する、『捜神記』巻一六の「宋定伯」の話がある。よく知られた話ではあるが、比較資料としてあらすじを左

に紹介しておく。(6)

南陽（河南省）の宋定伯は、若い頃、夜歩きしていて鬼に出合った。尋ねてみると「わしは鬼だ」といい、向こうも「お前は誰だ」と尋ねてくる。そこで定伯は騙して、「わたしも鬼だ」と言った。さらに話してみると、共に目的地が宛の市だったので、連れだって歩きだした。

数里ほど行ったところで、鬼が「歩くのがどうも遅すぎる。交代に背負い合ったらどうだろう」というので、定伯は賛成した。先に鬼が定伯を背負って、「あんたは、やたら重い。鬼と違うんじゃないか」と言ったが、定伯は「鬼になったばかりだから、重いのさ」と答えた。こんどは定伯が鬼を背負ってみると、ほとんど重さがなかった。

こうして再三交代して歩き、定伯がまた「なりたての鬼だから、いったい何がこわいものなのか分からないんだが」と聞くと、鬼は「ただ人の唾だけが厭なんだ」と答えた。やがて川にさしかかり、鬼が先に渡ったが水音がしない。定伯が渡ると、ざぶざぶ音がした。鬼は訝しがったが、これも死んだばかりだからということで、ごまかした。

宛の市までもう少しという所まで来て、定伯は背負った鬼を急につかまえた。鬼は大声を出して騒いだが、縛り上げると大人しくなった。すぐに宛の市に行き、地面に下ろすと、一匹の羊になっていた。そこでこれを売ることにしたが、もとに戻るのを怖れて、唾を吐きかけておいた。そして、羊の代金千五百銭を懐に立ち去った。

鬼を手玉に取る、これも相当したたかな男の話である。そこに「板橋三娘子」の趙季和と似たところがないわけではない。また、怪異を語っても断片的な記録となることの多い六朝志怪の中にあって、この「宋定伯」の話は、鬼と定伯のやりとりを楽しむ文芸性を備えている。しかし、総じて志怪の古朴さがただよい、三娘子の物語との落差は大きく感じられる。(7) 唐代の伝奇小説は、フィクションとしての世界を楽しみ、その巧みな構成を競う、より高い水準にまで達しているのである。

さて、ここまで幻術から黒店・詐術と、いくつかの項目にわたって、類話を捜しながら考察を進めてきた。しかし、「板橋三娘子」の原話の伝来を示す資料については、物語全体に関わる類話は言うに及ばず、項目的な断片に関しても全く見出すことができない。となると、驢馬についての考察から先延ばしにしてきた、原話の伝来の時期についても、このあたりで、そろそろ結論を出してよいのではないだろうか。「板橋三娘子」の原話は、魏晋六朝よりもさらに時代を下り、おそらく唐代になって初めて、活発となった東西交易を通じて中国にもたらされた。この原話が、『カター・サリット・サーガラ』『アラビアン・ナイト』とも異なる、どんな内容の話となって中国にやって来たのか、中国に伝来の後、どのような改変の過程を経たのかは、いずれも明らかでない。けれども、旅店や駅驢、幻術や人形からくり等、そこに窺われる唐代の社会風俗の色濃い反映は、「板橋三娘子」が、まさしくこの時代のなかで創り上げられた翻案小説であることを、如実に物語っているといえよう。

【騎驢】

趙季和は、驢馬になった三娘子に跨がって、再び旅に出ようとする。考えてみれば、これも随分とよい度胸である。何かの弾みでもとの三娘子に戻ってしまったら（現に『アラビアン・ナイト』ではそうなっている）という心配もあらばこそ、利用できるものは何でもという抜け目なさである。無論、物語としては展開上の必要からそうなっているのであろうが、木人や木牛子を早速試すところといい、先の「黒店」の項で指摘した、季和の性格の面目躍如といった感がある。そこで、ここでもう一度、物語の伝承者という観点から、この問題を論じておくことにしたい。

すでに述べたように、季和のこうした性格は、この物語を創り、伝えた人々の行動原理を反映していると考えられる。趙季和の職業は、作品中に明示されてはいない。しかし、こうした行動原理に立つ人々の職種といえば、おおよそ察しはつこう。東都の洛陽に行き来し、さらに驢馬に乗って四年も諸国をめぐる行動は、彼の職業が旅商人であったことを自ずから物語っている。驢馬で旅する商人達の姿は、左に示すように六朝期の小説から姿を現わし始めるが、季和もまたここで、その典型的な出で立ちを取るのである。

……

呉時、陳仙以商賈爲事。驅驢行、忽過一空宅。……

呉の時、陳仙は商売を生業としていた。驢馬を駆って出かけ、たまたま一軒の空き家を通りかかった。

（南朝宋・劉義慶『幽明録』、『太平広記』巻三一七・鬼部）

……

石虎時、有胡道人驅驢作估于外國。深山中行、有一絶澗、…（中略）…忽有惡鬼牽驢入澗中、……

後趙の石虎の時、西域の道人（術士、あるいは僧侶）で、驢馬を駆って外国で商売をしようとする者がいた。山奥を行くと、深い谷川があり…（中略）…不意に悪鬼が現われて、驢馬を谷に引きずりこもうとした。

（晋・荀某『霊鬼志』、『太平御覧』巻七三六・方術部）

……

国の内外にわたる交通路が発達し、交易が盛んであった唐代においては、対外貿易あるいは国内の商業に従事して活躍する、多くの商人たちの姿が見られた。「板橋三娘子」の物語は、そうした人々に語り継がれるなかで、逞しい商人魂を、男性主人公の内に呼び覚ましていったと考えられるのである。

「板橋三娘子」の原話が、旅商人によって語り継がれたものであるとすれば、それは先ず東西貿易に従事する商人によって、中国にもたらされたと考えられる。どのような民族の商人が、陸海いずれのルートを経由してこの話を運んだのか、この点もまた明らかでない。しかし、物語のどこにも、『アラビアン・ナイト』に見られたような海の香りがしない点、物語の舞台が中国北方の内陸で、南方の沿海部でない点などから想像すれば、陸路の可能性が高いと思われる。(8) そして、陸路の旅商人ということで思い起こされるのは、『通典』や『旧唐書』などに見える、次のような記事である。

韋節西蕃記云、康國人、並善賈。男年五歲、則令學書、少解則遣學賈、以得利多爲善。……

韋節の『西蕃記』に言う、「康国の人は、みな商売上手である。男子は五歳になると書を学ばせ、少し解るようになると商売を学ばせる。利益を得ることが多いのを善しとしている。……」

（『通典』巻一九三・辺防・西戎）

康國、即漢康居之國也。……（中略）……生子必以石蜜納口中、明膠置掌内、(9) 欲其成長口常甘言、掌持錢如膠之黏物。俗習胡書、善商賈、爭分銖之利。男子年二十、即遠之旁國。來適中夏、利之所在、無所不到。……

康国は、漢の康居の国である。……（中略）……子供が生まれると口の中に石蜜（氷砂糖）を入れ、手のひらに明膠（よいニカワ）を置く。その子が成長したら、口は常に甘言をあやつり、銭を持てば膠が物を粘り着けるように、決して放さないことを願うのである。風俗は西域の書を習い、商売上手で、わずかな利益を争い合う。男子が二十歳になると、隣の国に送りだす。彼らが中国にもやって来て、儲けのありそうな場所なら、行かないところはない。……

（『旧唐書』巻一九八・西戎）

韋節の『西蕃記』は隋代の書。「康國」は、西トルキスタンのザラフシャン川流域に位置する、サマルカンドを言う。そして、隊商貿易の中心であったこの地を故国として、広範な通商活動を繰り広げていた彼等こそ、唐代の文献に「胡」として頻見される[10]、イラン系のソグド人であった。羽田明氏の論考によれば[11]、有史以来、遊牧異民族の支配を受け、その収奪に耐えなければならなかったソグド人は、支配者の勢力を逆に利用し、絶えず通商網を拡大し活動を強化していった。彼等の商業活動は、五世紀半ばから八、九世紀にかけて全盛期を迎え、突厥やウイグル族の勢力を借りて、東西の中継貿易をほとんど独占したといわれる。東は中国、南はインド、北は西域北方の草原地帯からモンゴリアの高原にかけて、西はイランから遠く東ローマまで、いわばアジア大陸の全域がその活躍の舞台であった。また、唐王朝を揺るがす大乱を起こした安禄山も、父親からソグドの血を引いていたといわれる。

勿論、唐代に中国を訪れた外国商人は、ソグド人のみに限らない。ペルシアやアラブ、あるいはウイグル、キルギスの商人もいる。また、右の『通典』や『旧唐書』の記事が、そのまま「板橋三娘子」と結びつくわけでもない。しかし、サマルカンドから西アジアやインド、さらには長安をはじめ中国北部都市へと伸びる当時の交通路線図を前に、趙季和に窺われる商人像を膨らませてみる時、ソグドの存在は大きく浮上してくる。近年の研究によれば、彼等は短期間訪れるだけの旅商人だったのではなく、中国の北部要地に多くの居留区とネットワークを持ち、そこに定住して同胞に情報を送る人々も存在した(12)。また彼等が運んだのは絹や香料などの商品だけではなく、織物の技術、あるいはヨーロッパやインドの物語までもが含まれた(13)。加えて彼等が信仰するゾロアスター教（祆教）は、祭日ともなると廟の前で、祭儀に関わるさまざまな奇術・幻術を行ったのである(14)。

唐と西域との交流は、唐軍がイスラムのアッバース朝に大敗したタラスの戦い（七五一年）、ついで起こった安史の乱（七五五―七六三年）で逼塞し、徳宗貞元五年（七八九）、吐蕃（チベット）の北庭都護府占領によってシルクロードも途絶する。しかし陸路による東西貿易は、その後もウイグル路を通じてなされ、その交易を担ったウイグル商人は、実はソグド人であったという(15)。「三娘子」の原話の伝承者・運び手としては、まさに適役と言うべき人々ではないだろうか。

なお季和の乗る驢馬は、「日行百里」とあるが、これは壮健な驢馬の証拠である。唐の駅伝規定では、「馬は一日七十里、徒歩と驢とは五十里、車は三十里」となっており(16)、これがおおよその標準と考えられる。馬について言えば、「千里馬」などは無論誇張で、『太平広記』巻四三五・畜獣部に引く唐の張読『宣室志』は、玄宗の龍馬が日に三百里行ったことを特記している。あるいは、これもまた誇張であろうか。

（1）　佐藤正彰『千一夜物語　Ⅲ』（世界古典文学大系、筑摩書房）の一二九―一三〇頁。豊島与志雄他『完訳　千一夜物語』第八冊（岩波文庫）では、一二五頁。

（2）　「出来たて」と書いたが、正確には夜中に作られ、しばらく時間が経って熱くなくなった焼餅。思うに、もしまだ熱い焼餅であれば、それをすり替えた趙季和に食べるよう勧められた時、三娘子はすぐにおかしいと感じたはずであるから。（趙季和が前の日から懐に入れていた焼餅が熱いわけはない。）前掲の中村論文「早食と點心」に言うように、再調理の必要のない保存食品として、三娘子の焼餅も夜中に作り置かれたのであろう。

（3）『アラビアン・ナイト』の方では、先に術を仕掛けて失敗したラープが、それを取り繕うために、バドル・バーシムが差し出すサウィークを口にするという展開になっており、心理的に不自然なところはない。三娘子の場合は、この設定が女将と旅客に変わっているために、僅かではあるが綻びが生じるのである。

（4）これも『アラビアン・ナイト』では、老人アブド・アッラーフから貰った馬勒を、抵抗するラープに着けると大人しくなるという設定で、矛盾がない。「板橋三娘子」では、老人の登場は最後になるため、こうした設定は不可能で苦しいところである。ただ、驢馬にされた三娘子の従順さについては、後の項で改めて取り上げ、一言付け加えておくことにする。

（5）『太平広記』巻四五四・狐部の「張簡棲」（出典不詳）には、塚穴のなかで狐が読書をしており、脇から鼠たちが湯茶や栗の実などを差し出すシーンが見られる。茶の普及のほどが知られよう。

唐代には、焼餅を食べながら茶を飲む習慣があった。邱龐同『中国面点史』（青島出版社、一九九五年）に、『唐語林』巻六の郎士元と馬燧の逸話を引いての指摘がある（四六頁）。この資料については荒井健先生から教示いただいたが、面白い話なので、あらすじを紹介しておこう。

郎士元は、清絶な詩で知られたが軽薄なところがあり、好んで人を揶揄する句を作った。そのなかで茶を飲まぬとからかわれた馬燧は、一計を案じて彼を家に招いた。当時、富豪の家では「古楼子」という食べ物が好まれた。これは大きな胡餅に羊肉をはさんで、椒豉（サンショウ入り味噌）をあいだに塗り込み、酥（煉乳）でしめらせて熱を加える。そして肉が半熟となったところで食べるというものであった。

馬燧は、朝起きるとこの古楼子を食べて郎士元を待っていた。彼がやって来た頃には、喉はカマドのようにカラカラ、急いで茶を出させると、二人でそれぞれ二十余杯を飲んだ。士元は高齢であり、腹は冷え膨れ出してくるので何度も断ったが、燧は「茶を飲めぬと仰しゃった私が相手、何で急に辞退なさるのですか」という。こうしてさらに七杯となった。士元はたまらず固辞して立ち上がったが、馬までたどり着いたところで、ついに音と共に漏らしてしまった。かくて病むこと数十日、馬燧は彼に絹二百匹の見舞いを送った。

なお中国茶の歴史については、布目潮渢『中国喫茶文化史』（岩波同時代ライブラリー、岩波書店、一九九五年）、『中国茶文化と日本』（汲古選書、汲古書院、一九九八年）、工藤佳治主編『中国茶事典』（勉誠出版、二〇〇七年）などを参照した。

（6）汪紹楹校注『捜神記』によれば、原文は次の通り。この話は、『太平広記』巻三二一・鬼部にも収められているが、出典を『列異伝』とし、若干の字句の異同が見られる。他に『芸文類聚』巻九四、『太平御覧』巻八二八、九〇二などにも引かれる、よく知られた話である。

　南陽宋定伯、年少時、夜行逢鬼。問之、鬼言、我是鬼。鬼問、汝復誰。定伯誑之、言、我亦鬼。鬼問、欲至何所。答曰、欲至宛市。鬼言、我亦欲至宛市。遂行數里。鬼言、歩行太遲。可共遞相擔、何如。定伯曰、大善。鬼便先擔定伯數里。鬼言、卿太重、將非鬼也。定伯言、我新鬼、故身重耳。定伯因復擔鬼、鬼略無重。如是再三。定伯復言、我新鬼、不知有何所畏忌。鬼答言、唯不喜人唾。於是共行、道遇水、定伯令鬼先渡、聽之、了然無聲音。定伯自渡、漕漼作聲。鬼復言、何以有聲。定伯曰、新死、不習渡水故耳。勿怪吾也。行欲至宛市、定伯便擔鬼著肩上、急執之。鬼大呼、聲咋咋然、索下、不復聽之。徑至宛市中、下著地、化爲一羊、便賣之。恐其變化、唾之。得錢千五百乃去。當時石崇有言、定伯賣鬼、得錢千五。……

（7）幽鬼を騙す話としては、このほかに『太平広記』巻三二五・鬼部の「王瑤」（出典は斉の祖冲之『述異記』）がある。王瑤の家に出没する幽鬼が、東隣の庾氏の屋敷でも、汚物や石を投げ込むなど悪さをする。そこで庾氏は一計を案じ、「石ころなぞは怖くはないが、これが銭だったら大変だ」と言う。すると銭を額に投げつけてきたので、庾氏はまた言ってやった。「新銭では痛くも痒くもない。ただ烏銭だけは怖いなあ」。果たして思うつぼで、今度は烏銭が前後五、六回も投げ入れられた。庾氏はそれで百余銭も手に入れたという。

「烏銭」は、後の烏銀のような貨幣価値の高いものであろう。この話は、日本の民話「たのきゅう」や落語「田能久」「饅頭こわい」などの原話としても知られ、小咄的な面白さが際立つが、原文は百二十字ほどの極めて短い文章で、小説としての膨らみには欠ける。

（8）すでに述べたように（本節第一項の注4）、楊憲益「板橋三娘子」は、板橋の所在を誤って密州（山東省）とし、大食（アラビア）商人によって海路経由で原話が運ばれたと考える。周双利・孫冰「《板橋三娘子》与阿拉伯文学」、劉以煥「古代東西方〝変形記〟雛型比較并溯源」は楊氏の説を踏襲するが、賛成できない。今村与志雄『唐宋伝奇集』は、楊説の誤りを指摘して板橋の所在を河南省とした上で、「唐代におけるイラン・アラブ貿易の史実を考えあわせると、…（中略）…興味をひかれる見解があるといってよい」と、あらためて注目している（下冊三〇〇頁、注11）。しかし、これにも賛同できない。（なお劉守華「《一千零一夜》与中国民間故事」「中国与阿拉伯民間故事比較」は、アラブ商人によって中国に原話が運ばれたと考えるが、陸海両路の可能性を示すに止まる。）

(9)「明膠」を、『唐会要』巻九九の記事は「以膠置掌内」に作る。こちらの方が読み易いが、森安孝夫『興亡の世界史05 シルクロードと唐帝国』（講談社、二〇〇七年）の訓読に一先ず従った（九八頁）。

(10) 森安孝夫『シルクロードと唐帝国』によれば、漢語の「胡」は、基本的に「えびす・外人」の意味ではあっても、時代や地域によって融通無碍に意味が変わる。そして唐代における「胡」、すなわち「商胡・客胡・胡商・胡客」といった単語は、十中八九がソグド人を指して用いられているという（一〇六―一〇七頁）。また同氏「唐代における胡と仏教的世界地理」（『東洋史研究』第六六巻・第三号、二〇〇七年）によれば、唐代八世紀後半成立の梵漢辞典『梵唐雑名』には、具体的にソグドを意味する固有名詞として、「胡」を使用した例が見られる。

(11) ソグド人および東西交流に関しては、羽田明『世界の歴史10　西域』（河出書房新社、一九七四年新装第一刷、初版は一九六九年）、および『岩波講座世界歴史・第六巻　古代6』（岩波書店、一九七一年）所載の、羽田明「ソグド人の東方活動」（四〇九―四三四頁）「東西文化の交流」（四三五―四六二頁）に主として拠った。また、ヤクボーフスキー他著、加藤九祚訳『西域の秘宝を求めて――スキタイとソグドとホレズム』（新時代社、一九六九年）、山田信夫編『東西文明の交流・第二巻　ペルシアと唐』（平凡社、一九七一年）からも知識を得た。

(12) 右にはやや古い参考文献を挙げたが、ソグド人に関する研究は近年とみに盛んで、その後、多くの成果があげられている。最近に至るまでの論考については、森部豊「唐代河北地域におけるソグド系住民――開元寺三門楼石柱題名及び房山石経題記を中心に」（『史境』第四五巻、二〇〇二年）末尾の文献目録、および同氏の近著『ソグド人の東方活動と東ユーラシア世界の歴史的展開』（関西大学東西学術研究所研究叢刊、関西大学出版部、二〇一〇年）の、巻末に付された「史料・文献一覧」が詳しい。説話の伝播という問題を含め、特に教示を受けた論文として、左記の三篇がある。

荒川正晴「唐帝国とソグド人の交易活動」（『東洋史研究』第五六巻三号、一九九七年）

荒川正晴「ソグド人の移住集落と東方交易活動」（『講座世界歴史15　商人と市場――ネットワークの中の国家』岩波書店、

一九九九年）

栄新江「北朝隋唐粟特人之遷徙及其聚落」（『国学研究』第六巻、一九九九年）

荒川論文によれば、ソグド人は魏晋以降には中国領内に聚落を構え、そこを拠点として交易活動をしていた。聚落には自治権が与えられ、彼らは完全に外国人として扱われていたという。しかし唐の建国以後は、律令支配体制のもとで彼らの自治的聚落は州県に組み込まれ、そこに住むソグド人も漢人と区別なく、一様に唐の「百姓」として扱われるようになった。その結果、ソグド人聚落は、ゾロアスター教信仰を中心とする彼らのコミュニティとしてのまとまりを維持しつつも、次第に漢化してゆくことになる。一方、ソグド本国の商人達は、唐帝国の中央アジア支配がもたらしたオアシスルートの障碍要因の解消・治安の維持・交通システムの整備などの好条件の下、ダイナミックな遠隔交易を活発に繰り広げていった。そして、中国北地の幹線道路沿いに散在するソグド人聚落が、「興胡」あるいは「商胡」と呼ばれる彼等の商業ネットワークの拠点ともなったという。

つまり、ソグド人はキャラバンの旅商人として短期間中国に留まっただけでなく、一方に聚落をつくり定住していた人々も存在したわけで、物語の伝播という観点からも極めて興味深い。ことに唐代、「百姓」となり漢化の進むソグド人聚落は、「興胡」によってもたらされた西の文物文化をプールし、中国国内に伝播浸透させてゆくことにおいて、重要な役割を果したと考えられる。それはまた物語の伝播においても、旅商人からの聞き伝えのみによるケースとは比較にならない、大きな伝達力を持とう。「板橋三娘子」の原話も、こうしたソグド人聚落を経由して、薛漁思のもとに届いたのではなかろうか。

また栄論文は、西の且末・鄯善・高昌から東の幽州・営州に至る幹線道路沿いに、ソグド系の聚落があったことを、文献・墓誌・出土品資料を博捜して実証する。この論考によれば、長安や洛陽はもとより、河東の并州（太原）や代州にもそうした聚落はあったという。薛漁思にとって所縁の地と思われる蒲州の河東県には、聚落の存在を示す資料はないようだが、都と并州・代州をつなぐ交通の要地である点は注目しておいてよいであろう。

なお栄氏のこの論文は、他のソグド関係の諸論考とともに『中古中国文明与外来文明』（生活・読書・新知三聯書店、二〇〇一年）に収められている。同書には、ソグド人聚落の構成・日常生活・宗教などについて論じた「北朝隋唐粟特聚落的内部形態」、あるいは安禄山の父だけでなく母もまたソグド系であった可能性を示し、安禄山がゾロアスター教の祭祀を自ら執り行うことによって、ソグド系の人々（彼の軍隊の中核もそうであった）の人心を掌握していたことを論じた「安禄山的種族与宗教信仰」など、創見に富んだ力作が多い。

(13) ソグド商人に関する最近の研究・発掘調査を紹介したテレビ番組、NHKスペシャル『文明の道』第五集の「シルクロードの謎　隊商の民ソグド」(二〇〇三年九月一四日放映)によれば、ソグド人都市国家の一つ、ペンジケントの発掘によって発見された壁画には、ペルシア伝説の英雄の物語を始めとして、ギリシアのイソップ物語「金の卵を産む鵞鳥」や、古代インド説話集『パンチャタントラ』の寓話をもとにしたものがみられる。つまりソグド商人達は、そうした異国の物語の伝播者でもあったのである。

近刊の曽布川寛・吉田豊編『ソグド人の美術と言語』(臨川書店、二〇一一年)によれば、壁画のうち『パンチャタントラ』を題材としたものは、「賢いウサギとライオン」「鍛冶屋と猿」「虎を生き返らせたバラモン」の三点。いずれも八世紀前半の作と推定され、「板橋三娘子」より古い資料である(影山悦子「ソグド人の壁画」一三一―一三三頁)。今、田中於菟弥・上村勝彦訳『パンチャタントラ』(アジアの民話、大日本絵画、一九八〇年)によって照合してみると、第一巻第八話「獅子と兎」、第五巻第四話「ライオンを再生した男達」を挙げることができる。しかし、残る一話「鍛冶屋と猿」が見当たらない。あるいは第一巻第二二話「王様と猿」が変化したものであろうか。専家の教示を乞う。

(14) 羽田明「東西文化の交流」に指摘がある(四五五頁)。なお、中国以外の幻術・呪法における「噴水」の例として、「3幻術」の注7に挙げた「河南妖主」も、祆廟の前で演じられる幻術を記した資料である。ただし、この資料に見える幻術は、鋭い刀で腹を刺して背に達した後、水を吹いて呪文をかけると元通りに治るというもので、三娘子の術とは異なる。

(15) この点については、森安孝夫「《シルクロード》のウイグル人――ソグド商人とオルトク商人のあいだに」(『岩波講座世界歴史11　中央ユーラシアの統合　9―16世紀』岩波書店、一九九七年)に詳しい(一〇八―一一三頁)。なお、森安氏には前掲注9の近著『シルクロードと唐帝国』があり、教示を受けるところが極めて多い。それによれば、ソグドは単なる商業活動だけに留まらず、兵力を持ち、唐王朝の成立と政治にも深く関与していたとされる。

(16) 仁井田陞『唐令拾遺』(東方文化学院東京研究所、一九三三年/東京大学出版会、一九六四年復刻版)の公式令第二一の四四条に、「諸行程、馬日七十里、歩及驢、五十里、車卅里」とある。

「日行百里」について澤崎久和氏からの教示を付け加えておくと、『世説新語』には、これを逆に短い距離の喩えとしている用例もみられる。中巻・品藻第九に龐統の言葉として「駑馬雖精速、能致一人耳。駑牛一日行百里、所致豈一人哉(駑馬はすぐれて足が速いとはいっても、一人しか運べない。駑牛は一日に百里しか行けないが、運ぶのはどうして一人に留まろうか）」とある。ただし、この話の出所である『三国志』巻三七・蜀書・龐統伝の裴松之注（張勃『呉録』を引く）では、「三十里」となっている。なお「百里」は、後漢三国時代は約四一—四四キロ、唐代では約五六キロ。

7　華岳廟・復身・遁走

後四年、乗入關、至華岳廟東五六里。路傍忽見一老人、拍手大笑曰、板橋三娘子、何得作此形骸。因捉驢謂季和曰、彼雖有過、然遭君亦甚矣。可憐許。請從此放之。老人乃從驢口鼻邊、以兩手擘開。三娘子自皮中跳出、宛復舊身、向老人拜訖、走去、更不知所之

四年後、季和は驢馬に乗って潼関に入り、華岳廟の東五、六里あたりにさしかかった。すると道端にひょっこり一人の老人が現われ、手をうって大笑いしながら、「板橋の三娘子よ、何でまあそんな姿になり果てたんじゃ」といった。そして驢馬の手綱をおさえて季和に向かっていった、「これには罪があるけれども、あんたにも相当ひどい目に遭わされたようじゃ。可哀想じゃから、ここで許してやってくださらんか」。老人は、なんと驢馬の口と鼻のあたりから、両手で二つに引き裂いた。すると皮の中から三娘子が飛び出し、そっくりもとの姿に戻った。そして、老人に向かって拝礼しおわると走り去り、どことも行方が分からなくなってしまった。

三娘子が驢馬にされて四年の歳月が流れ、物語は意外な形で結末を迎える。

『カター・サリット・サーガラ』では、魔女は雌山羊になったとたんに肉屋に売り飛ばされ、その後は物語に登場しない。男性主人公の方は、魔女の友達であった肉屋の女房に復讐され、孔雀にされてしまうことになる。一方、『アラビアン・ナイト』（マク・ノーテン版）では、驢馬にされた魔女を助ける老婆（実は魔女の母親）が登場し、男性主人公は、やはり仕返しで鳥にされてしまう。「板橋三娘子」の結末が後者に近く、登場する老人が、『アラビアン・ナイト』の魔女の母親と、主人公の味方である老人の一体化したものと考えられることは、すでに前章第三節の注20で指摘した通りである。そして、この登場人物から敵対者としての要素が消えることによって、主人公に降りかかった危難もなくなり、何とも呆気ない幕切れが用意されることになる。加えて、物語の幕引のために現われたこの老人は、終段に至っての初めての登場であり、いかにも唐突な印象を免れない。ここには、長い物語の一部を切り取って短篇にまとめた強引さが、一際目立つように思われる。

ただ、この結末に関しても、こうした我々現代人の読後感だけで片付けてしまうのではなく、別の側面からの検討が必要であろう。当時の小説技法、あるいは当時の読者の反応を考慮に入れ、再度論じ直してみたい。他に、この最後の事件の舞台となる華岳廟、老人が使う手荒い復身の術、等についても考察しておくことにする。

【華岳廟】

四年にわたる旅の後、季和が驢馬に乗って入った関所は、潼関である。一部の日本語訳や注釈が、函谷関とするのは正しくない。洛陽から長安に向けて街道を進む場合、先ず函谷関を通る。さらに西へと旅して次に潼関を抜けると地勢はしだいに広闊となり、そこから西南に望まれるのが五岳の一つ、西岳とも呼ばれる華山である。そしてこの華山の北山麓に位置し、街道に臨んで立つ壮麗な建物が華岳廟（華陰廟、西岳廟ともいう）である。(1)

不思議な老人が現われたのが、この華岳廟の付近だったことには、おそらく理由がある。
華山の名は、五つの主峰が描く蓮の花のような稜線に、あるいは、山頂の池の蓮を服用すると羽化登仙できるという伝説に、由来すると言われる。しかし、その優美な名とは裏腹に、五岳のうち最も険峻で、鋭く削いだ絶壁が登頂を阻む山としても知られる。ここに登った文豪韓愈が進退極まり、遺書を書いて慟哭したという話も残されている（唐の李肇『唐国史補』巻中）。古来、神仙の住む霊山として尊ばれ、道教の聖地でもあった。都の長安から程よい距離にあることも手伝い、多数の仙道家や隠者が出入りし、修業を積んでいる。[2] 唐代の小説を例に挙げれば、杜子春が老人への恩返しに沈黙の行に入ったのも、この華山の雲台峰であった。

こうした神秘的な雰囲気を漂わせる華山は、霊異が起こる場所としてしばしば小説や伝記に姿を見せ、この山の神を祭る華岳廟もまた、その舞台となっている。老人が登場する話（ただし夢の中で）としては、『旧唐書』巻五七・裴寂伝に、次のような記事が見える。[3]

裴寂字玄眞、蒲州桑泉人也。…（中略）…家貧無以自業、毎徒歩詣京師。經華嶽廟、祭而祝曰、窮困至此、敢修誠謁。神之有靈、鑒其運命。若富貴可期、當降吉夢。再拜而去。夜夢白頭翁謂寂曰、卿年三十已後、方可得志、終當位極人臣耳。後爲齊州司戸。

裴寂は字を玄真といい、蒲州（山西省）の桑泉の人である。…（中略）…家が貧しく生計を立てることもできず、いつも徒歩で都に赴いていた。華岳廟を通りがかった時、神を祭って祈って言った。「困窮ここに至りまして、謹んでお目にかかりたく敢えて参じました。神の霊妙な御力により、わたくしの運命をお見通し願いとう存じます。もしも富貴を望むことができますならば、吉兆となる夢をお授け下さい」。そして鄭重に拝礼して立ち去った。その夜、白髪の老人が夢枕にたち、裴寂に向かって、「そなたは年三十を越えて後、はじめて望みをかなえることができ、終には位人臣を極めるに違いない」と言った。後、はたして斉州（山東省）の司戸となった。

仙人あるいは道士の風貌を持つ、不思議な老人を登場させるには、華岳廟の一帯は格好の地だったのである。薛漁思はこの地を舞台にした怪異譚を、現存するかぎりでも他に二篇、『河東記』に収めている。(4)「板橋三娘子」の結びの現行のような翻案が、薛漁思の手になるものであれば無論のこと、その前の段階でなされていたとしても、それが華岳廟付近を最も相応しい舞台と考えての選択だったことは、ほとんど疑う余地がない。

【復身・遁走】

季和の前に突然現われた老人は、驢馬にされた三娘子を助けて元の姿に戻してやるが、その方法は、驢馬を口から二つに引き裂くという、何とも荒っぽいものである。この術が何時どの段階で物語に取り入れられたかについては、手掛かりが求められず知る術がない。ただ、もし中国において付加されたものであれば、先に幻術の項で資料として挙げた、『洛陽伽藍記』巻一の記事が興味深い。景樂寺の境内で演じられた奇術として、「植棗」「種瓜」があったことはすでに述べたが、同じ箇所には、実は「剥驢」という演目も挙げられている。「剥驢」の内容については不明である。しかし「剥」字から想像するに、驢馬の皮をはぎ、その皮からまた驢馬を再生させるような奇術ではないだろうか。(5)だとすれば、これは、老人の術のヒントにもなり得よう。

また、『太平広記』巻一〇二・報応部に収められる「蒯武安」には、虎となった主人公が人身に復するくだりがあり、虎皮の頭部が破れて人の顔が現われることになっている。幾分似たところがあるように思われるが、この話については、次章第一節の化虎譚の項で取り上げることにしたい。

なお、中国では際立って多い、人から虎への変身譚を見てみると、虎皮の着脱による変身が特徴的である（たとえば、本章第一節に紹介した「申屠澄」の話など）。発想としては、これと共通するところがあろう。また中国には「変身」という言葉がなく、幻術などによって変わる場合は「変形」といわれる。ここには、内部よりも外部の変貌から、この現象をとらえようとする観点が潜んでいる。内部からすべて変わる場合は、普通「変化」と呼ばれる。（ただし「変化」は、広義には「変形」も含めた意味で用いられる。）変身に対するこうした中国的な観念が、皮をはぐ復身の術にも反映しているように思われる。

次に、もとの姿に戻った三娘子の遁走について考えておきたい。三娘子は老人に拝礼すると、そのまま行方も告げず走り出す。先にも述べたように、これは長篇の一部を切り取って仕上げたための結果で、最後にもう一山を期待する現代の読者には、いかにも物足りない。しかし、当時の読者は、これをどう読んだのであろうか。

秘術に失敗した使い手、ということで思い出される人物が、唐代伝奇のなかにもう一人いる。剣侠小説「聶隠娘」（『太平広記』巻一九四・豪侠部、出典は裴鉶『伝奇』）に登場する、妙手空空児である。女性主人公の聶隠娘は、節度使の劉昌裔のボディーガードをつとめ、彼の命を狙う刺客を倒してゆく。そこで敵方が最後の切り札として送り込む、隠娘も及ばぬ神業の使い手が、この空空児であった。隠娘は空空児に対して、劉昌裔の首に于闐（ホータン）の玉を巻いて護る奇計を用い、危機を脱出する。昌裔を一撃し、玉に阻まれて暗殺に失敗した空空児は、何とそのまま遁走してしまう。聶隠娘の説明を借りれば、「此人如俊鶻、一搏不中、即翩翩然遠逝。恥其不中、纔未逾一更、已千里矣（この人は俊敏な隼のようで、一撃して命中しないと、ひらりと遠くに飛び去ります。命中しないことを恥じて、二時間ほどもたたないうちに、千里さきに行ってしまうのです)」というわけである。こうした説明で納得する大らかさが読者にあれば、三娘子の行動にも、さほどの違和感はないかも知れない。

「板橋三娘子」には、三娘子の遁走についての説明はない。しかし、自分の術を逆手に取られた彼女がそのことを恥じ、復讐を考える余裕もなく逃げ去ったと考えれば、一応納得はできる。おまけにここには、すべてを見通し、おそらくは術者の世界を支配する力を持つ、謎の老人がいる。ここでまたユングの言葉を借りれば、「グレート・マザー(太母)」に対置される、「オールド・ワイズ・マン(老賢人)」といったところであろう。三娘子を救済する、言い換えれば彼女の依存の対象となっている、この権威の象徴の下では、趙季和への身勝手な復讐は固く禁じられているはずである。当時の読者は、華岳廟の近くに忽然と現われた老人に、すぐさま神仙的な超越者を感じ取ったに違いない。とすれば、この超越者による突然の処置も、神慮にもとづくものと映ったのではないだろうか。

ただ、ここまでは理解できるとしても、なお我々には一つの疑問が残る。それは、旅人を驢馬に変える悪行を繰り返した彼女を、そのまま逃走させて話は納まるのだろうか、という点である。これについては、驢馬にされた彼女の四年の苦役と、老人の台詞「彼過(あやま)ち有りと雖も、然れども君に遭(あ)うことも亦た甚だし。憐れむべし(6)。請う 此より之を放たんことを」が、理解のヒントとなる。老人の言葉は、三娘子を憐れむ情緒的な言い回しになっているため気づかれにくいが、その裏には、驢馬に姿を変えての四年の苦役が、彼女の罪を贖ったとの判断があろう。とすれば、これは前世の負債や罪業を家畜になって働いて返すという、中国の因果応報譚に数多く見られる「畜類償債譚」の、一種のヴァリエーションに外ならない(7)。

「畜類償債譚」については次の第三章で取り上げるため、ここでは引用を省くが、一定の金額ないしは期間の

「償債」を終えると、その家畜は死ぬことになっている。そしてそこには、来世は再び人としての生を授かることが暗示されている。つまり「畜類償債譚」が前世・現世・来世と三世にわたって繰り返す、人と家畜との間の転生を、三娘子は現世において行ったことになる。とすれば、贖罪の期間を終え人間に戻った彼女にとって、遁走は許された自由なのである。「畜類償債譚」に馴染んだ当時の読者には、この展開はさほどの抵抗もなく、素直に受け容れられたのではないだろうか。四年の苦役の長さについては、確かに異なる受け止め方が生じよう。しかし、それが彼女の罪の重さに比して余りに軽過ぎると思うのは、あるいは現代人の感覚かも知れない。物語の進展の時間的流れを考えれば、この箇所の四年という年月は、かなり長めに取られているとも言えよう。

最後に、遁走した三娘子の行方が不明と述べる、結びの「更不知所之」についても一言触れておきたい。現代の読者には物足りなく感じられるこの結末も、唐代小説のなかでは典型的な様式の一つであった。殊に怪異譚や術者・異僧の登場する物語では、謎を残して終わる「不知所之」の形が、しばしば用いられる。これは実は、薛漁思自身も愛用するところで、第一章で紹介した「蕭洞玄」は「後亦不知所終」、虎への変身譚「申屠澄」は「竟不知所之」で結ばれている。他に、道士が甕の中から数十人の小人を出して遊ばせる、「送書使者」（『太平広記』巻三四六・鬼部）も「不知所之」で終わり、鼠の変化と思われる紫衣の人と老人について記す「李知微」（『太平広記』巻四四〇・畜獣部）は、「不知何者也」という類似した表現で締めくくられる。

「店娃三娘子者、不知何從來」という、謎を含んだ冒頭で始まったこの怪異譚は、それに呼応する結語「更不知所之」によって、物語の不思議と謎を一層ふくらませて終わる。(8) 明らかにこれは、薛漁思が意図的に用いた小説技法だったのである。

(1) 函谷関、潼関から華岳廟に至る地理については、桑原隲蔵「考史遊記」(『桑原隲蔵全集 第五巻』岩波書店、一九六八年)の、「長安の旅」を参照した(二九一―二九三頁)。同書は二〇〇一年、岩波文庫の一冊としても刊行されている。

(2) 華山・華岳廟については、隗芾主編『中国名勝典故』(吉林人民出版社、一九八九年)の華山の項(一二一六―一二二四頁)、松浦友久篇『漢詩の事典』(大修館書店)所収の植木久行「名詩のふるさと(詩跡)」華山の項(三五一―三五三頁)、『月刊しにか 特集・中国の名山』二〇〇〇年八月号(大修館書店)所載の奈良行博「華山」(二〇―二三頁)などを参照した。

(3) 『旧唐書』裴寂伝の話は、尾上兼英『伝奇小説』(大修館書店、一九七一年)「板橋三娘子伝」の注に、すでに指摘がある(五四頁)。華岳廟に祈って出世する似た話としては、『太平広記』巻二九六・神部の「李靖」がある(出典は著者不詳の『国史記』)。しかし、こちらは神の声が聞こえるだけで、姿は現われない。

この他、華山や華岳廟にまつわる霊異の話は、『太平広記』においては、神部を中心に数多く見られる。なかでも有名な話が、華岳神の第三女が士人と結ばれる「華岳神女」(巻三〇二、出典は唐の戴孚『広異記』)で、類話に「華岳霊姻」(宋の曾慥『類説』巻二八、出典は唐の陳翰『異聞集』)がある。民間伝承としても広く伝えられているという。

(4) 「韋浦」「鄭馴」の二篇が、いずれも『太平広記』巻三四一・鬼部に見え、出典は『河東記』とされる。「韋浦」は、韋浦が科挙に赴く途中で雇った人物が、実は鬼だったという物語である。そのなかに、二人が潼関で泊まった際、鬼が宿の主人の子供を気絶させてしまい、華岳神君に罰せられるくだりがある。「鄭馴」は、鱠を食べて急死した鄭馴が、そのことを知らない友人の前に、盛大な行列を組んで現われる話。二人は潼関の西で出合って同道し、華岳廟の東で別れる。

(5) 周祖謨『洛陽伽藍記校釈』は、『後漢書』巻八六・西南夷伝の記事を根拠に、驢馬を「肢解」する術と解釈し(五九頁)、入矢義高『洛陽伽藍記』(中国古典文学大系、平凡社、一九七四年)もこれに従って「驢馬をばらしたり」と訳す(一八頁)。ただ『後漢書』の記事は、安帝の永寧元年に献上された幻人が、「能變化吐火、自肢解、易牛馬頭(能く変化して火を吐き、自ら肢体をばらばらにしたり、牛と馬の頭を取り換えたりした)」というもので、「剥驢」そのものではない。「剥」字から推測すれば、首や四肢を切り離すのではなく、やはり皮をはぐのであろう。

ところで、もしもこれが、驢馬の皮をはぐと中から人が飛び出す奇術であれば、そっくりということになるが、裏付けとなりそうな資料は全くない。「肢解」や「易牛馬頭」、あるいは「屠人」「截馬」(『漢書』顔師古注)などと考え合わせると、どうもそこまでの術ではなさそうな気がする。

（6）「可憐許」の「許」は、感嘆の語気を表す語末の助字。唐の陳陶「西川座上聽金五雲唱歌」詩に「五雲處處可憐許、明朝道向褒中去（五雲　処々　憐れむべし、明朝　道は褒中に向かいて去らん）」（『全唐詩』巻七四五）、寒山「詩三百三首」に「昨日何悠悠、場中可憐許（昨日　何ぞ悠々たる、場中　憐れむべし）」（『全唐詩』巻八〇六）等の用例が見える。項楚『寒山詩注』（中華書局、二〇〇〇年）は、他に王梵志の詩や『龐居士語録』、さらには「板橋三娘子」のこの用例なども挙げ、語気助詞で意味はないと説明している（三三八頁、作品番号一三一）。

（7）「畜類償債譚」のヴァリエーションと考えれば、先に疑問視した、驢馬にされた三娘子の意外なほどの従順さも、抵抗なく読めそうに思う。罪を償って人の姿に戻るためには、彼女は驢馬の苦役という刑期を、従順に勤め上げなければならないのである。

（8）この点については、王隆升「唐代小説〈板橋三娘子〉探析」（『輔大中研所学刊』第四期、一九九五年）に、すでに指摘がある（二二二頁）。王氏論文コピーの入手に際しては、元横浜国立大学留学生の葉婉奇さんの御世話になった。記して感謝する。「不知所之」「莫知所在」などで結ばれる、あるいは「不知何從來」「不知何許人」などに始まり、「不知―」「莫知―」で終わるパターンは、小説のみに限らず、仙人や方術士の伝記などにしばしば見える。逐一指摘することは避けるが、『後漢書』方術列伝や逸民伝、『列仙伝』『神仙伝』等を繙けば、容易にそうした例を拾い上げられる。

おわりに

回り道や道草も多かったが、何とか「板橋三娘子」を通読し終えた。おそらくは唐代、旅商人によって中国に伝えられたこの話は、彼らの行動原理を趙季和という男性主人公の内に留めながら、当時の社会風俗を巧みに織り込んで、宿場町板橋を舞台とする怪異譚に作り変えられた。旅店の描写などに、風俗資料として貴重なものが含まれていることは、すでに述べた通りである。

この話の翻案の具体的な過程は明らかでない。けれども、薛漁思が『河東記』に採録した最終の時点においては、物語の構成・展開ともに綿密に練り上げられた、優れた作品となっている。このことは、本章の分析と考察を通じて、明らかにできたはずである。薛漁思が耳にした（あるいは目にした）原話の内容が伝わっていない以上、創作上の功績の詳細な検討は不可能であるが、彼が物語の完成に与った力は、言うまでもなく大きなものがあろう。

その功績の一つとして、ここであらためて言い添えておきたいことがある。それは薛漁思がこの話を、目撃者の訴えで犯人逮捕といった、後世の翻案のような筋書きに納めようとしていない点である。旅商人たちに伝えられた原話の趣きを残し、話の不思議さ面白さを楽しもうとする姿勢は、士人的な道義・道徳感で作品を萎ませてしまうことから、この物語を救っている。その大らかで柔軟な文学精神もまた評価に値しよう。こうした唐代の文学精神の歴史的な位置付けは、さらに考察を深めてゆくべき今後の課題である。

総合的に見て、小説「板橋三娘子」の完成度は高い。しかし、そうは言っても現代の読者の目から見れば、不備な点や不満に思われる箇所が、そこここに覗くのも事実である。ただ、それらの多くは、当時の小説の様式や作者・読者の意識を念頭に置いた場合、必ずしも欠点とは言い難い面を持っている。従って、作品が生み出された時代のパラダイムは、一層重視されるべき研究対象となってこよう。

「板橋三娘子」という小説の成立と背景に関する考察は、一先ず以上で締めくくることにする。残された幾つもの謎については、いずれも後日を期さざるを得ない。次章では視点を変え、この作品を中国の変驢変馬譚全体の中に置いて論じてみることにしたい。

第三章　中国の変身譚のなかで

はじめに

原話の探索を出発点として、物語の成立の背景まで論じ及んだところで、本章では視点を変え、「板橋三娘子」を中国の変身譚、あるいは変驢譚や変馬譚の話群中に置いて考えてみることにしたい。

多種多様な中国の変身譚のなかにあって、ロバあるいは馬に変身する話は、量的にも質的にも格別際立った存在とは言えない。しかしそれでも歴代の志怪・異聞小説集を繙けば、かなりの数を拾い上げることができ、内容も多岐にわたる。三娘子の物語は、そのなかでどんな位置にあり、後世どのような類話や翻案を生み出しているのであろうか。また、そこには中国古典小説のどのような特質が窺われるのであろうか。――こうした論点をめぐっての考察が、本章の課題となる。手順としては先ず、中国の変身譚とそれを支える変身(ないしは変化)観の特徴について、大枠を押さえておくことにする。中心となる三娘子と類話についての考察は、その上で行うことにしたい。

一　中国の変身譚と変身変化観

1　人への変身

中国の変身譚の特徴について、中野美代子『中国人の思考様式　小説の世界から』(講談社現代新書、講談社、一九七四年）は、こう指摘している（七四―七五頁）。

……中国の変身譚には、人間がなんらかの理由によって人間以外のものに姿を変えるというパターンは少なく、鬼（幽霊）やほかの動植物が人間の姿に化けてあらわれ生身の人間と交わるというパターンが圧倒的に多い。すなわち、ギリシャ以来のヨーロッパの変身譚が、人間から人間以外のものへのいわば遠心的なメタモルフォーシスを主としてあつかっているのに反し、中国のそれは、人間以外のものから人間へのいわば求心的なメタモルフォーシスを主流としていることが注目される。

中国の変身譚の本質を突く洞察といえよう(1)。では、変身譚のこうした中国的特質は、一体どこからくるものであろうか。同書は、続いて次のように述べる（七五―七六頁）。

……ヨーロッパ人がつねに認識の境界をひろげて未知の土地（テラ・インコグニタ）へと、時には無謀な旅や冒険をつづけてきたのに反し、中国人は、認識の境界をば五官の感覚が及ぶ手ざわりのたしかな官能の領域にとどめることを倫理的に要請されたため、旅はいきおい、しかるべき目的をともなうもののみに限られた。メタモルフォーシスとても、同様である。

…（中略）…彼ら［ヨーロッパ人］はなんとしても、五官の手ざわりのたしかな官能の領域に自分を閉じこめておくことに耐えられなかったのである。この心理的葛藤が、ジョルジュ・カイヨワのいう「神話的情況」（『神話と人間』）をひき起こし、人間を常住の生存形態からほかの未知の生存形態に飛翔せしめる衝動へとみちびいたのであろう。

中国人には、しかし、かかる「神話的情況」が起ることはまれである。かりに起っても、中国人は、非現実の存在形態を自分たちの認識の領域に引きずりこむことを好む。……

ヨーロッパとの対比において示されるこの分析も、説得力があり、示唆に富む。これに加えて『荘子』外篇・第一八・至楽篇の、万物の変化を説いた文章を思い起こせば、中国における動物から人への変身物語の量産は、一層納得できる現象となる。(2) 列子が髑髏に語りかける構成を取ったこの一節は、万物が一つの「種」に始まり、その変化によって様々な植物、さらには動物が生ずることを説き、続いて次のように述べる。

……羊奚比乎不箰久竹生青寧。青寧生程、程生馬、馬生人、人又反入於機。萬物出於機、皆入於機。

……羊奚という草は筍の出ない久竹と交わりあって、青寧という虫を生む。青寧は程（豹）を生み、程は馬を生み、馬は人を生み、その人は死んで再び機（万物を生む造化の微妙な仕掛け）のうちに戻る。このようにして万物は機から生まれ出て、またみなそこに帰るのである。

荘子の説く変化の連鎖は、植物から虫、虫から大きな動物、さらには人へと登りつめる。そして人は死によって「機」のうちに戻り、変化の完全なサイクルが描かれることになる。ここに見える動植物の固有名詞（多くの異説がある）はさておき、このサイクルが示す方向性からすれば、中国における変身が、動物から人への方向にむかうのは当然のことといえる。森三樹三郎『荘子　外篇』（中公文庫、中央公論社、一九七四年）が、この変化・転生の説を、当時の民間信仰に根ざすものと推測する（二四九頁）ように、至楽篇の変化のサイクルは、おそらく中国古代の自然観を伝えているのである(3)。

なお、植物から動物が生じ、動物が他の動物に変化するという考えは、道家の典籍に限らず、儒教の経典にも見られる。『礼記』の巻六・月令篇に、鷹が鳩に化し（仲春）、田鼠が鴽に化し（季春）、腐草が螢となり（季夏）、爵が海に入って蛤となり（季秋）、雉が海に入って蜃となる（孟冬）等の記事があることは、よく知られるところであろう。同様な記事は、『大戴礼記』巻二・夏小正にも見える。現代の我々の目に如何に奇異に映ろうとも、近代以前の中国において、これは観察に基づいた自然現象の記述であった。

そもそもこの「変化」という言葉自体、『易』に出典を持っている。繋辞上伝には、「在天成象、在地成形、變化見矣（［陰と陽が］天にあっては象をなし、地にあっては形をなし、変化の作用が現われる）」、「聖人設卦觀象、繫辭焉而明吉凶。剛柔相推而生變化（聖人は卦を設けてその象の意味を観察し、その結果を言葉に記して吉凶を明らかにした。卦中の剛爻と柔爻はたがいに推移して変化を生ずる）」、「天數二十五、地數三十。凡天地之數五十有五、此所以成變化而行鬼神（天の数は二十五、地の数は三十。天地の総数は五十五となり、これこそがあらゆる変化を形成し、鬼神の作用を遂行するものである）」など、この言葉が幾度も現われる。「変化」という観念は、『易』の根本原理に関わるものだったのである。[4]

このように様々に変化する万物のなかで、人間はその頂点を占める。たとえば『尚書』周書・泰誓の上篇にも、「惟天地萬物父母、惟人萬物之靈（天地こそは万物の父母であり、人こそは万物の霊長である）」とある。ただ、人を霊長とするこの認識も、人と他の諸物とを完全に切り離す考えには立っていない。父母なる天地から生み出されたという点からすれば、人も他の万物と変わるところがない。ここから、後漢の王充が「夫倮蟲三百六十、人爲之長。人物也、萬物之中有知慧者也。其受命於天、稟氣於元、與物無異（そもそも裸の動物は三百六十もあって、人がその筆頭である。人は動物であり、万物のうちで知恵のある者である。人が命を天から授かり、気を天地の元気から受けていることは、万物と異なるところがない。）」（『論衡』巻二四・弁崇篇）と述べるような、[5]「気」の思想に基づく一元論が生まれる。そして人が万物のうちに含まれ、同じ「気」によって成り立っている以上、植物から動物、動物から動物への変化が起こるのと同様に、動物から人への変化もまた、原理的に起こり得る現象に外ならないことになる。こうして、道家儒家の枠を越えた古来の自然観・生命観を思想的な根拠に、中国の「変化」観は、動物から人への変身を自然現象の一つと認識していったのである。

ただし、同じ「気」の理論に裏付けられるとはいえ、様々な変化の現象には日常的なものと非日常的なものがある。そこで、『礼記』月令の記事も、両者に分けて考えられる。[6]たとえば晋の干宝は、『捜神記』巻一二の「変化論」のなかで、「春分之日、鷹變爲鳩、秋分之日、鳩變爲鷹、時之化也（春分の日に鷹が鳩となり、秋分の日に鳩が鷹となるのは、時節の変化によるものである）」と一方を説明し、もう一方を「千歳之雉、入海爲蜃。百年之雀、入海爲蛤（千年をへた雉は海に入って蜃となり、百年をへた雀は海に入って蛤となる）」と説明している。つまり、日常的な前者は季節の変化で説明され、非日常的な後者には、寿命という時間的な要素がさらに加わっている。そして「変化論」の文章は、雉・雀の後にこう続ける。「千歳龜黿、能與人語、千歳之狐、起爲美女（千年をへた亀は人と語ることができ、千年をへた狐は二本足で立って美女となることができる）」。要するに干宝の論によれば、動物から人への変身も、鷹・鳩や雉・雀の変化と同じ原理で起こることになる。「気」の自然観のもとでは、動物から動物、動物から人へのいずれの変身も同一の原理に帰着し、差異は変化に必要な諸条件に求められるのである。[7]

「変化論」が挙げる例は限られているが、人に変身する動物は、無論古狐だけではない。[8] 中国では古くから、歳を経た様々な動物や植物あるいは器物までが、[9] 怪異を引き起こしたり人間に変身したりする能力を持つと信じられていた。こうした変化観は、同じ『捜神記』巻一九の次のような物語のなかで、孔子の言葉として語られている。

孔子が陳で厄災にあい、琴を奏でながら歌をうたっていると、夜中に身の丈九尺あまりの、黒い着物、高い冠の大男が現われた。雄叫びをあげ、その声にあたりは揺れ動くほどだった。子貢が進み出て、「何者だ！」と問いただすと、いきなり小脇に抱えられてしまった。そこで腕に覚えの子路が立ち向かったが、なかなか倒すことができない。見守っていた孔子の助言でやっと倒してみると、それは九尺もある大鯰だった。これを見て孔子は次のようにいう。

此物也、何爲來哉。吾聞、物老則羣精依之、因衰而至。此其來也、豈以吾遇厄絶糧、從者病乎。夫六畜之物、及龜蛇魚鼈草木之屬、久者神皆憑依、能爲妖怪、…（中略）…物老則爲怪、殺之則已、夫何患焉。或者天之未喪斯文、以是繫予之命乎。不然、何爲至于斯也。

「この魚は、どうしてここにやって来たのであろうか。万物は年を経ればさまざまの精がとりつき、人の衰えに乗じて現われると聞いている。これが現われたのは、わたしが災難に遭い、糧食も絶え、供の者も病気になってしまったためか。だがそもそも六畜から亀、蛇、魚、スッポン、草木の類に至るまで、年老いればすべて神が取り憑いて怪異を働くものという。…（中略）…すべて物は年を経て怪異を起こすが、殺してしまえば、それで終りとなる。一体なにを恐れることがあろうか。あるいは、天がまだ道義をほろぼそうとせず、この魚でわたしの命をつなぎとめてくれるのかもしれない。そうでなければ、どうしてこのような怪異が起ころうか。」

言い終わると、孔子は琴を手に歌い続けた。子路が鯰を料理するとなかなか良い味で、これを食べて病人も元気になり、翌日には出発したという。[10]

ここに孔子の言葉として記された「物老則羣精依之」「物老則爲怪」の変化の思想は、時代を遥かに下って、清の紀昀の志怪小説集『閲微草堂筆記』などにも引き継がれており、[11]物の怪とその変化を説明する基本的原理でありつづけたことがわかる。

「物老則羣精依之」には、「変化論」に見られなかった「羣精」という要素が新たに加わっており、あるいはさらに詳細な検討が必要かも知れない。たとえば、『捜神記』巻六の「妖怪論」の断章は、短いながらその資料となるように思われる。[12]しかしいずれにせよ、人間に変身する動物は、こうして怪異譚の歴史とともに増殖し続けてゆくことになる。逐一例を挙げることは避けるが、「変化論」にもあった狐、あるいは長寿によって白毛となった猿や犬をはじめとして、そのほか虎・狼・豺・豚・獺・鳥・蛇・魚・亀・蜂・蚯蚓などなど。星の数ほどある中国の動物から人間への変身譚のうちには、この「変化」観が生き続けているのである。

冒頭に引用した中野氏の指摘にあったように、中国の変身譚のこうした特徴は、ヨーロッパとは対照的な様相を見せている。しばしば説かれるところであるけれども、ヨーロッパ文明の本質は、自然と対立し、これを征服するところにあった。また、キリスト教に代表されるヨーロッパの宗教は、垂直神としての神概念を持つ。したがって、神と人間との間には、越えることのできない一線があり、同様に人間と動物やその他の被造物との間にも、越えることのできない溝が横たわっていた[13]。そうした精神文明にとって、動物（つまり自然）が人となることとは、本来起こり得ない事象でしかなかったのである。一方これに対し、万物を自然の一部としてとらえる中国的な世界観のもとでは、動物と人の間に決定的な差異はなく、動物たちはしばしば人間に変身する。そしてこれと同様に、神と人の間にも厳格な境界はなかった。たとえば英雄や恨みを呑んで死んだ者など、多くの人々が神となって廟に祭られた。神と人と動物との間に移行可能な交流がある、そんな世界観が、中国の変身譚を支える背景だったといえよう。

（1）同じ指摘は同氏『孫悟空の誕生　サルの民話学と「西遊記」』（玉川大学出版部、一九八〇年）の一七四頁、『中国の妖怪』（岩波新書、岩波書店、一九八三年）の一八三—一八四頁にも見える。

（2）中野氏も『中国の妖怪』の中では、『荘子』に触れている（一八三頁）。なお、『荘子』の引用は『諸子集成』（世界書局、一九五四年／中華書局、一九八六年）第三冊所収の清・王先謙『荘子集解』および四部叢刊本により、赤塚忠訳『荘子』（全釈漢文大系、集英社、一九七七年）等を参照した。

（3）ほぼ同じ内容の文章が『列子』の天瑞篇・第四章にも見える。赤塚忠『荘子』は、宋の林希逸の言葉を引き、この一節が人々に大いに愛好されていたことを説く（下巻九八―九九頁）。

（4）なお、「変化」の「変」と「化」は、厳密には概念を異にしていたようである。唐の孔穎達の説によれば、「変」は「後來改前、以漸移改」、つまり次第に前の形を変えてゆくこと、「化」は「一有一無、忽然而改」、つまり忽ちのうちにすっかり変わることをいう（『易』乾、疏）。また、小南一郎「干宝『捜神記』の編纂（下）」（『東方学報　京都』第七〇冊、一九九八年）は、「変」は「本質は変わらないままに、形態だけが別のものとなる」こと、「化」は「本質的な部分が変化して異なった存在となる」ことと分析している（一一五頁）。

（5）同様な文が『大戴礼記』巻一三・易本命篇に見え、王充はこれを踏まえて論を展開しているようである。『大戴礼記』は四部叢刊等に所収。また『論衡』の引用は、四部叢刊および『諸子集成』第七冊を参照した。以下、諸子からの引用は両叢書にもとづき、適宜他のテキストや訳書・研究書も参照する。また、『易』や『尚書』など経書については、『十三経注疏』（芸文印書館、一九六〇年）による。

（6）『礼記』にはこの記事はなく、『芸文類聚』巻九一に引く『京房易占』に見える。

（7）「変化論」は『新輯捜神記』では巻一六。『捜神記』およびその「変化論」については、前掲の小南一郎「干宝『捜神記』の編纂」に詳細な論考がある。

（8）この他、晋の葛洪『抱朴子』内篇巻三・対俗篇にも、『玉策記』『昌宇経』（ともに佚書）を引いての次のような一節がある。本田済『抱朴子　内篇』（東洋文庫、平凡社、一九九〇年）の訳注によって示しておく。

蛇有無窮之壽。獼猴壽八百歲、變爲猨。猨壽五百歲、變爲玃。玃千歲。…（中略）…熊壽五百歲者、則能變化。狐狸豺狼、皆壽八百歲。滿五百歲、則善變爲人形。鼠壽三百歲。滿百歲、則色白、善憑人而卜。……

蛇の寿命は無限である。獼猴（びこう）（チンパンジー）の寿命は八百年。変化して猨（えん）（手長猿）となる。猿（ママ）の寿命は五百年。変化して玃（かく）（おおざる）となる。玃の寿命は千年である。…（中略）…五百年生きた熊は化けることができる。狐・狸・豺（やまいぬ）・狼はすべて八百年の寿命。満五百歳になれば人間に化けられる。鼠は三百年まで生きる。満百年になれば色が白くなり、人に乗り移って未来を告げることができる。……

（四九頁）

『抱朴子』には、固有名詞など難解な箇所が多いので、以下引用の際は、本田氏の訳注を利用させていただく。原文については、四部叢刊・諸子集成に加え、王明『抱朴子内篇校釈』（中華書局、一九八五年）を参照した。

(9)『太平広記』巻三六八―三七二・精怪部の「雑器用」には、枕・箒・履・燭台など、様々な器物が引き起こす怪異譚が収められている。器物の変化については、戸倉英美「器物の妖怪――化ける箒、飛ぶ箒」（『竹田晃先生退官記念東アジア文化論叢』汲古書院、一九九一年）が、箒をテーマに興味深い論を展開しており、参考になる。

(10)汪紹楹『捜神記』および李剣国『新輯捜神記』によれば、『法苑珠林』巻四三、『太平御覧』巻八八六、『太平広記』巻四六八等々に、いずれも出典を『捜神記』としてこの話を載せる。しかし、『捜神記』の基づくところは、他書に類話が見当たらず明らかでない。

(11)巻九・如是我聞（三）に、玩具の銀の小船が亀に似た怪物となって現われた話を収め、「捜神記載孔子之言曰」として一節を引いた後、「物久而幻形、固事理之常耳（物が久しく歳をへて形を変幻させるのは、もとより事の道理の常である）」と結んでいる。また、巻一四・槐西雑志（四）のからくり人形の怪にまつわる話も、「凡物太肖人形者、歳久多能幻化（すべて人の姿形にそっくりな物は、歳を経ると多くは変幻できるようになる）」の語で始まっている。清末に至っても、葵愚道人『寄蝸残贅』巻八の「聶肩自行」に「物久爲妖」の語が見えるほか、考証学者として知られる兪樾の『右台仙館筆記』も、巻九で怪異譚の結びに孔子のこの言葉を引いている。こうした考えが如何に長く信じられ続けたかを物語るものであろう。なお、『寄蝸残贅』は東京大学東洋文化研究所所蔵の同治刊本、『右台仙館筆記』は、明清筆記叢書本（上海古籍出版社、一九八七年）によった。

(12)『捜神記』巻六（新輯本巻一〇）の冒頭の文章は、もともと「妖怪篇」の序論として書かれた文章の断片と考えられており、以下のような短い一文である。

　妖怪者、蓋精氣之依物者也。氣亂於中、物變於外。形神氣質、表裏之用也。本於五行、通於五事。雖消息升降、化動萬端、其於休咎之徵、皆可得域而論矣。

　妖怪とは、精気が物に宿ったものである。気が内で乱れると、物は外形を変える。形と神、氣と質は、表裏の関係で作用するのである。木・火・土・金・水の五要素の運行原理にもとづき、貌・言・視・聴・思の五機能に通暁していれば、たとえ万物が増減し升降して、様々な変化を見せようとも、吉と凶の兆しは、すべて分類して論じることが出来るのである。

なお、干宝は、「変化論」においても、「天有五氣、萬物化成。……（天には五つの気があり、万物はその変化によって形成されるのである。……）」と説き起こしており、気の思想が、さらに五行説によって精密化されている。また先の孔子の話では煩を避けて引用を省略したが、実はこの箇所でも、五行思想によって変化の現象が説明されている。

（13）谷川健一『民俗の思想　常民の世界観と死生観』（岩波同時代ライブラリー、岩波書店、一九九六年）の序章などを参照した。もっとも、ヨーロッパにおける変身観について論じようとするならば、当然、キリスト教以前の古代ギリシアの時代にまで遡る必要があろう。ただその方面の知識に欠けるため、ここでは通説を借りての指摘に留め、附論3「古代ギリシアの変身観　ノート」で初歩的な考察を試みておいた。

2　動物への変身——神仙

すでに見たように、動物から人へのパターンが主流となる中国の変身譚ではあるが、これとは逆の、人から動物へという変身も無視できない。主流をなす話群の数量には及ばないものの、この種の変身譚も歴代にわたって存在し続ける。なかには化虎譚など、志怪小説中の一ジャンルを形作っているものもある。つまりこの支流もまた、考察に値する歴史を持っているのである。

さて、中国では少数派に属する動物への変身譚であるが、これも来歴をたどれば遠く古代の神話にまで遡る。今に伝わる中国の古代神話は、断片的なものを僅かに残すのみで、寥々たる印象を免れない。しかしそのなかには、次のような変身の物語も見られる。

啓、夏禹子也。其母塗山氏女也。禹治鴻水、通轘轅山、化爲熊、謂塗山氏曰、欲餉、聞鼓聲乃來。禹跳石、誤中鼓。塗山氏往、見禹方作熊、慚而去、至嵩高山下化爲石。方生啓、禹曰、歸我子、石破北方而啓生。事見淮南子。

啓は夏の禹王の子であり、その母は塗山氏の娘である。禹が洪水を治めて轘轅山を通りかかった際、熊に変身しようとして、塗山氏に「食事をとどけようと思ったら、太鼓の音を聞いてやって来なさい」と言った。ところが禹は石を跳ね、誤って太鼓に当ててしまった。塗山氏は出かけて行き、禹がちょうど熊になっているのを見て、恥じて立ち去り、嵩高山のふもとで化して石となってしまった。啓を生む臨月に当たっていたので、禹は「我が子を返せ」と言った。すると石が北方に割れて啓が誕生した。この事は『淮南子』に見える。

（『漢書』巻六・武帝紀、元封元年「見夏后啓母石」顔師古注）

石に変身した塗山氏はさておき、ここでは禹の方に注目したい。そこには、儒教の現実的合理的な思想によって人格化される以前の、神としての禹の変身が垣間見られる。おそらく、中国においても上古の神々は、超人的能力を発揮するために、変身を遂げることがあったのである。(1) なお、顔師古は出典を『淮南子』としているが、この話は現行本には見えない。虚誕の妄説として、後に削除されていったものと考えられる。

超能力による、あるいは超能力発揮のため以外の変身もある。たとえば、不死の薬を盗んで月に昇った嫦娥（姮娥）の物語の古型には、変身が伴っていた。『初学記』巻一・天部・天第一の「姮娥月」には、「淮南子曰」として次のような一節が引かれている。

羿請不死之藥於西王母、羿妻姮娥竊之奔月、託身於月。是爲蟾蠩、而爲月精。

羿は西王母に不死の薬をもらったが、妻の姮娥がこれを盗んで逃げ、月の世界に身を託してしまった。これが月に住むヒキガエルであり、月の精である。

後になると嫦娥は、美しい容姿のままで、月の世界に独り寂しい時を過ごすことになる。たとえば、晩唐の李商隠「常娥」詩（『李義山詩集』巻六、『全唐詩』巻五四〇）の「常娥は応に悔ゆべし霊薬を偷みしを、碧海　青天夜夜の心」の句は、変身を伴わない嫦娥伝説によって、イメージをふくらませている。現行本の『淮南子』でも、覧冥訓に同様な文章が見えるものの、ヒキガエルの箇所はやはり姿を消している。しかし早くには、こうした醜悪な生き物への変身の話も存在したようである。この変身の理由について、罰による変身とする袁珂の説もあるが、ヒキガエルを不死の象徴と見る説が有力である[2]。

罰に関わる変身としては、鯀の話が知られている。禹の父である鯀は、堯の命令を受けて治水にあたったが、九年たっても成果をあげることができず、放逐されて死んだ（あるいは誅殺された）。この話は、『尚書』の堯典や洪範、『国語』の周語および魯語、あるいは『墨子』尚賢篇などに見えるものの、いずれも変身譚の要素はない。ただ、左に挙げる『春秋左氏伝』昭公七年の条や、『国語』巻一四・晋語に引かれる話が鯀の変身を語っており、神話の様相をのぞかせる。

昔堯殛鯀于羽山。其神化爲黃熊、以入于羽淵。

むかし堯は鯀を羽山で誅殺した。するとその霊魂は化して黄色の熊となり、羽淵に入った。

「黄熊」は、『国語』では「黄能」に作るテキストもある（公序本）。「能」は熊の一種とも、あるいは三本足の鼈ともいう。[3] これは死後の変身ということになるが、神あるいは人から動物への変身譚には違いない。

また誅罰による変身とは異なるけれども、東海で溺死して「精衛」という鳥に変わった、女娃の哀れな物語も死後の変身を伝えている。この神話は『山海経』巻三、北山経に見える。袁珂『山海経校注』（上海古籍出版社、一九八〇年）により、訳を添えておく。

又北二百里、曰發鳩之山、其上多柘木。有鳥焉。其狀如烏、文首、白喙、赤足、名曰精衛、其鳴自詨。是炎帝之少女名曰女娃、女娃游于東海、溺而不返、故爲精衛、常銜西山之木石、以堙于東海。

さらに北に二百里、発鳩の山といい、その上には柘木（やまぐわ）が多い。ここに鳥がいる。その形は烏のようで、文様のある首、白い喙に赤い足、名を精衛といい、鳴くときは自分の名をよぶ。これは炎帝の幼い娘で名を女娃という。女娃は東海に遊んで溺れて返らず、かくて精衛となり、つねに西山の木切れや小石をくわえて、それで東海を埋めようとするのである。

これなどは、遺恨、執念による変身といえよう。

以上のような資料をもとに、古く神話の時代にまで遡行してみるならば、変身の物語をめぐる情況は、後世とは自ら異なる様相を呈するのではないだろうか。つまり中国においても上古の人々は、神々の動物への変身を語り伝えていたと想像されるのである。ただ僅かな現存資料に基づく判断となるが、中国の変身譚は神話においてすでに、死を介する形が顕著となっている。[4]

しかし、神話が伝えるこうした超能力や罰による変身は、発展し体系化して後世に伝えられることはなかった。それらは成熟を見ないまま、殷周革命を契機とする古代の神話的世界の解体の過程で、ある者は消滅し、ある者は形を変えてゆかざるを得なかったようである。たとえば禹という神格は、周代以降の合理的現実的な精神（それは儒教の思想につながる）によって、人格（歴史上の偉大な帝王）へと転化した。その結果彼の変身能力は、この記事を収めない現行の『淮南子』テキストが端的に示すように、時と共に消し去られ忘れられてゆく運命をたどった。(5) こうして中国の神々の変身物語は、ヨーロッパの神話とは対照的に、僅かな断片を残すのみとなったのである。

なお、上古の神々の手を離れた変身の超能力は、その後、仙人や道士の術などに形を変えて受け継がれることになる。また、鯀の神話に見られた誅罰による変身も、神から人へとその世界を移し、仏教や道教の因果応報思想のなかで大量の説話を生み出すことになったし、女娃の話も、遺恨・怨念を抱いた死者の復仇、あるいは執念による再生の物語の、一つの源泉になったと考えられる。古代の神話は、このように姿を変えることによって、新たに生きのびる方途を見出したとも言えよう。

さて神々の変身の物語を眺めたところで、その一端を受け継ぐと思われる道家の方術についても、あわせて触れておきたい。仙人や道士の変身の具体例については、簡略ではあるが前章第二節の「4　変驢・黒店」で紹介したので、ここでは取り上げない。(6)「変化万端」「変化百物」などといわれる自在な変身術の方法と、それを背後から支える原理的思想にむしろ注目してみたい。

道家・神仙の変化の術は、術者自身の変身に専ら関心が注がれている。晋の葛洪は『抱朴子』において、しばしばこの術に触れているけれども、この点はやはり同じである。内篇・巻一五・雑応篇で、彼は次のように言う。

膽煎及兒衣符、…（中略）…六甲父母、僻側之膠、駮馬泥丸、木鬼之子、金商之芝。或可爲小兒、或可爲老翁、或可爲鳥、或可爲獸、或可爲草、或可爲木。或可爲六畜。或依木成木、或依石成石、依水成水、依火成火。此所謂移形易貌、不能都隱者也。

胆煎および児衣符、…（中略）…六甲父母（やまごぼうの根の異名）、僻側の膠（桃の膠の異名）、駮馬泥丸、木鬼（エンジュか）の子、金商の芝(7)（ひさぎのきくらげの異名）。これで、小児にも、老翁にも、鳥にも、獣にも、草にも、木にも姿を変えられる。家畜に姿を変えることもできる。木によりかかっては木となり、石によりかかっては石となり、水によりかかっては水となり、火によりかかっては火となる。これは、形を移し貌を易える法といわれるもの。完全に姿を隠すところまではゆかない者の用いる方法である。

（本田済訳により、一部を改めた。三一一頁）

こうして自らの姿を思いのままに変えることが出来るわけであるが、実は方術の変身は、隠形・隠淪・坐在立亡などと称される、完全に姿を消す術が中心をなしている。したがって、物に姿を変える術の置かれる位置は、それよりも一段低いランクということになる。また術のランクということになれば、そもそも道家にとって最も重要なのは、不老長生や神仙を目指す術である。そこで同じ雑応篇のなかで、隠淪の術を尋ねる問いに対して、葛洪はこんな風に答えている。

神道有五、坐在立亡、其數焉。然無益於年命之事。但在人間無故而爲此、則致詭怪之聲、不足妄行也。可以備兵亂危急、不得已而用之、可以免難也。

神仙道に五つの術がある。瞬間に姿を消しまた姿を現わす法はその一つである。しかしこれは長生ということには何の足しにもならぬ。世間に住んで、必要もないのにこれをすると、妖怪という評判が立つ。妄りに行なってはならない。戦乱危急に備えて知って置くがよい。せっぱつまった時にこれを用いれば、難儀を免れられる。

（本田訳三一〇頁）

濫用に対する戒めの意味合いも含まれていようが、これらの術は長生の道にくらべれば、危機脱出のための末技に過ぎない。変幻自在の一見華やかな変身術も、道家のなかにあっては、この程度の位置に甘んじていたようである(8)。

葛洪の説明によれば、この変身法には種々の特殊な薬物が用いられる。丹薬を煉り、それを服用して不老長生を図る、いわゆる外丹が主流であった時代の術として、それは当然のことといえよう。ただし、この薬物は、術者自身が服用するもので、『カター・サリット・サーガラ』や『アラビアン・ナイト』の話のような、他者を変身させるためのものではない。また、飲めば即座に変身が可能というわけではなく、服用と修練を重ねることによって効力を発揮するもののように思われる(9)。

『抱朴子』以外の道書においてはどうであろうか。『道蔵』正乙部に収録される『上清丹景道精隠地八術経』は、梁の陶宏景『真誥』にも名を記される早期の上清経典の一つであるが(10)、その「太上丹景道精隠地八術」（一名「紫清飛霊八変玉符」）には、姿を隠し空を飛ぶ様々な術が具体的に記されている。八術の第一として挙げられる「蔵形匿影之術」を、原文と井上豊訳(11)によって左に示しておく。

第一藏形匿影之術。當以立春之日平旦入室、向東北角上坐、思紫雲鬱鬱、從東北角上艮宮中下、覆滿一室、晻冥内外。良久、紫雲化爲九色之獸、如麟之狀、在我眼前。因叩齒三十六通、而微祝曰、廻元變影、暎暉幽蘭。覆我紫牆、藏我金城。與氣混合、莫顯我形。畢、便九嚥止。開目雲氣豁除、便服飛靈玉符。修之一年、形常隱空。……

八術の一は藏形匿影の術である。これは立春の日の明け方、部屋に入って東北に向いて座る。心の中で次のようにイメージする。紫の雲がむくむくと東北の方角からわき起こってきて、部屋の中にいっぱいになり、内と外の区別が分からなくなった。しばらくすると、雲は変化して九色の獣の形となった。まるで麒麟の形のようでもあり、わたしの目の前に在るのだ。そこで歯を三六回ガチガチ鳴らせる。そして呪文を唱える。

元にかえって影をかえよ。
かがやく幽(かす)かなる蘭の花に。
わたしを紫のかきねで隠せ。
わたしを金の城に隠せ
気（生命のエネルギー）と混合して
わたしの姿を現させるな。

唱え終われば、つばを九回飲み込む。目を開けば雲はサッと晴れていく。そこで飛霊玉符(ひれいぎょくふ)という符籙を飲み込む。この修行を一年やれば姿はつねに空中に消える。…

この隠形の術には、符籙の服用はあるものの、日時を選んで冥目存思し、叩歯（服気法の一つで歯をかみ合わせる）して呪文を唱えることが中心となっており、さらに一年の修行が必要である。飲めば誰もがすぐにといった、即効性の変身薬があるわけではない。

また『道蔵』洞玄部・衆術類を開いてみると、梁の陶弘景編集・唐の李淳風注の『太上赤文洞神三籙』全一巻に、「隠身法」や「五假法」といった変化の術が記されていて、こちらは印を結び呪文を唱える方法によっている。先ず「隠身法」を見てみよう。

右用五方印、按在身上、或於頭上、念諸聖呪、入衆人内、令人皆不見。或覰財物、不得貪心。

右［の隠身法］は五方の印を用い、体の上あるいは頭の上に置いて、諸々の聖なる呪文を唱えると、衆人のなかに入っても、誰にも姿は見えない。あるいは金品をうかがい見ることがあっても、欲心をおこしてはならない。

悪用防止のため、釘を刺して結んでいるところが面白いが、それはさておき、薬物についてはどこにも触れられていない。続く「五假法」は、木・火・土・金・水の五行に対応した変化と護身の術で、木や土と一体化して身を隠す法、あるいは火・金（刀剣）・水の難にも耐えられる法を述べる。(12) 引用は省くけれども、これも「隠身法」と同様、印と呪のみが用いられている。

煉丹・錬金の術が最高潮に達した唐代においても、変化の術はこのようなものであった。宋代に至ると、養生術の主流は薬物の服用によらず、体内の精気の循環によって丹をつくる内丹に移る。(13) この時代を代表する道書の集要『雲笈七籤』巻五三・雑秘要訣法が載せる「太上丹景道精隠地八術」は、先の『上清丹景道精隠地八術経』

からの引用であり、やはり薬物とは無縁である。

仙術・方術のなかでは例の少ない、他者を変身させる術も、前稿で紹介した『神仙伝』巻八の劉政の場合をはじめとして、いずれも即効性の薬物の使用を窺わせる記述はない。もっとも、『抱朴子』内篇・巻一六の黄白篇には、狐の血・鶴の血を丸くこねて爪の中に入れ、物を指さして命じ、思いどおりに変化させる術が見える。しかしこれは、続く文章で「即山行木徙、人皆見之、然而實不動也（たとえ山に動けと命令し、木に移動せよと命令したにせよ、万人の見ている前でそうなる。しかし本当は動いていないのだ）」と述べているところからすると、幻覚を起こさせる目眩ましの術であって、薬物を飲ませて変身させる術とは根本的に異なる。

『玄圃山霊匧秘籙』（『道蔵』洞玄部・衆術類）は、唐代後期の書と推定される道書であるが、巻下・八法に「変物」の項があり、次のように言う。

右手掐玄印、掩膏肓、存想念呪三徧、喝一聲疾、物形應變。……

右手で玄印を結び、膏肓（心臓の下、横隔膜の上の部位）にあて、想いをこらして呪文を三度唱え、「喝！」と激しく一声かければ、物の形はそれに応じて変化する。……

この術も印と呪文から成り立っており、薬物の服用については言及がない[14]。

要するに、仙術・方術の変身は、薬物の即効力を最終的な切り札としてはいない。というのも万物の多様な変化は、以下に見るように、すべて大自然の原理に基づくものと認識されたからである。

変身の術の原理的な説明は、『抱朴子』では内篇巻一六の黄白篇に見られる。錬金術について述べるこの篇の一節で、葛洪は「夫變化之術、何所不爲（かの変化の術は、何にでもなれる）」として、その道理を次のように説明する。

至於飛走之屬、蠕動之類、稟形造化、既有定矣。及倏忽而易舊體、改更而爲異物者、千端萬品、不可勝論。人之爲物、貴性最靈。而男女易形、爲鶴爲石、爲虎爲猿、爲沙爲黿、又不少焉。至於高山爲淵、深谷爲陵、此亦大物之變化、變化者、乃天地之自然、……

鳥獣昆虫に至るまで、大自然が賦与した形体にはきまりがある。しかしたちまちにもとの姿を変え、新たに別のものに変化する例は、一千、一万種類もあり、枚挙に堪えない。人間は万物の霊長、本性何物にも代え難いと思われるが、男が女に変わり、女が男に変わる（『漢書』五行志）。鶴になり（周の穆王の兵士。『抱朴子』」釈滞篇）、石になる（夏の啓王の母。顔師古『漢書』注所引『淮南子』）。虎になり（牛哀。『論衡』怪奇篇）、猿になる（周の穆王の兵士。『白氏六帖』九四）。砂になり（周の穆王の兵士。「『抱朴子』」釈滞篇）、大亀になる（楚の老婆。『太平御覧』八八八引『続漢書』『丹陽記』）。かような例は少なくない。高い山が淵となり、深い谷が陵となる（『詩経』小雅・十月之交）、これも大きな物の変化である。変化こそは天地の自然現象、……

（本田済訳により、一部を改めた。三二七―三二八頁）

多くの例を挙げ、「変化なるものは、すなわち天地の自然」と説かれる変化論は、あらためて先の『荘子』の文章と「気」の理論を思い起こさせる。山田慶兒「物に対する――両義性の世界」（『本草と夢と錬金術と 物質的想像力の現象学』朝日新聞社、一九九七年、初出誌は『日本研究』第一四集、一九九六年）が指摘するように（同書一一一頁）、「気」の理論は万物を連続性の相の下に認識しようとする。したがって、昆虫の変態から異類変身までをふくむすべての「変化」が、連続的あるいは等質な、自然現象として把握されることになる。とすれば、『荘子』に示された動物から人へという方向性は不可逆的なものではなく、何らかの要因で、時に人から動物へと逆行しても不思議はない。変化の術は、この自然現象としてあり得る逆行を、人為的に起こしてみせるのである。従って、それは自然の原理に逆らうものではなく、原理中の特殊な現象を生起させる、あるいは原理を自由に操る性格のものということになる。

魔女のキルケやラープが使った変身術は、不思議な製法の食物により、これがたちまち効力を発揮した。また、アプレイウス『メタモルフォーセーズ（黄金驢馬）』の魔女パンフィレエは、耳木菟（みみずく）に変身する際、魔法の塗膏を使った。（ルキウスが驢馬になってしまったのも、間違えて別の塗膏を体にぬったからである。[15]）

西洋のこうした薬物の飲用あるいは塗布による劇的な変身が、どのような原理・自然観にもとづくのかは、この方面の知識に暗く立ち入って論ずることができない。ただ、リチャード・キャヴェンディッシュ著、栂正行訳『魔術の歴史』（河出書房新社、一九九七年）によれば、ヨーロッパにおいては、魔女も妖術師も共に「薬」を使う傾向にあり（一〇六頁）、魔女と毒草・毒薬との密接な結びつきは、「男たちが狩猟を行っている間に女たちが植物を集め育てていた遥か遠い時代からの遺産であった」という（五六頁）。また、魔女は風のない日に海を沸き立たせ、滝の水や河の流れを止めることができたが、これらの異常な力に関する説明に通底しているのは、「ものの自然な秩序を逆転するという魔女の主題」だったとも指摘する（五三頁）。

自然の原理にもとづき、呪法という内からの力によって変身しようとする、中国の仙人や道士たちの術。これに対し、秘薬の合成という外の力を用い、自然の秩序の逆転を試みるヨーロッパの魔女たちの術。東西の医学の対比を連想させるこの相違の背後には、それぞれ異なる思想と原理が存在しているように思われる。

(1)　熊に変身して治水に当たる禹の神話については、上古の極めて古いものと見なすのが通説である。しかし、徐志平「『人化異類』故事従先秦神話至唐代伝奇之間的流転」(『台大中文学報』第六期、一九九四年)は、この神話を漢代に成立したものと考える。その理由は、禹の熊への変身が他の先秦資料には全く見当たらないこと、熊となった禹を見て妻の塗山氏が慚じたのは、動物への変身に畏敬の念を抱かなくなった後世の精神を反映していると考えられること、塗山氏が変身した石が北方に割れて啓が生まれたというのは、漢代の五行説の影響を受けていると思われること、等である。

徐氏の説は重要な問題提起を孕んでいるが、ただ、その論拠が充分な説得力を持つとは言い難い。たとえば現存する先秦資料に見当たらないことが、そのまま漢代成立説を裏づける訳ではない。零細な断片しか残っていない神話資料の場合、漢代以前に成立していながら、文献的には遡れないものも多いはずである。また塗山氏と啓の話については、原型は別の形であって、漢代において「慚」「北方」の要素が加わったとも考えられる。ちなみに秦の呂不韋『呂氏春秋』の巻一四・孝行覧・本味に見える伊尹の母の伝説は、啓母石の話と共通するモティーフを持っており、こうした異常出生譚が先秦に遡るものであることを示している。伊尹を懐妊していた彼女は、神告によって水難を免れるが、邑が水没するのを目にして空桑の樹となる。伊尹はこの桑の空から取り上げられる。

この古い伝説を傍証とすれば、塗山氏の石化の原因となった異常現象、すなわち禹の変身の話も、先秦に遡る可能性が極めて高いことになろう。

禹の変身については、白川静『中国の神話』(中央公論社、一九七五年／『白川静著作集　第六巻』平凡社、一九九九年)第二章「創世の神話」(三、洪水神の葛藤)、および同氏『中国の古代文学(一)　神話から楚辞へ』(中央公論社、一九七六年／『著作集　第八巻』平凡社、二〇〇〇年)第二章「二　啓母石」に論及がある。白川氏は、他に共工の臣下の浮遊(顓頊に滅ぼされて淵に沈んだが、その状は熊のようで、よく祟りをなしたという)の例を引き、熊は洪水神が活躍するときの変化した姿であろうと推定する。

この他、人頭蛇身の創造神である女媧について、後漢の王逸『楚辞』「天問」注、『淮南子』巻一七「説林訓」に、彼女が

「七十化」したとの記事が見える。『淮南子』には後漢の高誘の注があり、「七十變造化」と記す。簡略で意味が取りづらいが、七十回変化して万物を作り出したの意味に取ることが可能であろう。晋の郭璞は『山海経』巻一一・大荒西経第一六の「有神十人、名曰女媧之腸」に注して、「女媧、古神女而帝者、人面蛇身、一日中七十變、其腹化爲此神」とし、一日に七十回も変身してこれらの神々を産んだと取る。郭注によるならば、女媧には大いなる変身能力があったことになる。前掲の中野美代子『中国の妖怪』は、これらの資料をもとに女媧にも自由な変身能力があったと推定する（一八六―一八七頁）。天地創造のために様々な動物に変身する神の典型として、インドのヴィシュヌ神を例に挙げての説で興味深い。

ただし中国の研究者は、多くこれとは見解を異にする。袁珂『山海経校注』（上海古籍出版社、一九八〇年）三八九―三九〇頁、および同氏『中国神話伝説（上）』（中国民間文芸出版社、一九八四年）開闢篇・第三章の注4（八五―八六頁）は、「七十化」の「化」は「変化」ではなく、「化育」の意味であるとして変身を否定する。沈海波『「山海経」考』（文匯出版社、二〇〇四年）の「女媧之腸与女媧七十変」も同じ結論であり（二八三―二八五頁）、郭郛『山海経注疏』（中国社会科学出版社、二〇〇四年）もまた女媧の変身を否定している（八二四頁）。邦人の研究でも、死と再生と捉える白川静説（『中国の神話』第二章・創世の神話、「伏羲と女媧」）、先の『淮南子』「説林訓」の高誘注を「造化を七十変す（造化を七十回くりかえした）」と読む楠山春樹説（『淮南子（下）』新釈漢文大系、明治書院、一九八八年、九六八頁）などもあり、結論に至るまでには、なお検討の時間が必要とされそうである。

（2）嫦娥のヒキガエルへの変身について、袁珂「嫦娥奔月神話初探」（『南充師院学報』一九八〇年第二期／『神話論文集』上海古籍出版社、一九八二年）は、懲罰の意味を読み取る。しかし、この神話には別の解釈も成り立つ。たとえば、出石誠彦「上代支那の日と月との説話について」（『支那神話伝説の研究』中央公論社、一九七三年増補改訂版、初版は一九四三年）は、これを月の不死性を説明する物語とし、ヒキガエルを不死の象徴と見なす（八五―八六頁）。

ヒキガエルは、晋の葛洪『抱朴子』に「蟾蜍壽三千歳」（内篇巻三・対俗）、「肉芝者、謂萬歳蟾蜍、頭上有角、頷下有丹書八字、體重」（内篇巻十一、仙薬）、同じく晋の郭璞『玄中記』に「千歳蟾蜍、頭生角、得而食之、壽千歳」（隋・杜台卿『玉燭宝典』巻五所引）、あるいは「蟾蜍頭生角、得食之、壽千歳、又能食山精」（『太平御覧』巻九四九・蟲豸部所引）などとあるように、長寿の生き物とされた。冬眠と蘇生の生命サイクルを持つ両生類の特徴は、盈虚を繰り返す月の不死のイメージと結びつきやすく、この点については、石田英一郎「月と不死」（『石田英一郎全集　第六巻』筑摩書房、一九七七年新装版、初版は一九七一年）にすでに指摘がある。この神話においても、ヒキガエルには元来、そうした意味が付与されていたと考えるべきであろう。なお「月と不死」の初出は『桃太郎の母』（法政大学出版局、一九五六年）。

前掲の徐志平論文は、嫦娥が不死の薬を盗んで月に逃げた話と、月中にヒキガエルが棲む話とは本来別のもので、漢代に両者が一つになったと見なす。したがって、嫦娥の変身に懲罰の意味を読みとる袁氏の説は、再考の必要ありとされる。徐論文は、『初学記』や『芸文類聚』が収める『淮南子』の異文に言及していないなど、精密さに欠ける点はあるが、二つの話が融合して嫦娥の変身譚が成立したとする見解には、傾聴すべきものがある。（ただし、それを漢代と断定することはできない。それよりもさらに遡る時点の可能性も依然として残る。）とすれば、嫦娥の変身に懲罰の意味があるとしても、それは元となる二話が合体して以降のことと考えるべきであろう。なお、日本の論考においては、早く森三樹三郎『支那古代神話』（大雅堂、一九四四年）が、嫦娥の変身を後に出来た話と考えている（一九一頁）。

嫦娥については、『山海経』に見える常羲を原型と考える説が有力である。清の畢沅『山海経新校正』を嚆矢とし、袁珂『山海経校注』（上海古籍出版社、一九八〇年）、同氏編著『中国神話伝説詞典』（上海辞書出版社、一九八五年）、さらには李剣平『中国神話人物辞典』（陝西人民出版社、一九九八年）などへと継承されるこの学説は、『山海経』大荒西経に見える次のような記事に基づいている。（原文は袁珂『山海経校注』による。）

大荒中、有山名日月山、天樞也。呉姖給天門、日月所入。…（中略）…有女子方浴月。帝俊妻常羲、生月十有二、此始浴之。

大荒の中に山があって日月山といい、天枢である。呉姖は天門であって、日月の入る所である。…（中略）…女性がいて、月を湯浴みさせている。帝俊の妻の常羲で、月を生むこと十二、ここではじめて月に産湯をつかわせた。

十二の月を生んで、その赤ん坊たちを沐浴させる母親常羲は、月の女神と考えられる。羲と娥は音も近く、嫦娥伝説は、こうした神話を原型として形成されていったと推定されるのである。入谷仙介「后羿・嫦娥神話について」（『九州中国学会報』三七、一九九九年）は、ここからさらに一歩を進める。氏は、月の中に女性が住むというタヒチやシベリアの神話をもとに、「女性は月に行くことができるという信仰が古く世界的に広がっていたことを思わせられる。嫦娥奔月神話もがんらいは帝俊とも后羿とも関係なく、女性が月に行って住むというだけの物語であったかもしれぬ」としている。検討の余地は残るが、いずれにしても嫦娥奔月の話は、原型にまで遡った場合、懲罰としての変身の意味合いは持っていなかったようである。

なお、ヒキガエルへの変身を伴う嫦娥奔月神話は、本文中に引用した『初学記』巻一所引の『淮南子』の他に、次のような資料に載る。（入谷論文が注23において、『初学記』に見えないとするのは誤り。）『文選』の唐・李善注（巻一三・謝荘「別賦」ほか）、『太平御覧』巻九八四などに見える『帰蔵』からの引用。『淮南子』覧冥訓および後漢の高誘注、『芸文類聚』巻一、『太平御覧』巻四、九八四、『文献通考』巻二八〇などに見える後漢の張衡「霊憲」からの引用、等々。またこの神話は、『捜神記』の旧本巻一四にも収録されるが、李剣国『新輯捜神記』は「旧本《捜神記》偽目疑目弁証」の中で詳細な考証を加え、他書からの誤入を疑っている（下冊六七五―六七六頁）。

神話関係の資料の検索には、袁珂・周明編著『中国神話資料萃編』（四川省社会科学院出版社、一九八五年）が便利であり、これを利用した。

（3）　尭に誅殺された鯀の変身について語る資料としては、『春秋左氏伝』昭公七年（黄熊への変身）、『国語』巻一四・晋語八（黄能への変身、能は三本足のスッポンあるいは水にも住めるクマの一種）、『山海経』巻一八・海内経・「鯀竊帝息壌以堙洪水」郭璞注所引『開筮（帰蔵啓筮）』（黄龍への変身）、晋・王嘉『拾遺記』巻二（玄魚への変身）などが挙げられる。

鯀の物語の原型をどの動物への変身と考えるかについては、諸説が入り乱れる状態である。たとえば袁珂氏は、「三足鼈或係誣辭、水居之能説亦牽強、熊不可以入淵、玄魚則古鮌字之析離、更不足據」として「龍」説を支持する（『山海経校注』四七四頁）。白川静氏は、『楚辞』「天問」の「阻窮（放逐）せられて西に征く　巌何ぞ越えたる　化して黄熊と爲る　巫何ぞ活かせる」の一条などを傍証に、「熊」説を採って夏系の洪水神と見る（『中国の古代文学（一）　神話から楚辞へ』中央公論社、一九七六年、四五―四六頁）。前掲の徐志平「『人化異類』故事従先秦神話至唐代伝奇之間的流転」は、「龍」「熊」のいずれかに断定することを避け、伝承者のトーテムの違い（北方夏系の民族は蛇、南方楚系の民族は熊をトーテムとする）から、二系統の神話が伝わることになったとする。また、御手洗勝『古代中国の神々――古代伝説の研究』（東洋学叢書、創文社、一九九九年第二刷、初版は一九八四年）の第一部第一章「夏の始祖伝説――鯀・禹の伝説」は、鯀の本質を姒姓族の水神＝龍蛇とし、これが嬴姓族の神としても信じられるようになり、ここから鯀を「嬴」と同じ声符で同音の「熊」と誤って解釈する伝説が生じたと論じる（「三　鯀・禹の本體」一一五―一二一頁）。

この他、森安太郎「鯀禹原始」（『黄帝伝説　古代中国神話の研究』京都女子大学人文学会、朋友書店、一九七〇年、初出誌は京都女子大学『人文論叢』九、一九六四年）は、「黄熊」の「熊」はクマではなく、音通からもとは「鰌」であったとして、鯀の原型を蛇に似た魚と考える（五一―六二頁）。赤塚忠「鯀・禹と殷代銅盤の亀・龍図象」（『赤塚忠著作集　第一巻・中国古代文化史』研究社、一九八八年、初出誌は『古代学』第一一巻四期、一九六四年）は、殷周の銅盤の図像などをもとに、鯀を亀族の族神とする（三四三―三八七頁）。また、これらの論考を踏まえ、小南一郎「大地の神話――鯀禹伝説原始」（『古史春秋』第二号、一九八五年）は、水生動物としての鯀・禹の原像から、天上の「息壌」を下界にもたらす鳥類への変身の過程を、新たに想定する。

諸説のうち白川説あるいは小南説などに魅力を感じるが、なお慎重な検討が必要であろう。複数の動物神にわたる歴史的な変貌といった観点も、この神話に関しては必要かも知れない。なお、神話関係の論文の検索に当たっては、賀学君・櫻井龍彦共編『中日学者中国神話研究論著目録総匯』（名古屋大学大学院国際開発研究科、一九九九年）の恩恵を蒙った。

ところで「熊」を否定する諸説の多くは、袁珂氏のように、熊では淵に入ることができないとしている。しかし、熊の神が水と全く無縁とは限らない。日本の『古事記』序文に、神武天皇が紀伊国熊野村で大熊に遭遇した事件を引き、「化熊出川（化熊　川を出でて）」と記す箇所がある。（「川」字は「爪」に作るテキストが多いようであるが、岩波「日本古典文学全集」「日本思想大系」の校訂に従う。）古く日本語においてはクマとカミ（神）とは同源の言葉であり、これは荒ぶる神の化身であった。この場合、神は熊に化して逆に川から陸に上がっているのであるが、熊の姿の神と水とが結びつく例として挙げることができよう。

（4）なお、禹の変身を漢代成立の話と考える徐氏は、後述のように嫦娥の変身についても漢代の成立と推定する。そしてここから、現存する先秦時代の「人化異類」の神話が、鯀が尭に誅殺されて黄熊（あるいは能、龍）になった話のような、死を介在させた再生の物語のみによって占められるとして、自身の資料分析によって得られたこの特徴に注目している。氏の結論は、先秦神話に生きたままでの超能力的な変身がなかったとするような、性急なものではない。原始的な思惟に必ずしも違反しない筈の、そうした変身の話が先秦資料に見当たらないのは何故かという、疑問の形を取った問題提起で慎重に納められている。しかし、氏が一つの可能性として考える、超能力的な変身の話（これは氏も認めるように、原始的な思惟と繫がる普遍性を持つ）が先秦神話にはなく、漢代に至って俄かに登場するという経緯は、古代神話の通念から考えても不自然なところがあるように思われる。禹の変身にしても、彼が神格を失って歴史上の人物となり終えてすでに久しく、さらに儒教が国教化された漢代にあって、それに逆行する神話が不意に誕生するというのは、如何にも唐突な印象を免れない。

とは言え、徐論文は唐以前の多くの変身の故事に丹念な考察を加えており、教示を受けるところが多い。本節で紹介した神話以外にも、死して蘇る顓頊の話（徐氏はそこに蛇身から魚への変身があったと見る）、誅戮されて悪鳥と化した鼓と欽䲹の話などが取り上げられている。両話は『山海経』大荒西経および西山経に見えるが、これらの話もまた死後の変身であり、こうした現存資料からすると、中国古代神話の変身は、やはり死後の変身が主流を占めていたように思われる。

（5）白川静『中国の古代文学（一）　神話から楚辞へ』第二章「神話と経典」に詳しい。

（6）澤田瑞穂『修訂　中国の呪法』所収の「隠淪考」は、「隠形」すなわち姿を消す術を中心とした論考であるが、動物に姿を変える術についても多くの記事が挙げられていて参考になる。

（7）原文の「艾」を、本田氏は王明『抱朴子内篇校釈』によって、「芝」に改める。

（8）張志哲主篇『道教文化辞典』（江蘇古籍出版社、一九九四年）によると、道教の隠遁術は以下の十三種類に分かれる（「変化雑術」七三一頁）。一は木遁、二は火遁、三は土遁、四は金遁、五は水遁、六は人遁、七は禽遁、八は獣遁、九は虫遁、一〇は魚遁、一一は霧遁、一二は雲遁、一三は風遁。六から一〇までが動物への変身であり、その多様さからすると、術法や関連の記事が豊富にあってよいようにも思われるが、意外に見当たらない。やはり末技と考えられたせいであろうか。

（9）『抱朴子』は変身の術に関して、他にも何箇所かで言及している。以下に三条ほど補足しておきたい。先ずは同じ雑応篇に、隠身の術（厳密には変身の術ではなく、瞬間に姿を消したり現したりする術）について具体的に述べた次のような箇所がある。

鄭君云、服大隠符十日、欲隠則左轉、欲見則右回也。或以玉粭丸塗人身中、或以蛇足散。……

鄭君が言う、「大隠符を十日間服用する。姿を隠したい時は左に旋回する。姿を現わしたいときは右に旋回するがよい」と。あるいは身体に玉粭丸（ぎょくいがん）、または蛇足散を塗る。……　（本田訳三一〇頁）

服用する大隠符は、十日間続けてやっと効力を発揮することになっており、やはり即効性のものではない。ただ玉粭丸の方は即効性があるようで、しかも塗布薬であるところが珍しい。

同じく隠身術について、次のような記事が内篇巻一一・仙薬に見える。

千歳之栝木、其下根如坐人、長七寸、刻之有血。…（中略）…以塗身則隠形、欲見拭之。

千年の射干（やかん）〔孫星衍は『太平御覧』巻九九二所引の文により、「射干」に作るのが正しいとし、本田氏はこれに従う〕の根に人の坐った形の芝ができる。長さ七寸。これを刻むと血が出る。…（中略）…この血を体に塗れば姿が隠れる。姿を

現わそうと思えば、血を拭えばよい。　（本田訳二一七頁）

これも即効性の塗布薬であるが、姿を消すためのものであって、狭義の変身術ということになると塗り薬の例は見当たらない。

また内篇巻一九・遐覧には、次のような一文がある。

其變化之術、大者唯有墨子五行記、本有五卷。昔劉君安未仙去時、鈔取其要以爲一卷。其法用藥用符、乃能令人飛行上下、隱淪無方。含笑即爲婦人、蹙面即爲老翁、踞地即爲小兒、執杖即成林木、種物即生瓜果可食。畫地爲河、撮壤成山、座致行厨、興雲起火、無所不作也。

右の文中にも見えた変化の術については、大きな書物として『墨子五行記』があるだけだ。もともと五巻あった。昔、淮南王劉安が仙人になって昇天する前に、要点を抜き書きして一巻とした。その法は薬を用い符を用いるのだが、人を上下自在に飛行させ、いずこともなく姿を隠させる。笑みを含めばたちまち婦人と化し、顔をしかめれば老人となる。地にうずくまれば小児に変じ、杖を地面に突き立てれば林となる。物を植えれば即座に瓜の実が成って食べられる。大地に線を描けば大川となり、一つまみの土を置けば山となる。いながらにして欲しい物を飛んでこさせ、雲を起こし火を熾すことも、思いのままである。　（本田訳四〇二頁）

文章はさらに続けて『玉女隠微』、『白虎七変法』の変身術・飛行術を紹介する。前者には、星座の計測が必要とされ、後者は、三月三日に殺した白虎の頭の皮や、同日に植えた流萍などを用いる。術の多彩な内容が列挙されて興味深いが、変身について言えば要するに術者自身が変わるものばかりであって、他者を変身させる術は見られない。また薬物については、具体的な処方の記載がなく、詳しい使用法は分からない。

(10) 道書の成立年代等については、任継愈主篇『道蔵提要』（中国社会科学出版社、一九九一年）によった。

(11) 井上氏の訳は、坂出祥伸編『「道教」の大事典』（『別冊歴史読本　特別増刊号』新人物往来社、一九九四年）の「隠形術」の項（一三四―一三六頁）に見える。なお、訳文中の「うろこの形のよう」とある箇所は、原文の「如麟之状」に従って「麒麟の形のよう」と改めた。

(12) 「五假法」は、いわゆる「五遁」の術の類と考えられる。前掲（注8）の張志哲主篇『道教文化辞典』によると、隠形遁迹術のうち木遁・火遁・土遁・金遁・水遁の術は「五遁」とされ（七二八頁）、用いられるのは、印や呪文あるいは符籙である。

この五遁の術は日本の忍者の話にもしばしば登場するが、やはり薬物の飲用は見られない。

(13) 道教に関する基本的な事項は、主として福井康順他監修『道教』全三巻（平河出版社、一九八三年）の『第一巻・道教とは何か』、野口鐵郎他編『道教事典』（平河出版社、一九九四年）、小林正美『中国の道教』（中国学芸叢書、創文社、一九九八年）などを参照した。

(14) 道術から派生した邪術のなかにも、変身の法が見られる。清の袁枚『続子不語』巻一〇に載る「人化鼠行窃」は、鼠に変身する盗賊の話であるが、術についての記載が詳しく資料として面白い。術が破れ捕らえられた盗人の自白によると、その変身法は、彼が貧窮に喘いで自殺を図ったとき、助けてくれた或る人物から教えられたもので、鼠の皮を使って次のように行う。（原文は王英志主編『袁枚全集　肆』江蘇古籍出版社、一九九三年による。）

…以符咒、頂皮歩罡。向北斗叩首、誦咒二十四下、向地一滾、身即爲鼠。

…符籙を持ち呪文を唱え、鼠の皮を頭に載せて歩罡（北斗星座の図形を象ってジグザグにステップを踏む秘術）を行う。北斗七星に向かって叩首して、呪文を唱えること二十四回、地面に一たび転がると、体はすぐに鼠となる。

道術に一般的な符籙と呪文、それに鼠の皮一枚が変身用の小道具であって、薬物の使用はやはり見られない。

さらに興味深いのは、この盗人がかつて鼠に化けて或る屋敷に忍び込んだ際、猫となって彼を捕らえた人物が使った変身術である。この人物、実は同じ師匠から術を授かった兄弟弟子で、そのことが分かって見逃してくれるのであるが、盗人の言葉によれば「其術更精、要化某物、隨心所變、不必藉皮以成。（その術はさらに精妙で、あるものに変身しようとするときには、心の働きにしたがって変じ、必ずしも毛皮の力を借りる必要はなかった）」という。

つまり、薬物や道具から離れ、心に念ずるままに変化するというのが、中国の人々が考えた最も高度な変身術だったのである。

(15) もっとも、西洋の魔術がすべて薬物によっているわけではない。魔女の使う魔法の杖、あるいは呪文による変身もある。また第一章の「一　ヨーロッパ」に挙げたヴォージュの魔女の場合は、下男に轡を嚙ませて馬にしている。一方、中国の変身術も、『抱朴子』にみられたように、薬物と全く無縁というわけではない。しかし一般的な傾向として、西洋の魔術と中国の方術が伝える変身術には、薬草・秘薬の重視と呪法の重視という違いが見られるように思う。

またヨーロッパの変身術で殊に目を引くのは、塗り薬の使用である。魔術用の軟膏の起源は、ミイラの保存や予言の夢の促進剤などにこれを使用した古代エジプトに遡ると言われ、極めて古い歴史を持つ。しかし、E・A・ウォーリス・バッジ著、石上玄一郎・加藤富貴子訳『古代エジプトの魔術』（平河出版社、一九八二年）には、変身用の軟膏は見当たらない。ヨーロッパにおいては、塗り薬はアプレイウス『黄金の驢馬』にも登場するなど、早くから変身術と結びついており、その後も中世近世の「魔女の軟膏」の民間伝承へと流れ込んでいる。これについては、ローズマリ・エレングィリー著、荒木正純・松田英監訳『魔女と魔術の事典』（原書房、一九九六年）二九三―二九六頁、ロッセル・ホープ・ロビンス著、松田和也訳『悪魔学大全』（青土社、一九九七年）四二三―四二六頁の「軟膏」の項目に詳しい。その解説によれば、魔女は主として二つの目的、すなわち空を飛ぶためと他者を殺すために軟膏を用い、獣や鳥に変身する際にも、飛行用のものとよく似た軟膏を使うと信じられていた。

これに対して中国の変身術は、術者の修行を前提とし、『抱朴子』に見えた薬物の使用から、呪文と護符による術法へと展開してゆく。護符は術者の体内に飲み込まれることもあり、服用という点では薬物的でもあるが、塗布薬については例を見ない。（『抱朴子』の塗り薬も、厳密に言えば姿を消すためのものであって、姿を別の形に変えるものではない。）東西の変身術の違いが、ここに典型的な形で示されているように思う。東西の塗布薬による魔術・呪術については、拙稿「魔法の塗り薬」（『横浜国大　国語研究』第二五号、二〇〇七年）において、やや詳しく論じた。

なお、ゲリー・ジェニングス著、市場泰男訳『エピソード魔法の歴史――黒魔術と白魔術』（現代教養文庫、社会思想社、一九七九年）には、第一章の「四　その他」の注7で紹介した自称魔女、イソベル・ガウディーの猫への変身術が紹介されている（七六頁）。参考までに付記しておく。

その術は、「私はネコの中に入るだろう、悲しみとため息と黒い弾丸をもって。私は悪魔の名をとなえてネコになり、家にもどってくるだろう」という呪文によって変身する。しかし、これを唱える前に、先ず体中くまなく魔法の膏薬を塗ることになっている。膏薬の処方は、彼女がどうしても口を割らなかったため不明とのことであるが、この魔女裁判の記録からも、変身の際に薬物の塗布が必要とされたことが分かる。

3　動物への変身——人間

神々の変身の物語、神仙術による変身と概観してきたところで、次に人間界に目を移してみよう。ここでも人から動物への古い変身譚を見出すことができる。

たとえば、『太平御覧』巻一六六・州郡部・益州に引く『十三州志』（北魏の闞駰の撰）には、臣下の妻と通じたことを恥じてホトトギスとなった、蜀の望帝の話が載る。(1)『芸文類聚』巻二四・人部・諷などが引く魏の曹植「令禽悪鳥論」には、死後に鳥となって父の尹吉甫に冤罪を訴えた、孝子伯奇の話が見える。(2) ただ、これらの変身には、先に見た神々の罰による変身や、遺恨・執念による変身とつながる要素が感じられる。歴史上の人物の物語という形を取ってはいるものの、より古い神話的発想に起源を持つ話なのであろう。(3)

遺恨あるいは怨念による変身は、他に歴史書の記事からも拾い出せる。たとえば、『春秋左氏伝』荘公八年の条、およびそれによる『史記』巻三二・斉世家には、斉の襄公に殺された彭生の彘（いのしし）への変身が見える。(4) また、『史記』巻九・呂太后本紀は、呂后によって毒殺された趙王如意が、蒼犬（黒犬）となって祟った話を載せる。(5) 深い怨念は、このように変身をもたらす力となると考えられたのである。(6) しかし、この種の変身は、何故か後の変身譚のなかでは余り見受けられなくなってゆく。その推移が意味するところは明らかでないが、おそらくそこには、応報思想や霊魂観・冥界観の変遷にもかかわる問題が潜んでいるように思われる。(7)

時代をさらに下って後漢から六朝時代となると、これとは全く異質の、原因不明の変身譚が目に止まる。たとえば、『太平広記』巻四七一・水族部・人化水族に採録されている、「黄氏母」「宋士宗母」「宣騫母」の三話を読んでみよう。

後漢靈帝時、江夏黃氏之母浴而化爲黿、入于深淵。其後時時出見。初浴簪一銀釵、及見、猶在其首。

後漢の霊帝の時、江夏（湖北省）の黄氏の母親が行水をしていて、大スッポンに変わり、深い淵に入ってしまった。ただその後も、しばしば水から出て姿を現した。行水のときに一本の銀の釵をさしていたのだが、現われた際、それがそのまま頭にあった。

（出典は闕名『神鬼伝』）

魏淸河宋士宗母、以黃初中、夏天於浴室裏浴、遣家中子女闔戸。家人於壁穿中、窺見沐盆水中有一大黿。遂開戸、大小悉入、了不與人相承。嘗先著銀釵、猶在頭上。相與守之啼泣、無可奈何。出外、去甚駛、逐之不可及、便入水。後數日忽還、巡行舍宅如平生、了無所言而去。時人謂士宗應行喪、士宗以母形雖變、而生理尚存、竟不治喪。與江夏黃母相似。

魏の清河（河北省）の宋士宗の母親は、黄初年間（二二〇—二二六）、夏に浴室で行水をし、家の子女に戸を閉めさせてしまった。家の者が壁の穴から中を覗いてみると、たらいの水に一匹の大スッポンがいる。そこで戸を開けて、家族残らず中に入ったが、とんと反応がなく、先につけていた銀の釵が、まだ頭にある。一緒に見守りながら声をあげて泣いたものの、どうしようもない。スッポンは外に出ると、素早く走り去り、追いかけても追いつけず、川に入ってしまった。数日して不意に戻ってきて、普段と同じように家をめぐり歩いたが、ついに一言も口を聞かずに立ち去った。人々は士宗が葬儀を行って喪に服すべきだと言った。しかし士宗は、母の姿は変わっても、まだ生きているとして、とうとう葬儀を行わなかった。この話は、江夏の黄氏の母のことと似ている。

（出典は晋の陶潜『続捜神記』）

呉孫皓寶鼎元年、丹陽宣騫母、年八十、因浴化爲黿。騫兄弟閉戸衞之、掘堂内作大坎、實水。其黿即入坎遊戲。經累日、忽延頸外望、伺戸少開、便輒自躍、赴于遠潭、遂不復見。

呉の孫皓の宝鼎元年（二六六年）、丹陽（江蘇省）の宣騫の八十歳になる母親が、行水をしていて大スッポンに変わってしまった。騫の兄弟は戸を閉めて彼女を見守り、堂内に大きな穴を掘って、水を満たした。するとその大スッポンは、すぐに中に入って泳ぎはじめた。幾日かたつと、不意に首を延ばして外を眺め、戸がわずかに開いているのをうかがって、やおら躍り出て遠くの淵をめざし、二度と戻ってこなかった。

（出典は唐の竇維鋈『広古今五行記』）

この一連の原因不明の変身は、単に物語としての謎だけではなく、こうした伝承の発生にまつわる謎にも満ちていて興味深い。内容的にほとんど同一といえる三話の存在は、このパターンが変身譚の一つの基本型として、人々の間に根づいていたことを示していよう。また、後漢から三国時代にかけての怪事として記録されているけれども、いずれも母親がカメ（長寿の象徴、水の神である河伯の使者）に変身する点、しかも生命・浄化・異界、さらには母性そのもののシンボル[8]でもある水と深く関わっている点など、いわゆる「集合無意識」的な側面を持ち、時間的にもさらに遠く遡行できる要素を潜ませていると思われる。残念ながらこの変身譚の深層もまた、解き明かされるには至っていない[9]が、いずれにしても六朝志怪小説には、古代以来のシンボル伝承を内蔵する説話が、原石のまま無造作に放り出されているのである[10]。

なお、宣騫の母の話に「年八十」として現われている、老齢と変化との結びつきは、先の動物から人への変身譚にも窺われた特徴である。この点からしても、動物の変身と人の変身との間に、決定的な差異はなさそうである。

ところで、右の話は当時よく知られたものだったようで、干宝『捜神記』巻一四にも、三話が共に収められている。[11] 中国小説史の萌芽期にあたる六朝時代、志怪小説は文芸作品としてではなく、むしろ怪異の歴史的記録として綴られた。干宝がこれらの話を『捜神記』に収録したのも、序文に「及其著述、亦足以發明神道之不誣也（私がこの書に述べることは、神道がいつわりではないことを明らかにするに足るものであろう）」というように、それが「神道（超常現象とそれを引き起こす神妙な摂理）」の存在を証明する、現実に起こった事件と認識されたからに外ならない。

干宝はまた、前々項で触れた「変化論」のなかで、「萬物之生死也、與其變化也、非通神之思、雖求諸己、惡識所自來（万物の生死と、その変化については、神妙の域に通じた思慮によるのでない限り、これを自分一人の判断に求めても、どうしてその由来を知ることができよう）」とも述べている。万物の変化が余りに深遠で、神智によってしか解明できないことが多いとすれば、原因の究明はさておき、先ずはそうした現象・事件の実例の蒐集こそが求められるのである。

こうして六朝志怪小説は多くの謎の部分を抱え込むことになる。しかし、それは必ずしも不可知論に陥ることを意味しない。干宝は「変化論」をさらに次のように続ける。「然朽草之爲螢、由乎腐也。麥之爲胡蝶、由乎濕也。爾則萬物之變、皆有由也。（しかし、腐った草が螢になるのは腐敗による。麦が蝶になるのは湿気による。であれば万物の変化には、すべてしかるべき原因があるのだ）」。そしてその原因が十分に解き明かされないとしても、この万物の変化を動かしているのは、あの五行の気の原理なのである。とすれば、先の老母たちの変身も、全く究明の意図なく放置されているわけではない。原因はなお明らかでないにせよ、干宝においては、これもまた「氣亂於中、物變於外（気が中で乱れると、物は外形を変える）」（「妖怪論」）という、五行の気の乱れによる結果と解釈されたのである。[12]

このような五行思想による解釈は、後に一層明瞭なかたちをとることになる。実は、梁の沈約『宋書』巻三四・五行志を見ると、「人痾」の項に後の二つの話が収められている。つまり彼女たちの変身は、人事が五行の気を乱して起きた凶兆という、天人相関の政治学的な解釈を与えられているのである。なかでも宣騫の母の変身事件については、黄氏の母を引き合いに出した上で、「呉亡之象也（呉が滅びる兆しである）」と結ばれている。[13]「気」にもとづく変化観は、五行思想の補強を得て、すべての変化・怪異を包み込もうとする。六朝志怪を支える歴史学的精神は、古代以来の巨大な闇を抱える多くの怪異の記録を綴りながら、それを思想的に解釈する営為をも、一方で怠らなかったのである。

六朝志怪の精神が怪異に対する思想的解釈の意欲を持つ以上、当然のことながら、変身の原因を解き明かした話もまた、数多く生み出される。たとえば、南朝宋の劉敬叔『異苑』が載せる話を、二篇ほど読んでみよう。[14]

秦時、中宿縣十里外、有觀亭江神祠壇。甚靈異、經過有不恪者、必狂走入山、變爲虎。……

秦の時代、中宿県（広東省）から十里ほどのところに、観亭の江神の祠壇があった。甚だ霊異のことがあり、ここを通り過ぎて不敬な者がいると、必ず狂い走って山に入り、虎に変身してしまうのであった。（巻五）[15]

晉太元十九年、鄱陽桓闡殺犬祭郷里綏山、煮肉不熟。神怒、即下教于巫曰、桓闡以肉生貽我。當謫令自食也。其年忽變作虎、作虎之始、見人以斑皮衣之、即能跳躍噬逐。

晋の太元十九年（三九一）、鄱陽（江西省）の桓闡は犬を殺して郷里の綏山を祭ったが、肉に火がよく通っていなかった。神は怒って即座に巫にお告げを下した。「桓闡は生煮えの肉をわしに贈りおった。罰として自分が生肉を食うようにしてやろう」と。その年、不意に変身して虎になってしまったが、虎となるとき、人が斑の毛皮を彼に被せるや、躍りあがり歯咬みして走るのが見えた。（巻八）

いずれも原因は、神の怒りに触れたためとされる。神罰による変身が、前項で見た神話のそれとも繫がる来歴を持つとすれば、この二話は古型に属する変身譚ということになろう。(16)

『異苑』には、ほかに次のような話もある。

元嘉三年、邵陵高平黄秀無故入山、經日不還。其兒根生尋覓、見秀蹲空樹中、從頭至腰、毛色如熊。問其何故、答云、天謫我如此、汝但自去。兒哀慟而歸。逾年伐山、人見之、其形盡爲熊矣。

元嘉三年（四二六）、邵陵（湖南省）の高平の黄秀という人物が、わけもなく山に入り、何日かたっても戻ってこなかった。その子の根生が探し求めて、秀が樹のうろの中に蹲っているのを見つけたが、頭から腰まで、熊のような毛が生えていた。そのわけを尋ねると、「天が私の罪を責めてこのようにしたのだ。お前はもう立ち去りなさい」という。子は哀しみ慟哭して帰った。一年余りして山の伐採のおり、その姿を目にした人がいたが、外形はすっかり熊になってしまっていた。（巻八）(17)

晉咸寧中、鄱陽樂安有人姓彭、世以射獵爲業。毎入山與子倶行、後忽蹶然而倒、化成白鹿。見悲號、鹿跳躍遠去、遂失所在。其子終身不復弋獵。至孫復習其事、後忽射一白鹿。乃於兩角間得道家七星符、并有其祖姓名及郷居年月在焉。覩之悔懊、乃燒弓矢、永斷射獵。（巻八）[18]

晋の咸寧（二七五—二八〇）中のこと、鄱陽（江西省）の楽安に彭という姓の者がいて、代々狩猟を家業としていた。いつも山に入るときは息子と連れ立って出かけたが、あるとき突然ばったり倒れて、白い鹿に変身してしまった。息子が悲しみ泣き叫ぶのを見て、躍り跳ねて遠くに走り去り、とうとう行方が分からなくなってしまった。その息子は生涯、二度と狩りをしようとしなかった。孫の代になって再び狩りを始めたが、ある時一頭の白い鹿を射止めたところ、何と二本の角の間に道家の七星符があり、さらに祖父の姓名と住所、郷里に居住の年月などが記してあった。孫はこれを見て悔やみ悩んで弓矢を焼き捨て、その後は永く狩りを断った。

前者の黄秀の話は、これも変身の原因は天罰にある。「天謫」の具体的な内容については説明がないが、ただし、先の二話がうっかり神の機嫌を損ねた結果であるのに対し、こちらにはより深い罪業の意識が感じられる。後者の彭某の話になると、殺生を戒める因果応報の思想が、親・子・孫の三代にわたる展開で強調されている。「道家七星符」とあるように、物語は道教的な色彩を帯びているけれども、この罪業による動物への転生と因果応報の思想は、言うまでもなく仏教によって中国にもたらされたものである。

後漢末、中国に渡来した仏教は、「王公大人觀死生報應之際、莫不矍然自失（王侯や大人も生死や応報の実相を目にするとき、心を震わせ茫然自失しないものはなかった）」（晋袁宏『後漢紀』巻一〇、明帝永平一三年）といわれるように、中国の人々に大きな衝撃を与えた。その主要教理である輪廻と応報の思想は、道教にも取り入れられて広く浸透していったが、変身譚にも決定的な影響をもたらした。

前世の業によって様々な動物に生まれ変わるという輪廻の思想は、人から動物への変身を前世・現世・来世の三世に広げ、しかも論理的に説明し得るものであった。また因果応報思想について言えば、すでにあった中国固有の素朴な応報思想[19]と一体となって、変身の理由を最も明快に説明するものであった。

すでに指摘したように、気や五行の思想によっても、変化の現象はすべて説明が可能である。しかし、それはいわば変化のメカニズムに対する原理論としての解明であって、その個別の要因・原因について十分な解答を用意するものではなかった。したがって、より明快な原理的説明が求められるのは当然のことであり、これに見事に答えたのが輪廻と因果応報の思想であったと言える。六朝時代、宋の劉義慶の『宣験記』や斉の王琰の『冥祥記』、梁・北斉・北周・隋に仕えた顔之推の『冤魂志』など、仏教の霊験譚・因果応報譚を中心とする志怪小説集が編まれた事実は、その影響の大きさを物語るものであろう。

仏教がもたらしたこの思想を母胎として、様々な転生変身の物語が生み出されていったことについては、多言を要すまい。前世の悪業によって動物に生まれ変わる話は枚挙に暇がなく、あるいは先の彭某の話に見られたような、殺生や悪行によって生きながら動物に変身する話にも、しばしばお目にかかる。転生と応報の思想は、こうして次第に中国の変身譚を支える中心的な位置を占め、神話以来の罰としての変身を内包して、さらに大きな流れを形作っていったのである。

応報譚の話群については、唐代以降の変驢・変馬譚に焦点を絞って第二節で考察するが、左にもう一例だけ、劉義慶の『宣験記』から取り上げて紹介しておく。

宣験記云、天竺有僧、養一牸牛、日得三升乳。有一人乞乳、牛曰、我前身為奴、偸法食。今生以乳饋之、所給有限、不可分外得也。

宣験記につぎのようにいう。天竺に僧がいて、一頭の雌牛を飼い、日に三升の乳を得ていた。ある人が乳をもらおうとすると、牛が口をきいた、「私は前身は奴隷で、お供えの食べ物を盗んでしまいました。そのため転生して乳によって償っているのです。出す量には限りがありますので、それ以外には差し上げられません」と。

（『太平御覧』巻九〇〇・獣部・牛）

唐代以降に急増する畜類償債譚であるが、それはすでに六朝志怪において語られ始めていたのである。続く唐代、人から動物への変身譚は一層数を増し、人が変身する動物としては、虎・狼・牛・馬・驢・犬・羊・豚・蛇・鳥・魚などが見られる。こうして数え上げてみると、バラエティーに富んでいるようには見えるけれども、やはり動物から人への変身譚には及ばない。化虎譚のみは一つの話群としてまとまった数を持ち、内容も様々であるが、目につくのはやはり応報的な内容の話である。[20]それ以外の動物への変身譚を見ると、大半は独自に話群を形作るまでには到っておらず、これも応報思想に基づく話が圧倒的に多い。

神話の罰としての変身に始まり、仏教によって新たに大きく世界を広げた応報譚系の変身の物語は、このように唐代の変身譚においても主要な位置を占める。ただし、ここで注目しておきたいのは、この時代の変身譚の秀作が、応報思想に過度に浸食されていない点である。

たとえば、病に罹り人事不省となった役人の魂が鯉に変身する、著名な「薛偉」（『太平広記』巻四七一・水族部、出典は李復言『続玄怪録』）の話を思い出してみよう。鯉の姿になって自由に遊泳した後、主人公の薛偉は、餓えに駆られて針の餌を食べ、釣り上げられて役所の同僚たちの食膳に供されることになる。まな板の上で首を落とされたところで蘇生し、彼はこの不思議な体験を語る。話を聞いた同僚たちは、その後生涯にわたって魚を食べようとしなかった、というのがこの物語の結びである。つまり、背景には仏教の不殺生戒の思想が流れているのであるが、それが前面に押し出されて強調されることはない。また、主人公の変身の原因についても、説明は一切なされていない。しかし、それがかえってこの物語に神秘的なふくらみを持たせ、応報思想の色濃い変身譚からは一頭擢んでた作品となっている。鯉となり遊泳する展開に漂う変身の快楽と解放感は、通常の応報譚には窺うことのできない、この小説の優れた文学性を感じさせる。

化虎譚のなかで最もよく知られる「李徴」（『太平広記』巻四二七・虎部、出典は張読『宣室志』）についても、同様なことが指摘できる。旅先の呉楚の地で病に罹って発狂し、虎となった主人公李徴の変身は、その原因が仄めかされていないわけではない。たとえば、「徴性疎逸、恃才倨傲、不能屈跡卑僚、…（徴は性格が勝手気ままで、才能を恃んで倨傲で、身分の低い同僚に遅れをとることに我慢がならず、…）」という冒頭の叙述、あるいは「直以行負神祇、一日化爲異獣、有靦於人、…（ただ行いが神祇に背いたために、ある日突然、化して異獣となってしまい、人にあわせる顔もなく、…）」という虎となった李徴自身の言葉など。しかし、これは彼の変身の原因を明示するものとはいえず、読者はここからさらに想像を逞しくする以外にない。物語の主眼も、そうした因果応報の思想の強調に置かれるわけではなく、人生に落後し終には異類となった李徴の心境の告白、旧友袁傪との友情などを軸に展開されてゆく。[21]つまりこの作品も、応報思想の過度の束縛から逃れることによって、あるいは想像の翼を広げ、あるいは人物の内面心理へと向かう、小説としての自由な文学空間を獲得しているのである。[22]

怪異の素朴な記録ともいうべき、六朝志怪から出発した中国の古典小説は、唐代に至って飛躍的な発展を遂げた。「伝奇」と総称されるこの時代の作品群は、文章表現や物語りの構成に対する配慮、あるいはフィクションを楽しむ意識までを備え、近現代の「小説」の概念に近い水準にまで到達した。フィクションと娯楽性という点では、当時の士人たちが、不思議な物語りの創作を競い合って楽しんだことを示す資料も知られている。[23] 一例を挙げれば、『太平広記』巻四二九の化虎譚「張逢」（出典は李復言『続玄怪録』）には、次のような一節がある。

元和六年、旅次淮陽、舎公館。館吏宴客、坐有爲令者曰、巡若至、各言己之奇事、事不奇者罰。

元和六年（八一一）、旅をして淮陽（河南省）に泊まったとき、公館に宿をとった。公館の役人が宴を開いて客をもてなしてくれたが、その坐に酒令をする者がいて、「順番が回ったら、それぞれ自分の奇事を話し、それが奇でなければ罰杯にしましょう」と言った。

唐代の小説は、こうした酒席の座興としても語られていたのである。

このような娯楽的性格が文学にもたらす影響には、当然、功罪の両面があろう。しかし、こと応報思想との結びつきに限って言えば、唐代変身譚の場合、それはしばしばプラスに作用したと言わざるを得ない。確かに応報思想は、様々な物語を生み出す原動力であり、唐代においてもここから多くの作品が誕生した。しかしその過度の束縛は、物語を通俗化しステロタイプ化してしまう危険性をも、同時に孕んでいる。これに対して唐代伝奇の娯楽的性格と「奇」を求める作家精神は、一種の緩衝装置の役割を果たして、創作の自由な羽ばたきを助けたのである。

右に見た「薛偉」「李徴」の作品としての成功も、当時のそうした開放的で自由な文学情況と、決して無縁ではないであろう。そして何よりも、「板橋三娘子」という物語の成立自体が、その証しであるように思われる。術使いの三娘子自身が逆に驢馬にされてしまう一種の応報譚でありながら、応報譚に本来つきまとう暗さから解き放たれている点、また、道義性に縛られることなくストーリーの面白さを追うことができている点、いずれも唐代ならではの文学環境のもとに育まれた、大らかな文学精神によるものに外ならない。

続く宋代、変身譚は再び怪異の記録としての性格を強め、因果応報の道徳観への傾斜が顕著になる。[24] 魯迅『中国小説史略』が指摘するように（第一一、一二篇）、怪異譚愛好の風潮は、宋代においても盛んなものがあったが、作品は平板で精彩に欠けるのである。

明代に至ると、先の「薛偉」について言えば、「薛録事魚服証仙」と題する翻案が現われる（『醒世恒言』巻二六）。登場人物に豊かな肉付けを施したこの白話小説は、読者をその点では楽しませてくれる。しかし、ここでの魚への変身は、天界で罪を犯して謫された主人公が、再び昇仙するために受ける罰という設定になっており、罪障としてとらえられ、因果の道理で説き明かされた変身からは、謎めいた神秘性が消え去っている。つまり怪異譚として眺めた場合、原作の大きな魅力であった要素が、ここでは影を潜めてしまっているのである。[25]

一方の「李徴」の話にも、似た変遷が見られる。この小説は『太平広記』とは別に、明の陸楫『古今説海』や清の陳世熙『唐人説薈』などに、「人虎伝」と題して収められている。内容にも少なからぬ改変と増補があり、こちらの系列の話では、主人公が或る未亡人と私通した上、彼女の一家数名を焼き殺した犯行が加わり、変身の原因がかなり悪趣味な形で明かされることになっている。他に明末清初の古狂生『酔醒石』も、第六回「高才之生傲世失原形、義気之友念孤分半俸（高才の生　世に傲りて原形を失い、義気の友　孤を念いて半俸を分く）」で、「李徴」を白話化している。しかしこちらも、変身の原因を主人公の性格素行に求めて「恣肆狂放」を強調し過

ぎ、原作の人間像を破壊してしまっている。(26)

応報思想は、このように極めて容易に変身譚のなかに滑り込む。しかし、それはややもすれば変身譚から、物語としての魅力を削ぎ落としてしまう結果をもたらす。「薛偉」や「李徴」の改作翻案は、そのことを示す端的な例とも言えるのである。

宋代から明代にかけて停滞の様相を見せる、中国の変身譚が新たな発展を遂げるには、清初の『聊斎志異』を待たねばならない。しかし、そこに描かれる魅力ある物語も多くは動物から人への変身譚であり、人から動物への変身譚、しかも因果応報の旧套を脱した作品は、蒲松齢の才能を以てしても極めてわずかなものに限られる。(27)また、蒲松齢とは異なる教訓的立場から著された志怪の書、紀昀の『閲微草堂筆記』や、風流人袁枚の気儘な著述『子不語』にしても、人から動物への変身譚という観点からみれば、画期的な創造は不可能であった。

唐代以後の変身譚のこうした推移を見る時、「板橋三娘子」と肩を並べる、あるいはそれを凌駕する類話・翻案を、その後の中国古典小説から探し出すことは、なかなか難しそうな予感がする。第二節の作業では、三娘子の物語全体を引き継ぐ類話だけでなく、幻術・黒店・妖術使いの女など、個別の部分的な類話を求めての、細かい目配りも必要となってこよう。

人が異類に化す話は、明の徐応秋『玉芝堂談薈』、朱謀㙔『異林』などによればまだまだ拾い上げられる。(28)しかし、おおよその要点を押さえたところで、次の項に移ることにしたい。

（1）『十三州志』が載せる話は、次のようなものである。

望帝は鼈冷（鼈霊）に巫山を開鑿して治水工事をさせ、功績があった。望帝は自ら徳の薄さをさとり、禅譲して国政を鼈冷に委ね、冷は開明と名乗った。望帝は逃れ去り、化して子規となった。それで蜀の人はこの鳥の鳴き声を聞くと、「わしらの望帝さまだ」というのである。また次のようにも云う。望帝は鼈冷に治水をさせた間に、その妻を姦淫した。冷が還ると、帝は慙じて化して子規になった、と。

望帝がホトトギスに化した話は、さらに古くは後漢の揚雄『蜀王本紀』の一節（唐の劉知幾『史通』巻一八・雑説下に引かれる）、後漢の許慎『説文解字』四篇上の「巂」字の注などに見える。この話は広く語り継がれて様々なヴァリエーションを生み、望帝の変身についても、生前か死後かはっきりしない（『説文解字』は単に「化」したといい、『史通』が引く『蜀王本紀』は「魄」が化したとする）。あるいは、望帝が山中に隠れた時に杜鵑が鳴いたため、蜀人はその声で彼を思い出すとする、変身を伴わない合理化された話（『華陽国史』巻三など）も一方に見える。ただ、生前にしろ死後にしろ、古い資料にはいずれも鳥への変身が伴っており、原型は変身譚であったと考えられる。李剣国『唐前志怪小説史』（南開大学出版社、一九八四年）一八一―一八二頁、同氏『唐前志怪小説輯釈』（上海古籍出版社、一九八六年）八一―八九頁、任乃強『華陽国史校補図注』（上海古籍出版社、一九八七年）一一八―一二二頁などに詳しい。

（2）伯奇の話は『太平御覧』巻九二三・羽族部・伯労にも、曹植「貪禽悪鳥論」として引かれる。字句の異同も多いが、おおよそ次のような内容である。

むかし尹吉甫（周の宣王の賢臣）は後妻の讒言を信じ、孝子の伯奇を死に追いやってしまった。しかし、後に真実を知り、死んだ伯奇のことを傷んだ。あるとき田野に出かけ、不思議な鳥が桑の木に鳴いているのを目にした。その鳴き声は高く激しく、吉甫は心を動かされ、「もしや伯奇ではないか」と声をかけた。すると鳥は羽ばたき、鳴き声は哀切をきわめた。吉甫は「思った通り私の息子だった」と呟き、振り向いて言った、「伯奇よ、さぞ苦しんだことであろう。私の息子ならばこの輿に止まれ、そうでないなら飛び去ってそこにいるな」と。その言葉も終わらないうちに、鳥は鳴き声につれて輿の幌に止まった。そこで尹吉甫は鳥を連れ帰り、後妻を弓で射殺して詫びた。

伯奇の話については、黒田彰「伯奇贅語――孝子伝図と孝子伝」（説話と説話文学の会編『説話論集　第一二集　今昔物語集』清文堂出版、二〇〇三年／『孝子伝図の研究』汲古書院、二〇〇七年）の論考がある。同論文は日本・中国の関連資料を博捜網羅して詳密な考察を加えており、教示を受けるところが多い。

なお、すでに黒田論文に論及されているところであるが、伯奇の故事は日本の説話文学や昔話にも大きな影響を与えている。

鳥が訴える話としては、日本の昔話「継子の訴え——継子と鳥型」（稲田浩二『日本昔話通観・第二八巻　昔話タイプ・インデックス』のタイプ番号は二七四A）があり、比較研究の対象としても興味深い素材である。

（3）死後の鳥への変身としては、他に『太平広記』巻四六一・禽鳥部・雞に載り、琴曲の由来を伝える「衛女」がある。出典は後漢の揚雄『琴清英』とされ、次のような内容である。

　衛侯の娘は斉の皇太子のもとに嫁いだが、嫁入りの道中、太子の死の知らせが届いた。娘が乳母に相談すると、乳母は葬儀には参列すべきでしょうと答えた。葬儀が終わっても娘は帰ろうとせず、とうとうその地で亡くなった。乳母はこれを悔やみ、娘の愛用の琴を墓前で奏でた。すると二羽の雉が墓中より舞い上がり、たちまち見えなくなった。乳母が悲しみに堪えきれず作ったのが、雉朝飛操の曲であるという。

鳥を死者の霊魂と結びつける発想は、中国に限らず世界的に見られるもので、しかも起源は極めて古い。鳥への変身は、上古の神話的発想にまで遡る歴史を持つといえよう。

（4）彭生は斉の力士で、襄公の命を受けて魯の桓公を暗殺した。（実は襄公は、桓公に嫁いだ妹の魯夫人と近親相姦の関係にあり、事を知った桓公が邪魔になったのである。）しかし、魯の国民の非難を受け、襄公は彭生を殺して魯に謝罪する。八年後、狩にでかけた襄公の前にイノシシが現われ、それを見た従者は「あれは彭生です」という。怒った襄公はこれに矢を射かけるが、イノシシは人立して啼き、懼れた公は車から落ちて負傷する。そして公の負傷を聞いて決起した公孫無知らによって弑される。

（5）趙王如意は、呂后に最も憎まれた戚夫人の子。高祖は戚夫人とその子如意を寵愛し、皇太子（後の恵帝）を廃して如意を立てようとしたこともあった。これを根に持った呂后は高祖の死後、趙王を都に呼び恵帝の隙を窺って毒殺した。さらに戚夫人を捕らえ、手足を断ち、目を抉り耳を燻べ、薬で声を奪い「人彘」として厠に置く、残酷な仕打ちを加えた。後年、軹道を通りかかった時、黒い犬のような鬼物が彼女の腋にとりついたと見えるや、忽ちまた消えた。占ってみると、趙王如意が祟っているとのことであった。この後、呂后は腋の傷を病み、これがもとで亡くなる。

（6）他に『太平広記』巻四七三・昆虫部の「化蝉」には、晋の崔豹『古今注』を出典とする、斉王の后の話が見える。彼女は王を怨んで死に、化して蝉となって鳴いた。王は後悔し、蝉の鳴き声を聞いては悲嘆にくれたという。（現行本『古今注』には、この記事を欠く。）

なお、時代を下って『南史』巻一二・武徳郗皇后伝は、梁の武帝の郗皇后が、嫉妬深い性格から臨終の際、龍になって宮井に入ったという話を載せる。斉王の后の話とよく似ているが、『太平広記』巻四一八・龍部の「梁武后」には、宮井に身を投げ、死んで毒龍になったとあり（出典は『両京記』、著者の薛冥については不詳）、嫉妬深い性格がもたらした結果という応報譚の性格が強くなっている。

（7）怨念による変身からは、応報思想および変身観のいずれの面においても、プリミティヴな古代的相貌が感じ取られる。古代の変身物語が後世の合理的発想によって姿を変え、中国古来の応報思想や冥界観が仏教思想の大きな影響を被るなかで、それらは変身譚の表舞台から姿を消すことになったと考えられるのであるが、まだ論として展開できるところまで辿りつけていない。今後の課題としたい。

（8）アト・ド・フリース著、山下主一郎他訳『イメージ・シンボル事典』（大修館書店、一九八四年）、劉錫誠・王文宝主編『中国象徴辞典』（天津教育出版社、一九九一年）などを参照した。

（9）富永一登「『人虎伝』の系譜──六朝化虎譚から唐代伝奇小説へ」（『中国中世文学研究』一三号、一九七八年）は、これらの話と姨捨て伝説との関連を考える（六頁）。また山本節『神話の海』（大修館書店、一九八九年）は、覗き見によるタブーの侵犯の結果を示す例として、中国のこれらの話を挙げる（八七頁）。ほかに中鉢雅量『中国の祭祀と文学』（東洋学叢書、創文社、一九八九年）第四章「動物神崇拝」は、宋士宗の母の話を取り上げて、「心理的に動物になり切る」憑依体験の表象と見る（一〇七─一〇九頁、同論文の初出誌は『東方学』六二、一九八一年）。しかし、いずれも十分な説得力を有するとは言えず、賛成できない。むしろ、水葬と再生の物語の変容と見るべきではないだろうか。

前漢の揚雄『蜀王本紀』には、鼈令（後に蜀の王位を譲られ開明帝となった人物、鼈霊とも記す）が死んだ後、その屍体が揚子江を遡って成都で蘇生し、蜀王杜宇の宰相となった伝説を載せる。この話には、亀への変身は語られていないが、その名の「鼈」字を考え合わせるならば、興味深い資料であろう。

（10）『太平広記』の同巻には、これらの話に続いて鯉への変身三話が収められている。うち一話は、後に「魚服記」のタイトルで著名となり、日本に渡って上田秋成「夢応の鯉魚」の翻案を生む、変身譚の代表作「薛偉」である。しかし、ここでは残る二話「江州人」「独角」について、一言触れておきたい。話の内容は、百余歳（「江州人」）、数百歳（「独角」）の老人が、ともに鯉に変身して水中に姿を消したが、その後しばしば人の姿で家に帰って子孫と讌飲した、というものである。

百余歳といい数百歳といい、いずれも人の寿命の限界を越える年齢での鯉への変身である。しかも、彼らは子孫の待つ家に人の姿で戻っている。水の異界からの帰還と聞いて思い出されるのは、『列仙伝』巻上の琴高の故事であろう。彼は赤鯉に乗って水中から戻り、一月余り滞在して再び水中に去った。とすれば、この二篇の話は、形の上では動物への変身でありながら、内実は昇仙譚と異なるところがない。鯉あるいは鶴のような、長寿でしかも仙人の乗物ともなる動物に限られるけれども、人から動物への変身譚のなかには、こうした複合的な性格を持つ話も見られるのである。（鶴の話としては、『捜神記』巻一四に見える、蘭巌山に数百年隠棲した夫婦が二羽の鶴に化したという伝説など。）

この二話は、おそらく「黄氏母」や「宣騫母」のようなタイプの古い伝承に、神仙的な発想が加わったものであろう。あるいは神仙思想そのものが、こうした変身による異界との交往に一つの起源を持つのかも知れない。

(11) 字句の異同や増補はあるが、内容は『太平広記』と変わらない。なお、唐の道世『法苑珠林』は、一二〇巻本の巻四三（一〇〇巻本では巻三二）・変化篇に出典を『捜神記』として三話を引く。

(12) 干宝と『捜神記』に関する以上の記述は、前掲の小南氏の「干宝『捜神記』の編纂」から教示を得たところが多い。

(13) なお二話は、唐初に房玄齢・李延寿らによって編纂された、『晋書』の巻二九・五行志・人痾の項にも収められており、ほぼ同内容である。

(14) 『異苑』のテキストは、范寧点校の古小説叢刊本（中華書局、一九九六年）によった。

(15) 『太平広記』巻二九一・神部には、出典を『南越志』として収録し（「観亭江神」）、字句に異同が見られる。

(16) 神の怒りに触れて変身させられる話としては、他に『後漢書』巻四一・第五倫伝に見える会稽の「淫祀」の話がある。そこに祭られる神には牛を捧げる慣わしで、牛肉を自分が食べて祠に薦めない者は、病に罹り牛の鳴き声を発して死ぬと信じられていた。神罰による変身という信仰が、中国南地の土俗のなかに古くから存在していたことを示していて貴重である。

(17) 『太平広記』巻四四二・畜獣部に、出典を『異苑』として収録する（「黄秀」）が、文章は簡略化されている。

(18) 『太平広記』巻四四三・畜獣部に、出典を『異苑』として収録する（「彭世」）。文章は簡略化され、冒頭は「鄱陽樂安彭世、晋咸康中、以射獵爲業」で始まって、「彭世」を姓名としている。

殺生の報いで神罰を受け、動物に変身する話としては、他にも斉の祖沖之『述異記』の「伍考之」がある。『太平御覧』巻九一〇・獣部・猴に引かれており、大社の樹上にいた猿（この猿は懐妊していた）を殺したところ、夢に神が現われて罪を責め、これがもとで発狂し虎に変身して行方不明になったというもの。『太平広記』巻一三一・応報部・殺生にも「伍考之」として載るが、文章は簡略化されている。

(19) 中国固有の思想のなかにも、古く応報の観念はあった。古代の「天」の思想がそうであるし、また『易』坤卦の文言にも、「積善之家必有餘慶、積不善之家必有餘殃（善行を積む家には必ず余慶があり、不善を積む家には必ず余殃がある）」の句が見える。薛恵琪『六朝仏教志怪小説研究』（文津出版社、一九九五年）の第三章第三節「因果報応与依業輪廻」に論及がある（五一―五四頁）。ただ、こうした中国古代の応報思想が、個人ではなく家を中心に考えられている点には、留意しておくべきであろう。

(20) 富永一登氏は、前掲（注9）の「『人虎伝』の系譜――六朝化虎譚から唐代伝奇小説へ」において、『太平広記』巻四二六―四三三・虎部から、唐代の化虎譚十六話を抜き出して分析を加えているが、そのうちの七話が罰による変身である。多様な化虎譚の話群においても、やはり応報的な内容のものが多い。

(21) 富永論文「『人虎伝』の系譜」に分析があり、これを参照した。

(22) 中国の変身譚に関する論文には、戸倉英美「変身譚の変容　―六朝志怪から『聊斎志異』まで―」（『東洋文化』七一、一九九〇年）がある。唐代の変身譚に関しても、「薛偉」や「李徴」などの作品が取り上げられており、拙論の唐代の部分は、ここから教示を受けたところが大きい。

(23) 前野直彬『中国小説史考』（秋山書店、一九七五年）の第Ⅱ部・第三章「唐代の伝奇」、富永一登「唐代小説の創作意図――『杜子春』を中心として」（松本肇・川合康三編『中唐文学の視角』創文社、一九九八年）などに、幾つかの資料を引いての論考がある。

(24) こうした傾向は、洪邁の『夷堅志』などから動物への変身譚を集めてみると、顕著に窺うことができる。

(25) この点については、前掲の戸倉氏の「変身譚の変容――六朝志怪から『聊斎志異』まで」を参考にした（二五三―二五五頁）。

(26) 「李徴」の物語の変遷については、戸倉論文のほか、近藤春雄『唐代小説の研究』（笠間書院、一九七八年）第三章・第五節・丙の「人虎伝」、増子和男「唐代伝奇に見える変身譚――『人虎伝』を中心として」（佐藤泰正編『文学における変身』笠間選書、笠間書院、一九九二年）などを参照した。また『酔醒石』は、中国古典小説研究資料叢書本（上海古籍出版社、一九八五年）によった。

（27）宋明から清代に至る変身譚の流れ、『聊斎志異』の変身譚の特徴についても、戸倉氏の「変身譚の変容」を参照した。

（28）『玉芝堂談薈』巻一一「人化異物」、『異林』巻五「変化」には、古今の人化異類変身譚を多数列挙する。（『玉芝堂談薈』は四庫全書および筆記小説大観、『異林』は四庫全書存目叢書に所収。）また明の方以智『物理小識』は、巻頭の総論中の「神鬼変化総論」で動物から人・人から動物への変化とその原因について、多くの例を挙げ細分して論じており、後世の変身観の展開を知るには格好の資料である。

4　変身術――化虎譚の場合

人から動物への変身譚の流れを概観したところで、あらためてこのジャンルを代表する話群、化虎譚に言及しておきたい[1]。化虎譚の様々な変身からは、前項までの資料とはまた異なる、興味深い内容の話を拾い上げることができるのである。たとえば変身をもたらす原因について注目してみても、すでに指摘した神罰による変身・罪業による変身の他に、「轉病」に罹って虎となる話[2]、虎の絵を好んで描き終には虎に変身する話[3]、牧童を嘗め殺した牛の肉を食べて虎となる話[4]などがある。また、凶暴な心性が虎への変身を招くという考えも見られる[5]。殊に心性の動物への接近が変身を招くという発想は、時代を下るに従って有力な変身観となっており、注目される点である[6]。

ただ本節では、それら変身の原因についての検討は一先ず措き、虎への変身術に焦点を絞ることにする。「板橋三娘子」の考察と関わる事象は、むしろこの変身術の方に含まれるからである。

「術」という観点から化虎譚を見た場合、そこにはどのような変身法が繰り広げられているのであろうか。これもやはり神話・仙話と人間界の話に分けた上で、他者を変身させる法と自ら変身する法のそれぞれについて眺めてゆくことにしよう。

中国古代の神々もまた、変身の超能力を有していたと考えられるが、虎への変身は、現存する資料には見当らない。[7]仙人・道士の場合は、すでに触れた欒巴の話がある。『神仙伝』巻五によれば、彼は郡の太守に道術の不思議を披露するため、虎に変身してみせたという。その記事には、「即平坐、却入壁中去、冉冉如雲氣之狀、須臾、失巴所在、壁外人見化成一虎、……（〔欒巴は〕すわったまま後退りして壁の中に入ってゆき、しだいに雲気のような状態になったかと思うと、まもなく所在が分からなくなった。壁の外の人が見ると、一頭の虎に変じており、……）[8]」とあり、壁抜けの術と一体化している。おそらく自在な変化だったのであろう。また、『太平広記』巻四三三・虎部の「王瑤」（出典は唐の薛用弱『集異記』）は、謎の人物石生が、しつこく絀る王瑤を追い返すために、白虎となって彼を威している。ただ、これも「石生忽以拄杖畫地、遂爲巨壑。而身亦騰爲白虎、哮吼顧瞻（石生が突然杖で地面を区切ると、大きな谷となった。そして自分も身を躍らせて白い虎となり、咆哮して振り向いた）」とあるのみで、変身はいとも簡単におこなわれている。すでに述べたように、高度な方術においては、変身のための小道具や薬物は不要だったのである。

では、他者を虎に変身させる術はどうであろうか。

古代神話からは、他者を虎に変える術は拾い出せない。六朝志怪になると、前項に挙げた『異苑』の、廟神が不敬の者を虎に化す話がある。二話のうち「桓闡」には、斑の毛皮を着せて虎にするという件りがあり、変身の方法として興味深い。同じ『異苑』の巻八に載る次の話からも、それを窺うことができる。

晉太康中、滎陽鄭襲爲廣陵太守、門下騶、忽如狂、奄失其所在。經日尋得、裸身呼吟、膚血淋漓。問其故云、社公令其作虎、以斑皮衣之。辭以執鞭之士、不堪虓躍。神怒、還使剥皮、皮已著肉、瘡毀慘痛、旬日乃差。

晋の太康のころ、滎陽（河南省）の鄭襲が広陵郡（江蘇省）の太守をしていたとき、使用人の馬飼いが、急に発狂したようになり、突然行方が分からなくなってしまった。何日かたって捜し当てたが、彼は裸で呻いていて、皮膚からは血がしたたり落ちていた。わけを尋ねると、次のように言った――土地神が御者に虎になれと命じ、斑の皮を着せた。鞭を手にする職業の者では、とても猛々しい虎にはなれないと断ると、神は腹を立て、皮をまた剥ぎ取らせた。しかし、皮はもう肉に着いていたので、肌は傷つき破れて酷い痛みだった、と。それから十日ほどして、やっと治った。

神が人に下す虎皮による変身については、同じ発想を唐代にも幾つか見出すことができる。その一つに、『太平広記』巻一〇二・報応部の「蒯武安」（出典は唐の盧求『報応記』、『金剛経報応記』ともいう）がある。これは虎退治を仕事としてきた主人公が、殺生の罪業で虎に変身させられ、『金剛経』を唱える僧の法力で人身に復して出家するという話で、変身の場面は次のように描かれている。

會嵩山南爲暴甚、往射之。漸至深山、忽有異物如野人、手開大蟲皮、冐武安身上、因推落澗下。及起、已爲大蟲矣。

たまたま嵩山の南で虎が暴威をふるっているというので、出かけてこれを射止めることにした。しだいに山奥に入ってゆくと、不意に野人のような異形の者が現われ、虎の皮を手に広げて、武安の体に覆いかぶせ、谷底に突き落とした。起き上がってみると、もう虎になっていた。

武安に虎皮を被せた正体不明の者は、神の使いと思われる。なお、主人公が人間に戻る箇所も興味深いものがあるので、続けて挙げておこう。

惶怖震駭、莫知所爲。忽聞鐘聲、知是僧居、往求救、果見一僧念金剛經、即閉目俯伏。其僧以手摩頭、忽爆作巨聲、頭已破矣。武安乃從中出、即具述前事。又撫其背、隨手而開、既出、全身衣服盡在。……

恐怖と驚愕のあまり、なすすべもなかったが、ふと鐘の音を耳にして寺があることを知り、行って救いを求めることにした。思ったとおり一人の僧がいて金剛経を誦していたので、目を閉じてそこにひれ伏した。するとその僧は手で虎の頭を撫で、突然大声を発した。気づくと頭の皮が破れていた。武安はそこで中から顔を出し、仔細に経緯を述べた。僧がさらに背中を撫でてくれると、手の動きにつれて皮が開き、出てみると、衣服は上から下までそっくりもとのままであった。……

武安を救い出した僧侶の術は、口に手をかけ真っ二つといった手荒なものではないが、三娘子を助けた老人の術とよく似ている。また主人公の武安は、実は隋の人という設定になっており、これを信じるとすれば話自体はかなり古いことになる。ただ『報応記』の成書は、李剣国『唐五代志怪伝奇叙録』によれば大中九―一一年（八五五―八五七）頃と推定され（下冊七五三―七五四頁）、開成一、二年（八三六、七）に成立の『河東記』よりやや遅れる。結局のところ、文献的にも扱いに微妙な箇所が残り、「板橋三娘子」との直接的な影響関係までは考えない方が無難であろう。しかし、同じ発想による還身術の同時代資料としては、注目すべき価値を持つ。獣皮の着脱による変身は、中国の人々が考える極めて一般的な発想だったのである。

もっとも、神が駆使する化虎の術は、毛皮によるものばかりとは限らない。たとえば、『太平広記』巻二九六・神部に、出典を『述異記』として収める、「黄苗」を見てみよう。（『述異記』には、斉の祖冲之撰および梁の任昉撰の二書があるが、この『述異記』は前者）。これは、廟神に願いをかなえてもらいながら謝礼を怠り、虎となって三十人を食い殺す罰を受けるという話で、主人公の黄苗が虎に変身させられる場面は、次のようになっている。

遣吏送苗窮山林中、鏁腰繋樹、日以生肉食之。苗忽忽憂思、但覺寒熱身瘡、擧體生斑毛。經一旬、毛蔽身、爪牙生、性欲搏噬。……

［廟神は］下役人に黄苗を奥深い山の林の中に連れて行かせ、腰をしばって樹に繋ぎ、毎日生肉を彼に食べさせた。苗は失意と憂悶のなかで、ただ悪寒発熱と体の痛みを感じるうちに、全身にまだらの毛が生えはじめた。そして十日もすると、毛は体を覆いつくし、爪や牙も生え、獲物を襲って食らいつきたい気持になった。……

十日にわたって生肉を食べさせ、時間をかけて虎にしてゆく方法には、妙にリアリティーがある。この後、黄苗は五年かけて命じられた三十人を食べ、許されて人間に戻るのであるが、その還身の方法は、「乃以鹽飯飲之、體毛稍落、鬚髪悉出、爪牙墮、生新者。經十五日、還如人形、意慮復常（そこで塩をかけた飯を彼に食べさせると、体毛が次第に抜けて、ひげや髪が生え、爪や牙も落ちて、新しいものにかわった。十五日ほどたつと人間の形にもどり、意識も常態に回復した）」と、これもリアルな発想に基づいている。食物による変身ではあるが、『オデュッセイア』のキルケや『アラビアン・ナイト』のラープの魔術ような、不思議な製法によるものでも、激甚な即効力を有するものでもない。獣皮の着脱による変身もそうであるが、中国においては、物語中の変身術であっても、奇抜な着想より、むしろリアルな発想が求められたのである。

なお、仙人・道士の方術には、前項で指摘したように人を動物に変える術も含まれる。しかし、この類の話は数が極めて少なく、虎に変えたという話は、少なくとも唐代以前には見当たらない。

神話・仙話の資料をひとあたり検討し終えたところで、次に人間界に目を向けてみることにしよう。

人が虎に変身する話は、すでに見たように神罰や罪業、あるいは変身を伴う疾病による、いわば受け身のかたちでの変身が中心となる。しかし、六朝志怪から拾い出される次のような資料は、それとは別の変身術の存在を示してくれる。

江陵有猛人〔當作「江漢有貙人」〕、能化爲虎。俗又曰虎化爲人、好著紫葛人〔當作「紫葛衣」〕、足無踵。……

揚子江・漢水流域には貙（ちゅ）人がいて、変身して虎になることができる。俗に次のようにも言う、「虎が人に変身すると、好んで紫葛衣（紫のクズの布でつくった衣服）を着、足には踵（かかと）がない」と。……

（晋・張華『博物誌』巻二）(9)

江漢之域、有貙人。其先、稟君之苗裔也。能化爲虎。…（中略）…或云、貙虎化爲人、好著紫葛衣［一無「紫」字］、其足無踵。虎有五指者、皆是貙。

揚子江と漢水の流域には貙人（ちゅ）がいる。その先祖は、稟君（西南の異民族の長）の末裔であるが、虎に変身することができる。…（中略）…あるいはこうも言う、「貙虎（大型のトラ）は人に変身し、好んで紫葛衣（あるいは葛衣）を着、足には踵がない。また虎で五本の指をもつ者は、すべて貙である」と。

（晋・干宝『捜神記』巻一二）

尋陽縣北山中蠻人有術、能使人化作虎、毛色爪身［一作「牙」］、悉如眞虎。……

尋陽県（湖北省）の北の山中の蛮人には術があって、人を虎に変身させることができ、毛並みも爪のある身体（あるいは爪や牙）も、すべて本当の虎そっくりであった。……

（晋・陶潜『捜神後記』巻二）[10]

最後の『捜神後記』の記事は、引用箇所のみからすれば、他者を虎に変える術と読み取れる。しかし、実はこれに続いて紹介される話は、この土地の住人である周畛の使用人が、蛮人から伝授されたその変身術を心得ており、妻と妹の前で自ら虎に変身して見せたという内容になっている。とすれば、これも『博物誌』『捜神記』と同様な、自身が虎に変身する術ということになろう。（無論、それが外に向けて使用されれば、他者を変身させる術になるのであるが。）要するに、人から虎への変身術においても、中国の場合、自らの変身が中心となっているのである。また、虎も人に変身すると信じられており、人獣いずれが本来の姿か判然としない場合が生ずるのも、化虎譚の特徴といいえる。

ところで、右の資料を通覧して気づくのは、この変身がすべて南方の異民族と関わっている点である。これも中国における虎への変身術を考える際、忘れられてはならない事柄であろう。生活習慣を全く異にし、呪術的世界に閉ざされて生きる異民族は、中華の人々にとって蔑視と同時に恐怖の対象でもあった。彼らが使うとされる変身術と、それにまつわる様々な怪異譚は、そうした蔑視と恐怖が織り成した産物と言えるが[11]、その来源は古くしかも根深い。たとえば漢の王充『論衡』巻一六・遭虎篇には、「四夷之外、大人食小人。虎之與蠻夷、氣性一也（四方の未開の地では、大人が小人を食う。虎と蛮族とは、気性が同じなのだ）」の一文がすでに見え、こうした異民族観の源を示している[12]。そしてそれは後世、明清に至るまで長く信じられ続け、南方あるいは西南方異民族をめぐる、数多の奇怪な変身譚を生み出したのである。ただ、それら近世の資料に移る前に、六朝・唐代の虎への変身術を、もう少し見ておかねばなるまい。

人が使う虎への変身術については、先に挙げた『捜神後記』の話に見える一節が、具体的な記述としては最も古い。それによると、使用人の術に感づいた周眕が彼を酔い潰して調べると、身体には異常はなかったが、「唯於髻髪中得一紙、畫作大虎、虎邊有符（ただ、もとどりの中から、大きな虎を描き傍に呪文を記した一枚の紙切れが出てきた）」という。つまり、この話では呪符が変身の際に用いられており、道家の方術の影響も考えられる。ただ、こうした呪符による虎への変身は意外に少ない[13]。

六朝・唐代の化虎譚で一般的なのは、先に見た虎皮の着脱による変身術である。『太平広記』のなかには、虎部を中心とした十数話にこれが登場する。しかし、人が自己の意志で用いる変身術かどうかというと、実はそうでないもの、あるいは微妙なものがほとんどである。

たとえば、巻四二六の「峡口道士」（出典は『解頤録』とあり、『隋書』経籍志に見える楊松玢『解頤』のことか）は、虎皮によって変身する道士が登場するけれども、彼は上帝に罪を受けて千人を食い殺すために術を使っており、先の神罰による変身に属する。巻四二七の「費忠」（出典は唐の戴孚『広異記』）に登場し、虎皮で変身して主人公を襲おうとする老人も、同じく天罰によって命を受け、暦に記された名前にしたがってその人を食い殺さねばならない。あるいは、虎に食われて死んだ者がなる「倀鬼」（この鬼は、虎の命ずるままに動かねばならない）が、人を襲って虎皮をかぶせるという、巻四三一の「荊州人」（出典は『広異記』）のような話もあるが、これも自らの意志にもとづいて行う変身術ではない。

女性の虎への変身に目を転じてみると、前章第一節で紹介した巻四二九の「申屠澄」の妻は、もともと人なのか虎なのか判然としない。ただ、これとよく似た話の巻四二七「天宝選人」（出典は唐の皇甫氏『原化記』）の場合は、妻が夫の隠した虎皮を奪い返して変身しようとする際、「某本非人類（私はもともと人の類ではありません）」と言っており、ここからすると虎だったと考えられる。巻四三三の「崔韜」（出典は唐の薛用弱『集異記』）の女性は、獣皮を被って虎となった後、夫と子供を食い殺して立ち去っており、やはりもとは虎だったようである。となると、これらの話は虎となる変身術というよりは、本来の姿に戻る「復身」術というべきであろう。

こうしてみると虎皮による変身術も、神罰や宿命、異民族の妖術、あるいは虎の変化（へんげ）と、内容的にはこれまでに見た幾つかの話群の中に納まる。人間の心に潜む、変身願望（たとえば『メタモルフォーセーズ』のルキオスの場合のような）を叶える手段としての、術者の意志にもとづく変身は、ここにも窺われないのである。[14]

なお、虎皮の着脱とは別に、これと逆のかたちで対応するものとして、衣服の着脱による変身がある。たとえば、『太平広記』巻四二九の「張逢」（出典は唐の李復言『続玄怪録』）は、衣服を脱いで草原に身を投じて虎になり、脱いだ衣服を着て人間に戻る。巻四二六の「袁雙」（出典は唐の闕名『五行記』）、巻四二九の「王用」（出典は唐の段成式『酉陽雑俎』）、巻四三〇の「譙本」（出典は北宋の耿煥『野人閑話』）なども、衣服を脱いで虎となっている。起源的には虎皮の変身の方が古く、そこから衣服による変身が派生したものであろう。（変身願望の実現のための術は、やはり見られない。）

次に、先程あと回しにした近世の資料を検討してみよう。

澤田瑞穂「メタモルフォーシスと変鬼譚」（『中国の民間信仰』工作舎、一九八二年、初出誌は『昔話――研究と資料』第二号、一九七三年）は、そうした蛮夷の変身術に関する中国の伝承を、宋明清の文献を中心に博捜した論文であり、多くの資料を提供してくれる。それによると、彼ら異民族の動物への変身も、実に様々な内容を持つことが分かる（三七九―三九二頁、四〇一―四〇四頁）。変身はこの場合も、やはり自ら動物になることが多く、虎に限らず、牛・豚・犬・羊あるいは馬や驢馬などにもなる。また、術については言及せず、老齢になるとその能力が備わるとする説[15]、あるいは、いわゆる「憑きもの筋」の家系が変身するという記事なども多い[16]。変わったところでは、墓を壊して外に出た死者が、山に入って虎（あるいは熊）になるという、「変婆」の伝承がある[17]。

これらの記事は、小説というよりも、事実と信じられた異民族の習俗や伝承の記録である。したがって澤田氏も指摘されるように、ヨーロッパの変身譚の空想性幻想性はなく、極めて現実的な色合いが強い[18]。そのなかから、変身術を具体的に示した数少ない資料を覗いてみよう。たとえば、明の王士性『広志繹』巻五・西南諸省には、次のような一節がある[19]。

楚雄迤南□夷名真羅武。人死則裹以麞、鹿、犀、兕、虎、豹之皮、擡之深山棄之。久之隨所裹之皮化爲其獸而去。

楚雄（雲南省）より南の異民族に真羅武というものがいる。人が死ぬとノロ・鹿・犀・水牛・虎・豹などの皮で遺体を裹み、深山に担いで行ってこれを捨てる。時がたつと裹んだところの皮に従い、その獣になって立ち去るのである。

ここに記されているのは、変身術というよりも、むしろ死者の転生の儀式というべきであろう。井本英一「獣皮を被る人」（『習俗の始原をたずねて』法政大学出版局、一九九二年、初出誌は『大阪外国語大学学報』七七、一九八九年）によれば、古来西アジアの各地には死体を獣皮で包む葬法があり、現代にまで伝えられているという（二一九、二二二頁）。またそれは、エリアーデの『聖と俗』等を引きつつ指摘されるように、ユーラシア大陸に広く伝わる獣皮を被る儀式の、二つの象徴的な意味を兼ねていたと考えられる。すなわち、トーテムである獣そのものに転生すること、および胎膜を象徴する獣皮に包まれ、胎児として再生すること（二二八頁）。

このように見るならば、右の記事は清代の辺域の化虎譚というよりも、むしろ化虎譚および獣皮による変身の一つの始原を覗かせてくれる、貴重な資料というべきかも知れない(20)。

また、清の兪樾『右台仙館筆記』巻九には、四川の茂州の女性たちの変身が記されている。この僻地に住む婦女の美貌の者には、「毒藥鬼」と名づけられた異疾があり、立春と立秋の二季、月経になると発病するという。症状は、腹が脹れ皮膚が腫れ、口や目や爪先から黄水が流れ出、夜になるとさらに苦しむ。この苦しみの中で彼女は獣に変身するのであるが、その変身法は、次のようなものである。（上海古籍出版社の明清筆記叢書本による。）

其人身畔密藏小竹筒、雖其父母其夫不使知也。筒中儲各獣之毛、犬豕牛馬驢騾皆備。暗中拈得一毛、其毛爲何物、魂即化是物、出至曠野、迷罔行人。……

その女は身辺に小さな竹筒を隠し持っていて、父母にも夫にも見せない。筒の中には色々な獣の毛を蓄えていて、犬・豚・牛・馬・ロバ・ラバなど皆そろっている。暗闇のなかで一筋の毛をつまみ取ると、毛の種類によって魂はその獣に化し、郊野に出て旅人を惑わす。……

虎についての記載はないが、諸動物への変身である点から注目しておきたい。ここでは獣毛が、肉体ではなく霊魂を変化させる。変身術は一段と現実的な、合理的解釈にもとづくかたちを取っているといえよう。旅人を惑わすならばもとの美女のままで十分で、わざわざ獣に変身する必要はないようにも思うが、その辺の事情についてはよく分からない。ただ、ここに漂う魔女的なイメージは、記憶に留めておきたい。次節において中国古典小説中の妖術使いの女性を考える際、蠱毒を使う南方異民族の女性とともに、あらためて論じ直すことになろう。

右の二つの記事は、厳密に言えば、「李徴」などの化虎譚とは一線を画す必要がある。しかしここには、虎（および諸動物）への変身という話柄をめぐって中国で書き残された小説筆記の内容が、どのような変遷をたどったかが、如実に示されている。異民族の習俗に重ね合わされた虎への変身とその術は、フィクションとは逆の現実的な方向へと、強く引き戻されているのである。

中国の化虎譚とそこに見える変身術については、以上で要点を押さえることができたと考える。ただ、一つ気になるのは、ヨーロッパにおける同様な変身、つまり人が狼となる「人狼（wer-wolf）」の伝説である。人狼伝説研究の膨大な蓄積に分け入る力量はないけれども、幸いなことに池上俊一『狼男伝説』（朝日選書、朝日新聞社、一九九二年）、篠田知和基『人狼変身譚――西欧の民話と文学から』（大修館書店、一九九四年）の両著がある。あるいは人狼研究の古典とされるセイバン・ベアリング・グールドの著作も、『人狼伝説　変身と人食いの迷信について』と題して近年邦訳されている（ウェルズ恵子・清水千香子訳、人文書院、二〇〇九年）。その所説を借りて、最後に簡単に「人狼」と「人虎」を比較しておくことにしたい[21]。

篠田氏の概念規定によれば、「人狼」とは、「獣になったきりではなく、獣と人間の状態のあいだを行ったりきたりするもの」が、獣の種類を限定せずに広くこう呼ばれるという（「はじめに」一頁）。したがって、神の罰による変身は「人狼」ではない。ただし、その獣が自分の意志で人間の姿に戻る、あるいは自分の意志でなくとも変身が周期的、反復的な場合は「人狼」に属する。つまり「人狼」は、基本的には自らの意志で獣になったり人に戻ったりするのである。もっとも、池上氏によれば一二、一三世紀の狼男（人狼）は、悲劇的な運命の犠牲者で、「かれらは、自らの意志となんらかかわりのない変身を、ただただ受動的に、しかし必然的にこうむってきた」という（四四頁）。そして、驚異や超自然の力の悪魔化が頂点に達し、魔女狩りが始まる一五世紀、狼男は魔法の犠牲者ではなく、悪魔と契約を結んで変身の能力を獲得した者と考えられるようになる（六七―六九頁）。

これに対し、中国の虎への変身譚は、自らの意志に関わりのない受け身の変身に終始している。悪魔が存在しない中国では、これに魂を売ることはなく、意志による変身があるとすれば、それは異民族の邪術に限られる。そして、神罰や罪業あるいは疾病などによるこの変身の場合、もとの人間の姿に戻ることは難しい。中国の化虎譚の場合、ヨーロッパの「人狼」に対応する「人虎」の概念は内部には成立せず、西南方異民族という外部においてのみ、風聞として存在する。同様な動物への変身でも、両者の間にはこのような違いが見られるのである。

また、篠田氏によると、人狼の起源も遠く古代に遡る。ギリシアのヘロドトスの『歴史』や、ローマのプリニウスの『博物誌』にも記事が載る狼への変身は、エリアーデが指摘するように始祖神あるいは至高神としての狼神の信仰、宗教儀礼や軍事的イニシエーションにおける変装や模倣（獣皮や幻覚剤の使用が考えられる）などに源を求められる（一四―一六頁）。ベアリング・グールドは、他に北欧の古代文学「サガ」などからも同様な例を引く（二一―二五、四〇―四一頁）。しかし、古代秩序がキリスト教文化の前に後退してゆくなかで、狼神は悪魔になる。『聖書』のなかに現われる狼の、災厄や悪の象徴としての役割は、悪魔の獣としての決定的なイメージをこの動物に植えつけた。遊牧民に限らず、農民にも家畜の敵として恐れられた狼は、こうしてキリスト教の下で最も邪悪な動物ということになった。そして、かつては狼神に仕える司祭であり、聖戦の戦士でもあった人狼は、呪われた悪魔の獣になりかわったのである（篠田六―一七頁）。

中国の化虎譚も、その起源にまで遡るならば、こうした始祖神信仰（トーテミズム）や宗教儀礼との関わりを想定すべきであろう。ただヨーロッパの狼の場合とは異なり、中国の虎は、その後も聖性を喪失することがなかった。中国の虎は、義獣としての側面を一方に持ち、神の使者としての役割も果たす。唯一絶対の神を持たず（したがって「悪魔」の概念もなく）、善悪が厳しく対立する精神風土とは異質の中国においては、善と悪の両イメージを併存させる動物の存在は、たとえば狐や鼠など、決して珍しいものではない。

次に、変身術という点ではどうであろうか、ここにも共通点と差異が見られる。

池上氏は一二、一三世紀の狼男について、変身に不可欠な基本条件を脱衣と裸体にあるとし、副次的条件として狼の毛皮をあげる。（両者はしばしば併用される。）そして、この衣服と獣皮には、文化と野生の記号的な意味が込められているとする（二九頁）。その後、人狼の変身は様々なヴァリエーションを生む。衣服を脱いで軟膏を塗るもの（一六世紀、ピエール・ビュルゴとミシェル・ヴェルダン）、皮のベルトの着脱によるもの（一六世紀、魔術師シュトウッベ・ベーター）、等々。満月の夜ごとに荒れ狂って窓から飛び出し、泉の水で変身する狼男の馴染みのイメージは、近代の民間伝承のなかで創り上げられたものという。（一四、七六―七九頁）

中国の場合も、虎への変身に獣皮と衣服が登場する。しかし先に述べたように、起源として古く基本的なのは虎皮の方であり、以後もこの方法が受け継がれる。（そこから派生したと考えられる衣服の着脱には、虎皮の併用は見られない。）この衣服重視と虎皮重視の相違には、変身の能動・受動の性格が深く関わっていよう。自らの意志によって変身するヨーロッパの人狼は、衣服（文明）をかなぐり捨てて野生を露わにするのであり、罰によって変身する中国の場合は、虎皮（野生）に包まれて文明から拉致されるのである。[26]化虎譚に限らず発見が困難な軟膏の塗布は、やはりヨーロッパ的発想で、中国には馴染まなかったようである。[27]

なお、人から動物への変身は、変化の自然観を持つ中国の人々の間では、特異ではあっても起こり得る現象であった。しかしヨーロッパの場合、民間の俗信とは別に、キリスト教会の公式見解は、一貫して変身を否定し続けた。すべての存在は神のみが創造しうる、というのがその思想的根拠であり、したがって動物への変身は、たとえその現象が起こったとしても、悪魔や悪霊が人を騙す見せかけの幻影にすぎないとされた。五世紀のアウグスティヌスの『神の国』（第一八巻、第一八章）から、一七世紀末のE・ド・ヴィルの「妖術論」にいたるまで、[28]この見解は変わっていない（池上四五―四六頁、篠田七、一二〇頁）。

教会によって公式には否定されながら、動物への変身の伝説・物語を数多く生みだしていったヨーロッパと、変身を認めながら、物語としての十分な発展・開花を遂げることのなかった中国。人から動物への変身観をめぐっても、東と西はこのように対照的な、興味深い構図を浮かび上がらせる。

この構図を「人狼」と「人虎」の対比に持ち込んでみよう。仮にこれを、徹底して否定すべき当の対象を「魔」として内に抱え込んでしまったヨーロッパと、その存在を否定することなく認めながら、遠く周縁へと押しやり排除していった中国[29]という形に読み替えてみるならば、前者の「魔」の恐怖と誘惑が引き起こす幻想のエネルギーは、後者の比ではない。無論、中国の人々にも、内に抱える化虎の恐怖はあった。しかし、キリスト教に背き、悪魔と契約することによってヨーロッパの人狼が獲得した、闇の世界での禍々しい跳梁の自由は、中国の「人虎」にはない。「人虎」はすでに見たように、悪行の報いという因果応報思想（言い換えれば公認の宗教と道徳）に隷属している。そこには魔的な蠱惑の魅力はなく、ただ受苦の恐怖のみが存在するのである。

中国の化虎譚の恐怖と幻想が、総じてヨーロッパの人狼の物語に及ばないのは[30]、冒頭に引用した中野氏の指摘に加えて、こうした理由が考えられる。そしてこのことは、虎以外の変身譚を考察する際にも、あらためて思い起こされてよいのではないだろうか。

（1）　化虎譚を取り上げるにあたって、前掲の富永、戸倉、増子、近藤四氏の論文のほかに、中国関係では左記の文献を参照した。
荘司格一『中国説話の散歩』（日中出版、一九八四年）「虎」
松崎治之「中国変身譚雑考――人虎伝の系譜について」（『筑紫女学園短大紀要』第二八号、一九九一年）
荘司格一『中国中世の説話――古小説の世界』（白帝社、一九九二年）「六、虎」
大室幹雄『パノラマの帝国　中華唐代人生劇場』（三省堂、一九九四年）、第四章「虎の妖怪学ノート」
森博行「中国老虎譚」（『大谷女子大国文』第二六号、一九九六年）
上田信『トラが語る中国史　エコロジカル・ヒストリーの可能性』（山川出版社、二〇〇二年）

また、虎に関する説話を通覧するに当たっては、『太平広記』『太平御覧』あるいは『淵鑑類函』『古今図書集成』等の類書の他に、明の王穉登『虎苑』、陳継儒『虎薈』、清の趙彪詔『談虎』を適宜参照した。

(2) 疾病による虎への変身は、化虎譚のなかの最も古い資料である、公牛哀の話に見える。先の『抱朴子』黄白篇にも引かれていたこの変身譚は、彼が「轉病」にかかって虎になり、兄を殺したというもので、『淮南子』の巻二・俶真訓に載る。この病気については、後漢の高誘の注があり、「轉病、易病也。江淮之間、公牛氏有易病、化爲虎。若中國有狂疾者、發作有時也。其爲虎者、便還食人、食人者因作眞虎、不食人者、更復化爲人、……（転病というのは、易病のことである。南の江淮のあたりで、公牛氏に易病がおこって虎となったのである。中華の地に狂疾という病があり、時にこうしたことが起こるのと同じである。虎となった者は、すぐにまた人を食べようとするが、人を食べれば本当の虎になり、食べなければ、また人になるのである。……）」と説明している。虎に変身する疾病は、中国の南北にわたる広範な地域において信じられていたようであり、後の化虎譚にもしばしば登場する。このように固有の病名のついた動物への変身は、虎以外に例がなく、そこには何らかの特別な意味合いが潜んでいるのであろう。（広く信じられた症例としては、他に「狐憑き」があるが、これは憑依であって肉体の変身を伴わない。）

(3)『太平広記』巻四三〇・虎部には、虎の絵を好んで描き続け、死後、虎に変身して我が子を食ってしまった、楊真という人物の話が載せられている（出典は唐の柳祥『瀟湘記』）。宋の黄休復『茅亭客話』が巻八に載せる「好画虎」も、虎の絵好きの男が変身する話である。ただ、愛好癖が昂じての変身は、中国では珍しい部類に属する。

(4)『太平広記』巻四二六・虎部の「牧牛児」（出典は唐の戴孚『広異記』）は、食べ物による虎への変身であるが、話としてはかなり変わっている。牧童が牛に体を嘗められ、そこが白く変色して急死した。そこでこの牛を殺して食べたところ、全員が虎になってしまったという奇怪なもので、どう分析したものか途方に暮れる。

(5) 南唐の譚峭『化書』には、虎への変身を心性と結びつける説が見える。巻二の「心変」には、「至暴者、化爲猛虎。心之所變、不得不變（この上なく凶暴な人間は、化して猛虎となる。心の変化につれて、変化しないわけにはゆかないのだ）」、つまり暴戻な性格が虎への変身をもたらす、と説く一節がある。時代を下って清の胡煦『周易函書別集』巻一五にも、「人有化為虎為牛為犬豕者、必其心先有虎牛犬豕之欲凝固而不解、故形隨心變（人のなかに化して虎や牛、犬や豚となる者があるのは、必ずその心に先ず虎・牛・犬・豚の欲望の凝り固まって解けないものがあり、それによって形が心に従って変化するのである）」

と、同様な説が見える。心性が凶暴化・禽獣化することによって外形も変わるという、この精神主義的な変化論は、怨念・執念あるいは執心による変身とも発想の根底で通じ合うものがあろう。ただ前項で述べたように、怨念・執念による動物への変身の話は、中国においては時代を降るにつれて何故か見られなくなってゆく。なお、『化書』は道蔵本および四庫全書本、『周易函書別集』は四庫全書本による。

（6） 心が獣的になることによって変身が起こるという考えは、小説中にも見られる。たとえば明の蔡羽『遼陽海神伝』には、主人公と海神の美女との問答があり、そこに次のような一節がある。（『香艶叢書』本による。）

人有化爲異類者、何也。曰、人之心術、既與禽獸無異、積之至久、外貌猶人而五内先化、一旦改形。無足深訝。異類亦有化人者、何也。曰、是與人化異類同一理耳。

「人のなかに変身して異類となる者があるのは、何故でしょうか」。曰く、「人の心の持ち方が、禽獣と異ならなくなってしまうと、それが長く積み重なることによって、外見はまだ人であっても五臓は先に変化し、ある日不意に形を変えてしまうのです。深く訝るほどのことではありません」。「では異類にもまた人に化する者がいるのは、何故でしょうか」。曰く、「それは人が異類に変身するのと同じ道理によるものです」。

このような、心の変化によって形態も変容すると考える変身観は、心に念ずることによって自在に変身する、仙術の発想とも通底するところがあろう。

（7） もっとも『山海経』には、西山経に見える「豹尾虎齒」の西王母を始めとして、半人半獣の神々が多数登場している。これを転生ないしは変身に連なる発想の痕跡と見なすことができれば、古代神話にも虎への転生・変身譚が存在した可能性は高まる。

ただし、半人半獣の神や怪獣の生成についても諸説がある。たとえば、井本英一「ユーラシアの変身・変化思想」（『習俗の始源をたずねて』法政大学出版局、一九九二年、初出誌は『同朋』第一三六号―一四一号、一九八九―一九九〇年）は、古代エジプト・メソポタミア・イランなどの合成獣人像を、死者の魂が次々と異なる動物に入ってゆく転生の観念の、一体における具現化と見なす（二四九頁）。しかし一方、クロード・カプレール著、幸田礼雅訳『中世の妖怪、悪魔、奇跡』（新評論、一九九七年）によれば、ギリシア神話における半人半獣の存在（牛頭人身のミノタウロス、半人半馬のケンタウロスなど）は、プリニウスやプルタルコスが説明するところでは人間と動物の交雑から生まれたもので（一二三頁）、転生や変身に関わるものではない。また、複数の動物の特徴を持つ様々な中世の妖怪たちも、それが変身の能力を表わすわけではない。合成獣人像の成立に関しては。おそらく様々なケースが想定されるのであって、中国の半人半獣の神々についても、さらに慎重な検討が必要であろう。

なお元の時代にまで下ると、撰者不詳の『湖海新聞夷堅続志』後集巻二に、「廟神化虎」の話が見える。しかし、これは廟に祭られた判官の像が、虎に変身して豚や犬を食ったというもので、古代神話の変身とは全く異なる。神話が解体して以降の中国の神（もっとも神概念も古代と同じではなく、土地神であることが多い）は、人を罰して虎などの動物に化すことはあっても、自ら動物に変身することはほとんどないようである。

（8）『神仙伝』の文章は、増訂漢魏叢書本による。四庫全書本のこの箇所は、簡略で文意が取りづらい。

（9）范寧『博物誌校証』（古小説叢刊、中華書局、一九八〇年）による。原文の「江陵有猛人」および「紫葛人」の箇所は、范氏の校証に従って改めた上で邦訳した。

（10）李剣国『新輯捜神後記』巻二の「周眕奴」の文によった。汪紹楹校注『捜神後記』（古小説叢刊、中華書局、一九八一年）など、旧本は巻四に収める。なお『太平広記』は、巻二八四・幻術部に出典を『冥祥記』として収めるが、『太平御覧』巻八八八、八九二は『続捜神記』として引く。

（11）とはいえ、こうした誤解を生む素因が、異民族の習俗の側にも無かったわけではない。たとえば、『太平寰宇記』巻一七一・嶺南道・愛州の軍寧県の項には、「獠多變爲虎、其家相承有虎鬼、代代事之（獠族には変身して虎になるものが多く、その家では承け伝えて虎鬼を有し、代々これに仕えている）」の記事が見え、いわゆる「憑きもの筋」の迷信があったことを示している。（『太平寰宇記』は、一九六三年に文海出版社より刊行の、清刊本影印本による。）

また、いきなり現代に飛ぶが、諏訪春雄『折口信夫を読み直す』（講談社現代新書、講談社、一九九四年）によれば、雲南省の少数民族彝族のトーテミズムの対象は虎であり、双柏県の彝族が今に伝える跳虎節は、人が虎に扮して各種の集落の生活を再現する祭りであるという（五五―五八頁）。呪術が支配的な南方少数民族のこうした習俗と信仰は、漢民族の誤解を生むことにもなったはずである。なお、彝族の虎にまつわる習俗と祭祀については、『自然と文化〔特集〕東アジアの虎文化〔虎祖先神の軌跡〕』（日本ナショナルトラスト、一九九五年）所収の、李友華「彝族の虎トーテミズム習俗」、星野紘「来訪神らしき虎〔雲南省双柏県彝族の村を訪ねて〕」に、より詳しい紹介と考察がある。

因でもあった。

(12) こうした異民族の動物視は、人から虎への変身・虎から人への変身という点から言えば、その境界を曖昧なものにする一異民族を動物視する同様な偏見は、他にも次のような文献に窺うことができる。

南州異物志曰、扶南海隅有人如獸、身黒若漆、齒白如素。隨時流移、居無常處、…（中略）…雖黍人形、無踰六畜。

『南州異物志』にいう、扶南（南海の国名）の海の一隅に獣のような人がおり、身体は漆のように黒く、歯は白絹のように白い。時に応じて流れ移り、決まった住処はない、…（中略）…人間の外形をしてはいるが、六畜（馬・牛・羊・豚・犬・鶏）以上のものではない。

（『太平御覧』巻七九〇・四夷部・類人）

北方有匈奴、形質皆人、而足如馬蹄。謂之馬蹄突厥

北方には匈奴がいて、外形はすべて人であるが、足は馬の蹄のようである。これを「馬蹄突厥」という。

（唐・李冗『独異志』巻下）

なお『南州異物志』については、『隋書』経籍志・史部地理類に記載があり、「一巻　呉丹陽太守萬震撰」とする。『太平御覧』所載の右の一条は、本文字句に脱漏等が多く、そのままでは意味をなさない箇所がある。末尾の動物視の部分を示すことが目的であるため、ここでは大幅に省略して引用した。また『独異志』は、張永欽・侯志明点校『独異志　宣室志』（古小説叢刊、中華書局、一九八三年）によった。該当記事は六一頁、作品番号三〇八。

(13) 呪符による虎への変身の話は極めて少ない。しかし、小説に限らず道教関係の文献にまで手を広げてみると、こうした術の記事がないわけではない。『増補全符秘伝万法帰宗』巻五には、「吹毛爲虎章第二」として虎毛を虎に変える術が挙げられており、これには「化虎呪」と「化虎符」が併せて用いられる。孫悟空の分身の術を思い起こさせるこの術は、自身が虎に変わるものでも他者を虎に変えるものでもないが、呪符による変身という発想が途絶えたわけではなかったことを示している。

『万法帰宗』については、高国藩『中国巫術史』（上海三聯書店、一九九九年）より知識を得た（三〇二―三〇四頁）。この文献は唐の李淳風に仮託された偽書とされているが、高氏によれば敦煌出土の文書と重なる内容も見られ、主要部分は唐人の著述を伝えているという（二九七―二九八頁）。氏はこの「吹毛爲虎」術も唐代の民間巫術と見なす。国会図書館に新南書局鉛印本と清の写本が所蔵されており（ただし清写本では「吹毛爲虎章」の箇所は省略されている）、他に東京大学東洋文化研究所、東京都立中央図書館にも蔵書がある。

(14)『聊斎志異』巻六の「向杲」は、虎に変身して兄の敵を討つ一風変わった話で、六朝以降影を潜めていた、怨念による変身の数少ない例ともいえる。しかし主人公の変身は、自ら虎になりたいと願った結果ではない。道士がくれた衣服を着て、気づいてみると虎になっていたという設定で、実質は神助による仇討ちの物語に外ならない。その変身も、肉体ではなく魂が虎となったようで、変身した主人公は自分の遺体が草むらに横たわるのを見て驚愕している。自らの意志・願望にもとづいた変身は、やはりここにも窺われない。

(15)老齢に伴う虎への変身の古い資料としては、『太平御覧』巻八九二・獣部に『括地図』からの引用として、「越俚之民、老者化爲虎（越俚の民は、老いた者は化して虎になる）」の文が見える。変化の能力を年齢と関連づける発想は、このように早くから異民族の変身とも結びついており、後世にまで引き継がれる変化の思想となった。たとえば清の張澍『続黔書』は、この『括地図』のほかに明・陳輝文『天中記』の「南蠻人呼虎爲羅羅、人老則化虎、有羅藏山（南蛮人は虎を羅羅と呼び、人が老いると虎に化す。羅蔵山がある）」の一文を引き、「今黔之夷俗、亦善變虎」と述べる。澤田氏が挙げる資料は、『説郛』巻三六所載の元の李京『雲南志略』。

なお『括地図』は、著者・成立年代ともに不明の佚書であるが、李剣国『唐前志怪小説輯釈』（上海古籍出版社、一九八六年）は、前漢の作と推定している（三二一頁）。『続黔書』は叢書集成に収載（覆粤雅堂叢書本）。

(16)憑きもの筋の資料としては、先の注11に挙げた『太平寰宇記』の記事が古いものである。澤田氏は、他に清の東軒主人『述異記』巻下の「土司変獣」などを挙げる。この「土司変獣」の話は、さらに遡って明の曹安『讕言長語』巻下に見える。

(17)澤田氏が挙げる資料は、劉錫蕃『嶺南紀蛮』（出版社不詳、一九三四年）など。この「変婆」の話は、一見極めて奇怪なものに思われるが、虎や熊をトーテムとする民族の、死後の転生の観念をあらわすと考えれば分かりやすい。

(18)「メタモルフォーシスと変鬼譚」三九七頁。また、宋代以降の志怪小説集からは化虎譚は減少してゆき、虎への変身術に関する目新しい資料も探し出すことが難しい。たとえば、宋の洪邁『夷堅志』の大冊も、通覧した限りでは人から虎への変身譚は四例に止まる（丁志・巻一三「李氏虎首」、支乙・巻五「趙不易妻」、支景・巻一「陽台虎精」、志補・巻六「葉司法妻」）。清代を代表する『聊斎志異』は、僅かに巻六の「向杲」、巻八の「夢狼」の二例。ただし、後者は貪欲な役人が父親の夢のなかで虎に化すもの。（巻一二「苗生」の人から虎への変身は、人に化けていた虎が正体を現わしたと見るべきであろう。）『閲微草堂筆記』は巻一二、巻一七に一話ずつの計二例。『子不語』に至っては一例も見当たらない。（続編巻一〇の「劉老虎」は、人に化けていた虎がもとの姿に戻るもの。)したがって、澤田論文が挙げる資料も地史や随筆筆記類が圧倒的に多い。

(19) 澤田氏は、前掲(注17)の劉錫蕃『嶺南紀蛮』に引く『備徴志』から記事を紹介する。『嶺南紀蛮』は未見、『備徴志』についても未詳であるが、実はほぼ同じ記事が明の王士性『広志繹』に見える。引用はこれに基づくことにし、元明史料筆記叢刊本(中華書局、一九九七年、初版は一九八一年)を利用したが、□の箇所は欠字となっている。

(20) 井本氏の同論文には、獣皮をめぐる豊富な資料が紹介されていて示唆に富む。たとえば、熊皮を被り、十二獣をひきいる方相氏について、この世とあの世の境界に出現する者とし、方相氏が十二獣を連れているのは、死者の魂が各種の獣の中を転移するという信仰があったからであろうと推測している(二二七—二二八頁)。先の『荘子』の変化論などとも結びつけてみたい誘惑に駆られる。また、刑罰に獣皮を用いる例を古代エジプトやインドから引いた後、中国の資料として、遺体を革袋につつんで流された伍子胥の話をあげる(二三四—二三六頁)。これも、虎皮による罰としての変身に重ね合わせてみたい気がする。

さらに、『マヌの法典』を引いて次のように紹介される古代インドの風習も、南方少数異民族の習俗と通ずるところがあって興味深い。「古代インド人は、その子に男子を得て年が老いてくると、林棲期に入った。彼は妻を子に託し、あるいは妻を伴って森林に入っていったが、獣皮と樹皮をまとい、朝夕に沐浴した。体毛やひげ、爪は伸ばし放題であった。爪やひげを伸び放題にし、獣皮を身につけることは、死者と同じ状態であった。死者はこのような状態で再生に向かうのであった。獣皮と樹皮をまとってトーテムの世界に生まれ変わるのが古い意味であったと考えられる」(二二二頁)。『マヌの法典』の該当箇所は、第六章「林棲期」。田辺繁子訳(岩波文庫、岩波書店、一九五三年)では、一六七頁。

このほか、同氏『十二支動物の話〈子丑寅卯辰已篇〉』(法政大学出版局、一九九九年)所収の、「十二支の源流」「虎の話」からも教示が得られる。

(21) 上記の三書以外には、櫻井徳太郎他『ふぉるく叢書3　変身』(弘文堂、一九七四年)所収の小野泰博「人格変換と憑依体験」の「2　人格変換型変身——人狼と魔女」を参照した。また、伊藤進『森と悪魔　中世・ルネサンスの闇の系譜学』(岩波書店、二〇〇二年)があり、第三章の第七節で「狼男」を取り上げている。いずれも人狼に関する専著ではないが、纏まった論述で参考になる。

(22) ヘロドトスは『歴史』巻四の一〇五に、ネウロイ人について次のように記している。松平千秋訳(岩波文庫、岩波書店、一九九八年、初版は一九七二年)による。

この民族はどうやら魔法を使う人種であるらしく、スキュタイ人やスキュティア在住のギリシア人のいうところでは、ネウロイ人はみな年に一度だけ数日にわたって狼に身を変じ、それからまた元の姿に還るという。私はこのような話を聞いても信じないが、話し手は一向に頓着せず、話の真実であることを誓いさえするのである。（中冊六三頁）

また、プリニウスは『博物誌』巻八の三四において、狼人間の話を全面的に否定した上で、その俗信が如何に強固であるかを示す例として、ギリシアのエヴァンテスの記述を引いている。中野定雄他訳『プリニウスの博物誌』（雄山閣、一九八六年）によれば、次のような一文である。

ギリシアの著述家の中でも侮りえない地位を占めているエヴァンテスは次のように書いている。アルカディア人の伝説によれば、アントゥスという氏族から、家族間の投票で選ばれたある男が、その地域のとある沼地へ連れてゆかれる。そして着物をカシワの木に懸け、水を泳ぎ渡って荒涼たる場所へゆく。そしてオオカミに変えられて、九年間他のオオカミどもの群れの中で暮す。そしてその期間中、自制して人間と接触せずにいるならば、彼は同じ沼地に帰りそれを泳ぎ渡って元の形を取り戻す。ただ前の容姿に九年の年齢が加わるだけだ、と。エヴァンテスはまた、その男は元の着物を取り戻すという、さらにばからしい細事までつけ加えている。（第Ⅰ巻三六一頁）

(23)　ミルチャ・エリアーデ著、斉藤正二訳『ザルモクシスからジンギスカンへ　1』（『エリアーデ著作集　第一一巻』せりか書房、一九七六年）の第一章「ダーキア人と狼」。

人狼について包括的に捉えようとするならば、このように遠く古代にまで遡って、北欧・東欧あるいは地中海世界に広がっていた狼神のトーテム信仰にも目配りをしておく必要がある。というのは、そうしたトーテム信仰あるいは軍事的イニシエーションは、キリスト教の下で大きく変容しながらも、後世の人狼信仰（殊に東欧の人狼）に名残を留めており、単純に一括りにできない複雑な様相を覗かせているからである。

この問題に関する邦人の研究としては、伊東一郎「スラヴ人における人狼信仰」（『国立民族学博物館研究報告』六巻四号、一九八一年）、井本英一「人狼月をめぐって」（『イラン研究』五、二〇〇九年）があって参考になる。伊東論文によれば、一〇世紀頃までのスラヴ諸民族・バルト民族の人狼信仰は、呪術師的な長に率いられた青年戦士結社の、定期的な（おそらくは冬季の）狼への変身儀礼に規定されていたと考えられる。これが一〇世紀前後、キリスト教の普及とともに呪術師（東・西スラヴ）あるいは「狼の牧者」（南スラヴ）の変身術、冬季儀礼における若者組の狼の仮装（南スラヴ）へと変貌した。呪術師は人を狼に変え、自らも狼に変身する。「狼の牧者」は、特定の聖人あるいは森の精が狼の保護者となって群を統率し、変身能力を持つ。また、南スラヴの人狼信仰は吸血鬼信仰と混淆しているともいう。一方の井本論文は古代ペルシャの狼人間から説き起こし、イランやエジプトさらにはユーラシア大陸各地の狼神信仰・狼の伝承を挙げ、キリスト教とは異なる文化の中での人狼と、変身の季節儀礼的な性格を浮かび上がらせている。両論考の内容には極めて興味深いものがあるが、ここからさらに踏み込んで論ずる準備がなく、本注でその一端を紹介するに留める。

(24) 荘司格一『中国中世の説話』の「六、虎」は、「報恩」の項を設け、虎の報恩譚や仁者の遺体を守る虎の話などを幾つも紹介している。

もっともヨーロッパの狼も、民間信仰においては悪魔の系譜のみに属しているとは言えないようである。谷口幸男・福嶋征純・福井和彦『ヨーロッパの森から　ドイツ民俗誌』(NHKブックス、日本放送出版協会、一九八一年)の「狼」の項には、穀物の生長霊と結びついた「麦狼」、ゲルマン神話の主神オーディンに仕える忠実な二頭の狼ゲーリとフレーキ、などが挙げられている。また、ハンス・ペーター・デュル著、岡部仁・原研二他訳『夢の時　野生と文明の境界』(叢書ウニベルシタス、法政大学出版局、一九九三年)には、ラトヴィアのユルゲンスブルグでの人狼裁判(一六九二年)が紹介されている。衣服を脱ぎ捨て狼に変身して家畜を襲った被告たちの任務は、その自白によれば、「魔術師」に奪われた前年の農作物を「地獄」から救い出すことにあったという(「4　野生の女と人狼」六九―七〇頁)。裸体となって獣性を剥き出しにし、家畜の血のイニシエーションによって戦士となった彼等は、作物奪還の正義の戦いを挑むべく冥界に赴いたのであり、これなどは穀物霊と結びついた人狼信仰であろう。前掲の伊東論文によれば、このラトヴィアの民間信仰では、人狼は人間に富をもたらす存在とも見なされているという。ただ、キリスト教の制圧下で変容した狼あるいは人狼の姿には、中国の虎に見られるような義獣的側面は、やはり希薄である。

(25) 神の使者としての虎は、たとえば『異苑』巻五の銭祐の話などに見える。彼は虎にさらわれて見知らぬ御殿に入り、そこで形貌偉壮な人物から術を伝授される。十八日たって戻った後は占卜を能くし、当たらぬことはなかったという。侍者三十余人を従えて鎮座する、神と思しきこの不思議な人物は、銭祐に対して「吾欲使汝知術數之法、故令虎迎汝、汝無懼也(わしはお前に術数の法を教えてやろうと思い、虎にお前を迎えにやらせたのだ。懼れることはない)」と言っている。先の「峡口道士」や「費忠」にしても、神に命ぜられて人を食べており、神罰を下す凶暴な使徒ということになる。

また、虎は駆邪の力を持つと信じられ、義獣・聖獣としての一面も持つ。虎に対する好意的解釈で面白いのは、任昉『述異記』巻上の「封使君」の一節で、「虎不食人、人化虎則食人、蓋恥其類而悪之（虎は人を食べず、人が虎に化すと人を食べるのである。思うに同類に恥じて、これを憎むからであろう）」と論じる。贔屓も度が過ぎると言うべきであろうか、あるいは人性に対する深い洞察が含まれると言うべきか。任昉『述異記』は、漢魏叢書などに収載。

（26）ヨーロッパの人狼が持つこうした野生への志向は、古代の狼神信仰や軍事的イニシエーションにおける人身供犠や略奪・殺害、あるいは民間に伝わる狼祭での狂騒とも無縁ではなかろう。一方、中国の人虎がそうした特性を欠いているのは、（先の注11に挙げた彝族など少数異民族は別として、）漢民族において虎という動物が、始祖神としてのトーテミズムの対象でも、軍事的イニシエーションにおける変身の対象でもなかったことを示しているように思われる。

（27）変身術における軟膏の使用については、セイバン・ベアリング・グールド『人狼伝説』の八一頁、一三七―一三九頁を参照。前掲のハンス・ペーター・デュル『夢の時　野生と文明の境界』は、エストニアの人狼の変身に香油が用いられたことを記している（「4　野生の女と人狼」原注19、三七七頁）。また拙稿「魔法の塗り薬」（『横浜国大　国語研究』第二五号、二〇〇七年）においても取り上げた。

（28）アウグスティヌスの所説は、第一章の「一　ヨーロッパ」で引用したイタリアの話（宿の女主人の魔術）をめぐって展開されており、彼は人を動物に変える術について、神によってつくられた存在をデーモンが見せかけの上で変化させる、幻影に過ぎないとしている。またE・ド・ヴィルは、篠田氏の紹介によれば「妖術論」において、変身について「人間が獣に変わることは不可能であると思われる。…（中略）…悪霊が狼の毛皮をかぶるか、狼の幻影を作って人間をその中に閉じこめるのだ」と論じているという（一二〇頁）。

E・ド・ヴィルに関しては、ジャン・ド・ニノー著、池上俊一監修、富樫瓔子訳『狼憑きと魔女　一七世紀フランスの悪魔学論争』（工作舎、一九九四年）附載の、ミシェル・ムルジェ「狼男とその目撃者」に簡単な記事が見える。それによれば、彼のフルネームはエマニュエル・ドゥヴィルで、一六八五年に狼憑きと見なされた兄弟を尋問した、サヴォアの法学者であった（一六六頁）。「妖術論」は、おそらくその際の記録で、同書注38（二五六頁）に言う「妖術をめぐる注目すべき諸問題、付・サヴォア元老員の著名な二判決」を指すと思われる。

（29）「変身」と「排除」については、今村仁司『排除の構造　力の一般経済序説』（青土社、一九八九年／ちくま学芸文庫、筑摩書房、一九九二年）の「VI　排除の構造」が興味深い。殊にその「vii　変身＝メタモルフォーゼ」は、「排除」の観点から変身を論じていて教示を受けるところが多い。「第三項排除＝スケープゴート」として展開されるその論考は、たとえば次のように述べる。「第三項は、自己の存在条件の本性にしたがって必然的に自己変身するのではない。儀礼的実践の担い手たちが（具体的には共同体のメンバー）、排除の視線の力に促されて、イデオロギー的に、第三項を変身させるのである。第三項ではなく、儀礼の当事者たちが変身の観念をつくりあげる。…（中略）…この観念はひとつの物質力であり、ついには暴力になる。変身の観念は強制力である。」「共同体の成員の眼には、第三項は、汚い、卑しい、みじめなものとして映る。ここから、第三項の差別的表象が形成される」（二三三―二三四頁）。

今村氏はここからさらに、排除された第三項が聖なるものに変身する過程へと論を展開してゆくのであるが、この辺りからは、中国の「人虎」に適合しなくなるように思われる。

ほかに赤坂憲雄『排除の現象学』（筑摩書房、一九九一年／ちくま学芸文庫、一九九五年）所収の諸論文も、共同体が必然的に生起させる「排除」の現象と構造について、犀利な分析を加えていて示唆に富む。

(30)　ヨーロッパの人狼は、魔的な性格に加え、しばしば血腥い嗜虐性を帯びて恐怖感を増幅させる。またそれは現代においても、ホラー小説や映画など、多くの作品を生み出し続けて止まない。これに対して中国の人虎は、そうした物語の母胎としての生産性という点でも、人狼に遠く及ばないように思われる。

二　中国の変驢変馬譚と「板橋三娘子」

中国の変身譚と変身変化観の特徴については、前節でおおよそ押えることができた。そこで本節では対象を変驢および変馬譚に絞り、この話群のなかで「板橋三娘子」の物語がどのような位置にあり、どのような類話や翻案を生み出しているかを見てゆくことにしたい。

なお、多岐にわたる中国の変驢変馬譚を扱うにあたっては、あらかじめ何らかの分類基準を設けておくのが便利であろう。それには、第一章「原話をめぐって」のインドの項で取り上げた、三種類の資料が役立ってくれる。確認のため再度挙げれば、次のような内容であった。

1. 『成実論』など、仏典の因果応報・輪廻転生の思想と、これをもとにした動物への転生譚。
2. 『出曜経』に見られた、人を動物に変える女呪術師と、動物になった人をもとの姿に戻す霊草（シャラバラ草）の登場する変身譚。
3. 『カターー・サリット・サーガラ』（遡っては『ブリハット・カター』）、および『アラビアン・ナイト』に見られた、不思議な製法の食べ物で人を動物に変える魔女と、その魔女を逆に騙す男の登場する変身譚。

これらの話群を、それぞれ「応報譚」系、『出曜経』系、『カター』『千一夜』系と呼ぶことにする。そしていずれにも属さないものを、「その他」として括るかたちで考察を進めたい。中国の変驢変馬譚に関しては従来まとまった論考に欠け、包括的な考察も試みられたことがない。大まかな四区分法ではあるが、この種の変身譚の中国的な特徴と傾向を浮かび上がらせるには、差し当たり十分といえる。またこれは次章のテーマとなるが、同じ分類法によって日本の類話の特徴を把握し、中国との比較を試みることも可能なはずである。

1 「応報譚」系

すでに述べたように、仏教伝来後の中国においては、人から動物への変身譚と輪廻転生・因果応報の思想とは、極めて深い結びつきを持つようになった。仏典が説く「畜生報業」、つまり前世の罪業によって動物に生まれ変わるという思想は、以後数多の転生譚を生み出してゆくことになる。変驢譚や変馬譚もその例外ではなく、大多数を占めるのは、この応報・転生をテーマとした話群である。

「畜生報業」の輪廻を招く罪業は様々であって、特定されるわけではない。ただ、変驢・変馬の応報譚について言えば、目立って多いのが、負債を完済せずに死んだこと（あるいは高利貸しや盗みなどで不当な利益を得たこと）に因を求めるパターンである。先に見た『成実論』の「畜生報業」の一節には、「もし人 債に觝れて償わざれば、牛・羊・麞・鹿・驢・馬等の中に堕ち、その宿債を償わん」と説かれていた。中国の変驢・変馬譚は、この堕畜償債の思想に大きく影響されているのであり、早く六朝の志怪小説のなかにも、そのことを示す資料がある。前節の「3 動物への変身――人間」にあげた劉義慶『宣験記』の話は、負債による雌牛への転生であったが、次の話には驢馬・馬が登場する。

『太平広記』巻一〇九・報応部と巻三七七・再生部に、「趙泰」と題する一篇が重複して載せられている。（出典については、巻一〇九は『幽冥録』、巻三七七では『冥祥記』と記し、文章にも異同が見られる。『幽冥録』は『幽明録』のことで、南朝宋の劉義慶の撰、『冥祥記』は南朝斉の王琰の撰。）これは、急死した清河の趙泰が十日後に生き返り、地獄巡りの体験をつぶさに話したという蘇生譚である。そのなかに、地獄の責め苦を終えた亡者が、生前の罪業に照らし合わせ、様々な動物に転生させられる場面が見える。いま巻一〇九の文章によって読んでみよう。

入北門、見數千百土屋。中央有大瓦屋、廣五十餘歩。下有五百餘吏、對録人名、作善惡事狀、受是變身形之路、從其所趣去。殺者云當作蜉蝣蟲、朝生夕死。若爲人、常短命。偸盜者作豬羊身、屠肉償人。…（中略）…抵債者爲驢馬牛魚鼈之屬。

北の門をくぐると、数千もの土造りの家が目にはいった。中央には大きな瓦葺きの家があり、広さは五十余歩もあった。そこに五百人以上もの役人がおり、人の名前と生前に為した善悪の行いを照合記録し、姿形を変える先を伝え、その赴くべきところに立ち去らせていた。人を殺した者はカゲロウとなり、朝に生まれ夕べに死ぬべき運命、もし人となっても、常に短命に終わると宣告される。盗みを働いた者は豚や羊となり、屠殺され肉で人に償う。…（中略）…負債のある者はロバ・馬・牛・魚・鼈となる。

転生する動物の種類は『成実論』と異同があるが、「畜生報業」の思想をそのまま物語に取り入れている。[1] 堕畜償債について語る箇所に注目してみると、筆頭に驢と馬の名が並んでいる。魚や鼈はさておくとして、役畜として酷使される驢馬・馬・牛は、動物に転生しての償債が語られる際、恰好のイメージを喚起するモデルだったのである。

こうした償債のための堕畜転生の物語に関しては、澤田瑞穂『仏教と中国文学』（国書刊行会、一九七五年）に、

「釈教劇叙録」「畜類償債譚」の二論文がある（初出誌は『天理大学学報』第四四輯、一九六四年、および『仏教文学研究』第六集、一九六八年）。博捜を極めた氏の論考によれば、この所謂「畜類償債譚」は、インド仏教の譬喩譚として複数の仏典中に語られている。漢訳仏典では、後漢の支婁迦讖訳『雑譬喩経』[2]、後秦の竺仏念訳『出曜経』巻三[3]、西晋の竺法護訳『生経』巻四[4]、梁の宝唱編『経律異相』巻四七[5]に引かれる『譬喩経』などに話が見えるが、いずれも牛への転生譚で、驢馬・馬ではない。牛との関わりの深い、インドの習俗の反映によるものであろう。

中国の畜類償債譚においても、同じく牛への転生が最も多い。そして驢馬がこれに継ぎ、その後に馬という順序になる[6]。ただ、驢馬・馬に転生して負債を償う話は、六朝志怪においては先の「趙泰」の一節に顔をのぞかせるだけで、形を整えた償債譚としての出現は唐代を待たねばならない。

唐初の釈道世『法苑珠林』一〇〇巻本の巻五七（一二〇巻本では巻七一）を開くと「債負篇」の一章があり、金品に関わる因果応報譚を多く載せる。そこに引かれている唐の唐臨『冥報記』の話が、驢馬に転生する畜類償債譚としては最も古いものであろう。左に訳文を示しておく[7]。

隋の大業年間（六〇五—六一七）のこと、洛陽の王という人物は、仏教の五戒を守り、時に未来のことを予言し、人々に敬われていた。ある日、不意に「今日、私に一頭のロバをくれる人が現われるはずだ」といった。昼になると果たしてロバを牽いた人物が現われ、泣きながら次のような話をした。

彼は早くに父を喪い、母親が女手ひとつで彼と妹を育ててくれたが、妹が嫁ぎ母も亡くなってから十年ほどになる[8]。寒食（冬至から百五日目の前後三日間、火をたくことを禁じ、冷たいものを食べる）の日に妹が里帰りしてきた。家では数年前からロバを飼っていた。洛陽では、寒食の日に酒食持参で墓参りするのが習わしだったので、彼もそのロバに乗って出かけた。伊水の東にある墓をめざし川を渡ろうとすると、ロバが言うことを聞かない。そこでロバの頭や顔を血が流れるほどひっぱたいた。やっと墓に着くとロバを放してやったが、ふっといなくなってしまい、しばらくするとまたもとの場所に戻ってきた。

その日、妹は一人で兄の家にいたのだが、不意に母親が顔に血を流し、やつれ切った様子で入ってきて、声をあげて泣いて彼女に訴えた。「私は生前、兄さんに内緒でおまえに五斗の米をあげたことがあった。このことで罪を得て、ロバとなって兄さんに償いをして五年になる。今日伊水をわたる折、水がこわくて尻込みすると、兄さんは私を鞭打って頭も顔も傷だらけ、家に帰ればもっとひどく私を打つだろう。急いでおまえに話しにきたのだが、私の償債はもうすぐ終ろうとしているのに、どうしてそんなに理不尽に私を痛めつけるのだろう」。そう言い終わると走り去り、行方がわからなくなった。

娘は母親の傷のようすと場所を覚えていたので、兄が帰ると早速ロバを看た。ロバは頭や顔に傷を受けて血を流しており、母親の傷とそっくりだった。そこで抱きついて声をあげて泣いた。兄が不審に思って尋ねると、妹は一部始終を話した。兄の方も、ロバが川を渡ろうとしなかったこと、いなくなってまた戻ってきたことを話し、二人でロバを抱いて慟哭した。ロバもまた涕涙こもごも下るありさまで、水も飼葉も受けつけようとしない。兄と妹がひざまずいて、「もし母さんだったら、どうか草を食べてください」と頼むと、草を口にするものの、すぐにまた止めてしまう。二人はどうすることもできず、穀物や豆を用意して、王氏のもとにロバを連れてきたのであった。すると、また水や飼葉を食べるようになった。

後にロバが死ぬと、二人はその亡骸を引き取って埋葬した。

現代人の感覚からすると、嫁いだ娘に米を内緒でやった罰としては、余りに重すぎる気がする。しかし、宗族制度の厳格な当時の中国にあっては、そうした行為は固く戒められていたようで、他にも似た話が残っている。『太平広記』巻一三四・報応部の「李信」（出典は唐の郎餘令『冥報拾遺』[9]）は、この人物の母親と妹の変馬償債譚であるが、二人の馬への転生は、母親が父親に内緒で米一石余りを娘に与えたことによる。ここでは罪業は、米を盗み与えた本人だけでなく、それを受け取った側にまで及んでいるのである。

『太平広記』巻四三六・畜獣部の「驢」の項には、この『冥報記』の話のほかにも、「張高」（出典は唐の李復言『続玄怪録』）・「東市人」（出典は唐の段成式『酉陽雑俎』）の二篇の類話が収められており、変驢償債譚が唐代に入って急速に増加したことを窺わせる。短篇でしかも典型的な後者の方を挙げておこう。

開成初、東市百姓喪父、騎驢市凶具。行百歩、驢忽語曰、我姓白名元通。負君家力已足。勿復騎我。南市賣麩家、欠我錢五千四百文。我又負君錢數、亦如之。今可賣我。其人驚異、即牽往。旋訪主賣之、驢甚壯、報價只及五千。及詣麩行、乃得五千四百文。因賣之。兩宿而死。

開成（八三六―八四〇）の初め、東市の或る庶民が父を亡くし、ロバに乗って葬式の道具を買いに出かけた。

百歩行くと、ロバが不意に話しかけてきた。「わしは姓が白、名を元通という者だ。君の家に負っていた力役は、もう充分足りた。これ以上わしに乗らないでくれ。南市の麩（ふすま）を売る家が、わしに銭五千四百文を借りている。わしもまた君に借金があって、それくらいの額だ。今すぐわしを売るといい」と。

その人は驚き不思議に思い、早速ロバを引いて出かけた。すぐに買い主をさがして売ろうとしたところ、ロバはとても逞しく元気だったのに、値段は五千にしかならなかった。麩を売る店まで行くと、何と五千四百文になった。そこでロバを売ったが、二晩たつと死んでしまった。

この話は、『宣験記』の雌牛の場合と同様に、動物がいきなり口をきく設定になっている。澤田氏も指摘されるように（「畜類償債譚」二二九―二三〇頁）、こうしたパターンは畜類償債譚のうちの古型に属するものであろう。畜類への転生の証明については、物語の増加とともに、より合理的で自然な筋立てが考案されるようになる。たとえば、（後に引用する例にも見られるように）夢枕に立つ、動物の体に文字が浮かぶ、など。ただ、動物が人語するという単純明快なパターンは意外に好まれたようで、清朝の怪異譚に至るまで絶えることなく、しかもしばしば登場する。中国の人々にとって、動物（に転生した人間）の人語という発想は、それほど違和感を伴うものではなかったようである。前節の「1　人への変身」で見た、年を経た動物が人に化ける、あるいは人語するという変化観と一脈通ずるものが、ここにも流れているのであろう。

さて、こうした驢馬の話に加えて、馬への転生償債譚も唐代から現われ始める。これも『太平広記』の同巻に三話が見える。内容は驢馬の場合と同じ趣向であるが、そのうちの「盧従事」は、すでに第二章第一節の「撰者と所載小説集」で指摘したように、出典を薛漁思の『河東記』と記している。いささか長くなるが、「板橋三娘子」の作者の一篇ということで、あらすじを紹介しておきたい(10)。

嶺南の従事となった盧伝素がまだ貧しかった頃、ある人から黒馬を譲り受けた。最初はみすぼらしい駄馬だったが、数年飼い育てるうちに次第に良馬となった。伝素は日がなこの馬を乗り回し、酷使してしまうこともしばしばだった。だが、馬の方は従順で過ちもなかったので、大切にして可愛がっていた。

ある日、馬屋でふざけて声をかけると、何と人語で返事をする。驚いて逃げ出そうとする彼に、馬が言った。「畜生の身ながら人語するのは故あってのこと、決して妖怪ではありません。どうか今しばらくお留まりください」。そこで伝素が仔細を話せというと、馬は次のような話をした。

「私はおじさんの甥の通児です。以前、おじさんが私を海陵（江蘇省）にやって、別荘を売らせたことがおありだったでしょう。不良だった私は仲間に誘われるまま、その百貫の代金をすっかり女遊びに使ってしまいました。しかし、遠くにいらした貴方はどうすることもできませんでした。私はその年に病死したのですが、あの世ではすべてお見通し、平等王（冥界の裁判官十王の一人）様がおっしゃるには、『お前は人間世界にもどって、使い込んだ金を弁償しなければならぬ。しかし、人間となって生まれたのでは、成長するまで待てぬ。畜生となって働け。そうすれば十数年かけて償うことができる』と。そこで畜生道に堕ち、馬となったのです。

おじさんの馬屋に住んで五、六年、いつも償債のために力を尽くし、まちがいを犯したこともございません。また、可愛がっていただいた御恩は忘れるものではありませんが、数えてみますと、私の馬としての寿命はもう尽きようとしています。あと五日すると、私は黒い汗をかいて死ぬでしょう。どうか急いで私を売ってください。明日の昼時、私に乗って出かけられると、市場のあたりに胡人の将軍がいて馬を売らないかと持ちかけてきますから、十万の値をおつけなさい。その将軍はきっと七万と答えるでしょう。そうしたらすぐに私を売ってください。」

そしてさらに「お別れに詩を一首」と言い、頭をあげ朗吟した。「既に丈人（おじさん）の粟を食み、また丈人の芻に飽く。今日　相償い了れり、永く三悪の途（地獄道・餓鬼道・畜生道）を離れん」。そう詠って心の高ぶりを抑え難い様子であったが、やがてもとのように草を食べはじめた。伝素が馬に語りかけても、もう二度と人語を発することはなかった。しかし、甥の名前、盗まれた金額、出来事の年月など、いずれもぴったり符合するので、伝素は心に深く感ずるところがあった。

翌日、馬に乗って市場の角を通りかかると、はたして胡人の将軍が現われ、ぜひその馬を譲ってほしいという。伝素が試しにわざと値段を安く六万にすると、将軍は、この馬はそれ以上の価値がある、七万で買い取りたいと逆に額を引き上げる。そこで伝素は七万で手を打って帰った。四日後、その将軍の家を通りかかると、彼がいてこう言った。「ああ、七万で買ったあの馬だが、夜にどっと黒い汗をかいて死んでしまいましてな」と。

この「盧従事」も、馬が人語するという古い形を取っている。しかし、それをただ一度限りの不思議として描き出す技法には、素朴な六朝志怪小説とは格段の差がある。盧伝素と馬との情の交流を絡めたり、馬の値段を伝素にわざと安く言わせるなど、細部にも目を配りながら、[11] 薛漁思は計算された緻密な構成によって、この話を唐代で最も長い畜類償債譚に仕上げているのである。

驢馬・馬に転生する償債譚は、このように唐代において形を整え、以後さらに数を増してゆく。澤田論文が挙げる資料によれば、五代宋から清末にかけて、さらに二十例以上の話（騾馬への転生を含む）が収集される。類型的な話も少なくないので、ここでは時代を一気に清代まで下り、蒲松齢『聊斎志異』と紀昀『閲微草堂筆記』

から、三話を選んで紹介しておくことにする。

『聊斎志異』に載る驢馬・馬への転生償債譚は、巻四の「蹇償債」の一篇で、あらすじを示せば次のようになる。[12]

李著明公は、気前がよくて施し好きだった。奉公人の某は怠け者で貧しく、公から貰い物することもしばしばだった。ある日、緑豆一石を借りてそれを元手にしたいというので、よろこんで貸し与えてやった。しかし、豆を担いで帰っていったきり、一年余りしても代金を払わない。聞いてみると、豆でつくった元手はもうすっからかんだった。だが公はその貧しさを憐れんで、返済を求めなかった。

それから三年余りして、寺で勉強していた公の夢に某が現われ、「豆の代金を返しにまいりました」という。不思議に思っていると、雌ロバが夜に仔を生んだと知らせがくる。公はハッと気づき、それが某にちがいないと思った。数日して家に帰り、冗談に某の名で呼んでみると、仔ロバは駆け寄ってくる。以来、その名をつけたのであった。

ある時、公がこのロバに乗って青州（山東省）に出かけたところ、衡王府の宦官がロバをすっかり気にいり、高い値で買い求めたいという。しかし、相談がまとまらないうちに急用ができ、公は家に戻ってしまった。

翌年、ロバは雄馬と同じ厩にいて、脚の骨を噛み折られてしまった。するとある獣医が訪ねてきて、「歳月をかけて治療すれば、ひょっとして治るかもしれません。売れたら山分けですよ」という。公は乞われるままにした。

　それから数か月して、獣医はロバを売って銭千八百を得たので、半額を公に贈った。公は銭を受け取って、アッと思った。その額が、ちょうど豆の値段とぴったりだったのである。

物語はゆったりと進み、内容も面白くなっている。しかし、骨組みは『酉陽雑俎』の「東市人」をそのまま受け継ぐものである。オーソドックスな、伝統的畜類償債譚とでも言えるであろうか。

『閲微草堂筆記』からは三話を拾うことができるが、そのうちの二話を挙げる。先ず巻一・灤陽消夏録（一）の転生譚は、馬に転生した者たちの夜更けの語らいという趣向である[13]。

　老儒者の及潤礎が受験の旅の途中、石門橋（河北省）に宿をとった。ところが旅館の客室はどこも満杯、馬屋に窓が面した小屋だけが空いていたので、まずはそこに泊まることにした。馬が動き回る音で寝つかれなかったが、人が寝静まったのち、ふと馬の話し声が聞こえてきた。息をひそめて聞くと、一頭の馬がいった。

「今、やっとひもじさを我慢する辛さがわかったぜ。生まれる前にくすねた藁や豆の銭は、どこにあるんだろう」。

するとと、もう一頭の馬が「おれたちは馬飼いの生まれ変わりが多い。死んで初めて気づいたんだが、生きているうちは分からなかった。嘆かわしいことさ」といい、馬たちはすすり泣いた。

別の一頭がいう。「冥土の裁きもあんまり公平じゃねえ。王五はどうして犬になれたんだ」。すると一頭が「冥土の牢番が話してた。あいつは女房も二人の娘も身持ちが悪くて、やつの金をすっかり盗んで情夫（おとこ）にやっちまったんだとさ。で、罪が半分になったというわけさ」。もう一頭はいう、「まったくその通りだ。罪には軽い重いがある。姜七は豚の身に堕ちて、バッサリと肉にされちまった。おれたちよりずっと運が悪いや」。

及がうっかり軽い咳をすると、話し声は止んでひっそり静まりかえった。彼はいつもこの話をしては、馬飼いたちを戒めたのである。

及潤礎が宿をとり、馬の話し声を耳にするまでのくだりは、「板橋三娘子」の冒頭とそっくりである。宿屋の怪事を述べる話は宋代以降少なくないが、そこでは、しばしばこうした展開が用いられる。(このことについては、後の項で取り上げることにする。)馬たちの対話という設定は、小説では他に見られない珍しいもので[14]、因果と転生という説教臭い道理も、会話のなかで活き活きとした形を与えられている。

次の巻九・如是我聞(三)の話は、さらにまた趣きを変えている[15]。

交河(河北省)のある農婦は、里帰りの際、いつもロバに騎って出かけた。そのロバは丈夫でよく馴れており、自分で道も知っているのだった。しかしある日、帰りが遅れてとっぷり日が暮れ、ロバがコーリャン畑に迷いこんでしまった。夜中にやっと一軒の破れ寺にたどり着くと、二人の乞食が住んでいた。ただ、ほかに術もなく、やむなく一緒に泊まって、翌日彼らに送り返してもらった。

彼女の夫はこれを恥じて、ロバを肉屋に売ろうとした。するとその夜、夢に人が現われてこう言うのだった。「このロバは、前世におまえの金を盗んだ者だ。おまえはその男を取り逃すと、役人に頼んでその妻を代わりに一晩拘留させた。男がロバとなったのは盗みの報い、おまえの妻を載せて破れ寺に行ったのは、男の妻を拘留した報いだ」と。

夫はおどろいて目が覚め、いたく後悔した。その晩ロバは、ぽっくり死んでしまった。

被害と加害の両方の因果が絡み合うところが、この物語の眼目である。新しい仕掛けの面白さを求め、他に類のない話を作り出した点は評価されるべきであろう。ただ、それが見事に成功を収めたとは、どうも言えないような気がする。

このように、対象を驢馬・馬の話に絞って取り上げても、畜類償債譚はかなりの数にのぼり、逐一紹介することができない。最も一般的な牛の償債譚となると、その数はさらに増え、澤田論文「畜類償債譚」によれば合計五十例ほど[16]が、六朝から清代にかけて遍在する。また、唐代までの畜類償債譚に登場する動物は、牛・驢・馬のほかは羊のみであったが[17]、宋以降となると犬・豚・ニワトリ・家鴨と多彩になる。償債の方法も牛・驢・馬の場合のような労役に限定されず、食肉（犬・豚・羊）、報恩（犬）、産卵（ニワトリ・家鴨）など様々な形態をとる。澤田氏の言によれば、勧善書・宣講書までを含めれば話はさらに増加し[18]、「変畜償債の類話は驚くほど数が多く、まことに枚挙に暇がない」状況を呈する。

中国の畜類償債譚のこうした時代を越えた盛行は、一体どこから来るのであろうか。澤田氏は、この種の話にしばしば寺院・寺僧に関わるものが見られることに注目する。たとえば、『太平広記』巻一三四・報応部・宿業畜生の「上公」は、寺の銭八百を借りたまま死んで牛に転生した老婆が、老僧上公の夢に現われる話（出典は、五代後周の王仁裕『玉堂閒話』）、同書同巻の「僧審言」は、寺の財を酒肉の費にあてた僧侶審言が狂死し、その翌年、「審言」二字を腹に記した仔牛が寺下の村に生まれたという話（出典は五代後蜀の周珽『儆戒録』）である。唐宋期の寺院僧団は、宗教活動と僧衆の生活維持のため様々な経済活動に手を染め、土地荘園経営のほかに役畜・農具・米穀・金銭等の貸与も行っていた[19]。畜類償債譚は、こうした事業に従事する僧侶や、借り受けに訪れる在家の人々を戒め教導するために、先ずは寺院で生まれた。そして話の舞台と人物設定を変えつつ、世間一般に広まっていったというのが、氏の説である。

澤田説には説得力があり、大筋のところでは、おそらく異論はあるまい。ただ一言つけ加えるならば、寺院を離れたこの説話の、俗世間での時代を越えた盛行の裏には、中国の人々の極めて現実的な処世観、金銭感覚が働いてるのではないだろうか。

中国における冥界観が、現世をそっくり反映したものであることは、しばしば指摘されるところである[20]。冥府には現世と同様な官僚機構が存在し、賄賂も横行する。「紙銭」を焼いて死者に贈る風習が示すように、死後の世界においても、金銭は欠かすことのできないものであった。現世と冥土は隔絶した世界ではなく、金銭の貸借関係は幽明を超えて存在し続ける。現世での借財に対して、あの世からの督促もあるし[21]、あの世で残した借金が、生き返った人物に請求されたりもする[22]。「殺人償命、欠債還銭」とは、畜類償債譚にも顔をのぞかせる俗諺であるが[23]、金銭貸借に関わる問題が、この国で如何に重大視されたかを端的に物語っていよう。（それは単に損得利害の問題ではなく、モラルの問題でもあった。）このような金銭観を土壌に、転生による償債は倦むことなく語られ、大量の説話を産出していったのである[24]。

ところで、こうした畜類償債譚の主人公には、前世の負債を返して動物としての生を終えた後、どのような運命が待ち受けているのであろうか。償債譚の多くはこれに関して何も語っていない。しかしそこには、宿債を返し終ったあと再び人間に戻るという、暗黙の前提が存在していた。主人公のその後について触れる少数の例は、いずれも人への再生を示している。一例を挙げれば、宋の洪邁『夷堅志』三志己巻三に載る、「倪彦忠馬」の話がある。主人公の倪彦忠は、泥酔して池に落ちて溺れかけ、駆けつけた自分の馬の手綱に縋って命拾いをする。帰宅してそのことを妻に話し始めると、馬が突然つぎのように語り出す。原文は何卓点校本（中華書局、一九八一年）による。

倪廿二郎是我前世之父。我頑狠不孝、多毀罵父母、作畜生、故受罰為異類、且只在爾家。恰因垂轡救父、已償宿債。用此一善、當復居人間矣。

「倪二十二郎が私の前世の父親です。私は頑なな心のねじけた親不孝者で、いつも両親を罵り辱め、畜生呼ばわりしておりました。それによって罰を受けて異類となり、しばらく御宅に住まうことになりました。折よく手綱を垂らしてあなたを助け、これで宿債は償い終えました。この善行で、ふたたび人間世界にもどることができましょう」。

言い終わると、馬は地に倒れて息絶える。つまり、晴れて人間の姿に戻れるというわけである。(25)

仏教発祥の地インドにおいては、無限の生死の循環である輪廻は、解脱によって超えられるべき迷いの世界であった。生きることそれ自体を苦しみと捉えるインドの思想からすれば、死後に再び生を重ねることは恐怖にほかならない。しかし、現世を肯定し生への強い執着をもつ中国においては、輪廻は全く対照的な観点から捉えられた。無論、罪業による動物への転生は恐怖以外の何物でもない。しかし、死後に再び生きることができ、しかも人に戻ることさえあるとすれば、それは現世的な思考においては福音とも響く[26]。こうした思考・世界観の下で、償債を終え罪なき身となった者の向かう先が思い描かれるとすれば、それは煩悩の三火を消し現世的束縛を脱した涅槃ではなく、人として生きるこの現世というのが当然の帰結であろう。中国の畜類償債譚は、因果応報の暗いテーマを扱いながら、しばしば意外にからりと明るい。その理由は、多分このあたりにあると思われる。

中国における償債の思想については、吉川忠夫『中国人の宗教意識』（中国学芸叢書、創文社、一九九八年）所載の「償債と謫仙」に詳しい。同論文によれば、中国仏教関係の文献に見える「償債」の語には、もともと「宿世における罪業を死をもって、とりわけ非業の死をもって償うという観念が託せられている」（一五九頁）。そして、仏教の定着につれて中国社会に浸透した償債の観念は、六朝時代の後期においては一般庶民の間にも広まり、道教にも取り入れられていった（一七七―一七九頁）。この道教のなかにあって償債は、中国固有の謫仙の観念と習合合体してゆく。謫仙は、「重い罪業を背負って輪廻をつづけるところの、暗いイメージをともなうものであったはずである」が、謫仙人李白に象徴されるように、「どこか突き抜けたような明るいイメージがともなう」。というのも、「謫仙人がほかでもない至福の世界の仙からの謫刑者であり、俗界における謫刑の刑期が満ちたあかつきには、再び仙界に召還されることを約束されているからなのであろう」（一八四―一八八頁）。以上が吉川氏の所説の骨子であるが、畜類償債譚にも、これと同じ特徴と構造が窺われるのである[27]。

さて、ここまでの考察では、金銭をめぐる償債譚に専ら焦点を当ててきた。しかし言うまでもなく、驢馬や馬はそれ以外の応報譚にも登場する。以下、対象を広げてそうした話についても眺めておくことにしよう。

驢馬や馬への転生は、唐代以前の応報譚においては、ほとんどすべて金銭をめぐる償債と関わっており[28]、仏典の堕畜償債の思想との強い結びつきがあらためて実感される。しかし、五代の資料あたりから、金銭以外の罪業と絡む話も姿を現わしはじめる。『太平広記』巻一三四・報応部の「劉自然」は、五代の周珽『儆戒録』から引かれる話で、ある男の妻の美髪を強要したうえ男を徴用して戦死させた軍人が、驢馬に転生する。(29) また同巻の「公乗通」は、五代宋初の孫光憲『北夢瑣言』から引かれ、平生奸悪を隠匿してきた公乗通の死後、ある民家に生まれた黒驢の体に白毛で彼の名が示されていた、という内容である。

『太平広記』所載の応報変驢譚としては、もう一話、巻一一六の「僧義孚」がある（出典は唐の唐臨『冥報記』、あるいは五代の孫光憲『北夢瑣言』）。これは、写経用の金を預かって四川に出かけた僧侶が、盗み出された経典を安く買い取って残金を懐に入れ、その報いで病死する話である。仏罰を受けて悲惨な死を迎えるくだりの、次のような描写が興味深い。

此僧雖免罪、未久得疾、両唇反引、有似驢口、其熱痛不可忍也。人皆畏見、苦楚備極而死。……

この僧侶（義孚）は罪を免れたものの、しばらくして病に罹り、両唇が驢馬のようにそり返り、耐えがたい熱と痛みにおそわれた。人々は会うことも畏れ、かれは苦痛の限りを嘗めつくして死んだのであった。……

この場面では、動物への転生の予兆が、すでに生前から現われている。つまり、現世における変身が起こりかけているのである。金銭をめぐる畜類償債譚には見られなかったこうした変身（生前における転生の予兆）は、概ね重い罪の報いを強調しており、償債後については言及されないことが多い。

このような変身の話に注目しながら、宋代の驢馬・馬への転生応報譚を眺めてみよう。先に話を引いた『夷堅志』は、南宋を代表する志怪小説集であり、因果応報の物語を多数収録する。驢馬・馬への転生譚は数話あり、そのなかで驢馬への生きながらの変身を語るのは、丁志巻一三の「閻四老」と支志甲巻一の「普光寺僧」の二話である。[30] 前者は、口利き家業の閻という男が驢馬への転生を息子に告げ、驢馬のしぐさをし、草や豆を食べて死ぬというもの。後者の僧侶の変驢譚には、さらに生々しい変身シーンが登場する。[31] 訳文によって左に紹介しておこう。

武城（山東省）の東にある普光寺の修行僧元暉は、近隣の村の王氏の息子であった。僧侶となってからも、終日街頭で布施をねだり、酒に溺れ遊蕩に耽るありさま。二十五の歳に重い病に罹り、家に戻って寝込むこと一年ばかり、にわかに人事不省に陥ったので、家族は彼を取り巻いて泣いていた。しばらくすると元暉は首を挙げて長く嘶き、地に倒れた。どこが苦しいのかと尋ねると、やっとのことで声を出して、「腰の下の尾骶骨のあたりが痛くてたまらない」という。医者の孔彦璋を呼んで診てもらうと、何と短いロバの尾が、皮膚からとび出している。父親は醜聞が広まるのを恐れて、急いで衣服を覆い被せたが、痛みはいよいよひどくなるばかり、また裸にして人目にさらすと治まった。

翌日、尻尾は一尺ほどに伸びた。翌々日、体中に毛が生え、頭も顔もロバに似てきた。数日たつと、蹄も鬣（たてがみ）もそろい、両耳も高くツンと立った。悲しげに嘶いて、四肢を地につけて立ち上がると、すっかり本物のロバだった。

家族は相談して殺そうとしたが、寺の僧はいった。「いけません。これは天が警告を示して、その悪報を彰かにし、後来の者を戒めておられるのです。殺してしまうのは天理に背くもので、家に災いをもたらすでしょう」。そこで厩のなかで飼い、馬具をつけることはしなかった。だが、ロバはひっきりなしに断いて、そのうえやたらに人に噛みついた。試しに鞍を持ち出して前に置いてみると、耳をピンと立て、嬉しそうなそぶりであった

このロバは、重い荷を負わせて遠くに出かけると、一日に二百里も行った。しかし、十年するとぽっくり死んでしまった。

この変身転生は、すべて現世において起こっており、死も冥界も介在していない。また、驢馬となった元暉が喜んで鞍を載せ、従順に働くのは、罪を償うために外ならない。いずれもこの部類の応報転生譚としては珍しく、資料として貴重なものを持っている。

次に『夷堅志』中の馬への転生譚は、先に紹介した「倪彦忠馬」のほかに、甲志の巻四「愈一公」、丁志の巻九「滕明之」、補巻の巻二五「李宗古馬」がある。「李宗古馬」は償債譚、「滕明之」は、馬への転生を妻に告げた男が死んだ夕べ、家の者たちが馬の嘶きを聞いたというもの。「兪一公」は、権勢をかさに民衆から収奪を続けた兪一公（字は彦輔）が、大病を患って馬に変身してしまうという話。先の「普光寺僧」と同じ現世においての変身で、その一段は「外人聞咆擲聲、亟入視、則彦輔手足皆成馬蹄、身首未及化、腰脊已軟、數起數仆、不能言（外の人たちが鳴き蹴る音を聞きつけて、すぐに入って見てみた。すると彦輔は手も足も馬の蹄にかわっていたが、体と頭はまだ変化していなかった。腰と脊はもう軟らかくなって、何度も立ち上がったり倒れたりし、口をきくことができなかった）」と、こちらもなかなか真に迫っている。

宋代の変驢・変馬応報譚には、他に、方勺『泊宅編』三巻本の巻下に見える話や、廉布『清尊録』の話がある。前者は、侍中の馮拯が薨じた翌年、ある家に生まれた驢馬の腹に白い毛で「馮拯」の二字が浮かび上がっていたというもので、これはすでに『北夢瑣言』に類話が見られた[32]。しかし後者は、病没した吝嗇な富農の楊広が、棺の中から驢馬になって飛び出したことを伝える[33]。総じてこの時代の話は、畜類償債譚の枠に納まっていた唐代に比べると、バラエティーに富んでいる。

続く元明以降については、簡略な指摘に止めたい。明代、瞿佑『剪灯新話』巻二の「令狐生冥夢録」の一節に、戒律を守らなかった僧や尼が、裸体に牛馬の皮を被せられて転生する場面がある。また、王同軌『耳談』巻四の「斉華門妓」は、業債による妓女の驢馬への変身、巻一三の「周震変驢」は、父親を罵った周震が盲目となり、驢鳴して死ぬ話[34]。同じ王同軌の『耳談類増』巻五〇の「賈恵子為驢」は、貪欲な金持ちの賈恵が死んだ日、訴訟の相手の家に生まれた驢馬の腹に、その名の二字があったというもの。鄭仲夔『耳新』巻七には、主人の二十金を横領した下男が寺の馬に転生、生まれた仔馬を売ると二十金になったという償債譚が載る。銭希言『獪園』第一四の「驢言」も償債譚で、愛用の驢馬が突然動かなくなり、借金はもう返済したと人語して死ぬという内容。作者不詳『輪廻醒世』巻一〇の「変馬償所負」は、不正な金を元手に富豪となり、貧窮に苦しむ恩人を見捨てた男が、盗賊に殺されて冥府にゆき馬に転生させられる話。いずれも格別新味はない。

ただ、幾分変わったところとして、応報変驢譚を利用した艶笑小咄であるが、明の笑笑生『金瓶梅詞話』第五一回に次の話が見える[35]。

西門慶咲道、五兒、我有個咲話兒、説與你聽。是應二哥説的。一個人死了。閻王就拏驢皮、披在身上交他變駈。落後判官査簿籍、還有他十三年陽壽。又放回來了、他老婆看見渾身都變過來了、只有陽物還是駈的、未變過來。那人道、我往陰間換去。他老婆慌了説道、我的哥哥你這一去、只怕不放你回來。怎了由他等。我慢慢兒的挨罷。……

西門慶は笑って、「娘や、こんな笑い話があるんだ。応君から聞いた話だがね、昔ある男が死んだ。すると閻魔（えんま）がそいつに驢馬（ろば）の皮を着せて驢馬に変えちゃった。あとで判官が閻魔帳を調べてみると、娑婆（しゃば）の寿命がまだ十三年ある。で、送り返して来たんだが、かみさんが見てみると、からだはすっかりもとどおりになっているのに、あれだけが驢馬のままだった。そこでその男はいった。おれ冥土（めいど）へいって取り替えてもらって来る。すると、かみさんはあわてていった。あなた、こんどいって、ひょっと返してくれなかったら、どうするの。ほってお置きなさい。あたしばらく辛抱しますわ、ってね」……

西門慶が房事中に潘金蓮に話す小咄で、馮夢龍『笑府』巻一〇・形体部にも、「巨卵」としてほぼ同じ話が収められている。応報転生譚は、仏教の本筋から外れて、こんな風に軟化してもいることが分かる。またこの話は日本に渡り、江戸期の小咄や艶笑落語となっているのであるが、それについては次章で触れることにしたい。

清代では、蒲松齢『聊斎志異』巻一の「三生」が先ず挙げられる(36)。これは前世のことを三代にわたって記憶していた劉という人物の話。彼は不行跡を重ねた末に死んで、罰として馬に転生させられる。しかし、期が満ちないうちに馬としての生を終えたため、次には犬、さらには蛇へと転生をくり返した後、やっと人間に戻ることができる。三世にわたる転生の記憶というのが新機軸であろうが、馬への転生のくだりは常套的である(37)。

また袁枚の『子不語』を開くと、巻一九に「驢大爺」、同『続子不語』巻一〇に「金香一枝」が見える。前者は、凶暴な性格で残虐な行いをした貴官の息子が、病死後に驢馬に転生する話。後者は、やや毛色が変わっていて、次のような内容である。(38)

一人の富豪が或る老和尚の高徳の噂を聞き、自家に招き入れて、朝晩叩頭礼拝して仕えていた。身の回りの品々は、すべて金製という贅沢さであった。

ある日、和尚が室内で座禅を組んでいると、突然彩雲がたなびき、異香が部屋に満ちて二人の仙女が現われた。そして「私たちは西天の仏祖の命令で、あなたをお迎えにまいりました」という。自身の徳の薄さを知る老和尚が畏れて尻込みすると、仙女は「おいでいただかなければ、私どもは帰って御報告のしようもございません」という。そこで和尚は、花瓶から金の肉桂の枝一本を抜いて手渡した。すると仙女二人はやっと帰っていった。

次の日、富豪の家に一頭のロバが生まれたが、生まれ落ちるや死んでしまった。下男が肉にして食べようとすると、腹の中から金の肉桂の枝が出てきた。驚いて主人に知らせたけれども、主人の方も訳が分からなかった。

後日、和尚と談話の際、たまたまこの件に言い及ぶと和尚は顔色を変え、実はしかじかと話した。急いで花瓶を覗いてみると、たしかに肉桂の枝一本がなくなっていた。おそらくこれは、功徳も無いのに禄を受ける和尚を、天が憎んで警告したのであろう。

この話では、老和尚が驢馬に変身させられたわけではなく、天からの警告を受けたに止まっている。しかし、明らかにこれも、変驢転生譚の一つのヴァリアントである。

この他、和邦額『夜譚随録』巻一〇の「某王子」は、残忍な性格の明朝の王子が、死の二年後、驢馬に転生するというもの。やや長い話になっているが、臣下の夢枕に立つなど、展開は常套の域を脱していない。また、『説鈴』後集に収められる呉陳琰『曠園雑志』巻上の「庸医変驢」は、藪医者が驢馬に転生する話である。しかし、これも取り立てて注目すべき内容とは言えない(39)。

駆け足ではあるが、こうして明清の話を通覧してみると、いささかマンネリズムの気味が漂うことは否定できない。少なくとも驢馬・馬の話に関する限り、応報転生譚は、物語としての発展のピークをすでに過ぎているように思われる(40)。

仏教伝来以降、止むことなく創出され続けた応報転生譚は、様々な動物の話を併せれば、驚くべき数に達するであろう。前節で述べたように、動物から人へという中国変身譚の主流は動かない。しかし、この応報転生譚を数に入れた場合の人から動物への変身譚の量は、あるいは動物から人への変身譚に迫る勢いを見せるかも知れない。言い換えれば、中国における動物への変身譚の大多数は、応報転生の思想に基づく、こうした話群によって占められているのである。ここで通覧した応報系の変驢変馬譚も、この類の話の主流として、時代を越えて産出し続けられた。ただその歴史は、物語としての発展を一貫して続けたとは言いがたく、新たなヴァリアントを追い求めて謂わば横に広がる増殖を続け、やがてマンネリズムの様相を帯びていったのである。

（1）　負債者の転生の対象に、何故ここで魚や鱉が含まれているのかについては、実のところよく分からない。漁師が殺生の報いで魚に転生する類の応報譚は一般的であるが、負債を残して死んだために魚鱉になったという話は、例がないように思う。もっとも宿債思想における「債」は、金銭問題のみに限らない広義の意味内容を含むので、この場合もそう考えればよいのであろうか。

(2) 支婁迦讖訳の『雑譬喩経』は全一巻、『大正大蔵経』第四巻・本縁部下に収められる。役畜になっての償債は、父母を亡くした二人の兄弟の話に見える。その兄は仏門に入るが、弟は利殖に専念し、死後牛に生まれ変わって塩の荷を運ぶ苦役に喘ぐ。たまたま通りかかった兄が買い取って寺に連れ帰り、三宝に帰依させる。牛となった弟は寿命尽きた後、天界に転生することができたという。

(3) 『出曜経』も『大正大蔵経』第四巻に収められている。『雑譬喩経』と同様な話で、二人兄弟の兄が出家、弟は家業を治める。弟は塩の借財を残して死んだために、牛に転生して塩を運ぶ。兄が事情を話し飼い主が許してくれると、牛は谷川に身を投げて死に、天上に生まれ変わる。『出曜経』のこの話は、『法苑珠林』巻五七の債負篇第六五にも引かれている。

(4) 『生経』は『大正大蔵経』第三巻・本縁部上に収められる。「仏説負為牛者経第三十九」の話は、ある時一頭の大牛が釈迦の足下にひれ伏し、涙を流して慈悲を乞うたが、それは釈迦が前世に転輪王であった時、負債を債主に返せずに死んだ人物だったというもの。釈迦に救済されたこの牛は、七日して寿命が尽き、天上世界に生まれ変わる。この話は、『経律異相』巻四七にも引かれている。

(5) 『経律異相』は『大正大蔵経』第五三巻・事彙部上に収められる。雑獣畜生部上の「牛」の条に「迦羅越牛自説前身負一千銭三反作牛不了」と題し、出典を『譬喩経』として次のような償債譚が引かれている。二人の男が十万の借金を返さない相談をしていると、近くに繋がれていた牛が突然人語する。「自分は千銭の借金のために三度も牛に転生したがまだ返済しきれないでいる。まして十万となれば、その罪は涯がないぞ」。

(6) 澤田論文「畜類償債譚」による(二三六—二三九頁)。また、中国において驢馬の話が多くなっていった理由について、氏は粉挽臼を廻す苦役などに主として驢馬が使われたことを指摘し、「黙々として働くさまを見て、人間の奴婢を思いあわせてその前生を想像したからであろう」とされる(「釈教劇叙録」一二一頁)。

(7) 古小説叢刊本『冥報記　広異記』(中華書局、一九九二年)の方詩銘輯校『冥報記』によって、原文を引いておく(巻下)。『法苑珠林』の原文には、省略箇所や版本による異同があり、筋が幾分たどりづらい。また『太平広記』巻四三六・畜獣部にも、「王甲」と題して『法苑珠林』から引かれているが、やはり省略・脱落箇所がある。

隋大業中、洛陽人姓王、持五戒、時言未然之事、閭里敬信之。一旦、忽謂人曰、今日當有人與我一頭驢。至日午、果有人牽驢一頭送來、涕泣説言、早喪父、其母寡、養一男一女、女嫁而母亡、亦十許年矣。寒食日、妹來皈家。家有驢數年。洛下俗、以寒食日持酒食祭墓、此人乘驢而往。墓在伊水東、欲渡伊水、驢不肯度、鞭其頭面、被傷流血。既至墓所、放驢而失。有頃還在本處。是日、妹獨在兄家、忽見母入來、頭面血流、形容毀瘁、號泣告女曰、我生時避汝兄送米五斗與汝、坐此得罪、報受驢身、償汝兄五年矣。今日欲度伊水、水深畏之、汝兄以鞭捶我、頭面盡破、仍許還家更苦打我。我走來告汝、吾今償債垂畢、何太非理相苦也。言訖走出、尋之不見。女記其傷狀處、既而兄還、女先觀驢、頭面傷破流血、如見其母傷狀、抱以號泣。兄怪問之、女以狀告。兄亦言初不肯度及失還得之狀同。於是兄妹抱持慟哭、驢亦涕涙交流、不食水草。兄妹跪請、若是母者、願爲食草、驢即爲食草。既而復止。兄妹莫如之何。遂備粟豆送五戒處、乃復飲食。後驢死、兄妹收葬焉。

嫁いだ娘に米を内緒で与えた罰で、母が驢馬に生まれ変わるこの話は、『今昔物語集』の震旦部・巻九にも、「震旦隋代人、得母成馬泣悲語　第十七」として載る。小峯和明校注『今昔物語集　二』（新日本古典文学大系、岩波書店、一九九九年）によれば、類話は『金言類聚抄』、『三国伝記』、『直談因縁集』、『厭穢欣浄集』、『当麻曼陀羅疏』の諸書に見えるという（二〇四―二〇五頁）。この話が日本の仏教説話集の著者達に、広く知られていたことを示すものであろう。

（8）『冥報記』の原文が「十許年」とするこの箇所は、他本に異同が多い。『法苑珠林』の『大正大蔵経』本は、「二十年」に作る。『太平広記』が載せる『法苑珠林』のこの話も、「二十年」となっている。ただ、四部叢刊本（明万暦刊一二〇巻本）、周叔迦・蘇晋仁校注本（中国仏教典籍選刊、中華書局、二〇〇三年）は「二年」、『宋磧砂版大蔵経』一〇〇巻本（上海古籍出版社、一九九一年）は、「二季」つまり半年とする。『法苑珠林』の文章では、すぐ後の「家では数年前からロバを飼っていた」の一節が省略されているので、ここは矛盾を生じない。ただ、「ロバとなって兄さんに償いをして五年になる」の「五年」は四部叢刊本、周・蘇校注本ではそのまま、宋磧砂大蔵経本では「五季」となっており、辻褄が合わない。仮に、「五年」あるいは「五季」のあいだ「償いをすることになった」の意味に取ったとしても、母の死後「二年」ないしは「二季」ということであれば、償債期間はまだ半分以上も残されている。後に見える母親の台詞「私の償債はもうすぐ終ろうとしているのに」とは、明らかに矛盾しよう。

結局、「十許年」か「二十年」のいずれかということになるが、「二十年」では時間が開き過ぎるように思われる。ここはやはり『冥報記』の文によることにした。

(9) 李信の話は、『法苑珠林』巻五二（一二〇巻本では巻六五）・眷属篇にも見える。澤田論文には、これらの資料がいずれも採録されていない。

(10)「盧従事」の原文は次の通り。

嶺南従事盧傳素寓居江陵。元和中、常有人遺一黒駒。初甚蹇劣、傳素豢養歴三五年、稍益肥駿。傳素未従事時、家貧薄、矻矻乘之、甚勞苦、然未常有銜橛之失。傳素頗愛之。一旦、傳素因省其槽櫪、偶戯之曰、馬子得健否。黒駒忽人語曰、丈人萬福。傳素驚怖却走、黒駒又曰、阿馬雖畜生身、有故須曉言。非是變怪、乞丈人少留。傳素曰、爾畜生也。忽人語、必有寃抑之事、可盡言也。黒駒復曰、阿馬是丈人親表甥、常州無錫縣賀蘭坊玄小家通兒者也。丈人不省貞元十二年、使通兒往海陵賣一別墅、得錢一百貫。時通兒年少無行、被朋友相引狹邪處、破用此錢略盡。此時丈人在遠、無奈通兒何。其年通兒病死、冥間了了、爲丈人徵債甚急。平等王謂通兒曰、爾須見世償他錢。若復作人身、待長大則不及矣。當須暫作畜生身、十數年間、方可償也。通兒遂被驅出畜生道、不覺在江陵群馬中、即阿馬今身是也。阿馬在丈人槽櫪、于茲五六年、其心省然、常與丈人償債。所以竭盡駑蹇、不敢居有過之地。亦知丈人憐愛至厚、阿馬非無戀主之心。然記傭五年、馬畜生之壽已盡。後五日、當發黒汗而死。請丈人速將阿馬貨賣。明日午時、丈人自乘阿馬出東棚門、至市西北角赤板門邊、當有一胡軍將、問丈人買此馬者。丈人但索十萬、其人必酬七十千。便可速就之。言事訖、又曰、兼有一篇。留別丈人。乃驤首朗吟曰、既食丈人粟。又飽丈人芻。今日相償了、永離三惡途。遂奮迅數遍、嘶鳴齕草如初。傳素更與之言、終不復語。其所言表甥姓字、盜用錢數年月、一無所差、傳素深感其事。明日、試乘至市角、果有胡將軍懇求市。傳素微驗之、因賤其估六十緡。軍將曰、郎君此馬。直七十千已上、請以七十千市之。亦不以試水草也。傳素載其緡歸。四日、復過其家。見胡軍將曰、嘻、七十緡馬、夜來飽發黒汗斃矣。

なおこの話は、志村五郎『中国古典文学私選　凡人と非凡人の物語』（明徳出版社、二〇〇八年）の「『太平広記』抜き書き」に邦訳紹介されている（一二九―一三一頁）。

(11) ただ、馬が一首歌い残す箇所は、余情を漂わすつもりが逆効果になっているようで、どうもいただけない。しかし、物語に詩が挿入されるのは、当時の読書人の小説の常であり、その技法に倣ったのであろう。変身譚の場合も、たとえば著名な

「李徴（人虎伝）」、第二章第一節で紹介したこの薛漁思の「申屠澄」など、いずれも詩を織り込み、こちらは効果的で成功を収めている。

（12）張友鶴輯校本（上海古籍出版社、一九七八年新版）の『聊斎志異』によれば、原文は次の通り。ただし、校記は煩を避けて省略する。

李公著明、慷慨好施。郷人某、傭居公室。其人少游惰、不能操農業。家窶貧。然小有技能、常爲役務、毎賚之厚。時無晨炊、向公哀乞、公輒給以升斗。一日、告公曰、小人日受厚恤、三四口幸不殍餓。然曷可以久。乞主人貸我菉豆一石作資本。公忻然、立命授之。某負去、年餘、一無所償。及問之、豆貲已蕩然矣。公憐其貧、亦置不索。公讀書於蕭寺。後三年餘、忽夢某來、曰、小人負主人豆直、今來投償。公慰之、曰、若索爾償、則平日所負欠者、何可算數。某愀然曰、固然。凡人有所爲而受人千金、可不報也。若無端受人資助、升斗且不容昧、況其多哉。言已、竟去。公愈疑。既而家人白公、夜牝驢産一駒、且修偉。公忽悟曰、得毋駒爲某耶。越數日歸、見駒、戲呼某名。駒奔赴如有知識。自此遂以爲名。公乘赴青州、衡府内監見而悦之、願以重價購之、議直未定。適公以家中急務不及待、遂歸。又逾歳、駒與雄馬同櫪、齕折脛骨、不可療。有牛醫至公家、見之、謂公曰、乞以駒付小人、朝夕療養、需以歳月。萬一得痊、得直與公剖分之。公如所請。後數月、牛醫售驢、得錢千八百、以半獻公。公受錢、頓悟、其數適符豆價也。噫、昭昭之債、而冥冥之償、此足以勸矣。

（13）『閲微草堂筆記』の原文は次の通り。汪賢度校本（上海古籍出版社、一九八〇年）により、簡体字を改めた。なお、この話は澤田論文には採録されていない。

交河老儒及潤礎、雍正乙卯郷試、晩至石門橋、客舍皆滿、惟一小屋、窗臨馬櫪、無肯居者、姑解裝焉。羣馬跳踉、夜不得寐。人靜後、忽聞馬語。及愛觀雜書、先記宋人説部中有堰下牛語事、知非鬼魅、屏息聽之。一馬曰、今日方知忍飢之苦。生前所欺隱草豆錢、竟在何處。一馬曰、我輩多由圉人轉生、死者方知、生者不悟、可爲太息。衆馬皆嗚咽。一馬曰、冥判亦不甚公、王五何以得爲犬。一馬曰、冥卒曾言之、渠一妻二女并淫濫、盡盜其錢與所歡、當罪之半也。一馬曰、信然、罪有輕重、姜七墮豕身、受屠割、更我輩不若也。及忽輕嗽、語遂寂。及恒擧以戒圉人。

（14）小説から戯曲に目を移してみると、澤田「釈教劇叙録」が紹介する、元の雑劇「龐居士誤放来世債」がある。劇の第二折に、牛・馬・驢が前世の負債を告白しあう場面が見られる。あるいはこれがヒントになっているのであろうか。「龐居士誤放来世債」は劉君錫の作で、明・臧懋循輯『元曲選』（中華書局、一九五八年）の第一冊、徐征・張月中　等主編『全元曲』（河北教育出版社、一九九八年）の第八冊などに収められている。

(15)『閲微草堂筆記』の原文は次の通り。汪賢度校本により、簡体字を改めた。

従兄萬周言、交河有農家婦、毎歸寧、輒騎一驢往。驢甚健而馴、不待人控引即知路。或其夫無暇、即自騎以行、未嘗有失。一日、歸稍晩、天陰月黒、不辨東西。驢忽横逸、載婦徑入秫田中、密葉深叢、迷不得返。半夜、乃抵一破寺、惟二丐者棲廡下。進退無計、不得已、留與共宿。次日、丐者送之還。其夫愧焉、將鬻驢于屠肆。夜夢人語曰、此驢前世盗汝錢、汝捕之急、逃而免。汝嘱捕役縶其婦、羈留一夜。今爲驢者、盗錢報、載汝婦入破寺者、縶婦報也。汝何必又結來世冤耶。惕然而寤、痛自懺悔。驢是夕忽自斃。

(16)澤田氏の博捜にも遺漏が無いわけではない。幾つか気づいたところを挙げて補っておく。五代呉越の陳纂『葆光録』巻三、上虞県の庶民の話。元の闕名撰『湖海新聞夷堅続志』補遺・報応門の「画工為牛」。明の王同軌『耳談』巻三の「秦氏家牛」。また明の顔茂猷『廸吉録』には、世集の「再生爲牛」、さらに太集の「瞞心取財之報」に、牛への転生譚が五話見える。

(17)もっとも動物以外となると、橘の樹になって実をつけて償うという珍しい話が、『太平広記』巻四一五・木怪部の「崔導」に見える（出典は唐の柳祥『瀟湘録』）。転生による償債の物語が、多種多様な類話を生み出してゆく兆しを、ここにも窺うことができよう。

(18)澤田氏の『増補　宝巻の研究』（国書刊行会、一九七五年、初版は采華書林、一九六三年）を参照すると、『梁皇宝巻』に梁武帝の皇后郗氏の蟒蛇への転生、『龐公宝巻』には、五百羅漢のタニシへの転生の話が見える（二二八―二二九頁）。このうち後者には、驢馬に転生する償債譚が織り込まれている。ほかに注16に挙げた『廸吉録』には多数の応報転生譚が収められ、平集・女鑑門には、「煤郎母負債作驢」と題した驢馬への転生譚も見える。ただ、勧善書類に関しては未調査で知識を欠く。専家の教示を待ちたい。

(19)道端良秀『唐代仏教史の研究』（法蔵館、一九五七年）第五章。同章は、のちに『中国仏教と社会との交渉』（平楽寺書店、一九八〇年）、『中国仏教社会経済史の研究』（平楽寺書店、一九八三年）と併せて、『道端良秀中国仏教史全集　第四巻』（書苑、一九八五年）に再編収録された。第五章「仏教寺院と経済問題」の「一　唐代における寺院経済」において、当時の寺院の営利事業が論じられている。

(20)澤田瑞穂『修訂　地獄変』（平河出版社、一九九一年、初版は法蔵館、一九六八年）の「六　現世と冥界」に、多くの例話を挙げて詳しく論じられている。

(21)　澤田瑞穂『修訂　鬼趣談義』(平河出版社、一九九〇年、初版は国書刊行会、一九七六年)の「鬼索債」に、死者が生前に貸した金の請求に現われる話が、数多く紹介されている。また、やや変わったところでは『夷堅志』甲志巻五に「趙善文」の話があり、廟の神が夢枕に立って、貸した賽銭の返却をせまる。

(22)　『聊斎志異』巻四の「酒狂」は、一度あの世まで行って蘇生した酒癖の悪い男が、冥土での負債の返済(紙銭を焼いて返す)を怠り、一年余り後に急死するという話。彼の最後の言葉は、「便償爾負、便償爾負(すぐにあなたへの負債はお返しいたします)」である。

(23)　『夷堅志』支志甲巻三の「方禹冤」、『閲微草堂筆記』巻九・如是我聞(三)の役夫辛五の話に見える。『中国諺語総匯・漢族巻　俗諺』(中国民間文芸出版社、一九八三年)にも、この語が載る(下巻一九頁)。

　この俗諺は、言い回しを変えて、白話小説などにしばしば登場するようである。翟建波編著『中国古代小説俗語大詞典』(漢語大詞典出版社、世紀出版集団、二〇〇二年)に幾つもの用例が挙げられている(九〇三頁)。畜類償債譚と関わる俗諺としては、「欠債変驢変馬填還」というのがあり、同詞典は明の呉元泰『東游記』巻二五の用例を引いて説明している(七七六―七七七頁)。

(24)　転生による償債の話は、五代宋以降、さらに多種多様な内容になって量産される。たとえば、債主の方が先に死んでしまった場合、相手の不肖の息子あるいは病弱の子となって生まれ、財産を蕩尽するといったパターンも登場する。他に、清の兪樾『右台仙館筆記』巻五が慈谿(浙江省)の風俗として伝える「肚仙」は、転生とは言えないが、面白い償債法である。これは、負債を残して死んだ者が鬼となって債主の腹中に入る。するとその人は、鬼の力を借りて亡者の魂を呼ぶことが出来るようになり、これで金を稼ぐ。その金額が負債額に達したところで、鬼は腹中から去るというものである。(いずれも澤田瑞穂『鬼趣談義』の「鬼索債」「鬼卜」に、多くの例話を挙げて論じられている。ただ、澤田氏が『稽神録』の話を六朝期の例としているのは誤り。『稽神録』は五代南唐の徐鉉の撰。)また、こうした「鬼索債」の話については、福田素子氏に「鬼討債説話の成立と展開――我が子が債鬼であることの発見」(『東京大学中国語中国文学研究室紀要』第九号、二〇〇六年)、「六朝・唐代小説中の転生復讐譚――討債鬼故事の出現まで」(『東方学』第一一五輯、二〇〇八年)、「偽経《仏頂心陀羅尼経》的研究」(『中国古典文学与文献学研究』第四輯、二〇〇八年)、「雑劇『崔府君断冤家債主』と討債鬼故事」(『東方学』第一二一輯、二〇一一年）の諸論考があって詳細である。

(25) 同様な資料は、他にもいくつか拾うことができる。たとえば、同じ『夷堅志』の支志景巻一〇「商徳正羊」、支志丁巻三「如皎鹿母」。澤田論文所掲の資料のなかでは、清の董斯張『呉興備志』巻三一所収の豚の話。償債後について触れる話の場合、例外なくすべて動物から人に戻ることになっている。

また、これも澤田論文所掲の清・王棫『秋燈叢話』巻一七の「偸節婦変驢」は、節婦の金を盗んだ男が生きながらロバに変身しかけ、妻に頼んで金を返してもらって人の姿に戻るという話。通常の畜類償債譚とは異なるが、最後に人間に戻る点は変わらない。（王棫『秋燈叢話』は、内閣文庫に乾隆五六年刊本、東京大学東洋文化研究所には、同刊本および道光八年刊本が所蔵されている。ほかに『続修四庫全書』に、乾隆刊本の影印が収載。）

(26) 輪廻の思想をめぐるインドと中国の対比については、渡辺照宏編『思想の歴史4 仏教の東漸と道教』（平凡社、一九六五年）所載の、森三樹三郎「まじないと練り薬の宗教」を参照した（四九—五〇頁）。また、現世的な立場から捉え直された「六道輪廻」の思想としては、たとえば『西遊記』の第一一回「游地府太宗還魂 進瓜果劉全続配」に見える例などが挙げられよう。そこでは、悪事を行った者が沈む「鬼道」以外の五道は、善行・孝行・徳行などに応じた、「仙道」「貴道」「福道」「人道」「富道」となっている。

(27) また同論文は、東晋の羅含「更生論」（『弘明集』巻五）を取り上げ、「輪廻本来の観念につきまとう存在についての深くて暗い絶望感は払拭され、一転して再生を約束する楽観的な希望に変わっている」と指摘する（一五五頁）。輪廻の思想の中国的な変容は、このように早期の仏教文献にすでに現われているのである。

この「償債と謫仙」は、吉川氏の『大乗仏典 中国・日本篇四 弘明集・広弘明集』（中央公論社、一九八八年）解説、「六朝隋唐時代における宗教の風景」（『中国史学』二、一九九二年）、「償債と謫仙」（平凡社『月刊百科』二九五・二九六号、一九八七年）の三論文を纏めて加筆されたもの。なお平凡社『月刊百科』所載の「償債と謫仙」は、後に『読書雑志 中国の史書と宗教をめぐる十二章』（岩波書店、二〇一〇年）に収録された。

(28) 敢えて例外的な話を探せば、『太平広記』巻一一九・報応部・冤報の「庾宏奴」が挙げられよう（出典は南朝宋の劉義慶『幽明録』）。母親の病気を治す薬として、人の髑髏を求めていた男が、隣家の婦人から拾った首を貰い受ける。さっそく黒焼きにして粉に砕き、母親に飲ませたところ、母親は骨片が喉に刺さって死亡、隣の婦人は全身が腫れ上がり、牛か馬のような姿になって死んだというもの。隣婦は牛馬の姿に変わるのであるが、動物への転生の予兆としては描かれていないように思われる。となると結局、驢馬や馬への応報転生譚で償債以外の話は、見当たらないことになる。

(29) 澤田論文では、金銭をめぐる畜類償債譚と並べて挙げられているが、やはり区別すべきであろう。

(30) ほかに丁志巻七「夏二娘」、巻一三「高県君」があるが、これは驢馬への転生償債譚。志補巻六にも、騾馬への転生の話として「張本頭」があるが、いずれも生前の変身は見られない。

(31) 『夷堅志』の原文は、何卓点校本（中華書局、一九八一年）によれば次の通り。

武城之東普光寺行童元暉、近村王大〔一作「氏」〕子也。既作司、爲街坊化士、嗜酒不檢、一意狎遊。年二十五歲、得疾甚惡。還其家、困臥閱一寒暑、忽昏不知人、舉室環泣。少頃、仰首長鳴、頓仆於下〔一作「地」〕問其所苦、稍能言曰、腰脊之下尾骨痛不可忍。呼瘍醫孔彥璋視之、乃短驢尾自皮膚間崛出。父畏醜狀宣播、急掩其衣、痛愈切、復裸以示人然後止。明日、長尺許。又明日、遍體生毛、首面已肖驢形。數日後、蹄鬣俱備、兩耳翹翹然、哮吼悲鳴、四肢據地卓立、儼成真驢。家人議欲殺之、寺僧云、不可、此天所以示戒、彰其惡報、以懲後來。如殺之、是逆天背理、將爲君家不利。於是畜于厩中而弗施轡勒。驢嘶噉〔一作「鳴」〕不已、且亂齧人。試舉鞍置前、則聳耳以待、若有喜意。負重致遠、能日行二百里。凡十年方死。

この話は、『古今図書集成』博物彙編・禽虫典第一〇四巻・驢部には、『山西通志』の記事として引かれている。文章は簡略化されており、『夷堅志』に基づくと考えられる。

(32) 『泊宅編』のこの話は、宛委山堂本『説郛』巻一一六には、北宋の張師正『括異志』からの引用として載せられている。現行の『括異志』一〇巻本には見えず、古小説叢刊の『稽神録　括異志』（中華書局、一九九六年）は、輯佚として採録する。

似た話としては、驢馬ではなく牛への転生であるが、北宋の劉斧『青瑣高議』後集巻四の「陳貴殺牛」がある。陳貴という人物が牛を殺した報いで発狂し、草を食べて牛のように吼え、死んだ後に尾まで生えた。そして後日、隣家の牛が仔牛を産んだところ、腹の下に白い毛で「陳貴」の二字があったと記す。なお『青瑣高議』には、同巻「兪元」に、兎を殺した報いで鷹の鳴き声をして死ぬ男の話、後集巻三「化猿記」に、猿を殺して猿に転生し、人語してそのことを告白する話なども収められている。

(33) 『清尊録』のこの話は、日本江戸期の作家にも強い印象を与えたようである。落月堂操巵『和漢乗合船』巻二の「即身即猫（そくしんそくめう）」

附葛岡猫塚（くずおかのねこづか）　日爪発心（ひづめほっしん）」に、「棺中轤馬（くわんのうちのろば）　女名舅殺（をんなのなはしうとごろし）」と題して附載紹介されている。『和漢乗合船』は、別名『怪談乗合船』（題簽には「怪談乗合船」、序題・目録題等には「和漢乗合船」と記す）、正徳三年（一七一三）の刊行で、国会図書館にのみ蔵する孤本といわれる。木越治『浮世草子怪談集』（叢書江戸文庫、国書刊行会、一九九四年）に翻刻と解題があり、これによった。

(34)「周震変驢」もよく知られた話だったようで、他書に散見される。たとえば、明の王圻『稗史彙編』巻一六七・禍福門・輪廻類、周楫『西湖二集』巻六、佚訽『西樵野紀』巻四など。

(35) 原文は日光山輪王寺慈眼堂所蔵万暦刊本影印（大安、一九六三年）、邦訳は小野忍・千田九一『金瓶梅（中）』（中国古典文学大系、平凡社、一九六六年）による。

(36)「三生」については、拙稿「『聊斎志異』「三生」本事小考」（『横浜国大国語研究』第二一号、二〇〇三年）を参照。ただし、その後、明清の筆記小説類から新たに左記のような類話数篇を拾い出したため、補訂の必要を感じている。

明・無名氏『輪廻醒世』巻一一「継妻三変畜」
清・褚人穫『堅瓠集』餘集巻一「騾得人身」
清・張潮『虞初新志』巻一一「銭塘于生三世事記」
清・徐慶『信徵録』全一巻「前生駅馬」「前生為猪」「自知三生」
清・李慶辰『絵図希奇古怪』巻三「三世」、巻四「三世」

(37) 前掲の拙稿において論じた点であるが、この「三生」には、実は基づくところがあったと考えられる。北宋の孫光憲『北夢瑣言』巻一の「劉三復記三生事」に、唐の劉三復が三世にわたる記憶を持っており、嘗て馬となって苦しんだ体験から馬を大切に扱ったという話が見える。ただ、光憲は美談としてこれを書き留めているようであり、応報譚の色合いはない。

下って明代の話として、銭希言『獪園』巻八に「劉指揮子三生事」がある。憎まれ者の秀才が豚・蛇と転生を重ねた後、劉指揮の子となって生まれ、前世のことを記憶していたというもので、劉三復の話よりも遙かに「三生」に近い。他にも前注に示した『輪廻醒世』『虞初新志』などの話があり、こうしてみると、「三生」創作における蒲松齢の翻案とオリジナリティーの問題は、より綿密な検討を要するように思われる。

(38)『続子不語』の原文は次の通り。テキストは王英志主編『袁枚全集　肆』により、併せて申孟・甘林点校『子不語』（上海古籍出版社、一九八六年）を参照した。

富民某聞某寺有老僧、徳行頗高、延請至家、供奉一室中、朝夕頂禮。即香柱香爐之内、無不以金爲之。一日、僧于靜室中入定、忽見彩雲飄渺、異香滿室、有二仙女將一蓮座來、曰、我奉西方佛祖之命來迎。僧自顧功行頗淺、懼不敢往。仙女催促再三、且曰、若不去、我無以復命。僧乃取瓶中香桂一枝與之、始冉冉而去。明日、主人家産一驢、墮地而死。奴僕輩剖食之、腸中有金香一枝、驚白主人。僧不知也、即主人亦不知金香桂爲供奉和尚之物。後偶于參禮和尚時、主人談及此事、和尚大驚失色、始以向夕蓮花相迎之事告主人。亟看瓶中、已少一枝香桂矣。蓋無功食祿、天意所忌、故使變驢以報也。

（39）澤田論文「畜類償債譚」は、清朝の変驢変馬償債譚として、他に曹衍東『小豆棚』報応「償負驢」、梁恭辰『北東園筆録』三編巻二「負債爲驢」、同書四編巻六「驢償債」、慵訥居士『咫聞録』巻七「驢償前生債」、玉梅詞隠『説部擷華』巻六「冥報」などを挙げる。ただ、これらの話も格別目新しい内容ではない。

（40）他の動物への応報転生譚については、本格的な調査検討を行っていないが、恐らく同様な兆候が窺われよう。

2　『出曜経』系

次に、動物に変身した人を元の姿に戻す、不思議な薬草の系譜はどうであろうか。

この話を載せる『出曜経』や『雑譬喩経』も、因果応報・輪廻転生を説く他の諸仏典とともに、早く中国に伝来し漢訳されている。しかし、この説話は応報譚とは対照的に、中国の人々には全く受け容れられなかったようである。

中国の小説や筆記には、不思議な効力を持つ多種多様な薬草が登場する。たとえば、死者を生き返らせる「不死草」「活人草[1]」、夜に燃やせば鬼物を照らしだす「明莖草[2]」、食べれば空中を歩くことのできる「躡空草[3]」、万国の言語に通ずることができる「采華草[4]」、あるいは鉄を金に変える草[5]などもある。

しかし、人や動物を瞬時に変身させる薬草は、どこを探しても見つからない。唐代の資料として唯一挙げられるとすれば、『太平広記』巻三六八の「虢国夫人」（出典は唐の李隠『大唐奇事』）に登場する霊芝であろうか。話の内容は、おおよそ次の通りである。(6)

長安に一人の見すぼらしい僧侶がいて、人語を解するという小猿を売っていた。虢国夫人（楊貴妃の姉）が噂を耳にし、僧を屋敷に呼んで猿を買い上げ、そばに置いて可愛がった。

半年ほどして、楊貴妃が夫人に霊芝を贈ってきたことがあった。夫人は小猿を呼んでそれを弄ばせた。すると猿は夫人の面前で地に倒れ、十四、五歳の端正な容姿の子供になった。夫人が怪しんで叱りつけ、問いただすと、子供は言った。

「私はもと姓を袁といい、私を売った僧は、むかし蜀の山中に住んでおりました。私は父に従って山に入り、薬草採りをしていました。林下に住むこと三年、父はいつも薬草の苗を私に食べさせていました。すると或る日、知らないうちに猿に変身してしまったのです。父が懼れて私を棄てたので、あの僧に拾われ、この御屋敷にやってまいりました。私は口こそきけなかったものの、胸のうちに刻んだことがらは、忘れてはおりません。御恩を受けましてから、あなた様に心中をお伝えしたいと願いつつ、言葉にできないことがもどかしく、夜ごと涙を流すばかりでした。今、はからずも人間に戻ることができましたが、いかが思し召し下さいますでしょうか」と。

夫人はこれを不思議なことと思い、命じて錦の衣を着せ、侍従をつけてやり、そのことを秘密にした。

それから三年、子供は美青年に成長した。楊貴妃もしばしば訪れて可愛がり、人の目に触れることを恐れて外出させず、一室に住まわせた。彼は薬草の類しか口にしなかったので、夫人は侍女にいつも薬草を食事に出させた。だが、ある日突然、侍女とともに猿に変身してしまった。夫人が怪しんで人に命じて射殺させると、何と彼は木の人形であった。

何とも奇怪なこの変身譚には、なるほど薬草が登場する。ただ、贈られた霊芝によって猿から人に戻るくだりは、原文は「楊貴妃遺夫人芝草、夫人喚小猿令看翫。小猿對夫人面前倒地、化爲一小兒」となっており、霊芝を食べての変身と明記されていないところからすると、別の可能性も考えられる。また、この子供を猿に変身させてしまう薬草は即効性のものではなく、父親あるいは虢国夫人から与えられたいずれの草の場合も、三年という年月がかかっている。加えて、変身するこの子供の正体もよく分からない。射殺されて人形になったのであれば、もともと人間ではなかったのであろうか。

中国においては極めて珍しい、変身の草の登場する資料ではあるが、雲をつかむような事件の真相は、これ以上探りようがない。しかしいずれにしても、この霊芝・薬草は『出曜経』のシャラバラ草とは異質のものであろう。

この他に、変身と関わる草ということで強いて取り上げるならば、『西遊記』の原型とされる宋代話本、『大唐三蔵取経詩話』の「過獅子林及樹人国第五」の一節がある(7)。三蔵法師の一行（お供は孫悟空の前身の猴行者と僧侶たち）は、獅子の林を抜けて樹人国にさしかかり、日も暮れかけたので一軒の小さな家に宿を借りる。翌朝、お供の小行者は買い物に出かけたが、昼になっても一向に戻ってこない。そこで猴行者が探しに出かけると、果たして事件に遭遇する。以下は、太田辰夫氏の訳文(8)によることにしたい（九五―九六頁）。

猴行者が数里さきへ行ってきいてみますと、一軒の人家があり、魚つり舟が樹につながれ、みのが戸にかけられております。して、その小行者は魔法にかけられ、驢馬にかえられて家の前につりさげられておりました。その驢馬、猴行者の姿をみまするや、けたたましくなきだしました。

猴行者がその家の主にたずねますよう、

「わたしのところの小行者はどちらへ買い物に行ったでしょうか」

主、

「けさほど小行者がここに来たので、わしが驢馬にしてしまったよ。それ、そこにおるじゃろ」

猴行者たちまちおこり出し、その家のご新造、年のころは十と六、めっぽうきれいであだっぽく、西施もおよばぬほどの女を、魔法をつかって一たばの青草にしてしまい、ポイと驢馬の口もとに放りだしました。

主が申すよう、

「うちの新造はどこへ行った？」

猴行者、

「驢馬の口もとの青草があんたのご新造さ」

主、

「それじゃあんたも魔法をつかえるんですな？　わたしはだれもこの魔法はつかえないものとばかり思っておりました。どうぞわたしの新造をかえして下さい」

「じゃお前からわしとこの小行者をかえせ」

主、プーッと水を吹きかけまするや、驢馬はすぐに小行者にもどりました。猴行者もプーッと水を吹きかけますと、その青草はご新造にかえります。

こうして猴行者は小行者を救い出し、宿の主人を脅しつける。すると主人は恐れかしこんで、罪を詫びる詩をつくる。行者も応えて一首詠い残して立ち去る、というのがこの巻の結びである。

猴行者は宿の主人の術に対抗して、彼の妻を青草に変える。餌として驢馬の鼻先に差し出された青草は、僧侶たちを人間の姿に戻す点では、シャラバラ草と同じ役割を果たしたことになる。しかし、逆方向の発想に立つ（一方は食べることによって還形し、他方は食べないことによって還形する）この二種の草の間に、影響関係までを想定するのは難しい。先ずは、直接的な関わりはないと考えてよいであろう。また変驢の術を使う宿の主人が登場する点においては、「板橋三娘子」との関連の問題も浮上してくるが[9]、これについては次項で取り上げることにする。

宋元以降、小説や筆記の著述は膨大な数にのぼり、それらすべてに目を通すことは個人の能力を超える。したがって調査の対象は、代表的な著作を中心とする限られた範囲になるが[10]、変身と結びつく草の記事は、一向に見当たらない[11]。先の変身術の項で確認したように、元来中国には薬草による急激な変身という発想がなかった。したがって、ヨーロッパにおいては民話や童話に好んで取り入れられた、不思議な食べ物による変身という展開も[12]、人々の関心を集めるには至らなかった。結局、『出曜経』のシャラバラ草は、この国においては類話や翻案の母胎となる活力を持ち得ず、早々に忘れ去られていったのである。

はるばる伝来したシャラバラ草の中国での命運は、このように儚いものであった[13]。では、シャラバラ草とともにておくことにしたい。

に説話中に登場した女呪術師も、全く同じ運命をたどることになったのであろうか。次にこの点について考察し

『出曜経』の説話に見える、旅商人を驢馬に変えてしまう呪術について言えば、唐宋以前にここから類話が生み出された形跡はない。（「板橋三娘子」の変驢の術は、すでに述べたように『カター・サリット・サーガラ』『アラビアン・ナイト』系列の話に属し、『出曜経』の直接的な影響はない。）しかし、用いる術は異なりこそすれ、旅の男を籠絡する妖術使いの女ということになると、唐の房千里『投荒雑録』（『太平広記』巻二八六・幻術部「海中婦人」）に、こんな記事が残されている。

海中婦人善厭媚、北人或妻之、雖蓬頭傴僂、能令男子酷愛、死且不悔。苟棄去北還、浮海蕩不能進、乃自返。

海中の婦人は厭媚（色じかけで人を惑わす術）を善くし、北方の男がこれを妻とすると、髪はボサボサで佝僂のような容姿でも、男を夢中にさせ、命も惜しくないと思うほどにさせてしまう。そして仮にも女を棄てて北に帰ろうとすると、海に漕ぎ出した船は漂って進むことができず、もとの地に戻ってしまうのである。

わずか四十字余りの短い記述ながら、房千里が伝える南海の婦人の呪術は、二つの点で極めて興味深い。一つは、海に漕ぎ出した男の船を戻してしまう術で、これは原話の考察の際、『諸蕃志』の中理国（アフリカ東部ソマリーランド地域）に関連して取り上げた、『東方見聞録』のソコトラ島に伝わる呪術の記事と酷似する。[14] これらの術はまた、ヨーロッパ沿海部に伝わる魔女の荒天術を連想させ、中近東の地域を介して想像はさらに広がる。た

だ残念ながら、これ以上論をすすめる知識がない。単なる指摘に止めておく。

いま一つの、より注目すべき点は「厭媚」の術である。これは変驢の術とは明らかに異なっており、房千里も術使いといえば、その伝聞もやはりまた、仏典中の説話と無縁ではないように思われる。しかし、旅人を色じかけで虜にする『出曜経』の説話とは別の伝聞をもとに、この記事を綴ったと考えられる。というのは、釈迦の前世の姿と行いを説く本生話（ジャータカ）や、仏弟子あるいは敬虔な信者を主人公とする前世物語（アヴァダーナ）、あるいはその他の仏典のなかに、男を誘惑する女夜叉や羅刹女の話が見えるからである。[15] 彼女たちは漂着した旅人を美女に化けて誘惑し、やがて彼らを食べてしまう恐ろしい鬼神である。話の大筋はいずれも、危機に陥った或る旅人が、釈迦や仏弟子の前身によってその魔手から救われるというものであるが、この夜叉・羅刹の手管が、房千里が伝える南海の「厭媚」の術のルーツではないだろうか。左に「雲馬本生物語（ヴァラーハッサ・ジャータカ）」から、冒頭の一部分を抜き出してみよう。同経典は『南伝大蔵経』第三〇巻・小部経典八・本生経に収められるが、訳文は岩本裕『仏教説話』（グリーンベルト・シリーズ、筑摩書房、一九六四年／『仏教説話研究　第二巻　仏教説話の源流と展開』開明書店、一九七八年）の方がこなれており、こちらによることにする（筑摩本二〇二―二〇三頁）。

むかし、タンバパンニ島に、シリーサ・ヴァットゥという夜叉の町があった。そこには多くの夜叉女が住んでいた。彼女らは難破船が漂着すると、いつも着飾って、固い食物や軟らかい食物を携え、多くの侍女をつれ、子どもを腰に抱いて、商人たちを見舞った。商人たちが「やれやれ、人間の住んでいるところに、やっと着いた」と思うように、そこかしこに、耕作している人や牛飼いをしている人や、家畜や犬などが見え

るようにしておく。そして商人たちに近づいて、

「さあ、このお粥を召しあがれ。御飯をおあがりなさい。お菓子を食べなさい」

とすすめる。商人たちは、なにも知らないで、その御馳走を平らげる。彼らが食べ終って、休んでいるときに、やさしく話しかけて、

「みなさんは、どこの方々で、どちらからいらっしゃって、どちらへいらっしゃいます。なんの御用で、ここへ、おいでになりましたか」と聴く。商人たちが、

「われわれは難船して、ここへ着いたのです」と答えると、

「まあ、それはそれは。わたしたちの夫も船に乗って出かけてから、もう三年経ちます。もう死んだだろうと思います。あなたがたも商人です。わたしたちがお世話してあげましょう」

と言い、商人たちを女の魅力で惑わして、夜叉の町へつれこむ。もし前に捕えた人があるときには、鎖で縛って牢屋に放りこむ。……


話はこのあと次のように続く。ある日、この島に五百人の商人が漂着し、夜叉女たちと結ばれる。女の身体が冷たいことから夜叉と気づいた商人の首領は、仲間たちと逃亡しようとするが、二百五十人の者は女を見捨てられないという。商人の首領は、天空を飛ぶ雲馬に助けられ、忠告に従った二百五十人とその背に乗って逃げることができた。しかし、島に残った二百五十人は夜叉女に食い殺されてしまった。このとき従った二百五十人は仏陀の侍衆であり、雲馬は仏の前生の姿であった。

舞台となっているタンバパンニ島とは、セイロン島のことである。「インド洋の真珠」の美称をもつセイロン

（スリランカ）は、古代から宝石の島として名高く、紀元一世紀頃、エジプトで編纂された『エリュトゥラー海案内記』にも真珠と宝石の産地として記されている。[16]しかしこの島は、インドや周辺国の人々にとって、そうした珍宝に満ちた憧憬の地であると同時に、悪魔の住む恐ろしい島でもあり、『ラーマーヤナ』では、悪魔ラヴァーナの居城のあるランカー島として登場している。

本生話の物語は、ここでさらに、スリランカの建国伝説とも重なり合ってゆくのであるが、[17]興味深いのは、それが海洋を渡ってカンボジアに伝わっている点である。世界遺産として名高いアンコール遺跡群のなか、アンコール・ワットの北に位置して、ネアック・ポアンと呼ばれる円形七層の基壇がある。その池の彫刻には、難破漂着した商人が天馬に救われて羅刹女から逃れる場面が残されている。[18]一二世紀、ジャヤヴァルマン七世によって建立されたこの寺院の神馬の彫像は、観世音菩薩信仰に結びついたバラーハ神馬伝説に基づくといわれる。その神馬伝説とは、次のような内容である。[19]

シムハカルパという町の善良な商人シムハラは、常に観世音菩薩を崇めていたが、ある時航海中に嵐に会い、乗り組んだ商人たちと共に、銅の島タームラ・ドゥヴィーバに打ち揚げられた。この島は恐しい人食い鬼羅刹女の棲み家であった。上陸してくるシムハラたちを美しい乙女に化けて歓待したり慰めたりし、自分たちの家に迎え入れた後、やがて一人一人を夫にした。

シムハラは夜中に目を覚し、部屋のランプに「一緒に寝起きしている女は実は人喰い鬼女で、危険である。もし救われたければ浜辺へ行き、そこで待っているバラーハという馬に乗り、向こう岸に着くまで決して目を開けてはいけない」と教えられた。シムハラは驚いて仲間をそっと起こし、浜へ行って待っていた馬の体にしがみついた。馬は天高く駆け上がった。このバラーハは、シムハラの崇めていた観世音菩薩の化身であった。

すでに述べたようにネアック・ポアンの彫刻は一二世紀の作であり、房千里『投荒雑録』から大きく時代を下る。しかし、神馬バラーハ伝説の母胎となる物語は、インドと東南アジアを結ぶ海洋貿易路を通じて[20]、早くからこの一帯に広まっていたと想像される。船を戻す術は、残念ながらこれらの仏教説話のいずれにも見当たらないが、『投荒雑録』の記事には、そうした説話の断片が、形を変えて影を落としているのではないだろうか[21]。

続く宋の時代にも、李石の『続博物志』巻六に、よく似た次のような短い記事が残されている。李之亮点校本（巴蜀書社、一九九一年）によって引く。

北人淫南婦、辭歸、以毒置食、約以年月復還、解以他藥、不爾毒發死矣。謂之定年藥、南游者宜誌之。

北方の人が南方の女性とねんごろになり、別れて帰ろうとすると、女は毒を食べ物に入れ、年月を約束して復た戻ってこさせ、他の薬で解毒する。そうしないと毒が効き目をあらわして死んでしまうのである。これを「定年薬」と言うのだが、南方に旅する者はこのことを心に留めておくがよい。

先の「厭媚」と同じ目的で、北の男を虜にするために用いられているこの術は、中国では一般に「蠱」、あるいは「蠱毒」「巫蠱」などと呼ばれる。大室幹雄「蠱憑きの歴史人類学」（『パノラマの帝国』三省堂、一九九四年、「第六章　梅嶺の南——ひとつの未開と文明」所収）が考証するように、古く殷の甲骨文にも見える「蠱」字は、春秋戦国から秦漢の時代においては、黄河流域の中原地方の呪術を指した。その後、六朝唐代を通じて「蠱」は南下を続け、江南さらには嶺南の呪術として登場する。五代宋以降になると、広東・広西・福建・四川、さらには雲南やビルマなど、南方あるいは西南方の異民族が使う術として、「蠱」の記事が頻見されるようになる。大室氏の指摘にある通り（三六〇―三六四頁）、こうした「蠱」の南下の過程は、漢人の南方進出の歴史と対応しているのだが、同じく古い歴史を持つはずの南方の呪術が元来どのようなものであり、北方の「蠱」をどのように包摂融合していったのか等、詳細については検討と考究の余地を残そう。ただいずれにしろ、それらは「蠱」として括られて北方文化圏から排除され、南方の呪術的な風土のなかに根深く生き続けることになったのである。[22]

「蠱毒」とは、唐の孔穎達の説明によれば、「以毒藥藥人、令人不自知者（毒薬で人を害し、それと気付かせないこと）」（『春秋左氏伝』昭公元年「何謂蠱」疏）をいう。さらに具体的な記述としては、『隋書』巻三一・地理志下に、よく知られる次のような一節がある。

其法以五月五日聚百種蟲、大者至蛇、小者至蝨、合置器中、令自相啖、餘一種存者留之、蛇則曰蛇蠱、蝨則曰蝨蠱、行以殺人。因食入人腹內、食其五藏、死則其産移入蠱主之家、三年不殺他人、則畜者自鍾其弊。累世子孫相傳不絕、亦有隨女子嫁焉。

その方法というのは、五月五日に、大は蛇から小は虱に至る百種の虫を集め、合わせて器の中に置いて互いに啖わせ、生き残った一匹を余して留めておく。それが蛇なら蛇蠱、蝨なら蝨蠱といい、これを使って人を殺すのである。蠱は食物によって人の腹に入って五臓を食い、その人が死ねば財産は蠱主の家に入る。三年他人を殺さずにいると、飼っている者自身がその害を集め受ける。代々子孫が伝えて絶えないのだが、女

子について嫁にゆくこともある

ここから生まれた様々な亜種の一つが、『続博物志』の男性操縦術ということになろう。ところで、一面では『投荒雑録』の「厭媚」と似ながらも、この『続博物志』の記事からは、術自体の違いのほかに特徴的な差異が読み取られる。具体的にいえば、『投荒雑録』が「海中」「浮海」などの箇所に、海を隔てた遠国の雰囲気を漂わせるのに対し、『続博物志』にはそれが感じられない点である。南方の婦人の住む地域は陸続きに意識され、文章は「南游者宜誌之」と、旅行者への警告で結ばれる。つまり、現実的な筆録の性格を一層強めているのである。こうした限年限月の蠱毒の恐怖は、時代を下って明の黄瑜『雙槐歳抄』巻五では広西の寡婦の術として、清の屈大均『広東新語』の巻二四「蠱」では、西粤（広西省）の寡婦の「定年藥」として紹介されるなど、いずれも地域はさらに限定されてくる。ここでは後者の記事を、清代史料筆記叢刊本（中華書局、一九八五年）によって挙げておこう。[23]

西粤土州、其婦人寡者曰鬼妻、土人弗娶也。粤東之估客、多往贅焉、欲歸則必與要約、三年返、則其婦下三年之蠱、五年則下五年之蠱、謂之定年藥。愆期則蠱發、膨脹而死。如期返、其婦以藥解之、輒得無恙。土州之婦、蓋以得粤東夫婿爲榮。故其諺曰、廣西有一留人洞、廣東有一望夫山。以蠱留人、人亦蠱而留。

西粤（広西地方）の土州（非漢民族の居住地）では、寡婦を「鬼妻」といい、土地の者は娶ろうとしない。粤東（広東地方）の商人は、往って婿入りすることが多いのだが、帰ろうとすると必ず約束しなければならない。三年で帰るならば、その婦人は三年の蠱を、五年ならば五年の蠱を下し、これを「定年薬」という。

期限を違えると蠱が発し、腹が膨れあがって死んでしまう。もし期限通りに帰れば、婦人は薬で解毒してくれ、恙無きを得る。土州の婦人は、思うに粤東の婿を迎えるのを誉れとするのだ。だからその俗諺に言う、「広西に留人洞があり、広東に望夫山がある」と。蠱によって人を留め、人もまた蠱で留まるのである。

このような陸続きの南方地域への定着限定化は、『投荒雑録』が伝える「厭媚」の術にも働いたようで、清の劉崑『南中雑説』全一巻では、次のように滇（雲南省）の地の呪術とされる。[24] テキストは叢書集成本による。

滇中無世家、其俗重財好養女、女衆。年長則以歸寄客之流落者、然貌陋而才下、…（中略）…即密以此藥投之、能變蕩子之耳目、視奇醜之物美如西施、香如蘇合、終身不解矣。又有戀藥媚藥、飲之者則守其戸而不忍去、雖貲本巨萬、冶装客游、不出二跕、即廢然而還、號曰留人洞。吾郷數十萬人捐墳墓、棄父母妻子、老死異域者、大抵皆中此物也。

滇中には世家（代々顕貴の家柄）がなく、その風俗は財を重んじ娘を養うのを好むので、女が多い。年頃になるとこの地に身を寄せる落ちぶれた旅人に嫁がせるのであるが、しかし容貌が醜く才も劣る場合には、…（中略）…密かにこの薬を入れる。すると男の耳や目を狂わせ、醜い相手を見ても西施の美しさ、蘇合（香の名）の芳しさで、終身効き目が解けることはないのである。また惚れ薬や媚薬があって、これを飲むと女の家を守って去るに忍びなくなり、たとえ巨万の財を積み、着飾って旅立っても、二足と踏みださないうちに嫌気がさして戻ってしまう。これを「留人洞」[25]という。我が郷里の数十万の人々が墳墓の地を捨て、父母妻子を棄てて異域に老死するのは、大抵みなこの薬に当たったためである。

先にも述べたように、早くに呪術的世界から脱した北方中華文明は、かつては自らのものであった巫蠱の術を、南地の呪術と重ね合わせる形で排除し、これと絶縁した。そして同様に、遥か海外に起源を持つ「厭媚」についても、陸続きの南蛮の術として、地誌の現実の記事に書き留めていった。「厭媚」を使う女呪術師は、こうして彼女の血に雑じる遠い国籍を忘れ去られ、南方少数異民族の女性のなかに完全に同化していったのである。

ヨーロッパの神話伝説にも見えた恋する魔女（女呪術師）であるが、中国においては、彼女たちの逸話はこのように極めて現実的な方向をたどった。そして、それらは事実無根の単なる空想の現実化ではなく、北方人の「現地妻」が縋った恋の呪術という、悲しい現実が一方にあった。したがってここには、メルヘンやファンタジー、あるいは幻想怪異の物語を開花させる土壌は、あの化虎譚の場合以上に残されていなかった。もしも幻想の創造力が働くとすれば、身勝手な加害者的位置にある北方人の増幅する恐怖によって、蠱毒の術を一層不可解でグロテスクなものに仕立ててゆく、その一点に集中することになったのである。いずれも大室氏の論中に引かれる話であるが、左に二例を挙げておくことにする。

　滇中多蠱、婦人尤甚。毎與人交好、或此人有遠行、必蠱之、至期不歸、則死矣。一客至滇、交一婦人。臨別云、我已毒君矣。如期不歸、必腹脹、脹則速還、如踰月則不可捄。其人至期、果腹脹、逡巡不歸、腹裂而死。視其腹中、有餵猪木槽一面。眞恠事也。

滇には蠱が多く、婦人が最も甚だしい。男とよしみを交わすたびに、その男が遠くに出かけることがあれば、必ず蠱毒をしかける。約束の期日に帰らないと、命を落としてしまうのである。

一人の旅人が滇にやって来て、ある婦人とねんごろになった。彼女は別れに臨んで言った、「私はあなたに蠱毒を盛ったの。約束の日に帰ってこないと、きっとお腹が脹むでしょう。脹んだら急いで帰っていらっしゃい。もしも一月を過ぎたら助けられなくなってしまうから」と。約束の日になると、果たして腹が脹んできた。しかし、ぐずぐずして帰らずにいて、腹が裂けて死んでしまった。男の腹の中をしらべてみると、豚に餌をやる木桶が一つ入っていた。誠に奇怪な事件である。

（清・東軒主人『述異記』巻下・滇中奇蠱[26]）

又山中擺夷、剥全牛、能咒其皮如芥子。貨客入山不戒、或爲夷女所悦、當貨畢言歸、即私投飲食以食客、女約來期。如約至、乃得解、逾期、則蠱作腹裂、皮出如新剥者。

また山中の擺夷（貴州・四川・雲南一帯にすむロロ族）は、丸ごと牛の皮を剥ぎ、その皮に呪いをかけて芥子粒ほどにすることができる。行商人が山に入って用心せず、擺夷の女に気にいられてしまうと、商売を終えて帰ろうとする際、飲食物の中にそれを入れて食べさせ、もどって来る時を約束させる。約束通りにもどれば解毒することができるが、約束の日を過ぎてしまうと蠱は腹を裂き、牛皮が飛び出して剥いだばかりの時の大きさになってしまうのである。

（清・張泓『滇南新語』全一巻・蠱[27]）

後者の話は、『南中雑説』では緬甸（ミャンマー）の「牛皮蠱呪[28]」として見え、『夷堅志』丁志巻一などに載る「挑生法[29]」と発想を同じくしている。これは、食べた肉が腹中で生き返って、もとの鶏や魚になるという術。荒唐無稽ではあるが妙に生々しい現実感があり、北人の旅行者の心胆を寒からしめたことと思われる。

シャラバラ草と女呪術師についての考察が一段落したところで、再度変驢変馬の術に戻っておきたい。

南地の女性が使う呪術のなかには、驢馬や馬への変身術もしばしば顔をのぞかせる。しかしこれも、化虎譚の場合と同様に自身が動物に変身するものが多く、話の内容も記録風である。澤田瑞穂「メタモルフォーシスと変鬼譚」には、変驢・変馬の要素を含む話が合計十五話ほど紹介されているが、そのうち三分の二強が自らの変身に属する。異民族の女性が術によってラバ・ロバ・馬・羊・豚などの動物となるもの[30]、老年になって変身するもの[31]などで、いずれも格別珍しい内容ではない。ただ、論文の「再補」の項に収められる、清の屠紳『蛽蛣雑記』巻五の「焚幻猴」は、かなりの長文で、しかも一読忘れがたい印象を残す。澤田氏の訳を借り、段落を施してあらすじを紹介する[32]。

雲南北部の元馬県には彝（い）族の別種である玀（ろく）人が住む。男は愚鈍だが女は狡猾で、よく変幻の術をなす。馬鞍山下に住む吾（ご）氏の娘の矣二と矣三とは、特に術をもって淫悪を恣にする。姉妹とも美しい娘だが、よく漢人の男を引入れる。いつも月の暗い夜に出て男を伺（ママ）〔窺〕い、皮膚が滑らかで彝人と異る男にだけ触ってみて室内に引入れて繰り返し交歓し、死ねばこれを埋める。もし逃亡する男があれば、矣二は虎に化してその男を路上で咬み殺す。

これよりさき、四川省南部の老商人で戎という姓の者、布の行商にきて村々に泊る。矣二がひそかにその商品を盗もうとする。戎これに気づき、棒で撃つと化して馬になった。戎これに鞍を置いて乗ること三日、水も飼料も与えずに鞭うって、ついにこれを斃死させ、再び原形を現わすことはなかった。けだし戎は幻人を制することができる者だったからであろう。

さて矣二の死後、妹の矣三は孤立して、あえて不逞を働かず、ただ化粧して若者との密会を求めるばかりであった。村の東に住む房氏の子の駟児という者、色白で未婚。その父母に随って貴州より来り、矣三と谷間で出遇って通じた。矣三は彼の妻になりたいと願ったが、漢人が彝女を妻とする例はなかったので、女は思い詰め、時おり彼の床を訪れる。その家人に気づかれそうになると、化して猫になり、また犬のように小屋から出る。人に疑われると逃げて容易につかまらない。

さて駟児は、貴州人の果氏の娘を娶ることになった。矣三は婚礼の日取りを聞いて泣くばかり。駟児、「お前は異民族だから、おれの家の祖先を祭ることはできないんだ。おれには妻があるのだ。」

婚礼の晩、彼女は猿に化して台所の酒肉を盗み食い、酔って寝込み、三更になっても起きない。料理人が捕えて報らせる。親族がきて問うと、猿の毛色が少し違っているという。駟児の父が「これは活かしてはおけぬ。村の衆に報らせて焼き殺せ。さもないと新婦に良くないことがあるぞ」という。駟児は心に忍びなかったが、一語も助命を乞おうとしない。

翌朝、猿の酔がさめると身は縛られており、ただ駟児に向って涙を流すばかり。日中に村の衆が集まって快哉を叫びながら猿を焼き殺した。猿の骨は粉となり、再び女の姿には戻らなかった。その年の三月に旱があったが、その夜に大雨が降った。人々は房氏の功だといって賞賛した。

呪術をめぐっての迷信と因習、人種差別の抑圧と男の身勝手、さらにはヨーロッパの魔女狩りを彷彿させる残酷な私刑(33)など、この記録が伝える内容は多様でしかも貴重である。ただ、著者の屠紳もまた村人や房氏と同じ立場にあり、天が矣三を憐れんで降らせたかも知れない大雨は、房氏の功績に帰されている。それが、読む者の気持を一層やり切れなくさせるのである(34)。

なお、矣二が行商人の戎に馬にされて乗り回されるくだりは、「板橋三娘子」を思い起こさせる。影響関係までを想定するのは牽強に過ぎようが、その類似には、いささか興味を引かれるものがある。[35]

一方、他者をロバや馬に変える術については、澤田氏は四例を挙げる。明の陸粲『庚巳編』巻七[36]の「變鬼」は、貴州の夷俗に「変鬼法」があって、男子または婦人が、この術によって羊豕驢騾の類に変身させられ、人を噛み殺してその血をすするというもの。あわせて羊に変身させられた女性の話を載せる。同じ明の徐応秋『玉芝堂談薈』巻九「卜思鬼術」が、明の朱孟震『河上楮談』から引く棘夷（雲南省西南地方の少数異民族）の話は、やや変わっている。屍骸を葬ってまだ腐らないうちに、この夷人がきて禹歩して呪を誦えると、屍骸が穴からせり出し、変じて牛馬となる。これを食用とし、あるいは曳いていって売るというもので、何やら極貧と飢餓のなかでのカニバリズムを連想させる。

あとの二例は、清の蒲松齢の『聊斎志異』と程麟『此中人語』に載る話であるが、これは次の『カター』『千一夜』系の話を考察する項で取り上げることにする。要するに、この四話いずれにも、『出曜経』の説話と直接結びつく要素はうかがわれない。奢波羅の女呪術師は、男を虜にする術という点では、「厭魅」「蠱毒」とつながる側面を持つものの、変驢の術を後世に伝える役割は果たしていないようである。

中国における『出曜経』シャラバラ草説話の受容は、およそ以上に述べた通りである。ただこの項を終えるにあたり、西域伝来の魔女（女呪術師）の話に関して、いま一つ付け加えておきたい資料がある。それは、『太平広記』巻四六〇・禽鳥に、唐の戴孚『広異記』を出典として挙げられる、「戸部令史妻」の話である。澤田瑞穂「観燈飛行」（『神田喜一郎博士追悼　中国学論集』二玄社、一九八六年。のちに『中国の伝承と説話』研文出版、一九

八八年に収録）が紹介するこの話は、次のようなあらすじである。(37)

唐の開元年間、戸部の令史（中央官庁の書記官）某に美しい妻があったが、何物かに魅入られて病気になってしまった。家に一頭の駿馬がいて、いつもどっさり秣（まぐさ）を与えているのに痩せ衰えてゆく。不審に思って隣の胡人の術士に尋ねると、「往復千里も走っていれば、疲れないはずはありません」という。家には自分の他に馬に乗る人もおらず、不審に思って重ねて聞くと、彼は令史に、当直の夜にこっそり帰って、妻の様子を見るように勧めた。

令史が言われたとおり物陰に身を隠していると、一更のころ、妻は起き出して化粧を整え、侍女に命じて馬に鞍を置かせてこれに乗った。侍女は帚に跨がって後に従い、しだいに空へと舞い上がり、やがて姿が見えなくなった。驚いた令史が、どうすればよいかと胡人に相談すると、彼はもう一晩様子をみなさいという。次の夜、令史が帳の中に隠れていると、妻が戻ってきた。そして生きた人間の気配がすると言い、帚を燃やして侍女にあたりを調べさせはじめた。慌てた令史は、そこにあった大きな甕の中に隠れた。まもなく妻は、馬に乗ってまた出かけようとしたが、帚を燃やしてしまったので侍女の乗り物がない。やおら彼女は甕に跨がり、中で息を殺していた令史も空を飛ぶことになる。

やがてある場所に着くと、そこは山頂で幕を張った宴席が設けられ、七、八人がそれぞれ匹偶（つれ）と仲良く飲んでいる。こうして数更の後にやっと散会したが、帰り際に令史を見つけた侍女は、酔いのため主人とも気付かず、甕から彼を放り出して飛び去ってしまう。

置き去りにされた令史は、険しい山道を歩き、物乞いをして一月余り、やっと家にたどり着いた。驚いて問いただす妻を作り話でごまかし、令史はまた胡人に相談した。胡人は、令史の妻が飛び立つところをねらい、捕らえて火をかけた。すると空中に命乞いをする声が聞こえ、やがて一羽の黒い鶴が火中に堕ちて焚死した。妻の病はそれで治癒した。

令史の妻と侍女の飛行、夜の山上での群飲は、澤田氏の言を借りれば「まさしく妖婆たちのサバトである」[38]。そして妖術が女性自身ではなく、鶴の精怪によってなされている点に、西洋の魔女譚との差異をみとめながらも、氏は「胡人が登場するところ、西洋中世の魔女伝説と何かの関連があったかもしれない」と結ぶ。

同様にこの珍しい資料に注目した論文として、戸倉英美「器物の妖怪——化ける箒、飛ぶ箒」（『竹田晃先生退官記念東アジア文化論叢』汲古書院、一九九一年）がある。戸倉氏もまた、唐代伝奇の女性とヨーロッパの魔女を安易に結びつけることに対して、慎重な態度を崩さない。ただその論旨は、馬や箒に乗って空を飛ぶ女性と、彼女たちの山上の夜宴が中国では類例を見ないことの考証を経て、やはり外来の可能性の指摘へと向かう。物語の成立過程についても、人に取り憑く精怪という中国古来の型に、異質の物語を押し込めたのではないかとの見解が示され、澤田氏が指摘される術の使い手の問題は、これによって解き明かすことが可能となる。

こうしてみると、『出曜経』の女呪術師や「板橋三娘子」の場合のような確かな証拠はないけれども、おそらくこの「戸部令史妻」も、異域から中国に渡った魔女（女呪術師）の面影を宿していると見て間違いなかろう。唐代、西域から遥々やってきた魔女は、三娘子一人だけではなかったのである[39]。しかし、ここで改めて思い起こしておくべきは、戸倉氏も指摘されるように、この空飛ぶ女たちの話が後継を持たない点であろう。中国固有の仙術で空を飛ぶ女性は少なくない。けれども、箒に跨がり夜宴に向かう女性は、この後一人として現われないの

である。(40)

『出曜経』の女呪術師が、南地の巫蠱の〈現実〉に呑み込まれて姿を消し、戸部令史の妻と侍女が後裔を生み出さなかったとすると、板橋の三娘子の場合は、その後どのような展開を見せるのであろうか。随分と遠回りを続けてきたが、これでやっと本題を扱うところまで辿り着けたことになる。

（1）著者不詳の『括地図』、漢の東方朔の撰と伝えられる『海内十洲記』、晋の張華『博物志』巻二、晋の干宝『捜神記』巻一四、梁の任昉『述異記』巻上など、不死の草の記事は最も多い。名称も様々で、「不死草」「活人草」以外では、『海内十洲記』の別の記事に「反魂樹」、秦の呂不韋『呂氏春秋』巻一四・本味（および高誘の注）、前秦の王嘉『拾遺記』巻五に「壽木」、南朝宋の劉敬叔『異苑』巻三に「蛇銜草」の名が見える。清代に下って、蒲松齢『聊斎志異』巻八の「鹿啣草」、宣鼎『夜雨秋灯続録』巻五の「返生香草」なども、この類の霊草である。

（2）漢の郭憲『漢武帝別国洞冥記』巻三。別名を「洞冥草」「照魅草」といい、これを足に藉くと水に沈まないとも記されている。

（3）『漢武帝別国洞冥記』巻三に見える。他に『海内十洲記』には、食べれば体が金色に輝き、空を飛ぶことのできる椹（くわの実）の記事がある。

（4）『括地図』、明の陳継儒『珍珠船』巻二。なお『玄中記』は「采華之樹」とする。

（5）『夷堅志』支志癸巻四の「祖円接待庵」。『聊斎志異』巻一二「桓侯」には、万物を金に変える香草の話がある。また、『子不語』巻二一の「蛇含草消木化金」に見える蛇含草は、誤って飲んだ人を溶かすほどの強力な消化力を持ち、他の文献にも登場するが、ここでは草を煮た鍋を黄金に変えている。

（6）原文は次の通り。

長安有一貧僧、衣甚繿縷、賣一小猿。會人言、可以馳使。虢國夫人聞之、遽命僧至宅。僧既至、夫人見之、問其由。僧曰、本住西蜀、居山二十餘年。偶群猿過、遺下此小猿。憐憫收養、纔半載以來、此小猿識人意。又會人言語、隨指顧、無不應人使用。實不異一弟子耳。僧今昨至城郭、資用頗乏。無計保借得此小猿、故鬻之於市。夫人曰、今與僧束帛、可留此猿。我當養之。僧乃感謝、留猿而去。其小猿旦夕在夫人左右、夫人甚愛憐之。後半載、楊貴妃遣夫人芝草。夫人喚小猿令看翫。小猿對夫人面前倒地、化爲一小兒。容貌端妍、年可十四五。夫人甚怪、呵而問之。小兒曰、我本姓袁。賣我僧昔在蜀山中、我偶隨父入山採藥。居林下三年、我父常以藥苗啗我。忽一日、自不覺變身爲猿。我父懼而棄我、所以被此僧收養、而至於夫人宅。我雖前日口不能言、我心中之事、略不遺忘也。自受恩育、甚欲述懷抱於夫人、恨不能言、每至深夜、唯自泣下。今不期却變人身、即不測尊意如何。夫人奇之、遂命衣以錦衣、侍從隨後、常祕密其事。又三年、小兒容貌甚美。貴妃曾屢顧之、復恐人見奪、因不令出、別安於小室。小兒唯嗜藥物、夫人以侍婢常供飼藥食。忽一日、小兒與此侍婢、俱化爲猿。夫人怪異、令人射殺之、其小兒乃木人耳。

（7）太田辰夫訳・磯部彰解題『大蔵文化財団蔵　宋版　大唐三蔵取経詩話』（汲古書院、一九九七年）の影印により、句読を付して示せば、原文は次の通り。

猴行者一去數里借問、見有一人家、魚舟繫樹、門掛蓑衣。然小行者被他作法、変作一个驢兒、吊在庁前。見猴行者來、非常叫嗽。猴行者便問主人、我小行者買菜従何去也。主人曰、今早有小行者到此、被我変作驢兒、見在此中。猴行者當下怒發、却將主人家新婦、年方二八、美皃過人、行動輕盈、西施難此〔比〕、被猴行者作法、化此新婦作一束青草、放在驢子口伴、主人曰、我新婦何処去也。猴行者曰、驢子口邊青草一束、便是你家新婦。主人曰、然你也會邪法。我将為无人會使此法。今告師兄放還我家新婦。猴行者曰、你且放還我小行者。主人噀水一口、驢子便成行者。猴行者噀水一口、青草化成新婦。……

（8）前掲書による。ほかに志村良治「大唐三蔵取経詩話訳注」（『愛知大学文学論叢』一九・二一、一九五九・一九六一年）があり、こちらも参考になる。なお志村氏の訳注は、のちに『志村良治著作集Ⅱ　中国小説論集』（汲古書院、一九八六年）に収められた。

（9）太田辰夫「『大唐三蔵取経詩話』考」は、この樹人國の話に関して次のように論じている。「『出曜経』巻十五、利養品下に、…（中略）…驢に化せられ、霊草を食べて元の姿に復する話があり、これが『河東記』の板橋三娘子の話…（中略）…となり、さらに『詩話』に影響したものであろう」（同論文の初出誌は『神戸外大論叢』一七―一・二・三合併号、一九六六年。のち『西遊記の研究』研文出版、一九八四年に収録、該当箇所は二九頁）。

『出曜経』を「板橋三娘子」の原拠とする旧説はさておき、太田氏が抵抗なく結びつけて影響を指摘される、「板橋三娘子」と『詩話』の関係についても、実は検討の余地を残す。

(10) 宋代以降の資料については、『東京大学東洋文化研究所漢籍分類目録』の子部小説家類・異聞之属に所載の文献を主な調査対象とし、その他、各時代の随筆筆記類にも可能な限り目を通すことにした。清代については中途の段階であるが、『聊斎志異』『閲微草堂筆記』『子不語』など、著名な志怪小説集は通覧を終えた。明清の志怪小説や筆記類に関しては、前野直彬『中国小説史考』（秋山書店、一九七五年）、陳国軍『明代志怪伝奇小説研究』（天津古籍出版社、二〇〇六年）、占驍勇『清代志怪伝奇小説研究』（華中科技大学出版社、二〇〇三年）、謝国楨『明清筆記談叢』（華夏出版社、一九六七年）、陳文新『中国筆記小説史』（志一出版社、一九九五年）、徐徳明『清人学術筆記提要』（学苑出版社、二〇〇四年）、来新夏『清人筆記随録』（研究叢刊、中華書局、二〇〇五年）などから知識を得た。この他に民話に関しては、丁乃通『中国民間故事類型索引』（中国民間文芸出版社、一九八六年）、艾伯華（Wolfram Eberhard）『中国民間故事類型』（商務印書館　一九九九年）、祁連休『中国古代民間故事類型研究　上・中・下』（河北教育出版社、二〇〇七年）の三書をもとに調査した。

いずれにしても、字面を追うだけの杜撰な調査に終わった文献も多く、遺漏の不安が常につきまとう。しかし、この調査の不備を補ってくれる心強い味方として、澤田瑞穂氏の、驚嘆すべき博捜に支えられた諸論文がある。本書において宋代以降の文献全般を対象とする際には、澤田氏の関連論文が大きな支えとなっている。加えて、近年相継いで発売されている凱希メディア・サービス『雕龍全文検索叢書シリーズ』や中国国学出版社『古代小説典』など、各種の電子文献類も利用した。

(11) 上記の調査による限り、食べることによって急激な変身をもたらす薬草や果物の話は、中国においては殆ど見当たらない。しかし、実は皆無というわけではない。清の銭泳『履園叢話』巻一四・祥異に、「食橘化蛇」と題して次のような話を載せる。清代史料筆記叢刊本（中華書局、一九九七年、初版は一九七九年）から引いておく。

廣西太平府城東十餘里有大橘樹一株、廣蔭數畝。浙江縉雲縣有某明經者、宦遊過此、時値九秋、紅黄實滿。方停輿、渴甚、採擇其巨而紅者一枚、噉之。忽兩目發赤、徧體腫痛、先脱兩臂、復墮兩股、化巨蛇入橘林中。亦奇事也。

広西の太平府の城東十余里ほどに、巨大なミカンの樹が一本あり、広く数畝を樹陰としている。浙江の縉雲縣に明経（国子監在籍者）の某が、官職を求めての旅の途中ここを通り過ぎた。折しも時節は秋、赤や黄に色づいた実が一杯であった。乗り物を止めると喉の渇きがひどかったので、そのうちの大きく赤い実を一つ選び取って、これを食べた。すると忽ち両目が赤くなり、体中が腫れて痛み、先ず両腕が抜け、さらに両足も落ち、巨大な蛇に変身してミカン林の中に入ってしまった。これもまた不思議な出来事である。

橘の実による蛇への変身の話で、中国の資料としては極めて珍しい。ただし、この樹の実すべてに変身作用がある訳ではなく、巨大な実に生じた毒性のようである。また、動物に変身したり人形に復したりすることもない。『出曜経』のシャラバラ草、あるいは『グリム童話集』「キャベツろば」のキャベツとは、やはり性格を異にしている。

(12) 変身あるいは還身の魔力を持つ食物は、「キャベツろば」など、ヨーロッパの民話や童話に数多く見られる。このことについては、第一章第一節および附論1の「『出曜経』遮羅婆羅草・『毘奈耶雑事』遊方の故事とその類話」を参照。

ただし、ヨーロッパのこれらの話群は、『出曜経』のシャラバラ草と発想は同じくするものの、直接的には『根本説一切有部毘奈耶雑事』を原話として生まれたと考えられる。これについても附論1を参照。

(13) 外国から伝来した不思議な草の話ということで、一件つけ加えておきたい。

先の注1に挙げた『異苑』には、「蛇銜草」の次のような由来が述べられている。「昔、農夫が田を耕していて、蛇が傷ついているのを見つけた。そこに別の蛇が草を銜えて現われ、その傷の上においた。一日経つと、傷ついた蛇は動けるようになった。農夫が残りの葉を取って傷を治療してみると、どんな傷にも効き目があった。その草の名がわからなかったので、蛇銜草と名付けたのである」。

実は、これと極めてよく似た話が古代ギリシャに伝わる。アポロドーロス『ギリシア神話』第三巻に、ミーノースの子グラウコスの捜索を命ぜられたポリュイドスが、死んだこの子供を生き返らせる話がある。それは、殺された蛇の体に仲間の蛇が草を乗せて生き返らせるのを見て、同じ草をグラウコスの身体にあてて生き返らせるというものである。この話は、ヨーロッパにおいては『グリム童話集』の「三枚の蛇の葉」(KHM16)、「泉の子ヨハネスと泉の子カスパール」(初版の第二巻、第二版以降はKHM60「ふたり兄弟」の注)などに引き継がれてゆく。特に「三枚の蛇の葉」には、死んだ妃と共に埋葬された若い王が、近寄る蛇を斬って不死の葉を見つけ(妃の遺体に近寄る蛇を斬り殺すと、もう一匹の蛇が現われ、切断された蛇の傷口に青い葉をのせて生き返らせる)、それによって妃を生き返らせる件りがあり、ギリシア神話のポリュイドスがグラウコスの殯室に閉じこめられ、蛇を斬って不死草に気付く展開を、そっくりそのまま踏襲している。中国の「蛇銜草」も、おそらく起源をここに持つと考えてよいであろう。(任昉『述異記』の「活人草」は、後漢の光武帝の時に、月支国から献上された草で、死者の顔を覆うと生き返るとされる。これは西域伝来の素姓を明記した、しかも死者の体に乗せる薬草である。）

不死の草の話は、先に注1で指摘したように中国においては数多く、これに動物が絡むパターンも形を変えて語り継がれている。たとえば、『太平広記』巻四・神仙部の「鬼谷先生」では、鳥が銜えてきた草で顔を覆うと死者が蘇生する。（『太平広記』は、五代前蜀の杜光庭『仙伝拾遺』を出典としている。ただこの話は、さらに古くは漢の東方朔の撰と伝えられる『海内十洲記』に見える。『海内十洲記』は偽書ではあるが、その成立は六朝以前と考えられる。）また巻四〇八・草木部「鹿活草」、巻四四三・畜獣部「劉幡」は、鹿や麞を射て腹を剖き、草を詰めると生き返る。（前者の出典は唐の段成式『酉陽雑俎』で、主人公の名は劉炳、後者の出典は斉の祖沖之『述異記』で、前者の原話と考えられる。）ほかに『聊斎志異』の「鹿啣草」には鹿が、『夜雨秋灯続録』の「返生香草」には蛇が登場し、いずれもこの系譜の末裔と見ることができる。不老不死の追求に情熱を傾けた中国においては、この霊草の効力には強い関心が向けられ、シャラバラ草とは対照的に、幾つもの翻案を生んでいったのである。

なお蛇と不死の草については、小島瓔禮編著『蛇をめぐる民俗自然誌・蛇の宇宙誌』（東京美術、一九九一年）の第六章、「三枚の蛇の葉――日本の落語から古代ギリシアまで」（同氏著）が詳しい。

（14）第一章「二　西アジア」の注6、7を参照。『投荒雑録』はまた他の記事で、振州（広東省）の陳武振が使った「得牟法」としてこの術を紹介しており（『太平広記』巻二八六・幻術「陳武振」）、すでに中国化してもいたようである。

（15）この類の話は、『南伝大蔵経』の「雲馬本生物語（ヴァラーハッサ・ジャータカ）」や「油鉢本生物語（テーラパッタ・ジャータカ）」、漢訳仏典の『仏本行集経』巻四九、『中阿含経』巻三四、『六度集経』巻六、『増壱阿含経』巻四一、『根本説一切有部毘奈耶』巻四七、『出曜経』巻二一、『経律異相』巻四三などに見える。詳しくは、岩本裕『仏教説話』（グリーンベルト・シリーズ、筑摩書房、一九六四年）の「セイロン島綺譚」、平等通照『印度仏教文学の研究』第三巻（印度学研究所、一九八三年）の「海洋貿易に関する本生話」などを参照。

（16）この文献には、村川堅太郎訳注『エリュトゥラー海案内記』（生活社、一九四六年／中公文庫、中央公論社、一九九三年）の邦訳がある。セイロン島に関しては、第六一節に記述があって、次のように言う。

この後の地方の辺で、今や航路が東に向って曲ると、大海中に西に向ってパライシムーンドゥーと呼ばれ、昔の人々からはタプロバネーと呼ばれた島が横たわっている。この島の北に面した部分は渡航者にとり一日（の航程であるが、南部はもっと西に延びて)、殆どその対岸であるアザニアーにまで達している。この島には真珠と透明な石と上質綿布と亀甲とを産する。(中公文庫本一四〇頁)

村川氏の注(二六八—二七〇頁)によれば、パライシムーンドゥーおよびタプロバネーは、セイロン島の呼称。ただ、この島の位置ならびにその大きさに関する記述はすこぶる誤っており、筆者が自ら航海したのではないことを物語っているという。真珠や透明な石(すなわち宝石)などについての言及はあるが、古代インドの人々が抱いた恐怖の島のイメージはない。

(17) セイロン島は、紀元前(伝説によれば前六世紀)に北インドから移住したシンハラ人の子孫によって、「夜叉の島」から「仏教の島」へと変身させられていった。その過程を伝えるのが、『島王統史(ディーパ・ヴァンサ)』(四世紀に成立)、『大王統史(マハー・ヴァンサ)』(六世紀に成立)の二つの年代記であり、いずれも『南伝大蔵経』第六〇巻に収められている。このなかに先の本生話と重なる部分が見られる。

スリランカの歴史に関しては、山崎元一『古代インドの文明と社会』(世界の歴史、中央公論社、一九九七年)などを参照した。また、スリランカの建国伝説は、唐の玄奘『大唐西域記』巻一一に「僧伽羅伝説」として紹介されており、内容に異同が見られる。日本の『今昔物語集』巻五・天竺部の「僧迦羅五百の商人、共に羅刹国に至れる語第一」、「国王、鹿を狩りに山に入りて娘師子に取られたる語第二」もこれと関わりを持ち、さらには女護が島伝説の一源流ともなっている。

(18) 平等通照『印度仏教文学の研究』第三巻(印度学研究所、一九八三年)巻頭に、白黒の写真が載せられている。ほかに、大林太良編『世界の大遺跡12 アンコールとボロブドゥール』(講談社、一九八七年)には、カラー写真で紹介されており、こちらの方が鮮明である

(19) 平等通照氏の前著四八六—四八七頁の概要紹介(グロリエ著『アンコール』にもとづく)により、一部を改めた。グロリエ『アンコール』は未見。

(20) 平等氏の前著によれば、南インドの政情不安により、紀元二、三世紀頃、かなりの先住民族やアーリア民族が、ビルマ、マレー半島付近に航海し定住した。このことは、発掘品により実証されるという(四七四頁)。

(21) 長沢和俊『海のシルクロード史』(中公新書、中央公論社、一九八九年)の第三、四章によれば、中国の南海貿易は、六朝隋唐を通じて、崑崙(東南アジア諸小国)船・バラモン(インド)船・波斯(ペルシア)船によって発展を続けている。北伝の仏典とは別に、こうした海路からの説話の流入もあったと考えられる。

(22)　蠱毒に関する邦人研究者の専著としては、川野明正『中国の〈憑きもの〉――華南地方の蠱毒と呪術的伝承』（風響社、二〇〇五年）がある。中国南方少数民族の呪術の世界が、豊富な資料に基づいて論じられており、教示を受けるところが多い。また中国の研究では、鄧啓耀『中国巫蠱考察』（上海文芸出版社、一九九九年）を参照した。同書は、巫蠱の習俗の歴史を詳述するのみでなく、南方少数民族に現在も根強く残るこの迷信と、それがもたらす様々な悲劇を、現地調査に基づく実例をあげて論じており、重い訴えかけを持つ。

(23)　この『広東新語』と同内容の記事が、時代を下って李調元『粤東筆記』にも見える。（李調元は乾隆年間の人。一方、『広東新語』は康熙年間の刊行。）両文を比較してみると、『粤東筆記』には節略個所があり、『新語』の方が分かりやすい。川野明正『中国の〈憑きもの〉』も、第七章「恋薬・鬼妻をめぐる恋愛呪術伝承――漢人の「走夷方」からみた西南非漢民族の民族表象（二）」で、『新語』の方を採って引用している（二七九―二八〇頁、および三〇〇頁・註7）。

李調元の『粤東筆記』は、『南越筆記』のタイトルで『函海』や『叢書集成初編』（『函海』を底本として排印）に収められている。東京大学東洋文化研究所の蔵書に、民国四年上海会文堂刊行の石印本『粤東筆記』がある。同書のこの記事は、鄧啓耀『中国巫蠱考察』（上海文芸出版社、一九九九年）に引用されているが（一五三頁）、若干の異同が見られる。

(24)　『投荒雑録』『南中雑説』の記事は、澤田瑞穂『修訂　中国の呪法』所収の「紅い呪術」に紹介されている。

(25)　「留人洞」は、雲南のみに限られたわけではないようで、前掲の『粤東筆記』の一節には、続く文中に「廣西有一留人洞、廣東有一望夫山」の俗諺が引かれている。

(26)　『述異記』は、『説鈴』後集に収められており、これによった。

(27)　『滇南新語』は、『叢書集成初編』所収の芸海珠珍本覆印による。

(28)　「牛皮蠱呪」は、清の張景雲『秋坪新語』巻九にも、「牛皮蠱」として載る。同書は、東京大学東洋文化研究所に乾隆六〇年刊本が収蔵されている。

(29)　これも『中国の呪法』所収の「挑生術小考」に、南宋の洪邁『夷堅志』丁志巻一の「治挑生法」をはじめとして、幾つもの例が引かれている。また川野明正『中国の〈憑きもの〉』も、しばしばこの「挑生」を取り上げ、多くの資料を紹介して論じている。この邪術に対しては、対処・治療が真剣に考えられたようで、宋代の医書『伝信適用方』『医説』や明代の『普済方』『本草綱目』など、医家類の書籍に解毒薬・治療法の記事が多数見られる。ただ、この分野に暗い上に逐一挙げるのも煩雑なため、医家類以外の分野で目にした、澤田・川野両氏の論文に未収の資料を示しておく。

北宋・沈括『夢溪筆談』巻二一「異事」、北宋・彭乘『墨客揮犀』巻六（『夢溪筆談』の「異事」と同文）、南宋・黄震『黄氏日抄』巻六七・読文集九・石湖文「挑生」（范成大『桂海虞衡志』の記事として佚文を引く）、明・陸容『菽園雑記』巻八「廣東西人善造蠱…」、明・唐順之『武編』前集巻六「解救薬毒」、明・鄺露『赤雅』巻上「獞婦畜蠱」、清・李調元『粤東筆記』巻一二「蠱」、清・郝玉麟 等監修『広東通志』巻五二・物産志・蛇「蠱毒」（明・黄一正『事物紺珠』を引く）、同・巻六四・雑事志・雷州府「呪肉」、清・許仲元『三異筆談』巻二「呪水」。

「挑生」に関する諸資料のなかで特に興味深いのは、川野氏も『中国の〈憑（つ）きもの〉』の八八頁・注3に引用する、清の王士性『広志繹』巻三「江西四省」の記事である。ここに見える「稲田蠱」と「樹蠱」の術は、人の腹中で稲や樹木を生長させ、腸を貫かせて殺すというもので、例の「植瓜種樹」の術と発想を同じくしている。南方異民族の呪術として実際に試みられたものか、それとも漢民族の恐怖心が増殖させた幻想の一つにすぎないのか、そのあたりを知ることが出来たらと思う。

(30) 澤田論文が挙げる例は、清の鄒弢『三借廬筆談』巻二の「異俗」、李心衡『金川瑣記』巻六の「変鬼術」など。なお、数は多くないが男の場合もある。明の曹安『讕言長語』および清の東軒主人『述異記』巻下「土司変獣」の、楊姓の土司が虎・驢馬・猫に変じては人に戻る話、清の劉献廷『広陽雑記』巻一の或る土巡検がロバに変身する話など。

(31) 澤田氏が挙げる例は、明の沈徳符『敝帚軒剰語』巻上に引く楊慎『滇程記』の話、清の『雲南通志』巻一八三に引く『騰越州志』の話など。

(32) 『内閣文庫漢籍分類目録』は書名を『蛸蛣雑記』としているけれども、『蟦蛣雑記』が正しい。「蟦」は、通常の文字に直せば「瑣」。「瑣蛣」はヤドカリのこと。著者名の竹勿山石道人は、屠紳の号の笏岩をもじって四字としたもの。以上、山之内正彦氏より教示いただいた。

『蟦蛣雑記』全十二巻は、内閣文庫および東京大学東洋文化研究所（夕嵐草堂文庫）に収蔵されている。また屠紳には『六合内外瑣言』と題する著作があり、序文には「六合内外瑣言、一名瑣園日記」とあって、『蟦蛣雑記』と似た別名を持つが内容は異なる。ただ「焚幻猴」の話は、この書にも「房氏功烈」と題して収録されている。東洋文化研究所には申報館仿聚珍版排印の二十巻本、『中国近代小説史料彙編　第一七冊』（広文書局、一九七〇年）に影印の二巻本が所蔵され、巻数は異なるものの同一内容である。（但し字句の異同が散見される。）「房氏功烈」は、二十巻本では第一三巻、二巻本では巻下に収録されている。

「焚幻猴」との間にも異同が見られるので、左に「焚幻猴」をもとに原文を示し、異体字を除いて校記を付しておく。

　滇北元馬縣彝之別種、爲獛人、男騃而女〔二十巻本『六合』有衍字、作「女女」〕黠、能爲〔二巻本『六合』無「爲」一字〕變幻諸術、吾氏女矣二矣三、多以技肆其淫悪。所居馬鞍山下、鄰人雖江楚〔『六合』無「楚」一字〕之猾、無能測其姦狀。二姊妹皆好女子、善竊漢種。常以月黒夜出伺男客、但皮肉細膩、與彝不類者、摸索之、即牽以入室交懽、複疊死、則瘞之。或奔走逃命、二輒化爲虎、遂咬其人、亦斃之於〔「於」字、二十巻本『六合』作「于」、以下同〕道。先是川南老賈戎姓者、貨諸賓布、寄宿他村落。二潛攫其物、戎覺之、持梃逕擊、隨化爲馬、戎置鞍乘之。三日、鞭策委頓、不與水草齕、竟至死不復其形。蓋戎固能制幻人者也。二死後、三孤立不敢爲兇。惟粧飾容首、求少年苟合而已。村之東房氏子駟兒、白皙未婚、隨其父母、自黔中來、遇三於中谷、得諧〔「諧」字、二十巻本『六合』作「諸」、二巻本『六合』作「接」〕其私、三顧〔「顧」字、『六合』作「願」〕捨身以從、而漢民無娶彝女例。三頗蘊結、時登駟兒床就之。或其家人有所警觸、則化爲猫若犬以出、人亦疑之、而奔駛不受捉縛。駟兒〔以下『六合』有「醉後、或述於所親、年過二十」十一字〕娶宋氏女、亦黔族也。三聞有昏〔「昏」字、『六合』作「婚」〕期、涕泣〔「泣」字、『六合』作「泗」〕欲死。駟兒云、卿雜種、不可將飯奉祖先、吾自有婦耳。合巹之夕、二〔「三」之誤。『六合』作「三」〕化爲猴、竊食其厨中酒肉、醉而臥、三更不起。厨人執以告、親串來問、猴之毛色、稍異於常。〔以下『六合』有「或曰撻而放諸、或曰以畀弄者」十二字〕駟兒之父揚言曰、是不可留也、宜告於諸村、與衆焚之。不然、恐不利於新婦。駟兒心切難忍、顧不敢請命一語。詰旦、猴醒而遭縛、惟向駟兒垂死涙而已。日中、諸村來集、江楚之鄰咸曰、快哉、焚也。倏然擧火、猴骨爲粉、竟不返妖姿焉。是時、三月炎旱、〔以下『六合』有「幻猴既焚」四字〕、其夕翻盆雨、人謂房氏之功烈。

なお、『六合内外瑣言』では、この後に王鐵夫なる人物の評語が加えられている。

（33）この事件で実際に焼き殺されたのは、たまたま食べ物を盗みに入った猿だったのかもしれない。しかし人々は矣三としてこれを殺したのであり、彼女が再び現われれば、同じ運命が待ち受けていたに違いない。こうした焚殺事件は、実は必ずしも遠い過去のものではなく、民国年間の雲南でも起こっている。先の注22に挙げた鄧啓耀『中国巫蠱考察』が、唐楚臣「蠱薬与婚忌」（『山茶』一九九五年第二期所載）から引用するところによれば、彝族の村の林姑娘なる女性が、術によって自分の病気を従兄弟に転移させたと告発され、村民全員に斬られ殴られたのち、生きながら焼き殺されたという（二七八―二七九頁）。

（34）もっとも、これとは対照的な話も残されている。清の楽鈞『耳食録』巻三の「三官神」は、黔（四川省）の女性との誓いを破った漢人の男が、二人が誓いを立てた三官廟の神罰を受けるという内容になっている。ここに登場する黔の女性は巫蠱の術とは無縁で、ひたすら男を愛し、その帰りを待ちわびる可憐な存在である。「焚幻猴」を読んだ後に目を通すと、幾分救われた気持ちになる。

ただ、父親の決めた縁談に逆らえず、終には女性を捨てるこの男に下った神罰というのが、これまた苛酷なものである。男の家では結婚式の三日前、祖廟に報告するため、屠者を呼んで犠牲を捧げることにする。すると不意に容貌偉異な三人が南から現われ、屠者の包丁を奪い男を捕らえて、「割其陰、擲于地而去」という行為に及ぶ。男が罰を受けるのは当然の報いであるが、それにしても神ならばもう少し別の処罰と、円満な解決法を考えてくれてよいのではないだろうか。

(35) また家畜にされた魔女が酷使されて死ぬのは、グリム童話の「キャベツろば」に似ている。しかし、これは話の展開としてはよくあるパターンで、偶然の一致であろう。

(36) 澤田論文に巻三とあるのは誤記。もっともこの話は、読み方によっては術者自らの変身とも取れ、澤田氏は文脈から推して、他者を変身させる術とする。

(37) 実は「戸部令史妻」に注目したのは、澤田氏が最初ではない。泉鏡花「唐模様」の中に、「魅室」と題してこの話が紹介されている。『鏡花全集　巻二七』（岩波書店、一九七六年、初版は一九四〇年）では、一三八―一四〇頁。『太平広記』の原文は次の通り。

唐開元中、戸部令史妻有色、得魅疾、而不能知之。家有駿馬、恆倍芻秣、而瘦劣愈甚、以問隣舍胡人。胡亦術士、笑云、馬行百里猶勌、今反行千里餘。寧不瘦耶。令史言初不出入、家又無人。曷由至是。胡云、君每入直、君妻夜出、君自不知。若不信、至入直時、試還察之、當知耳。令史依其言、夜還、隱他所。一更、妻起靚粧、令婢鞍馬、臨階御之。婢騎掃帚隨後、冉冉乘空、不復見。令史大駭、明往見胡、瞿然曰、魅信之矣。爲之奈何。胡令更一夕伺之。其夜、令史歸堂前幕中。妻頃復還、問婢何以有生人氣、令婢以掃帚燭火、遍然堂廡。令史狼狽入堂大甕中。須臾、乘馬復往、適已燒掃帚、無復可騎。妻云、隨有即騎、何必掃帚。婢倉卒、遂騎大甕隨行。令史在甕中、懼不敢動。須臾、至一處、是山頂林間、供帳帟幕、筵席甚盛。羣飮者七八輩、各有匹偶、座上宴飮、合昵備至。數更後方散、婦人上馬。令婢騎向甕。婢驚云。甕中有人。婦人乘醉、令推著山下。婢亦醉、推令史出。令史不敢言、乃騎甕而去。令史及明、都不見人、但有餘煙燼而已。乃尋徑路、崎嶇可數十里方至山口、問其所、云是閬州。去京師千餘里、行乞辛勤、月餘。僅得至舍。妻見驚問之久何所來、令史以他答。復往問胡、求其料理。胡云、魅已成。伺其復去、可遽縛取、火以焚之。聞空中乞命、頃之、有蒼鶴墮火中、焚死。妻疾遂愈。

(38) ただし、このような魔女像の定着は、古代社会の太母神信仰にまで遡るヨーロッパの魔女の歴史のなかでは、かなり新しいもののようである。上田安敏『魔女とキリスト教——ヨーロッパ学再考』（人文書院、一九九三年／講談社学術文庫、講談社、一九九八年）の第一—五章によれば、悪しき存在としての魔女像は、父性宗教としてのキリスト教が太母神の母性宗教と衝突し、これを克服排除しようとした歴史のなかで形成され、地域性を反映して北欧型と南欧型の二類型に大別できるという。サバト、夜間空中飛行、悪魔との契約、性的オルギアの要素は南欧型に見られ、一三世紀以降にそれが顕著となる。一方の北欧型は、天候と家畜への魔法に関係し、もともと集団を成さない個人的な存在であった。この両者の合流が異端尋問を引き起こし、一六、七世紀の魔女パニックへと向かってゆく。

また、渡会好一『魔女幻想——呪術から読み解くヨーロッパ』（中公新書、中央公論新社、一九九九年）第二章によれば、スコラ哲学を大成した一三世紀の神学者、トマス・アクィナスの『神学大全』には、悪魔との契約もサバトも一切登場しない。したがって、キリスト教社会を脅かす、悪魔配下の魔女の集会という幻想は、後世の悪魔学者が抱いた強迫観念の産物だったということになる。

もっともサバトについては、その原型をキリスト教以前の異教の豊饒儀礼に求める、マーガレット・A・マレーの説（西村稔訳『魔女の神』人文書院、一九九五年、原著は一九三一年刊）、これを厳しく批判してサバトの実在を否定する、ノーマン・コーンの説（山本通訳『魔女狩りの社会史』岩波書店、一九八三年、原著は一九七六年刊）など、大きな論争を呼ぶ問題となっている。ただ、アナール派の歴史学者カルロ・ギンズブルグが、ヴェネツィアの異端審問所の古記録（一五七五年）から、四季の斎日の木曜の夜、魂が抜け出し集って悪との戦いに出かけるという、北イタリア・フリウリ地方の農民のベナンダンティ信仰を発見（竹山博英訳『ベナンダンティ』せりか書房、一九八六年、原著は一九七二年刊）して以来、サバトの原型をここに求める説が有力である。（しかし、この夜の集いと戦いは、魂が夢の中で抜け出すものであり、渡会氏も指摘するように、マレーのいう豊饒儀礼の実在の証拠とはならない。厳密には、想像上の夜の集会を信じる、古くからの土俗的信仰の存在が証明された、ということになる。）

いずれにせよ魔女にまつわるサバトの問題は複雑で、「戸部令史妻」と安易に結びつけることは憚られる。

(39) 空を飛ぶ魔女ということでは、このほか唐の段成式『酉陽雑俎』前集巻一六に見える、「夜行遊女」が思い起こされる。羽毛を脱げば婦人となり、夜には空を飛んで子どもをさらうこの鳥は、姑獲鳥とも呼ばれ、ヨーロッパに古くから伝わるストリクス（ストリックスあるいはストリゲスとも記される）の伝説と極めてよく似ている。前注に引いたノーマン・コーン『魔女狩りの社会史』も触れるように（第一一章、二八〇—二八八頁）、ストリクスはローマのオウィディウス『祭暦』に、夜間に飛行して乳飲み子を襲い、その内蔵を食べる鳥（あるいは鳥に変身した老婆）として記され、その後も様々な伝説を生んでいる。高橋宏幸訳『祭暦』（叢書アレクサンドリア図書館、国文社、一九九四年）によれば、該当箇所には次のように言う。

さて、強欲な鳥たちがあり、あのピネウスの食卓を襲ってひもじい思いをもてあそんだ鳥ではありませんが、その種族の血を引いています。大きな頭、見開いた目、獲物をさらうにすぐれた嘴、白斑の入った翼、そして、鉤爪を備えています。夜に飛び出して、乳母のついていない子供を襲い、揺籃からさらった体に悪さをします。うまそうな血のしたたる内蔵（ママ）〔臓〕を嘴でついばむそうですし、喉には飲んだ血がいっぱいに詰まっています。この鳥たちの名はストリクスと言います。しかし、この名の由来は、いつも夜に身の毛のよだつような声で鳴く（ストリデレ）からです。（二一四頁）

「ピネウスの食卓を襲って」というのは、同書の注によれば、「トラキアの王であったピネウス」が、「自分の犯した罪に対する処罰として、盲目にされたうえ、食物をハルピュイアイと呼ばれる有翼の牝の怪物に奪い取られるか、汚物まみれにされるかした」話を指す。また同注は「ストリクスはみみずく、または、梟の一種。ここで「鳴き声」（ストリデレ：stridere）を語源とするのは真説。」と説明する。オウィディウスは右の文に続いて「ですから、初めから鳥に生まれついたのか、それとも、呪文で変えられたのか、つまりマルシ人（中央イタリアの部族。魔術、呪文で有名）の呪術のために老婆の鳥の姿となっているのか」と述べており、呪術による変身とも考えられていたことが分かる。中国の「夜行遊女（姑獲鳥）」との関わりを考えてみたくなる、興味深い資料である。

ただし、夜行遊女（姑獲鳥）の話は晋の郭璞『玄中記』にすでに見え、西方伝来であるとしても、唐代よりもさらに古くに遡ることになりそうである。また『酉陽雑俎』の記事の末尾には、産死した婦人が化すという、産婦鳥（うぶめ）伝説があわせて挙げられている。産婦鳥伝説は、インドネシア文化圏に残るポンティアナクという産死者の化け物（しばしば鳥の形をとって現われる）と関わるとも言われる（大林太良説）。したがって夜行遊女に関しては、ストリクスに限らずポンティアナクもまた重要資料として浮かび上がることになり、その来源の問題は複雑な様相を呈してくる。単純に西欧の魔女とつなぎ合わせるのは控えるべきであろう。

なお、夜行遊女（姑獲鳥）については、山田慶児『夜鳴く鳥——医学・呪術・伝説』（岩波書店、一九九〇年）に同題の優れた論考があり、これを参照した（同論文の初出誌は『思想』七三六号、一九八五年）。また大林説は、『池田彌三郎著作集　第五巻　身辺の民俗と文学』（角川書店、一九七九年）「月報5」に掲載の「うぶめ鳥とポンティアナク」に見え、山田論文に紹介されている。『祭暦』の訳書等に関しては、矢内光一氏（横浜国立大学・ギリシア哲学）の教示を得た。

（40）　高橋義人『魔女とヨーロッパ』（岩波書店、一九九五年）が、この「戸部令史妻」を澤田論文から引いて、「いずれにせよ、ヨーロッパでも中国でも、空を飛んで夜の宴に参加する人々がいるという伝承は広範に認められる」と述べる（一三三頁）のは、正しくない。

3　『カター』『千一夜』系

『ブリハット・カター』『カター・サリット・サーガラ』、さらには『アラビアン・ナイト』の一節とも血縁を持つ変驢の術の魔女は、薛漁思『河東記』において板橋の三娘子として中国に定着した。ただ、これまでの考察からすでに予測されるように、この外来の魔女がさらに豊かな類話や翻案を生み出してゆく風土は、中国にはなかったようである。では三娘子の物語は、『出曜経』のシャラバラ草のように、全く孤立した存在となってしまったのであろうか。本項では、部分的断片的な類似にも注意を払いながら、物語のその後を跡づけてみることにしたい。

唐に続く五代から宋の時代、「板橋三娘子」をそっくり翻案したといえる話は、残念ながら見つからない。しかし、五代の徐鉉『稽神録』（『太平広記』巻八五）の「逆旅客」には、注目しておいてよいであろう。話自体は

次のような短いものである。(1)

大梁逆旅中有客、不知所從來。恒賣皁莢百莖於市、其莢豊大、有異於常。日獲百錢、輒飲而去。有好事者、知其非常人、乃與同店而宿。及夜、穴壁窺之、方見鉏治牀前數尺之地、甚熟。既而出皁莢實數枚種之、少頃即生。時窺之、轉復滋長、向曙則已垂實矣。即自采掇、伐去其樹、剉而焚之、及明擕之而去。自是遂出、莫知所之。

大梁の宿屋に、何処から来たのやら一人の泊まり客がいた。いつも市場で百本のサイカチを売っていた。(2)その莢はふっくらと大きく、普通のものとは違っていた。毎日百銭の売り上げになると、それで酒を飲んで立ち去るのであった。

物好きがいて、これは常人ではないと感付き、一緒にその宿屋に泊まることにした。夜になって、壁に穴をあけて覗いてみると、ベッドの前の数尺ほどの地面を鋤いて、十分に耕し終えたところであった。そこでサイカチの実数粒を取り出して蒔くと、しばらくして芽が生えてくる。なおも窺っていると、芽はどんどん成長して、夜明け近くにはもう実を垂らしていた。すると客はその実を摘み取って、樹は切り倒して燃やしてしまい、明け方になるとサイカチを手に宿を出ていった。この日からとうとうそれっきり、何処とも行方が知れなくなってしまった。

早く中国に伝来し人々の関心を引き続けた、例の植瓜種樹の術をテーマとした短篇である。とすれば、話のルーツは、「板橋三娘子」よりもさらに遡って、晋の干宝『捜神記』巻一の徐光の話（前章第二節の「3　幻術」に引用）ということになろう。市場のサイカチ売りという主人公の設定からして、徐光の故事との結びつきを匂わせている。

しかし、ここで注目したいのは、先ず事件の舞台である。大梁、つまり汴州といえば、三娘子の宿があった板橋の近隣にあたる。術を使うのが泊まり客で宿の主人ではなく、木牛木人も使われない点は異なるものの、「牀前數尺之地」を耕す方法は、三娘子の場合と全く同じである。こう見てくると、この術を壁穴から覗く設定も、「不知所從來」に始まり「莫知所之」に終る叙述のパターンも、「板橋三娘子」とそっくりである。物語は徐光の話を下敷きにしながらも、おそらく「板橋三娘子」が意識されているものと思われる。種樹の術を中心とした部分的な形で、しかも肝腎の女主人公の姿は消え去っているけれども、三娘子の物語は、後継が全く途絶えたわけではなかったのである。

なお、「板橋三娘子」との関わりはひとまず措いて、客を食い物にする黒店、あるいは恐ろしい事件の起こる宿屋の記事ということになると、宋代の文献あたりから数が増してくる(3)。たとえば洪邁の『夷堅志』は、旅店の事件・怪異に関する記事を幾つも収めており、丁志巻一〇には「秦楚材」と題する話が見える。これは、宿泊した旅館が邪教の徒に襲われ、危うく人身御供にされそうになったという内容のもので、宿の主人は妖術使いでも悪人でもない。ただ、三娘子の物語と似た設定の箇所がわずかに見られるので、冒頭の部分を原文とあわせて紹介しておこう。

秦楚材、政和間自建康貢入京師、宿汴河上客邸。既寢、聞外人喧呼甚厲、盡鎖諸房、起穴壁窺之。壯夫十數輩皆錦衣花帽、拜跪于神像前、稱秦姓名、投盃珓以請。前設大鑊、煎膏油正沸。秦悸栗不知所爲、屢告其僕李福、欲為自盡計。夜將四鼓、壯夫者連禱不獲、遂覆油于地而去。……

秦楚材は、徽宗の政和年間（一一一一—一一一七）、建康（江蘇省南京）から推挙されて汴京に上り、汴河上の旅館に宿をとった。眠りについた後、外で人が激しく騒ぎ立て、部屋すべてを封鎖してしまうのが聞こえてきたので、壁に穴をあけて様子を窺ってみた。すると華やかに着飾った屈強の男たちが神像の前に跪き、秦の名前を称えて、杯珓（吉凶を占う道具）を投げて神託を乞うている。前には大鍋が置かれ、油が煮えたぎっている。秦は震えあがってどうしたらよいか分からず、下僕の李福に幾度も言って、自殺の手立てを相談しようとした。夜も四更になろうとする時、男たちは何度祈っても神の同意が得られないので、とうとう鍋の油を地面にひっくり返して立ち去っていった。……

次の朝、秦楚材のところにやって来た主人の話を聞くと、都の不良少年の一団が、三年あるいは五年ごとに美男子を捕らえ、油で揚げて獰瞪神という鬼神を祭るのだという。そう言われて秦は、彼等が旅の途中から、前になり後になりして自分を監視していたことに気づく。このあと話は一転して、無事に都の大学にたどり着いた秦が、不思議な道士から銀塊を授かる展開となってゆく。要するに「板橋三娘子」とは無縁の内容であるが、ただ舞台は汴河付近の客邸であり、壁穴越しに様子を窺うあたりの設定にも、似たところがある。

さらに同書の支志癸巻四「醴陵店主人」になると、場面はぐんと似通ってくる。長くなるのでこれも前半のみを示すことにする。

吉水縣人張誠、以乾道元年八月往潭州省親故、次醴陵界、投宿村墟。客店主人一見如素交、延接加禮、夜具酒殽對席。張謂無由而得此、疑有它意、辭以不能飲。且長塗倦困、遂就寢。良久、堂上燈燭照耀、起而窺。竊見主人具衣冠設茶酒、拜禱於畫像前。聽其詞、屢言張生、知其必以己祭鬼、不敢復睡。主人既退、望神像、一神眼睛如盞大。張料已墮惡境、而無由可脱。嘗聞大悲呪能辟邪、平時誦習、於是發心持念。及數過、睹大眼者自軸而下、盤旋几上。須臾、有聲剥剥、迸作小眼無數、其狀可畏。乃閉目坐於床、誦呪愈力。時聞敲戸擊搏、欲入不能、……

吉水県（江西省）の張誠は、乾道元年（一一六五）の八月、潭州（湖南省）に親戚を訪ねる途中、醴陵（湖南省）のあたりまできて、村の宿に泊まった。宿屋の主人は、一目見るなり旧知のような親しさで鄭重に迎え入れ、夜には酒肴を揃えてもてなしてくれる。張は理由もないのに厚遇され、他意があるのではと疑い、下戸だからと断った。そのうえ長旅の疲れもあったので、すぐに眠りについた。しばらくすると、座敷に明かりが点ったので、起き上がって覗いてみた。すると主人が衣冠を整え、茶酒を供えて、画像の前で祈祷している。その言葉を聞くと、なにやら何度も「張生」と自分の名を呼んでいる。さては自分を捧げ物にして鬼神を祭るつもりだなと気づき、眠らず様子をうかがった。主人が退席したあと、神像を眺めると、眼が灯盞ほどの大きさの一体がある。張は死地に陥ったと思ったが、逃れる術もない。以前『大悲呪』(4)が魔除けに効くと聞いて、平素から口にしていたので、そこで発心してこれを誦え続けた。数度誦えたところで、大眼の像が軸から下りて卓上をぐるぐる回った。すると、たちまちバリバリと音がして、はじけるように無数の小さな眼に変わり、その有様は恐ろしいものであった。張は目を閉じてベッドにへたりこみ、いっそう力を込めて呪を念じ続けた。折しもドンドン戸を叩く音がし、何物かが中に入ろうとして入れない様子であった。……

こうして恐怖の一夜を過ごした張誠は、夜明けを待って、取る物も取りあえず宿屋から逃げ出す。しかし、宿からは主人の家族たちの泣き声が聞こえるだけで、追ってくる気配もない。二里ほど行って一息つき、道を来る人に尋ねてみると、宿の主人が急死したのだという。事情を聞けば、「その宿屋は三代にわたって妖鬼に仕え、毎年人身御供を捧げており、犠牲者は数えきれないほど。ただ、人を捕らえられないと災いは家長に及ぶということで、宿の主人が急死したのも、そのせいです」とのことであった。

洪邁は、湘中（湖南省）の邪教の習俗[5]としてこの話を紹介しているけれども、冒頭の引用部分には、三娘子の宿の場面と極めてよく似たところがある。もっとも、この類似点だけを根拠に、三娘子の物語の意識的な利用と見なすのは、いささか短絡的なように思われる。むしろ私たちは、「板橋三娘子」において中国古小説中に初めて現われた宿の怪異の場面が、宋代、こうして物語の一つの型となって定着しつつあることを、「秦楚材」「醴陵店主人」の二例から読み取っておくべきであろう。

この宋代、ほかに忘れてはならない資料としては、前項のシャラバラ草の箇所で取り上げた、『大唐三蔵取経詩話』の「樹人国」の話がある。登場する変驢の術の使い手は男性ではあるが、三娘子と同じく宿屋の主人という設定になっている。とすれば、ここに「板橋三娘子」との関わりを想定してみることも、一つの可能性として許されよう。現に太田辰夫氏は、両者を影響関係の系譜につないで論じる。[6]ただ、客観的に読み比べてみて、「樹人国」の話と「板橋三娘子」との間の共通要素は、余りに少なすぎる。同じ変驢の術とはいうものの、「樹人国」の宿の主人の術には、具体的な描写が全く見られない。あとに登場する還身の術の、含んだ水を吹きかけるという単純で伝統的なスタイルから推し量っても、三娘子のような複雑な方法が念頭に置かれていたとは考えられない。したがって直接的な影響関係を論証するには、依然として難しい問題が残ることになる。しかし、いずれにしても『取経詩話』のこの資料は、（「板橋三娘子」の影響がないとすれば自然な趨勢として、あるとすれば意識的な選択として、）物語の中の変驢の術が、複雑さから単純さを志向し、伝統的な中国呪術へと立ち戻っていったことを示すものではあろう。

なお付言すると、この変驢の術自体からして、話本の読者（あるいは聴衆）の受けはいまひとつだったようで、『西遊記』一〇〇回本では姿を消してしまっている。様々な変身の術が繰り広げられる『西遊記』のなかでも、それらのほとんどは自らの変身であり、他者を変身させる術は先ず見られない。動物に変身させられる例としては、第三〇回「邪魔侵正法　意馬憶心猿」で、玄奘三蔵が妖魔黄袍怪の術によって虎にされてしまう場面が、唯一のものであろう。しかも「黒眼定身法」と称するその術は、呪文を唱え、水を含んで吹きかけて「変われ！」と叫ぶことになっている。ここでも変身の術は、呪文と噀水による、中国伝統の方法が取られているのである。(7)

小説から戯曲に目を転じて見ると、宋代から金元の時代にかけて、「板橋三娘子」との関わりを指摘される作品が二つ存在する。一つは、南宋の周密『武林旧事』巻一〇上「官本雑劇段数」に載る「驢精六幺」で、趙山林「宋雑劇金院本劇目新探」（『南京師範大学学報　〔哲学社会科学版〕』二〇〇一年第一期）は、これを「三娘子」の話にもとづくものと見なしている。(8)題名のみが伝わるこの戯曲については、想像を逞しくするほかない。しかし、なるほど「驢」の文字は目を引くものの、三娘子の物語を彷彿させるタイトルとは言えそうにない。

いま一つは、元の鍾嗣成『録鬼簿』巻上に見える、紀君祥の作になる元曲「驢皮記」である。残念ながらこの作品も散逸して伝わらないが、荘一払『古典戯曲存目彙考』（上海古籍出版社、一九八二年）は、この題目を論拠に「三娘子」を戯曲化した作品ではないかと推論する（巻五、上冊二六六頁）。しかしこれも結局のところ、論拠は題名の「驢皮」以外になく、別内容の作品である可能性も高い。(9)要するに二作品共に、「板橋三娘子」の翻案とするには根拠が余りに薄弱である。

明代に下っても、関連資料は少ない。しかし、銭希言『獪園』巻四の「茘枝少年」には、注目しておいてよいであろう[10]。徐鉉『稽神録』の「大梁客」と同様、開封（汴州）の宿での植瓜種樹の術をテーマとしていて、興味深いものがある。あらすじはおよそ次の通り。

物語の舞台は河南の開封。薬売りの方士が、閩中（福建省）からやってきたという黒い頭巾の少年に目を留める。彼は遙々南方からやって来て茘枝を売っているのだが、良い貯蔵法を知っているとかで、新鮮な茘枝は色も褪せていない。市場に集まる人々は、競って高値でこの珍しい果実を買い求めた。これが続いて数日、方士は少年がただの物売りではないと疑い始める。その神秘な風貌には道を得た人のようなところがあるし、茘枝の色つやは日増しによくなって、もぎたてのような実がいつも器に一杯である。そこで方士は少年の後をつけてみることにする。

続く展開は、原文も一部引用しておこう。ここで種樹の術が登場する。

其客舎在一酒肆、方士遂賃隔壁半間宿焉。中夜聞有聲、穴壁竊窺、見少年取大瓷鼎盛土、出銅筋一雙、耨之甚熟、種茘枝核于内、頻用死央手輕拂其上、口喃喃作胡呪語。呪畢、便躍身梁上、以一脚挂梁倒睡。有頃睡覺、自梁而下、見鼎中之核、森然挺生、轉復滋長。少頃開花、俄而結實、天向曙、則已纍纍紅熟可餐矣。連枝帶葉、一一翦下、剉其樹焚之、及明攜之而出。

少年の宿は一軒の酒屋であった。そこで方士は、壁隣りの半間の部屋を借りて泊まることにした。夜中に物音が聞こえたので、壁に穴をあけてこっそり覗いてみると、少年が大きな磁器の鼎を取って土を盛り、銅の箸一膳を出して丁寧に耕し、茘枝の種を中に植えた。そして頻りに死央手（?）を使って軽くその上を払い、ムニャムニャと西国の呪文を唱えるのが見えた。唱え終わるや彼は梁の上に身を躍らせ、片足を梁に掛けて逆さに眠った。しばらくして眠りから覚め、梁から下りて鼎中の種を見ると、葉を繁らせ真っ直ぐに伸び、どんどん成長している。やがて花が咲き、にわかに実が成り、空が白もうとする頃には、赤く熟した食べ頃の茘枝がたわわに実っていた。それを枝葉ごと一つ一つ摘み取ると、樹を切り倒して焚き、明け方になると果実を手にさげて出ていった。

これを見て驚いた方士は、後日機会をうかがい、上等の料理と酒を用意して術の伝授を願い出た。すると少年は、「頃刻開花」は神仙の術であって、仙骨が無ければ学んでも益はないと断り、包みから青い薬一袋を取り出して方士に与えた。そして、この薬一粒を方士の烏鬚膏（毛染め薬?）一缶に入れれば一生暮らしの心配はないと言い、別れを告げて立ち去った。そこで試してみると漆のような黒さになって、染めれば二度と白くはならない。その評判が貴人達の耳に入って飛ぶように売れ、彼はこの薬のお陰で生涯不自由することがなかった。

三娘子と同じ開封（汴州）の宿での植瓜種樹の術であるが、梁に片足を掛けてコウモリよろしく逆さ吊りで眠るなど、独自の幻術の物語となっている。

続いては、祝允明『志怪録』巻三の「鎖口法」が伝える、次のような一文がある。(11)

巫師禁戒幻化左道之術、毎見于牘、大抵北之秦晉、南之括信爲多。先公仕晉藩、毎得之聞見。或飲醋數升、或裸袒仰臥、以巨石壓胸腹、或煆石若錘、通紅而銜之。至如婦女小兒、亦有能者。客至、婦以麥置磨中、剪紙爲驢、運磨得麵、旋復收驢入袖。……

まじない師の戒律や変化・邪術については、常々書きものに見えるところであり、大抵は北の秦（陝西省）・晋（山西省）、南の括州（浙江省）・信州（江西省）の地に多い。亡き父君が晋王にお仕えだったころ、いつもこれを見聞きなさることがおありだった。酢を数升飲んだり、裸になって仰臥して巨きな石で胸や腹を押えつけたり、あるいは石を熱く鍛えて重りのようにし、真っ赤になったのを口にくわえるものなどがあった。女性や子供にも心得のある者がいて、客がやってくると麦を石臼に置き、紙を剪って驢馬のかたちにし、それに臼を廻させて麦粉をつくり、すぐにまた驢馬を紙にして袖に入れてしまうのであった。……

晋の女性や子供が行うこの術は、剪り紙のロバという、これも中国の幻術に一般的なかたちに変わっているが、臼を挽かせて麦粉をつくるところは、三娘子の木偶人と同じである。第二章の「3　幻術」の項で紹介した、諸葛孔明の妻が木偶を使って麦を刈り、臼を廻させて麪をつくったという話が、あわせて思い起こされる。すでに述べたように、この話を伝える最も古い資料が、明末の謝肇淛『五雑組』および楊時偉『諸葛忠武書』ということで、前者から改めて一文を引いておく。テキストは、上海書店出版社から二〇〇一年刊行の活字本による。

諸葛武侯在隆中時、客至、屬妻治麵、坐未温而麵具。侯怪其速、後密覘之、見數木人斫麥、運磨如飛、因求其術、演爲木牛流馬云、……

諸葛武侯が隆中にいた時、客が尋ねてくると、妻に言いつけて麺をこしらえさせた。すると坐も温まらないうちに麺が出来上がるのであった。侯はその余りの早さを不審に思い、後に密かに様子をうかがってみると、数体の木の人形が麦を切り、石臼を回して飛ぶような早さであった。そこでその技術を求め、応用して木牛や流馬を造ったのだという。……　（巻五・人部一）

こうした明代の資料が伝える幻術は、いずれも「板橋三娘子」の後裔と見てよいのではないだろうか。ただ、物語から断片を切り取って一層簡略な形にしている点は、先の『稽神録』の「逆旅客」と同様である。また『志怪録』の話の場合、ファンタジー的な要素は消え失せ、晋の地の奇術を伝える実録記事となっている。この点も、「板橋三娘子」の断片が辿った方向として、押さえておくべきであろう

清代になると、二、三注目される資料が現われる。先ず南方熊楠が「人を驢にする法術」（平凡社『全集』第二巻所収）において、「板橋三娘子」との関わりを夙に指摘した、蒲松齢『聊斎志異』巻二の「造畜」がある。中国古典文学大系（平凡社、一九七〇年）の常石茂訳によって、左に示しておく。[12]

ひとをまどわす妖術には、その方法がいろいろある。飲み物や食べ物をやって、だまして食わせる。すると、ぼうっとしてしまって、術者について往ってしまうというのがある。俗にこれを「打絮巴（口説き）」といい、江南では「扯絮（同前）」という。小児は知らぬから、いつも害にあう。また、人間を畜生に変えてしまうやつがあり、それを「造畜」とよんでいる。この術は、江北（長江以北の総称）にはまだ少ないとはいえ、黄河以南にはあるのだ。

揚州（江蘇省）のある旅宿に、五頭の驢馬をひっぱって来た客があった。そして仮に厩につなぐと、「じきにもどって来るから」

といい、それといっしょに、

「飲み食いさせてはいけない」

といいおいて出て往った。

驢馬が陽にさらされるので、蹄でけったり、かんだりして、なんとも騒々しい。

そこで、主人は驢馬を涼しいところへひいて往った。驢馬は水をみるなり、駆け出していって、飲みたいだけたらふく飲んだ。そして、地面にころぶと、みな女になった。怪しんでわけを聞いても、舌が硬ばっていて、答えることができなかったから、部屋のなかへかくまった。

やがて、驢馬の持ち主がやって来て、五匹の羊を中庭へ追い込み、びっくりして驢馬のありかを聞いた。主人は、客を部屋へ案内して、飯をすすめながら、

「しばらく飲んでいて下さい。すぐ驢馬をつれて参りますから」

といって外に出、五匹の羊にみんな水を飲ませてやると、ころがってそれぞれ童子になった。で、こっそり郡役所に知らせたので、追手を差し向けて捕え、責めて殺したのだった。（「畜生づくり」上冊一一五頁）

『聊斎志異』の幻想的な怪異譚のなかにあって、この話は、現実的な色合いが濃厚である。蒲松齢の説明によれば、この「造畜」の術は長江以北には少なく、黄河以南では行われているという。中間地帯の様子が明確でないけれども、要するに中国南方を中心として、実際に行われた妖術ということになる。だとすればこの術は、「板橋三娘子」よりもむしろ、前項で見た南方異民族の邪術と交錯する方向で考えられるべきかも知れない。事実、旅宿という舞台、人を驢馬に変える術以外に三娘子の物語との共通点はなく、術の方法も全く示されていな

い。遠く遡って三娘子の術とつながるとしても、「造畜」は、物語の世界から南地発祥の邪術の〈現実〉へと、大きく歩み寄ってきているのである。(13)

さて、澤田論文「メタモルフォーシスと変鬼譚」には、さらにもう一話、程麟『此中人語』巻六の「変馬」が挙げられている。「板橋三娘子」との類似という点では「造畜」の比ではない、次のような資料である。筆記小説大観から引いておく（江蘇省広陵古籍刻印社影印本、一九九五年、第一二冊）。

武生某因公北上、宿山東旅店中、念動郷關、宛轉不能成寐。漏三下、聞隔房有男婦嬉笑聲。因鑽穴隙相窺、見寓主等數人以麥散地下、潑以水、又蒙以布、若變戲法然。某甚異之、凝神細視、忽見布高二尺餘。寓主乃揭視、則麥已長且秀矣。又去其殻、且碎其粒、團成饅首、比煮熟。

天已明、某思此決非好事、然不敢問。逾一時許、寓主持饅首遍贈客。諸客俱不之識、共相食盡、惟某未食、暗藏於胸。須臾登道、寓主佯爲遠送、行三十里、衆客咸呼口渴、苦無茶。至江邊、取水而飲、忽一客面目紫黒、變成馬首。寓主以鞭撻之、遂成一馬、他客亦相繼而變。寓主驅馬取行李返去。

某駭絶逸走、首於官。官始不信、某將饅首呈上。官提死囚與之、食竟亦變。遂暗撥營兵、獲到該寓一干人。嚴刑詢鞫、得其情、遂置之法。

武生（武官登用試験の応募資格を持つ学生）の某は、公用で北に向かう道すがら、山東のある宿屋に泊まったが、郷愁に駆られて、なかなか寝つかれなかった。漏刻が真夜中を告げる頃、隣の部屋から男女のたわむれる笑い声が聞こえてくる。壁に穴を開けて様子を窺ってみると、宿の主人たち数人が麦を地面に撒いて水を注ぎ、さらに布で覆って、奇術のようなしぐさをしている。たいそう不思議に思って、じっと目を凝らしていると、忽ち布が二尺余りの高さに持ち上がった。宿の主人が布を掲げると、麦はもう生長して穂が出ていた。そこでさらに脱穀して粉に挽き、丸めて饅頭(マントウ)にし、しばらく経つと蒸し上がった。

いつしか空は白み、某は良からぬ事に違いないと思ったが、敢えて尋ねようとはしなかった。一時（二時間）余りすると、主人は饅頭を泊まり客たち皆に配った。客たちはだれも昨夜のことを知らず、すっかり平らげてしまったが、ただ某だけは食べずに、こっそり懐中に隠した。すぐに出立のときになり、主人は偽ってわざと遠くまで見送ってきた。三十里ほど行ったところで、客たちは皆喉が渇いたと騒ぎ、茶がないのを苦しみだした。河辺まで行き、水をすくって飲むと、たちまち一人の客の顔が紫黒にかわり、馬の首になってしまった。主人はこれを鞭打って、一頭の馬にしてしまい、他の客たちも相継いで変わってしまった。主人は馬を駆り立て、客の荷物を奪って帰っていった。

某は仰天して逃げ出し、役所に届け出た。役人が始め信じなかったので、某は饅頭を差し出した。そこで死刑囚を引きだして食べさせてみると、食べ終るや馬になってしまった。そこで密かに営兵を発し、その宿屋で一団の者たちを逮捕した。厳しく詮議すると、事実が明らかとなったので、彼等を法によって処罰した。

明らかに三娘子の幻術につながる物語である。ただ、これが作者程麟の手になる「板橋三娘子」の翻案か、それとも説話の採録かについては、判断に迷う。この点に関して、澤田氏は次のように推理する。「……麦を蒔き饅頭をこしらえ、旅人に食わせて馬に変えるという情節からみれば、かの板橋三娘子の焼き直しではないかとの嫌疑が懸る。しかし文筆人が唐の小説を下敷きにしての翻案なら、もっと後段のあたりを潤色したはずで、こんなあっけない結末で語られるところは、やはり古伝承が昔話化しておこなわれていたのを、程氏が採って筆録したのではないか。『此中人語』は他にも民間伝承の採録らしいものが見られるから、この話も民間の変畜譚の一露頭と考えても無理はないようである」（三九一頁）。しかし、「古伝承」（澤田氏は『出曜経』系の話の南方からの伝播を想定している）の昔話化という仮説は修正を要し、また後述するように、似た話を中国の民間説話に見出すことも難しい。とすれば「板橋三娘子」に源流を持つこの「変馬」の話は、程麟の筆に上る以前に改作の手が入った可能性は認めるとしても、「民間の変畜譚の一露頭」とまでは言いづらいように思われる。

いずれにしても、この話がこれまでに見た諸資料の中で最も「板橋三娘子」と似通っており、重なり合う部分が多いということになる。しかし、術の種麦の箇所は布で覆う奇術の方法に変わり、木人木牛はやはり登場しない。食べ物のすり替えや詐術もなく、「三娘子」と比べると物語全体が貧相に萎んでしまっている。また、役所に訴え出て術者が逮捕処罰されるという結びは、先の『聊斎志異』の「造畜」と同じで、話としての纏まりはつくものの、裏を返せば常套的な印象を免れない。「三娘子」の結びのあっけなさ、悪人が逮捕処罰されないことに対する不満から、こうした勧善懲悪の結末が組み込まれることになったのであろう。

「板橋三娘子」の面影を最も強く留める「変馬」の、作品としてのこのような出来映えは、正直なところ私たちを落胆させる。薛漁思が見事に中国風に翻案してみせた外来の物語は、結局、文言小説の中では大きく膨らみ発展してゆくことはなかったのである。

もっとも、短篇が基本となる文言志怪小説の場合、本格的な翻案作品はもともと生まれにくい。長編化となれば、やはり白話小説に目を向けておく必要があろう。膨大な白話小説資料の通覧は、個人の能力を遥かに超える。しかし、『古代小説典』（中国国学出版社、二〇〇八年）の電子データに頼ると、わずかに一件のみであるが「板橋三娘子」の明らかな翻案を発見できる。(14)

清代白話小説中に、編者を里人何求の筆名で記す『閩都別記雙峰夢』がある。略して『閩都別記』とも言い、全二十巻四百回に及ぶ大長編である。閩都烏石山の隠士周太朴の奇夢から説き起こされ、史書や福建地方の民間伝承・逸事、あるいは古小説などをもとに、雑多な挿話を織り込んで展開してゆくこの物語の第二一二回から二一三回にかけて、呉雲程なる人物が妖しい宿に泊まる一段がある(15)。

旅の途中の山道で日が暮れ、雲程は「鬼谷」の旅店に投宿することにするが、夜半、漂う生臭い気配に目を醒ます。内房から漏れる明かりに誘われ、こっそり中を覗いてみると、こんな光景が目に飛び込んでくる。

……見房中有一大健男、虬鬚豹頭、貌極凶悪、盤坐榻上、有三婦女皆赤身露體、頭罩帽一如猪頭狀、一罩如羊頭狀、一罩如驢頭狀、各分執一殿磨磨麵、須臾皆磨完、即將麵粉各搜勻、製數十餅、仍分三爐烤熟、各貯一盤、另放一處。三婦始將頭上罩之物脱下、各穿上衣服。那健男説、客餅已製了、可接製自食的餅。……

……部屋の中には一人の屈強な男がいて、虬(みずち)のような髭に豹のような頭、容貌は極めて凶悪で、榻の上にどっかりとすわっている。また三人の女がいて皆丸裸になり、頭には帽子を被っている。その一つは豚の頭、一つは羊の頭、一つは驢馬の頭のような形で、それぞれが臼を手に粉を挽いている。しばらくして挽き終わると、その麵粉を捏ね延べて餅を数十個作り、三つの爐でじっくり焼き上げ、それぞれ大皿に盛って、一所に別々に置いた。三人の女はそこで頭の被り物を脱ぎ、それぞれ衣服を着た。するとその男が言った、「客用の餅は出来上がったから、続いて自分たちが食べる餅を作ろう」と。……

「虬鬚豹頭」の凶悪な容貌の男は白虎といい、この宿の主人。彼の下で働く三娘子ならぬ三人の女は、大小・

二小・三小と呼ばれている。裸体に動物の帽子という異様な出で立ちで作られる焼餅が、泊まり客用であるというところから、「板橋三娘子」との繋がりは容易に想像できよう。続く物語の展開を略述すると次のようになる。

怪しいと感じた呉雲程は、翌朝こっそり様子を窺う。すると朝食に昨夜の餅が茶と共に出される。何も知らずに口にした客達は地面に転がり、自分で衣服を脱ぎ捨てると、見る見るうちに驢馬・豚・羊に変身してしまう。家畜になった客達を裏庭の柵内に追い込み、荷物を奪った後、白虎は豚と羊を殺して肉にし、女達が料理して朝食が始まる。雲程は魂も飛び去るほど驚いたが、一部始終を見届けると、一計を案じて夜を待つことにする。

（以上、第二一二回）

日暮れに再び鬼谷店に戻った雲程は、訝る女達を「昨晩、前の宿駅の旅店に置き忘れた物を思い出し、早々に取りに戻って今やっと帰ったばかりだ」と言いくるめ、もう一泊することにする。

宿に入ると二人の泊まり客がいて、「この鬼谷店で友人二人と待ち合わせてあったのだが、何故か姿が見えない」という。そこで雲程は、昨夜以来の事件で彼等が家畜にされたことを告げる。二人は驚いて逃げ出そうとするが、それを雲程は引き留め、敵討ちとして自分に協力してくれるよう頼み込む。

夜になり、女達は例のごとく餅作りにとりかかる。この夜は、大小だけが驢馬の帽子で客用の餅を、二小と三小は自分たちの餅を作り、客用のものは竹の葉の上に置かれる。真夜中に餅が出来上がったところで、雲程に頼まれた二人の泊まり客が「泥棒だ！」と叫ぶ。白虎と女達が驚いて外に出ると、その隙に雲程は部屋に忍び込み、餅の竹の葉をつけ替える。

しばらくして、無駄足を踏んだ四人が部屋に帰ってくる。腹を空かせた白虎が、いきなり餅を三、四個頬張ると、忽ち大きな白い驢馬に変身してしまう。三人の女が驢馬に抱きついて泣き叫ぶところへ、雲程達は乗り込んで縄に掛け、里の長老を呼んで事情を話す。客二人に役所への届け出を依頼し、雲程自身は白虎の変身した驢馬に跨って旅立つ。……（以上第二一三回）

原話の魅力であったコミカルな、あるいはファンタジックな要素は消え、些かグロテスクな雰囲気を醸し出しているが、ストーリーの基本は、驢馬に騎って旅立つところまで、そっくり踏襲されている。

さて、驢馬にされた白虎であるが、鞭で打っても日に三四十里しか行かず、若い娘に出会えば嘶いて追いかける始末で、怒った雲程に去勢されてしまう（第二一三回）。そしてその後、不意に現われた女道士に頭を撫でられて人の姿に戻り、彼女に従って何処ともなく立ち去ることになる（第二一七回）。原話とは大きく装いを変えているものの、これもまた、三娘子を救う老人の登場という展開を、そのまま受け継ぐかたちとなっている。

このように、『閩都別記』の白虎の話は、「板橋三娘子」の全編をほぼそのまま翻案して膨らませた、極めて珍しい例である。その意味では貴重な資料といえるが、ただ、独立完結した作品ではなく、長編中の一挿話として利用されたものである点は、記憶しておく必要があろう。

続いて種麦の術について、もう少し類話を探してみよう。

早くに中国化したこの外来の奇術は、宋代以降の作品にも、しばしば顔を覗かせる。しかし、「板橋三娘子」との関わりを感じさせる作品となると、先の『稽神録』の「逆旅客」を除いては意外に見当たらない。幾分似たところを持つものとして一、二挙げれば、先ず南宋の王明清『投轄録』に見える「猪嘴道人」の話がある。北宋の徽宗宣和年間（一一一九—一一二五）の初め、洛陽にふらりと現われたこの道士（尖った口から「猪嘴」の渾名がついた）が使う術は、左のようなものである。宋元筆記叢書の汪新森・朱菊如点校本（上海古籍出版社、一九九一年）による。

一日閑歩郊外、因謂曰、諸君得無餒乎。懐中探紙、裹小麥捨於地、如種藝狀。頃之、即擢秀駢實、因挽取以手摩、麵紛然而落。汲水和餅、復内懷中、頃取出已焦熟矣。擲之地中、出火氣、然後可食。……

ある日、郊外を散歩していて、「諸君、腹が空かないか」と言い、懐から紙を取り出し、小麦を包んで地上に落とし、種まきのようなしぐさをした。しばらくすると、穂が出て実が並んだ。そこで摘み取って手で擦り合わせると、小麦粉がはらはらと落ちた。水を汲んで餅に捏ね、また懐に入れ、しばらくして取り出すともうすっかり焼き上がっていた。これを地に放り投げて、熱気をさまし、その後で食べられるようになった。……

麦を撒いて収穫し、焼餅をつくるところは三娘子と同じである。しかしこの猪嘴道人の場合は、粉挽きは自分の手のひらで、焼き上げるのは懐中でと、すべて一人で済ませてしまう手際のよさである。「板橋三娘子」との影響関係を指摘できる資料とまでは、言いづらいように思われる(16)。

ほかに、明の撰者不詳『鴛渚誌餘雪窗談異』帙上の「鬻柑老人録」にも、注意を引く場面がある。この話の主人公は、南宋理宗の端平年間（一二三四―一二三六年）、嘉興（蘇州）の宿屋に仮住まいするミカン売りの老人である。商いを終えれば醺然と浩歌してすごす彼は、携えてきた荷以上の数のミカンを売り、また売れない場合もミカンの鮮度が一向に落ちない。それを不思議に思った宿の主人が、こっそり様子を窺う場面から抜き出してみよう。古小説叢刊の于文藻点校本（中華書局、一九九七年）による。

……因竊窺之、見老人夜用香爐盛土、植柑種於内。老人輕手拂拭、口若誦咒狀、隨即屈膝偃臥、爐中之種、俄而葉、俄而花、又俄而實、遲明則垂熟纍纍矣。

……そこでこっそり窺っていると、夜になって老人が香爐に土を盛り、ミカンの種をなかに植えるのが見えた。老人が軽く手で撫で払い、口に呪文を誦えるようなしぐさをし、すぐに膝を曲げて寝ころぶと、爐のなかの種は、にわかに葉を出し、花を咲かせ、実を結び、明け方には熟した実が重なりあって垂れていた。

話は『稽神録』の「逆旅客」に似ており、不思議な客の術を覗き見るのは、宿の主人という設定である。ただしこの場面にも、「板橋三娘子」との関連性を明示するような箇所は見当たらない。となると、ここでは直接的な影響関係を強調するよりも、むしろ「板橋三娘子」以前からの植瓜種樹の術が、宿屋をめぐる怪異譚——それは、先に見たように「三娘子」から『夷堅志』の「秦楚材」「醴陵店主人」へと広がって、一つのパターンを形成する——と結びついたところに、この「鬻柑老人録」が生まれたと考えるべきではないだろうか。

幾分似たところを持つ二つの話がこのようであるとすれば、他の植瓜種樹の話についてはおおよそ見当がつこう。(17)それらは、三娘子の物語とは殆ど無縁といってよいかたちで成立しているのである。

種麦の術に関しては以上で一段落つけ、次に清代の文献からもう一つ、「板橋三娘子」の話を連想させる別の資料を挙げておきたい。清の陸次雲『峒谿織志』に載る、苗族系の南方異民族「木邦」に関する次のような記事である。テキストは『説鈴』前集所収の一巻本による。

木邦、一名孟邦。相傳其人多幻術、能以木換人手足。人初不覺、久之行遠、痛不能勝。有不信其説者。死之日、剖股視之、則果木也。又能置汚穢於途、人觸之者、變爲羊豕、以錢贖之、復變爲人。有知之者、易置穢物於他方、則其人反自變爲異類。……

木邦は一名を孟邦という。言い伝えによるとその人種には幻術が多く、木を人の手足とすり替えることができるという。はじめは気づかないのだが、時間がたって遠くまで行くと、痛みは耐えがたいものになる。その話を信じない者がいたが、彼が死んだ日に、腿を切り開いて見てみると、果たして木が入っていた。また汚物を道に置き、人がこれに触れると、羊や豚に変身してしまう。金を払えば、また人間に戻れるのである。この術を知った者が、汚物を他のところに置きかえた。すると、その木邦は逆に自分が動物に変わってしまった。……

人の手足の骨を木とすり替えるこの妖術は、現実のものとして信じられ恐れられていたようで、明清の文献にはしばしば同様な記事が見られる。[18]ただ、ここで注目したいのは、後半部に見える人を動物に変身させる術と、それを逆に利用して木邦を動物に変えてしまう箇所である。物語のふくらみはすっかり削ぎ落とされ、何と汚物が焼餅の代役を演じているけれども、これは三娘子を騙した趙季和の詐術と基本的に一致する。私たちはここにも、「板橋三娘子」の断片の存在を読み取ることが可能ではないだろうか。[19]もしそうだとすれば、趙季和の詐術も変身術に付随して、南方異民族の邪術をめぐる〈現実〉へと吸収されているのである。

清代の資料としては、前項で挙げた『蝖蛣雑記』の「焚幻猴」についても、一言触れておくべきであろう。行商人の戎が女術使いの矣二を馬に変身させ、鞍を置いて乗り回すという一節は、これも趙季和の行動とよく似ている。しかし、矣二の馬への変身は戎に棒で叩かれたことによるもので、ここには変身用の食物（あるいは汚物）も詐術も登場しない。「板橋三娘子」の影響を想定するには、証拠が不十分であるように思われる。[20]

他に、こうした類話の収集にあたって必ず参照されるべき資料として、民間に口頭で伝わる説話伝承がある。詳細な調査は今後の課題であるが、丁乃通やエーバーハルト、あるいは祁連休の中国民間故事の研究による限りでは、「板橋三娘子」につながる説話をこの分野から探し出すことはできない。[21] 日本における「旅人馬」の全国的な分布とは対照的に、中国においてはこの物語は、民間伝承としても語り継がれ発展することがなかったようである。

以上、文献資料を中心に、「板橋三娘子」のその後をたどってみた。

結局「三娘子」の物語は、同じ唐代の変身譚「薛偉（魚服記）」や「李徴（人虎伝）」が、『醒世恒言』『酔醒石』所載の中篇白話小説に翻案され、あるいはまた「杜子春」が、これまた『醒世恒言』所載の「杜子春三入長安」となったようには、物語として大きく膨らむことができなかった。三娘子の物語の全体的な骨子を受け継ぐものとしては、文言小説においては程麟『此中人語』の「変馬」、白話小説においては『閩都別記』中の挿話のそれぞれ一篇が、わずかに残されるのみである。しかも「変馬」の場合は、「種麦」による変馬の術のみを中心に展開し、懲悪によって締めくくられる小さく萎んだ怪異譚の世界でしかない。これに対して『閩都別記』白虎の挿話は、確かに原話全体を利用し、これを遙かに凌ぐ長さに仕立てた翻案ではある。しかし結局のところ、それは四百回の長編を繋ぐ為の一挿話の域を出ず、一つの物語として翻案された「薛録事魚服証仙」や「杜子春三入長安」が持つ、完結した独立性とは一線を画そう。

無論、「板橋三娘子」という佳作の存在が、読書人たちの脳裏から消え去ってしまうことはなかった。明の袁中道の編とされる『霞房捜異』（内閣文庫所蔵明刊本）は、巻下に「板橋三娘子」を収録し、末尾に「取其異（その異を取る）」と付記している。袁中道もこの小説を、他に例のない特異な面白さを持つ作品と見ていたようである。

事に触れてその名が思い出される例としては、たとえば、清の王士禛『隴蜀餘聞』の板橋の考証がそうであった（第二章第二節の「板橋」の項）。ほかに洪亮吉は、「伊犁紀事詩四十二首」（『洪北江詩文集』、「更生斎詩」巻一）の第二六首で、羌人が臨終に驢馬に変身した事件を取り上げ、「忽變驢鳴出門去、郭橋何似板橋頭（突然変身して驢鳴すると門を出ていったが、郭橋のこの出来事、何と板橋の話に似ていることだろうか）」と詠っている。[22]また、清の李心衡『金川瑣記』巻六の「変鬼術」も、金川（四川省）に住む夷人の羊豕騾驢への変身術を紹介した後、「然則太平廣記所載、板橋三娘子易餅變驢一事、未足驚異矣（そうであれば、『太平広記』所載の、板橋三娘子が餅のすり替えでロバに変身してしまった話も、驚くにはあたらない）」と述べている。[23]

しかし、西域から中国へと渡ってきたこの物語が、類話・翻案の産出においてたどった道筋には、やはり寂寥の感を禁じ得ない。短篇としての見事な出来映えにもかかわらず、「板橋三娘子」は、『閩都別記』中の些か悪趣味な改作を唯一の例外として、本格的な翻案の対象となることもなく、唐代伝奇中の異色の作品としての位置に留まり続けた。そして、物語の中の様々な断片が随意に抜き出され利用されるなかで、それらの多くは元のユーモラスでファンタジックな要素を失い、[24]やがてその出自さえも忘れ去られて、黒店や南方の邪教・妖術などの、中国の〈現実〉のなかに取り込まれていったと考えられる。

したがって、人形を使って蕎麦を栽培し製粉させ、それで作った焼餅で人をロバに変えるという、三娘子の術が持つ手の込んだ面白さも、中国においては結局定着するには至らなかった。元来、人を動物に変える術（あるいはそうした術に関わる発想）に乏しく、呪文や巽水による呪術の伝統を持つこの国の変身術は、空想的な方向においては、『西遊記』『平妖伝』などに見える術者自身の自在な変身の術となり、現実的な方向においては、本項で紹介した南方異民族に関する諸資料に窺われるような、南地の邪術に収斂されていった。空想と現実の両面に立ちはだかるこの厚い壁を前にして、三娘子の幻術は、そのままの複雑な形では生き残ることができなかったのである。

ところで、他者を変身させる術と言えば、中国には、先の『聊斎志異』の「造畜」や『峒谿織志』の「木邦」よりも、もっと〈現実〉に引き寄せられた話がある。それは、『太平広記』巻二八六・幻術部に、「板橋三娘子」と並んで収められる「中部民」である（出典は、唐の李亢の『独異志』）。ここに登場する変身術は、南方の妖術とも異なる極めて現実的な方法を取るのだが、まずは話のあらすじから見てゆこう。

時代は唐の元和年間（八〇六―八二〇）の初め、天水（甘粛省）の趙雲という者が、旅の道すがら、中部県（陝西省）に立ち寄る。県の役人仲間に招かれて宴飲していると、下役人が一人の男を捕えてきた。犯した罪は大したものではなく、役人たちは放免しようとした。しかし、雲が酔った勢いで刑を加えるよう強く勧めたため、男は杖刑に処せられた。

それから何か月かして、趙雲は辺境に出かけることになった。蘆子関（陝西省）にさしかかると人に出会ったので、話しかけてすっかり打ち解けた。折しも日暮れ、そこから数里ほどの彼の家に案内され、酒を用意して対酌ということになった。すると相手は、「わたしのことをお思い出しになりませんか」と尋ねる。雲が「これまでこちらに旅したこともありませんし、平素おつきあいがあったとも……」と首をかしげると、相手は「先の某月某日、中部県であなたにお会いしたはず。わたしは不当な罪を着せられ、あなたとの間に怨みごとがあったわけでもないのに、どうしてあんな酷いことを」という。雲は、はっと立ち上がって謝ったが、相手はここで遇ったが百年目と、手下の者たちに命じて一室に引きずり込んだ。

そしてここから、男の奇怪な復讐が始まるのであるが、変身術を含むそのくだりは、原文も併せて載せておくことにする。

室中有大坑、深三丈餘、坑中唯貯酒糟十斛。剥去其衣、推雲於中。飢食其糟、渇飲其汁、於是昏昏幾一月。乃縛出之、使人蹙頞鼻額、援捩支體、其手指肩髀、皆改舊形。提出風中。倏然凝定、至於聲韻亦改。遂以賤隷蓄之、爲烏延驛中雑役。

部屋のなかには大きな穴があり、深さは三丈余り、穴のなかには酒粕ばかりが十斛も貯えてあった。手下は雲の衣服を剥ぎとって、穴のなかに突き落とした。雲は腹が空けば酒粕を食べ、喉が渇けばその汁を飲み、ぼうっとなった状態で一か月近くを過ごした。すると例の男は雲を縛って穴から出し、人を使ってその鼻柱や額をつぶして皺寄らせ、肢体を引き捻った。雲の手の指から肩や腿まで、すべて形を変えてしまって風に曝すと、たちまち凝固して声まで変わってしまった。そこで奴隷にされ、烏延（陝西省）の宿場の雑役に使われた。

こうして全く別人の姿にされ、奴隷として売り飛ばされた趙雲は、何年かのち、御史となってその地に巡察にきた弟に助けられる。男の一味は全員逮捕されたが、処刑に臨んで自白したところによると、前後数世代にわたって、この方法で人の姿形を変えてきたとのことであった。

以上が物語のおおよその内容である。清の兪樾は、『茶香室叢鈔』続鈔巻七で「改変人形」と題してこの話を紹介した後、「按此則酒氣薫蒸、可以變易人形。世間果有此術、則亡命之凶人、稽誅之元悪、皆可以易形自脱矣。故記其事、亦臨民者所宜知也。（この話から考えると酒の気が薫蒸すると人の外形を変えることができるのだ。世間にこうした術があるとすれば、亡命中のお尋ね者や誅殺にあたる大悪人も、みな形を変えて逃げおおせることができてしまう。それ故この事を記しておいたのであり、民を治める立場にある者は知りおくべきところである）」と、按語で大真面目に論じている（学術筆記叢刊、中華書局、一九九五年、第二冊六二六頁）。纏足の奇習を生んだこの国の、「纏体」ともいうべき変身（変形）術には、著名な考証学者を信じこませてしまうほどの、生々しいリアリティーが確かに感じられる。

これと似た話が、清の王椷『秋灯叢話』巻三の「人形如毬」に見える。見世物小屋の子供という、さらに悲惨な内容である。[25] 内閣文庫所蔵の乾隆刊本から引いておこう。

康熙中、兗郡有數人共舁一人行市中。圍以幔、欲觀者、索錢乃啓視、形圓如毬、手足拳縮、耳鼻皆陷入肉内、儼然卵也。

監司某聞而異之、託言太夫人欲觀。命輿至内室、其聲啾啾、貌頗慘然。詢之、則左右顧若畏人狀、衆曉之曰、此地人莫敢入。爾有苦衷、可剖陳。舁爾索錢者、遠在署外無慮也。

乃泣訴云、四歳時即被拐、裝圓罈内封固之、上鑿一竅通飲食、下鑿一竅通溲便。數年漲滿罈中、奇苦萬狀。

又十數年、乃破罈出之、招揺索錢。居恒祇啖以棗栗、恐形體長大也。監司執而鞫之、盡寘諸法。

康熙年間（一六六二―一七二二）のこと、兗郡（山東省）に数人がかりで一人を担いで市の中を行く者たちがいた。幔幕で囲み、見物しようとする者に銭を求めて開いて見せるのだが、形は毬のように真ん丸で手足は曲がり縮み、耳や鼻はみな肉の中にめり込んで、卵そっくりであった。

監司（州県を督察する役人）の某が噂を聞いて不思議に思い、母堂が見物したがっておいでとのことに託け、輿（こし）を命じて奥の部屋に運びこませた。その声は啜り泣くように悲しげで、表情は痛ましい限りであった。問いかけると左右をふり返って人を畏れるような素振りである。そこで皆は諭して言った、「ここには誰も入ってこないから、お前に苦しい胸の内があるのなら、打ち明けてごらん。お前を担いで銭を取る連中は、遠く役所の外にいて心配はない」。

すると泣いて訴えて言うには、「四つの歳に拐かされ、まるいカメのなかに押し込んで封じ固められました。上に一つ穴を開けて飲物や食物を通し、下には二つ穴を開けて大小便を通すのです。数年すると膨らんでカメの中一杯になり、有りとあらゆる異常な苦痛を味わいました。また十数年たつと、やっとカメを破って外に出され、ふれまわって銭を取ることになったのです。普段いつもナツメやクリばかり食べさせられるのは、体が大きくなるのを恐れてのことです」と。監司は逮捕してその者達を尋問し、ことごとく法に処したのであった。

この残酷な術こそ、「纏体」と呼ばれるべきであろうか。ただ、ここに挙げた二つの話は、いずれも人から人への変身（変形）であって、動物への変身ではない。さらにグロテスクになってくるが、人を動物に変える（現実〉的な術も、中国の小説には登場する。たとえば、袁枚『続子不語』に載る「狗熊写字」（巻九）、「唱歌犬」（巻一〇）の二話がある。ここでは前者を挙げておくことにする。

乾隆辛巳、虎丘有乞者、養一狗熊。大如川馬、箭毛森立、能作字吟詩、而不能言。往觀者、一錢許一看、以素紙求書、則大書唐詩一首、酬以一百錢。

一日、乞丐外出、狗熊獨居。人又往、與一紙求寫。熊寫云、我長沙郷訓蒙人、姓金名汝利。小時被此丐與其伙伴捉我去、先以啞藥灌我、遂不能言。先畜一狗熊在家、將我剥衣捆住、渾身用針刺之、熱血淋漓、趁血熱時、即殺狗熊、剥其皮、包在我身上。人血狗血交粘生牢、永不脱落。用鐵鏈鎖我以騙人、今賺錢幾數萬貫矣。書畢、指其口、涙下如雨。

衆人大駭、將丐者擒送有司、照采生折割律、立杖殺之。押解狗熊至長沙、交付本家。

乾隆帝の辛巳の年（一七六一）、虎丘（江蘇省）に乞食がいて、一匹のクマを飼っていた。大きさは四川馬[26]くらいで、剛毛がびっしりと生え、字を書いて詩をつくることができたが、言葉は話せなかった。見物するには一回につき一銭。白紙を出して字を書くよう求めると、唐詩一首を大書してくれ、報酬は百銭だった。

ある日、乞食は外に出かけ、熊だけが残っていた。見物人たちがまた行って、紙を与えて字を書いてくれとたのんだ。すると熊が字を書いて伝えるには、「わたしは長沙郷（湖南省）の訓蒙の出身で、姓は金、名を汝利といいます。小さな時にこの乞食と彼の仲間にさらわれ、最初に喉を潰す薬を飲まされて、話すことができなくなりました。家には一匹のクマが飼われていて、乞食はわたしの衣服を脱がせて縛り上げると、体中を針で刺しました。熱い血がほとばしり出ると、その血がまだ熱いうちにクマを殺し、その皮を剥ぎ取って、わたしの体を包みこみました。人の血とクマの血が混じり合ってしっかりと粘りつき、皮は剥がせなくなってしまいました。乞食は鉄の鎖でわたしをつないで人を騙し、もう数万貫の銭を稼いでいます」。そう書き終えると、自分の口を指さし、涙が雨のようにこぼれ落ちた。

見物人たちは大いに驚き、乞食を捕らえて役所に突き出した。役所では「采生折割[27]」の法律に照らし合わせて、すぐさま杖殺した。そしてクマを長沙に送りとどけ、金家に戻してやったのである。

『秋灯叢話』の「人形如毬」と同様、見世物をめぐる怪事である。しかし、この話の場合は、人ではなくクマへの変身となっている。獣皮が使われるという点では、神に虎皮を被せられて変身する、あるいは冥界でロバの皮を掛けられ転生するなどの、既出の話と共通するが、ここにあるのは神秘性のかけらもない、完全な外科手術による動物への変身（変形）である。変身術をめぐる想像が現実的な方向をとった末に、現実を踏み抜いて不気味な幻想へと転げ出てしまった、そんな例といえるであろうか。しかし、これもまた近代以前の中国における〈現実〉だったのであり、袁枚はこれに続けて、下女に迫って舌を噛み切られた役人が蒙古医に犬の舌を移植してもらった話などを挙げ、あり得る事と納得している。

もう一話の「唱歌犬」も発想は全く同じで、長沙に歌をうたう犬の見世物が現われたが、実は人に奇怪な手術を施したものだったという内容。この術は、三歳の幼児の皮膚を薬で糜爛させ、犬の毛を焼いた灰を薬と一緒に塗り込む。別の薬を飲ませながら皮膚の傷が治るのを待つと、子どもの体に犬の毛と尾まで生えてくる。これに歌を教え込んで「唱歌犬」の見世物にするのであるが、成功率はわずか十分の一、失敗すれば死亡する危険な方法という。

いずれも活字から目を背けたくなる残酷な話であるが、奇形を売り物にする見世物が持て囃された時代、幼児誘拐や肢体の損傷などは、現実の事件として存在した。[28]そうした事件をもとに、当時の〈現実〉として恐怖と共に膨らんだ、グロテスクな変身の夢想がここにある。

「板橋三娘子」の系譜をたどった本項の考察は、結局、『カターー・サリット・サーガラ』『アラビアン・ナイト』の物語とは対照的な、意外なところに行き着くことになった。変身術もここまでくると、三娘子のどこか茶目っ気のある幻術が、無性に懐かしくなる。しかし、こうした「実話」の存在は、中国変身譚の一面として、やはり忘れられてはならないであろう。柔なメルヘンやファンタジーなぞ吹き飛ばし打ち砕いてしまう、現実を突き抜けたこの超リアリズムこそ、中国の変身幻想の一大特徴とも言えるのであるから。[29]

（1）『太平広記』の文には、古小説叢刊『稽神録　括異志』（中華書局、一九九六年）や、その他の版本との間に、字句の異同が見られる。しかし問題となるような違いはない。

（2）サイカチ売りということで思い出されるのは、『平妖伝』四〇回本の第二四回（二〇回本では第六回）「八角鎮永児変異相鄭州城卜吉討車銭」の一段である。舞台も板橋の八角鎮から七、八里の地点、牝狐の化身である胡永児が大木の下で休んでいると、一人の旅商人が車を推して通りかかる。彼は後に王則の反乱に加わることになる卜吉で、サイカチの実を仕入れて、鄭州から東京（開封）に売りに出かけての帰りという設定である。時代の異なる資料ではあるが、興味深い。あるいはこの近在に多く産したのであろうか。

（3）旅店での事件・怪異に関する論文としては、相田洋「逆旅の怪――中国・宿屋の社会史」（『福岡教育大学紀要』第五〇号第二分冊、二〇〇一年）があり、多くの資料を挙げていて参考になる。この論考は、後に「境界としての宿屋――逆旅の怪」と改題の上、『橋と異人　境界の中国中世史』（研文出版、二〇〇九年）に収められた。

（4）『大悲呪』については、澤田瑞穂『修訂　中国の呪法』所収の論考、「宋代の神呪信仰――『夷堅志』の説話を中心として」

に解説がある（初出誌は『東方宗教』第五六号、一九八〇年）。氏はこの神呪が登場する九篇の話を『夷堅志』から紹介し、次のように説明される。

大悲呪とは『千手千眼観世音菩薩大円満無礙大悲心陀羅尼』、略して千手陀羅尼・大悲心陀羅尼・大悲呪ともいって、代表的な観音の神呪。仏菩薩の中でも殊に信仰される観世音の呪だから、強力な効験をもつと信ぜられたことは所引の例話を見ても知られる。……（四六四頁）

全一巻の経典で、『大正大蔵経』の第二〇巻・密教部三に、唐の伽梵達磨の漢訳が収められている。なお、経典名は『千手千眼観世音菩薩広大円満無礙大悲心陀羅尼経』が正しく、澤田論文では「広」一字が抜け落ちている。またこの論文には、「醴陵店主人」の話が挙げられていない。

（5）こうした邪教の話は、早くは唐の裴鉶『伝奇』の「崔煒」（『太平広記』巻三四・神仙部）に見える。物語に登場する南海の富豪、任老人の家では、「獨脚神」なる魔神を祀っており、三年ごとに必ず一人を殺して捧げなければならないという。
また、南宋の曽敏行『独醒雑志』巻九には、南粤の蠱毒や呪詛の風俗を記した箇所があるが、その一節に紹介されている話は、「醴陵店主人」と極めてよく似ている。曰く、「一人の旅人が暮れに宿をとったが、その主人と息子が旅人の荷物をチラリとにらむ。怪しいと感じて、こっそり様子を覗き見ると、親子二人が猿の図像を出して恭しく拝んでいる。そこで下僕に用心するよう言いつけ、眠らずに剣を手にして窺っていた。すると何やら部屋に押し入ってくる者があったが、それは人間のような体をした大きな猿だった。剣を振るって追い払うと、ためらった後に立ち去った。しばらくして泣き声が聞こえてきたが、それは宿の息子が死んだのであった」と。

邪教と黒店が結びついたこの種の話は、当時広く伝えられていたようである。なお、犠牲用の人を捕えられない場合、災いがその家に及ぶというのは、蠱毒に関する記事にしばしば見られる。（先に引いた『隋書』地理志の文章も、その一例である。）西南僻地を中心とするこの邪教については、左記の諸論考がある。

澤田瑞穂「殺人祭鬼」（『中国の民間信仰』工作舎、一九八二年／初出誌は『天理大学学報』第四三輯、一九六四年、また同論文の「証補」の初出誌は『中文研究』第五号、一九六五年）

河原正博「宋代の殺人祭鬼について」（『法政史学』第一九号、一九六七年）

宮崎市定「宋代における殺人祭鬼の習俗について」（『アジア史研究』第五、同朋舎、一九七八年／『宮崎市定全集』第一

〇巻、岩波書店、一九九二年／初出誌は『中国学誌』第七本民俗専号、一九七三年）
金井徳幸「宋代荊湖南北路における鬼の信仰について――殺人祭鬼の周辺」（『駒沢大学禅研究所年報』第五号、一九九四年）
金井徳幸「宋代における妖神信仰と『喫菜事魔』・『殺人祭鬼』再考」（『立正大学東洋史論集』第八号、一九九五年）
李敏昌「宋代東南地区的殺人祭鬼風俗」（『東南文化』1・2輯、一九九〇年）
またこれらの論文を参考に、拙稿「『殺人祭鬼』溯源」（『名古屋大学中国語学文学論集』第一八輯、二〇〇六年）をまとめ、その起源について考えた。併せて参照されたい。

（6）前項「2『出曜経』系」の注9。

（7）虎にされた三蔵法師は、第三一回「猪八戒義激猴王、孫行者智降妖怪」の末尾で孫悟空に助けられるが、その際の悟空の術も、水を手に持ち真言を唱え、虎に頭から吹きかけるというものである。『西遊記』に登場する変身術は、印を結んで呪文を唱える、あるいはさらに体を一揺すりさせるなど、いずれも大同小異の単純な方法ばかりである。

『西遊記』百回本については原書を通覧する余裕がなく、簡本系統は太田辰夫・鳥居久靖訳（中国古典文学大系、平凡社、一九七一―一九七二年）、繁本系統は中野美代子訳（岩波文庫、岩波書店、二〇〇五年）によって通覧した。太田訳は清刊本の『西遊真詮』、中野訳は内閣文庫所蔵の明刊本『李卓吾先生批評西遊記』を底本としている。なお原文は上海古籍出版社本『西遊真詮』（古本小説集成、一九九一年刊）、人民文学出版社本『西遊記』（中国古典文学読本叢書、一九八〇年刊、初版は一九五五年）を適宜参照した。

「呪」は晋の葛洪『神仙伝』の南極子（巻四）や樊夫人（巻六）、「噀」は同書の欒巴（巻五）の伝記などに既に見え、以降呪法として一般化する。ただ、呪文や噀水は中国以外にも広く見られるものであり、遠く遡って中国起源のものであるか否かについては、詳らかにしない。なお前漢の劉向『列仙伝』には、「呪」「噀」あるいは「噴（水）」のいずれの語も見えない。

（8）同論文は『詩詞曲論集』（華東師範大学中文系学術叢書、中華書局、二〇〇六年）に収められており、該当箇所は一四六頁。ただ、「当出于《太平広記》巻二八六〝板橋三娘子〟……」として、「板橋三娘子」のあらすじを紹介するのみで、具体的な考証はない。

（9）ほかに、明の朱権『太和正音譜』巻上などにも「驢皮記」の名は見えるが、題名が挙げられているのみで、内容に関しては不明である。ただ、徐正等主編『全元曲』第四巻（河北教育出版社、一九九八年）の紀君祥に関する解説によれば（二七一一頁）、明の賈仲明が彼のために書いた挽詞に、「驢皮記情意資」の句が見えるという。肝腎の「情意資」が正確に解読できないけれども、「情意」が「心持ち・なさけ・愛情」といった意味の語であるところから推測すると、「板橋三娘子」とは無縁の作品のように思われる。

（10）『猗園』は、『松樞十九山』（明・万暦二十八年刊）所収本と、清の乾隆三十九年刊本の二種類が内閣文庫に所蔵されており、これに拠った。

（11）祝允明の『志怪録』には、一巻本と五巻本の二種類がある。一巻本は明の沈節甫『紀録彙篇』所収、五巻本は『祝氏志怪録』と題し、蓬左文庫に所蔵される。引用の一文は、一巻本では「幻術」、五巻本では「鎖口法」と題されている。両本を較べてみると字句に異同が見られ、五巻本が優れているため、これによった。

なお、『志怪録』については、松村昂「祝氏、怪を語る——『語怪』から『罪知録』へ」（『日本中国学会報』第五六集、二〇〇五年）から教示を受けた。松村先生の論考によれば、五巻本は台湾の国立中央図書館（現在は国家図書館に名称変更）にも所蔵され、ともに万暦四〇年の序を付した、おそらく同じ版木による刊本であるという。

（12）「造畜」の原文は次の通り。張友鶴輯校本により、校記は省略する。

魘昧之術、不一其道、或投美餌、紿之食之、則人迷罔、相從而去、俗名曰打絮巴、江南謂之扯絮。小兒無知、輒受其害。又有變人爲畜者、名曰造畜。此術江北猶少、河以南輒有之。揚州旅店中、有一人牽驢五頭、暫縶櫪下、云、我少選即返。兼囑勿令飲噉、遂去。驢暴日中、蹄齧殊喧。主人牽着涼處。驢見水、奔之、遂縱飲之。一滾塵、化爲婦人。怪之、詰其所由、舌強而不能答。乃匿諸室中。既而驢主至、驅五羊於院中、驚問驢之所在。主人曳客坐、便進餐飲、且云、客姑飯、驢即至矣。主人出、悉飲五羊、輾轉皆爲童子。陰報郡、遣役捕獲、遂械殺之。

（13）澤田氏の指摘にあるように、徐珂『清稗類鈔』第四〇冊・棍騙類「造畜」は、これを事実談と見てそっくり転載している。ここにも変驢の術の現実化を窺うことができよう。

（14）この電子文献には、文言小説七七五種・白話小説二二五種の、併せて一〇〇〇種に上る作品が収められている。テクストによる異同等の問題は残るものの、主要な中国古典小説の殆どは一字検索が可能となり、恩恵を受けるところが極めて大きい。なお『古代小説典』には、別に北京国学時代文化伝播有限公司・首都師範大学電子文献研究所編のものが、二〇〇六年に刊行されている。こちらは文言小説五四九種・白話小説三九四種を収めるというが、未入手で利用できずにいる。

(15)『閩都別記』第二一二回「鉄麻姑設計拐相女、呉雲程窺客変畜生」および第二一三回「雲程換餅白虎変畜、麻姑現圖承誤認親」。原文の引用は、一九八七年に福建人民出版社刊行の活字本により、簡体字を改めた。

(16)『投轄録』に見える猪嘴道人の話は、明の徐応秋『玉芝堂談薈』巻九「返魂攝鬼」の項に引かれ、さらに時代を清に下って、『聊斎志異』の付録にも「猪嘴道人」として見える。（ただ、この一篇は蒲松齢の作ではないと考えられている。）もっとも、『投轄録』が載せる道人の「種麦」の術については、『談薈』はこれを省略し、『志異』も「時有猪嘴道人者、售異術於塵中、能顛倒四時生物、人莫能識（時に猪嘴道人という者がいて、世間に異術を売り歩き、四季の産物を時節外れに得ることが出来たが、人にはあまり知られていなかった）」と簡単に触れるのみである。両書が専ら記すのは『投轄録』の後半の話、すなわち李巘という若者の懇願を受け、彼の道ならぬ恋を成就させるために、道人が伝授する術の方である。これは、郊外の社の壁を切り開いて想う相手の部屋に忍び込むというもの。日本の人気児童漫画『ドラえもん』に出てくる、「どこでもドアー」の成人版といった趣きである。

(17) ほかに開花術なども含めて管見に入ったところを挙げておく。南宋の洪邁『夷堅志』支志庚の、巻八「煉銀道人」には枯木再栄の術、巻九「新安道人」には枯李を開花させる術が見える。同書三志己の巻六「黄裳梅花」は、梅の花の枝を瓶にさし、呂仙翁の図像の前に飾ったところ、梅が実をつけたという話。明代では、謝肇淛『五雑組』巻六・人部の「幻戯」に、蓮の実を温湯に入れて花を咲かせる奇術が紹介されている。『平妖伝』第二九回には、法術使い杜七聖のヒョウタンの術が見える。また先に取り上げた明の銭希言『獪園』には、巻四の「茘枝少年」の他に、「枯樹遇仙」（巻一）、「金水橋幻戯」（巻二）、「石梅道人」（巻三）がある。清代では『聊斎志異』巻一の、徐光の故事にもとづく有名な「種梨」の話、伝袁枚著『怪異録』（王英志主編『袁枚全集　捌』）巻一の「種桃」の話、李調元『尾蔗叢談』巻一「王寰」の冬月降蓮花の術。王棫『秋灯叢話』巻二の「李道人」、葵愚道人『寄蝸残贅』巻五の「道士遮眼法」、『清朝野史大観』巻一二の「幻術」など。『続子不語』巻六の「瓜子妖」は、瓜がたちまち生長して実を成らせる話であるが、これは術によるものではなく、凶事を予兆する怪異現象である。道教経典に関しては極めて不充分な調査しか行っていないが、『太上赤文洞神三籙』全一巻の「臘月開花法」「種麦法」「種栗法」、『万法帰宗全書』巻四の「頃刻開花法」「開蓮花法」が目にとまった。ただ、それらのいずれにも、「板橋三娘子」との直接的な結びつきは感じられない。

(18) 澤田論文「メタモルフォーシスと変鬼譚」は、「換足邪術」として、明清の筆記・地誌の類から十数條の資料を紹介している（三八二—三八三、三九二—三九四頁）。これに明の郎瑛『七修類稿』巻五九の「孟密鬼術」、謝肇淛『滇略』巻九の「地羊鬼」、清の丁柔克『柳弧』巻三の「以木易手足」を加えておく。

(19) この記事は、澤田氏が指摘されるように『清稗類鈔』第三三冊・方伎類、『中華全国風俗志』下篇巻一〇・西蔵にも見える。ほかに『古今怪異集成』中篇下・方伎類も同じ話を載せており、いずれも『峒谿繊志』からの転載と考えられる。なお、『峒谿繊志』の記事の前半部は、明の陸容『菽園雜記』巻八、王同軌『耳談類増』巻四五・外紀幻枉篇に、雲南の孟密の術として見える。（『耳談類増』は、『菽園雜記』と『管涔子』を出典として記す。『管涔子』については、清の黄虞稷『千頃堂書目』巻一二・雑家類に「周循管涔子九巻」の記載がある。周循は明の人。）後半部もあるいは基づくところがあるのかも知れないが、不明。なお、『中華全国風俗志』には、上海書店影印本（一九八六年）、上海文芸出版社影印本（民俗、民間文学影印資料、一九八八年）などがある。原著（鄭肖厓等篇、胡樸安校閲）は、一九二三年に上海の広益書局より刊行。『清稗類鈔』は、一九九一年に中国書店より刊行の影印本がある。初版は一九一九年と記されるが、編著者、出版社いずれも未詳。『古今怪異集成』は、一九一七年に上海商務印書館より刊行。中華書局影印本（一九八四—一九八六年）がある。

(20) また、家畜にされた女呪術師が酷使されて死ぬのは、グリム童話の「キャベツろば」に似ている。しかし、これは物語の展開としては当然あり得るパターンで、偶然の一致であろう。

(21) 丁乃通、エーバーハルト、祁連休の著作については、前項の注10を参照。なお丁乃通『中国民間故事類型索引』一三二頁には「旅客変驢」、祁連休『中国古代民間故事類型研究　巻中』五八六—五八九頁には「旅客変驢型故事」の項目が見られるが、『太平広記』の「板橋三娘子」、あるいは『聊斎志異』の「造畜」や『此中人語』の「変馬」など、古典文献中の資料を挙げるのみで、口頭伝承は記されていない。

(22) 詩には次のような原注が付されている。「二月中、有生羌居北闕外、將死、忽變爲驢、唯一足未化。人皆見之（二月に、北の城門外に住む羌人が、死に臨んで突然変身してロバになってしまい、ただ一本の足だけがまだ変化せずにいた。人々は皆これを目撃した）」。テキストは、四部叢刊本による。

(23) 他に清の阮葵生『茶餘客話』巻二〇の「古玩藏家」にも、骨董売買の手管を三娘子の幻術に喩える一節が見える。白話小説中では、先の『閩都別記』白虎の挿話中に、この事件が「板橋三娘子」に似るとする、登場人物の科白が見える（第二一三、による。

二一七回)。また清の呂熊『女仙外史』第八回にも、「板橋三娘子」に触れる科白がある。いずれも電子文献の『古代小説典』による。

(24) もっとも、早くから中国に定着した「種麦」の幻術の話には、ファンタジーの要素が強い。しかし一方でこの術は、手品として現実に演じられる出し物でもあった。また、人形を使う幻術の場合、祝允明『志怪録』の「紙人」では、中国の幻術に伝統的な剪紙に変わり、これも手品の一種と化している。ファンタジックな外貌を見せながらも、「種麦」の術は、やはり現実のなかに組み込まれつつあったといえよう。

(25) 中野美代子・武田雅哉『世紀末中国のかわら版 絵入新聞『点石斎画報』の世界』(福武書店、一九八九年/中公文庫、中央公論社、一九九九年改訂版)によれば、ほぼ同じ話が、清末の絵入新聞『点石斎画報』に「倣人極円」と題して収められている。左に武田訳を借りて紹介しておく。

梧州〔広西省〕で商売を営む男、たまたま通りかかった見世物小屋に入ってみた。そこに出ていたのはまるまるとした子どもであった。しかも尋常のまるさではない。手足は縮み、耳や鼻はつぶれ、さながらボールのようであった。小屋の主人がこのボール小僧を蹴飛ばすと、彼は地面をころころと転がるのだ。客どもはその滑稽なさまに、どっと笑い声をあげた。

空もうす暗くなったころ、主人は小僧を小屋の奥にあるカゴの中に閉じ込めると、どこかへ行った。思うところあった商人、そっとカゴに近づいて声をかけた。「おまえさん仔細(しさい)がありそうだね。話してごらん」。小僧はおびえる様子であたりを見まわすと、目に涙を浮かべながら、こう答えた。「四つの時にさらわれて、かめの中に閉じ込められたんだ。体がかめいっぱいになると、やっとかめを割ってもらった。それからも大きくならないようにといって、食べさせてもらえるのは木の実だけだったよ……」。哀れに思った商人は、小僧に向かってこういった。「お役人に訴えて、きっとここから出してやろうね」。

翌朝、商人はふたたび見世物のあったところに来てみた。小屋はあとかたもなく消え失せていた。

(「惨また惨! ボール小僧の涙」中公文庫本二三五―二三七頁)

「倣人極円」は、巻末の表によれば癸一二に収められるという。手元の中国古典精品影印集成本『点石斎画報』(上海文芸出版社、一九九八年)を参照したが、再編されたものか編次も異なっており、これには見当たらなかった。なお、この話は、中野美代子・武田雅哉編『中国怪談集』（河出文庫、河出書房新社、一九九二年）にも収められている（九七―九九頁）。

(26)「川馬」については、「四川馬」と訳しておいたが、実はよく分からない。たまたま『六合内外瑣言』を読んでいたところ、巻一の「呼天女」に「巴滇小馬」の語があった。巴は四川省、滇は雲南省の地で、この一帯に小型の馬を産したようである。

(27)「採生折割」（「采生折割」とも記す）は、人を惨殺して耳目臓腑を取り出し、薬としたり鬼神を祀ったりする犯罪。明律でも清律でも「陵遅」の刑（四肢を関節ごとに切断し、肉をえぐって死に至らしめる極刑）に処せられる重罪であった（『漢語大詞典』第六巻六八八―六八九頁）。「照……律」という表現は、前例のない余りに珍奇なこの犯罪に対し、どのような法律を適用するかが問題となったことを前提としており、その結果「採生折割律」に照らし合わせて処罰を決定することにした、と理解される。ただ、この事件では「採生折割律」を適用しながら、「陵遅」ではなく「杖殺」に処している。どのような判断に基づくものか明らかでない。以上、山之内正彦氏の教示による。

(28)「唱歌犬」の話にも、逮捕された二人の見世物師の自白として、誘拐した児童の手足を断ち、乞食として働かせたという一節が見える。残酷この上ないが、澤田論文「殺人祭鬼・再補」が紹介する『蘇州府志』巻一四九所引の記事などを読むと、それが現実に横行していたことがわかる（『中国の民間信仰』七三頁）。

なお「唱歌犬」には、児童の肢体を損なう際に、木の人形が登場する。これらの人形には、手足あるいは眼が欠けており、子どもたちがどの人形を手に取るかで、損傷される部位が決まる。「変形」に関わる人形ではあるが、三娘子の人形と違って、これには慄然とさせられる。

(29)手術による人と動物との合体という発想は、「気」一元の自然観を持ち、人と動物の間に本質的な相違を考えない、中国の伝統思想の下で初めて成立するものであり、ヨーロッパのキリスト教的精神においては、想像を絶することであろう。

見世物小屋の獣人ということで言えば、日本においても例がないわけではない。朝倉無声『見世物研究』（ちくま学芸文庫、筑摩書房、二〇〇二年／底本は一九二八年、春陽堂刊本）の「畸人」の項によれば、江戸時代、見世物のなかに「熊女」「熊童」「蛇小僧」「馬男」などがあったという。しかし「熊女」「熊童」は、生来の多毛を猟師の親の因果と説明し、「蛇小僧」も、母親が大蛇に魅入られて懐妊という触れ込みのみで、獣人合体の手術といった裏話は見当たらない（二九六―二九七、三二八―三三四頁）。明和二年（一七六五年）。大阪道頓堀で興業された「馬男」にいたっては、ただ杉や竹の葉を喰うだけで、さして世評にも上らなかったという（二九四頁）。草食系の日本人の発想では、合体手術というところまでは、なかなか行き着けないように思う。

また、朝倉氏によれば、踦人や珍獣、天然奇物類を見世物にしたのは、日本ではおそらく元和（一六一五—一六二四）以降のことという。元和あるいは寛永（一六二四—一六四四）のころ、香具職頭家に観場の設置が許可されたのを契機に、それは一般庶民の娯楽として広まってゆく（二七九頁）。中国における見世物興業については未調査であるが、庶民文化の発展爛熟に伴うものであることは間違いない。「狗熊写字」「唱歌犬」などを読むと、こうした見世物の流行と変身譚との関わり、それに伴う変身譚の変容といった問題についても、考察の必要性を感じる。

4 その他

前項までの考察で、中国の変驢変馬譚の主要な話群については、ほぼ押えることができた。ただ、この三つの分類に収まらない話も、少数ながら存在する。本項では、そうした資料について簡単に触れておくことにしたい。応報譚やシャラバラ草、あるいは三娘子の系列のいずれにも属さない、異質な内容の変馬譚としては、『太平広記』巻四三六・畜獣の「張全」が早いものであろう。唐の柳祥『瀟湘記』（『瀟湘録』にも作る）から引かれるこの小品は、馬好きが昂じて馬に変身してしまった女性の話である。左にあらすじを紹介しておこう。(1)

益州（四川省）刺史の張全は、一頭の駿馬を飼い、たいそう可愛がっていた。ある日、突然この馬が厩で一人の美女に変わった。知らせを聞いて駆けつけた張全に向かって、彼女は拝礼して言った。「わたしは、もともと燕（河北、遼寧省）の地の者でございます。馬が大好きで、いつも駿馬を見てはその素晴らしさを称えておりました。数年して、不意に酒に酔ったようになって倒れ、見る間に一頭の馬に変身してしまいました。そこで躍り上がって飛び出し、思いのまま南に疾駆したのですが、千里近く行ったところで人に捕えられ、あなた様の厩にやってまいった次第です。

幸いに御恩を蒙りましたが、今日たまたま畜生の身となったことを悔い、涙を地に落としました。すると土地神が上帝に奏上してくださり、もとの姿に戻していただけることになりました。往事を振り返りますと、夢から覚めた心地がいたします」。

張全はたいそう驚いたが、彼女をそのまま家に留めた。

十数年が経ち、彼女は突然郷里に帰らせてほしいと言いだした。張がまだそれに答えもしないうちに、彼女は天を仰いで叫び跳ね狂い、たちまち一頭の駿馬に変わると、走り出て行方が分からなくなってしまった。

愛好癖による変身は、先の化虎譚にも見られたものであるが、変馬譚の場合はさらに珍しく、他に例を知らない。ただ、願望の具現化とも取れるこの変身にも自由はなく、畜生の身を悔い、神の慈悲に縋って人に戻る展開は、むしろ応報譚的である。馬になった彼女についての描写は「遂奔躍出、随意南走」と極めて短く、変身への誘惑が作品に漂うこともない。前節でも述べたように、中国の変身譚は、元来そうした物語世界とは性格を異にしているのである。

なおロバの場合は、六朝期以降「奇畜」としての性格を失い、頑愚魯鈍あるいは宿業による転生を象徴代表する存在となってしまっている。したがって、この種の話が一例も見られないのは当然のことであろう。

宋から元にかけての資料では、著者不詳の『異聞総録』巻三に、ロバへの変身が見られる。話の内容は、長慶元年（八二一）に河北の兵乱を避けて夜行する王泰が、人語する黄犬の案内で豪邸に宿ったが、気づくとそこは晋の劉琨の愛妾張寵奴の墓だったというもの。黄犬は、王泰を案内するにあたって人に化け、自分の乗用に泰の下僕をロバに変えてしまう。変身の箇所は「乃驅其僕下路、未數歩、不覺已爲驢矣（そこで下僕を道端に追い立てると、数歩と行かないうちに、いつの間にかロバになってしまっていた）[2]」とあって、道具も薬も水も使わない、仙術風の変身術である。下僕は話の終り近くで術が解けて人間に戻るのだが、その場面での台詞は「夢化爲驢、爲人所乘、而與馬倶食草焉（夢のなかでロバになり、人に乗られ、馬と一緒に草を食っておりました）」となっており、夢の中での出来事と自覚されている。一風変わった驢馬への変身で、これも他に例がない。また、『湖海新聞夷堅続志』も著者不詳の元代の文献であるが、その後集巻二・怪異門に「婦変貍驢」と題して、次のような奇怪な話を載せている。古小説叢刊の金心点校本（中華書局、一九八六年）による。

濟寧府肥城縣管下張婆兒、夫早歿、與子張驢兒同活。此人日則守筐緝麻、夜則變作貍、徧去偸喫人家小孩兒。所失者十有八九。一日亦變作白驢、食人麥苗、被麥主捉獲、鎖項拽磨、極其鞭打。既放得歸、呻吟而臥、其子問之、具以狀告、被人打死、甚可怪也。

済寧府（山東省）肥城県下の張婆児は、夫に早く先立たれ、息子の張驢児と暮らしていた。彼女は昼は筐に向かって麻を紡いでいるのだが、夜になると貍（やまねこ）に変身し、うろついて人家の小児をさらって食べ、被害は十八、九人にも上った。

ある日、また白いロバに変身して畑の麦の苗を食べてしまい、その持ち主に捕えられて、鎖に繋がれ磨を挽き、思いきり鞭打たれた。許されて家にたどり着くと、うめき声をあげて横になっていた。息子がわけを尋ねると事の子細を話したので、人に打ち殺されてしまった。何とも不思議な話である。

これは、南方異民族の女性にまつわる変身の話と通じるところがある。しかし舞台は北方になっており、張婆児についても特に異民族であることを示す記載はない。そうした点では珍しい例と言えよう。

下って清代、『聊斎志異』から「造畜」の他にもう一篇、馬への変身を含む話として「彭海秋」を挙げることができる（巻五）。この物語は、莱州（山東省）の彭好古が、彭海秋と名乗る不思議な人物に誘われて、空飛ぶ舟に乗って西湖見物に出かけ、美女とめぐり合う筋立てである。舟には、居合わせた知り合いの邱某も同乗するのであるが、彭海秋に対して尊大で無作法な態度をとった彼は、西湖に到着すると馬に変身させられた上、そうとは知らぬ彭好古を背に乗せ、半月かけて帰途をたどる羽目になる。彭好古の家の厩で人身に戻り、薄粥をすすり馬糞を垂れて、やっと口がきけるようになった邱は、好古に次のように語る。「下船後、彼引我閒語、至空處、戲拍項領、遂迷悶顛躓。伏定少刻、自顧已馬。心亦醒悟、但不能言耳。……（船を下りると、あの男は私を連れて無駄話をしながら、寂しいところへゆき、ふざけて私の首筋を打った。すると、わけが分からなくなって苦しさのあまり倒れてしまった。しばらく伏したままでいて、ふと自分の姿をみるともう馬になっていた。意識もはっきりしてきたのだが、口をきくことはできなかった。……）」

乗用のために馬にされてしまう点では、先の『異聞総録』の話に似ているけれども、この邱某の変身には、懲罰的な意味合いが加わる。彭海秋の正体は仙人のようで、彼の使う術も、首筋を叩くだけで人を馬に変身させてしまっている。

以上が、その他の部類として管見に入った変驢変馬譚である(3)。精査すればさらに拾うことも可能であろうが、何例かを付け加えたとしても、まとまった話群を形成するところまでゆくとは考えられない。したがって、中国の変驢変馬譚については、これでほぼその全貌を通覧し終えたと言ってよかろう。ただ、筆を擱く前にもう一話、取り上げておきたい作品がある。

『子不語』巻二三に、「風流具」と題する作品が見える。あらかじめ断っておくと、この話はいささか猥雑な内容で、しかも変身術は全く登場しない。にもかかわらず敢えて変驢譚の最後に挙げるのは、それなりの理由があってのことである。短篇の多い『子不語』のなかでは長い話であるが、面白味を損わないように、全訳に近いかたちで示しておく。(4)

長安の蔣生は、戸部員外の某の三男坊で、色好みであった。ある日、たまたま海岱門のあたりを歩いていると、車に乗った美女が目にとまった。様子を窺い見ても、その婦人は意に介さないようなので、車のあとを追いかけ尾けていった。やがて彼女はむっとした顔つきになったが、かまわず蔣は尾行し続けた。すると婦人は表情をがらりと変え、にっこり笑って手招きする。有頂天でさらに追いかけると、婦人の方もチラチラと振り返って、気があるような素振りである。蔣は魂も抜け出る心地で、両足がふらつくのも分からないほどだった。

七、八里ほど行くと、ある大きな御屋敷に着き、車の婦人は中に入ってしまった。蔣は門の外にぽかんと立ったまま、屋敷にはよう近づかなかったが、気持ちは去るに忍びない。うろうろしていると、下女が出てきて手招きし、屋敷のわきの小さな門を指さした。蔣がついてゆくと、なんとそこは厠であった。下女は声を低くして、「しばらくお待ちなさい」という。蔣は臭く汚いのを我慢して、息をひそめてじっと待ち続けた。

日がようやく落ちると、下女がやってきて中に入れてくれ、竈の並ぶ台所を通りすぎて大広間に出た。途方もなく大きな部屋で、上からは朱い簾が垂れ、二人の家僮がその脇に立っている。蒋は、さては洞天の仙人仙女の宮殿かと、心ひそかに喜んだ。そこで、あらためて衣冠を整え直し、眉や目を拭い、さっそく中に入った。すると、広間の南の大きなオンドルの上に、一人の男が坐っているではないか。もじゃもじゃで真っ黒な大髭をたくわえ、投げ出した両脚の脛毛なぞ、まるでハリネズミのようである。その男は、クッションに凭れかかったまま、蒋を怒鳴りつけた。「誰だ、お前は！　ここに何しに来たのだ」。

蒋は仰天して震え上がり、思わずガクリと膝をついてしまった。言葉も出ずにいると、環珮（腰に下げる玉）の音が響いて、あの車の美女が現われた。髭面の男は彼女を膝の上に抱き、指さして生に言った。「これはわしの愛姫で、名は珠団という。なるほど美人じゃ。お前がこれに心をひかれたとは、なかなか目が高い。ただ、物にはそれぞれ相応しい持ち主がいる。お前は身のほど知らずにも天の龍の肉を食べようというのか。何とも愚かな奴じゃ」。そう言い終わると、わざと彼女を引き寄せ、口づけし胸を撫でて見せつけた。

蒋は窮地に身の置きどころもなく、叩頭して帰らせてほしいと懇願した。しかし、髭面の男は「興（好き心）を起こしてやってきておいて、興醒めな帰りかたをするな」と許してくれず、姓氏と父の官職を尋ねる。蒋が正直に答えると男は笑って、「いよいよとんでもない奴じゃな。お前の父親はわしの同僚じゃ。甥子の分際で伯父の妾に手を出そうとは！」。そして近侍の者に、「大きな杖を取ってこい。わしが友達のために、その息子を仕置きしてやろう」と言った。そこで一人の家僮が一丈余りもあるナツメの棍棒を持ってくると、もう一人の家僮がすぐに進み出て、蒋の首を押えつけ地面に腹這いにさせ、ズボンを下ろして臀をむき出しにした。

蒋の泣き叫ぶ声が余りに惨めだったので、婦人はソファーから走り下り、跪いて男に頼んだ、「どうかお情けを。この者のお臀を見ますところ、わたくしよりも白く柔らかそうでございます。棒で打ちましたなら、とても耐えることはできますまい。いっそ龍陽（男色の相手）として扱われましたなら、こらえることができましょう」と。それを聞くと髭の男は叱りつけた、「これはわしの同僚の息子じゃ。礼儀を欠くわけにはゆかぬ」。すると彼女はまた言った、「人が廟の縁日に買物に出かける時には、買い物用の道具を持参してまいります。この者はどんな道具を持ってやって参ったのでございましょう。どうかお調べ下さい」と。

髭の男の命令で、二人の家僮が蒋の股間を探って報告した。「ちっぽけな蚕ほどで、まだ先の皮も剥けておりません」。男は髭面を掻いて呟く、「恥ずかしいと思え。こんなお粗末な道具で人の女をものにしようとは！　けしからん限りじゃ」。そして二人の家僮に小刀を投げて言った、「この者は風流（色事）を好んでおるによって、風流の道具を整形してやれ」と。家僮はさっそく、小刀で手術に取りかかろうとした。蒋はいよいよ切羽詰まり、流す涙は雨霰とこぼれ落ちた。すると婦人は両の頬を赤く染め、またソファーから下りて男に頼んだ。「旦那様、悪ふざけが過ぎましょう。お側にいるこちらまで恥ずかしくなってしまいます。ちょうどわたくし餑餑（ポポ）（焼き菓子の一種）をいただきたいと思っておりました。まだ粉に挽いてない麦が五斗ございますが、ロバが病気に罹って動けません。この者をロバの代わりにして石臼を挽かせ、罪の償いをさせるのがよろしいのでは」と。髭の男は蒋にそうしたいかと尋ね、蒋は二つ返事で承知した。すると婦人は、髭の男に腕をまわし寄り添って臥床に上ってしまった。二人の家僮は、麦と石臼を背負ってやってきた。そして蒋に命令して窓の外で臼を挽かせ、二人して鞭で追い立てた。

東の空がすっかり白む頃、オンドルの上から声がした。「昨夜は蒋さん御苦労さま。餑餑を一つあげるから、犬の出入り口を開けてお帰り」

蔣はやっとのことで放免されたが、そのあと一月も寝込んでしまった。

タイトルの「風流具」とは、実は、髭の男の台詞にあるような意味だったのであり、かくて色男蔣生の予期せぬ悲惨な運命は、至るところで読者の哄笑を誘う仕掛けとなっている。三娘子の評判につられて泊まり込んだ旅人たちとは異なり、彼は驢馬に変身させられたわけではない。だが、罰として石臼に繋がれ、鞭で打たれて粉を挽く哀れな姿は、まさしく変驢譚そのものではないだろうか。「狗熊写字」とはまた別種の、謂わば変身なき「変身」譚の、日常現実に徹した展開がここにあるように思われる。

とはいっても、この話を現実的な志向によって解体された変身譚、あるいは現実的な志向が生み出した変身〈変形〉譚と見なすのは、おそらく正鵠を射ていない。美女に目がくらんで手ひどい目に遭う男の話といえば、むしろ別の物語の系譜がある。たとえば、科挙受験生の若者が妓女に恋して乞食にまで身を落とす、唐代伝奇の傑作「李娃伝」も、団円に終わる結末の部分を除けば、こうした類の話に属する。あるいは、南宋の王明清『投轄録』に載る「章丞相」などは、車中の美女のあとをつけた青年が豪邸に招かれ、危うく命を落としそうになる(5)という、「風流具」に似たところのある物語である。(6) 才子佳人の恋物語、あるいは美女との出会いと恋は、中国の古典小説において、飽くことなく描き続けられたテーマであった。そこから枝分かれした、恋の危険な落とし穴という話群こそ、「風流具」の本来の出自であろう。

しかし、出自は異なるにせよこの作品が、変驢変馬譚を追い続けてきた私たちにとって、興味深い一篇であることに変わりはない。ここには幻術や邪術も、あるいは因果応報の転生変身も、猟奇的な人獣合体術も登場しない。だが、話はいかにもありそうな市井の出来事として、御曹司に対する風刺と嘲笑を盛り込んで快調に進み、三娘子が受けた四年の屈辱と同様な処罰が、最後に蒋生を待ち受ける。猥雑あるいは猥褻にわたる箇所はあるけれども、そこには「板橋三娘子」の末裔たちに見られなかった、物語としての活力が感じ取られるのではないだろうか。さらに言えばこの話には、『アラビアン・ナイト』と血を分けながら三娘子が失っていた、あの色恋の要素が面白おかしくも甦っているのである。

変驢の幻術という素材は、結局のところ「板橋三娘子」以後、こうした現実的世俗的な作品に拮抗する発展を遂げられなかった。そのことは、変驢の術が突き当たった中国の伝統的な変身観・変身術の強固さを示すと同時に、この国の小説が得意とする分野が、主として那辺にあったかを物語っているとも言えよう。ただ、あらためて指摘するまでもなく、現実的世俗的な志向は、幻想性と相容れないものでは必ずしもない。その志向の特性に従いながら、それは容易に幻想の領域へと足を踏み入れる。たとえば「狗熊写字」の場合、現実的志向が現実を突き抜けて幻想〈あるいは幻想的〈現実〉〉を形成した。先に指摘した中国の冥界の現世的性格は、現実的思考の幻想世界への投影であった。そして恋の落とし穴の現実的な物語も、相手の美女が人間ではなく動植物の精、あるいは妖魅や死者の霊に変わったとすれば、今度はその先に、中国独自の幻想物語の沃野が、涯しなく広がることになるのである。

（1） 原文は次の通り。
益州刺史張全養一駿馬、甚保惜之、唯自乗跨。張全左右皆不敢輕跨、毎令二人曉夕以專飼飲。忽一日、其馬化爲一婦人。美麗奇絶、立於廐中。左右遽白張公、張公乃親至察視。其婦人前拜而言曰、妾本是燕中婦人。因癖好駿馬、毎覩之、必嘆美其駿逸。後數年、忽自酔倒、俄化成駿馬一匹。遂奔躍出、隨意南走、近將千里、被一人收之、以至於君廐中。幸君保惜、今偶自追恨爲一畜、涙下入地、被地神上奏於帝、遂有命再還舊質。思往事如夢覺。張公大驚異之、安存於家。經十餘載、其婦人忽爾求還郷。張公未允之間、婦人仰天、號叫自撲、身忽却化爲駿馬、奔突而出、不知所之。

（2）文は筆記小説大観本に拠った。『古今怪異集成』（中国書店影印本、一九九一年）下編・雑獣類の引用は、「其僕」を「種僕」としているが、誤植であろう。なお「下路」には、前方、路辺の意味もある（『漢語大詞典』第一冊、三三七頁）

（3）狭義の変驢変馬譚には当たらないけれども、一風変わった話として、『太平広記』巻四六〇に「裴沆」と題して収められる二話がある。一つは唐の段成式の『酉陽雑俎』、もう一つは同じ唐の盧肇『逸史』を出典とする話で、いずれも病んだ鶴を治療するために、三世人間である（あるいは真正の人間である）人物を探してその血をもらうという筋立てになっている。殊に興味深いのは後者の『逸史』の話で、次のような内容である。

李相公が出世前のこと、嵩山に遊んで傷を負った鶴を見かけた。鶴は治療用に人の血を求めた。李公が着衣を解いて針で血を出そうとすると、鶴は「世間に人は希で、貴方もそうではありません」と言い、睫毛を抜かせ、それを持って洛陽に行って、眼にかざして照らして見ればすぐに分かるという。李公が中途で自分を見てみると、なんと馬の頭をしていた。洛陽に到着すると、遭う人は少なくなかったが、すべて完全な人ではなく、みな犬・豚・驢馬・馬などであった。一人の老人が人間だったので、李公は病気の鶴の願いを伝えた。すると老人は笑って、驢馬から下りて腕まくりをして血を出した。李公がこれを得て鶴に塗ると、たちまち傷は癒えた。鶴は感謝して言った、「貴方はすぐに明時の宰相となられ、さらにまたきっと昇仙なさるでしょう。遠からずお会い致しますが、くれぐれも怠りなきよう」と。李公が礼を言うと、鶴は中天高く飛びさっていった。

話は道教的な色彩を帯びているが、人々が動物に見えるというのは、インドから流れ込んだ輪廻転生の思想によるものと思われる。こうした点からすれば、これも変驢変馬譚の一資料ということになろう。

なお、人が動物に見える話の原話と、韓国および日本への伝播については、拙論「日本昔話「狼のまつ毛」の原話——『逸史』・『三国遺事』・インドの伝承をめぐって」（『新しい漢字漢文教育』第四六号、二〇〇八年）、および「睫毛と鏡——人の前世・来世の姿を見る呪宝」（『名古屋大学中国語学文学論集』第二三輯、二〇一一年）を参照。

（4）『子不語』には、手代木公助氏の全訳があり（東洋文庫、平凡社、二〇〇九—二〇一〇年）、これを参照した。「風流具」は

「蔣秀才の冒険」と題され、第五冊の二三〇―二三四頁に載る。また原文は、王英志主編『袁枚全集　肆』によれば次の通り。

長安蔣生、戸部員外某第三子也、風流自喜。偶歩海岱門、見車上婦美、初窺之、婦不介意、乃隨其車而尾之。婦有慍色、蔣尾不已、婦轉嗔爲笑、以手招蔣。蔣喜出意外、愈往追車、婦亦回頭顧盼、若有情者。蔣神魂迷蕩、不知兩足之蹣跚也。

行七八里、至一大宅、車中婦入、蔣痴立門外、不敢近、亦不忍去。徘徊間、有小婢出、手招蔣、且指示旁小門。蔣依婢往、乃溷圊所也。婢低語少待、蔣忍臭穢、屏息良久。日漸落、小婢出、引入。歴厨竈數重、到廳院、甚唐皇、上垂朱簾、兩僮倚簾立。蔣竊喜、以爲入洞天仙子府矣。重整冠、拂拭眉目、徑上廳。廳南大炕上坐一丈夫、麻黒大鬍、箕踞、兩腿毛如刺猬、倚隱囊、怒喝曰、爾何人、來此何爲。蔣驚駭、身戰、不覺屈膝。

未及對、聞環珮聲車中婦出於室、鬍者抱坐膝上、指謂生曰、此吾愛姬、名珠團、果然美也。汝愛之、原有眼力。第物各有主、汝竟想吃天龍肉耶。何痴妄乃爾。言畢、故意將婦人交唇摩乳以誇示之。生窘急、叩頭求去。鬍者曰、有興而來、不可敗興而去。問何姓、父何官、生以實告。鬍者笑曰、而愈妄矣。而翁、吾同部友也。爲人子侄而欲汚其伯父之妾、可乎。顧左右、取大杖、吾將爲吾友訓子。一僮持棗木棍、長丈餘、一僮直前、按其項仆地、褌剥下、雙臀呈矣。生哀號甚慘、婦人走下榻、跽而請曰、奴乞爺開恩。奴見渠臀比奴臀更柔白、以杖擊之、渠不能當。以龍陽待之、渠尚能受。鬍者叱曰、渠、我同寅兒也、不可無禮。婦又請曰、凡人上廟買物、必挾買物之具、渠挾何具以來、請驗之。鬍者喝驗、兩僮手摩其陰、報曰、細如小蠶、皮未脱棱。鬍者搔其面曰、羞、羞、挾此悪具而欲唐突人婦、尤可悪。擲小刀與兩僮曰、渠愛風流、爲修整其風流具。僮持小刀握生陰、將削其皮。生愈惶急、涕雨下。

婦兩頬亦發赤、又下榻請曰、爺太悪謔、使奴大慚。奴想吃餑餑、有五斗麥未磨、毛驢又病、不如着渠代驢磨麺贖罪。鬍者問願否、生連聲應諾。婦人擁鬍者高臥、兩僮負麥及磨石至、命生於窗外磨麥、兩僮以鞭驅之。東方大白、炕上呼云、昨蔣郎苦矣、賜餑餑一個、開狗洞放歸。生出、大病一月。

（5）もう少し詳しく内容を紹介しておくと、青年（後の章丞相）が招き入れられた豪邸では、美女たちが現われて歓待し、入れ替わり立ち替わり媚態で誘惑する。ただ女たちは、部屋を去る時は必ず大きな錠前をかけてゆく。そうして日を重ねて疲労困憊すると、なかの一人がわけを話してくれる。実は、その屋敷の主人は後継ぎが出来ないので、妾たちに若者を誘い込んでは床を共にさせる。もう数人が疲れ果てて死んでいる、と。驚いた章青年はその女性に助けを求め、衣服を借りて変装して脱出し、危うく難を逃れる。

なお、車中の美女を見初めてというパターンは、より早くは『太平広記』巻三三四・鬼部が唐の戴孚『広異記』から引く、「河間劉別駕」の話に見える。ただし、美女はこの世の存在ではなく、男性主人公は命を落とすことになる。

（6）「風流具」の原話ということでは、鈴木満「『子不語』所収のある小説と『黄金の驢馬』の一挿話の似寄りについて」（『昔話の東と西　比較口承文芸論考』国書刊行会、二〇〇四年所収、初出誌は『武蔵大学人文学会雑誌』第二四巻四号、一九九三年）の論文がある。鈴木氏はそれを、アプレイウス『黄金の驢馬』の一挿話に求める。同書の巻九に、驢馬に変身してしまったルキウスが粉屋に買われ、粉挽きをさせられたときの挿話がある。あらすじは次の通り。

粉屋の女房に虐待され、ルキウスが仕返しを考えていると、この女、夫の留守に間男を引き入れる。しかし、思いがけなく夫が帰宅し、あわてて男を箕の下に隠す。ルキウスは絶好の機会とばかり、箕の縁からはみ出ている男の指先を、固い蹄で踏みつける。男はたまらず、悲鳴をあげて粉屋の亭主のまえに転げ出る。これが惚れ惚れするような美少年だったので、亭主は見せしめとして夜伽の相手をさせ、翌日、奴隷に鞭でしたたかその臀を叩かせて抛りだす。そして女房には三行半を出す。

確かによく似た部分は見受けられるが、氏の言及にもあるように二つの話の間を繋ぐ資料はない。異なる箇所も多く、原話とまでは言いがたいように思われる。

外来の物語に類話を求めるとすれば、『黄金の驢馬』まで遡らなくとも、もっと似た話が『アラビアン・ナイト』にある。カルカッタ第二版の第三一夜、「理髪師の話」の一番目の兄の話（平凡社・東洋文庫の前嶋訳では、第二冊二一五―二二四頁）は、次のような内容である。

理髪師の長兄はバグダードに住む仕立屋で、粉屋の上の二階に店を借りていた。ある日、向かいの家の美女に一目惚れしてしまうが、相手の女は夫と二人で企み、仕立屋の兄に注文して散々針仕事をさせ、代金を払わない。あげくの果てに、女奴隷を兄に嫁がせることを口実に、粉挽き場で一晩を過ごさせる。女の夫からそそのかされていた粉屋の親父は、兄をつかまえると碾臼（ひきうす）に軛で繋ぎ、鞭で叩いて明け方近くまで粉を挽かせる。その後も騙され続ける兄は、最後に女の誘いに乗ってその家に出かけ、夫に捕まり代官のもとに突き出される。代官は兄を叩きの刑に処したうえ、駱駝に乗せて市中を引き回し、都から追放させる。心配した弟が兄のあとを追って連れ戻し、彼の世話をしてやることになる。

『アラビアン・ナイト』と『子不語』を繋ぐことが、果たして可能かどうかは分からない。しかし、『黄金の驢馬』の話に比べれば、こちらの方が興味深い資料ではないだろうか。

なお鈴木論文によって、泉鏡花が「麦搗」と題して「風流具」を紹介している（『鏡花全集　巻二七』岩波書店、一九七六年、九五—一〇二頁）ことを知った。また臼挽きの刑罰に関して一つ付け加えておくと、古代ギリシアでは、逃亡奴隷を懲らしめるために驢馬に代わって臼を挽かせたという。中務哲郎訳『イソップ寓話集』（岩波文庫、岩波書店、一九九九年）の「四四〇　逃亡奴隷」の注記を参照（三二五頁）。

おわりに

以上、中国の変驢変馬譚と、そのなかでの「板橋三娘子」の位置について考察してみた。

薛漁思の「板橋三娘子」は、外来の物語の見事な翻案であった。しかし、動物から人への変身を主流とする、中国の変身物語のなかでは少数派に属する。しかも、中国における人から動物への変身の場合、それは仙人道士の自在な変身術、あるいは南方異民族の邪術でなければ、天罰としての変身や前世の罪業による転生が大部分を占める。こと変身観・変身術に関しても、この国の伝統は強固であり、三娘子の幻術は、そうした伝統的な変身譚を押しのけて翼を広げることができなかった。その結果、物語は様々な話素に分解し、ファンタジーとは逆の現実的な方向に引き戻されていったのである。

「板橋三娘子」と中国変身譚の伝統がこのような関係にあるとすれば、そうした伝統のなかにありながらこの物語を生み出した、作家と時代の独自性の問題が改めて浮上してくることになろう。薛漁思が抱いた異国の物語への関心は、この唐代に特徴的な西域趣味、外へと向かう視線と重なり合う。幾多の辺塞詩の名作や外来の物語の翻案、あるいは数多くの胡人買宝譚を生み出したこの嗜好は、普遍性・世界性へと向かった唐の時代精神の一つの現われでもあった。薛漁思もまた、そうした時代性を作品に体現させているのである。

ところで、外へと向かう視線という時、唐代伝奇において先ず思い出されるのは、張読『宣室志』の「陸顒〈消麪虫〉」の話である。腹中に寄生する虫によって大食になるという、六朝志怪小説に連なるこの作品は[1]、『聊斎志異』の著名な短篇、「酒虫」[2]の原話の一つとしても知られる。「酒虫」が、二百字余りの文章に見事な作品世界を完成させたのと対照的に、「陸顒」は物語の世界を外に向け、大きく膨らんでゆこうとする。主人公の陸顒は、腹中の消麵虫（麵を食べ消化してしまう虫）を胡人に売って巨利を得るのであるが、物語はここで終わらない。さらに一年後の話として、陸顒が再び訪れた胡人達と海中に宝探しに出かけるという、中国の古典には珍しい海洋冒険小説風の展開がこれに続くのである。[3]もっとも、作家のこうした試みは必ずしも成功したとは言えず、この冒険譚が与える如何にも取って付けた印象は拭い難い。しかし、外海にまで向けられた作家の視線は、まさしく唐という時代の申し子といえよう。

この「陸顒」と並べてみると、「板橋三娘子」には、先の指摘とはまた別の一面が窺われるように思われる。「陸顒」が中国の原話をもとに、果敢に外へ広がろうとした作品であるとすれば、「板橋三娘子」は逆に外来の原話をもとに、これを中国風の短篇として、内に向けて巧みに作り替えた翻案であった。それは確かに作者の異国趣味に端を発してはいる。しかし、そうした外への眼差しと同時に、ここにはすでに物語の完全な中国化という、内向する創作意図が潜んでいるのではないだろうか。だとすれば、世界性・普遍性を目指した唐の外向的な時代から、固有の中華的世界の形成に内向した宋の時代へという、中唐期に始まる歴史の一大転換の両側面は、この作品にも微妙な影を落としているのである。[4]

中国における変驢変馬譚と、そのなかでの「板橋三娘子」については、これで一通り論じ終えることができた。[5]次章においては日本に目を転じ、その伝播と展開の跡をたどって、中国との比較を試みたいと思う。

（1）「陸顒」については、増子和男「唐代伝奇『陸顒伝』に関する一考察　上・中・下」（梅光女学院大学日本文学会『日本文学研究』第三三・三四・三六号、一九九八—二〇〇一年）および「唐代伝奇『陸顒伝』に関する一考察——消麺虫来源再考」（同誌第三五号、二〇〇〇年）が詳しく、参考になる。増子氏の指摘にあるように、この話は南朝宋の東陽無疑『斉諧記』に見える、江夏郡安陸の男の話や周客子の娘の話、下って唐の戴孚『広異記』の「句容佐史」などから、着想を得たと考えられる（上、一五六—一五九頁）。ほかに、陶淵明の撰と伝えられる『捜神後記』の、桓温の督将の話（『封氏聞見記』巻六、『太平御覧』巻七四三、八六七等に収録）も、原話の一つに数えられよう。ただ、いずれも記録風の極めて短い内容である。

（2）「酒虫」は、『聊斎志異』巻五所収。周知のように、日本では芥川龍之介の同名の翻案小説によって広く知られるが、「陸顒」との比較のため、平凡社・中国古典文学大系の松枝茂夫訳を借りて左に示しておく（上冊三九三—三九四頁）。

長山（山東省）の劉氏は、でっぷり肥っていて大酒飲みだった。独りで酌んでいても、いつも一甕飲み干してしまうのだった。県城の近くの三百畝もの美田に、きまって半分は黍を植えていたが、家がたいそう裕かだったから、飲むことが苦にはならなかった。

ひとりの喇嘛僧が会って、体に奇病がある、という。劉が、

「いいえ」

とこたえると、僧はいった、

「あなたは御酒を召しても、いつもお酔いにならんでしょうが？」

「いかにも」

「それが酒虫のせいですのじゃ」

劉はびっくりして、すぐ治療を請うた。

「なんでもありませんじゃ」

という。こころあたりの薬を挙げて、

「どんな薬がいるんでしょう？」

ときくと、みな、いりませぬ、といい、ただ、日向に俯けにねかせて、手足をしばり、首から五寸ほど離して、美酒を器に入れて置いただけだった。

時がたつほどに、咽喉がかわいて、飲みたくてたまらなくなった。酒の香りが鼻を刺し、欲望の炎がもえあがりながら、

飲めぬのに身もだえした。と、咽喉が急にむずがゆくなって、なにやらがげっと出てき、まっすぐ酒のなかに堕っこちた。縛を解いてもらって見ると、長さが三寸ばかりの赤い肉が、およいでいる魚のようにはいずり廻っており、口も眼もみんなそなわっていた。

劉はおどろいて礼をいった。そして、金で酬いようとしたが、僧は受け取らず、ただ、その虫をいただきたい、といった。

「何にするのです？」

ときくと、

「これは酒の精でしてな、甕に水をはり、この虫を入れてかきまわすと、たちどころに美酒ができますのじゃ」

という。劉が試しにやらせてみたところ、果してそのとおりだった。

劉はそれからというもの、酒を仇のように憎んだ。体がだんだん痩せ細り、家も日ましに貧しくなって、やがては飲み食いもまかなえなくなってしまったのだった。

（3）「陸顒」の話は、『太平広記』巻四七六・昆虫部に『宣室志』を出典と記して収録されている。総字数は約千二百六十と、原話の六朝志怪あるいは翻案の「酒虫」に比べて格段に長い。

（4）「普遍」「固有」といった表現は、妹尾達彦「中華の分裂と再生」（『岩波講座世界歴史9　中華の分裂と再生：3—13世紀』岩波書店、一九九九年）の用語を拝借した。巨視的な観点と構想に基づく妹尾氏の論考からは、大きな刺激と示唆を受けた。

（5）近代以降の中国における「板橋三娘子」の翻案や関連資料については、調査に手をつけることができず対象外とした。（大陸および台湾の児童向け漫画で、三娘子の物語を目にした記憶はある。ただ、小説や戯曲の分野での翻案に関しては、例を知らない。）幾人かの中国現代文学研究者の方々にも尋ねてみたが、心当たりが無いとのことであった。

第四章　日本の変身譚のなかで

はじめに

中国の変驢変馬譚の多くは、海を越えて日本にも渡来した。無論、そのなかには「三娘子」の物語も含まれていた。本章では、それらが日本の変身譚のなかにどのように受け継がれ、独自の展開を遂げていったかを尋ねてみたい。そしてその過程で明らかになる両国の特徴的な差異に目を向け、「板橋三娘子」をめぐる論考の終章に当てることにする。

論を進めるにあたっては、日本の変身譚の特徴について手短かに確認した上で、前章と同様に1「応報譚」系、2『出曜経』系、3『カター』『千一夜』系と考察してゆく手順をとる。なお、日本に昔話として伝わる所謂「旅人馬」は、多く2と3の両系列にまたがり、時にその他の要素をも含んでいるが、これについては、3の『カター』『千一夜』系の項で論ずることとした。また、これらのいずれにも属さない（または納まり切らない）その他の話群は、近現代文学にまで裾野を広げており、殊に現代文学に関しては、新たな観点が必要と思われる。ただ、その考察に必要な準備と能力を共に欠くため、ここでは作品名を列挙するに留めた。

一　日本の変身譚と変身変化観

1　古代から近世に至る変身譚

日本の変身譚に関する専著としては、中村禎里『日本人の動物観――変身譚の歴史』（海鳴社、一九八四年）が、おそらく唯一のものであろう。古代から近世に至る変身説話を博捜し、日本人の動物観の歴史をたどったこの労作によりつつ、日本の変身譚と変身観について先ず概観しておきたい。

【古代の変身譚】

中国の場合、動物から人へという方向が主流であった変身譚は、日本においてはどのような傾向を見せているのであろうか。同書の序章で中村氏は、岩波文庫版『グリム童話集』と柳田国男他編『日本昔話記録』を比較し、前者の変身譚のほぼ全てが人間から動物への変身であるのに対し、後者では動物から人への変身が、人から動物への変身の二倍以上にのぼることを指摘している（八―一二頁）。ここからすれば、日本の変身譚も中国と同傾向にあるように思われる。しかし、動物から人へという特徴は、実は古くから窺われるわけではない。日本最古の文献となる『古事記』（七一二年）『日本書紀』（七二〇年）『風土記』（八世紀前半）について調査してみると、多数を占めるのは動物（あるいは動物型の神）が人に変身する話ではなく、むしろ人（あるいは人型の神）が動物に変身する話の方である(1)。

上古の神々は、動物神や人格神あるいは精霊的な要素を混在させており、その変身も、単なる人や動物が主人公となる後世の変身譚とは性格を異にする。そのため人から動物、動物から人という分類自体が十分に機能しない問題も残るのであるが、一先ずこれに従って、数としては少ない動物（動物型の神）から人への変身を見てみると、その目的はおおむね人との通婚となっている。変身する動物が雄であれば蛇、雌であれば鰐(2)の爬虫類にほぼ限定される。たとえば、活玉依毘売（イクタマヨリビメ）のもとに通う三輪山の大物主神(3)や、山幸彦（ホヲリノミコト、ヒコホホデミノミコト）と結ばれる海の王女の豊玉姫(4)などがその代表といえる。浦島説話の原型として著名な、『日本書紀』巻一四・雄略天皇二二年の水江浦島子の話もこのなかに含まれる。ここでは浦島子に釣られた大亀(5)が、女性に変身して彼の妻となり、共に海に入って蓬莱山に至っている。神婚儀礼や海洋系の異族との婚姻の名残をとどめる(6)これらの神話は、登場する動物（動物型の神）の神性の喪失にともない、やがて説話や昔話の大量の異類婚姻譚を生みだしてゆくことになる。

動物型の神が中心となる記紀神話の変身のなかでは、『日本書紀』巻二二・推古天皇紀に見える、次の短い記事が注目される。

卅五年春二月、陸奥國有狢、化人以歌之。

三五年の春二月、陸奥国（みちのくのくに）（青森県）にムジナがあらわれ、人に化けて歌をうたった。

記述はこれだけで、事件の意味するところは明らかにされていない。ただ、翌三六年の二月に推古天皇が病臥し、三月には崩御したことと照らし合わせると、三五年夏五月の事件として併記されているハエの大発生とともに、不吉な予兆としての怪異現象ではないかと考えられる。このムジナは神格を持たないただの動物であり、動物の人への変身を語る貴重な資料の一つとなる。古代日本の国家的威信を背負った『古事記』や『日本書紀』には、単なる動物の変身譚が記載されるべき必然性は本来ない。したがって、資料としてはこのような断片しか残されていないのであるが、古代の日本においても、動物の人への変身が信じられていたことの証左とはなろう。

一方、多数を占める人（人型の神）から動物への変身は、どのような様相を呈しているのであろうか。こちらは動物（動物型の神）から人への変身とは対照的に多様である。たとえば、イクタマヨリビメに懇願されて蛇の姿で現われる大物主神や、鰐となって出産する豊玉姫のように正体を現わす場合、白い猪（あるいは白い鹿）となって危害を加える伊吹山の神や、死後に魂が白鳥となって空に舞い上がるヤマトタケルノミコト（日本武尊、倭建命）の場合など(7)。変身後の動物も、蛇・龍・鰐・亀・猪・熊・犬・鳥など多様である。ただ、馬・驢馬はいずれもまだ姿をのぞかせていない。

このように『古事記』『日本書紀』『風土記』は、多量とまではゆかないにしても、様々な古代の変身の物語を提供してくれる。なかでも変身に関わる動物として蛇が顕著な点は日本の特徴であり、ここに蛇信仰の存在を指摘する研究者も多い(8)。ただ残念なことにこれらの文献には、変身現象を支える自然観や宗教意識について述べた記載は見当たらず、日本古代の土俗的な変身観、変身原理を具体的に知ることはできない。しかし、アニミズム的な自然信仰のなかで、人と動物・動物神とのあいだに交流し合う通路があったことは確かである。

なお、『古事記』冒頭の太安万侶の序文は、宇宙天地の創造から説き起こされ、「夫混元既凝、氣象未効。無名無爲、誰知其形。然乾坤初分、參神作造化之首。陰陽斯開、二靈爲群品之祖（そもそも混沌とした根元がすでに凝結して、気象[9]もまだ現われないころのことは、名付けようがなく、働きもなく、誰もその形を知らなかった。だが、天地が初めて分かれると、天之御中主神（あめのみなかぬしのかみ）・高御産巣日神（たかみむすひのかみ）・神産巣日神（かむむすひのかみ）の三神が万物の始まりとなった。陰と陽が分かれると、伊邪那岐（いざなき）・伊邪那美（いざなみ）の二神がすべてのものの生みの親となった）」と始まる。「混元」「氣象」「陰陽」などの語が示すように、ここにはすでに中国の思想が導入されている。当時最新かつ最高の原理論であった中国の「気」「陰陽」の哲学は、日本の知識人・支配者層に深い影響を与えており、したがって変身変化について解き明かすとなれば、これに対抗できる理論はなかったはずである。ただ、多く神々に関わる変身の物語を、「気」の理論で切り開く徹底性がこの時代にあったとは考えられない。天地陰陽が別れた後は、「気」「陰陽」の哲学に代わって、三神・二神による万物創造が説かれることからも想像されるように、神々の変身は共有されるべき真実であり、分析の対象となる現象ではなかったのである。

【中古・中世の変身譚】

次に中古の時代となると、景戒『日本霊異記』（八一〇—八二四年頃）や鎮源『大日本国法華経験記』（一〇四〇年頃）などに始まり、『今昔物語集』（一二世紀前半）に集大成される説話集が、多くの変身譚を収載する。仏教思想のもとに編まれたこれらの説話集を貫くのは、当然のことながら輪廻転生や因果応報の思想であり、それは所収の変身譚にも如実に反映している。この時期の説話集を代表する『今昔物語集』を例に取ってみると、動物から人への変身のうち半数近くは、仏教の利益や善行によって様々な動物（牛・馬・犬・蛇・虫など）が人に生まれ変わる、応報転生譚で占められている。[10]人から動物への変身に至っては、一例を除くすべてが、罪業による動物（蛇・牛・犬・猫・鹿など）への転生の話である。[11]このように仏教の伝来以後、変身譚が輪廻転生・因果応報の思想の強力な磁場に吸い寄せられていった点は、日本も中国と同様であった。

また中村氏の統計が示すところによれば、『今昔物語集』所載の動物から人への変身譚は三十話（八〇頁、表2―1）、人から動物への変身譚は二十話（九八頁、表2-3）で、両者の間に逆転現象が見られる。しかし先にも述べたように、動物から人への変身譚のうち半数近くは応報思想にもとづく転生譚で、それ以外の話は、なお人から動物への変身譚を数量的に越えていない。ただ興味深いのは、このなかで狐の変身譚が八例と際立って多い点である（八〇頁、表2-1）。後世、人に化ける動物の代表格となってゆく兆しが、すでにここに窺われよう。次に多いのは、古代神話の変身の中心的存在であった蛇の五例であるが、その神性はすでに衰えをみせ、単なる動物と人との異類婚説話に変質俗化しつつある（一〇九―一一〇頁、一一五頁）。

人から動物への変身譚のほとんどを占める、応報による転生については次節で考察するが、唯一の例外となる『今昔物語集』巻三一・本朝部の第一四話には、ここで触れておくべきであろう。というのも、「通四国辺地僧行不知所被打成馬語（四国の辺地を通る僧、知らぬ所へ行きて馬に打ち成さるること）」と題されたこの物語は、わが国最古の変馬譚だからである。その前半部のあらすじを先ず左に記す。


今は昔、三人の修行僧が連れ立って四国の辺地を巡っているうちに、山中で道に迷ってしまった。たまたま人家を見つけ、喜んで立ち寄ると、中から年のほど六十余りの恐ろしげな僧が現われた。食事をふるまわれ、安心して一休みしていると、この主の僧がにわかに形相を変えて人を呼ぶ。そしてやってきた怪しげな法師に「例のものを持ってこい」と命じる。すると彼は馬の手綱と鞭を持ってきた。

主の僧が「いつものようにしろ」と命じると、法師は修行者の一人を縁から庭に引きずり下ろし、背中を鞭で五十回叩いた。ついで、衣を剥ぎ取り、肌をまた五十回叩いた。修行者がうつぶせに倒れると、主の僧が「引き起こせ」という。法師が引き起こしたのを見ると、たちまち馬と化し、身ぶるいをして立ち上がった。法師はそれに手綱をかけた。あとの二人が茫然としていると、また縁から一人が引き落とされて叩かれ、馬になって立ち上がった。二匹の馬は手綱をかけられ、引いてゆかれた。

主の僧は、残った一人はしばらくそのままにしておくように命じ、田の水を見るなどの用事に使う。生きた心地もしないこの修行僧は、隙を見て一目散に逃げ出した。そして一軒の家にたどり着くと、そこに女が立っていた……

話はこのあと次のように続く。彼女は実はあの恐ろしい僧の妻であり、事情を聞いて、彼女の妹の家を尋ねて逃げ延びよと教えてくれる。その助けでやっと人里にもどることができた彼は、後に女たちとの約束を破って、このことを人に話してしまう。血気盛んな若者たちが討伐に出かけたが、行く道が分からず、そのままに終わった。

「旅人馬」の源流の一つとされる伝承であるが、『出曜経』のシャラバラ草の話とも、「三娘子」の話とも異なっている。結びには、「其ノ後、其ノ所ヲ何コニ有リト云フ事不聞エズ。現ニ人ヲ馬ニ打成ケル、更ニ不心得ズ。畜生道ナドニヤ有ラム。（その後、そんな場所のありかについても、絶えて耳にしない。実際に人をたたいて馬にするなど、どうにも信じられない。そこは畜生道などであったのだろうか。）」と述べられており、当時ほかに似た話も聞くことのない、不思議な一件だったようである。原話に関しては未だ解明されておらず、他の動物への変身譚にも類話がない。[12] しかし、「畜生道」の異界に迷い込んでの変身という発想は、後の説話・伝承に根強く受け継がれており、次節で改めて取り上げる必要が生じてこよう。いずれにしても我が国の変馬譚の歴史は、文献上ここから始まることになる。

さて、この『今昔物語集』に続く説話集としては、中世初期の『宇治拾遺物語』（一二一二―一二二一年頃）、さらには源顕兼『古事談』（一二一三年頃）、橘成季『古今著聞集』（一二五四年）、無住『沙石集』（一二七九―一二八三年）などがある。これらの説話集が載せる変身譚には、先行の説話集と重複する話も多く、応報転生の仏教思想に関わる話が大多数を占める点は、『今昔物語集』と変わりない。動物から人・人から動物の両話の多寡について見ると、後者の方が圧倒的に多いのも、畜生への転生を説いて戒める仏教説話の本来的な性格からくるものであろう。[13]

こうした中世説話集に加えて、中村氏はさらに説教節や『神道集』（一三五八年頃）、室町期の御伽草子類をも対象に入れて調査を行っている。その結果によれば、この時代に至って変身説話は、古代の神話・中古の仏教説話の伝統を受け継ぎつつも、しだいに独自の歩みを始めるようになる。変身にかかわる動物の種類や変身の意味も多様化し、動物から人への変身では、通婚譚からさらに報恩譚が派生してくる。動物への変身に関して言えば、仏法への違反以外の、世俗的な妄執・怨恨・悪行によって動物に堕ちる例が多くなる、などの変化が窺われる。[14]（ただ、それらの話も、応報思想に貫かれている点では、仏教説話と本質的には異なるところがない。）

最後にもう一つ、変馬譚ではないけれども、『御伽草子』所収の「御曹子島渡」に見える「王せん島」の話を挙げておこう。[15]この島の住人は身の丈十丈もあり、上半身が馬、下半身が人の「馬人」で、腰のあたりに太鼓をつけている。余りに背が高すぎるので、一旦倒れると自分では起きあがれない。叫ぼうとしても声が出ない時に、その太鼓を打ち鳴らして助けを呼ぶのだという。

この異人が何をヒントに発想されたものかは明らかでない。（遡れば仏典の牛頭馬頭につながるであろうが、直接的な影響関係を窺わせる話は、中国にも日本にも見当たらない。）しかし、人体の変形・異形が想像される際、馬と容易に結びついたということであれば、私達はそこに、馬への変身とも通底する発想を見てよいのではないだろうか。この時代、日本において異形あるいは変身がイメージされる場合、馬はその対象となる代表的な動物の一つだったのである。第二節で取り上げる、「板橋三娘子」の近世における受容と愛好の背後にも、一因としてそうした事情があるように思われる。

【近世の変身譚】

下って近世に至ると、変身譚に大きな変化が見られる。本格的な仏教説話集には鈴木正三『因果物語』（一六六一年）があり、以降もこの種の説話集は刊行が続く(16)。しかし江戸期に全盛を迎えるのは、これに代わる怪異譚であった。浅井了意『伽婢子』（一六六六年）、編著者不詳の『諸国百物語』（一六七七年）などに端を発した怪異小説集は、幽霊や動物の怪異にまつわる話を大量に生み出し、仏教説話の転生譚を文芸の表舞台から引き下ろす結果となった。動物から人への変身が、人から動物への変身を凌駕して圧倒的多数を占め(17)、多様な説話を生み出してゆくのは、実はこの近世からのことである。昔話に見られた動物から人への変身譚の優位は、このように歴史的には比較的新しいものと考えられるのであって、その点、中国の場合とは事情を異にする。

すでに見たように中国においては、年を経た動物や器物が変化をおこすという「物老則為怪」の変身観が、古くから連綿としてあった（第三章第一節の「1　人への変身」参照）。ここから、通婚譚や転生譚以外にも、動物・器物の変身をめぐる様々な怪異譚が生み出され続けた。一方、日本においてもおそらくその影響の下に、器物では付喪神の説話群が生み出されていった[18]。ただ、動物の変身に関して言えば、それは『日本書紀』の昔から見られたものの、「物老則為怪」の流れを汲む変身譚が際立った存在となることはなく[19]、近世以前においては、通婚・報恩でなければ転生と極めて限定されている。仏教の応報思想にもとづく転生譚、あるいは神話以来の異類との通婚譚を除けば、文献から窺われる日本の動物の変身譚は、近世に至るまで意外に乏しい内容だったのである。

さて、動物から人への変身が多数を占める近世の変身譚の内容であるが、これも中村氏の考察によれば（一八九—二二〇頁）、動物の種類は近世前期においては狸と猫が盛行し、ほかに蛇・狼・川獺・蜘蛛・鳥・魚などの変身も見られる。ただ後期になると、変身する動物は狐・狸にほぼ限定される。こうした統計結果を見ると、動物から人への変身譚の数は増えたものの、総じて中国の多彩さには及ばない。またそれらのうちには、中国の動物変身譚の影響下に生み出された話も少なくない。一方、少数派となった人から動物への変身は、やはり因果応報の転生譚が中心を占める。そのなかに含まれる変馬譚については、次節の冒頭で取り上げたい。ほかに「三娘子」の幻術と関わりを持つ小説や伝承も、近世に至ってやっと現われるが、この考察も次節に譲ることにする。

（1）中村氏の統計によれば『古事記』『日本書紀』『風土記』のうち、動物から人への変身は六例、人から動物への変身は十一例（二五頁、表1-1・1-2）。暗に変身を含む話を数に入れれば、前者は十一例、後者は十八例（二六頁、表1-3／五三頁、表1-4）となる。

（2）「鰐」が具体的にどの動物を指すかについては、サメ説・ウミヘビ説・ワニ説・それら諸動物のイメージを総合した想像上の動物とする説などに分かれる。詳しくは中村氏『日本人の動物観』二八—三〇頁を参照。

（3）『古事記』中巻および『日本書紀』巻五の崇神天皇の条に見える。なお、日本の古典については、岩波書店「日本古典文学大系」「新日本古典文学大系」「日本思想大系」、小学館「新編日本古典文学全集」、新潮社「日本古典集成」などを参照し、以下の引用文も主としてこれらの文献に基づいている。

（4）『古事記』上巻および『日本書紀』巻二・神代下。ただし『日本書紀』では蛇ではなく、龍に変身している。

（5）『丹後国風土記』の佚文では、五色に輝く亀を釣り上げると、突然美女に姿を変える。彼女は自ら天上の仙人と名乗っており、もとの姿は人のようである。ただ、このような中国神仙思想の影響を受ける以前の物語の原型となると、乙姫の本来の姿については、微妙な問題が残る。

（6）豊玉姫型異類婚姻譚の起源をめぐる諸説については、中村前掲書三二―三六頁に詳しい。

（7）伊吹山の神、日本武尊の話は、『古事記』中巻・景行記および『日本書紀』巻七・景行紀に見える。その他の諸例については、中村前掲書五三頁の表1-4を参照。

（8）たとえば、谷川健一、吉野裕子、阿部真司の諸氏。縄文期の土偶に、頭部に蛇をいただく女性像があるところから、日本には縄文時代にすでに、蛇信仰の伝統が発生していたとする。中村前掲書の第一章六四―六五頁および同注64参照。

（9）『古事記』の序に見える「氣象」の語については、岩波書店の日本古典文学大系や日本思想大系、あるいは小学館の新編日本古典文学全集など、諸訳注はいずれも「氣」と「象」を分けて「気（けはい、きざし）と象（かたち）」の意味に取っており、これが定説のようである。しかし、荒井健先生の示教によれば、「氣象」の語は古く緯書などに既に見え、熟語として理解されるべきである。以下、教示いただいた資料を紹介しておく。

『緯書集成』（上海古籍出版社、一九九四年）所収の『周易乾鑿度』巻上の「孔子曰、易始於太極」に「鄭玄注、氣象未分之時、天地之所始也」とある（四五頁、七八六頁ほか）。鄭玄は言うまでもなく後漢の大学者であり、この記事を信ずるならば、熟語としての「氣象」は後漢まで遡れることになる。

また、唐の法琳『弁正論』巻一の「蓋聞氣象變通、莫過乎陰陽、埏埴覆燾、莫過乎天地……」に付された原注に、「易鉤命決云、天地未分之前、有太易、有太初、有太始、有太素、有太極、爲五運也。氣象未形、謂之太易、元氣始萌、謂之太初、氣形之端、謂之太始、形變有質、謂之太素、質形已具、謂之太極。……」とある（『大正大蔵経』第五二巻、史伝部四、四九〇頁中段）。緯書は前漢末頃の偽作といわれ、したがって遅くとも後漢の時代には、「氣象」の用例があることになる。もっとも、『易鉤命決』は『緯書集成』にも収められておらず、その点疑念が残る。しかし、『山海経』巻二・西山経の一節「又西二百九十里、曰泑山、……西望日之所入、其氣員」に付された、晋の郭璞の注に「日形員、故其氣象亦然也」という。これによって、「氣象」の語が晋代まで遡れることは確実である。

『古事記』の諸注が基づくところは、実は『列子』天瑞第一の「夫有形者生於無形、則天地安從生。故曰、有太易、有太初、有太始、有太素。太易者未見氣也。太初者、氣之始也。太始者、形之始也。太素者、質之始也。氣形質具而未相離。……」の一節であり、「氣・形・質」の「形」を「象」に当てることで説明される。しかし、簡略な『列子』の文章に比して『易鈎命決』はその原拠を伝えている感があり、これによれば「氣象」の熟語は、明らかに「気と象（形）」ではなく、「気の象」の意味である。「象」は、「形」よりももっと初源的な状態までを含む概念であろう。

(10)　中村前掲書八〇頁の表2-1、一一〇―一一六頁。これらの転生譚は、中村氏の指摘のように中国の仏教説話の影響が大きい。

(11)　中村前掲書九七―九八頁、九八頁の表2-3。なお先の動物から人への転生の話群は、氏の指摘にあるように、これらの人から動物への応報転生譚を逆転させたもので、いわば表裏の関係をなす。転生に関わる動物も、蛇・牛・犬など両話に共通するものが多い。

(12)　これ以前の日本の変身譚には類話がなく、また馬も全く登場しないことと考え合わせると、その来源は、あるいは国外をも視野に入れるべきかも知れない。食事を与えたあと、棒でたたいて馬にするという変身術で思い起こされるのは、第一章の原話をめぐる考察で指摘した、アポロドーロス『ギリシア神話』のキルケや、『ゲセル・ハーン物語』の魔女の術であろう。前者は、薬を入れた食べ物を与えたあと、杖で触れて動物に変える。後者も、魔法の製法による菓子を食べさせ、杖で三度たたく。しかし、『今昔物語集』の食事は薬物とは関わりがなさそうである。また、杖や鞭の魔法と似てはいても、五十回ずつ二度にわたって叩く荒っぽいやり方は、異質なところが感じられる。

原話の探索は、やはり簡単にはゆきそうにないが、篠田知和基「人馬変身譚の東西」（『名古屋大学文学部研究論集』一〇六、一九九〇年）は、次のように論じている。「……逃げてゆくとまた山中に一軒家があり、女が出てきて、さきほどの鬼の娘であると言い、さらにその先にその女の姉の家があってそこで助けてもらうがいいというところ、そして、物かげにひそんでいると鬼が帰ってきて恐ろしげな様子で物を食っているところなど、ここはあきらかに西欧の昔話の人喰い鬼の女房に助けられるモチーフと同じで、舶来の物語である気配が濃厚である」（三頁、総二六五頁）。傾聴すべき見解であろう。

(13)　中村前掲書一一九―一二一頁、表3-1・2。氏の調査の対象となった文献は『宇治拾遺物語』『古事談』『古今著聞集』

『沙石集』および『元亨釈書』。これに加えて、『古本説話集』『十訓抄』『私聚百因縁集』『三国伝記』なども参照したが、大勢は変わらない。

(14) 中村前掲書一二二―一二三頁の表3-3・4、一八一―一八二頁。氏の考察は、外にも幾つか特徴的な事柄を指摘していて興味深い。ただ、ここでの言及は、拙論の論旨と関わるもののみに留めた。なお同表では、動物から人への変身譚は三十話、人から動物への変身譚は二十二話となっている。前者のなかから、仏教の利益による人への転生譚などを除くと、通婚・報恩譚二十話が残り、『今昔物語集』の場合よりもその数は接近している。

(15)「王せん島」の話は、日本古典文学大系『御伽草子』(岩波書店、一九五八年)では、一〇四―一〇五頁に見える。大阪の書肆渋川清右衛門による『御伽草子』の刊行は、享保(一七一六―一七三六)頃と近世のことになるが、この揃い本が収める合計二十三話は、室町期を中心に成立したと考えられている。

(16) 江戸期、仏教説話に代わって活況を呈するのは確かに怪異譚であるが、仏教説話集は鈴木正三『因果物語』以降も数多く出版されている。また、在俗の人々への仏教教化を目的として述作され、書写あるいは刊行された「勧化本」に至っては、驚くほどの数に上る。詳細については、『国文学　解釈と鑑賞　近世の仏教説話――勧化と説話の万華鏡』(学燈社、二〇〇四年四月号・第49巻5号)所載の諸論文を参照。特に、後小路薫「増訂　近世勧化本刊行略年表　一三〇〇点」、西田耕三「近世説話集　10の解説」の二篇によって、文献名を一覧できる。

(17) 中村前掲書一九〇頁の表4-1、二二一頁の表4-4。この表によれば、近世説話における動物の人への変身は百五十六例、人の動物への変身は六十一例である。氏の調査対象となった文献は下記の通り。『曽呂利物語』『伽婢子』『諸国百物語』『新御伽婢子』(以上一七世紀資料)、『太平百物語』『新著聞集』『諸国里人談』『老媼茶話』(以上一八世紀資料)、『甲子夜話』『梅翁随筆』『耳袋』『兎園小説』『猿著聞集』『想山著聞奇集』(以上一九世紀資料)。

中村氏のこの研究をもとに調査範囲をさらに広め、極めて杜撰な調査ではあるが、吉川弘文館「日本随筆大成」第一―三期から、目次を頼りに資料を拾い読みした。

(18) 古道具の妖怪「付喪神」は、中世の絵巻や御伽草子に登場してくる。なかでも著名なのが、『付喪神記』と呼ばれる絵巻物で、その冒頭は「陰陽雑記云、器物百年を経て、化して精霊を得てより人の心を誑す。これを付喪神と号すといへり」の一文で始まっている。『陰陽雑記』という書名については未詳で、作者の創作の可能性が高いようであるが、明らかに「物老則爲怪」の変身観を受け継ぐ内容である。

付喪神に関する論考・論及としては、以下の五篇を参照した。

花田清輝「画人伝」（『室町小説集』講談社、一九七三年／講談社文芸文庫、一九九〇年）

澁澤龍彦「付喪神」（『思考の紋章学』河出書房新社、一九七七年／河出文庫、二〇〇七年／『澁澤龍彦全集　第14巻』同社、一九九四年）

小松和彦「器物の妖怪――付喪神をめぐって」（『憑霊信仰論』ありな書房、一九八四年／講談社学術文庫、講談社、一九九四年）

田中貴子「『付喪神記』と中国文献――「器物の怪」登場の背景をなすもの」（和漢比較文学会編『和漢比較文学叢書第14巻　説話文学と漢文学』汲古書院、一九九四年）

田中貴子「捨てられたものの物語」（『百鬼夜行の見える都市』新曜社、一九九四年／ちくま学芸文庫、筑摩書房、二〇〇二年）

花田・澁澤・小松の三論は、日本中世の諸要因が生み出した極めて中世的な妖怪として、付喪神に注目している。これらの先行研究を踏まえて田中二論文は、付喪神の中世的性格を認めつつ、その生成において干宝『捜神記』など、中国志怪小説の影響の可能性を考える。この田中氏の指摘は重要であろう。中国に伝統的な「物老則爲怪」の変身観は、生物無生物を含めて、おそらく日本の変身観に深い影響を及ぼしているのである。

なお付喪神については、上記の論考のほかに今野圓輔『日本怪談集　妖怪篇』（現代教養文庫、社会思想社、一九八一年／中公文庫、中央公論社、二〇〇四年）が、近世を中心とした多くの資料を紹介しており（「妖怪外伝」の「一　器物の怪」の項）、参考になった。また『付喪神記』は、京都大学付属図書館所蔵本の影印と翻刻が、解題を付して『京都大学蔵　むろまちものがたり　第十巻』（臨川書店、二〇〇一年）に収められている。ほかに『書物の王国18　妖怪』（国書刊行会、一九九九年）に、須永朝彦氏の現代語訳がある（一〇五―一〇八頁）。

(19)　日本における「物老則爲怪」系の変身譚は、近世以前においては顕著な話群を成していない。ただ、歳を経た動物が人に変身する能力を持つという考え自体は、おそらく中国の影響を受けて早くから日本でも信じられており、『今昔物語集』巻二七・本朝部・第三七話の狐、『古今著聞集』巻一七・怪異部・変化第二七の狸（第一五話）などの例がある。また動物以外では、年月を経た器物が化ける話が『今昔物語集』巻二七の第六話および一九話に見える。

2 変身術

日本の変身譚や幻術の話が伝える変身の術についても、ここで一瞥しておきたい。世界諸国の神話と同様に、記紀神話における日本の神々も変身の能力をそなえていた。それらは概ね自らの変身であるが、他者を変身させる術も全く見られないわけではない。著名なヤマタノオロチ（八岐大蛇）退治の話のなかで、スサノヲノミコト（素戔嗚尊、須佐之男命）は人身御供にされかけたクシナダヒメ（櫛名田比売、奇稲田姫）を守るため、彼女を爪型の櫛に変身させて髪に挿している（『古事記』上巻、『日本書紀』巻一・神代上）。ただ、他者を変身させるのはこの一話のみで、しかも動物への変身ではない。

神話の時代が終わりを告げた後、神々以外の変身で注目されるのは、『日本書紀』巻二四・皇極天皇四年（六四五）の、次のような記事である。

夏四月戊戌朔、高麗學問僧等言、同學鞍作得志、以虎爲友、學取其術。或使枯山變爲青山、或使黄地變爲白水。種々奇術不可殫究。又虎授其針曰、愼矣々々、勿令人知、以此治之、病無不愈。果如所言、治無不差。得志恒以其針隱置柱中。於後虎折其柱、取針走去。高麗國知得志欲歸之意、與毒殺之。

夏四月一日、高麗に留学した学問僧らが報告した、「同学の鞍作得志は、虎を友としてその術を学びとりました。あるいは枯山を変えて青山とし、あるいは黄地を変えて白い水にするなど、種々の奇術は究めつくすことができません。また虎は得志に針を授けて、『ゆめゆめ人に知られてはならぬ。これで治療すれば、なおらぬ病はない』と言いましたが、果してその通りで、治癒しないことはありませんでした。得志はいつもその針を柱の中に隠しておりましたが、後に虎がその柱を折り、針を取って逃げ去りました。高麗国は得志の帰国を願う気持ちを知って、毒を与えて殺してしまいました」と。

鞍作得志が「虎」から学んだ秘術は、枯山や黄土など外物を変化させることができた。しかし、人を動物に変える術は、ここには明示されていない。

得志の死によって、虎の妖術は日本には伝わらなかったようであるが、この話が示すように様々な術道の起源は大陸にあり、朝鮮半島を経由して日本にもたらされた。遡って、同じ『日本書紀』の巻二二・推古天皇一〇年（六〇二）の記事には、「冬十月、百濟僧觀勒來之。仍貢暦本及天文・地理書、并遁甲・方術之書也。是時選書生三四人、以俾學習於觀勒矣。（冬十月、百済の僧の観勒が来朝した。そして暦の本・天文地理の書物、それに遁甲［陰陽の変化に乗じて人目をくらまし、身体を隠して凶を避ける術］・方術［養生・医薬・卜筮などの道術］の書物を併せて献納した。このとき書生三、四人を選んで、観勒について学ばせた。）」という。『古今著聞集』巻七・術道の序文は、「術道、一にあらず。その道まちまちにわかれたり。推古天皇の十年、百済（くだら）の国より暦本・天文・地理・方術書を奉りてよりこのかた、道をならひ伝えて、今にたゆる事なし。その中に、秘術験（げん）をあらはして、奇異多く聞ゆ。くはしくしるすにいとまあらず」と記し、この推古朝の出来事を、諸術の日本における起源としている。

この他に、中国の民間道教や神仙思想なども早く日本に渡来し、古代の人々に大きな影響を及ぼした。(1) 公式・非公式の様々なルートによって流れ込んだ、この民間宗教とそれに伴う術道は、仙薬の製法や養生法については国家にも歓迎されたが、符禁呪術は左道あるいは鬼道などと称され、律令時代しばしば弾圧を受けている。たとえば、七九七年成立の『続日本紀』巻十・聖武天皇天平元年（七二九）夏四月の条には、次のような厳しい禁令が見える。

内外文武百官及天下百姓、有學習異端、蓄積幻術、壓魅呪咀、害傷百物者、首斬、從流。如有停住山林、詳道佛法、自作教化、傳習授業、封印書符、合藥造毒、萬方作怪、違犯勅禁者、罪亦如此。

内外の文武百官及び天下の庶民のうちに、異端を学んで幻術を内にたくわえ、厭魅（まじない）や呪咀をして人や物を害する者があれば、首謀者は斬罪、共謀者は流罪とする。もし山林に留まり住んで偽って仏法と称し、自ら教えて業を伝授し、書符（道術の呪文を記したふだ）を封印し、薬を調合して毒を造り、様々な怪異をなして勅禁に違反する者があれば、また同罪とする。

もっとも、この禁令の厳しさは、それを信じ行う者が跡を絶たなかったことを逆に示すものであろう。こうして外国渡来の諸術は、公認のものから非公認の邪術までを含めて、説話集にその素材を提供することとなった。先に挙げた『古今著聞集』の「術道」には、当時の宮廷文化の精華とも見なされた、公認の陰陽道・人相見・占い・医術などにまつわる六話が収められている。しかし、「秘術験をあらはして、奇異多く聞ゆ」という前置きに比してその数は少なく、術の内容も変身に関わるものは見られない。著名な陰陽師安倍晴明やその長男の吉平の術も、ここでは瓜の中に潜む毒蛇を見つけたり、地震を予知したりと、いささか地味な印象を拭えない。(2)

仙術の類については、大江匡房（一〇四一—一一一一）『本朝神仙伝』が多くの話を載せる。しかし、この書が伝える日本の仙人（その過半数は仏教の僧侶）の術は、天空飛行、鬼神の呪縛や使役、瓶鉢を自由に飛ばす呪術などであって、中国の道教経典にあったような変身術（第三章第一節の「2　動物への変身」参照）は一例もない。[3]
ほかに、陰陽道や仙術とは異なる奇術の類もある。朝倉無声『見世物研究』などの考証[4]によれば、前漢武帝の時代に西域インドから中国に渡った散楽雑戯が日本に伝来したのは、聖武天皇の天平年代（七二九—七四九）のことであった。これを演ずる人々は呪師（のろんじ）と呼ばれ、奈良時代にはもっぱら朝廷公宴の場における余興であったが、平安時代になると洛京の巷街にも広まっていった。

「外術」と称されたその術の一端は、『今昔物語集』の記事から窺うことができる。たとえば、『捜神記』に載る徐光の話の翻案としてよく知られる、巻二八・本朝部の第四〇話「以外術被盗食瓜語（外術を以て瓜を盗み食はるること）」の植瓜の術など。変身術ということで注目してみると、巻二〇・本朝部の第九話「祭天狗法師擬男習此術語（天狗を祭る法師、男に此の術を習はしめむとすること）」がある。ここに載る京の下衆法師の術は、「履タル足駄・尻切（踵の部分が欠けた草履）ナドヲ急ト犬ノ子ナドニ成シテ這セ、又懐ヨリ狐ヲ鳴セテ出シ、又馬牛ノ立ル尻ヨリ入テ、口ヨリ出ナド為ル事ヲゾシケル」といったものであった。[5]履物を子犬にするのは変化の術ではあろうが、人を動物にする変身術のスケールはない。続く第一〇話「陽成院御代滝口金使行語（陽成院の御代に滝口金の使に行くこと）」に見えるのは、男子の陽物を取り去るという珍妙な術と、履物を子犬や鯉に変える術である。[6]結局のところ、人を動物に変身させる術としては、先に挙げた巻三一・第一四話の変馬の術以外には見当たらない。

この他、朝倉『見世物研究』には取り上げられていないが、大江匡房「傀儡子記」は、この時代の幻術雑技と、それを演じて世を渡った集団について記す貴重な資料である。日本思想大系『古代政治社会思想』（岩波書店、一九七九年）から、冒頭部分を引用しておく（一五八―一五九頁）。

傀儡子は、定まれる居なく、当る家なし。穹廬氈帳、水草を逐ひてもて移徙す。頗る北狄の俗に類たり。男は皆弓馬を使へ、狩猟をもて事と為す。或は双剣を跳らせて七丸を弄び、或は木人を舞はせて桃梗を闘はす。生ける人の態を能くすること、殆に魚竜曼蜒の戯に近し。沙石を変じて金銭と為し、草木を化して鳥獣と為し、能く人の目を□〔一字欠〕す。女は愁眉・啼粧・折腰歩・齲歯咲を為し、朱を施し粉を傅け、倡歌淫楽して、もて妖媚を求む。……

ジプシーのようなこの集団の出自については謎が多く、同書の大曽根章介補注によると、国内説・大陸伝来説・両者の融合説があるという（四四八頁）。大曽根氏自身は『高麗史』崔忠献伝の朝鮮白丁に関する記事「素無貫籍・賦役、好逐水草、遷徙無常、唯事狩猟（もともと本籍も賦役もなく、水や草の地を追い求めて絶えず移動をつづけ、ただ狩猟のみを仕事としている）」をさらに挙げ、大陸との関係を想定しながらも、「しかし日本にも古来類似の風俗があったと見ることもでき、又両者が融合して本書のような傀儡子が成立したと考えることも可能であろう」と、慎重な態度を崩さない。幻術の日本への伝播と流行を考える際には極めて重要でありながら、肝腎な点を押さえられないもどかしさが付き纏うが、変化・変身の術という観点からすれば、ここに見られる術も「草木を化して鳥獣と為し」といった小振りなマジックの域に留まっている。

鎌倉室町以降の幻術についても、先ずは『見世物研究』の説くところに拠ろう（一九―二六頁）。鎌倉期の「外術」の資料は乏しいが、室町戦国期に至ると「幻術」と呼ばれるようになり、有名な果心居士が現われる。見る者を震駭させたと言われる彼の幻術のなかには、変身の術もある。たとえば、松永弾正の病死した愛妻に化して現われた話（中山三柳『醍醐随筆』）、太閤秀吉の前で彼に捨てられ病死した女性を出現させ、それがもとで磔刑に処せられることになると、鼠に変じて鳶にさらわれ飛び去った話（恕翁『虚実雑談集』）など。[7]鼠への変身は、民間説話の「鳶と鼠」[8]にもつながるが、いずれにしても自らが変身する術である。これらの幻術は、桃山時代に耶蘇教徒の魔法と同一視されて厳禁となり、術中の平凡なもののみが演じられて、後世の手品の濫觴となったという。

続いて、安土桃山時代の幻術を記した資料として、作者不詳の『南蛮寺興廃記』（成立は江戸後期）がある。[9]『南蛮寺興廃記』は、明治元年（一八六八）に刊行された排耶書で、跋文には『切支丹根元記』なる書にもとづいてその大略を記したとある。記述に多くの誤りがあって俗書とされているが、幻術に関する数少ない貴重な資料であることに変わりはない。以下それらの術の内容を、南蛮寺の興廃と絡めて紹介しておこう。この文献は、『吉利支丹文庫』『史籍集覧』『日本思想闘諍史料』などに収録されているが、複製版『日本思想闘諍史料』（名著刊行会、一九六九年／初版は東方書院、一九三〇―一九三一年）の第一〇巻により、海老沢有道訳『南蛮寺興廃記・邪教大意・妙貞問答・破提宇子』（東洋文庫、平凡社、一九六四年）を参照した。

イスパニア（スペイン）の宣教師たちは、永禄一一年（一五六八）に渡来し、南蛮寺（織田信長が京都四条に建造し、さらに安土をはじめとする各地に建てられていった）を拠点に布教を始めた。彼らが用いた術のうちに、「三世鏡」という鏡を用いるものがある。これは見る者の未来の姿を映し出す宝鏡で、ある者は牛馬鳥獣の形、ある者は醜い不具の姿に見えたという。海老沢氏は、キリシタン教理にも典礼にもないこの「三世の鏡」を全くの創作とし、「これは仏教的輪廻思想による俗信の裏返しにすぎまい」と注記する（二八頁、注28）。確かに三世を映し出す鏡という発想は、仏教の輪廻思想に基づく話で中国の筆記小説類にも見られ[10]、フィクションの気配が色濃い。しかし、布教のための方便として、こうした類のマジックが利用された可能性も、全く排除することはできないように思われる。

なおこの魔法の鏡は、中村元『東西文化の交流』が紹介する、浄土宗の高僧幡随意（ばんずい）上人とキリシタンの首魁伴（はん）夢（む）との対決の話にも登場している。ここでは伴夢の取り出す鏡は、幡随意を牛の姿に映し出す。この邪術を打ち破って、幡随意は伴夢を仏教に改宗させるのであるが、詳しくは、『決定版　中村元選集　別巻2　東西文化の交流』（春秋社、一九九八年）の第五章「浄土教とキリシタンの対決」を参照（二五六―二五七頁）。話の出所は、喚誉『幡随意上人諸国行化伝』とある。

『興廃記』は続いて、南蛮寺で救済され入信した三人の日本人（彼等は梅庵・告須蒙・壽問の名を与えられた）が、布教活動に従事する傍ら、宣教師たちから「奇術」を伝授されたことを記している。その術とは、「手拭を以て馬と見せ、塵を虚空に投て鳥となし、枯木に花を咲せ、塊を寶珠とし、虚空に坐し、地に隠れ、俄に黒雲を出し、雨雪を降す」といったものであった。この記事も当然そのまま信用することはできず、海老沢注は「江戸中期以降の伴天連魔法観による作為であることはいうまでもない」と記す（三六頁）。ただ布教の際、人を驚かす何らかの奇跡が伴えば、それは極めて効果的だった筈であり、幻術に注目する立場からは、「三世鏡」と同様、全くの虚構と退けるには惜しい資料のようにも思われる。また、本国イスパニアから渡来した碩学、普留考務については、「爪より火を出して多葉粉を吸ひ、或は樹の上に烏杯すはりたるを見て馬をすゝむるに、其烏動かず。遂に其枝を手折て持に、烏不レ動して造付たるが如し。其外種々の幻術を作し奇妙の目を驚さしむ」と記される。

摩擦マッチ（塩化カリウムと硫化アンチモンを使用）の発明は一八二七年英国の薬剤師ジョン・ウォーカー、黄燐使用のエーテルマッチは一七八〇年頃フランスでといわれるが、爪から出る火でタバコを吸う術が薬品を使用したとすれば、あるいはその先駆けであろうか。

織田信長の庇護のもと、南蛮寺は前後十八年にわたって大いに栄える。しかし、天正一〇年（一五八二）本能寺の変による信長歿死の後、天正一三年（一五八五）、豊臣秀吉の禁令によって破毀される。梅庵・告須蒙・壽問の三名は追手を逃れて潜伏し、後に告須蒙は市橋庄助、壽問は島田清庵と名を改め、医師となって堺に住む。二人の奇術の評判が秀吉の耳に入り、天正一六年（一五八八）九月一四日、二人は御前で術を披露することになる。

その術の内容は、「大鉢に水を湛へ、紙を菱の如く切て水に浮ければ、忽魚と成て水中を游ぐ。或は懐中よりくはんじんよりを取出し、其端を口にて吹ば縄の大きさに成る時、御座敷へ投出せば大きなる蛇となる。又五穀を盆に入れ砂を蒔ば、小蟻の如く動き出て段々に成長し、花咲實る。又雞卵を掌を握て手を開けば、介を割り雛子と成て、見る内に鶏となり聲を發て啼く。又簾中より御庭に富士山を出させて見ばやと所望ありければ、暫く障子をさして外とへ出て、忽障子を開けば庭上に富士山出現ず。……」といったものであった。さらに、幽霊が見てみたいという秀吉の要望を聞き入れて、二人は一七日の夜、庭木の間に白衣の女を出現させる。ところがそれは、秀吉が嘗て手打ちにした菊という女性であった。二人は秀吉の不興を買い、妖術を使う南蛮寺の残党と疑われて逮捕され、一九日には、粟田口で磔刑に処されてしまった。

長くなったが、以上が『南蛮寺興廃記』の伝えるバテレンの幻術である。一読して明らかなように、告須蒙・壽問の二人の術は先の果心居士の話と同じところがあり、そのまま信用する訳にはゆかない。しかしこれによって、当時の人々が抱いた幻術のイメージを、具体的に知ることはできよう[11]。

江戸時代になると、キリシタンに対する厳しい弾圧の下、幻術の上演は邪教の魔術と見なされる危険を伴った。明和年間（一七六四―一七七二）には、京都で生田中務なる人物が幻術を使って捕らえられ、死罪となっている。この事件以降、幻術を使う者は途絶え、小規模な手品の類のみが演じ伝えられたという。こうして幻術は、小説や伝承の世界の中でのみ、人々の膨らむ想像力によって蘇る存在になったのである[12]。

したがって江戸期に関しては、『見世物研究』所載の資料に変身術を伝えるものはない。当時、人々を驚倒させた塩売長次郎の「呑馬術」は、馬への変身ではなく、馬を呑み込んでしまう術であった[13]。そこで、演じられた幻術の記事ではなく、怪異小説の類に人を変身させる術を求めてみると、たとえば、浅井了意『伽婢子』巻六の「長生の道士」の術がある。「千変万化」「飛行自在」の術を習得した、齢数百歳というこの道士は、若い女房たちを瞬時に老婆に変え、再びもとの姿に戻している。ただこの話は、すでに指摘されているように、唐の蘇鶚『杜陽雑編』巻下に見える「羅浮先生」の話に基づいており、しかも人を動物に変身させる術とは異なっている[14]。人を馬に変える術は、小枝繁『催馬楽奇談』（一八一一年）、曲亭馬琴『殺生石後日怪談』（一八二五―一八三三年）などに見える。しかし、これらはいずれも次節で見るように、「板橋三娘子」の幻術を翻案したものである。

小説のほかには、江戸中期に上方歌舞伎の世界で活躍した戯作者、並木正三の幻妖な作品が注目される。『惟高親王魔術冠』では、正邪入り乱れての魔術合戦が繰り広げられ、変身の術も見られるが、やはり術者自らが変身している[15]。他者を変身させる術としては、『嫗髪歌仙桜』[16]に、人を馬に変える草を使うものが登場するが、これは後で取り上げるように、『出曜経』のシャラバラ草の話から派生した、ヒッパラ草が出所となっている。結局、人を動物に変える術としては、「旅人馬」の口頭伝承の話群と、「板橋三娘子」の幻術あるいは『出曜経』系の変身の草を取り入れた、怪異小説や歌舞伎の数篇ということになる。

以上、日本の変身術について概観してみた。日本の幻術には、器物を小動物に変える術は見られるものの、人を動物に変身させる術は本来なく、また薬物や食物による変身という発想もなかったようである。そうしたなかに渡来した、『出曜経』のシャラバラ草や「板橋三娘子」の焼餅といった食物系の変身譚は、一体どのように受け止められたのであろうか。新たな興味を誘うこの問題についても、節をあらためての考察となろう。

(1)　日本の神仙思想については、下出積與『神仙思想』（吉川弘文館、一九九五年新装版、初版は一九六八年）、松田智弘『古代日本の道教受容と仙人』（岩田書院、一九九九年）などから知識を得た。
(2)　安倍晴明については、諏訪春雄『安倍晴明伝説』（ちくま新書、筑摩書房、二〇〇〇年）に、彼の使った術が表示されており（九八頁）、これを参照した。この時代を代表する陰陽師安倍晴明にまつわる伝説は多く、『今昔物語集』巻二四・本朝部の第一六話にも、呪術で数匹のガマガエルを押し潰した話などを載せる。しかし、その術は主として式神を駆使しておこなわれるもので、変身の術は見られない。なお諏訪氏は、晴明の術の話に、しばしば中国神仙譚の影響が窺われることを指摘している（九九—一〇三頁）。
(3)　『古事類苑』方技部九の仙術・幻術・奇術の項にも、変身術の古い例は見当たらない。ただ一例、『奇異雑談集』から引かれた「丹波の奥の郡に人を馬になして売し事」が見えるが、この文献は江戸初期のものであり、話の内容も後で紹介するように「板橋三娘子」の翻案である。
(4)　朝倉無声『見世物研究』（ちくま学芸文庫、筑摩書房、二〇〇〇年、初版は一九二八年）、および『見世物研究　姉妹編』（平凡社、一九九二年）所収の「観物源流考」は、この分野に関する古典的かつ代表的な研究である。他に、藤山新太郎『手妻のはなし　失われた日本の奇術』（新潮選書、新潮社、二〇〇九年）が近年上梓されており、併せて参照した。
(5)　京の下衆法師が使う外術のうち、「馬・牛ノ立ル尻ヨリ入リテ、口ヨリ出ナド為ル」術については、岩波新日本古典文学大系『今昔物語集』の小峯和明注（第四冊二三九頁、注三四）が指摘するように、「信西古楽図」にこれと思しき絵図があり、

「入馬腹舞」と題されている。

この古図は、筆者・成立年代ともに不明ではあるものの、平安初期の楽器・唐舞・散楽雑技を描いていて貴重な資料となっている。原本の存否は不明で、複数の写本が存在する。一九二七年に「日本古典全集」の一冊として、東京美術学校（現在の東京芸術大学）所蔵の宝暦五年（一七五五）写本の写真版が刊行された。その後、一九七七年に現代思潮社から「覆刻日本古典全集」が出版されており、これを参考にした。

馬や牛の腹中に人が出入りする、つまり狭く小さな中に大きな物を入れるマジックは、同じ原理を逆用すれば、人が馬や牛を呑み込む呑馬呑牛の術となろう。戦国時代の忍者飛び加藤や、江戸時代の奇術師塩売り長次郎が演じて見せたというこの幻術については、拙論「呑馬呑牛の術」（『横浜国大　国語研究』第二三号、二〇〇五年）を参照されたい。また、泡坂妻夫『大江戸奇術考　手妻・からくり・見立ての世界』（平凡社新書、平凡社、二〇〇一年）の四〇―四三頁、前掲の藤山新太郎『手妻のはなし』の九一―一〇三頁は、長次郎の「呑馬術」を取り上げ、種明かしも試みていて興味深い。

（6）この第一〇話は、『宇治拾遺物語』巻九にも「滝口道範、術を習ふこと」として収録されており、なかなか傑作である。よく知られた話ではあるが、あらすじを書き添えておく。

道範という滝口の武士がいて、陸奥の国（青森県）に遣わされた。下向の途中、信濃の国（長野県）で郡司の家に泊まって歓待されたが、彼の美しい妻に欲望を押え切れず、そのもとに忍んでゆく。ところが、いざという段になって自分の前を探ってみると、肝腎のものがない。仰天してこれまでの気持ちなぞ吹っ飛び、こそこそ逃げ帰ってきた。しかし、なんとも怪しいので、家来たちを一人ずつ、こっそり唆してみる。喜び勇んで出かけていった家来は、みな世にも訝しげな顔つきで、すごすごと帰って来る。どうも同じく不首尾に終わったようである。

翌朝、事は秘密のままにして出立すると、しばらくして郡司の家来が紙包を持って一行を追いかけて来た。中を開けてみると、なんと昨夜彼らが失った大切なものが、松茸のようにごろごろ入っていた。

さて旅の帰り、道範は再び郡司の家に立ち寄る。そして馬や絹などを贈った上で正直に打ち明け、郡司から術を伝授してもらう約束を取りつけた。一旦京の都に帰った後、あらためて信濃を訪ね、道範は術の修行に入る。その修行とは、川上からやってきたものに、それが何であれ抱きつくというものであった。最初に川上に現われたのは大蛇で、これには恐怖のあまり抱きつけない。次に現われた大猪に夢中で抱きつくと、それは三尺ほどの朽ち木であった。

こうして修行を終えた彼は、最初の失敗で目的の術を会得することは出来なかった。しかし、一寸した変化の術を授かって都に戻り、滝口の侍たちの沓を子犬に変えたり、古草履を三尺の鯉に変えて台盤に躍らせたりした。

（7）『醍醐随筆』巻下。『虚実雑談集』は未見。他に愚軒『義残後覚』、林義端『玉箒木』にも話が載る。果心居士の話は、ラフカディオ・ハーンも英訳しており、これは『夜窓鬼談』にもとづくという。平川祐弘編『怪談・奇談』（講談社学術文庫、講談社、一九九〇年）に日本語訳があり、『夜窓鬼談』の原文も資料として収められている。

『夜窓鬼談』は、幕末から明治にかけての漢学者石川鴻斎の著で、上下二巻からなる。上巻は明治二二年（一八八九）、下巻は明治二七年（一八九四）に東陽堂より刊行された。果心居士の話は下巻に見える。原文は漢文体であるが、現代語訳に小倉斉・高柴慎治訳注『夜窓鬼談』（春風社、二〇〇三年）がある。また、『新日本古典文学大系　明治編3　漢文小説集』（岩波書店、二〇〇五年）には、ロバート・キャンベル氏の校注で抄録されている（果心居士の話は、三〇七―三一二頁）。他に台湾で出版された王三慶・荘雅州・陳慶浩・内山知也主編『日本漢文小説叢刊　第一輯』（台湾学生書局、二〇〇三年）があり、その第二冊には全文を収録する。『夜窓鬼談』の諸本に関しては、池田一彦「石川鴻斎『夜窓鬼談』に係る二三の書誌的事項について」（『成城国文学論集』第二九輯、二〇〇四年）の論考がある。

当時知られた術者としては、果心居士のほかに、忍びの者として「鳶加藤」（「飛び加藤」とも）の通称を持つ、伊賀の国の住人加藤段蔵がいる。彼の術については、前掲の拙論「呑馬呑牛の術」で取り上げ、『甲越軍記』の一節を紹介したが、人を動物に変える術は使っていないようである。

『甲越軍記』の話に関連して付言しておくと、呑牛の術を見破られた飛び加藤が復讐に使う生花術（夕顔の花を咲かせ実を成らせ、その実を蔕から切り落とすと、樹上で呑牛術を見破った八助という中間の首が落ちる）は、中国に原拠を持っており、馮夢龍『三遂平妖伝』第二九回に同様のシーンが見られる。弾子和尚（蛋子和尚）に術を邪魔された杜七聖が、仕返しのために生花術で成らせたヒョウタンを切り落とすと、和尚の首が転がり落ちる。とすれば『甲越軍記』は、やはりフィクションの要素をかなり織り込んだ軍記物ということになる。

果心居士や飛び加藤については、前掲（注5）の泡坂妻夫『大江戸奇術考』が、「第一章　奇術前史」で面白く紹介している。その中で、居士が自分の顎を撫でると大顔になったり、全く別の人相になってしまう術があるが、これも自身の変化で他人を変身させるものではない。

なお、司馬遼太郎の小説にも「果心居士の幻術」「飛び加藤」がある。このうち後者には、資料として『甲越軍記』『近江輿地志略』および『名全記』の名が挙げられている。ただ、『名全記』がどのような文献なのか分からない。示教を待つ。

(8) 稲田浩二・小澤俊夫編『日本昔話通観』全二十九巻（同朋舎出版、一九七七―一九九八年）に、東北から九州にわたる諸話が採録されている。一例として、長崎に伝わる話のあらすじを紹介しておく（第二四巻、五八六頁）。

　化けるのが上手な男が二人、互いに馬と博労に変身する。馬に化けた方が売られて逃げ帰り、金を儲けるのである。しかしある時、逃げ損ねて捕えられ、打ち首ということになった。その男は刑場で高い竿を見て、最後の願いに登らせてくれと頼む。許しが出ると、男は鼠に化けて竿の上に登り、チュウチュウと鳴いた。すると（もう一人の男が化けた）一羽の鳶が、鼠を銜えて飛び去ってしまった。

『グリム童話集』の「どろぼうの名人とその大先生」（KHM68）に対応する話で、ここには馬への変身術が見られる。しかし、やはり自らの変身である。

(9) 『南蛮寺興廃記』は、泡坂妻夫『大江戸奇術考』に紹介されている（「第二章　放下と幻術」四三―四四頁）。

(10) たとえば『太平広記』巻二八五・幻術部「宋子賢」に、隋の時代この人物が鏡に来世の姿を映し出す術を使い、人々を惑わせ反乱を企んだ話が見える。出典は唐の竇維鋈『広古今五行記』。

(11) 荒俣宏『本朝幻想文学縁起』（工作舎、一九八五年／集英社文庫、集英社、一九九四年）の「吉利支丹打拂ひの事」によれば、同じ話が『切支丹宗門来朝実記』にも載る。（同書は著者未詳で江戸中期末期の写本が伝わる。『続々群書類従12・宗教部2』に収録されている。）しかし、海老沢氏によるとこの殉教の記事は、当然記載されるべき教会側の資料に見えないとのことである（七二頁、注79）。

(12) 江戸時代の幻術に関しては、柳原紀光『閑窓自語』（『日本随筆大成』第二期八巻所収）の「奇術士語」の一文が参考になろう。果心居士から説き起こし、宝歴（一七五一―一七六四）の頃の奇術士生田某を紹介した後、柳原は次のように述べる。「いつかたにても、奇術は制禁の事ゆへ、ひそかにをこなふといへとも、奇妙にいたりてはをのつから、人口に膾炙する也。をよそ邪法にさまさまの名あり。いぬかみ　とうへう　いつな　きつね　木偶人　幻術　魔法など也。少々の術士は時々ありといへとも、奇術士はまれなる事なるへし」（巻下）。

(13) 塩売長次郎の呑馬術については、注5に示した文献を参照。

(14)　巻三の「鬼谷に落て鬼となる」では、儒教を信奉して仏教を罵った主人公が地下の世界に落ち、鬼たちに手足を引き伸ばされたり団子のようにつくねられたりした挙句、鬼に変形されて地上界に戻される。『太平広記』幻術部の「中部民」（前章第二節の『カター』『千一夜』系の項を参照）の変形を思い出させる話であるが、これも明の瞿佑『剪灯新話』巻四「太虚司法伝」がもとになっている。（『伽婢子』は翻案小説集であり、『剪灯新話』など中国の小説を原拠としている。）なお、山岡元恕『古今百物語評判』巻五には「仙術幻術の事」の一文が見られるが、これは飛行・隠形・縮地・呑刀・吐火などの術の虚妄を説いたものであり、人を動物に変える術は、そのなかには挙げられていない。『古今百物語評判』は太刀川清校訂『続百物語怪談集成』（叢書江戸文庫、国書刊行会、一九九三年）、須永朝彦編訳『日本古典文学幻想コレクション　3』（国書刊行会、一九九六年）、朝倉治彦編『仮名草子集成』第二九巻（東京堂出版、二〇〇一年）に所収。

(15)　『惟高親王魔術冠』は、『歌舞伎台帳集成』第二〇巻（勉誠社、一九九〇年）に収められている。ほかに須永朝彦編訳『日本古典文学幻想コレクション　2』（国書刊行会、一九九六年）に、抄訳が載せられていて便利である。同氏の『日本幻想文学史』（白水社、一九九三年）も参考になった。

(16)　『歌舞伎台帳集成』第一六巻（勉誠社、一九八八年）所収。

二　日本の変驢変馬譚と「板橋三娘子」

1　「応報譚」系

日本の変身譚と変身術について概観したところで、先ずはその大多数を占める、因果応報・輪廻転生の変身譚から取り上げてゆくことにしよう。前世の罪業によって様々な動物に生まれ変わる転生譚のなかでは、景戒の『日本国現報善悪霊異記（日本霊異記）』（八二三年頃）所載の話群が最も早い資料である。そこには蛇・狐・犬・猿さらには牛と、様々な転生の物語十余話が収められている。ただし、ここで取り上げるべき驢馬あるいは馬の姿は、まだどこにも見られない。

中国の転生譚に特徴的であり、驢馬や馬の登場も頻繁だった畜類償債譚は、この『日本霊異記』のなかでも六話(1)と際立って多い。しかし、それらは全て例外なく、牛への転生となっている。たとえば、上巻の第一〇話「偸用子物作牛役之示異表縁（子の物を偸み用ゐ、牛と作りて役はれて異しき表を示しし縁）」は、次のような内容の話である。

大和の国（奈良県）添上郡山村の里に、むかし椋の家長の公という人がいた。前世で犯した罪を悔い改めようと思い立った彼は、召使いに「どなたでもよい、最初に出会った坊様をお連れ申せ」と言いつけた。

そこで召使いは、道を歩いている一人の僧を招いて家に連れ帰った。

その夜、法会が終わって就寝の際、主人は僧侶に手厚く布団を掛けた。僧は、「明日仏事の布施をもらうよりは、この布団を盗んで逃げたほうがましだ」と、ふと思った。すると、とたんに声がして、「その布団を盗んではいけません」という。驚いてあたりを見回したが、誰もいない。ただ牛が一頭、倉の下に立っているだけであった。僧がそばに近づくと、牛は言った。「私はこの家の主人の父親です。前世で、人に与えようとして、子どもに無断で稲十束を盗みました。そのために今は牛に生まれ変わって、罪の償いをしているのです。あなたは出家の身でありながら、なぜ盗みなぞしようとなさるのですか。もし話の真偽を確かめたければ、私のために座を設けて下さい。私はそこに坐りましょう」と。

翌朝、僧は人々に昨夜のことを詳しく話した。主人が藁を敷いて座を用意し、牛に語りかけると、牛はその上に膝を曲げて臥した。親族の人々は声をあげて泣き、牛に礼拝し、「前世でお使いになった稲十束のことは、お許し致しましょう」と言った。これを聞いた牛は、涙を流して大きなため息をつき、その日の午後に死んでしまった。


畜類償債譚に登場する動物に牛が多いのは、中国においても見られた現象であり、仏典の影響によるところが大きいと考えられる。しかし、『日本霊異記』が示す極端な集中化には、それだけでは説明のつかないところがあろう。驢馬や羊を持たず、食肉用の豚などもなかった日本においては、中村禎里『日本人の動物観』も指摘するように（九九―一〇〇頁）、家畜といえば牛か馬に限られた。しかも軍事・乗用が中心であった馬に対して、牛は犂耕・運搬などの、より過酷な労役に専ら使われていた。[2] したがって、転生して苦役する動物として、仏教説話とオーヴァーラップして人々の脳裏に浮かぶのは、先ずは牛だったのであろう。

『日本霊異記』の畜類償債譚について、もう少し説明を加えておくと、子の物を盗んで家畜に転生する話としては、ほかに中巻の第一五話「奉写法華経因供養顕母作女牛之因縁（法華経を写し奉りて供養することに因り、母の女牛と作りし因を顕しし縁）」がある。これは高橋連東人の母親が、子の物を盗んで牛に転生し償債していることを、法会にやってきた僧が夢のなかで知るというものである。また、上巻・第二〇話「僧用涌湯之薪而与他作牛役之示奇表縁（僧の湯を涌す薪を用ちて他に与へ、牛と作りて役はれ、奇しき表を示しし縁）」、中巻・第九話「己作寺用其寺物作牛役縁（己に寺を作りて、其の寺の物を用ゐ、牛と作りて役はれし縁）」、中巻・第三二話「貸用寺息利酒不償死作牛役之償債縁（寺の息利の酒を貸り用ゐて、償はずして死に、牛と作りて役はれ、債を償ひし縁）」の三話は、寺の物品の盗用が牛への転生の原因となっている。いずれも中国の畜類償債譚との深いつながりを示す内容であり、類似点が目立つ。

ただ私たちは、日中の償債譚の相違点についても、見逃してはならないであろう。強い類似性を持ちながらも、『日本霊異記』の六話(3)には、中国の畜類償債譚が好んで用いたパターンが脱落している。それは、家畜が死んだ時点で金額を数えてみると差引ゼロであったという、あの筋書きである。そもそも『霊異記』六話で語られているのは、いずれも物品の盗用や貸借などであって、金銭やその貸借額は話の表面に登場してきていない。後の説話には金額に触れる例も見られない訳ではないが、中国で好まれた負債金額を中心に据える展開は、日本の畜類償債譚においては一貫して現われることがない。「欠債還銭」の格言を持つ中国と、金銭の話題を避けようとする日本。ここには、金銭に対する生活感覚上の違い（おそらくそれは現代にまで通じていよう）が現われているのではないだろうか。

さて、このように蛇や牛への転生が中心を占めるなかで、驢馬・馬が応報償債の思想とともに文献に現われるのは、源信『往生要集』（九八五年）である。巻上、大文第一・厭離穢土・第三の畜生道に、次のような一節がある。（岩波「日本思想大系」の訓読文による。三二一―三二二頁。）

…象・馬・牛・驢・駱駝・騾等の如きは、或は鉄の鉤にてその脳を斲られ、或は鼻の中を穿たれ、或は轡を首に繋ぎ、身に常に重きを負ひて、もろもろの杖捶を加へらる。ただ水・草を念ひて、余は知る所なし。…（中略）…愚痴・無慚にして徒らに信施を受けて、他の物もて償はざりし者、この報を受く。

こうして登場した驢馬と馬であるが、このうち驢馬は中国の場合と異なり、以後も日本の畜類償債譚に現われることがない。(4) これには実は理由がある。梶島孝雄『資料　日本動物史』（八坂書房、二〇〇二年）によれば、日本に驢馬が渡ったのは、推古天皇七年（五九九）秋九月が最初のことである。(5) しかしその後、牛や馬に圧倒されて、移入や繁殖が起こる機会もなかった。元禄九年（一六八八）刊行の宮崎安貞『農業全書』巻一〇には、「驢馬と云ふ物は此國にはもとよりなし(6)」とある。明治になっても、馬匹改良のため、一般には驢や騾の輸入は禁じられていたという。

このように日本では「奇畜」でありつづけた驢馬は、応報譚・償債譚に姿を現わすことがなかった。一方、馬の畜類償債譚は、『今昔物語集』に至って初めて登場する。巻九の震旦部の「震旦隋代人、得母成馬泣悲語第十七（震旦の隋の代の人、母の馬と成れるを得て泣き悲しめること第一七）」であるが、実はこれは、前章で紹介した唐臨『冥報記』の話に外ならない。日本に棲息しないロバは、ここでは馬に取って代わられたのである。なお

『今昔物語集』には、他に六例の畜類償債譚が見えるけれども[7]、いずれも牛への転生であり、『日本霊異記』以来の特徴は変わらない。応報転生譚全体を見渡しても、際立って多い蛇[8]に続いて牛という順序になり、馬の場合は、仏教の利益による人への転生を語る二話が加えられるに過ぎない[9]。

なお、『日本霊異記』と『今昔物語集』の転生譚全般にわたっては、小松和彦「輪廻転生譚をめぐって[10]」に、興味深い指摘がある。氏は二つの説話集の転生譚を比較し、転生して罪を償った後の、「来世」についての記載が前者になく、後者に至って極楽浄土や天界への転生として現われることに注目する。そして、この違いを平安中期の浄土教の普及と絡めて読み解こうとする。つまり、『日本霊異記』の転生譚に「来世」の記載がないのは、前世の罪を現世で償うという因果応報思想に専ら力点が置かれており、「救済」の観点が備わっていないことからくる。この背後にある三世（前世―現世―来世）観は、「この世」（地上）で繰り返される時間軸上の転生であって、空間軸上の「異界」（天上）は考慮に入れられていない。一方、『今昔物語集』の転生譚が、極楽や天界への転生つまり「成仏」を描き出すのは、果てしなく続く「この世」での転生に終止符を打つ、浄土教の救済思想に立っているからである、と。前章で見たように中国の転生譚、殊に畜類償債譚においては、償債後の人間への転生自体が救済を意味したことを考えると、ここには、日中両国の仏教思想に関わる、大きな問題が潜んでいるように思われる[11]。

話題を再び馬に戻すと、『今昔物語集』に続いては、鎌倉初期成立の平康頼『宝物集』七巻本の巻二に「或は生驢中の心を」と題して、前大僧正覚忠義の次のような和歌が載っている。

前の世に法をやあしとそしりけん難波堀江にあさる春駒

歌題には「驢」とあるけれども、それは『成実論』などの仏典を意識したもので、作者が目にしているのは「春駒」、つまり馬である。

然したる出来映えとも思われないこの歌については、資料として確認するに止め、他に目を移してみよう。『今昔物語集』以後の説話集においては、どのような話に出会うことができるのであろうか。

一二、三世紀成立の説話集には、馬にまつわる転生譚は意外に見当たらない。撰者不詳『古本説話集』（平安末―鎌倉初）、源顕兼『古事談』（一二一二―一二一五年）、鴨長明『発心集』（一二一六年以前）には、馬への転生の話はない。[12]『宇治拾遺物語』（一三世紀前半）の転生譚も、蛇や羊あるいは鯰など[13]で、馬は登場しない。償債譚には、巻四の「薬師寺別当ノ事」、巻九の「大安寺別当ノ女ニ嫁スル男夢見ル事」があるが、動物への転生は見られない。前者は、寺の米五斗を借りて返済しなかったため、臨終に当たって火の車の迎えが来る話、後者は、女のもとに忍んで通っていた僧が、昼寝の夢のなかで、寺物を私用した妻や僧たちが溶かした銅を飲まされるのを目撃する話で、いずれも『今昔物語集』に収載されている。

一三世紀に成立した説話集について、もう少し調査の範囲を広げてみると、馬への転生を含む話がやっと現われる。たとえば、慶政『閑居友』（一二二二年）巻下の「唐土の人、馬・牛の物憂うる聞て発心する事」の冒頭は、中国の或る長者が、畜生の身となったことを嘆く牛と馬の会話を聞いて発心するという話で始まる。ただこれも、小島孝之校注（岩波「新日本古典文学大系」四三三頁）が指摘するように、元の雑劇「龐居士誤放来生債」がもとになっている。（この雑劇については、前章第二節の「応報譚」系の項ですでに触れた。注14を参照。）

そうしたなかで、橘成季『古今著聞集』（一二五四年）の巻二〇「阿波国知願上人の乳母の尼、死後化生して馬となり、上人に奉仕の事」は、一風変わった、しかも日本独自の馬への転生譚である。あらすじを左に記しておこう。

阿波の国に智願上人という高僧がいた。乳母であった尼が亡くなった後、上人は思いがけなく一頭の馬を手に入れた。この馬は悪路や河川にも危なげなく、急ぎの際は鞭を当てずとも早く、のんびりと思えばゆっくりと、まるで心の内を読み取るかのように歩んでくれるのであった。何かにつけて重宝していた馬だったが、しばらくすると死んでしまった。上人が惜しみ嘆いていると、これとそっくりな馬がまた現われた。そこで大切にして乗り歩いていると、あるとき一人の尼に霊が取り憑いて次のように語った。

「私は上人の乳母だった尼です。上人様のことを思う余り、馬となって久しく背にお乗せし、露ほども御心に違うことはございませんでした。やがて馬としての生を終えましたが、上人様のことをなお忘れがたく思い、また同じ姿の馬となって、今もお仕え申しあげているのでございます。」

上人はこれを聞き、常々不審であった点について、そうかと思い当たった。それにつけてもあわれに感じられ、堂を建て仏像を作って乳母の菩提を弔い、この馬を大切に飼い置いたのであった。

執心の深さゆえ二度も馬に転生したこの事件は、建長（一二四九―一二五六年）の頃に起きたという。愛執によって動物に生まれ変わる話は日本の転生譚に特徴的で、たとえば愛欲や物への執着による蛇への転生、(14)花や樹を愛する余りの虫への転生(15)など、様々な説話が残されている。右の話も、そのような話群を背景に成立したものと考えられる。しかしそれにしても、仕えた相手を思う余り二度も馬になるというのは珍しく、他に例を知らない。

このほか、無住『沙石集』（一二八三年）の巻七に見える「祈請して母の生所を知る」が、馬への転生譚である。これもあらすじを示しておこう。

京都に貧しい母と娘がいた。都に住み続けることができなくなり、縁をたよって越後の国に下向して生活した。しかし生まれついての宿命で、どこに住んでも貧しかった。

この娘は、以前京に住んでいた念仏者と連れ合いになったが、余りの暮らしぶりに彼は、今一度京に上って暮しを立てようと娘を誘った。母との別れを嘆いて承知しない彼女を幾度も説得し、はては母親からも諭してもらって、二人は上京した。しかし、娘は明け暮れ母のことばかりを口にして泣いていた。

音信不通のまま時が流れた。娘は清水寺に参詣をかさね、「母のことを、生死だけでもお教え下さい」と祈った。すると夢に仏のお告げがあった。「お前の母は、お前との別れを嘆くうちに、病にかかって亡くなった。筑紫人の某の栗毛ぶちの駄馬に生まれ変わって、今は京にいる」と。そこで早速訪ねてみると、某は確かにそういう馬を飼っているという。泣く泣く事情を打ち明け、馬に会わせてもらうことにしたが、折悪しく前日その馬は鎌倉へ連れてゆかれたところであった。憐れんだ某は、急ぎの使いを下向させ、馬を連れ戻させることにした。使いの者は近江国の四十九院という宿で追いつき、帰ろうとしたところ、馬が急病で死んでしまった。使いは驚いたが、空手で帰っては何の証しもない。そこで馬の頭を切って帰京した。

娘は、馬の食物などを心をこめて準備し、今日か明日かと待ちわびていた。しかし、馬の頭を見ると、それを袖で覆って声を限りに泣いた。まわりの人々は、他人のことながら袂を絞るほど貰い泣きした。娘はこの頭を持ち帰り、墓を建てて供養した。

この哀切な話の中では、母親の馬への転生の理由は明らかにされていない。しかし、無住は続けて「人の親の子を思ふ痴愛の因縁によりて、多く悪道に堕ちて苦を受くる」と述べ、子を思う盲愛の結果と説明している。愛執による動物への生まれ変わりという、日本の応報転生譚に特徴的な思想が、ここにも覗くように思われる。一方、娘の親を思う心情については、彼は「この女人は孝養の心深くして、仏に祈りて先生の親の事を知れり」と称賛の言葉を贈っている。一切の恩愛の情を断つ仏教本来の思想からすれば矛盾であろうが、「孝」と結びつくことによって、こちらは肯定されるのである。「孝」との結びつきは、次項で見る『出曜経』系列の中世説話に顕著であり、そこにはおそらく通底するものがあろう。

なお『沙石集』には、二話の償債譚が収められている。しかし、一話は亡父が子の夢枕に立ち、生前の借物の返済を頼むもので、動物への転生は伴わない（巻七・第五「亡父夢に子に告げて借物返したる事」）。いま一つは、犬が主人の夢の中で、「負債を取り返そうとやって来た。あと米一斗の貸しがあるので、それを食べ尽くさないうちは、どこへも行かない」と告げる話（巻九・第一〇「前業の報ひたる事」）。債主が動物になる逆パターンの償債譚で珍らしいが、馬や驢馬はやはり登場しない。

『今昔物語集』震旦部の「震旦隋代人、得母成馬泣悲語」以降、馬の畜類償債譚が登場するのは、管見の限りでは虎関師錬『元亨釈書』（一三二二年）を待たねばならない。巻二九の拾異志に、次のような話が見える。（『新訂増補　国史大系』吉川弘文館、一九六五年による。第三一巻四三六頁。）

仁和中、常州飛鳥貞成、其家富贍。篤信三寳、嘗撰能筆翰者百人、於金光明寺書百部法華經。如是十回。已成千部、設法會慶讃、延東大寺延喜法師爲講師、其日供施亦盛。已而貞成逝。其孫春澤除州之掾、到任。

驛亭廐中有駮馬、背成文曰、飛鳥貞成。春澤驚見、以稲千束買此馬。歸宅敬豢。一夕夢、貞成曰、我償債爲驛馬。春澤夢中問曰、千部妙經其功許多、何至於此。對曰、我生平善悪並造、善悪之報亦各別受。今先悪報、而我以經力、後必生天。我命又不久耳。夢後春澤冩經、助貞成薦。不旬日、其馬自斃廐中。

仁和（八八五―八八九）年間のこと、常州（常陸の国、茨城県）飛鳥の貞成は、家が裕福であった。仏・法・僧の三宝を篤く信じ、能筆の者百人を選び、金光明寺に百部の『法華経』を書写させた。かくすること十度におよび、千部を完成させると法会を設けて祝い讃え、東大寺の延喜法師を講師として招き、その日、供養や布施もまた盛大であった。

さて貞成が逝去したのち、その孫の春沢は州の属官となって着任した。駅亭の馬屋のなかにまだら馬がおり、背の模様が「飛鳥の貞成」の字を成していた。春沢は驚き、稲千束でこの馬を買い、家に連れ帰って大切に飼養した。ある晩、夢に貞成があらわれて、「わしは償債のために駅馬となったのじゃ」といった。春沢は夢のなかで尋ねた、「千部の妙經の書写は功徳も大きいことと思われますに、何ゆえこのようなことになられたのでありましょうか」。すると答えはこうであった、「わしは平生、善悪をともにおこなったので、善と悪の報いをそれぞれ別に受けておるのじゃ。いま悪報を先に受けたが、経典のお力によって、後には必ず天界に生まれることになろう。わしの命はもう長くないぞ」。その夢の後、春沢は写経をして、貞成の成仏を助けた。すると十日と経たないうちに、その馬は馬屋の中で自ら斃れたのであった。

貞成の前世の悪業については具体的に示されておらず、その意味では、金銭や物品が絡む狭義の償債譚とは言えない。しかし貞成の台詞「我償債爲驛馬」が示すように、この話も償債の思想のもとに成り立っている(16)。

さらにこののち百年以上を隔てた資料となるが、玄棟『三国伝記』（一四四六年？）巻三の第一五話、「不動貴験事」も馬となっての償債譚である。こちらはあらすじを紹介しておく。なお語釈は、池上洵一校注『三国伝記・上』（三弥井書店、一九七六年）によった（一八三―一八四頁）。

さほど遠くない昔、東国の受領であった人物が上洛の際、奥州の平伊郡（正しくは閇伊郡、岩手県）で額部立（糠部の館の意か。ぬかのぶは、岩手郡・閇伊郡以北の汎称）の馬数百頭を獲て旅を続けたところ、なかに一頭の黒馬がいた。長旅のあいだ荷を背負わせたけれども、他の馬のように疲れることもなく、肥え太っていた。馬主は不審に思い、力の強い馬であろうと考えて一層重い荷を運ばせた。

ある夜、その馬が夢のなかで主人の前に現われ、不動明王の真言を唱えた。主人がそのわけを尋ねると、馬は答えて、「前世は僧侶として不動尊に仕えながら、信者の布施を多く受け取った罪業で馬となりました。ただ、真言を唱えることは、宿世の縁で忘れたことはございません。馬となって重荷を背負っておりましても、不動尊が荷を持ちあげて助けて下さるので、苦しむこともなく太っているのです。明日どうぞよく御覧下さい。私の体は荷物の重みを受けておりません」と言う。

夢から覚めた主人は、翌日この馬が荷を負っているのを何気なく見た。すると、馬の背から四寸ほど離れたところに、荷物は浮いていた。主人はこれに気づいて思わず涙を流し、その後は荷を負わせず、この馬を大切に飼ったという。

こうして近世以前の馬への転生譚を通覧してみると、数としては意外なほど少なく、中国の多様さには比べるべくもない。中国の転生譚の紹介あるいはその強い影響下から脱して、独自の物語となっているものもあるが、単発的な状態に留まっており、話群を形成するまでには至っていない。

因果応報による馬への転生、あるいは変身の話を多く載せるのは、江戸初期の『因果物語』である。著者の鈴木正三は、かつては関ケ原・大阪城にも出陣した家康配下の武士で、後に出家し、二王（仁王）禅の開祖となった異色の経歴を持つ。万治（一六五八―一六六一年）頃刊の平仮名本、寛文元年（一六六一）刊の片仮名本の二系統を持つこの仮名草子には、応報の理による様々な動物への転生・変身譚が収められており、馬の話は、最も多い蛇に次いでいる。いま収録話数にまさる片仮名本を例にとってみると、蛇への転生ないしは変身が十二話で、馬は八話、牛が四話の順となる。そのうちに含まれる畜類償債譚は三話で(17)、すべてが馬への転生である。いずれも典型的な話で新味には乏しいが、それはこの説話集が、唱導のための実話集として編まれたところからくるものであろう。他の五話(18)で目立つのは、馬の殺害・虐待などの罪業のため、馬の真似をして狂死する、といったパターンである。これ自体は中国にもよく見られる話であるが、正三は一話の中で、狂死を「馬ニ付(ツカ)レ」ためと説明している。動物の霊の憑依という解釈が応報譚に入るのも、日本的な特徴と言えよう。その話を左に挙げておく(19)。

三州野田(シウノタ)ノ。中村(ナカムラ)ト云処(トコロ)ニ。太郎助(タラウスケ)ト云者(イフモノ)。若(ワカ)キ時(トキ)、馬(ムマ)ノ喰合(クラヒアフ)ヲ。鎌(カマ)ニテ敲放(タヽキハナ)ス、トテ。鎌(カマ)ヲ馬(ムマ)ノ背(セナカ)ニ打込(ウチコミ)。馬(ムマ)ヲ殺(コロシ)ケリ。

彼者(カノモノ)、四十五十ノ時(トキ)。馬(ムマ)ニ付(ツカ)レ煩(ワヅラヒ)。馬屋(ムマヤ)ニ入(イリ)テ。馬(ムマ)ノ如(ゴトク)ニ鳴(ナキ)。カベナドカブリ。雑水斗(ザウミヅバカリ)ヲ呑(ノミ)、狂死(クルヒシニ)ケリこうして馬は、日本の応報転生・畜類償債の物語のなかで、やっと多数を占める地位を獲得した。しかし、馬への転生譚が賑わいを見せたのは、小説集においてはこの『因果物語』一書のみだったようである。堤邦彦『江戸の怪異譚』(ぺりかん社、二〇〇四年)によれば、江戸期の主要な仏教説話集や奇談怪談集から探し出せる馬への転生譚は、むしろ意外なほど少ない[20]。仏教説話が質的転換[21]を迫られ、怪異譚が隆盛を迎える近世においては、単に馬への転生譚に限らず、動物への応報転生譚全体が中世に見られたような存在感を失ってゆく[22]。そうした流れの中にあって、『因果物語』は、いわば転生譚の掉尾を飾る仏教説話集だったのである。

この時期、他に比較的知られた話としては、中村某『奇異雑談集』(一六八七年)巻三所収の「越中にて人馬になるに尊勝陀羅尼の奇特にてたすかりし事」がある。資料的にも興味深い内容を持つので、左にあらすじで紹介しておくことにする[23]。

むかし正道(自力で修業し現世で悟りを開く宗門、聖道門)の僧七人が連れ立って北国へ下った。越中の国(富山県)の広い野原をゆくと、野中に古い門があり、昼というのに一天俄かにかき曇って、夕方のようになった。皮衣を着た男が一人、門から出て呼びかけるので、みなその中に入った。すると奥から主の老人が現われ、七人の一人を指さして、「この僧に轡をはめよ」という。男が轡を持ってその僧にはめると、すぐに馬に変じて断き跳ねた。残りの僧たちはこれを見て、「越中の国には地獄道・畜生道があると聞いていた[24]が、ここはまさしくその畜生道だ」と、驚き慌てふためいた。尊勝陀羅尼を誦えれば来世に馬に生まれることがないと聞いていたので、それぞれ一心にこれを誦えた。老人も男もそれを静かに聞き入る様子なので、さては馬にする気はないのだと思い、門から逃げ出した。

一町ばかり行くと、先の男がまた呼ぶ。これはとても逃げおおせられないと観念し、みな戻ることにした。すると老人が出てきて、「ただ今の尊勝陀羅尼は、近ごろ殊勝なこと。その布施として僧をお返し申す」と言い、彼をもとの姿にして返してくれた。六人は大喜びし、「一体どういう訳なのでしょうか」と尋ねると、老人は言った。「この僧は備中の国（岡山県）の吉備津宮の神主の息子で、親は長らく鉄の商売に手を染めておった。毎日馬に重荷を載せて酷使し、憐れむ心を少しも持たなんだ。しかし、その因果に与ることがなかったので、子に報いたのじゃ。長く畜生になるべきところであったが、尊勝陀羅尼の功徳によって、僧の姿に戻して返すこととなった。同道して行け」。そう言い残して立ち去ると、門も老人も男も忽ち消え、空は晴れ日は高かった。足腰も立たなくなったその僧を代わる代わる背負って、彼の素姓を尋ねてみると、まさしく老人の言った通りであった。加賀の国（石川県）に温泉があり、そこで湯治して良くなることができたのであった。

前半は『今昔物語集』の四国の辺地の話とよく似ており、後半から逃竄譚とは別の展開となって、馬への変身の理由が明らかにされる。畜生道での生きながらの変身ではあるが、これも応報転生の物語に数え入れることができる。尊勝陀羅尼の効験が顕示されるところに、この説話の素姓が覗いていよう。また『奇異雑談集』の刊本に先立つ、写本の『奇異雑談』上巻には、同じ越中の国で旅人が馬になった話、馬にされるところを連れに助けられた話が記載されている。こちらには変身の理由が明示されていないけれども、やはり畜生道の伝承である。

さて、江戸期の文献上では数少ない馬への転生譚であるが、しかしそれは、この類の話が口頭伝承としても消滅しかけていたことを意味するものではない。というのは、今に伝わる昔話の中には、『日本霊異記』以来の伝承が、少なからず残されているからである。

稲田浩二・小澤俊夫編『日本昔話通観』に、「盗人と馬」のタイプ名（タイプ番号二七一）をもつ話群が見られる。[25]これは、盗みを働こうとする者に、前世の罪業で畜生道に堕ちた馬が話しかけて諭すというもので、青森・宮城・秋田・山形・岐阜・滋賀・沖縄などから、十余話が採取されている。動物は牛となっている場合もある（三例）が、多くは馬である。江戸中期以降の説話集や奇談怪談集では稀となった馬への転生譚は、このように民間の口頭伝承のなかで、依然として生き続けていたのである。

「盗人と馬」の外には、「宝手拭い」のタイプ名（タイプ番号二四）をもつ昔話があり、これも応報譚の一種で変身を伴う。話の内容は、旅の僧に施しをした女性が、僧からもらった手拭いで顔を拭くと美人になり、施しを惜しんだ女性がその手拭いで顔を拭くと馬面になったというもので、様々なヴァリエーションが見られる。（たとえば、馬面ではなく馬そのものに変身してしまう、猿になる、醜い顔になるなど。ただ、多いのはやはり馬面あるいは馬になる話である。また、手拭いではなく帯をもらい、その帯が蛇に変わる話もある。旅の僧は、しばしば弘法大師とされる。）この話は、青森から熊本にわたる全国的な分布を見せ、類話・参考話なども含めると、七十話近くが採取されている。[26]

こうしてみると馬と結びついた応報譚は、日本においては民間の伝承へと深く根を下ろし、近世初期には、牛に変わって[27]応報譚あるいは転生譚の典型として、人々の間に広く浸透していたようである。[28]そう言えば、芥川龍之介の童話「杜子春」でも、主人公の杜子春が地獄で出会うのは、畜生道に堕ちて「見すぼらしい痩せ馬」となった父母であった。

（1）六話のほか、景戒は序文においても「是に諾楽の薬師寺の沙門景戒熟世の人を瞰るに、才好くして鄙ナル行あり。…（中略）…或いは寺の物を貪り、犢に生れて債ヲ償ふ。（於是諾楽薬師寺沙門景戒熟瞰世人也、才好鄙行。…（中略）…或貪寺物、生犢償債。）」と、畜類に転生しての償債に触れている。彼の関心の高さとともに、日本においても寺物の盗用が跡を絶たなかったことを示していよう。

（2）市川健夫『日本の馬と牛』（東京書籍、一九八一年）一一―一四頁。ただ同書によれば、七世紀の日本においては、米や特産物の運搬に、馬も牛と同様に用いられるようになっている。また八世紀に中国から犂が輸入されると、水田の耕起は牛の仕事であったが、代かきには馬も用いられている。とすると、畜類償債譚の牛への集中化には、牛と馬の外貌や動作からくるイメージの差など、さらに他の要素も加味されるべきかも知れない。

（3）残る一話（巻下・第二六）は、貪欲な女性が現世で牛となる話である。寺物を借りて返済せず、酒を水増しして売ったり、升や秤を細工して不当な利益を得ていた彼女は、死後七日目に棺の中から上半身牛となって現われる。前章第二節の「応報譚」系の項で紹介した宋の廉布『清尊録』の話（病没した吝嗇な富農が、驢馬になって棺から飛び出す）と似ているが、現世での変身の話としては、こうした中国の資料よりも随分早く、その点注目される。

（4）もっとも、平康頼『宝物集』（鎌倉初期成立）巻五の不偸盗を説く段には、「昔、大聖世尊、たはぶれに阿耆達長者が麦をとりたまひし故に、五百世の中に驢の報をうけ、古、僑梵波提、手ずさみに路頭に落たりし粟をとりしが故に、多百生のあひだ牛の姿となりき」の一節があり、驢馬が登場している。しかし、この釈迦の転生譚はもともと日本の話ではなかろう。岩波「新日本古典文学大系」の小泉弘校注によれば、この話の出典は未詳となっている（二〇〇頁、注一）。しかし、後半の僑梵波提の牛への転生が『大智度論』等に見える話であることからしても、原拠は仏典と推測される。あるいは日本において創作された話であったとしても、仏典になぞらえ、そこからヒントを得ていることは確かである。

　また、玄棟『三国伝記』（一四四六年?）巻六の第一七話には、「隋朝王氏女驢ト生ルル事」と題する驢馬への転生譚が見えるが、これも唐臨『冥報記』から採録された話である。（『冥報記』のこの話は、前章第二節の応報譚の項で紹介した。）面白いことに玄棟は、この転生譚を原話に忠実に「驢馬」として書き起こしながら、中途からしばしば「馬」と表記している。馴染みのない「驢」は、やはり馬のイメージに重ね合わされていたのである。

　なお、この話を玄棟が「其ノ後ハ彼ノ子共、我カ母ニ孝シ奉ント云テ、其ノ馬ニ水草ヲ與フル事懇ナリ。遂ニ人ヲ勸進シテ寺塔ヲ立テ善事ヲ興シケレバ、馬忽ニ畜趣ヲ離レテ兜率天ニ生セリ」と結んでいる点も興味深い。（訓読文は、『大日本仏教全書』名著普及会、一九八三年復刻版を参考にした。該当箇所は第一四八冊の一五九―一六〇頁。）「孝」の要素が付加されているのは、日本における『出曜経』系列の話が、後に見るように孝子譚と結びついてゆく現象と軌を一にする。また生まれ変わる先が兜率天とされているのも、人間への転生を暗黙の前提とする中国の畜類償債譚には見られなかったものである。

（5）日本における動物の歴史については、梶島氏のこの『日本動物史』が膨大な資料に基づいて詳細である（ロバの項は六一六―六一七頁）。その説によれば、『日本書紀』巻二二・推古天皇七年（五九九）秋九月の記事に、百済から駱駝一匹・羊二頭・白雉一隻とともに、驢馬一匹が貢献されたと見えるのが最初である。（加茂儀一『家畜文化史』が、最初の渡来を斉明天皇三年とするのは誤り。）続いて斉明三年（六五七年）、さらに天平四年（七三二）、弘仁九年（八一八）と、いずれも朝鮮半島を経由して日本に驢馬が渡って来ている（『日本書紀』『続日本紀』『日本紀略』）。『本草和名』（九一八年）、『倭名類聚抄』（九三一―九三八年の間）には和名「うさぎうま」として載るところから、平安時代にはその実態が知られていたようであるが、中世、ロバに関する記事は全く見られない。豊臣秀吉が朱印船貿易を開始した頃より再び資料に現われ、江戸時代になると長崎を通じて輸入された。万治三年（一六六〇）には長崎奉行から幕府に献上され（『徳川実記』）、水戸光圀も驢を飼育していたという（『桃源遺事』）。しかし、役畜として繁殖されることはなく、依然として奇畜であり続けた。

なお、最初の驢馬の献上から百数十年の後、『万葉集』巻五の山上憶良「沈痾自哀文」に、「懸布欲立、如折翼之鳥、倚杖且歩、比跛足之驢（布にすがって立ち上がろうとすれば、羽の折れた鳥のよう、杖に依って歩こうとすると、びっこのロバそっくりである）」の語が見える。この句が『抱朴子』内篇序の一節「……戢勁翮於鷦鷯之群、藏逸跡於跛驢之伍」を典拠としていることは、小島憲之『上代日本文学と中国文学――出典論を中心とする比較文学的考察』中巻（塙書房、一九六四年）の指摘（九九八頁）の通りであるが、古代日本人の文章に使用される比喩としては他に例を見ない。憶良には遣唐録事として入唐した経験があり、その際、役畜として広く使用されていたこの動物を必ず目にしたはずである。病に伏す自身の喩えとして、彼は「跛驢」の表現を違和感なく選んだのであろうが、ロバを知らなかった大多数の日本人には、実感を伴わないものだったに違いない。

（6）『農業全書』は、岩波文庫（土屋喬雄校訂、一九七七年、初版は一九三六年）本によった（三二四頁）。さらに左に二件、江戸期の驢馬に関する記事を付け加えておく。

松浦静山『甲子夜話』巻二に「蘭人献上驢馬の事」の条があり、寛政（一七八九―一八〇一年）の頃、オランダ人から献上された驢馬についての伝聞を記している。静山の記述は、「……清五郎に其形状何(いか)にと問しに曰(いはく)。鹿に似て較(やや)大なり。耳の長きこと壱尺ばかり。尾は枯て牛尾の如し。其余は馬に異(ことな)らず。蛮名をヱーシルスと云」と始まって詳しく、当時も珍獣であったことがよくわかる。この驢馬は乗用に耐えない小さなものだったようで、清山は「唐画に驢に騎たる人を図したるは、此ヱーセルスにては非ざるか」と訝っている。どのような品種の驢馬だったのであろうか。（『甲子夜話』は、東洋文庫の中村幸彦・中野三敏校訂本によった。平凡社、一九七七年、第一冊二八頁。）

また、朝倉無声『見世物研究』によれば（三七七、三八一頁）、江戸時代、驢馬は駱駝や虎と並んで、奇獣として幾度も見世物に出されている。文政年間（一八一八―一八三〇）、大阪の難波新地での興業は不評であったが、天保一二年（一八四一）三月末の、江戸浅草寺境内での興業は大当たりを取った。これは、長崎から金四百両（！）で買い求めた驢馬に、王昭君の扮装をした少女を載せ、唐人の出立ちの行列をつけた、芝居がかりのものだったようである。

この天保一二年（一八四一）江戸浅草での驢馬の見世物興行については、朝倉無声『観物画譜』に引札（広告用のチラシ）が収められている。『観物画譜』は、無声の蒐集した見世物関係の刷物二百三十三点を二帙四帖に仕立てたもので、東洋文庫に所蔵。芸能史研究会編『日本庶民文化史料集成　第八巻　寄席・見世物』（三一書房、一九七六年）に収められており（五六八頁）、延広真治氏の解題（五三五―五三七頁）とともに参照することができる。

引札の文面は私には判読できないけれども、川添裕『江戸の見世物』（岩波新書、岩波書店、二〇〇〇年）によれば、「かかる奇畜を見るも実に太平の余恩いともかしこし」「是を観物場に置て普世の小児に見せ痘を禳ふの一助となさばや」「この馬を見るものはほうさうかるし」などとあるという（九七―九八頁）。よく知られているように、疱瘡（天然痘）は種痘発明以前にあっては、小児の命を奪う恐るべき疫病であった。そうした時代を反映して珍獣の見世物は、単なる見世物以上の付加価値を乗せて喧伝され、またその効能が一般に信じられたのであった。なお、疱瘡除けの俗信と見世物については、川添氏の同書第三章「珍しい動物のご利益」に詳しい。

（7）　六話は、本朝部の巻一二の第二五話、巻一四の第三七話、巻二〇の第二〇・二一・二二話、震旦部巻九の第三九話で、うち五話は『日本霊異記』所載のもの。このほか、畜類への転生を含まない償債譚もある。

（8）　蛇への転生が多いのは日本的な特徴であり、中国の応報転生譚のなかでは、蛇はむしろ珍しい部類に属する。

（9）本朝部巻一四の第一四話、および同巻第二四話がある。

（10）小松和彦『酒呑童子の首』（せりか書房、一九九七年）所収。論文の初出は、『過去世回帰』（宝島社、一九九二年）。

（11）この問題は、中国における浄土教の特質とも絡んでくるように思われる。中国浄土教は、北魏の曇鸞にはじまり、道綽をへて唐の善導に至って大成され、他の諸宗とともに栄えた。唐末以降、中国仏教の主流となるのは禅宗であるが、民衆の間に広く浸透したのは、浄土教から流れ出た弥陀信仰であった。また五代・宋以降、浄土教は天台宗や禅宗とも習合し、念仏禅や禅浄一致説を生み出してゆく。従って、畜類償債譚に見える人への転生については、中国における浄土教の歴史的変遷、民間信仰のなかでの世俗化・現世救済的志向の問題と絡めて、考察が試みられるべきであろう。ただ、中国浄土教の研究は、教理史や宗派を代表する僧侶達に関するものが多く、儒仏道の三教が混淆する在家・民間レベルでの浄土信仰の実態を扱った論考には、なかなか出会うことができない。詳論できる準備がなく、今後の課題とせざるを得ない。

（12）『古本説話集』には、馬への転生譚はなく、畜類償債譚も見られない。『古事談』には馬への転生譚はなく、牛の例が二話（第三巻の「実忠知牛語事」および「仁海夢其父死後為牛事」）、そのうち前の一話が畜類償債譚。『発心集』には、蝶・蛇・牛・橘の虫などへの転生は見られるが、馬はない。畜類償債譚も見られない。ただし、巻二の「内記入道寂心の事」には、慶滋保胤が舎人に打たれる馬を見て、「過去世の親かも知れない。生き物はいたわらねば」と泣き悲しんだ話が載る。先の大僧正の歌よりも、遥かに心打たれるものがある。

　このほか、『続古事談』（一二一九年）には、馬への転生譚はなく、畜類償債譚も見られない。『十訓抄』（一二五二年）には、出世への執着心から雀に転生する話（巻八、これは『古事談』巻二にも収められている）はあるが、馬への転生はなく、償債譚もない。住信『私聚百因縁集』（一二五七年）には、馬への転生はなく、牛への転生について触れる話が一例（巻六「示郭事」）。償債譚はない。また鎌倉時代の説話集としては、西行の撰に仮託された『撰集抄』（一三世紀後半）も著名であるが、これには転生譚も畜類償債譚も見られない。

（13）蛇への転生は巻四「石橋ノ下ノ蛇ノ事」、羊と鯰への転生は、巻一三の「或唐人女ノ羊ニ生タルヲ知ラズシテ殺ス事」「上出雲寺別当父ノ鯰ニ成タルヲ知ナガラ殺シ食フ事」に見える。

（14）『発心集』巻一「六波羅寺幸仙（かうせん）橘木を愛する事」。この話は、遡って三善為康『拾遺往生伝』（一一一一年頃）巻中に見える。

（15）『発心集』巻一「佐国（すけくに）花を愛し、蝶と成る事」、巻八「老尼死の後、橘の虫となる事」など。

（16）牛や馬の体に文字が浮かぶというのは、中国の償債譚にしばしば見られたパターンである。生前に善悪をともに行い、両方の報いを受けるという話も、中国に同様なものがあったと記憶するが、手元のメモが不備で、捜し当てることができない。いずれあらためて再調査することにしたい。
（17）三話の内訳は、巻中の一三「馬ノ物言事」所収の武州・江州の二話、巻下の一六「死後、馬ト成、人ノ事」所収二話のうち、江州越川の話。平仮名本は武州の話のみを収める（巻二）。
（18）五話の内訳は、巻中の三三「馬ノ報ノ事」所収の三話、巻下の三の付録「馬ノ真似スル僧ノ事」、先の巻下・一六の別の一話。平仮名本は、片仮名本巻中の一話を除く四話を収める（巻一、二、三）。
（19）朝倉治彦編『仮名草子集成』第四巻（東京堂出版、一九八八年再版、初版は一九八三年）による。句点と読点の用い方が特殊で読みづらいが、原文通りに引用した。
（20）同書第三部の第一章「Ｉ　経済営為と因果応報観」において、堤氏は一七、八世紀の文献資料を渉猟し、『奇異雑談集』や『因果物語』の所収話と同様な畜類償債譚（氏の命名によれば「化畜返報譚」）十二例を挙げている。うち三例が驢馬、二例が馬の話で、他に牛が二例、羊や猫などが一例ずつとなっている。主として中国の話をもとにした勧化本に見えるものであるが、驢馬と馬に関する文献を挙げれば次のようになる。
中江藤樹『鑑草』（一六四七年）巻六・廉貪報「崇文門のほとりの商人の母借金をかへさず、死後驢馬に生まれかはる」

闕名『合類大因縁要文』（一六九二年）巻七の一七「盗米作驢馬」

猷山石髄『諸仏感応見好書』（一七二六年）下巻「母死生馬」

慧燈『勧善懲悪集』（一七二八年）巻三「母我子ノ米ヲ盗ミ驢馬ト生シ事」

日達『報応影響録』（一七四二年）上巻「母為女盗与父米死為草馬」

最初の中江藤樹『鑑草』の話は、前章第二節の応報譚の項で挙げた（注16、18）、顔茂猷『迪吉録』に拠っている。ある商人の母親が夢枕に立ち、生前食べた素麺のかけを払わなかったため、その家の驢馬となって償っていると告げるもの。加藤盛一校註『鑑草』（岩波文庫、岩波書店、一九三九年）があり、この話は二八八—二八九頁に見える。

また『合類大因縁要文』以下の四話は、いずれも『法苑珠林』等に所載の『冥報記』の畜類償債譚に基づく。洛陽の兄妹の母親が、嫁いだ妹に兄には内緒で五斗の米をやったことから、ロバに生まれ変わって苦役するという隋の時代の話で、すでに前章第二節において紹介した。先に指摘したように『今昔物語集』巻九・震旦部に「震旦隋代人、得母成馬泣悲語」として引かれているが、それ以降、最も代表的な畜類償債譚として伝えられ続けたことが分かる。

この他に馬への応報転生譚で管見に入ったものとしては、椋梨一雪著、神谷養勇軒編『新著聞集』（一七四九年）第一四・殃禍篇の「妙厳寺の僧　馬となる」がある。これは、「三河豊河の妙厳寺の僧、つねづね伯楽を仕けるに、いつとなく、物くふ事も、手にはとらで、口をつけしが、後には豆をのみ喰ふ。馬のいななく真似して、舌内通ぜず。手足の働きも、馬にひとし。天和三年の今にありしと、他宗の事ならば、仏祖かけて語るまじきと、同宗の僧申されし」という話。『新著聞集』は、田山花袋・柳田国男編校訂『近世奇談全集』（続帝国文庫、博文館、一九〇三年）、および『日本随筆大成』第二期・第五巻（吉川弘文館、一九七四年、一九九四年新装版）に所収。なお、この書には牛への応報転生譚も二篇見える。

以上のほかにも、精査すればなお資料は拾えるかも知れない。しかし、総じて『因果物語』以降の馬への応報転生譚は、質量ともに活況を呈しているとは言い難い。

(21) 中島隆「因果物語」（『岩波講座日本文学と仏教　第二巻　因果』岩波書店、一九九四年）によれば、出版文化の発展にともない、近世の仏教説話は、談義・唱導として伝承されるだけでなく、通俗仏書においても読者を拡大し、小説や演劇にも影響を及ぼした。それは同時に仏教説話が本来の宗教性を失い、文芸化・虚構化の様相を呈してゆく過程でもあったとされる。

近世における仏教説話の変容を取り上げた論考としては、他に堤邦彦「仏教と近世文学」（『岩波講座日本文学史　第八巻　17・18世紀の文学』岩波書店、一九九六年）があり、民衆の生活に深く浸透した近世仏教は、信仰の裾野を飛躍的に広げる一方で、大衆娯楽の世界にも融化していったと説く。

(22) 前掲の小松和彦「輪廻転生譚をめぐって」は、中世後期における転生譚の変化についても、説教節「信徳丸」の高安長者の話を引いて、次のように論じている。「ここでは、前世の報いをつぐなうために畜生の身に転生するといった思想が後退し、前世の行ないは転生に影響を与えず、むしろ前世の行ないによって生み出した呪い＝怨念が現世の生活にたたりとしてやがて示現するという形になっているのである。ここには、中世広く民衆の間に流布した怨霊―御霊信仰の強い影響があらわれているといえるであろう」（一四九―一五〇頁）。

これによるならば輪廻転生譚の衰微は、近世初期よりもさらに遡って、中世後期にすでにその兆候を現わし始めていたことになる。言うまでもなくこの「怨念」は、近世の怪談に受け継がれてゆくものである。

(23) 朝倉治彦・深沢秋男編『仮名草子集成』第二一巻（東京堂出版、一九九八年）によった。この巻には、写本の『奇異雑談』と刊本の『奇異雑談集』が、上下二段組の翻刻で収められていて便利である。

(24) 寺島良安『和漢三才図会』（一七一三年？）巻六八の「越中」国見坂の条には、畜生ケ原の伝説が見える。島田勇雄・竹島淳夫・樋口元巳訳注（東洋文庫、平凡社、一九八八年）によれば「昔、奥州板割沢に藤義丞というものがいて、登山し、ここでしきりに居眠りして馬に変じた。また角も生えたといい、その角は宝物として今も存している」という（第一〇巻、二八四頁）。越中の畜生道は、人に知られた魔界だったようである。原典の閲覧には、『和漢三才図会』（東京美術、一九七〇年）全二冊の影印本が便利である。

(25) 稲田浩二・小澤俊夫編『日本昔話通観　第二八巻』（同朋舎出版、一九八八年）の「昔話タイプ・インデックス」を利用した。

(26) 「宝手拭い」の話は、松浦静山『甲子夜話』にも見える。続編・巻二〇の「人、馬と化する怪談」がこれで、乞丐僧に米を恵んだ下女が、もらった手拭いで美女になり、米を惜しんだ富農の娘がその手拭いで馬となったという、典型的な内容である。ただ静山は、臣下の妻の叔母が四国巡礼の途中で目撃した事件として紹介し、「これ虚誕に非ざるべけれども、亦信じ難し。要するに怪語のみ」と結んでいる（東洋文庫、平凡社、続編第二冊、一〇六―一〇七頁）。稲田浩二『日本昔話通観・研究篇2　日本昔話と古典』（同朋舎出版、一九九八年）に指摘がないので、付け加えておく。四国といえば『今昔物語集』の変馬譚が思い起こされ、また喜多村信節『嬉遊笑覧』（一八三〇年）巻一二・上にも、風来山人（平賀源内）の「放屁論」から「四国を廻りて猿となる」の諺が引かれるなど、この種の説話の舞台として興味深いものがある。

(27) 応報譚で転生する動物が、いつごろなぜ牛から馬に変わるのかは、よく分からない。また、『因果物語』に馬への転生譚が際立って多く見られる理由も、明らかでない。ただ、中村禎里『日本動物民俗誌』（海鳴社、一九八七年）を読むと、鎌倉時代以降、武士と馬との結びつきが一層顕著になったこと、近世、武士に代わって富農層が馬飼育者の主流を占めるようになったこと、馬が農民の生活に本格的に入り込んだこの時期に、はじめて彼等の伝承に馬が登場したこと、等の指摘が見える（一三六―一三七頁）。おそらくこうした事情も背景となっているのであろう。また、同書が援用する塚本学『生類をめぐる政治　元禄のフォークロア』（平凡社、一九八三年／平凡社ライブラリー、一九九三年）は、「捨子・捨牛馬」の章において、馬の飼育をめぐる江戸期武士階級と農民層との関係を論じていて興味深い。それによれば一七世紀以降、都市在住者となった多くの武士にとって馬の飼養は困難なことであった。藩としても事情は同じで、東北や南九州の幾つかの藩を除いては、馬育成の役割は農民の手に委ねられた。江戸幕府も主要街道の管理は民間委託のかたちをとり、公儀御用をつとめる馬も、事実上は宿駅構成員の持ち馬となっていた（平凡社ライブラリー版、二四七―二四八頁）。

鎌倉・室町・戦国期を通じて、馬は軍用として武士階級と強く結びついていた。しかし江戸時代に入ると、馬を飼う主体は、こうして農業を営む者の側に確実に移行していったのである。馬を廻る説話・伝承の背景として、このような社会事情も考慮に入れられるべきであろう。

応報転生譚における牛から馬への変遷については、依然明らかでないところが残る。だが、武士階級と馬との強い絆、農民による馬の飼育、主要交通機能としての馬といった諸点から見ても、近世の士農工商にわたる人々と馬との結びつきは深く、牛が転生譚の主役を退くのは、必然の成り行きであったように思われる。

(28) 因果応報による動物への転生譚は、近代現代に至っても消滅しておらず、その根強さをあらためて実感させられる。松谷みよ子『現代民話考5　死の知らせ　あの世へ行った話』（ちくま文庫、筑摩書房、二〇〇三年）は、第三章「生まれかわり」の「五　馬や牛など」として、この類の話六篇を収録している。内訳は、馬・牛・犬への転生がそれぞれ二篇ずつ。その中から馬への転生譚を挙げておく。先ずは新潟県の話で、出典は岩瀬博編著『瞽女の語る昔話　杉本キクヱ媼昔話集』（三弥井書店、一九七五年）。

あるところでね、家が貧しくてさね、馬を飼って、もと運送馬ってありましたろうがね、人の荷を扱っては日暮ししていたんですって。ほしたらね、母が死んだんだね。母が死んだからね、母の三年ったかな「今日は三年の法事しなくちゃならん」て、兄弟同士してね、兄と妹でもって、お寺さん呼んでお経あげたんでしょ。それしてお寺さんも帰ってしまう、二人して「まあそんでも、おっかさんのお経あげたもの、いいわな」そ言って、喜んでね、寝たんだすって。ほしたら、「俺は母であるッテ。母であるけも、どうしてもまだな、働きようが足らんで、今度あ馬になって生れて、俺まあ、今度あお前ちゃの為になってね、こうして駄賃取りしては歩いたんだッテ。ほいて今日はお前ちゃ俺死んでると思ってね、お経あげて呉れて、そのお経の供養によって楽になったありがたい、婆婆の勤め、馬になってしたんだから、これで、お前ちゃお経あげてくれたし、ほんで功徳によってね、今度あいい所へやって貰うからこの世の、もうお別れだでよ」そう言う夢見たって。まあ不思議な夢見たなあ、と思ってね、朝起きてみたら、ちゃんと馬死んでいたって。たら、兄弟同士してね、「はーあ、母はそんなに荷物をつけてや、あんだら、使ったなかなんて申訳ない」そ言って、兄弟同士して、ののさ

ん の前へ行って詫びしたって。だからね、何になって生れるか分らないわね。

この民話も、明らかに『冥報記』の話の後裔である。隋の兄妹と母親の話が、『今昔物語集』を経て、江戸期の仏教説話・勧化本に受け継がれたことは先に述べたが、それはさらに形を変え他の転生譚とも融合して、現代にまで至っているのである。また、煩を避けて引用は控えるが、牛や犬に転生する民話のなかには、動物の体に文字や痣が浮かび出るという展開も見られる。これも、中国の応報転生譚にあったパターンを踏襲するものである。

次は富山県滑川市で採録された話で、注記には、話者は橋本芳恵、回答者は尾島きみ枝（富山県在住）とある。

昭和初年頃のこと。一周忌に親戚一同が集まったが、中の一人が故人の箪笥を開けようとしたので、他の者が「何故箪笥を開けるか」と問うたところ、その人は「『死んだ私は馬に生まれ変わったが、そこの主人は大変親切なのでお礼がしたい。ついては箪笥の三番目の引出しに白の長襦袢があるが、その衿の芯に銭が入っているので、それを馬の飼い主に礼としてあげたいので、持って来てほしい』との故人の夢を見たので箪笥を開けた」と言った。本当に箪笥の中には、夢で見た長襦袢があって、衿にお金が縫いつけてあった。親戚の者が連れ立って夢で見たという駅で降り、馬の飼い主の家を訪ねて行くと、その家に子馬が一頭、親馬にじゃれていたが、親戚の者が子馬のそばに近づくと、子馬は鼻をこすりつけて大変嬉しそうにした。やっぱり本当だったと生の不思議さを思った、ということです。

償債譚の要素は殆ど消え、転生の不思議を語る話となっているけれども、衿に縫い込んだ銭を主人への礼とするというあたりに、その名残りが窺われるような気がする。

なお同書は、一九八六年に立風書房より刊行の『現代民話考5　あの世へ行った話・死の話・生まれかわり』に、新たな聞き書きを収録し改題したもの。富山の話の引用に当たっては、箪笥を開ける理由を話すくだりが読みづらいので、夢枕に立った故人の会話部分に二重括弧を加えておいた。

2 『出曜経』系

続いて応報譚と同様に仏典に起源を持つ、人を驢馬に変える女呪術師と霊草シャラバラの話について、日本での伝播の跡を辿ってみよう。『出曜経』が日本に渡来した年代については明らかでない。しかし、この経典が伝えるシャラバラ草の不思議な効能は、中国の場合とは対照的に、人々の強い関心を引いたようである。

日本の説話・民話研究の分野では既によく知られた資料であるが、平康頼『宝物集』巻一（鎌倉初期成立）に、次のような話が載せられている。(1)

安族国の商人が再び父を人の姿に戻した話というのは、次のようなことを云うのである。

天竺に安族国という国があり、その国の王は、馬を好んで飼って年月を送っていた。その数は幾千頭とも知れぬほどであった。余りの馬好きが昂じて、とうとう人を馬になす術を会得してしまった。

たまたま一人の商人が、その事を知らずに、この国へ父を尋ねてやってきて、宿をとった。宿の主人は彼に、「この国には人を馬にするということがございます。お気を付け下さい。つい先ごろも、やって来た商人を馬にしてしまいました」と教えた。「さては父は馬にされてしまったのか」と悲しんで、事細かく尋ねると、主人は「畢婆羅草という細い葉の草があり、それを食べさせると、人が馬になります。また遮羅婆羅草という葉の広い草があって、食べさせると馬から人にもどります」という。

そこでこれを習いおぼえて、商人が変身した馬の姿形を尋ねると「栗毛で肩に斑点があります」とのこと。主人の教え通りに行ってみると、その馬が子を見て、涙を流して暴れたので、人目をぬすんで葉広の草を食べさせると人間に戻った。こうして親子は連れ立って本国に帰ったという。

子どもがいなかったならば、生きながら畜生となったままで終わったことであろう。

『出曜経』の「遮羅婆羅草」は、表記もそっくりそのままここに見える。さらに、人を馬にする「畢婆羅草」なる植物が加わり、女呪術師は馬好きの国王に、主人公は孝行な息子に代わって、ストーリーは独自の展開を遂げている。女呪術師とシャラバラ草の話は、『出曜経』においては、人を選ばぬ布施によって真人・羅漢にめぐりあえることの譬えとして用いられており、寓話としての効果的な面白さを十分に発揮していたとは言い難かった。『宝物集』が載せる右の説話は、そこから変馬の術とシャラバラ草を抜き出し、孝子譚として整えることによって、これを新たな物語に生まれ変わらせているのである(2)。

シャラバラ草から生まれたこの説話は、中世の日本においては、より詳細な内容を備えた形で流布していたようである。鎌倉仏教を代表する僧侶の一人、日蓮の遺した書状のなかに、それが書き留められている。弘安三年(一二八〇)、佐渡の信徒阿仏房の妻千日尼にあてて綴られた長文の書簡「千日尼御返事」のなかで、「子は財(たから)」であることの例証として、彼はこの話を挙げている。長くなるが、岡本錬城訳(3)を参考に、左に訳出しておく。

印度の安足国王(4)という大王は、とても馬を好んで飼っていたのですが、後には飼い慣れて駄馬(だば)を駿馬(しゅんめ)に育てあげるばかりか、牛を馬に変えてしまうほどになりました。その挙げ句に、人を馬に変えて乗り回す始末でした。国の人々が余りにこれを嘆いたので、知らぬ他国の人を馬に変えることにし、他国の商人が行くと薬を飲ませて馬にし、厩(うまや)につないでしまいました。商人は何とはなしに故国が恋しいうえ、妻子はことのほか恋しくて耐えがたかったのですが、許されず帰ることができませんでした。またたとえ帰ったとしても、こんな馬の姿ではどうしようもありません。ただ朝夕に嘆くばかりでありました。

一人いた子供が、父がいつまで待っても帰らないので、「もしや人に殺されたのではあるまいか、それとも病気にかかって苦しんでいるのではなかろうか、子供の身としてどうして父を探し出さずにすまされようか」と、旅に出ました。母は悲しんで、「夫も他国へ行ったまま帰ってこず、たった一人の子も母を捨てて行くならば、私はどうしたらよいのやら」と嘆きましたが、子は父を大変恋しく思っていたので、安息国へと尋ねて行きました。

ある小さな家に泊まっていますと、家の主人が言うには、「ああかわいそうなことじゃ。そなたはまだ幼い少年の身、しかも顔立ちも姿も人並み優れておる。わしには一人の子供がいたのじゃが、他国へ行ったきり死んでしまったのか、またどうしていることやら。我が子のことを思えば、そなたを見るに忍びない。なぜかというと、この国には大きな嘆きごとがあるのじゃ。この国の大王はあまりの馬好きで、奇妙な草を薬に用いられる。その葉の細い草を食べさせると、人が馬となってしまう。葉の広い草を食べさせると、馬が人となる。近頃も他国の商人がやって来たので、この草を食べさせて馬に変え、第一の厩に秘蔵して繋いでおられるとのことじゃ」と。

少年はこれを聞いて「さては我が父は馬となったのだな」と思い、問い尋ねて「その馬の毛はどのような?」というと、家の主人は答えて「栗毛（くりげ）の馬で、肩に白い斑（ぶち）がある」と教えてくれました。これを聞くと少年は、あれこれと工夫をして王の宮殿に近づき、葉の広い草を盗み取り馬となった父に食べさせたので、元通りの人間になりました。

その国の大王は、これを世に稀なことと思いなし、「孝養の者である」と褒めて父を子に帰し、それからは人を馬にすることをお止めになった、ということです。子でないならば、どうして他国にまで父を尋ねて行くでありましょう。……

宿の主人が行方不明の我が子と重ね合わせて不憫に思い、少年に王の妖術のことを教えてくれるくだり、王が孝養の心に感じて父子を故国に帰し、変馬の術を自ら絶ったという結末など、『宝物集』に比べると、細部にわたって練り上げられた話となっている。

なお、「遮羅婆羅草」「畢婆羅草」の固有名詞が消えているのは、この草の名が忘れ去られたことを示すものではない。さらに時代を下って室町時代、文安元年（一四四四）に成った国語辞書『下学集』の草木門には、この二種の草が挙げられている。そして「遮羅婆羅草」については、「天竺国ニ此ノ草有リ、葉廣シ。馬之ヲ食ハバ則チ化シテ人ト成ル也」、「畢婆羅草」については、「天竺ニ之有リ、葉細シ。人之ヲ食ハバ則チ化シテ馬ト成ル也」の語釈が付されている。(5)『下学集』の著者は不明である。しかし、内容から推して、禅宗の僧侶の手に成ることは疑いないとされる。(6)僧門を中心に、この不思議な霊草とそれにまつわる物語は語り継がれ、草の名は一般の植物と並んで記されるべき重さを有していたのである。

『宝物集』や日蓮の遺文のなかで、『出曜経』とは異なる独自の展開を見せていたシャラバラ草の物語は、その後さらに大きな発展を見せる。江戸初期の奈良絵本の一書、(7)『宝月童子』がこれで、内容は中編小説ほどの分量にまでふくらんでいる。右に紹介した二話を受け継ぎ、格段に起伏に富んだストーリーに仕立てあげた作者については、残念ながら明らかでないが、この系列の説話の最終的な到達点を示す、群を抜いた作品であることに違いはない。あらすじは、おおよそ次の通りである。(8)

むかし、中天竺まかだ国の都に住む満月長者は、須達（古代インドの長者で、釈迦に仕え祇園精舎を建てた）にも劣らぬほどの大富豪であった。ただ、妻の花玉婦人との間に子がなく、それが嘆きの種であったが、観音大師に祈った甲斐あって、九月の十三夜に玉のような男児が生まれた。夫婦はこの子を宝月童子と名付け、大切に育てた。

童子は、たぐいまれな美しさに輝いていた。しかし、病弱で鬱ぎこむ日々が続き、これが長者夫婦の唯一つの悩みであった。ある時、北天竺のしんりう山にちんな木があり、その果実が不老不死の霊薬であると聞き、長者は童子のためにそれを得ようと、五十人の兵を従者とし、婦人と童子を残して旅立った。

三年三か月の苦難の旅の末、一行はやっと北天竺の都にたどり着いた。長者は、しんりう山の猛獣や鬼神の難を避けるため、天魔も恐れる北天竺の大王の綸旨を受けようと内裏へ伺候し、用意の宝物を献上した。ところが大王は宝に目がくらみ、長者を殺して財宝すべてを奪い取ろうと臣下に相談する。大臣は、名ある長者を殺せば末代まで汚名を残し、また五十人の従者との戦いで犠牲者も数多く出ようと反対し、内裏の花園に生えるしゃらばらさうによって、全員を馬にする策謀を勧める。このしゃらばらさうは、もとの葉を食べれば馬になり、すえの葉を食べれば人に戻るという不思議な霊草であった。そこで大王は歓迎の酒盛りに事寄せて、長者一行にこのもと葉を食べさせ、ことごとく馬にして宮中の厩に繋いでしまった。

さらに北天竺の大王は、臣下のかうひらんに三百の兵を率いてまかだ国に向かわせ、長者の財宝を略奪しようと夜襲をかける。しかし、花玉婦人と宝月童子は臣下の勇士あんならえんに救われて落ち延び、一方、かうひらんは長者の屋敷に火を放ったため、財宝は焼失、空しく北天竺に帰ることとなる。知らせを聞いた大王は激怒し、かうひらんの手足の筋を断ち切って国境の原野に棄置する。

時は移り、宝月童子は十三歳になった。行方知れずの父を思う心は、いよいよ募るばかり。かくて母の花玉婦人に涙ながらに別れを告げ、あんならえんを伴って北天竺へと出立する。辛酸を嘗めつくす旅の途中、国境で思いがけなくも出遭ったのは、変わり果てた姿のかうひらんであった。父の満月長者の消息と、しゃらばらさうの秘密を聞き出した後、その首を討ち、二人は北天竺の都へと向かった。

北天竺の都にたどり着いた宝月童子は、宮中の庭係に気にいられ、やがて内裏の花園に入る機会にめぐりあう。そこでしゃらばらさうのすえ葉をこっそり摘み取り、袂に隠して持ち帰った。折しもまかだ国の大王は北天竺の横暴を憎み、百万の軍勢を差し向けていた。戦いが長引くなか、中天竺の将軍から、北天竺の大王の首を打った者に一小国の王位を与えるとの布令が出される。これを伝え聞いた童子は、時機到来と宮中の厩に忍び込み、霊草のすえ葉によって、父と五十人の従者を人の姿に戻して助け出す。その夜、五十三人は結集して内裏を襲って火をかけ、大王を討って帰国した。

一同の手柄を聞き、まかだ国の大王は宝月童子を皇太子とし、長者夫婦を北天竺の大王と后に任じた。また、あんならえんは、左大臣の官位を授かったのであった。

舞台は『宝物集』以来の遥かな異国インドで、孝子譚の筋立てにさらに仇討ちの要素が加味されている。父子再会の場面の一節を原文で紹介すれば、「この馬、その時、身ぶるひし、きなる、なみだを、ながしつゝ、どうじのかほを、つくづくと見て、いなゝきさけぶありさまは、あはれとも、中々、たとへんかたも、なかりけり／どうじ、いよいよ、あやしんで、かの、しゃらばらさうのすゑのはを、一はとりて、このむまのくちに、入させたまへは、たちまち人とぞ成たまふ／どうじの、たもとに、すがりつき、ことばはなくて、さめざめと、なくよりほかの、事ぞなき／どうじも、そのとき、おやとしり、このとし月の、うきなげき、かたりいでゝ、なきたまふ、たがひのなみだは、たきとおち、身もうくばかりに、なりにけり」と、日本的な、情に訴える描写となっている。『出曜経』が伝えたシャラバラ草のファンタジーの芽は、日本においては、このような成長と開花を遂げたのである。

なお、右の『宝月童子』ではヒッパラ草は登場せず、シャラバラ草が、もと葉とすえ葉の使い分けによって、変馬と還身のいずれにも働く霊草となっている。馬にされた父を孝子がもとの姿に戻す物語のなかでは、言うまでもなくシャラバラ草の役どころが重要であり、ヒッパラ草は、あくまでも脇役の位置に留まる。主役の前者に両様の効能を持たせれば、二草は一つに整理でき、しかも霊草としての存在感はさらに際立つことになる。ヒッパラ草の削除は、作者のそうした計算のもとになされたに違いない[9]。

さて、『宝月童子』の物語からは姿を消すことになったヒッパラ草であるが、活躍の場を全く失ったわけではない。前節で触れた江戸中期の上方の戯作者、並木正三の『婦髪歌仙桜』には、再びこの草が登場する。宝暦一二年（一七六二）の春三月に、大阪角座で上演されたこの歌舞伎は、深草少将の幼馴染お三輪が、少将と小野小町の恋仲を怨み、鳴神尼となって旱魃をもたらすという鳴神劇系の話で、これを八雲皇子と恒貞親王の皇位継承争い（惟喬・惟仁両親王の史実に想を得ている）に組み込んだ筋立てになっている。

幕開き早々、南蛮国の異僧俊民玉が、次のような口上とともに、仇役の八雲皇子に「畢波羅草」を献上する。

> 本国南蛮は　日本の地を去事海上三千六百里　南天竺に隣つて　名玉名木名草数多有といへども　此度の貢は迦毘羅国の畢波羅草と申物　此草を秣に飼へば　馬の百癖たちどころに直り　悍馬して千里を遠しとせず　もし人間過つて食すれば　其座を去らず馬と成　山間小松原歯を荒し　尾筒　三頭に至る迄　一ッも見らるゝ、事なき馬の形相　イヤハヤ　言語に絶した不思議の名草……

馬に与えれば百癖を治すという効能は、並木正三の着想で付け加えられたものであろう。そしてこのヒッパラ草が、脚本四冊目に至って、悪徳医者の山割玄海の懐から取り出され、仇討ち絡みの次のような大騒動を引き起こすことになる。

恒貞親王方の人物である筆坂城之介は、親の仇を討つために博労に身をやつし、名も林平と変えていた。彼は悪女妙空の娘（実の子ではなく拾い子）お時の婿となっていたが、心が男と女に変わり男女の見境なしに惚れる難病に罹ったふりをして、日を送っていた。そこへ太郎介という男が、お時の妹お道の婿となってこの家にやってくる。この男は何と、城之介の父を殺して宝剣を奪った、衛士の又五郎であった。

林平が邪魔となった妙空は、知り合いの医者の山割玄海（実は望鶴という名で、八雲皇子に南蛮からの貢物を献じた唐人の首領）と共謀し、彼にヒッパラ草を煎じて飲ませ、馬にして売り飛ばそうと画策する。しかし、たまたま食中毒気味の林平が呑んだ一角（解毒剤、うにこうる）が、ヒッパラ草の効き目を消す効力を持つため、玄海は慌ててヒッパラ草の煎じ薬を取り片付ける。一方、怪しいと気づいた林平は、妙空・玄海が立ち去った隙をうかがって、薬鍋の煎薬と竹筒の香水（仏前にそなえる水）とを入れ替えておく。

ところで、この家に新しく雇われた下男は、恒貞親王方の橘氏公であった。それを見破った玄海と太郎介は八雲方に密告し、追手の一団が迫る。お時お道の姉妹は事情を知って氏公を助けようとするが、氏公を慕うお道が故意に姉のお時に討たれ、自らの首を氏公の身代わりに差し出す。（実は、お道と氏公とは生き別れた双子であった。）首を得た追手が引き揚げた後、林平は初めて筆坂城之介と名乗り、太郎介（又五郎）に決闘を挑む。お時は城之介に加勢し、かくて太郎介（又五郎）・玄海・妙空と五人入り乱れての大立ち回りとなる。

乱闘で息を切らした城之介とお時は、薬鍋を取って喉をうるおす。それを見て喜んだ玄海ら三人は、こちらも喉の渇きにたまらず、竹の筒の水（中味は林平が先ほど入れ替えたヒッパラ草の煎薬）を飲む。さて再び立ち回りという段になって、薬の効き目が現われてくる。三人は悪態をつきながら嘶き始め、見る見るうちに馬となってしまう。氏公は無事脱出し、城之介は、取り戻した宝剣で又五郎・玄海を斬って父の仇を討つ。そして雑役馬となった妙空の背にお時を乗せ、城之介が馬の尻を叩いて退場するところで、この段は幕になる。

林平（城之介）による煎薬と香水のすり替えは、「板橋三娘子」の話をヒントにしたと考えてよいであろう。次項でみるように「三娘子」の物語は、江戸初期に林羅山『怪談全書』によって翻訳紹介されているほか、それ以前にすでに説話としても語り継がれており、この戯作者の知るところであった可能性が高いからである。立ち回りの最中におこる仇役の馬への変身は、観客たちの笑いを誘う見せ場の一つだったようであり、並木千柳『並木正三一代噺』も「次の『女鳴神』にハはひっぱら艸(さう)をくらひて、人間ン馬と成おかしミ」と記している。[10] 該当箇所を原文で挙げておくことにする。

妙　玄　氏公　己(おのれ)

　　ト行ふとして　すつくりと立て　ヒ、、、、と嘶(いなな)く

太郎　コリヤ何(なん)じや

林　何でもない　今の馬変草は　先刻に俺が入替へて置た　今喰ふたが畢婆羅草じやわいやい
三人　ヤア〳〵〳〵
時　そんならお前が　薬と香水を入替へて置しやんしたか
林　おいやい
時　ヲ、　出来た〳〵
太郎　忌々しい　いっそ己を
　ト行ふとして　すつくり立て
イヒン〳〵　ヒ、、、、
ト嘶く　林平手を打つて笑ふ
妙　情けなや　モウ骸が燃へる様に成て来た　イヒン〳〵　ヒ、、、、
玄　コリヤモウ情ない　馬に成のかいのふ　イヒン〳〵　ヒ、、、、
太郎　気遣ひすな　縦ヒ、、、　馬変草にもせよ　ヒ、、、、　性根さへ狂はねば　ヒ、、、、　構ふ
事はない　俺に引付ていゝ　ヒ、、、、
玄　俺や　モウ堪らぬ　ヒ、、、
　ト転る
妙　馬の心に成たら　きつうつるみたふ成た　ヒ、、、、
　ト太郎介に抱付く
太郎　ヱ、　したゝるい　置きおれ　ヒ、、、、

こうして悪人たちは、「手足頭馬に成　後ロに尾生へて有　そこら中を駆け歩き　跳ね」まわり、「モウなつたわいのふ〱　ア、　悲しや〱」「コリヤマア　どうせう〱ヒン〱　ヒ、、、」と、変わり果てた我が身を嘆くことになる。妙空の変身には、品のないおまけが付け足されているが、それもまた観客たちの哄笑を誘うための、いささかあざとい工夫であろう。

さて話を再びシャラバラ草に移すと、文献とは別に口頭伝承の「旅人馬」のなかにも、縞のススキ・一本に七つなったナス・ウラバン草など、様々に形を変えてこの草が登場している。詳しい考察は次項に譲るが、『出曜経』の原話の名残を留める一例だけを、ここに紹介しておこう。

稲田浩二・小澤俊夫編『日本昔話通鑑』の第一〇巻・新潟（同朋舎出版、一九八四年）には、同県西蒲原郡巻町で採取された「旅人馬」（原題は、「馬になる草」）が載っている。この話は、京参りの爺さん二人が山中で道に迷い、一軒の家に泊めてもらうという設定になっている。見ず知らずの客にもかかわらず二つ返事で迎え入れてくれる、余りの親切さを訝しく感じながらも、爺さんたちは出されたそうめん・おはぎ・五目飯を片端から平らげる。食事を終え、ひと風呂浴びて床についたが、夜中になると何やら体中がむず痒くなってくる。そしてこの後の一段は、『昔話通鑑』からの引用によることにしたい。なお、読みやすさを考えて、引用文は改行のかたちに改めた。

「おい、俺そこらじゅうがかいてかいておおとらが、なあどんがら」
「いや俺もかいておおとら、これはくせもんだろ」
「いや、まあちと寝ていろう」。
一人が、昔あるとき、落し話に聞いた。山の草食うて馬ねなるってこと。

「おら、きっと馬ねなるあんどうや、たしかこの宿がそうらわや。だから重ね返事ね泊めたのらわや」

「たしか俺これ、馬ねなるがんどうや。馬ねなったらまあ山へ行って、起きていろうて」

さいて、山へ行ってなんねかせ、草のあるじゅう食うたと。そうしたところが、そろっと良うなったと。

「そうせいば、行って寝ようて」

さいて帰って寝たと。


翌朝、何事もなかったように起きてきた二人を見て、宿の者たちは驚くが、爺さんが帰りも泊めてほしいと頼むと、これを承知する。爺さん二人は山の草を取って上方へ行き、菓子屋に草の粉で饅頭をつくってもらい、またこの宿に泊まる。そして、上方参りの土産と偽って宿の者たちに饅頭を食べさせ、みな馬にして売り飛ばしてしまった。

話の後半は「板橋三娘子」のヴァリエーションであるが、注目しておきたいのはそこではなく、引用文中の二人が馬から人に戻る箇所である。この話には、草を食べる動機付けがうまく織り込まれていないけれども、山に行ってありたけの草を頬張る展開は、明らかに『出曜経』の原話の名残であろう。仏教的な要素はすでに物語から完全に払拭され、女呪術師の姿はなく、草の名も失われてしまっている。しかし、起源を『出曜経』に持つ話としての確証は、ここに求めることが出来るのである。

以上、『出曜経』系列の話の日本での展開を通観してみた。後継を全く生み出さなかった中国とは対照的に、シャラバラ草は日本においては抵抗なく受け入れられ、このように多くの説話や物語の源泉となっている。中国の場合は、物語においても現実的な志向が強く、独自の伝統的な変身観が異質なものを排除し、あるいはこれを併呑していった。しかし、先進の異文化の吸収を通じて自らの文化を創りあげていった日本の場合、そうした強固な既成概念はなく、異国の不思議を好奇の心で受け入れ、これを育てていったと言えるであろうか。

なお、『出曜経』の話に見える女呪術師についても、ここで一言触れておくべきであろう。シャラバラ草の日本での人気はなかなかのものであったが、女呪術師となると事情は一変する。もともと原話においても存在感に欠けた彼女は、『宝物集』・日蓮「千日尼御返事」・『宝月童子』においては、異国の男性の王に取って代わられ姿を消している。説話の「旅人馬」の場合、宿の主人は次項でみるように多く老婆であるが、前掲の新潟の伝承のように具体的な言及がないものもあり、物語中の人物像としては、やはり希薄な印象しか残さない。男を籠絡する女呪術師への関心は、シャラバラ草に比べると格段に低く、異国の不思議を抵抗なく受け入れた日本も、ここでは選択の篩にかけているようである。

勿論、日本にも妖女の話や、化生の女との恋の話は数多く存在する。しかし、それらは前者の場合、山姥・磯女・雪女などであり、性や愛の物語としての要素は希薄で、人を動物に変える術も使わない[11]。後者の場合は、異類婚姻譚によって占められ、女呪術師との恋といった話はない。あるいはまた、中国においては『出曜経』の女呪術師に代わる存在であった、蠱毒を使う女性に似た姿も見かけることはない。泉鏡花『高野聖』が描くような山中の妖女は、日本の古典には意外に見当たらないのである[12]。

結局、人を動物に変える女呪術師は、日本においては性や愛の要素と離れ、もっぱら「旅人馬」の伝承の中に、固有の顔を持たないまま生き続けた。そして彼女に人物としての造形が与えられるのは、近世の戯作者たちが試みた、「三娘子」の翻案に至ってのことであった。次項では、こうした資料や作品を紹介しつつ、考察を加えてゆくことにしたい。

（1）小泉弘・山田昭全校注『宝物集』（新日本古典文学大系、岩波書店、一九九三年）の原文に基づいて現代語訳した。

（2）「畢婆羅草（ヒツパラ）」の名は、釈迦がその下で悟りを開いたといわれる「畢波羅樹」（その故事にちなんで、後に「菩提樹」と呼ばれるようになった）にヒントを得たものであろう。『過去現在因果経』巻三（『大正大蔵経』第三巻・本縁部上）、『釈迦譜』巻一（同第五〇巻・史伝部二）に、いずれも「菩薩獨行、赴畢波羅樹、坐彼樹下、我道不成、要終不起。……」とある。（中華電子仏典協会の経文検索による。）ただ、釈尊ゆかりの神聖な樹が、邪術に用いられる薬草の名に当てられたことには、若干腑に落ちない点も残る。また中国にこの系列の話が伝わらないことからすると、「畢婆羅草」の命名は、日本でなされたのではないだろうか。

「畢波羅」は、「畢鉢羅」「畢鉢」あるいは「卑鉢羅」とも書き、「鉢」字を当てる方が一般的で用例も多い。「卑鉢羅樹」は、唐の玄奘『大唐西域記』巻二に見えるが、同書巻八では、「畢鉢羅樹」として聖なる樹の由来を説いて詳しい。唐の段成式『酉陽雑俎』前集巻一八・木篇も「菩提樹」の項で、その由来や別名を説明している。『南伝大蔵経』の日本語訳にも「畢波羅」「畢鉢羅」「畢鉢」として見えるが、水野弘元『南伝大蔵経総索引　縮刷版』（東方出版、一九八六年）では、薬果の「華撥」も同じ部類に加える。しかし、「華撥」はコショウ科の薬草で、和名はヒハツ。『酉陽雑俎』木篇も、「畢鉢羅樹」とは別に「華撥」の項目を立てて説明している。和久博隆『仏教植物辞典』（国書刊行会、一九七九年）によれば、この樹はクワ科の植物で、和名はインドボダイジュ。日本やドイツの菩提樹は、シナノキ科、和名ボダイジュで、全く別の植物である。

ヒッパラ草の名を初めて載せる『宝物集』は、実は異本が多く、内容にもかなりの違いがあると言われる。田口和夫「共謀する下人――『人馬』の形成と説話」によれば、この安族国商人の話にも異同があり、光長寺本に「葉セハキ草ヲクワスレハ人ヲ馬ニナス…（中略）…又葉広草（ヒロキ）ヲクワセツレハ人ニナシカワル」とあるのが最も古いかたちという。つまり、ここには葉の広狭が記されているだけで、畢婆羅草の名は見られない。となると、この草の名が日本で創案された可能性は、いよいよ高くなろう。ちなみに、坂田貞二・前田式子訳『インドの昔話』（春秋社、一九八三年）の上冊に、インドのジャンム地方の昔話「魔法の品と不思議な薬草」が収められている（一三二―一四〇頁）。ヨーロッパの「キャベツろば」と同じストーリー展開を持つ『出曜経』系の話で、人を猿の姿に変える薬草と、猿から人の姿に戻す別の薬草が登場する。しかし、訳文による限りでは、それらの薬草に固有名詞はない。

なお田口論文は、『狂言論考――説話からの形成とその展開』（三弥井書店、一九七七年）に収められている。初出誌は『説話』五号（一九七四年）で、題目は「狂言『人馬』と説話――昔話と狂言　その2」。本項で取り上げる日蓮「千日尼御返事」、歌舞伎「女鳴神」は、いずれもこの論文を通じてその存在を知った。

（3）岡本錬城編著『日蓮聖人の御手紙　真蹟対照現代語訳　第三巻・女性篇』（東方出版、一九九〇年）所収（四九―六三頁）。日蓮のこの手紙は、兜木正亨校注『日蓮文集』（岩波文庫、岩波書店、一九六八年）にも収められている（一五〇―一五八頁）。

（4）原文は「天竺に安足國王と申せし大王は」となっており、日蓮は平康頼『宝物集』と同様、「安足」すなわち安息国（ペルシア）を天竺（インド）の一部と見なしている。岡本訳は「印度の隣国の安息国の大王は」と改めている。

（5）『下学集』は、中田祝夫・林義雄『古本下学集七種研究並びに総合索引』（風間書房、一九七一年）を参照した。諸本の間に、異体字・ルビ等の違いが若干見られる。なお所載の写本七種のうち、文明一七年本の『下学集』では、「遮羅婆羅草」「畢婆羅草」の項目が省かれている。解説によれば（一〇頁）、この古写本はいずれの門内においても省略が極めて多いという。草木門の項目を整理するとなれば、他の一般の植物とは余りにかけ離れた非現実的なこの二草が、当然省略の対象となろう。

（6）前掲書、解説篇三頁。

（7）室町時代後期から江戸時代前期にかけて、大量に制作された絵入本・絵巻。奈良絵本『宝月童子』は天理図書館に収蔵され、江戸初期のものと推定されている。論考に今西実「奈良絵本『宝月童子』とその説話」（『ビブリア』第二一号、一九六二年）がある。「板橋三娘子」について調査を始めた頃に読み、教示を受けるところが多かった。

（8）『宝月童子』の原文は、横山重・松本隆信編『室町時代物語大成』第一二冊（角川書店、一九八四年）によった。

（9）ただ『宝物集』光長寺本にも畢婆羅草の名が見えなかった点からすると、あるいはそうした伝承が残っていたことも考えられる。

（10）芸能史研究会編『日本庶民文化史料集成・第六巻　歌舞伎』（三一書房、一九七三年）、五五九頁。

（11）日本の女怪については、宮田登『ヒメの民俗学』（青土社、一九九三年）所収の「女と妖怪」が、短いながら分かり易くまとめてあり、便利であった。山姥については数多くの研究があり、たとえば小松和彦「山姥をめぐって」（『憑霊信仰論』伝統と現代社、一九八二年／ありな書房、一九八四年／講談社学術文庫、講談社、一九九四年）、「恐怖の存在としての女性像　化け物退治譚の深層」（『異人論』青土社、一九八五年／ちくま学芸文庫、筑摩書房、一九九五年）などは、その代表的なものであろう。ほかに、田中雅一編『女神研究序論』（平凡社、一九九八年）所収の、川村邦光「金太郎の母――山姥をめぐって」、金井淑子編著『ファミリー・トラブル』（明石書店、二〇〇六年）所収の、橋本順光「『安達ヶ原一つ家伝説』の語り直しと山姥の変容」などを参照した。

山姥は本来怪異のイメージを持ち、老女であることが多い。しかし、歌麿の「山姥と金太郎」の浮世絵にみられるように、美女となってエロティシズムを漂わせる場合もある。ただ、これは近世以降のことであり、この絵が漂わせる母子相姦的なエロスは、『出曜経』の女呪術師のエロスとは異質である。磯女は、上半身が人間、下半身は龍蛇あるいは幽霊の姿、地に垂れる長い髪を持ち全身が濡れている妖怪で、この髪を近づく人に纏いつけて生血を吸う。絶世の美女とされることが多いが、性愛的要素は希薄である。

山姥・磯女といった存在に比べると、最後の雪女の話には、性や愛の要素が絡むように思われる。たとえば「雪女」のタイトルから私達が思い浮かべる小泉八雲『怪談』の小説では、この雪の精は、若者と結婚して子を儲けている。また今野圓輔『日本怪談集　妖怪篇』（社会思想社、一九八一年／中公文庫、中央公論社、二〇〇四年）下巻の「第十一章　雪女」の項には、八雲の作品を彷彿させる民話も紹介されている。

しかし、今野氏も指摘されるように、雪女の民話のうちには、ハーンの作品が語り伝えられている間に土着化してしまい、その地の伝承と思い込まれているものもある。あるいは、もっと古く遡った時点で、別の種類の民話と融合している例も見受けられる。日野巌『動物妖怪譚』（有明書房、一九七九年／中公文庫、中央公論社、二〇〇六年）上巻の「6　雪女」には、逢う人に子供を預かってくれと頼む、青森や秋田の雪女の話が紹介されている。秋田の話では、預かるとその子供の重みで雪に埋もれてしまうというのだが、これらは明らかに産女（うぶめ）伝説と融合したものであろう。してみると、人と結婚する雪女の話についても、異類婚姻譚との融合と見ることが可能ではないだろうか。もともと雪女の伝説は、姿を見ると死ぬ、殺されるといった素朴な話が原型で、性や愛の要素は伴わず、婚姻・出産という要素は後に加わったと考えられるのである。またこの婚姻や出産も、性や愛という点では希薄な印象を拭えない。

以上のような推論が成り立つとすれば、雪女も原型においては、性や愛の要素を備えていなかったのではないだろうか。

（12）もっとも、江戸後期の関亭伝笑『河内国姥火（かわちのくにうばがひ）』に登場する、大江山仙娘子（板橋三娘子の翻案）は、男を誘う妖婦的な面をのぞかせている。歌麿の「山姥と金太郎」と同様、近世が生んだエロス的な発想であるが、しかし、この他には例を見ない。

3 『カター』『千一夜』系

『出曜経』のシャラバラ草が、日本の説話や小説さらには戯曲にも種を蒔いた一方で、「板橋三娘子」あるいはその原話は、どのような伝播と影響の跡を残しているのであろうか。続く問題の焦点は、当然ここに絞られることになる。

「板橋三娘子」の原話にあたる、『ブリハット・カター』『カター・サリット・サーガラ』あるいは『アラビアン・ナイト』系の物語の、日本への直接の流入を示す資料は何処にも見当たらない。したがってこの系列の物語は、「板橋三娘子」という中国の翻案小説を介して、日本にもたらされたと考えてよいであろう。ただ、「板橋三娘子」の日本への伝播について論ずる前に、一つだけ取り上げておくべき事柄がある。

明治初に来日したイギリスの日本研究家、チェンバレンによってまとめられたアイヌの神話集[1]に、楽園時代のアイヌについて語った短い話が収められている。大林太良編『世界の神話　万物の起源を読む』（ＮＨＫブックス、日本放送協会、一九七六年）が、「アイヌの楽園時代」と題して紹介するこの神話には、実は変馬譚の一節が含まれているのである。左に大林氏の翻訳を借りて紹介しよう。[2]

大昔には、河川は大変具合よくできていた。川の水は片方の岸寄りでは下り、他方の岸寄りでは上っていたので、人間は少しも苦労せずに川を上ることも下ることもできた。当時は魔法の時代だった。人々は狩に出かけたとき、鳥のように六マイルも七マイルも飛行し、木の上に下りることができた。しかし、今では世界は老いぼれてしまい、良いことはすべてなくなってしまった。当時、人々は発火錐を用いていた。また、もしも人々が朝に何かを植えると、昼までには成育したのであった。他方では、この急速に生じた穀物を食べたものは、馬に変身してしまった。

（「東アジアの創世神話」一九頁）

末尾で語られる穀物の急成長と、これを食べての馬への変身は、まさしく「三娘子」の物語と合致する。一九世紀後半、北海道日高地方西部の紫雲古津（シウンコツ）で採取されたこの創世説話が、遥かに時代を遡りうる資料だとすれば、私たちはここに、もう一つの変馬譚のルーツを発見したことになるかも知れないのである。

原話をめぐっての考察にも影響を及ぼしかねない、この意外な資料については、しかしながら、慎重に再検討してみる必要がある。先ずこの短い物語の展開を、あらためて辿り直してみよう。楽園時代のアイヌを語る中心部分は、両方向に流れる太古の河川と飛行による狩猟であって、「発火錐」以降の話は、後に付加された可能性も考えられる。また、穀物の急成長とこれを食べての変身との間には、明らかに落差があって話がうまく接合出来ていない。前者は食物の豊かな楽園のイメージと結びつくけれども、後者の変身は、楽園とどう結びつくのであろうか。馬への変身の一節は、明らかに話の原型とは異質の要素であり、したがって付加された可能性がより高いと言わざるを得ない。

さらにこの神話には、幾つも不可解なところがある。元来、狩猟採取によって生活し、農耕に依存することのなかったアイヌの民族が、穀物の急成長という神話を、果たして古くに持ち得たであろうか(3)。動物への変身も、アイヌに馴染みのクマ・シカ・キツネ・イヌなどでなく、ウマであるのは何故であろうか。そもそもアイヌ民族には騎馬の習慣がなく、馬との結びつきは薄いはずである。こうした疑問を前に立ち止まる時、我々の大きな関心を引いたこの創世神話は、俄かに色褪せてくる。話の前半部はともかくとして、肝腎の末尾の部分はアイヌの古い伝承ではなく、本州から北海道に伝わった「三娘子」系の説話の断片なのではないか、とも推測されるからである。[5]またもし仮に、この話がアイヌの古い伝承であったとしても、これが本州以南の「三娘子」系の説話や小説の母胎になったとは考えられない。後に見るように、「旅人馬」の伝承あるいは江戸期の小説等、関連資料のすべてはそれらが「板橋三娘子」の直系であることを自ら物語っており、アイヌの伝承の面影は皆無だからである。結局のところ、北海道に残されたこの興味深い資料に関しては、大きな疑問符をつけた上で先に進むことが許されよう。[4]

【「板橋三娘子」の系譜】

さて、『カター・サリット・サーガラ』『アラビアン・ナイト』系の原話の痕跡が日本に残されておらず、問題を含む「アイヌの楽園時代」も、和人の説話や小説に影響を及ぼしていないとすると、考察の起点は、あらためて「板橋三娘子」伝来の時期ということになる。この物語は、何時どのようなかたちで日本に渡ってきたのであろうか。

「板橋三娘子」を収める薛漁思の『河東記』は、中国においては南宋の末まで流布していたようである（第二章第一節参照）。ただ、この小説集が直接日本に伝来したか否かは、明らかでない。藤原佐世『日本国見在書目録』（八九一年頃）にも、その名は見えない。「三娘子」の話を収録する書籍には、他に北宋初の『太平広記』がある。勅命により編集が開始され、一年半を費やして太平興国三年（九七八）八月に成ったこの古小説の集成は、三年後の太平興国六年（九八一）に彫印された。しかし、後学の急務とする内容の書ではないとの批判によって、板木を太清楼（宮中の蔵書所）に収められたという。[6] こうした事情から、世間に流布することは稀であったと従来考えられてきたが、最近の研究によれば、[7] 両宋における流伝を証拠づける資料も少なからず存在する。したがって、日宋貿易や渡航僧を通じて比較的早くに伝来する機会は、十分あり得たであろう。

『太平広記』の日本への渡来については、高橋昌明、周以量の両氏の考証[8]に頼ることができる。それによれば、最も早くこの書の名を載せる日本の文献は、藤原孝範（一一五八―一二三三）の『明文抄』であるという。成立の年は明らかでないが、[9] 漢語の故事金言を集録した内容のなかに、『太平広記』からの引用が二か所ある。[10] 時代を下ると、虎関師錬（一二七八―一三四六）の編と伝えられる『異制庭訓往来』にもその名が見える。[11] 同書は、寺院や家庭で学ぶ児童を対象とした一種の教科書であり、知りおくべき漢籍としてこれに書名が挙げられているのは、国内にかなりの読者があったこと示す、というのが高橋氏の見解である。

さらに注目されるのは、これも両氏が指摘する、義堂周信（一三二五―一三八八）『空華日用工夫略集』の記事であろう。[12] 京都五山の文学僧として名高い彼は、この日記の二箇所で『太平広記』に言及している。一つは応安二年（一三六九）二月一〇日の条で、後趙の将軍麻秋に関する質問に、巻二六七・酷暴部の「麻秋」を引いて答えている。これは、「板橋三娘子」を収める巻二八六・幻術部と巻数もかなり近い。もう一つは応安三年（一三七〇）六月一〇日の条で、「伯裘（人をだますキツネ）」について尋ねられ、巻四四七・狐部の「陳斐」を引いて説明している。明らかに周信は、神仙や仏教に関する部門に留まらず、『太平広記』を全巻にわたって読み込み、熟知しているのである。彼が「板橋三娘子」の物語を知っていたことは、ほとんど疑う余地がない。五山の禅僧たちが『太平広記』を読み、広く深い知識を持っていたことは他の資料からもうかがわれ、[13] 日本における「板橋三娘子」の伝播の発信源を考える場合、その一つとしてこうした僧門が浮上してくることになろう。

『太平広記』が初めて渡来した時期については、先の『明文抄』の資料からさらに遡ると考えられる。そこで、大江匡房（一〇四一―一一一一）の『本朝神仙伝』、『江談抄』などにその影響を読み取ろうとする説もあるが、[14]確証は得られない。したがって「板橋三娘子」の渡来の時期は、全く手掛かりのない『河東記』伝来に関する問題も絡んで、特定することが難しい。ただ、『明文抄』以前に遡って、意外に早い可能性もあり得ると考えておくべきであろう。

「板橋三娘子」は、このように一三世紀初頭あるいはそれ以前に、文献を通じてすでに日本にやってきていた。（口頭伝承としての渡来の可能性も、無視することは出来ない。しかし、こちらは拠るべき資料がなく、探索の糸口が見出せない。）しかし、それにもかかわらず、この物語が文献に姿を現わすのは、実はやっと江戸時代初期に至ってのことであった。林羅山『怪談』（『怪談全書』）に見える、「三娘子」と題された翻訳がその早いものである。寛永（一六二四―一六四四）の末年、三代将軍家光の病時の無聊を慰めるために著されたというこの書には、[15]数種の写本が残されており、『怪談全書』等の名で、元禄一一年（一六九八）以降、幾度か版をあらためて刊行されている。[16]「三娘子」の末尾には、「説海ニ見ヘタリ」と記されており、明の陸楫の『古今説海』を底本としたことがわかる。細部における簡略化や改変は見られるものの、全訳といってよいこの翻訳の刊行によって、「板橋三娘子」の物語を知る人の数は飛躍的に増大することになった。[17]

徳川家康以後、四代にわたる将軍の侍講を勤めた碩儒に、こうした著作があるのも面白いが、彼の師である藤原惺窩が京都五山禅林（相国寺）の出身であったこと、また羅山自身も京都五山建仁寺の僧であったことを思い起こすと、「板橋三娘子」の早期の読者であったはずの義堂周信と意外なところで接点を持ち、これもまた興味深いものがある。

ところで、このように見てくると「板橋三娘子」の渡来から羅山の翻訳までには、少なくとも四百年以上の長い間隔があくことになる。この空白は、一体何を意味しているのであろうか。

日本にやって来た「板橋三娘子」が埋もれていた時代、変馬譚として語られ文献に残されたのは、すでに見た因果応報譚、あるいは孝子譚と結びついた『出曜経』シャラバラ草の話であった。中古から中世にかけて、説話文学は仏教思想あるいは仏典の寓話との深い結びつきのなかにあり、わけても人から動物への変身譚の場合、その影響力には極めて強いものが見られる。そうしたなかで、変身譚ではあっても別の出自を持ち、内容も全く異質な「三娘子」の話は、なお隠れた位置に甘んぜざるを得なかったのではないだろうか。無論、一方で流布していた世俗説話には、すでに見たように幻術にまつわる話も残されている。しかし、変驢の幻術を軸に意外な展開を繰り広げる、娯楽的要素の強いこの作品が広く受け入れられるためには、仏教説話から怪異小説へという、江戸初期における文学史上の一大転換がやはり必要だったのである。

「三娘子」渡来以後の文献上の空白期は、このような事情を考慮することによっておおよそ説明がつく。しかし、ここから江戸近世以前における「板橋三娘子」を、全く忘れ去られた存在だったと考えるのは早計であろう。江戸初期、中村某『奇異雑談集』の巻三に見える、「丹波の奥の郡に人を馬になして売し事」に注目してみよう。(18)話のあらすじは次のとおりである。

むかし、丹波の山奥に大きな一軒家があった。その家の住人たちは、別に仕事や商いをしているわけでもないのに、何故か暮らし向きがよかった。また、馬を買いにいった様子もないのに、月に二度三度と、良い馬を売るのである。人の噂では、亭主が秘術で旅人を馬にして売るということであったが、確かなことは分からなかった。

ある時、旅人六人がこの家にたどりついた。五人は世俗の人、一人は会下僧（修行僧）であった。亭主に招き入れられ勧められるままに、五人は眠りについたが、僧一人は、噂を耳にしたことがあった。そこで座敷の奥に坐って眠らず、隙間から覗いてみると、何やら忙しそうな気配である。小刀で隙間をくじってよくよく見ると、畳の台ほどの大きさのものに土が一杯盛ってある。その上に種をまいて薦をかぶせ、釜には飯と汁、鍋には湯が沸かしてある。茶を四五服飲むほどの時間がたって、薦を取ると、蕎麦に似た青草が二三寸に生い茂っていた。それを摘んで、湯で煮て蕎麦のように和え、大椀に盛って食事に出した。

起きてきた五人は、珍しい蕎麦だと喜んで平らげたが、僧は食べるふりをして、隅のすのこの下に捨てた。膳が片付けられた後、一風呂どうぞと勧められて五人は入った。しかし僧だけは入らず、隠れて様子をうかがった。すると亭主は、錐・金槌・釘を持ってきて、風呂の戸を打ちつけてしまった。しばらくして、もういいだろうと言って戸を開けると、馬が一頭いなないて走り出た。夜で門を閉ざしてあるので、庭中を跳ねまわる。続いて一頭また一頭と、五頭が外に出た。もう一頭出て来るはずだと、中を明かりで照らしたが、もぬけの空。どこへ行きおったかと探し回る隙を見て、後ろの山に逃げ延びた。翌日、守護所に駆け込んで一部始終を事細かに告げた。すると守護は、聞き及んでいたことは真実であったかと言い、手勢を率いてそこに向かい、その家の者をみな打ち殺したのであった。

幻術から人形・木牛は消え、代わりに風呂に押し込める一段が加わっている。しかし、紛れもなくこれは「三娘子」の幻術である。『奇異雑談集』の刊行は貞享四年（一六八七）だが、これは再編集本で、古くは天正（一五七三―一五九二）頃の写本が存在する。(19) つまり「丹波の奥の郡…」の話は、明らかに江戸期以前に、すでにこのような翻案となって流布していたのである。文献資料の表面から見るかぎり、「三娘子」の物語には、伝来の後に長い空白期があった。しかし、実はその間の或る時期から民間に流れ出し、このような「旅人馬」伝承の母胎の一つとなっていたのである。話の末尾には、「右　霊雲の雑談なり」と付記されており、それが僧侶によって語られたことがわかる。私たちはこの背景に、日本中世の説話文学を支えた唱導僧・回国行脚僧の姿を思い起こしてよいであろう。(20)

『奇異雑談集』『怪談全書』での登場を契機に、「三娘子」の幻術は、一転して様々な翻案を生み出してゆく。前項で取り上げた並木正三『嫗髪歌仙桜』（一七六二年初演）の煎薬すり替えの場面は、すでに述べたように、おそらく「板橋三娘子」からヒントを得ていよう。ここでさらに二つ、これと先後する資料を挙げておきたい。

先ずは、三坂春編『老媼茶話』（一七四二年）の「飯綱の法」に、不思議な術を使う行脚僧の話がある。(21)

またいつの頃にや有けん、武州川越の御城主秋元但馬守殿領分三の丁〔町〕と云処江、行脚の僧壱人来り宿をかりけるに、あるじ慳貪成る者にて宿をかさざりけり。僧ひたすらに歎き、「日は暮るる、いたく草臥一足も引れ不申。せめては軒の下なりと御かし候へ。夜明れば早々出行可申」と云。主是非なくしぶ〳〵立て戸を開き態と灯をも立ず。坊主内へ入水を求手足を洗ひたばこを呑休息し、「灯はなく候哉」といふ。「是なし」といふ。其時坊主左の手をいろりの内へ差入、五ッの指を火にもやし灯となし、目を張こぶしを握り、鼻の穴へ入るる事臂まで也。其後鼻をしかめ口をあき嚔をすれば、長二三寸斗の人形共弐三百吐出す。此人形共立上り、てん手に鍬を以座中をからすき、忽苗代田の形をなし、水を引籾を蒔田となし穂に出てあからむを、人形共鎌を取大勢にて刈取、つきふるひ数升の米となしたり。其後坊主人形共をかき集大口をあき一のみに飲納、「鍋来れ〳〵」と呼に庭の片角〔隅〕の竈にかけし鍋、おのれとおどりて坊主が前に来りければ、坊主ふたを取、米・水を鍋に入、左右の足を蹈のべ、いろりの縁へ当て、傍に有ける大なたを以て膝節より打砕き〳〵薪となし、火にくべて程なく飯を焚納め、数升の米不残喰尽し、水を一口呑いろりに向ひ吹出しけるに、忽いろり泥水と成り蓮の葉浮び出て蓮の花一面に咲、数百の蛙集りかまびすしく泣〔鳴〕さわぐ。

あるじみて大きに驚き、ひそかに表へ出て若き者共を呼集め、件の事共を語りければ、聞者ども、「夫は慥に化物なるべし。取逃すな」と詈りてん手に棒まさかりを取持て、屈強の若男十四五人斗、家の内へ押入見る。坊主ゆたかに伏て鼾の音高し。「しすましたり」と坊主が伏たる跡先を取かこみ、手足をとらへ頭を強く押へからめ是をとらへんとするに、坊主目を覚し、押へける手の下よりふっと抜出る。是をみててん手に棒をふり上げたたき伏せんとするに、陽炎・稲妻のごとく飛廻り手にたまらず、片原〔傍〕に有ける大きなる徳利の内へ飛入たり。「取逃すな」と詈り、この徳利をとり上るに重くして上らず、徳利おのれと遁廻る。「さらば打砕」と棒まさかりを振上るに、徳利の中より黒煙り吹出し徳利の中鳴りはためき、終に二ツにわれたり。其ひゞき大雷のごとし。十四五人の者ども気を取失ひ、爰かしこに倒れふす。このさわぎの内に坊主はいづかたへ行たりけん、跡形もなく失けりとなり。

昔松永彈正久秀永禄の頃、多門の城にありし時、果心居士といふ魔術者、久秀をまどはしける事あり。果心も此類にや。

三娘子の幻術は、中国においても少なからぬ術者の話を生んだが、この僧の術はそのいずれにも増して奇怪で華々しい。後半の徳利の中に飛び込んで消える術は、『河東記』の「胡媚児」にヒントを得ているように思われる。（『太平広記』は巻二八九の幻術の項に、同じ『河東記』を出典とする「板橋三娘子」と共に、この「胡媚児」を収めている。「胡媚児」の話は、第二章第一節で紹介した。）

もう一篇、高古堂（小幡宗左衛門）『新説百物語』（一七六七年）巻四の「人形いきてはたらきし事」も、つけ加えておこう。(22)

これは廻国修行の僧が、一夜の宿を貸してくれた老女から、未来を予言する不思議な人形を貰うという話。人形の言うことが余りに見事に的中するので、僧は不気味になってこれを捨てようとするが、人形は「ととさま、ととさま」と彼を呼んで追いかけてくるといった展開で、ストーリーとしては全く異なる。ただ、冒頭の次のような描写は、三娘子の妖術の場面を連想させる。おそらく、三娘子の血を引く「旅人馬」の話がヒントになっているのであろう。

ある廻国の僧なりしが、東国にいたり日をくらし野はずれの家に宿をかりて一宿いたしける。あるじは老女にてむすめ一人と只二人くらしける。麦の飯などあたへてねさせける。夜ふけて老女のいふやう、「是れむすめ人形をもておじゃ、湯をあみせん」といふ。旅の僧ふしぎなる事をいふものかなと、ねたるふりして見居たれば、納戸の内より六七寸ばかりのはだか人形ふたつ娘が持ち出でて老女に渡しける。おおきなる盥（たらい）に湯をとり、かの人形をあみせければ、此人形人の如くはたらき、水をおよぎ立居をいたしける。……

気になる話の結末であるが、幾度捨てても追いついて懐に飛び込む人形に困り果てた僧は、次の宿で夜更けにこっそり起き出して、宿の亭主に相談する。すると彼は、「菅笠に人形を乗せて川に腰までつかり、溺れた真似をして笠を流してしまいなさい」と教えてくれる。教えられた通りにしてみると、人形は笠に乗ったまま流れてゆき、その後は何事も無かった、ということで先ずは安心させられる。しかし、実は人形は、やってくる旅人が転んだり落馬したりするのを予言して、薬で治療して謝礼を貰うよう僧に勧めたのであり、悪意があるとも思われない。してみれば、「ととさま」に捨てられてしまった人形も、どこか哀れではある。

下って一九世紀になると、三娘子は読本・合巻の中に幾度か姿を変えて現われる。文化八年（一八一一）刊の小枝繁『催馬楽奇談』、文政八年（一八二五）から天保四年（一八三三）にかけて刊行された、曲亭馬琴『殺生石後日怪談』、文政一一年（一八二八）刊の関亭伝笑『河内国姥火』には、いずれも「三娘子」の幻術から想を得た一段が見える(23)。

『催馬楽奇談』では、藤原家の老臣楯四三平の娘重井に横恋慕する悪人八平次が、有馬湯治の重井父娘を追う途中、丹波と摂津の境にある三国嶺で、従者の団助と共に怪異に遭遇する趣向になっている（巻之二）。

八平次と団助の主従が三国嶺に差し掛かったところで、日はとっぷりと暮れてしまう。難渋する二人は、林の奥から漏れくる灯火を頼りに、一軒の家にたどり着く。山中には珍しい立派な構えを不審に思いながらも、旱天の慈雨と喜んで門を叩くと、中から年のころ六十ほどの老翁が現われた。事情を話すと、同情した老人は二人を招き入れ、食事を出して親切にもてなしてくれる。聞けば、この地は三国嶺の山続きの駒形嶺で、丹波から有馬に抜ける間道にあたるという。やがて夜も更け、一室を与えられ床に就いたが、旅の疲れから高鼾の団助を横に、重井のことを思いつめる八平次は一向に眠れない。すると壁を隔てた隣りから何やら物音が聞こえてくる――。続く一節はおおよそ見当がつこうが、ここは原文を抜き出しておくことにしよう(24)。そこで繰り広げられる幻術は、日本風に米の餅を作ることになっているが、他は「板橋三娘子」そのままである。

> ひそかに壁の崩れより覗き看れば、あるじの翁灯火を明らかにし、大きやかなる箱をとり出し、その蓋を披き、裏より一箇の木偶と一箇の木牛とをとりいだし、これを小庭に置、地上に水を灌、何やらん云て手を撲てば、彼木偶人おのれと起て歩出、木牛を牽耒耜をもて、水に灌げる処を耕し、忽ち水田となし、又前の箱の裏より、一包の米をいだし、これを蒔ば俄に稲生茂り花咲実熟しければ、やがて苅とりて米にするに三四升ばかりもあり、又それをさゝやかなる臼にて挽粉となしぬ。此時主の翁又何ごとかを云て手を撲てば、人も牛も其まゝ其処に転び仆れて、再び動かずなりしを、やがて故の箱に納め、それより彼米の粉を舂て、幾枚かの餅に製ぬ。……

翌朝、茶とともに餅が出される。八平次は腹痛と偽り、厠に行くふりをして抜け出し、物陰から様子を窺う。熟睡して遅く目を覚ました団助は、何も知らずにその餅を食べ、見る間に葦毛の馬になってしまう。八平次は、老人が自分を探しに厠へ向かった隙に、この馬に跨がって一目散に逃げ出す。

このあと、団助が変じた馬は様々な妖祟をなすが、最後は、老翁（実は山神）に再びめぐり合い、罪を咎められて命を落とすことになる（巻之五下）。この一段も、左に示すように「板橋三娘子」の展開を借りている。

〔翁〕何やらん呪文を唱へけるに、怪哉彼馬一声高く嘶て、三回四回くるくると巡ると見へしが、そのまゝ其処に転び臥たり。翁立より口の辺を引裂ば、裡より一人の男現れ出ぬ。翁捷を上げて撲地と撃てば大地にどうと倒れて死失たり。

つまり「板橋三娘子」に見える二つの術を、すべて取り込んで物語に活かしているのである。これも羅山『怪談全書』が及ぼした影響の大きさであろうか。

一方、『殺生石後日怪談』に見える幻術の場合は、むしろ『奇異雑談集』の丹波の話に近い。この物語に登場する紫の方は、殺生石に祈願を込め、九尾の狐の霊が憑いた妖女で、那須野のほとりで幻術を使って人々を苦しめる。そのなかに生きながら人を馬に成す術があり、「其法術は小麦の中に毒薬を相加て、行客に食べさせ、又風呂の湯にも毒薬を煎じ置きて、欺きて其湯に浴るれば、僅に半晌許の程に、其人生ながら馬に成ざるなし」（下之巻）というものである。[25] なお毒薬の製法については詳細な記述はなく、人形や木牛が登場することもない。

また関亭伝笑『河内国姥火』[26]では、大江山に住む仙娘子が、馬烈道人から伝授された妖術で人を馬と化す。この術で使われるのも麦の餅で、仙娘子は餅のすり替えで馬にされてしまう。（ただ人形・木牛の道具立てはなく、風呂に入れるくだりもない。）

このように俄かに賑やかになってくる「三娘子」の翻案の中で、異色の作品として謡曲の「馬僧」がある。[27] 話は、行脚の修行僧二人が山路に行き暮れ、一軒家に宿を借りるところから始まる。親切に迎え入れた家の者は、ちょうど餅米があるのでそれを御馳走致しましょう、先ずはお休みなさいませ、と言う一方で、竈のあたりはお覗きになりませんようにと釘をさす。旅の疲れで二人は前後不覚に眠り込んだが、一人の僧がふと目を覚まし、こんな貧乏な家に餅米とはと不審に思い、物陰からそっと窺ってみる。この後は例の場面となるが、これも原文から引用しておく。(28)

して　あるじは角とも白波の。音をも立ず夫婦の者。餅米少（し）取出して。真砂を鉢にたくはへつゝ。砂中に穀種をはなちければ

同上　しばらく有て彼鉢に。彼鉢に　苗生じけり穂に出（で）て。程なくみのる秋の田の。やがてかりほの園のうち。夫婦諸共に　かしげばやがて餅となる。……

続く展開を簡単に説明しておくと、こうして出来上がった餅を出され、一部始終を見た僧は、隙を窺ってこれを袂に隠す。しかし、何も知らぬ一人は食べて馬になってしまう。それを目の当たりにしながら、いま一人はなす術もなく、涙ながらにその場を立ち去る。しかし、のちに再びこの家を訪ねて剣で家の者を威すと、例の餅がなければ人に戻せないという。そこで懐の餅を出し、友の僧に食べさせて人の姿に戻し、二人連れ立って修行の旅に出る。

この作品は、伊達家旧蔵の仙台本第一種のみに見える珍曲で、近世の作と推定されている。(29)「板橋三娘子」の物語は、このように小説に限らず、歌舞伎・謡曲にまで及んで取り入れられており、その人気のほどが推し測れよう。ただ、それらはいずれも幻術を中心とした部分的な翻案であり、作品全体を受け継ぐ形での創作の誕生は、残念ながら見られない。

【旅人馬】

「板橋三娘子」に関わる近世までの文献資料は、およそ以上であるが、この系列で取り上げておかなければならない、重要な話群がまだ残されている。それが、口頭の伝承として今に伝わる「旅人馬」の昔話である。

旅人を馬に変える妖術使いの宿の話は、民話学では「旅人馬」として括られ（タイプ番号二八六）、東北から九州に至る各地からの採話が報告されている。『日本昔話通観』によれば、あわせて二十数話にのぼるが[30]、幾つかのタイプに分類することができそうである。試みに五種類に分けてみると、A：『出曜経』系の話と「板橋三娘子」を融合させたタイプが二種類、B：「三娘子」を原話とするタイプが二種類、C：『出曜経』「三娘子」のいずれとも異なるもの、ということになる。（仮にこれをA-1・2、B-1・2、Cとしておく。）いささか煩瑣になるのを承知の上で、これを通覧しておきたい。

先ず最初に融合タイプ。二種類の一つ（A-1型）は、『出曜経』のシャラバラ草と、「三娘子」の詐術による仕返しを組み合わせた型で、前項で紹介した新潟県の「旅人馬」もこれに当たる。他に岩手・宮城に話が残っているが[31]、短い宮城の話の方を左に挙げておく。

むがすむがすなあ、ある村の若人達（わげしたち）三人してお伊勢参りさ行ったど。ほうして、ある宿屋さ泊まったれば、節でもねえ、うまそうな草餅出されだどさ。これゃ、珍しいど思って食ったれば、次の朝ま、三人とも馬になって、口もきけねんで、たんまげでしまったど。そごさ馬喰がやってきて、三匹の馬を買ってったんだって。ほうして、ある大っきな百姓家さ売られで、朝ま早くからこぎ使われで、夜さなっと、二匹は同じどこさ、一匹は別な馬屋さ入れられだどさ。

ある晩、長え髭コ生やした爺さまが、一匹の馬屋の前さやってきて、「お前も馬にされだのが、気の毒にな。この山の奥に薄の原っぱがある。その薄の中から縞の薄を捜して食えば、元の人間になる」て語って聞かせだんだって。

ほんで、次の朝ま、厩栓棒を跳び越えで山の奥さ行ってみだれば、ほんとに薄の原っぱがあったど。その中から縞の薄を捜して食ったれば、顔から首、首から胴とたちまち元の若者にけったど（もどったと）。これや、えがった、友達さも食せんべど思って、その縞の薄を刈ってきて友達さ食せだれば、見でるうちに元の姿にけったど。それから三人は、仇とんねげ腹の虫が収まんねんで、馬にさせられだ宿屋さ行ったど。ほうして草餅を盗み出して、それでうまそうな菓子をこせで、「お伊勢参りのお土産だ」て宿屋の人達さ食せだれば、見てるうちに皆馬になってしまったんだどさ。

「三娘子」の幻術は消えているが、二つの話をうまく組み合わせて、まとまりのよい物語に作りあげている。人間に戻る方法は、岩手の話では、聞こえてくる浄瑠璃の文句がヒントになり、縞の薄を食べることになっている。

融合タイプのもう一種類（A-2型）は、「三娘子」の幻術と『出曜経』のシャラバラ草を組み合わせた形で、こちらも上手くまとまった話になっている。鹿児島から六話が採録されている(32)ほか、新潟から二話(33)、岡山から一話が見つかっている(34)。鹿児島の喜界島に伝わる話を、あらすじによって示しておく。

兄弟のように仲の良い、金持ちの子と貧乏の子がいた。ある時、二人で遠くに旅に出て、日暮に宿をとった。夕食を食べて横になったが、貧乏の子は寝つかれない。目をあけて囲炉裏端を見ていると、夜中に宿の女が囲炉裏を田でもこなすようにかき回し、稲の種を蒔いた。苗が伸びてそれを植え、田の草を取ると、だんだん穂が出てきた。刈り取って磨って搗いて米がとれると、それで餅を作った。何とも不思議なことだと考えているうちに夜が明けた。

宿の女が二人を起こして茶をすすめる。貧乏の子は、金持ちの子に餅を食べるなと小声で教えたが、聞こえなかったのか食べてしまう。二つ目を食べると馬になってしまい、たらたらと涙を流した。貧乏の子は、必ず元の姿に戻してやると約束して宿を出ていった。

長い間あちこち歩いた末、ある日のこと白髭の生えた七十ばかりの爺さんに行き会った。わけを話すと爺さんは、この先の茄子畑で東に向いた一本から茄子七つとって食わせればよい、と教えてくれる。苦労して七つなった茄子を捜しあて、宿屋に戻って食べさせると、金持ちの子はもとの姿になった。

二人が家に帰ると、金持ちの父は遅くなったわけを尋ねた。そこでこれまでのことを話すと、父親は財産を二つに分けて、半分を貧乏の子にくれた。それで貧乏の子も大金持ちになったという。

このA-2型の話は、鹿児島の喜界島・沖永良部島・徳之島・奄美大島・甑島など、南端の島々から集中的に採話されている。ここから先ず念頭に浮かぶのは、海洋経由の大陸からの伝播のルートである。しかし、これらの話の中には、丹波の国で「丹波の国の一夜餅」を食べて馬になる話が二例含まれている（類話3・4、いずれも奄美大島で採話）。さらに、岡山・新潟にもこのタイプの話があることからすると、むしろ、国内での東からの伝播と考えるべきであろう[35]。

ところで、こちらのA-2型の話では、仕返しの部分が消え、幻術の方が活かされている。面白いことに、このA-1・2の両型に組み込まれた「三娘子」の話は、前者の場合は仕返し、後者の場合は幻術と截然と区分され、この二つが共に利用されている例は見当たらない。また、このA-1・2の両型の分布状況も興味深い。A-1型は東日本、A-2型は西日本を領域としており、両型の話をともに残すのは新潟のみとなっているのである。これは、A-1型とA-2型とが別の成立過程を持ち、東と西の逆方向の伝播をしたこと、しかもその伝承者達が原話の「板橋三娘子」を知らなかったため、二つの要素の混同が起こらなかったことを示しているように思われる。つまりこの両型の話は、「板橋三娘子」の物語が広く世に知られる前に作られ、それが原話を知らない別々の伝承グループによって、遠く東北あるいは南端の島々にまで語り伝えられたのではないだろうか。[36]（両型が共に受け継いでいるシャラバラ草の話は、『宝物集』や日蓮遺文の例が示すように、「板橋三娘子」が知られる以前に、すでに話材を提供するに十分な物語化を遂げていた。）

次に、「板橋三娘子」を原話とする話群には、「三娘子」をほぼそのまま翻案したもの（B-1）、前半は「三娘子」の幻術、後半は別の話で結ばれるもの（B-2）の二種類がある。前者は、山形・福島・京都・岡山から一話ずつが採取されている。[37] 山形の例を、あらすじで示しておく。

むかし、美人の娘が旅籠を営んでいた。泊まり客がいても、その客が出てきたためしがなく、いつも馬が五、六頭つながれていた。

不審に思ったある男が泊まって様子を窺うと、夜中にその馬で内庭を代掻きする。そして蕎麦の種を蒔くと、一晩のうちに実がなった。それを挽き臼でひいて、蕎麦饅頭を作った。朝、これを客に出すと、食べた客は馬になってしまう。これを見届けたその男は、他で蕎麦饅頭を買ってきて、それを食べて娘をだまし、逆に宿の饅頭を食べさせ馬にしてしまう。

この馬に乗って、あるとき野原まで行くと、空から仙人が降りてきた。馬は仙人を見るとポロポロと涙を流した。仙人は自分の仙術を悪用したことを咎めた後、今回だけはと許し、馬から元の娘の姿に戻した。その後は、乗せていた男と結婚したという話もあり、煙のように消えてしまったという話もあり、よくは分からない。

この山形の話は、原話との類似が著しい。しかしそれは、この話が「三娘子」の翻案として早期の作であることの証左とはならない。逆に、広く流布し始めた原話を忠実になぞって作られ、しかも物語が変化してゆく時間と伝承過程を経なかった結果と考えれば、成立はむしろ新しい。また最後の結婚の話は、いかにも唐突である。おそらく、ヨーロッパの昔話が話者に影響を及ぼしているのであろう。

福島の話も同様に「三娘子」の展開を踏襲しているが、こちらはごま饅頭を食べて牛になる「旅人牛」であり、人形は登場しない。また三娘子役は「老婆」、最後に彼女を人間に戻してくれるのは「神様」となっている。京都の話も「旅人牛」で、宿屋のばあさんが、切り紙の人形に魔法をかけて、蕎麦を作らせる。後半は、一部始終を盗み見た男が、ばあさんに口止めされて逃げ帰ってくるという展開で、仕返しはない。岡山の話の場合は、老婆が人形を使い団子を作る。人に戻る方法（馬の両唇を持って引き裂く）は、馬になっても口がきける老婆から聞き出す。そして術の被害に遭った者たちを助けてやる、という結びになっている。いずれも山形の話よりも変容の度合いは大きいが、原話に基づいた起結を備える福島・岡山の話は、やはり「三娘子」の物語の流布と関わり合っているように思われる。基本的にこのB－1型の話は、A－1・2型よりも新しいと考えられる。分布範囲が山形から岡山までとA型より狭いのも、そのことを物語っているのではないだろうか。

もう一方の、結びに別の話が接合するB－2のタイプは、新潟・山梨から一話ずつ採取されている。(38) ここには山梨の話を挙げておこう。

和尚が六人の若者を連れて山越えをし、道に迷って爺のいる一軒屋に泊まる。爺は炉へ夕飯の粥鍋を掛けておいて隣室へ入るので和尚がのぞくと、爺はたらいへ土を入れ種をまいている。粥が煮えるころには青草になっているのまで見届けて和尚がもどると、爺は青草を持ってきて粥に入れて一同にすすめる。和尚は粥を懐へこぼして食べないでいるが、六人の若者は食べて、すすめられるまま風呂に入る。和尚が隠れて見ていると、若者はつぎつぎ馬になり馬屋につながれる。爺は、馬が六匹しかいないので捜しまわり、逃げている和尚を鬼になって追う。和尚が称名を唱えながら走っているうちに朝日が出て、鬼はひき返し、和尚は助かって人里へ出た。

これは『奇異雑談集』の話と同じ内容で、主人公は僧侶、後半は昔話によくある逃竄譚になっている。先の山形の話（B－1型）と比べると、こちらの方が「旅人馬」の古型を伝えていよう。『今昔物語集』に見られた古い変馬譚の系譜（これは後で紹介するC型に属する）に、「三娘子」の幻術が溶かし込まれた形になっている。奇談的性格の強い「板橋三娘子」は、当初、物語全体が語り伝えられたのではなく、話者の興味を引く一節のみが翻案され、このようにより古い伝承と接合されていったのである。

新潟の話は、旅の武者修行の男が爺婆の家に泊めてもらい、床下を耕してできたキビの団子をすすめられる。男はそれを食べた泊まり客が馬になるのを見、団子を断った。すると爺婆に外に放り出され、気づくと天狗にだまされていた、というもの。これも昔話にお馴染みの天狗によって話を結んでいる。

以上の四種の話群の他に、少数ではあるが、『出曜経』「三娘子」のいずれとも異なる話（C型）がある。これは秋田に伝わる一話が挙げられる[39]。あらすじを紹介しておこう。

むかし町へ一人の六部（行脚僧）がやってきた。不思議なことにその踵には馬の毛が生えていた。宿の者たちが不審顔をすると、六部は自分からこんな話を始めた――

六部がまだ若かった頃、諸国を廻っているうち、ある寺に泊まった。夜半に何やら騒々しいので、何気なく覗いて仰天した。昼間は、ちゃんとした和尚や小僧だと思っていたのが、皆、犬や猿や馬といった獣ばかりであった。「これは大変な化け物寺に泊まってしまった。何とか逃げ出さねば」と、こっそり畳を起こし、敷板をはがして逃げ出した。

夢中で逃げたが、気づいた化物たちは後を追って迫ってくる。もう少しで追いつかれそうになったとき、一番鶏の鳴く声が聞こえた。すると化物たちは急に元気がなくなり、諦めて引き返した。しかし、先頭を走ってきた馬は、その戻りしなに如何にも口惜しそうに、六部を目がけて馬沓を一足投げつけた。ハッとして身を避けたけれども、運悪く後ろ足の踵に当たってしまった。すると、不思議なことにこんな毛が生えてしまった、と。

この話から思い起こされるのも、先の山梨の話（B-2型）後半部と同様、『今昔物語集』の「四国の辺地を通る僧…」である。こうした逃竄譚を基本とする話型は、神話や説話伝承に古くから一般的に見られる。シャラバラ草とも三娘子の幻術とも無縁なこのタイプが、実は最も古い形の変馬譚の名残を留めているのではないだろうか。

『昔話通観』が収めるのはこの一例のみであるが、同型の話は、石川・岐阜両県にまたがる霊山、白山に伝わる「畜生谷」の伝説にも見られる。玉井敬泉『白山の伝説』（「白山文庫」第九輯、一九五八年）に、次のような話が紹介されている。[40]

畜生谷

参詣の道者がここの水を呑めば苦しくなるというて恐れている。昔三河国深山某が、ここで道に迷い夜中になり、細々と見ゆる燈火をたよりに、一夜の宿を頼むと、中から小さな女が出てきて、あなたは何の為に此のような所へ来られたのか、ここは、畜生道である。自分はあなたに仕えている小白丸である。早く早くここをお去りなさい。というので、彼の深山某は、急ぎ立ち去ろうとした時に、中から牛頭・馬頭の二つの鬼が出て来てきて、馬の轡を投げかけ、それが足の大筋に当ったと見ている間に、そこに馬の毛が生えたという。深山某は帰国して見た所、自分の家の飼犬小白丸が、留守中に死んでいたから、その日を算合してみた所、丁度畜生谷で道に迷うた日であった。

（石徹白文書）

「畜生道」の説話には、すでに見たように古い流れがあり、それがここにも受け継がれている。[41] 動物への変身の怪異は、中国においては南方少数異民族の世界の〈現実〉へと流れ込んでいった。しかし、四方を海洋に囲まれ、他民族との隣接あるいは共存が殆ど意識されなかった日本では、そうした不思議は山中の〈異界〉へと押し上げられ、仏教的な「畜生道」の発想と結びついて、独自の伝承を形作っていったのである。

口頭伝承の伝播・変遷の過程については解明が困難で、粗描レベルの仮説しか組み立てられそうにないが、「旅人馬」の資料を通覧しつつ、そうした問題にも触れてみた。あらためて輪郭を示しておけば次のようになる。「旅人馬」の話群のうち最も古い形を残すものは、『今昔物語集』にも姿を覗かせるC型であろう。話の数は少なく目立たない存在となっているが、「畜生道」の異界幻想は、山中を舞台とする日本の変馬譚の基層を流れ続けている。これに次いで古いのが、最も数の多いA-1・2型で、「旅人馬」を代表的する話群となっている。共に『出曜経』シャラバラ草の話を基盤としており、『宝物集』に見える「安族国商人」の話の流布と関わりがあろう。これに「板橋三娘子」の断片が融合して1・2型の話が出来上がり、それぞれ東と西に全国的な流布を見せた。しかし、両型の話が互いに影響し合うことはなかった。B-1型は、「三娘子」の物語の流布と共に広まった新しい話群であり、したがってA-1・2型ほどの分布を見せるには至らなかった。B-2型は、一方に古い伝承を含み、「板橋三娘子」が日本古来の説話に織り込まれてゆく様を伝えている。(『今昔物語集』のC型の起源は未詳。『出曜経』「板橋三娘子」の話の渡来については、口頭伝承による可能性も一概には否定できない。しかし、その論拠となる資料も見当たらない以上、文献によって渡来した後に口伝で国内に広まったと考えるのが、やはり妥当なところであろう。[42])

なお、B-2型やC型の話を中心に、しばしば僧侶が登場するのは、説話の形成と伝播に、彼等が深く関わっていたことの現われであろう。ただ、一つ奇妙に思われるのは、最も多いA型の話のなかに、僧侶がほとんど登場して来ない点である。[43]A型の二本の柱であるシャラバラ草と「三娘子」の話には、いずれも物語の発信源として僧門が浮上していた筈であった。この矛盾をどう読み解いたら良いのか、疑問が残る。今、あらためてA型の主人公に注目してみると、A-1では伊勢参りや京参りの旅人が目立ち、A-2では、仲のよい友達や兄弟となっている。発信源としての僧門とは別に、庶民層が伝播者として加わってきていることが、ここに示されているのではないだろうか。

以上通覧したように、『カター』『千一夜』系列については日本の場合、「板橋三娘子」の受容と翻案の歴史ということになる。「三娘子」の物語全体を長編に発展させた作品は、日本においても誕生することはなく、多くは部分的な享受と活用の形をとった。しかし、説話文学や読本・合巻から、歌舞伎・謡曲にまで及ぶ様々な翻案、さらには口頭伝承としての全国的な伝播の跡は、やはり中国の場合とは対照的な様相を呈している。殊に三娘子の使う幻術は、人形や木牛は忘れ去られがちであったものの、彼女の故国を遥かに凌ぐ人気で迎え入れられた。変馬の術に対する日本人の関心は、シャラバラ草の話に窺われるように古い来歴を持つが、殊に近世、説話文学が仏教的な教導性から解き放たれるなかで、さらに自由に羽を伸ばしていったのである。

最後にさらに時代を下って、近現代の日本の作品についても一瞥しておこう。「板橋三娘子」の知名度は、近代以降決して高くはない。しかしその受容と翻案は、途絶えることなく現在まで続いているようである。私達は漫画や童話、あるいは小説のなかにも、時にこの三娘子（あるいは彼女の面影を残す術使い）の姿を見つけ出すことができる。たとえば、水木しげる『河童の三平』中の挿話、長谷川摂子・井上洋介『ふしぎなやどや』の絵本、平岩弓枝『道長の冒険』の鶏娘子など。[44]日本の作家や読者にとって、この魔術の物語は、その魅力をなお失っていないと言えよう[45]。

(1) B. H. Chamberlain. Aino Folk-Tales. Publ. of the Folk-Lore Society: 53. London, 1888.

(2) この話は、前掲書の五三頁に見える。大林氏の翻訳は原著の文章に忠実な全訳であり、抄訳ではない。なお、チェンバレンのこの著作については、ステファン・リーチャヌ君の調査のお蔭で、独協大学所蔵本をコピーによって閲読することができた。ステファン君の御尽力と独協大学図書館の御厚意に感謝する。

(3) この点に関しては、アイヌ語研究の村崎恭子氏（元横浜国立大学・日本語教育）にも御意見をうかがったが、やはりアイヌの神話としては違和感を覚えるとのことであった。もっとも、アイヌ民族が農耕と全く無縁だったわけではなく、採集狩猟の生活に依存しながらも、一方で穀物の栽培を行っている。工藤雅樹『蝦夷（えみし）の古代史』（平凡社新書、平凡社、二〇〇一年）によれば、アイヌ文化の前段階にあたる擦文（さつもん）文化（七―一二、三世紀）の遺跡からも、農具やアワ・ソバ・ヒエ・緑豆などの栽培植物が発見されているという（一二三一頁）。こうした一面を重視すれば、古い伝承であることの可能性はなお残されるかも知れない。

(4) 山田孝子『アイヌの世界観 「ことば」から読む自然と宇宙』（講談社叢書メチエ、講談社、一九九四年）によれば、アイヌの世界観においては、アイヌ・モシリ（人間の世界、アイヌの大地）には、人間・動物・植物といった実在するものばかりでなく、災いの元凶となる超自然的存在も、天の神々の関与のもとに同時に生み出されたと考えられている（一八頁）。つまりアイヌ・モシリは、創造当初から楽園ではなかったのである。また、萱野茂『カムイユカラと昔話』（小学館、一九八八年）所載の「国造りの神とフクロウ」によれば、天界から降りたコタンカラカムイ（国造りの神）によって造られたアイヌ・モシリには、最初は一木一草も生えていなかった。神々は草木や穀物の種蒔きをフクロウに頼み、その昼夜にわたる働きのお蔭で、食べられる草や穀物が生え人間も増えたという（三二三頁）。この話の採録は一九六二年（場所は平取町荷負本村）と比較的新しいが、アイヌ・モシリはやはり楽園として創造されてはいない。こうした点からすると、この創世神話の前半部についても、さらに検討が必要となりそうな気がする。

なお、井本英一「ユーラシアの変身・変化思想」（『習俗の始原をたずねて』所収、初出誌は『季刊自然と文化』第一九号、一九八七年）は、このアイヌ神話から狼人信仰と再生の意味を読みとろうとしている（二四八―二四九頁）。しかし、これもまた再考の必要があろう。

（5）　山田秀三『北海道の地名』（北海道新聞社、一九八八年、初版は一九八四年）によれば、シウンコツは、金田一京介にユーカラを伝えた大伝承者、ワカルパのいた地として知られる。幕末までは沙流川下流東岸の崖上に大きなコタン（部落）が作られており、「北海道」の名付け親として知られる松浦武四郎の『左留日誌』にも記述があるという（三六二頁）。松前藩の統轄のもとに盛んであった交易などを通じて、和人側から説話が流れ込んだ可能性も考えられよう。

（6）　南宋の王応麟『玉海』巻五四に、『宋会要』を引いて経緯が述べられている。ただ、『玉海』の注記の内容には矛盾するところがあり、全面的には信用できない。

（7）　竺沙雅章「『太平広記』と宋代仏教史籍」（『汲古』第三〇号、一九九六年）、富永一登「『太平広記』の諸本について」（『広島大学文学部紀要』第五九巻、一九九九年）、周以量「日本における『太平広記』の流布と受容――近世以前の資料を中心に」（『和漢比較文学』第二六号、二〇〇一年）、張国風「《太平広記》在両宋的流伝」（《文献》二〇〇二年第四期）などの研究がある。

なお周以量氏は、江戸期の考証家北静廬の『梅園日記』（一八四五年刊）に、『太平広記』の中国での流布に関する同様な見解が、すでに示されていると指摘する。該当箇所を示しておくと、巻一の「寄絵恋歌」で、『広記』について「かく板にも彫て頒行しけれども、板を蔵したれば、伝ふることすくなしとなり。たえてなしといふに非ず。されば宋人の書中に、此書を引たるもの、慎言がおぼえたるも三十種斗はあり」云々と、精密な論が展開されている。慎言は静廬の名。『梅園日記』は、『日本随筆大成　第三期12』（吉川弘文館、一九七七年）に収載。

（8）　高橋昌明『酒呑童子の誕生　もうひとつの日本文化』（中公新書、中央公論社、一九九二年）の六一―六二頁、および周氏前掲論文。

（9）　遠藤光正『類書の伝来と明文抄の研究――軍記物語への影響』（あさま書房、一九八四年）は、第三章第二節の「明文抄の編者と成立時期」において、孝範の中年以降の著述で、貞永元年（一二三二）以前の成立と推定している（一五一―一五二頁）。

（10）『明文抄』は、『続郡書類従』本を参照した（第三〇輯下・雑部）。第五巻の「神道部」に、『太平広記』と出典を明記して、巻一五・神仙部と巻一〇一・釈證部からの短い引用がある。ただ、いずれも若い数の巻からの引用であり、「板橋三娘子」所載の巻二八六・幻術部とは、巻数の隔たりがある。

(11)『異制庭訓往来』は、『群書類従』本を参照した(第九輯・消息部)。この書は虎関師錬の編とされているが、定かではない。『日本古典文学大辞典』(岩波書店、一九八三―一九八六年)は、「著者未詳。内容より、南北朝時代の延文―応安(一三五六―一三七五)間の成立と目される」という(第一巻、一四六頁、石川松太郎解説)。

(12)『空華日用工夫略集』には、蔭木英雄『訓注空華日用工夫略集　中世禅僧の生活と文学』(思文閣出版、一九八二年)があり、これを利用した。応安二年二月一〇日の条は五八頁、応安三年六月一〇日の条は七二頁に見える。

(13)周氏論文は、瑞渓周鳳『臥雲日件録』等を挙げる。

(14)川口久雄「『本朝神仙伝』と神仙文学の流れ」は、『本朝神仙伝』執筆にあたって、大江匡房が『太平広記』を参照したことも考えられなくはないとする。同論文は、『国語と国文学』五一三号(一九六六年)所載の論文と、『古本説話集』(日本古典全書、朝日新聞社、一九六七年)附載の「本朝神仙伝」解説の一部をもとに書き改められたもので、『西域の虎――平安朝比較文学論集』(吉川弘文館、一九七四年)に収められている。二二四―二二五頁参照。

また大曾根章介「平安時代の説話と中国文学」は、大江匡房『江談抄』中の唐代説話の引用が『太平広記』に見える話と関わるところから、大江家の蔵書のなかに『太平広記』が含まれていたかも知れないと指摘する。同論文は、『大曾根章介日本漢文学論集　第三巻』(汲古書院、一九九九年)に収められている。一二二―一二六頁参照。(論文の初出誌は、国文学研究資料館講演集6『日本文学と中国文学』一九八五年。)

両論文の存在も、周氏の論考を通じて知った。

(15)朝倉治彦・深沢秋男編『仮名草子集成』第一二巻(東京堂出版、一九九一年)の解題によれば、羅山の『編著書目』(「林羅山集附録」巻第四)に「恠談　二巻」とあり、「寛永末年　幕府御不例時應　教獻之爲被慰御病心也」の注記が付されているという(三六七頁)。

(16)前掲『仮名草子集成』第一二巻、解題の三五一―三六一頁に詳しい。

(17)岩波『日本古典文学大辞典』第一巻によれば、この翻訳書が果たした啓蒙的な役割は極めて大きく、後代の読本に影響を及ぼしているという(五五三―五五四頁、富士昭雄解説)。

羅山と怪異譚との関わりを取り上げた論考としては、中村幸彦「林羅山の翻訳文学――『化女集』『狐媚鈔』を主として」

（『中村幸彦著述集　第六巻　近世作家作品論』中央公論社、一九八二年）、木場貴俊「林羅山と怪異」（東アジア恠異学会編『怪異学の技法』臨川書店、二〇〇三年）がある。中村論文によれば、羅山は儒者として「怪力乱神を語らず」の立場を取りながら、訓戒を含めて怪を語ること、文章（文学）の活法として怪を語ることを許容しており、そうした言説の背後に、怪異に深い関心を寄せていた彼の一面が浮かび上がる。また木場論文は、羅山の怪異に関する著述が、それ以降の文芸や思想に与えた影響の大きさを論じている。『恠談』に関して言えば、もともと三代将軍家光の病時の無聊を慰めるために著されたというこの書が、元禄一一年（一六九八）に『怪談全書』として刊行されると、これまでは限定された人達しか知ることのできなかった中国怪異譚が、民間にも広まることになった。それは文芸にも意欲的に採り入れられ、たとえば享保一七年（一七三二）市中散人祐佐『太平百物語』の「西の京陰魔羅鬼の事」は、『怪談全書』所収の「陰魔羅鬼」を、安永八年（一七七九）鳥山石燕『今昔画図続百鬼』巻之中「陰魔羅鬼」の図に添えられた文章も、『怪談全書』を参考にしているという。「板橋三娘子」もまた同様であったと考えられる。

(18)　この話については、すでに南方熊楠「今昔物語の研究」に指摘がある（平凡社『全集』第二巻、二二四頁）。

(19)　吉田幸一編『近世文芸資料3　近世怪異小説』（古典文庫、一九五五年）の解題による（三八二―三八三頁）。天正頃古写本は、曲亭馬琴の旧蔵書が柳亭種彦の手に渡ったもので、明治四一年までは現存したが、以後所在不明という。しかし、朝倉・深沢編『仮名草子集成』第二一巻には、吉田幸一蔵本として翻刻されている。なおこの解題では、『奇異雑談集』の成立を天文一五―二〇年（一五四六―一五五一）の間と推定している（三八三―三八六頁）が、岩波『日本古典文学大辞典』第二巻によれば、この説は現在支持されておらず、近世初期説が有力とのことである。成書の経緯は複雑で、四系統の話群を集成しており、その古いものは天文年間（一五三二―一五五五）の編纂に遡るという（九九頁、原田行造解説）。

(20)　今野達「遊士権斎の回国と近世怪異譚」（『専修国文』第二四号、一九七九年）は、『奇異雑談集』に関する考察の中で、「丹後の奥の郡……」の話にも論及し、それが「今昔物語集以来、回国行脚僧が僻奥の怪異として俗間に伝えた人馬説話の一つだった」とし、さらに「この型の話で、例外なく一人の回国行脚僧だけが危機を脱し、希有の体験を世間に伝えたとするのは、…（中略）…話中の生還者――つまり回国修行僧こそ説話運搬者の投影だったことを示唆している」と指摘する（一八頁）。
　また氏は、『奇異雑談集』の編者が本話を「雑談」の場で採取していることに注目し、次のように分析される。「回国聖等の本話遊説は、…（中略）…説話の伝達は所詮方便であって、目的は別途にあった。しかし、それが折々の雑談の話題と化したことは、伝承の本意が信仰伝達の目的からそれて奇譚異聞に対する関心または興味に移ったことを意味するわけで、そこには説話伝承の本意に関わる大きな質的変化が認められる」（一六頁）。この観点を借りて「板橋三娘子」の翻案伝承化の問題を考えてみると、教導の方便としてよりも奇譚異聞として人の興味を引くこの物語は、やはりこうした説話伝承の質的変化（それは近世怪異小説へとつながる）を背景に、広く人々の口の端に上るようになっていったと思われる。

なお同論文は、のちに『今野達説話文学論集』（勉誠出版、二〇〇八年）に収録された。

（21）高田衛・原道生編『叢書江戸文庫26　近世奇談集成（一）』（国書刊行会、一九九二年）所載の高橋明彦校訂『老媼茶話』に基づき、続帝国文庫の田山花袋・柳田国男編『近世奇談全集』を参照して、一部表記を改めた。

（22）『新説百物語』は、『叢書江戸文庫27　続百物語怪談集成』（国書刊行会、一九九三年）に太刀川清氏の校訂で収められており、引用はこれによった。また、須永朝彦編訳『日本古典文学幻想コレクションⅢ　怪談』（国書刊行会、一九九六年）に「人形奇聞」と題して、この話が現代語訳されている。

（23）『催馬楽奇談』については、横山邦治「『高野聖』（泉鏡花作）の「三娘子」原拠説につきての雑説」（『近世文芸稿』第二一巻、一九七六年）があり、「板橋三娘子」との関わりについても言及している（五六—五七頁）。『殺生石後日怪談』、『河内国姥火』については、松原純一「鏡花文学と民間伝承と——近代文学の民俗的研究への一つの試み」（『相模女子大学紀要』第一四・一六号、一九六三年）に指摘がある。いずれも両氏の論及によって、その存在を知った。

（24）原文は、「新日本古典文学大系」第八〇冊（岩波書店、一九九二年）所収の横山邦治校注『催馬楽奇談』によった。該当箇所は二〇三頁。また後の巻五下からの引用は、三四九—三五〇頁。

（25）『殺生石後日怪談』は、国立国会図書館所蔵の明治一九年（一八八六）共隆社刊本、および明治二二年（一八八九）錦花堂刊『曲亭馬琴翁叢書』本によった。（いずれもマイクロフィッシュを利用。）

（26）『河内国姥火』は、文政一一年刊本が国会図書館に所蔵されている。（マイクロフィルムによって閲覧。）ただ翻刻がないため、残念ながら詳しい内容まで理解することが出来ない。この資料の考察は、今後の課題としたい。

（27）「馬僧」については、田口和夫「狂言『人馬』と説話——昔話と狂言　その2」（『説話』五号、一九七四年）に、すでに指摘がある。

（28）『未刊謡曲集　八』（古典文庫第二三五冊、一九六七年）による。「馬僧」は一六六—一六九頁に収載。

(29)『国書総目録　第六巻』(岩波書店、一九六九年)四七五・四七七・四八三頁、および『未刊謡曲集　八』凡例(七頁)。謡曲資料の調査に関しては、三宅晶子氏(横浜国立大学・国文学)より教示を受けた。なお『未刊謡曲集』の凡例によれば、仙台本第一種は元禄一〇年(一六九七)以後の編輯、「馬僧」の解題(二一一―二一二頁)には、「名寄にも見えない珍曲。餅米を砂に蒔いて直ちに出来た餅を食べて馬になる話は、説話的にも奇抜であるが、能としては戯作に属す。近世の作であろう」とある。

(30)『日本昔話通観』第二八巻の「昔話タイプ・インデックス」によって検索すると(三六八頁)、岩手・宮城・秋田・山形・福島・新潟・山梨・京都・岡山・鹿児島の一〇県から、類話を含めて合計二十二話、さらに第二七冊の「補遺」(一七七頁)に、山形・新潟・岡山から一話ずつ計三話が収められている。なお、補遺の三話のうち、山形の例は別種の話として、新潟の例は「盗人と馬」に属する話として、いずれも除外した方がよいように思う。(ただし、「盗人と馬」なども含めて「旅人馬」と総称する研究者もいる。)日本の民話の集成としては、他に関敬吾・野村純一・大島廣志編『日本昔話大成』全十二巻(角川書店、一九七九年)などがあるが、大部で収録話の多い『通観』を利用した。

(31)『日本昔話通観』第三巻・岩手(五〇九―五一一頁)。同第四巻・宮城(三五五―三五六頁)。

(32)『日本昔話通観』第二五巻・鹿児島(三一一―三一四頁)。

(33)『日本昔話通観』第一〇巻・新潟(四四〇―四四三頁、類話1・2)。

(34)『日本昔話通観』第二七巻・補遺(一七七頁)。立石憲利『首のない影　賀島飛左の昔話・補遺篇その三』(自刊、一九八一年)が、出典として記されている。国会図書館所蔵本を閲覧した。

(35)『日本昔話通観』第二八巻「昔話タイプ・インデックス」の「旅人馬」の注は、奄美の話が奇禍にあう場所を「丹波の国」としている点に注目し、「この話の伝承事情にかかわることであろう」と指摘する(三六八頁)。山下正治「支那の説話と日本の昔話」(『立正大学城南漢学』第八号、一九六六年)は、南島経由による日本への渡来を想定しているが、賛成出来ない。

(36)この推論には、なお不安な個所が残る。中世近世における説話の伝承の実態について、専家の教示・批正を仰ぎたい。また新潟に両型の話が併存する点については、これがどのような意味を持つのか、釈然とした解を得られずにいる。待考。

「丹波の一夜餅」について付言しておくと、すでに述べたように「板橋三娘子」の民間への流布は、早期においては京都五山あたりを源とする可能性が高い。この物語が京の地あるいはその近在で「旅人馬」に翻案されたとすれば、怪異の舞台が丹波の山奥に設定されるのは、自然な成り行きであろう。ただ、「三娘子」の物語の発信源については謎が多く、ここから一箇所に絞り込もうとするのは危険を伴う。また「旅人馬」のA-1型とA-2型の成立過程についても、様々な可能性を含めて、さらに慎重に推論を重ねてゆくべきであろう。

(37) 『日本昔話通観』第六巻・山形（四〇九—四一〇頁）、同第七巻・福島（四九三—四九四頁）、同第一四巻・京都（二五二—二五三頁）、同第一九巻・岡山（四四七頁）。なお、この四話のうち、福島・京都に伝わる話は、馬ではなく牛にされてしまう「旅人牛」であるが、「旅人馬」の話群として数え入れた。

(38) 『日本昔話通観』第一〇巻・新潟（四四二頁、類話4）、同第一二巻・山梨・長野（三七〇頁）。

(39) 『日本昔話通観』第五巻・秋田（四四六—四四七頁）。

(40) この話は、関敬吾編『日本人物語　5　秘められた世界』（毎日新聞社、一九六九年）所収の宮本常一「魔の谷・入らず山」にも、「白山の畜生谷」として紹介されている（二二三—二二四頁）。ただ話の内容は、風呂に入っていると少年が背中を流しに来て、「私はあなたの家にいた小二郎丸だが、ここは畜生谷だから逃げなさい」と告げる展開で、「石徹白文書」とは幾分違いが見られる。

(41) 「畜生道」に迷い込み、飼っていた動物に助けられるという話は、他にも幾つか拾うことができる。なかでも『日本昔話通観』第七巻・福島の、「畜生道」の話は資料として面白い。これは爺が白犬に助けられる話で、犬が教えてくれる畜生道脱出の方法は、裏街道を行って、勧められる食べ物を絶対に食べないというものである（四九五頁）。それを守って爺は逃げ延びるが、背中に餅をぶつけられ、そこに白毛が生える。「旅人馬」C型に、A・B型の食物による変身の発想を取り入れた形となっている。

(42) 第一章第四節「その他」で紹介したように、崔仁鶴『韓国昔話の研究』によれば、韓国には、「牛に化けた無精者」のタイプ名で括られる話群が伝わっている。関敬吾監修・崔仁鶴編著『朝鮮昔話百選』にも採録されるこの話は、いくつものヴァリアントが見られるが、明らかにシャラバラ草系列の話である。もしこの昔話が古く遡ることのできる資料であれば、『出曜経』の話が朝鮮半島経由で、口頭伝承として日本に伝わった可能性も考慮されるべきであろう。ただ、どこまで遡り得るのか明らかでなく、また話の内容も日本の場合とはかなり違っていて、シャラバラ草の名も見えない。となると、やはり仏典による伝来と考えるのが妥当と思われる。

なお、「板橋三娘子」系の昔話は、韓国には伝わっていないようである。となるとこちらの話は、文献によって日本に渡来した可能性が一層高い。

(43) A-1型で僧侶の登場する話は山形の類話1、A-2型では鹿児島の類話1のみに限られる。

(44) 近現代の日本における「板橋三娘子」の受容については、極めて不十分な調査しか出来ていない。ただ、関連資料の数は意外に多く、精査すればさらに拾い上げられそうである。以下に列挙し、今後の調査に備えたい。

明治以降の一般向け邦訳としては、次のようなものがある。（このうち田中貢太郎、岡本綺堂の著書は、書名を変えて文庫本にもなっている。）

加藤鐵太郎『一読一驚　妖怪府』（尚成堂、一八八五年）「三娘子」
田中貢太郎『支那怪談全集』（博文館、一九三一年／桃源社、一九七〇年）「蕎麦餅」
岡本綺堂『支那怪奇小説集』（サイレン社、一九三五年）「板橋三娘子」
駒田信二『中国史談5　妖怪仙術物語』（河出書房新社、一九五九年）「板橋三娘子」
柴田宵曲『妖異博物館　続』（青蛙房、一九六三年／ちくま文庫、筑摩書房、二〇〇五年）「馬にされる話」
鈴木了三『中国奇談集』（現代教養文庫、社会思想社、一九七二年）「ロバにされた三娘子(さんじょうし)」
森銑三『瑠璃の壺　森銑三童話集』（三樹書房、一九八二年／中央公論社『森銑三著作集』続編第一六巻、一九九五年）
　「蕎麦の餅」
実吉達郎『中国妖怪人物事典』（講談社、一九九六年）「板橋三娘子」
黒塚信一郎『ホラー超訳　日本怪異譚　血も凍りつくミステリー』（青春文庫、青春出版社、一九九六年）
　「ロバに変えられた旅人」

児童あるいは少年少女向けの読み物では、次の物語集に三娘子の話が収められている。

今枝茂・青山捨夫『支那の童話　第二集　仙人と鶴・魔法の宿屋』（児童図書出版協会〈大連〉、一九二六年）
　「魔法の宿屋」
石井蓉年・小西重直『支那の童話』（課外読本学級文庫、ヨウネン社、一九二七年）「三娘子(らうし)出(いで)よ」
佐藤春夫『支那童話集』（日本児童文庫、アルス、一九二九年）「人を驢馬にする話」

鹿島鳴秋『人間ろば――中国童話選』（文寿堂、一九四九年）「人間ろば」「後の三娘子」

　『魔法のなしの木――中国昔話』（世界名作童話全集、講談社、一九五一年）「にんげんろば」

河野六郎・前野直彬・松原至大・松山納『中国・東南アジアの民話』（世界民話の旅、さ・え・ら書房、一九七〇年）

　「ロバになった旅人」

山室静『新編世界むかし話集8――中国・東アジア編』（現代教養文庫、社会思想社、一九七七年）「板橋店《はんきようてん》の三娘子《さんにやんつう》」

絵本には、次の一冊がある。

長谷川摂子・文、井上洋介・絵『ふしぎなやどや』（福音館書店、一九九〇年）

漫画にも三娘子は採り入れられている。やや古いものとしては、次の作品がある。

水木しげる『河童の三平　第2巻』（サンコミックス・朝日ソノラマ、一九七〇年）

　「七つの秘宝（前）」（一七二―一九〇頁の挿入話に登場の妖女）

なお同話は、一九八四年刊行の朝日ソノラマ「サンワイドコミックス」では、「ストトントノス七つの秘宝」と改題されている。また水木の初期作品に「夢のハム工場」があり、ここにも三娘子の術が利用されているが、所載誌については未詳。また貸本としての発行年等、詳細についても未調査。

最近の漫画では、次の二作が挙げられる。

長池とも子『崑崙の珠　六』（秋田書店、一九九七年）「第22話　三娘子」

岡野玲子『妖魅変成夜話　八』（平凡社、二〇〇三年）

　　第二九話「豚を飼う姉妹」―第三四話「将軍、瑞雲たなびく牛を救う」

このほか小説にも、次の作品に三娘子をモデルとした女妖術師が登場する。

平岩弓枝『道長の冒険』（新潮社、二〇〇三年）「鶏娘子と異仙人」

以上の文献に関しては、畏友あるいは受講生からの教示によるところが多い。左に敬称を略して氏名を記し、改めてお礼申し上げる。

府川源一郎（横浜国立大学・国語教育）、一柳廣孝（横浜国立大学・国文学）、古田恵美子（横浜国立大学・国語学）、澤崎久和（福井大学・中国文学）、佐藤園子（元名古屋大学学生）、笠原美保子（元横浜国立大学大学院生）

また、他に千野明日香・衛藤和子編『日本語訳中国昔話解題目録：一八六八―一九九〇年』（中国民話の会、一九九二年）を参照した。

（45）　近世から近現代に至る「板橋三娘子」の受容史を考える時、一方で視野に入れておくべきは、中国古典小説あるいは中国そのものが、日本の各時代において如何なる存在であったかという問題であろう。ただ、三娘子の翻案の場合、そうした観点からの研究対象としては必ずしも好材料と言えず、ここでは資料を通観する平板な記述に留めた。

4　その他

日本の変馬譚は、因果応報の物語に限らず、『出曜経』さらには「板橋三娘子」の系譜と、いずれにおいても少なからぬ作品を生み出した。では、三つの系統以外ではどうであろうか。

近世以前の作品としては、先ず『今昔物語集』の話が挙げられようが、これにはすでに幾度も言及した。他に、無住『沙石集』巻八の二「嗚呼がましき人の事」に見える伊勢国の修行者の話がある。「新編日本古典文学全集」第五二巻（小学館、二〇〇一年）の、小島孝之訳を借りて紹介しておこう（四一〇頁）。

伊勢国に修行者がいた。飢饉の年で、宿を貸し、食を喜捨する人がいない。人をだまして生き延びようと思ったのだろうか、子供たちに、「誰か私から術を学んでくれないものか。馬を人に変え、人を馬に変えることを知っているのに」と言うと、あるところの若い地頭がたいそう物好きで、この話を耳にし、「その修行者を呼べ」と言って、呼びつけ、「本当にそのような術をご存じなのか」と聞く。「知っております」と答えるので、「ではお教え下され」と言う。「承知しました」と言いつつも、もったいぶるので、機嫌をとろうと、あれこれともてなした。

四、五日ほど、丁重にもてなされ、引き出物までもらって、「ただ今お教えしましょう。馬を人に変える術とは、馬を売って人を買うのです。人を馬に変える術とは、人を売りまして馬を買うのですす」と言うものだから、地頭が「これはどうしたことか。そんなことは誰でも知っている」と言うと、「これこそ秘蔵の術と私は思っておりました」と言ったのだった。

したたかな修行者である。だまされた地頭が愚かなのだ。

無住の言うとおり、確かに騙される方も騙される方である。しかしこの若い地頭の好奇心は、変馬の術がこの時代、有り得る不思議として人々の興味をどれほど引いていたかを、面白可笑しく語ってくれているのではないだろうか。

同様にコミカルな内容のものとして、近世初期の狂言「人馬」がある(1)。新参の家来を求める大名のもとに、人を馬に変える術を知る男をつれてきた太郎冠者は、自分が試しに馬にされることになってしまう。馬にされた後のことを思い、あれこれ仔細に世話を頼んで、この人体実験に臨むのであるが、日本の変馬譚には珍しい薬の塗布による変身がここに登場する。今、大蔵流の虎明本によってその箇所をのぞいてみよう(2)。

新座〔新参の者〕 いで〳〵馬に、なさんとて〳〵、先山(まづ)も、の、かわ(皮)をかほ(顔)に、すりぬれは、
　かほより馬にぞなりたりける

《馬のいはへごゑいふ》

大名　されはこそ馬になったは、ぢごく（地獄）の馬で、かほ（顔）ばかりが人じやといふが、それとはちがふて、是はかほがむま（馬）になりかゝった
新座　中々ちとなりかゝりまらした
大名　急ではや（早）うなせ
新座　こんどは則（すなはち）馬になすは一ぢやう（定）でござるほどに、馬になったらは、にが（逃）さぬやうに、はやのせられひ
大名　心えた、まかせておけ
新座　なを〳〵馬に、なさむとて、ちんひ（陳皮）かんざう（甘草）、色々のかやく（加薬）をとりかへど、中々馬にはならざりけり

結局、全身を馬にすることに失敗した新参者は逃げ出し、「この詐欺師め」と、二人がそれを追いかけるところで劇は終りとなる。

実は、この狂言の台本は、大蔵流・鷺流・和泉流の各派でかなりの違いが見られる。田口和夫「共謀する下人──『人馬』の形成と説話」によれば[3]、たとえば和泉流の天理本では、太郎冠者が新参の者とあらかじめ相談をし、馬にならない場合を予測して、その際は「馬ノいななくまねナドヲセう」と約束している。また変身法も同じではなく、最も古形を存する天理本では「山ももの粉をかへば口へ入ル」と、飲み薬になっている[4]。虎明本や鷺流保教本などの塗り薬は、おそらく部分的な変身というところから生まれた発想であろうが、塗り薬を使う話のない中国に比べると、こだわりがないとも言えよう。

こうした笑いの系譜は、江戸時代、さらに引き継がれてゆく。元禄七年（一六九四年）刊行の石川流舟『正直咄大鑑』黒之巻には、「夢想の馬ぐすり」と題して次のような艶笑譚が収められている。(5)

岩井町といふ所にすみけるもの、淺草の観音のふかくしんじんせしに、あるときふしぎのれいむをかふむりたり、馬になりたり人になるじゆふのくすりのほうをゑたり、まことにきたいのみやうやく、さかい町へいで丶かねまふけせんとよろこび、さてかのやくみ調合してにかいにあがり、はだかになりてそろそろぬりて見れば、かほむまになりまた手足むまになりたり、女房來りて是をみつけ、さてさていかなる御事にいきながらちくしやうにはなり給ふとて、とりつきてなげく、彼馬云けるは、すこしもくるしからず、人になる事またじゆふなりとて、わがてにくすりをぬりて、くびも手ももとのごとく人になりたり、女房扨もきたいなる事かな、最早くすりをぬらずとおかしやれ、こしよりしたはむまがよいぞといふた、

このくすぐりは意外に受けがよかったのか、明和九年（一七七二）刊の作者不詳の『譚嚢』(6)にも、「魔法」として装いをあらためて載り、さらには艶笑落語の「大師の馬」にもなっている。(7)

その他の部類として拾い上げられる近世以前の資料は、このように数は多くない。しかし、『沙石集』から狂言、さらには笑話・落語へと続く笑いの系譜は、中国には見られなかったものである。ここにも、日本における変馬譚の多様な展開が窺われよう。

続いて近代に入っての変馬譚となると、何と言っても泉鏡花の名作『高野聖』を第一に挙げなければならない。明治三三年（一九〇〇）二月発行の『新小説』に発表されたこの作品には、周知のように、欲心を抱いて近寄る

男たちを鳥獣に変えてしまう美女が登場する。飛騨から信州に越える深山の地を舞台にした、この妖美な幻想小説には、動物への変身の直接的な描写はない。しかし、馬にされた薬売りが諏訪の馬市に引かれてゆく一段は、殊に有名である。引き立てようとする親仁(おやぢ)に抵抗する馬を、美女が裸体になって手懐ける場面から、部分を抜き出しておく。(8)

　生ぬるい風のやうな氣勢(けはひ)がすると思ふと、左の肩から片膚(かたはだ)を脱いだが、右の手を脱(はづ)して、前へ廻し、ふくらんだ胸のあたりで着て居た其(そ)の單衣(ひとへ)を圓(まる)げて持ち、霞も絡(まと)はぬ姿になった。

　馬は背(せな)、腹の皮を弛(ゆる)めて汗もしとゞに流れんばかり、突張(つッぱ)った脚もなよ〳〵として身震(みぶるひ)をしたが、鼻面(はなづら)を地につけて一掴(ひとつかみ)の白泡(しろあわ)を吹出したと思ふと前足を折らうとする。

　其時、頤(あぎと)の下へ手をかけて、片手で持って居た單衣をふはりと投げて馬の目を蔽(おほ)ふが否や、兎は躍(をど)って、仰向(あをむ)けざまに身を翻(ひるがへ)し、妖氣(えうき)を籠(こ)めて朦朧(もうろう)とした月あかりに、前足の間に膚(はだ)が挾(はさま)つたと思ふと、衣(きぬ)を脱(はづ)して、掻取(かいと)りながら下腹を衝(つ)と潜(くゞ)つて横に抜けて出た。

　親仁(おやぢ)は差心得(さしこゝろえ)たものと見える、此の機(きつ)かけに手綱(たづな)を引いたから、馬はすた〳〵と健脚を山路に上げた、しやん、しやん、しやん、しやんしやん、しやんしやん、——見る間に眼界を遠(とほ)ざかる。

　この変馬のモチーフの来源については、アプレイウス『黄金の驢馬』を始めとして、『アラビアンナイト』、「板橋三娘子」、『殺生石後日怪談』、『催馬楽奇談』等々、諸説が入り乱れている。しかし、その基底を流れるのは、やはり「旅人馬」に見られた「畜生道」「畜生谷」の幻想であり、「板橋三娘子」について言えば、直接的な影響までを考える必要はない[9]。鏡花はこの伝統的な変身譚の世界に、日本の変馬譚に欠けていたエロティシズムを溶かし込んだ。『黄金の驢馬』や『アラビアン・ナイト』が影響を及ぼしているとすれば、むしろこの方面の比重が高いように思われる[10]。

『高野聖』以降、人を馬に変える術は小説から姿を消したように見える。しかし、馬への変身のモチーフを取り入れた近現代の作品は散見される。たとえば、内田百閒『冥途』の「尽頭子」や『東京日記』。篠田知和基「人馬変身譚の東西」(『名古屋大学文学部研究論集』一〇六、一九九〇年)によれば、さらに小川国夫『黒馬に新しい日を』『試みの岸』、小島信夫『別れる理由』、あるいは埴谷雄高『闇の中の黒い馬』も広義の変身譚として挙げられる。ただ、近世までの変馬譚とは大きく一線を画し、難解なメタファーと化しているこれらの変身は、私の力量ではとても扱い切れない。ここでは一先ず、現代日本の作家達においても、変身や変馬のモチーフが生き続けている事実を指摘して、この項を締めくくることにしたい。

(1)「人馬」は、寛永(一六二四―一六四四)頃書写の天理本(和泉流)、寛永一九年(一六四二)書写の虎明本(大蔵流)などに収録されており、これ以前の作であることがわかる。室町末期の狂言の筋書きを書き留めた天正本(天正六年、一五七八年)には、「人馬」が見られないところからすると、江戸初期の成立であろうか。台本の成立年次については、池田廣司「狂言台本の史的考察」(『東京教育大学文学部紀要　国文学漢文学論叢』第四集、一九五九年)の序説によった。

(2)池田廣司・北原保雄『大蔵虎明本　狂言集の研究　本文篇上』(表現社、一九七二年)による(二二一―二二五頁)。行変えを施し、ルビや特殊な記号等については、改めたり省略した箇所がある。

(3)本節「2　『出曜経』系」の注2参照。

(4)太郎冠者と新参者との相談は、和泉流の中でも同一ではなく、後の古典文庫本などでは、新参者の方が太郎冠者に断いてくれと頼んでいる。また、原料を含めた変身薬の違いについても、田口論文「共謀する下人」の対照表に詳しい。

（5）『近世文芸叢書　第六・笑話』（国書刊行会、一九一一年）による（三一一―三一二頁）。この資料の存在は、稲田浩二『日本昔話通観・研究篇2　日本昔話と古典』によって知った。ところでこの艶笑譚は、前章第二節の「応報譚」系の項で触れたように、中国に原話を持っている。明の馮夢龍『笑府』巻一〇・形体部に載る「巨卵」（二話のうちの第二）がそれであり、ほぼ同じ話が『金瓶梅』の第五一回にも見える。変身用の塗布薬とこの笑話については、『横浜国大　国語研究』第二五号所載の拙稿「魔法の塗り薬」においても論じた。

（6）『譚嚢』は、前掲の『近世文芸叢書』第六に収められており、「魔法」は四六二―四六三頁に見える。稲田前掲書には記載なし。

（7）「大師の馬」の存在も稲田前掲書によって知った。露の五郎がこれを演じたCD（『廓噺・艶噺集成　露の五郎（二）』クラウン・CRCY-10089）が発売されているが、すでに廃盤となっており、未聴。しかし、小島貞二編『定本艶笑落語1　艶笑小説傑作選』（ちくま文庫、筑摩書房、二〇〇一年）に、「弘法の馬」と題して話が収められており（九一―九三頁）、これによって内容を知ることができる。なお同書は、一九八七年に立風書房より刊行の『定本艶笑落語（全）』の再編集分冊本である。

（8）『鏡花全集　巻五』（岩波書店、一九七四年、初版は一九四〇年）による（六二四―六二五頁）。ただし、原文の総ルビは適宜省略した。

（9）松原純一「鏡花文学と民間伝承と――近代文学の民俗学的研究への一つの試み」（『相模女子大学紀要』第一四・一六号、一九六三年）は、民間伝承の影響を重視し、「『高野聖』の主調低音をなす一種の浪漫性は、いはば民族の生活の古典に根ざすものだったのである」として、論を展開している。村松定孝編著『泉鏡花事典』（有精堂、一九八二年）の解説も同様で、諸説を紹介した後、「むしろ郷里に伝承された山姫伝説などが脳裏にひそんでいたとみるのが自然であろう」とする（六五―六七頁）。

『高野聖』と「板橋三娘子」との影響関係について論ずる際、先ず参考になるのは彼の蔵書であろう。長谷川覺「泉鏡花蔵書目録」によれば、漢籍のなかに『唐代叢書』の名が見える。同書の中には「板橋三娘子」が収録されており、したがってこれを根拠とすれば、鏡花がこの小説を読んでいた可能性は高いことになる。しかし、鏡花と交遊のあった横山達三（健堂）の『趣味と人物』（中央書院、一九一四年）は、「文壇人国記」加賀・其二において次のように語っている（六六―六七頁）。

彼の「高野聖」を読むに、唐人説薈の三娘子に酷似するもの無くんばあらず。吾輩は、此を以て彼の翻案なりと爲し、之を以て彼に質すに、其の全く偶合なるを知れり。彼は未だ三娘子を讀まざりし也。彼は、飛驒の國境の山中の物語を脚色するに、高野聖を以てしたりし也。

鏡花は『唐代叢書』を所蔵してはいたものの、「板橋三娘子」には眼を通しておらず、これとは無関係に「高野聖」を創作したようである。

長谷川氏の「泉鏡花蔵書目録」は、『鏡花全集　巻三』（岩波書店、一九四一年）の「月報」第14号に掲載され、東郷克美編『日本文学研究資料新集12　泉鏡花・美と幻想』（有精堂、一九九一年）にも収められている。この蔵書目録に関しては、元横浜国立大学大学院生中村亮君より教示を得た。

（10）『黄金の驢馬』や『アラビアン・ナイト』に注目した論考には、手塚昌行『泉鏡花とその周辺』（武蔵野書房、一九八九年）所収の「『高野聖』成立考」があり、参考になる。同論文の初出誌は、『解釈』昭和三四年（一九五九）一二月号、三五年（一九六〇）一月・八月号。

なお『アラビアン・ナイト』であるが、これも「蔵書目録」のなかに『全世界一大奇書（原名アラビヤンナイト）』の名が見える。ただ、気になるのはこの訳書の冊数が一冊となっている点である。この抄訳のなかに「ホラーサンのシャフルマーン王の物語」が含まれるかどうか、確認の必要を感じているが、まだその機会を得ていない。一方、アプレイウス『黄金の驢馬』は「蔵書目録」中には見えない。

おわりに

以上、日本における変身変化観と変驢・変馬譚を通観し、そのなかでの「板橋三娘子」の受容の跡をたどってみた。

古代日本の変身変化観については、文献資料に乏しく具体的に知ることが難しい。しかし、東洋的な自然観の中にあって、人と動物との間の越えがたい断層は存在しなかったはずで、仏教の輪廻転生の思想は中国の場合と同様に、そうした精神風土に容易に根付いていったと考えられる。日本においてもまた、動物への変身の物語は、応報譚の転生を中心に生み出されることになった。

中古・中世の説話集に見えるそれらの話群には、中国の応報譚の影響が色濃い。ただ、大きな影響を受けながらも、そこには独自の日本的な特徴も窺われる。畜類償債譚に現われた日中の金銭感覚の相違など、その一例と言えよう。また、人から動物への変身譚が、日本においては仏教的な応報転生譚によって占められ、中国の場合のような原因不明あるいは五行の気の乱れによる変身が見られない点も、特徴的な差異である。

人を動物に変える術について眺めてみると、『今昔物語集』所収の変馬の術が唯一例外的な存在であって（この話は出典未詳で、外来の可能性が考えられている）、『本朝神仙伝』等が伝える仙術にも、そうした話は見当たらない。要するに日本は、古代神話に見える神々の変身の他には、変身術の話群を持たない国であった。そうした変身術不在の国に渡来した三娘子の物語が、人々の興味を引いて語り伝えられ、多くの翻案を生んでいったのも、中国とは対照的な興味深い現象である。その受容と伝播の経緯については、なお明らかでない点が多いが、初期の段階では、京都五山をはじめとする寺院や説教僧の果たした役割が想定される。「板橋三娘子」の日本国内における流布は、おそらく諸国を巡って説法する行脚の僧侶達によって、近世以前に始まったと考えられる。しかし、この話が文芸の表舞台に登場するのは、江戸期に入ってからのことである。その過程で特筆されるのは、林羅山『怪談全書』の刊行と影響力であるが、注目すべきはむしろ仏教説話から奇談怪談へという、説話文学をめぐる大情況の変化であろう。新奇な話柄を求める近世の人々の心性は、文学を仏教説話の教導性から解き放つ流れとなり、またその流れの中にあって初めて、自由に羽ばたくことが出来たのである。

このように、日本の文芸における「板橋三娘子」の受容は、中世から近世へという大きな歴史の推移とも深く関わっている。ただ、より早い時期からと考えられる民間伝承への流出と、その後も途絶えることのなかった三娘子の幻術への興味と愛好は、フィクションあるいはファンタジーに寄せる日本人の嗜好の、一つの特質を示していると言えよう。そこには、日中両国の「板橋三娘子」受容の問題に止まらず、近世小説における物語幻想の質的差異にまで関わる、意外に大きな問題が潜んでいるように思われる。

結語

「板橋三娘子」をめぐって原話の探索から始めたこの論考も、物語の伝播と成立の背景を探り、中国と日本における受容・翻案の状況を見届けたところで、ようやく終章に辿りついた。解き明かすことの出来なかった問題はなお多く残るが、この辺りで簡単に全体を振り返り、結びとしておくことにする。

「板橋三娘子」の原話は、おそらく唐代、東西交易を独占して活躍していたソグド商人によって、西域から中国に運び込まれた。ソーマ・デーヴァ『カターー・サリット・サーガラ』、さらに遡ってグナーディア『ブリハット・カター』といった、インドの古代説話集に出自を持つこの話は、西に流れ出て変貌し、『アラビアン・ナイト』中の一挿話の源流となってゆく過程で、東にも伝えられることになった。男性主人公の趙季和が見せる機転と抜け目なさは、まさしく原話の運び手達の商人魂を反映するものと言えよう。中国に渡った後、西の魔女は宿場町板橋の女将に姿を変え、物語は当時の社会風俗を織り込んで、短篇ながら出来映えのよい翻案小説として新たに誕生した。人形を使っての種蒔き・製粉という、他に類を見ない妖術のファンタジックな面白さ、活写される宿場の旅店の様子、人を動物に変える焼餅のスリリングな擦り替え、華岳廟の近くに現われる不思議な老人と意外な結末等々、いずれも巧みな造形が施され、物語は無理なく中国風に装いを変えている。

ただ、そうでありながらこの作品は、食物による急激な変身といった点において、中国の伝統的変身観・変身術とは異質な要素を持っていた。おそらくそれが一因となって、「板橋三娘子」は一風変わった伝奇として珍重されはしたものの、さらに小説や戯曲へと吸収され大きく発展してゆくことはなかった。わずかに存在する例外としては、『閩都別記』が挿入話として展開させた、鬼谷の白虎の話が挙げられるのみである。また、黒店あるいは幻術・詐術など、物語は部分的な要素において後継を生み出したものの、そこには主人公三娘子の姿はなく、話自体も専ら現実化の方向をたどっていった。私達はそこに、中国古典小説の強固な伝統性と現実的傾向を垣間見ることができよう。

「板橋三娘子」は、やがて海を越えて日本へも渡来した。その時期および経路はいずれも明確でないが、意外に早く一三世紀初頭あるいはそれ以前に、おそらく『太平広記』の輸入によってのことと思われる。因果応報の仏教説話が主流の時代、いわば長い雌伏の期間があったとはいえ、近世以前にすでに彼女の幻術の話は民間に流れ出て、「旅人馬」の伝承を形作る主要な題材となっていた。江戸期以前に成立の『奇異雑談集』が収める「丹波の奥の郡」の話が、それを示す証左と言える。

近世初期、怪異譚が隆盛を迎え、林羅山『怪談全書』によって翻訳されるなど、「三娘子」にとっては転機が訪れる。物語全体を翻案発展させた作品こそ現われなかったものの、その幻術あるいは詐術は、小説に限らず謡曲や歌舞伎にも取り入れられ、多彩な翻案を生んだ。こうして「三娘子」は、怪異と幻想を好む近世の文芸の仲間に入ることになった。一方、民間伝承の「旅人馬」においては、早く世に知られた『出曜経』シャラバラ草の話と融合し、広範囲にわたる伝播をすでに見せていた。

食物による急激な変身は、本来日本人にとっても馴染みのない、異質なものであった。それにもかかわらず、シャラバラ草といい三娘子の幻術といい、日本の場合は中国とは対照的に、抵抗なく（というよりむしろ大きな関心をもって）これを受け入れた。異国の異質な文物に惹かれやすい心性、またそれらを摂取した後、独自な加工によって新たなものを創り出してゆく器用さ等、常々指摘される日本人のそうした性格が、「板橋三娘子」の受容の歴史にも現われているように思われる。中国の変身譚のなかでは孤立するかたちとなった、この変驢変馬の幻術の物語は、こうして日本の人々の好奇の心を捉え、中国を凌駕する翻案を生み出した。しかし、言うまでもないことではあるが、これが変身や幻術の物語における両国の優劣を示すわけではない。その多彩さ、膨大な総量において、日本を一蹴する中国の怪異幻想譚は、江戸期の作家たちが奇談怪談を求めてひたすら分け入る、巨大な森でもあった。

近代に至り、「板橋三娘子」には再び大きな転換が訪れる。泉鏡花『高野聖』の美女は、三娘子の生まれ変わりというよりも、日本古来の伝承の神秘的で妖艶な再生であった。その後も、変馬のモチーフは途絶えることなく、作家たちに創造的なイメージを与え続けている。しかし、重い暗喩として、あるいは深層意識の表徴としてあらわれるその変身には、もはや三娘子の幻術の面影はない。応報譚から怪異譚、奇談と受け継がれた日本の変馬譚は、全く新たな展開を遂げつつあるといえよう。そして変身のファンタジーもまた、東西の幻想小説が陸続と翻訳紹介され、それをもとにさらに新たな物語世界が創出される時代に生きることとなった。

そうした流れのなかで、三娘子の物語は嘗ての知名度を失い、今や唐代伝奇小説集の片隅を飾るだけの存在となった感がある。「板橋三娘子」のタイトルから、直ちにそのストーリーを思い浮かべられる読者は、決して多くないはずである。ただそうは言っても、この物語の魅力が近代以降、全く失せてしまった訳ではない。中国古典小説の翻訳や怪奇小説集、あるいは児童書や漫画・絵本の中には、三娘子ないしはその分身と思しき姿が、しばしば見かけられるのである。

こうして三娘子は、かつて昔話の囲炉裏端でそうであったように、怖いけれども何処かコミカルで不思議な夢を、瞳を輝かせる子供達や、童心を失わなかった大人に与え続けている。思うにこの物語の生命(いのち)は、元々そのようにひっそりと目立たないかたちで、養い育まれてきたものであろう。他愛ないお伽話の小品に、しばし私達は心をなごませる——あるいはそれで充分なのかも知れない。しかし、どんな些細な事柄にも、その成立を支える長い歴史と膨大な堆積がある。今、ひとたびこの短篇の遥かな由来に目を向け、時代と国境を越えて語り伝えた人々に想いを馳せるならば、ここから尽きない魅力と謎に満ちた、広大な世界がひろがるのである。一連の論考を通して私が確かめようとしたのは、そのことであった。

附論 1

『出曜経』遮羅婆羅草・『毘奈耶雑事』遊方の故事とその類話

一

日本の昔話「旅人馬」や『グリム童話集』の「キャベツろば」など、食物による人から動物あるいは動物から人への変身の話は、いずれもインドに起源を持っている。原話として挙げられるのは、漢訳仏典『出曜経』の遮羅婆羅草や、『根本説一切有部毘奈耶雑事』の遊方の話である。このことを明らかにした南方熊楠をはじめとする先学の諸論考については、本論「唐代小説『板橋三娘子』考」の第一章において既に紹介した通りである。ただ、この系列の変身譚については、今少し詳細な考察が必要と思われる。重複する箇所も多いが、「三娘子」考の附論として纏め直しておくことにする。

二

考察を始めるにあたり、本論第一章「原話をめぐって」で紹介した、食物による変身の原話とされる漢訳仏典について、あらためて確認しておきたい。

先ず『出曜経』（『大正大蔵経』第四巻・本縁部下）の巻一五には、魔術で驢馬に変えられた男が薬草を食べて人間に戻る、次のような話が載っている。（早く南方熊楠「今昔物語の研究」に指摘がある。同論文は、平凡社『全集』第二巻所収。）

むかし、友人と連れだって南天竺に出かけた旅人がいた。土地の妖術使いの女と通じてしまい、故郷に帰ろうとするたび驢馬にされ、何年も帰ることができなかった。心配した友人が帰郷を勧めると、彼は「帰ろうとすると驢馬にされ、東西南北も分からなくなってしまう」という。

友人は、南山の頂上に遮羅婆羅（シャラバラ）という名の草がはえていて、その薬草を食べれば、すぐに元の姿に戻れることを告げた。するとその人は、「わしはその草を知らない。見つけるにはどうしたらいいのだろう」と言う。そこで友人は、「山頂の草すべてを次々に食べてゆけば、必ずその草に行き当たるはずだ」と教えた。

男は友人の言葉通り、驢馬にされるとすぐ南山に行き、片端から草を食べて人間の姿に戻ることができた。そして財宝を手に入れ、二人無事に家に帰ることができたのであった。

漢訳仏典のこうした変身譚は日本に伝わり、多くの説話を生み出していった。早い資料としては、鎌倉初期の『宝物集』巻一に載る安族国の商人と息子の話、時代を下っては昔話の「旅人馬」など、一読すればそれは明らかであろう。これも二話を並べて、あらすじを示しておく。

天竺に安族国という国があり、その国の王は、馬を好んで飼って年月を送っていた。その数は幾千頭とも知れぬほどで、余りの馬好きが昂じて人を馬になす術を会得してしまった。

たまたま一人の商人が、この国へ父を尋ねてやってきて宿をとった。宿の主人は彼に、「この国には人を馬にするということがございます。お気を付け下さい。つい先ごろも、やって来た商人を馬にしてしまいました」と教えた。「さては父は馬にされてしまったのか」と悲しんで、事細かに尋ねると、主人は「畢婆羅草という細い葉の草があり、それを食べさせると、人が馬になります。また遮羅婆羅草という葉の広い草があって、食べさせると馬から人にもどります」という。

そこでこれを覚えて、商人が変身した馬の姿形を尋ねると、「栗毛で肩に斑点があります」とのこと。主人の教え通りに行ってみると、その馬が子を見て、涙を流して暴れたので、人目をぬすんで葉広の草を食べさせると人間に戻った。こうして親子は連れ立って本国に帰ったという。

子供がいなかったならば、生きながら畜生となったままで終わったことであろう。

この話には、『出曜経』の「遮羅婆羅草」がそのまま引き継がれ、さらに人を馬にする「畢婆羅草」なる植物が加わっている。

次に「旅人馬」であるが、代表的な例として鹿児島の喜界島に伝わる話を、『日本昔話通観』第二五巻から要約して挙げておこう（三二一―三二三頁）。

兄弟のように仲の良い、金持ちの子と貧乏の子がいた。ある時、二人で遠くに旅に出て、日暮に宿をとった。夕食を食べて横になったが、貧乏の子は寝つかれない。目をあけて囲炉裏端を見ていると、夜中に宿の女が囲炉裏を田でもこなすようにかき回し、稲の種を蒔いた。苗が伸びてそれを植え、田の草を取ると、だんだん穂が出てきた。それを刈り取って、磨って搗いて餅を作った。何とも不思議なことだと考えているうちに夜が明けた。

宿の女が二人を起こして茶をすすめる。貧乏の子は、金持ちの子に餅を食べるなと小声で教えたが、聞こえなかったのか食べてしまう。二つ目を食べると馬になってしまい、たらたらと涙を流した。貧乏の子は、必ず元の姿に戻してやると約束して宿を出ていった。

長い間あちこち歩いた末、ある日のこと白髭の生えた七十ばかりの爺さんに行き会った。わけを話すと爺さんは、この先の茄子畑で東に向いた一本から茄子七つとって食わせればよい、と教えてくれる。苦労して七つなった茄子を捜しあて、宿屋に戻って食べさせると、金持ちの子はもとの姿になった。

二人が家に帰ると、金持ちの父は遅くなったわけを尋ねた。そこでこれまでのことを話すと、父親は財産を二つに分けて、半分を貧乏の子にくれた。それで貧乏の子も大金持ちになったという。

「板橋三娘子」の幻術と『出曜経』のシャラバラ草を組み合わせた構成で、日本の「旅人馬」に最も多く見られるタイプである。

三

日本の説話の源流となった『出曜経』とは別に、もう一つ興味深い資料が漢訳仏典には存在する。これも南方熊楠「鳥を食うて王となった話」に紹介された、『根本説一切有部毘奈耶雑事』(『大正大蔵経』第二四巻・律部三)の巻三〇に見える話である。ここでは変身の薬草の代わりに、人の鼻を長くしたり元に戻したりする呪宝が登場する。長い話なので、あらすじによって展開をたどり、関連箇所は南方訳(平凡社『全集』第六巻、三四〇―三四五頁)を借りて示しておくことにする。

この物語の主人公は、タクシャシラ城の名称長者の息子遊方である。名称長者は親交のあるヴァラナシ城の瞿曇長者と約束を交わし、将来、自分の息子を彼の娘瘦瞿答弥と結婚させることにしていた。遊方は、長じて父の意向で娼婦について陰書(遊女の手練手管の奥義を記した書)を学ぶことになったが、生来この方面には鈍根で見込みがなく、結局、彼女に追い出される。以後、女嫌いとなった彼は商主となり、多くの財貨を持って交易の旅に出る。ところが、旅の途中に立ち寄ったヴァラナシ城で、老娼の娘という美女に会って一目惚れ、二人に騙され有り金総てを巻き上げられた挙げ句、酔い潰れたところを簀巻きにされ町に捨てられてしまう。

何やら唐代小説の「李娃伝」を彷彿させる展開であるが、その後遊方は、たまたま瞿曇長者の家の普請に雇われて素姓が分かり、長者に財産を譲られる。そして長者の娘瘦瞿答弥との結婚を前に、遊方は娼婦親子への復讐に出かけてゆく――。この辺りから南方訳に拠ることにする。

遊方は、…(中略)…城を出てぶらつくうち、死骸あって大河の流れに随って流る。岸の上の烏、その肉を食わんと嘴を伸ばすも及ばず、ついに爪もて枝一つ取って嘴をするると、たちまち伸びて肉を食い、満腹の後、別の枝でするや否、嘴もとのごとく短くなる。これは乙(おつ)なこととその枝二本を取り帰り、さらに五百金銭を持って淫女舎に往き、例の娘に逢って先日は銭なくてかつぎ出されたが、また銭を得たから遊ばせよ、といって遊ぶ。娘の油断をうかがうて一つの枝でその鼻をすると、高さ十尋まで伸び出す。家人驚き怖れ、もろもろの医師を招いて療ぜしむるに効なくしてみな棄て去る。娘ますます驚き先非を悔いて療治を求むると、遊方、先日奪われた財貨を一切返したらなおして遣ろう、という。娘は今日中に返すべしと約束する。すなわち他の枝を取ってその鼻をすり本復させ、ことごとく財貨を取り還して瞿曇の宅に還り、その女瘦瞿答弥を娶った。……

話はさらに続くが、注目すべきは右の引用のくだりである。南方も指摘するようにこの一段は、ヨーロッパの各地に伝わる民話と通ずるところを持っている。南方が挙げる資料は、クラウストン『俗話小説の移化』に載るローマの俗話であるが、著名な『グリム童話集』の「キャベツろば」(KHM122)もこの系統に属する。こちらのあらすじを記すことにしよう。

むかし、ある若い狩人が森に狩りに出かけ、一人の老婆と出会った。老婆は彼に「九羽の鳥が一枚の合羽を争っている所に行き当たったら、それを鉄砲でお撃ち。合羽は願い事を何でもかなえてくれるし、撃ち落とされた鳥の心臓を呑み込めば、毎朝枕の下で金貨が一枚拾えるよ」と教えてくれる。その言葉に従って彼は合羽を手に入れ、鳥の心臓を呑んで旅に出る。

旅の途中、りっぱな御殿に住む美しい娘に一目惚れし、狩人はここに宿をとる。しかし、その娘の母親は魔女であった。魔女は娘を脅し、彼を騙して心臓を吐き出させてしまう。次に宝石を採りに遠くの山に、合羽を使って飛んで行かせる。狩人が疲れて居眠りをした隙に、娘は合羽を盗んで一人御殿にもどってしまう。

困り果てた若者は、通りがかった大入道の言葉をたよりに山頂にのぼり、雲にさらわれ野菜畑に舞い降りる。空腹の余り畑のキャベツを食べると、何と驢馬になってしまう。そのうち別の種類のキャベツをみつけ、これを食べてみると人間にもどることができた。そこで、このキャベツを使って仕返しをしようと考える。狩人は変装して御殿にでかけ、魔女と娘とその女中の三人を騙し、キャベツを食べさせ驢馬にしてしまう。粉ひき場に連れてゆかれた三匹のうち、最も酷い仕打ち受けた魔女の驢馬は死んでしまうが、思い直した狩人は残る二匹を連れ戻し、別のキャベツで人間に戻してやる。娘が跪いてわびると狩人はすっかり機嫌をなおし、二人は結婚して生涯楽しく暮した。

鳥の内臓を食べて金持ちになる（あるいは王となる）という前半の話は、A・アアルネ、S・トムソン『昔話の型』の五六七番に纏められているように（二〇八―二〇九頁）、これもヨーロッパに広く伝わる民話であり、実は『毘奈耶雑事』巻二七所載の別の話に起源を持っている（平凡社『南方熊楠全集』第六巻、「鳥を食うて王になった話」三二八―三三二頁参照）。ただ、ここではそれはさておいて、物語の後半部に注目したい。そこに見られる不思議なキャベツによる仕返しは、『毘奈耶雑事』巻三〇の話と全く同じ展開と言える。人から驢馬・驢馬から人への変身という点では、先の『出曜経』の話が思い起こされるが、直接的にはむしろ『毘奈耶雑事』との繋がりが強いと見るべきであろう。

ところでこの「キャベツろば」は、実は『グリム童話集』の第二版から、初版の「長い鼻」に代わって収められた話である。初版に三六番として載る「長い鼻」は、やはり不思議な食物による仕返しの話で、リンゴを食べると鼻が伸び、ナシを食べると短くなる。『毘奈耶雑事』の鳥が使った道具から二種類の果物に変化してはいるが、人の鼻を伸ばしたり縮めたりする点は同一で、両者を結ぶ有力な証拠となろう。なお、鼻が伸び縮みする食物で仕返しをする話はヨーロッパでは珍しくないようで、手近な訳書によって探してみても次のようなものがある。

鈴木力衛・那須辰造・田中晴美訳『世界民話の旅2 フランス・南欧の民話』（さ・え・ら書房、一九七〇年）所収「鼻長姫のおはなし」

アンリ・ブーラ著、C・G・ビュルストローム編、荻野弘巳訳『フランスの民話 上』（青土社、一九九五年）所収「鼻の長いお嬢さん」

小澤俊夫編訳『世界の民話1 ドイツ・スイス』（ぎょうせい、一九七六年）所収「ドイツ一〇 鼻が長く伸びた王女」

この他、本論第一章第一節の注16において既に指摘したが、アシル・ミリアン、ポール・ドラリュ著、新倉朗子訳『フランスの昔話』（大修館書店、一九八八年）は、リンゴを食べると角が生え、ナシを食べると角が落ちる「魔法の品と不思議な果実」の話を載せ（一三三―一四五頁）、ポール・ドラリュはこの話に関する詳細な注釈を書き加えている（三〇三―三一〇頁）。その中で彼がA・ミリアン採集の類話として紹介する七篇のうち、半数近い三話が鼻を伸び縮みさせる内容である。さらに彼は、合計二十八のフランスの類話を調査したと述べているが、詳細については示されていない。

また同注釈は、この話のヨーロッパにおける最も古い資料についても言及している。それによれば、一四世紀前半に収集された『ゲスタ・ロマノールム』（説教師のためにラテン語で書かれた教訓例集）の写本中に古い類話があり、一五世紀末の『フォルテュナテュスの不思議な物語』（ドイツで作られ、何世紀かの間ヨーロッパ全体で大きな人気を博した大衆小説）のなかにも、この昔話の主要な要素が見出されるという。前者は、主人公が川を渡ると水が肉をけずり、果物を食べると癩病になる。別の川を渡ると肉が再生され、別の果物を食べると病気が治る、というもの。後者には、角を生やすリンゴとそれを消すリンゴが登場する。いずれも「キャベツろば」のような動物への変身になっていない点に、『毘奈耶雑事』との近さが感じられる。（ただしドラリュは、この話が仏典にまで遡れることには気付いていないようである。）

なお、『ゲスタ・ロマノールム』の邦訳には、伊藤正義『ゲスタ・ロマノールム』（篠崎書林、一九九八年）、永野藤夫『ローマ人物語　ゲスタローマノールム』（東峰書房、一九九六年）がある。今、前書を参照すると、該当する物語は第一二〇話の「ヨナタン」である（四七八—四八七頁）。『フォルテュナテュスの不思議な物語』（原題は『フォルテュナテュス』）は、藤代幸一・岡本麻美子『幸運の空飛ぶ帽子　麗しのマゲローナ』（ドイツ民衆本の世界、国書刊行会、一九八八年）に全訳が載る（七—一三八頁）。

ポール・ドラリュの注釈は、さらに物語の伝播についても次のように述べている。

この昔話は、アイスランドやアイルランドからインドまで広がり、簡略化されたり変形した形で中国やフィリピンやインドネシアに見られ、北アフリカやアメリカにも幾つかの類話が記録されている。

ドラリュの注は、おそらくアアルネ、トムソン『昔話の型』によるものであろう。五六六番に The Three

Magic Objects and the Wonderful Fruits と題し、ヨーロッパをはじめとして、ロシア・インド・インドネシア・中国、さらにはアメリカインディアンに伝わる類話の存在が指摘されている（二〇七―二〇八頁）。

仏典『毘奈耶雑事』に源流を持つ変身の食物の物語は、鼻の伸び縮みに血縁の痕跡を残しながら、このようにヨーロッパを越えた広汎な伝播を見せているのである。

四

『毘奈耶雑事』系列の話の世界的な伝播については、大いに興味をそそられる。『出曜経』系列の話の分布状況についても、気になるところである。ただ、ドラリュやトムソンの指摘する資料を逐一原典によって確認してゆくのは、私の手に余る作業である。勢い手近な訳書のみに頼る安易な方法を採ることになるが、それでも顕著な特徴の幾つかを指摘することはできよう。以下、世界各地に散在する類話を、纏めて紹介しておくことにしたい。

小澤俊夫編『シルクロードの民話』（ぎょうせい、一九九〇年）全五巻は、かつてシルクロードが経由した、中央アジアから西アジアに至る地域の民話を収録している。ここに収められた様々な伝承の中からも、類話あるいは類似した展開の一節を拾い上げることができる。管見に入った三例の内容は、左記の通り。

① 第一巻「タリム盆地」所収の第一一話「木馬」は、シャーが空中の家に閉じこめた王女の下に空飛ぶ木馬に乗って忍び込み、苦難の末に恋を成就させる王子の物語（五五―八三頁）。その一節に、食べると白い髭が生える桃・角が生える梨の話が見える。これらの実は、木になったものを食べると変身の作用を起こすのであるが、地面に落ちて干からびたものを食べれば元の姿に戻る。王子はこの果物を使って、王女を娶ろうとやって来る別

の国の王子を出し抜く。

② 第四巻「ペルシア」所収の第一〇話「ザッドとザイード」は、木こりの二人の息子ザッドとザイードが鶏の頭と心臓を食べ、苦難の末に共に王となる話（九四―一〇九頁）。本論第一章第一節のヨーロッパの項で紹介した、ルーマニアの「三人兄弟の王様」に極似しており、情人の奸計に乗せられて息子たちを殺そうとする母親も登場する。

この物語に登場する不思議な植物は、ハトが教えてくれた或る樹木で、その樹皮を削って両足に巻き付けると海上を歩くことができる、葉を目に乗せると視力が回復する、実の臭いを嗅ぐと正気を取り戻す、枝で叩くと人からロバ・ロバから人に変身する、と随分効能が多方面になっている。ザイードは、樹皮を足に巻いて海を渡って或る町にたどり着く。そして木の実で王女の正気を取り戻し、彼女と結婚して王位に就く。自分を騙した娼婦への仕返しには枝が使われ、ロバになった女は改心して元の姿に戻してもらう。木の葉は、盲目となった両親の治療に使われ、母親は前非を悔いる。

③ 第五巻「アラビア・トルコ」所収のトルコ第四三話「じんぞう」は、ニワトリの腎臓を食べ、毎朝枕元に金の袋が現われるようになった若者の話（一八五―一九一頁）。兄弟三人が、父親のニワトリの頭と腎臓と足を食べ、怒り狂う父から逃れて旅に出るという展開で、これも「三人兄弟の王様」とよく似ている。自分を騙したスルタンの娘への仕返しには、食べると角が生えるリンゴとロバになるイチジクが使われ、解毒にはブドウを食べさせる。若者はロバにした娘に跨って他国に行き、その国の王となっていた兄と出会う。その後、ロバにブドウを食べさせて娘の姿に戻し、二人は結婚する。

以上の三話のうち、②③のペルシアとトルコの話はヨーロッパの話に酷似しており、文化圏としての繋がりの深さを感じさせる。①のタリム盆地の話は『毘奈耶雑事』の話から大きく変化しているが、この系統の話が西アジアだけでなく、中央アジアにも伝わっていることを示す貴重な資料であろう。

なお、『シルクロードの民話』には、『毘奈耶雑事』系の話とは別種の、人を動物に変える魔術の話も見える。論旨からは外れるが、これらの話についても参考までに付記しておく。

①　第二巻「パミール高原」所収の「マリク・ハッサン」は、王子マリク・ハッサンが父王のために黄金の鳥を探す旅に出る物語（一八四―二〇一頁）。旅の途中、墓所の丸屋根に近づいたハッサンは、現われた老婆にカモシカにされてしまう。（この魔女が鼻をピクピク動かすだけで、彼は地面にひっくり返り、カモシカに変わる。）その後ハッサンは、別の墓所にたどり着き、そこにいた美女ネクバハトの呪文で人間に戻るのであるが、これは『毘奈耶雑事』の話とは異なる。『出曜経』の話とは、人を動物に変える魔女が登場する点のみ共通するが、妖術の中身も物語の展開も全く異なっている。

②　第五巻「アラビア・トルコ」のアラビア第二三話「外身変われど中身変わらず」は、女好きの道化の話（一一二―一一八頁）。女たらしの浮気男がシンド（インダス川下流地域）で見初めた女性を妻にする。しかし、その後も浮気の虫は治まらず、妻の魔術で黒人にされ、さらにはロバにされるが、それでも性根は変わらなかったというもの。小澤氏の解説には「後半、ろばに変えるあたりは、日本の「旅人馬」という昔話を思わせますが、もちろん無関係でしょう」とある。話のタイプとしては特に興味を引かれるところはないが、人をロバに変える魔術がインドと結びついている点は注目される。

次にモンゴル族・チベット族に伝わる物語が挙げられよう。本論の第一章第四節に紹介した、『ゲセル・ハーン物語』第八章の「ロブサガ・ラマ退治」、『シッディ・クール』の「カメの餌になった汗の息子（吐金王子）」

などの話であるが、ここでは重複を避けて取り上げないことにする。代わりに、C・F・コックスウェル著、渋沢青花訳『アジアの民話3　北方民族（上）の民話』（大日本絵画巧芸美術、一九七八年）から、中央ユーラシアの遊牧民族、カルマック族の民話「汗（ハーン）と貧乏人の息子に何がおきたか」（一八二―一九二頁）の一節を引いておきたい。

　この話は、動物の言葉を解する王子と、その友人の貧しい息子が主人公である。二人は蛙の魔物の人身御供として国を出、魔物たちの内緒話を聞いてこれを退治する。その頭を食べて黄金とエメラルドをはき出す能力を得た主従は、故国には戻らず旅を続けるのだが、途中、山の麓の酒屋で美しい母娘に騙され、黄金と宝石をすっかり吐き出さされてしまう。その後、二人は被ると姿の消える帽子や、穿けば行きたいところへ行ける長靴を手に入れ、或る国に辿り着いてそこの汗（ハーン）と大臣になる。そして大臣は、先の母娘に対して次のような復讐をする。

> それから後、大臣はもう一度帽子をかぶって、出ていった。ある寺院に来て、扉の隙間からのぞいてみると、管長が、驢馬の絵を画いた巻物をひろげていた。そしてその管長が、巻物のなかに身体をころがしたかと思うと、大きな驢馬に変り、立ちあがって、ヒーンといないて、飛びはねた。それからまた同じように、驢馬が巻物の上に寝ころぶと、驢馬は人間に変った。管長はすぐに巻物をもとのとおり巻いて、仏像の手のなかにおいた。
>
> 　管長がどこかへ出てゆくのを見すまして、大臣は中へ入ってゆき、巻物を取って、そのまま、母親と娘のいる酒屋へやって来た。彼はいった。「あなた方の良いおこないに対して、ご褒美をあげようと思って来ました。」こういって、二人をだますために、金貨三枚をさしだした。二人の女は、声をあげて叫んだ。「あな

たは偉い方ですね！　どんな工夫をして、こんなにお金が儲けられるのですか、知りたいもんですね。」「それが、この巻物をひろげた上に、身体をころがしただけで、金貨が手に入るんですよ。」と、大臣はいった。「そんなこと、やさしいじゃありませんか。」母と娘はこう答えただけで、巻物の上にころがってみせると、たちまち女たちは、二頭の驢馬に変ってしまった。大臣は驢馬を汗のところへひいていって、彼等を、石や土を運ぶ労働に使おうと申し出た。汗は、彼等を三年間、石や土運びに従事させることを命じた。そこで二人の背中は、すっかりすりむかれて、膿血が流れ出して、苦しんだ。汗を見あげる眼から、涙が流れた。とうとう汗は大臣にいった。「彼等は不埒ではあるがこれ以上苦しませることもあるまい。」大臣は、二度彼等を巻物の上にころげさせて、もとの年とった、やっと生きているような女の姿にもどしてやった。

物語の道具立ては随分変化しているけれども、魔物の頭を食べて黄金とエメラルドを吐き出す前半の展開は、鳥を食べて金貨を得るヨーロッパの話のヴァリエーションに違いない。後半の母娘への仕返しも、巻物を使った変身となっているが、これも不思議なリンゴや梨に対応する。この系列の話は、ユーラシア大陸に広く伝わっているのである。

ここで一気に南へ下り、『毘奈耶雑事』の郷里であるインドの民話を見てみよう。先ずシーフネル著・吉田公平訳『西蔵伝承印度民話集』（日新書院、一九四三年）第六話に見える、「クリシャー・ガウタミー」の話がある（一三一―一五一頁）。『チベット大蔵経』のカンギュル（経律）部に載るこの話は、若い商人が自分を騙した娼婦に対し、カラスの嘴を伸び縮みさせる木片で復讐するというもので、『毘奈耶雑事』と同じ話。ただこちらの話では、陰書を学ぶのは女主人公のクリシャー・ガウタミーとなっている。

ほかに坂田貞二・前田式子訳『インドの昔話（上）』（春秋社、一九八三年）には、「魔法の品と不思議な薬草」と題して、次のような話が載る（一三二―一四〇頁）。

ある国の王の一人息子は、十二の歳で亡くなると予言されていた。彼が十一になった時、父王は愛する王子の死を目の当たりにするに忍びず、宝物を積んだ馬に乗せて彼を森の奥に捨てる。

王子はその森で、師を亡くした四人の弟子が遺品を争っているのに出会う。その遺品とは、何処でも好きなところへ行ける木靴、犯した罪が全て許される座布団、望みのものを出してくれる物乞い袋、死者を生き返らせる杖であった。四人を騙して王子は遺品を奪い、木靴に祈って遠い町に逃げ去る。

町に着いた王子は、そこの王の一人娘が男に姿を見せずに御殿に住んでいることを聞き、木靴を履いて彼女のもとに通う。しかし王女は彼を騙し、一緒に駆け落ちすると見せかけて遺品の宝物を奪い、木靴を履いて御殿に帰ってしまう。

森に置き去りにされた王子は、四人の弟子が争っていた場所に戻り、今度は四人が不思議な薬草の話をしているのを聞く。その薬草は、食べると人を猿に変え、もう一度食べると人に戻るというものであった。王子はこの薬草を使って猿に変身し、御殿に出かけてそこで飼われることになる。王女は王子とも知らずにこの猿を可愛がったが、ある日、彼は飲み物に薬草を入れ、彼女を猿にしてしまう。

御殿を抜け出し薬草で人間に戻った後、王子は行者の姿で再び御殿に出かける。御殿では皆が途方に暮れ、王は「もとの姿に戻してくれた者に王女を嫁にやろう」と触れる。王子は七日間、王女を七回ずつ打って懲らしめた後、彼女を薬草でもとの姿に戻してやる。そして彼女を妻とし、故国に帰って父王と再会して幸せに暮らした。

王子が騙され呪宝を奪われる展開は「キャベツろば」と同じであるが、薬草による変身はロバではなく猿になっている。

これらのインドの民話にロバへの変身が見られない点から推測する限りでは、鼻の伸び縮み（『毘奈耶雑事』の原話）から変驢（「キャベツろば」系の話）への変化は、インドではなく、ヨーロッパにおいて生じたもののように思われる。ヨーロッパには、アプレイウス『黄金の驢馬』をはじめとして、古くから幾つもの変驢譚が伝わる。とすれば、『出曜経』のシャラバラ草の話は、「キャベツろば」系の変驢譚の誕生に必ずしも関わっている訳ではないことになる。

この他、東アジアの東端にも似た話を拾うことができる。韓国の「牛に化けたなまけ者」と、日本の「旅人馬」がそれである（前者は本論第一章第四節、後者は第四章第二節三項に既出）。関敬吾監修・崔仁鶴編著『韓国昔話百選』（日本放送出版協会、一九七四年）の翻訳をもとに（二二〇―二二四頁）、前者のあらすじを示しておこう。

むかし、ある村に怠け者がいた。妻の小言をうるさがった彼は、家を出ることにして裏の山を越えた。道すがら、見知らぬ一軒家で牛の仮面を作っている老人に出遇った。老人が「仕事嫌いがこれを被ると、素晴らしいことが起こる」と言うので、試してみると何と牛にされてしまった。市場に連れてゆかれ、一人の百姓に売られたが、その際に老人は、「牛に大根を食べさせると死んでしまうから、大根畑には決して行かせないように」と言った。牛になった怠け者は百姓に酷使されたので、いっそのこと死んでしまおうと、大根畑に入って大根を食べた。すると体が軽くなるのを感じ、人間の姿に戻ることができた。彼は家に帰り、心を入れかえて立派な人になり、幸せに暮らした。

ただ韓国のこの民話は、日本の「旅人馬」と同様、『出曜経』のシャラバラ草の話に近いものであり、ヨーロッパを中心とする『毘奈耶雑事』系の話とは一線を画されよう。

動物への変身を伴わない類話としては、日本の「尻鳴りべら」「鼻高扇」「生き針・死に針」、韓国の「聴耳と三つの呪宝」「無精者と呪宝」「赤扇と青扇」がある。鼻の伸び縮みに関わるということで、『日本昔話通観・第二八巻　昔話タイプ・インデックス』(同朋舎出版、一九八八年) から、「鼻高扇」(タイプ番号一一三) のあらすじを引いてみよう (二八〇頁)。

怠け者が地蔵とばくちを打って勝つと、地蔵は扇をくれ、表であおぐと鼻が伸び裏であおぐとちぢまる、と教える。

怠け者が長者の娘の鼻をこっそり扇の表であおぐと、鼻は長く伸びてもとに戻らない。

長者が娘の鼻をちぢめた者にほうびを与える、とふれると、怠け者は扇の裏であおいでちぢめほうびをもらう。

怠け者が得意がって扇で自分の鼻を伸ばしていると天に引っかかり、ちぢめると宙ぶらりんになる。

崔仁鶴『韓国昔話の研究』(弘文堂、一九七六年) には、「赤扇と青扇」(タイプ番号二七六) の話が見える (二五八頁）。貧者が道で鼻を伸ばす赤扇と元に戻す青扇を拾い、これで長者の鼻を伸び縮みさせて財産を貰うというもので、日本の「鼻高扇」とほぼ対応する話である。ただ韓国の話では、男は玉皇上帝の女房に棒で鼻を刺されて宙ぶらりんになり、彼女が棒を取り外すと地上に落下して死ぬ。

日本の「尻鳴りべら」（タイプ番号一一二）は、尻を鳴らせたり鳴り止ませたりする赤白の篦（へら）、「生き針・死に針」（タイプ番号一一四）は、人を活かしたり殺したりする針を使う同様な話。また、韓国の「聴耳と三つの呪宝」（タイプ番号二六八）の呪宝は、人の生死を自由にできる杖と笠とホミ（農具の一種）、「無精者と呪宝」（タイプ番号二六九）は、陰部から音を出す魚の髭など。ヨーロッパの場合と異なり、動物への変身は見られない。

東南アジアの類話については、訳書の調査も極めて不十分な状態で、今後の課題としたい。しかし、それでも幾つかの類話を拾うことができる。

ディーン・S・ファンスラー著、サミュエル淑子訳『アジアの民話7　フィリピンの民話』（大日本絵画巧芸美術、一九七九年）に、「王様になった炭焼き人」の話が見える（一三一―一三二頁）。あらすじは次の通り。

　昔、ある国の王に一人の美しい娘がいた。彼女が適齢期に達すると、王はしきたりに従ってお触れを出した。それは、「十日の間、十台の車一杯のお金を毎日もってこられる者には、娘と王冠を与えよう。だが、十日の間に挫折した者は死刑に処する」というものであった。

　貧乏な炭焼きの息子がこれを聞いて、王女と結婚して王位を継ぎたいと思った。次の日、彼はいつものように斧を持って森に出かけ、一本の大木を切り始めた。すると、どこからか声が聞こえる。「この木を切るのを止めて、幹の洞に手を入れてごらん。いるだけのお金の入った財布が見つかるから」と。そこで言われたとおりにして、銀貨のわき出る財布を見つけ、大喜びで家に帰った。

　翌朝、彼は宮城に出かけ、王と王女に面会した後、十台の車で銀貨を運び始めた。こうして五日が過ぎたが、王女は醜男で身分も低い炭焼きと結婚するのが厭になった。そこで炭焼きから財布の秘密を聞き出すと、彼が眠ったすきに財布を盗み出して隠れてしまった。目を覚ました炭焼きは驚き、死刑を恐れて城下から逃げ出した。

　炭焼きは食べるものも食べずに歩き続け、ある山の中までやってくると、見たこともない木に沢山の果実が実っていた。思わずそれを口にしたところ、頭に二本の角が生えてしまった。次の日、もっと美味そうな果実の木を見つけ、これを食べると、今度は二本の角が頭から落ちた。そこで彼は、この二種類の果実を使って財布を取り返そうと考えた。

　炭焼きは二年ぶりに故郷に帰ったが、歳月がすっかり顔つきを変えてしまっていたので、だれも彼とは気づかなかった。彼は料理係の見習いとして王の城に入り、やがてその腕を見込まれて料理を任されるようになった。彼は森から持ち帰った果実を料理に混ぜ、王一族の頭に角を生やした上で、料理長を通じて今度は医者という触れ込みで、王に面会する。困り果てていた王は、「もし自分たちの角を取ってもらえたら、娘と王国の半分を与えよう」と約束する。

　医者になりすました炭焼きは、「王様とお妃様は、血の流れるまで鞭で打たれること、王女様は疲れ切るまで医者とダンスをすること」という処方箋を作り、これを実行に移す。その後、例の果実を混ぜた水を飲ませると、皆の角はきれいに落ちる。しかし、残忍な召使達に手ひどく鞭打たれた王と妃は、数日後に亡くなってしまう。

王と妃の死後、炭焼きは王女と結婚して王位に就き、賢者を迎えて大臣とし、その国はかつてないほど繁栄した。

貧しい炭焼きが王となる話に巧みに翻案されており、原話の伝播後、時間をかけて練り上げられていった物語のように思われる。

また『日本昔話通観・研究編1　日本昔話とモンゴロイド――昔話の比較記述』（同朋舎出版、一九九三年）によると、「鼻高扇」と似た話がベトナムにあり、次のようなあらすじが紹介されている（一〇七頁）。

男が、主人の水牛を借金取りに取られて困り果て、死んだふりをしていると、烏が目玉をつつきにくる。男が烏をつかまえると、烏はほしいものが出る真珠を渡して許してもらう。男は水牛を出して主人に返し、りっぱな家や畑を出して金持ちになる。

男が美しい女を妻にもらい真珠のことを話すと、妻は夫の留守に真珠を盗んで実家へ帰る。男が妻を捜しにいくと、老人の姿をした仏が男に白い花と赤い花を渡す。男が言われたとおりに白い花を妻の家の戸口に差（ママ）〔挿〕すと、妻と両親は花の匂いをかいで鼻が伸びる。男が「真珠を返したら治してやる」と言って真珠を受け取り、赤い花の匂いをかがせると、三人の鼻はもとにもどる。

男は妻を連れ帰り、息子と娘を授かって幸せに暮らす。男が死ぬと、烏が来て、「真珠を返せ」と鳴き、真珠は消えた。

呪宝の真珠を鳥から奪い、それを美女に奪われるなど、ヨーロッパの「キャベツろば」やインドの「魔法の品と不思議な薬草」と対応する展開となっている。この民話もまた、東南アジアへの伝播を示す貴重な資料の一つであろう。

また同書は、「生き針・死に針」の類話として、蛇や虎、猪などの動物が知る不死の薬草で生き返らせる話を、ベトナム・タイ・ミャンマーなどから紹介している（一〇八―一一一頁）。しかしこれらの話は、『毘奈耶雑事』よりもギリシア神話のポリュイドスの話（蛇が銜えてくる不死の薬草）に近い内容である。

訳書を通じての限られた資料ではあるが、こうしてユーラシア大陸各地の話に目を通してみると、地域による特徴がそれなりに浮かび上がって来るように思われる。一応の結論として、気づいた点を列挙しておくことにしたい。

一、『毘奈耶雑事』系の話は極めて広汎な分布状況をみせている。ロバへの変身と結びついた話は、ヨーロッパを中心とし、ペルシアから中央ユーラシア、モンゴル、チベットへと広がる。ただ、東アジアの韓国や日本には、ロバなど動物への変身と結びついた話は伝わっていない。東南アジアにおいても、管見の二話による限り、角と鼻の変化であって動物への変身は見られない。

二、『毘奈耶雑事』系の変驢譚としては、一三世紀成立と推定される『シッディ・クール』の「カメの餌になった汗の息子（吐金王子）」が最も古い。インドから流れ出た原話が、チベットからさらにモンゴルへと伝播してゆく過程で、驢馬への変身譚となったものであろう。しかし、ヨーロッパの「キャベツろば」系変驢譚の源流をここに求めるには、躊躇される点が多い。というのは、この話のヨーロッパにおける原型と目される『ゲスタ・ロマノールム』『フォルテュナテュス』は、いずれもまだロバへの変身とは結びついていないからである。

鼻の伸び縮みというタイプの話が多く残るのも、『毘奈耶雑事』から流れ出た原話が変驢譚とはならず、そのままヨーロッパに伝わったことを示しているように思われる。加えてヨーロッパには独自の変驢譚の古い歴史があり、その着想との融合は充分考えられるところである。仮に『シッディ・クール』の影響があったとしても、それは『毘奈耶雑事』の原話の伝播以降のことと考えられる。

三、『出曜経』の変驢譚は、「キャベツろば」などのヨーロッパの話には、直接的な影響を及ぼしていないと見るべきであろう。現に『出曜経』変驢譚のヨーロッパへの伝播を示す資料は見当たらず、『毘奈耶雑事』遊方との融合を明らかに物語る資料も発見されていない。

四、『出曜経』系列の話について見てみると、その直接的な影響が窺われる話は、日本と韓国に限られる。ただ韓国においては、この系列の民話は広い分布を見せるまでには至っておらず、『出曜経』との影響関係についても、草名など明瞭な痕跡を残している訳ではない。となると、強い影響を受けて多くの類話を生み出しているのは、日本のみということになろう。「旅人馬」は、この意味で世界的に珍しい例ということになる。

五

以上、『毘奈耶雑事』と『出曜経』の両系列に関わる話を通覧し、若干の考察を加えてみた。

ところで、周囲のアジア諸国に囲まれた中国においては、『毘奈耶雑事』遊方と『出曜経』遮羅婆羅草の話はどのように受け継がれているのであろうか。最後にこの問題について言及しておきたい。

『毘奈耶雑事』の漢訳は唐の義浄と古いけれども、管見の限りでは中国の古典小説・筆記類に類話を見出せない。つまりこの話は、中国の文人達の関心を引く内容ではなかったようである。ただ、民間には類話の伝承が見られ、エーバーハルト『中国民間故事類型』は、「紅李子和白李子」の話を採録している（タイプ番号一九六）。馬場英子・瀬田充子・千野明日香訳『中国昔話集　2』（東洋文庫、平凡社、二〇〇七年）に訳出されているので（二三四―二三七頁）、これを借りてあらすじを紹介しておく。

昔、一人の若者が山道で迷い、そこの赤い李を食べたところ、顔中に大きなこぶができた。つぎに白い李を食べたところ、こぶはすっかり消えた。面白いと思った若者は、この二種類の李を採って懐に入れる。さらに山道をゆき、谷間で蝶の模様の靴を見つけると、これが何処へでも願う場所にゆける如意靴であった。そこで若者は、丁家の美しいお嬢さんの部屋に飛んでゆく。

いきなり現れた若者にお嬢さんは驚いたが、優しそうな外貌に心を許し、おしゃべりを始めた。若者は彼女に赤い李を食べさせ、大きな赤いこぶのある醜い顔にして消え去る。丁家では大騒ぎになったが、巫女も医者も彼女のこぶを治すことができない。そこで相談の上、娘を治した人の下に彼女を嫁にやることにした。若者はあらためて丁家を訪れる。お嬢さんに会って白い李を食べさせると、こぶは消え、もとの美しい顔に戻った。そして二人はめでたく夫婦となった。

エーバーハルトはこの話の採取地区を不詳としており、中国における分布状況は明らかでない。しかし、出所として示されている民間故事集は三種類と少なく、広く知られた民話ではなさそうである。また不思議な李が引き起こす変化は、ロバへの変身でも、二本の角あるいは鼻の伸び縮みでもなく、顔のこぶという最も自然なかたちになっている。この辺りに、中国の変身譚の一つの特徴があるように思われる[1]。

ほかに『日本昔話通観・研究編1』には、「鼻高扇」の類話として漢族の次のような話も挙げられている（一〇七頁）。


欲張りの兄が財産を一人占めにし、弟は飴売りになる。弟が山道を踏みはずして飴をかぶって崖から落ちると、七匹の鬼が「飴人形だ」と言って岩屋へ運ぶ。鬼は太鼓を叩いてごちそうを出して食べ、弟は鬼が立ち去ったあと太鼓を取って逃げ帰る。

兄がまねて行くと、煮融かされそうになって逃げ出してつかまり、鼻を長く伸ばされる。兄嫁が弟に助けを求めると、弟は鬼の岩屋へ行き、鬼が「太鼓を叩いて引っこめと言えばよい」と話しているのを聞く。兄嫁が立てつづけに太鼓を叩くと、鼻は引っこみすぎ、太鼓の皮も破れて鼻なしになった。


確かに鼻の伸び縮みはあるが、『毘奈耶雑事』系の話とは言い難い。唐の段成式『酉陽雑俎』の続集巻一に載り、「打ち出の小槌」「こぶ取り」の古型として知られる、「旁㐌[2]」の系列と考えるべきであろう。

一方、『出曜経』の類話に関しては、古典小説・筆記から民話にまで対象を広げて調査してみても、影響関係が明らかな資料は一例も拾い上げることが出来ない。この仏典が中国に渡り、竺仏念によって漢訳されたのも、四世紀後半から五世紀初と早い時代のことであった。しかし、そこに載るシャラバラ草の変身の話は、中国の人々の物語的興味を喚起することは、終になかったようである。

本論の第三章第二節「中国の変身譚のなかで」において言及した事柄であるが、不思議な食物による急激な変身の話は、おそらく中国の人々にとって不自然な、違和感を伴うものであった。『毘奈耶雑事』の話がロバへの変身には発展せず、顔のこぶに留まっている点、『出曜経』のシャラバラ草が類話を生み出さなかった点、いずれもがそのことを示していると思われる。結局、中国における変身幻想は、不思議な食物によれば誰にでも可能なものとしてファンタジーを形作ろうとはしなかった。変身術において言えば、それは仙人の自在な仙術（ないしは修行を積んだ末に獲得される道術）、あるいは異域の幻術・邪術のイメージの下に、専ら膨らむものだったのである。

（1）もっとも、『毘奈耶雑事』系の動物への変身譚が、中国において皆無とは言えないようである。稲田浩二編『世界昔話ハンドブック』（三省堂、二〇〇四年）の、チベット族「金を吐く王子」に付された斧原孝守解説によれば、四川省西部に次のような類話が伝わっているという。

吐金能力を得た王子と牧童は別れて旅に出、王子は酒屋の主人に吐金能力の源泉たるガマを奪われてしまう。一方、女妖から自在棒と人を猿に変えることのできる魔法の花を得た牧童が、王子の危機を知り、酒屋の主人を猿に変えて王子のガマを取り返す。

ただ、これは明らかにチベット・モンゴルに伝わる『シッディ・クール』第二話のヴァリエーションである。

（2）「旁㐌」は、次のようなあらすじの話である。

昔、新羅の国に旁㐌という名の貧しい男がいた。弟がいて金持ちだったので、彼は弟に衣服や食料をもらっていた。ある時彼に畑をくれる人がいた。そこで蚕と穀物の種を弟に求めると、（ケチで意地悪な）弟は種を蒸して与えた。やがて蚕が一匹だけ孵化し、日毎に成長して牛ほどになったが、それを知った弟は、隙をうかがって蚕を殺してしまった。ところが、四方百里以内の蚕が集まってきた。人々は蚕の王だとして「巨蚕」と呼び、一斉に糸を繰った。

穀物の方は一粒だけ芽を出し、穂が一尺余り伸びた。だが、鳥が不意にそれを銜えていってしまった。旁㐌がその後を追いかけると、岩の割れ目に入った。日も暮れたので、彼はその岩の側で野宿することにした。

夜中になると、月明かりの下に赤い衣の子供たちが現れた。一人が「何が欲しい？」と聞くと、もう一人が「酒が欲しい」と答えた。子供が金の鎚を取りだして岩を打つと、酒や酒器が揃った。さらにもう一人が「食べ物が欲しい」というと、同じように金の鎚で御馳走を出し、長い間飲んだり食べたりした後、鎚を割れ目に挿して立ち去った。

旁㐌は大喜びで、その鎚を持ち帰った。欲しいものは何でも出てきたので、彼は大富豪となった。すると弟は、旁㐌に「試しに蚕と穀物で私を騙してほしい。兄さんのように金の鎚が手に入るかもしれないから」という。旁㐌は愚かなことだと諭したが、弟は承知しない。そこで言う通りにしてやった。

弟は蚕を飼ったが、普通の蚕が一匹育っただけであった。種をまいたところ、一本だけ生え、実る頃に鳥が銜えていった。弟は大喜びで後を追い、鳥が入った場所に着いた。そこには鬼たちがいて「わしらの金の鎚を盗んだやつだ！」と怒り、弟を捕まえて、「糠の塀を三つ築くのがいいか。それとも、お前の鼻を一丈伸ばすほうがいいか」と言う。弟は糠の塀を三つ築くほうにしてくれと頼んだ。

しかし、三日たっても塀は出来上がらず、弟は鬼に鼻を引っ張られ、象の鼻のようになって帰ってきた。国中の人々がこれを見物したので、弟は恥ずかしさと怒りの余り死んでしまった。

その後、子供がふざけて鎚を打って狼糞を求めたところ、雷が鳴って、鎚は何処かに消えてしまった。

前半は「打ち出の小槌」、後半は「こぶ取り」の原話として興味深く、夙に南方熊楠「鳥を食うて王になった話」（平凡社『全集』第六巻）に言及がある。それによれば、この話にもインドに類話があるという。

附論 2

「板橋三娘子」校勘記

「板橋三娘子」を収録する小説集は、宋初の『太平広記』以降少なくない。本論第二章においては、それら相互の異同について詳細を示さなかったので、別に附論として校勘記を作成した。

校勘に当たっては、『太平広記』の中華書局点校活字本を底本とし、左記の文献を参照した。原文の引用は、旧字体によることを原則としたが、通行の字体に従った漢字もある。（たとえば、「者」「逮」「道」「既」「諸」「飲」「即」など。）異体字については、煩を避けて一部のもの以外は触れない。なお馮夢龍『太平広記鈔』および『古今譚概』所載の「板橋三娘子」は、いずれも原文にかなり手を加えて簡略化しているため、校勘記での言及は最小限に留め、附録の資料として末尾に全文を掲げた。

『太平広記』の版本は数多く、[1]ここでは閲覧が比較的容易な八種類を取りあげたに過ぎない。従って十全なものとは到底言い難いが、宋初に伝わった原文とその後生じた異同について、大略を窺い知ることは出来よう。また『艶異編』であるが、内閣文庫所蔵の二本を閲覧したところ、「板橋三娘子」は収録されていなかった。蓬左文庫所蔵の『艶異編五十一種』のみが、この作品を収めているようである。[2]

宋・李昉等編『太平廣記』

中華書局点校本、一九八一年、新版第二次印刷（人民文学出版社、一九五九年／中華書局新版、一九六一年）

文友堂影印明談愷本（北平文友堂書房影印、一九三四年／芸文印書館影印、一九七〇年）

国立公文書館内閣文庫所蔵明許自昌校刊本（紅葉山文庫）

新興書局影印明黄晟校刊本、一九六九年

清孫潜校訂本（厳一萍『太平広記校勘記』芸文印書館、一九七〇年による）

文苑閣四庫全書本（商務印書館影印、一九八三―一九八六年）

筆記小説大観本（江蘇広陵古籍刻印社影印、一九八三―一九八四年）

掃葉山房石印本（上海掃葉山房、一九二三年）

明・陸楫撰『古今説海』

国立公文書館内閣文庫所蔵明刊本（覆嘉靖本、紅葉山文庫）(3)

文苑閣四庫全書本（商務印書館影印）

上海文芸出版社影印清宣統元年刊本、一九八九年

明・馮夢龍編『太平廣記鈔』(4)

明・馮夢龍編撰『古今譚概』(5)

馮夢龍全集31、上海古籍出版社影印明天啓六年刊本、一九九三年

〔略称〕

広記

点校本

文友本

内閣本

新興本

孫校本

四庫本

筆記本

石印本

説海

内閣本

四庫本

文芸本

広記鈔

馮夢龍全集40、上海古籍出版社影印清葉昆池刻本、一九九三年　　譚概

明・王世貞編『豔異編五十一種』
蓬左文庫所蔵明刊本　　艶異

明・呉大震輯『廣豔異編』(6)
内閣文庫所蔵明刊本　　広艶

明・袁中道編『霞房捜異』(7)
内閣文庫所蔵明刊本　　捜異

清・陳世熙輯『唐人説薈』(8)
東洋文庫所蔵清乾隆五七年刊本　　説薈

清・陳世熙輯、王文誥補輯『唐代叢書（唐人説薈）』(9)　　叢書
新興書局影印清嘉慶一一年刊本（王文誥・邵希曽輯）、一九六八年　　嘉慶本
東京大学東洋文化研究所所蔵清同治三年刊本　　同治本
東京大学東洋文化研究所所蔵清光緒二二年賜書堂石印本　　光緒本
東京大学東洋文化研究所所蔵民国一一年掃葉山房石印本　　民国本

清・馬俊良輯『龍威秘書』　　秘書
東京大学東洋文化研究所(10)所蔵清刊本

【原文】1

板橋三娘子

唐汴州西有板橋店。店娃三娘子者、不知何從來。寡居、年三十餘、無男女、亦無親屬。有舍數間、以鬻餐爲業。然而家甚富貴、多有驢畜。往來公私車乘、有不逮者、輒賤其估以濟之。人皆謂之有道、故遠近行旅多歸之。

【校記】1

○板橋三娘子　『説海』は「板橋記」、『広艶』は「板橋店記」、『捜異』は「三娘子」に作る。なお『艶異』『説薈』『叢書』『秘書』が、唐・孫頠の『幻異志』所収とするのは誤り。

○唐汴州　諸本いずれも異同はないが、冒頭の「唐」字は原作にはなく、後代に付け加えられたものであろう。

○西有　『叢書』光緒本が「西涼」に作るのは誤り。

○何從　『説海』『広艶』『捜異』は「從何」に作る。

○富貴　『説海』『広艶』『捜異』には「貴」字なし。

○有不逮者　『広記』孫校本、『説海』『広艶』『捜異』には「有」字なし。

【原文】2

元和中、許州客趙季和、將詣東都、過是宿焉。客有先至者六七人、皆據便榻。季和後至、最得深處一榻。榻鄰比主人房壁。既而三娘子供給諸客甚厚、夜深致酒、與諸客會飲極歡。季和素不飲酒、亦預言笑。至二更許、諸客醉倦、各就寢。三娘子歸室、閉關息燭。

【校記】2

○最得深處一榻　『説海』四庫本は、「最得」を「得最」に作る。『広記鈔』も同じ。『譚概』は前文の「季和後至」を省略し、「趙得最深處一榻」に作る。

○榻鄰比主人房壁　『広記』石印本は、「比」字を誤って「皆」に作る。『説海』四庫本は、「與主人房壁相近」に作る。『説海』内閣本・文芸本および『捜異』は「榻」を「愒」に作り、上句に繫げて「最得深處一榻愒、鄰比主人房壁」とする。「愒」は、憩う、休息する。

○預言笑　『広艶』は「與言笑」に作る。

○二更　『広記鈔』は「三更」に改めているが、「二更」がよい。

○諸客　『説海』『広艶』『捜異』には「諸」字なし。

○醉倦　『叢書』光緒本は「醉極」に作る。

【原文】3

人皆熟睡、獨季和轉展不寐。隔壁聞三娘子悉窣若動物之聲。偶於隙中窺之、即見、三娘子向覆器下、取燭挑明之、後於巾廂中、取一副耒耜、並一木牛、一木偶人、各大六七寸、置於竈前、含水噀之、二物便行走。小人則牽牛駕耒耜、遂耕牀前一席地、來去數出。又於廂中、取出一裹蕎麥子、受於小人種之。須臾生、花發麥熟。令小人收割持踐、可得七八升。又安置小磨子、磑成麪訖、却收木人子於廂中、即取麪作燒餅數枚。

【校記】3

○熟睡　『叢書』光緒本は「睡熟」に作る。

○轉展　『広記』新興本・筆記本・石印本、『説海』『広艶』『捜異』は「展轉」に作る。
○悉窣　『広記』四庫本は「悉窣」に作る。「窣」は「窣」の異体字。『説海』四庫本は「窸窣」、『説海』内閣本・文芸本および『広艶』『捜異』は、『広記』四庫本と同じ「悉窣」に作る。
○偶於　『説薈』『叢書』『秘書』は、「偶然」に作る。
○向覆器下　『広記』筆記本は「於覆器下」に作る。『説海』『広艶』『捜異』は「向壁下」。
○巾廂　『広記』内閣本・新興本・四庫本・筆記本は「巾箱」に作る。『説海』『捜異』『艶異』、『説薈』『叢書』『秘書』も同じ。『譚概』は誤って「市箱」に作る。
○並　『広記』文友本・内閣本・新興本・四庫本・石印本は「并」に作る。『説海』『艶異』『広艶』『捜異』、『説薈』『叢書』『秘書』も同じ。
○一木偶人　『広記』孫校本、『説海』『広艶』『捜異』は「一」字なし。
○小人則牽牛　『広記』内閣本・新興本・四庫本・筆記本・石印本は、いずれも「小人」を「木人」に作る。『艶異』『説薈』『叢書』『秘書』も「木人」。
○牀前　『捜異』および『叢書』民国本は、「床前」に作る。
○廂中　『広記』内閣本・四庫本は「箱中」に作る。『説海』『艶異』『広艶』『捜異』、『説薈』『叢書』『秘書』も同じ。
○受於小人　『広記』内閣本・新興本・筆記本・石印本および『艶異』『説薈』『叢書』『秘書』は「受於木人」、『広記』四庫本は「授於木人」に作る。『説海』『広艶』『捜異』は「授與小人」。「受」と「授」は通用する。
○收割　『広記』孫校本、『説海』『広艶』『捜異』は「收刈」に作る。

○持踐　『説海』四庫本は「約計」に作る。
○可得　『広記』石印本は誤って「言得」に作る。
○却收木人子　『広記』筆記本は「却收木人等」に作る。『説海』文芸本は「却」を「卻」に作る。「卻」は「却」の異体字。『説薈』は「人」字を誤って「入」に作る。
○廂中　『広記』内閣本・四庫本・筆記本は「箱中」。『説海』『艶異』『広艶』『捜異』、『説薈』『叢書』『秘書』も同じ。

【原文】4
有頃雞鳴、諸客欲發。三娘子先起點燈、置新作燒餠於食牀上、與客點心。季和心動遽辭、開門而去、即潛於戸外窺之。乃見諸客圍牀、食燒餠未盡、忽一時踣地、作驢鳴、須臾皆變驢矣。三娘子盡驅入店後、而盡沒其貨財。季和亦不告於人、私有慕其術者。

【校記】4
○雞鳴　『広記』筆記本・石印本および『広艶』『捜異』『叢書』民国本は、「鷄鳴」に作る。「雞」は「鷄」の異体字。
○點燈　『説海』文芸本は誤って「點鐙」に作る。『広艶』は「點灯」。『捜異』は「點燭」。
○新作燒餠　『広記』孫校本、『説海』『広艶』『捜異』は「作」字なし。
○食牀　『叢書』民国本は、「食床」に作る。
○與客　『広記』内閣本、『艶異』『説薈』『叢書』『秘書』は「與諸客」に作る。

○變驢　『広記』孫校本は「變爲驢」、『説海』『広艶』『捜異』は「變成驢」に作る。
○三娘子盡驅　『説薈』光緒本は、「三娘子」を誤って「曰一子」に作る。
○没其貨財　『捜異』は「其」字なし。
○私有慕其術者　『太平広記』諸本および『説海』『捜異』は、いずれもこの六字を有する。『艶異』は六字を削除しているが、『広艶』は、「者」を「意」に作って六字を残す。また『広記鈔』『譚概』では、この六字を省略。降って清代の『説薈』『叢書』『秘書』では、全文収録の立場を取りながら、いずれも六字を削除している。この箇所が男性主人公の性格造形に悪影響を及ぼすと考えられたためであろう。

【原文】５
後月餘日、季和自東都回、將至板橋店、預作蕎麥燒餅、大小如前。既至、復寓宿焉。三娘子歡悦如初。其夕更無他客、主人供待愈厚。夜深、慇勤問所欲。季和曰、明晨發、請隨事點心。三娘子曰、此事無疑、但請穩睡。半夜後、季和窺見之、一依前所爲。

【校記】５
○回　『広記』文友本・内閣本および『説薈』『叢書』『秘書』は「囘」、『説海』内閣本・文芸本および『広艶』は「廻」、『説海』四庫本および『捜異』は「迴」に作る。「囘」は「回」の異体字、「迴」は「廻」の異体字。「回」と「廻」は通用。
○大小如前　『説海』『広艶』『捜異』は、「如前」の下に「所見」の二字あり。
○其夕　『譚概』は誤って「其席」に作る。

○供待愈厚　『説海』『広艶』『捜異』は、「愈厚」を「甚厚」に作る。
○穏睡　『広記』内閣本は、「穏便」に作る。『艶異』『説薈』『叢書』『秘書』も同じ。
○窺見之　『広記』孫校本、『説海』『広艶』『捜異』は、「窺之見」に作る。

【原文】6

天明、三娘子具盤食、果實燒餅數枚於盤中訖、更取他物。季和乘間走下、以先有者易其一枚、彼不知覺也。季和將發、就食、謂三娘子曰、適會某自有燒餅、請撤去主人者、留待他賓。即取己者食之。方飲次、三娘子送茶出來。季和曰、請主人嘗客一片燒餅。乃揀所易者與噉之。纔入口、三娘子據地作驢聲、即立變爲驢、甚壯健。季和即乘之發、兼盡收木人木牛子等。然不得其術、試之不成。季和乘策所變驢、周遊他處、未嘗阻失、日行百里。

【校記】6

○果實燒餅　『説海』『広艶』『捜異』は、「實」字を「置」に作る。
○彼不知覺也　『広記』孫校本、『説海』『広艶』『捜異』は「彼不之覺也」に作る。
○他賓　『叢書』民国本は「賓客」に作る。
○方飲次　『説海』『広艶』『捜異』は、「飲」字を「食」に作る。
○送茶出來　『捜異』は「來」字なし。
○作驢聲　『広記』孫校本は「作」字なし。『広艶』『捜異』は「作驢鳴」に作る。
○即立變爲驢　『説海』『広艶』『捜異』は「即」字なし。
○木人木牛子　『広記』孫校本は「木牛木人子」、『説海』『広艶』『捜異』は、「木牛與木人子」に作る。

○未嘗阻失　『広記』内閣本、『艶異』『説薈』『叢書』嘉慶本・同治本および『秘書』は、「未常阻失」に作る。「嘗」と「常」は通用。

【原文】7

後四年、乘入關、至華岳廟東五六里。路傍忽見一老人、拍手大笑曰、板橋三娘子、何得作此形骸。因捉驢謂季和曰、彼雖有過、然遭君亦甚矣。可憐許。請從此放之。老人乃從驢口鼻邊、以兩手擘開。三娘子自皮中跳出、宛復舊身、向老人拜訖、走去、更不知所之。

【校記】7

○華岳廟　『説海』『広艶』『捜異』は「華嶽廟」に作る。「岳」は「嶽」の古字で、古くから通用。
○路傍　『広記』石印本は「路旁」に作る。
○忽見　『叢書』民国本は「忽」字なし。
○拍手大笑曰　『説海』『広艶』『捜異』は、「曰」字なし。
○請從此　『広艶』は、「請」字を誤って「夂」（あるいは「夊」、「又」？）に作る。
○口鼻　『説薈』は「口」字を誤って「日」に作る。
○宛復舊身　『説海』『広艶』『捜異』は、「復」字を「若」に作る。

附　録

◎馮夢龍『太平廣記鈔』巻十一・幻術部

板橋三娘子　出河東記

唐汴州西有板橋店。店娃三娘子者、不知何從來。寡居、年三十餘、無男女、亦無親屬。有舍數間、以鬻餐爲業。然而家甚富、多驢畜。往往賤其估以濟行客之乏、故遠近行旅多歸之。

元和中、許州客趙季和、將詣東都、過是宿焉。客有先至者六七人、皆據便榻。趙後至、得最深處一榻。逼主房。既而三娘子供給諸客甚厚、置酒極歡。趙素不飲酒、亦預言笑。

三更許、客醉、舉家息燭而寢。獨季和轉展不寐。忽聞隔壁悉窣若動物之聲。偶于隙中窺之、見三娘子向覆器下、取燭挑明、巾箱中取小木牛木人及耒耜之屬、置竈前、含水噀之、人牛俱活。遂耕牀前一席地訖、取蕎麥子、授木人種之。須臾麥熟。木人收割、可得七八升。又安置小磨子、磑成麵訖、卻收前物、仍置箱中、取麵作燒餅。有頃雞鳴、諸客欲發。三娘子先起、點燈設餅。趙心動、遽出、潛于戶外窺之。乃見諸客食餅未盡、忽一時踣地、作驢鳴、須臾皆變驢矣。驅入店後、而盡沒其財。趙亦不告于人。

後月餘、趙自東都回、將至板橋店、預作蕎麥燒餅、大小如前。既至、復寓宿焉。其夕無他客、主人殷勤更甚。天明、設餅如初、趙乘隙、以己餅易其一枚、言、燒餅某自有、請撤去以俟他賓。即取己者食之。三娘子具茶、趙曰、請主人嘗客一餅。乃揀所易者與啖。纔入口、三娘子據地作驢聲、即變爲驢、甚壯健。趙即乘之、盡收其木人等。然不得其術。趙策所變驢、周遊無失、日行百里。

後四年、乘入關、至華嶽廟、旁見一老人、拍手大笑曰、板橋三娘子、何得作此。因捉驢謂趙曰、彼雖有過、然遭君已甚。可釋矣。乃從驢口鼻邊、以兩手擘開、三娘子自皮中跳出、宛復舊身。向老人拜訖、走去、不知所之。

◎馮夢龍『古今譚概』第三十二・靈蹟部

板橋三娘子

古今説海、唐汴州西有板橋店。店娃三娘子者、獨居鬻餐有年矣。而家甚富、多驢畜。毎賤其估以濟行客。元和中、許州客趙季和、將詣東都、過客先至者、皆據便榻。趙得最深處一榻、偪主房。既而三娘子致酒極歡、趙不飲、但預言笑。

二更許、客醉、合家滅燭而寢。趙獨不寐、忽聞隔壁悉窣聲。偶於隙中窺之、見三娘子向覆器下、取燭挑明、市箱中取小木牛木人及耒耜之屬、置竈前、含水噀之、人牛俱活、耕牀前一席地訖、取蕎麥子、授木人種之。須臾麥熟。木人收割、可得七八升。又安置小磨、即磑成麪、却收前物、仍置箱中、取麪作燒餅。

雞鳴時、諸客欲發。三娘子先起、點燈設餅、趙心動、遽出、潛於戸外窺之。乃見諸客食餅未盡、忽一時踣地作驢鳴。頃之、皆變驢矣。驅入店後、而盡没其財。趙亦不告於人。

後月餘、趙自東都回、將至板橋店、預作蕎麥燒餅、大小如前、復寓宿焉。其席無他客、主人慇勤更甚。

天明、設餅如初。趙乘隙、以己餅易其一枚、言、燒餅某自有、請撤去以俟他客、即取己者食之。三娘子具茶。趙曰、請主人嘗客一餅。乃取所易者與啖。纔入口、三娘子據地即變爲驢、甚壯健。趙即乘之、盡收其木人等。然不得其術。趙策所變驢、周遊無失、日行百里。

後四年、乘入關、至岳廟傍、見一老人拍手大笑曰、板橋三娘子、何得作此。因捉驢謂趙曰、彼雖有過、然遭君已甚、可釋矣。乃從驢口鼻邊、以兩手擘開。三娘子從皮中跳出、向老人拜訖、走去、不知所之。

（1）『太平広記』のテキストについては、富永一登「『太平広記』の諸本について」（『広島大学文学部紀要』五九、一九九九年）

の論考があり、それまでの諸研究を総括している。他に近刊の張国風『《太平広記》版本考述』（中華文史新刊、中華書局、二〇〇四年が詳細であるが、以下には、簡便な富永氏の論考によって概略を示しておく。

『太平広記』の宋本は伝わらず、明の嘉靖四五年（一五六六年）、談愷によって刊行されたものが最も古い。ただ、その版本には三種類（張氏は四種類とする）がある。この談愷本の複数の版本をもとに、明の万暦年間（一五七三―一六二〇）、許自昌によって刊行されたのが、所謂「許刻本」である。（この許刻本にも数種類がある。）

一般に最も流布したのは、清の乾隆二〇年（一七五五）、黄晟が談愷本を補訂して刊行した小字本で、「黄氏巾箱本」と呼ばれる。民国一一年（一九二二）には、上海掃葉山房本から石印本が刊行されたが、杜撰で諸版本中最も劣ると酷評されている。現在、『太平広記』の定本となっているのは、一九五九年に人民文学出版社から、一九六一年に若干の改訂を加えて中華書局から出版された点校本である。談愷本を底本とし、他の諸本とも校勘しているが、完全なものではない。他に中華書局点校本が校訂に利用した貴重書として、北京図書館所蔵の清・陳鱣校本、明鈔本（沈氏野竹斎鈔本）などがあるが、その全貌は明らかになっていない。

この校勘記の作成に当たって使用した『太平広記』諸本のうち、清の孫潜校訂本は談愷本系、新興書局影印本・筆記小説大観本は黄氏巾箱本系統に属する。四庫全書本については、富永氏は旧説に従って談愷本としているが、張氏は黄氏巾箱本系とする。なお、国立公文書館内閣文庫には許刻本四種と清・嘉慶刊本（黄晟校刊本重刻）一種が所蔵される。四種の許刻本を閲覧したところ、刷りと冊数は異なるものの、体裁・字句は同じであったため、紅葉山文庫一本のみを使用することとした。これら諸本の所蔵経緯については、塩卓悟「国立公文書館蔵『太平広記』諸版本の所蔵系統」（『汲古』第五九号、二〇一一年）の論考がある。

（2）『艶異編』の編者については疑わしい点もあり、李夢生『中国禁毀小説百話　増訂本』（上海古籍出版社、二〇〇六年、初版は一九九四年）は、彼の名を借りた編著とする（三九―四〇頁）。しかし、陳国軍『明代志怪小説研究』（天津古籍出版社、二〇〇六年）は、詳細な考証に基づいて王世貞の編と断定する（二七二―二七五頁）。秦川『中国古代文言小説総集研究』（上海世紀出版股份有限公司・上海古籍出版社、二〇〇六年）も、編者を王世貞としている（六二―六五頁）。

（3）内閣文庫には三種の『古今説海』が所蔵される。うち二種は明刊本で、嘉靖二三年序刊本（林羅山本）と、この嘉靖本の覆印（紅葉山文庫本）であるが、前者には二箇所の明らかな誤りがある。（原文第二段落の「客醉倦」を「客粋倦」、第三段落の「并一木牛木偶人各大」を「等一也只是以秀下口」に作る。）後者ではこれが修正されているので、こちらを校勘のテキストとした。残る一種は清の道光元年刊本で、この覆嘉靖本によっており、字句の異同は見られない。

（4）『馮夢龍全集』は、他に江蘇古籍出版社刊行の活字本（魏同賢主編、一九九三年）があり、『太平広記鈔』はその第八、九巻に収められる。併せて参照したが、「含水噀之」を誤って「捨水噀之」とし、「于」字を「於」とするほかは、異体字による相違のみである。引用に当たっては、両『全集』を参考に適宜句読を加え、改行を施した。

（5）『古今譚概』も前記の活字本全集の第六巻に収められている。こちらは、異体字のほかに字句の異同は見られない。引用に当たっては、両『全集』を参考に適宜句読を加え、改行を施した。

（6）『広艶異編』は、同じ版本の影印が続修四庫全書第一二六七冊にも収められているが、後刷りで不鮮明な箇所が多い。

（7）『霞房捜異』については、袁中道の編と記されているが、詳細については未調査。『全国漢籍データベース』によれば、同書を所蔵するのは、国内では内閣文庫のみである。

（8）『唐人説薈』は、乾隆五七年に初めて刊行された。『全国漢籍データベース』によれば、乾隆刊本を所蔵するのは、国内では東洋文庫のみである。

（9）『唐代叢書』の初版は、嘉慶一一年（一八〇六）の刊行で、百六十四種の作品・小説集を収める。前掲（注2）の秦川『中国古代文言小説総集研究』は、清の顧修『滙刻書目』の記録をもとに『唐人説薈』初版本を百四十九種と推測し、『唐代叢書』は王文誥による増補本と考える。そして以後『唐人説薈』の名で出版された諸本も、この増補本に拠っているという（一四四―一四五頁）。しかし、東洋文庫の『唐人説薈』乾隆五七年刊本を調査してみると、内容はすでに百六十四種となっている。（ただし、作品の排列順序には異同がある。）従って詳細についてはさらに検討が必要であるが、ここでは『唐代叢書』の名を付すものを仮に一括りにしておくことにした。東京大学東洋文化研究所所蔵の三種の版本には、王文誥の名は見えないものの、同治本と民国本は『唐代叢書』の名を書扉に付記し、光緒本は書名を『唐代叢書』としている。なお、「板橋三娘子」原文について言えば、嘉慶本と同治本との間に字句の異同はない。

（10）東洋文化研究所蔵書には、他に風生輯『天風閣薈譚』（民国三年華昌書局石印本）があり、「板橋」と題して『古今説海』に拠って「板橋三娘子」を採録する。原文第四段落の「點燈」を誤って「點鐙」とするなど、若干の異同が見られるが、校勘の資料には加えなかった。『全国漢籍データベース』によれば、同書は国内ではこの一本のみ。編者の風生については未詳。

附論 3

古代ギリシアの変身観 ノート

一

中国の変身譚とそれを支える変身・変化観を考える時、比較の対象として念頭に浮かぶのは、ヨーロッパである。中野美代子『中国人の思考様式 小説の世界から』（講談社現代新書、講談社、一九七四年）が指摘するように、中国の変身譚が動物から人への変身を主流とするのに対し、ヨーロッパのそれは人から動物への変身によって占められ、対照的な様相を呈している（七四―七五頁）。

ヨーロッパの変身譚に動物から人への変身（本来動物であったものが人となる変身）が見られないことについては、キリスト教の世界観（神・人間・動物の間に越えられない厳格な一線が引かれる世界観）から説明がなされる。しかし、この問題を取り上げようとするならば、キリスト教以前のヨーロッパ、すなわちギリシア・ローマの時代にまで遡っての考察が当然必要となってくる。(1) テーマの大きさに門外漢としては躊躇せざるを得ないが、数冊の邦文参考文献をもとにした初歩的な考察を、以下にノートとして記しておく。

二

中村善也・中務哲郎『ギリシア神話』（岩波ジュニア新書、岩波書店、一九八一年）の「Ⅷ　変身」によれば、自然の豊かな恵みの中で生きていたギリシア人にとっては、動植物をふくめた自然が、自分たちとは切っても切れない身近な存在であった。そしてそうした自然との交流が、「輪廻」とか「転生」とかいう思想以前の、動植物との素朴な交流、神秘的な一体感を育ててゆき、ここから多くの変身の物語が生み出されていった（一八二―一八三頁）。

このような自然観は、人間と自然とを対立的に捉えるキリスト教以後のヨーロッパのそれよりも、東洋的な自然観に近いように思われる。しかし、ギリシア神話のなかで繰り広げられる変身は、人あるいは神から動植物や無機物・天体などへの変身で占められる。動物から人への変身は、自ら動物に変身していた神が元の姿に戻る場合で、これは仮の姿からの復帰ということになる。（なお、中村・中務両氏によれば、動物に変身させられていた人間が元の姿に戻る例は極めて珍しく、ゼウスの妻ヘラの嫉妬によって牝牛に変えられたイオの話一例のみであるという。後世のヨーロッパの民話や童話と大きく異なる点が興味深い。）一方、中国の変身譚に見られた、動物の人間への変身（生きたままでの変化変身）についていえば、この類の話は全く見当たらず、こうした発想はもともとヨーロッパには存在しなかったと見てよいであろう。ただ、人間と動物との間がどのように考えられていたのか、その辺りの事情についていては神話は語ってくれない。

浜岡剛「ギリシア思想における人間と動物」（加茂直樹・谷本光男編『環境思想を学ぶ人のために』世界思想社、

一九九四年）によれば、ヘレニズム以前の古代ギリシアにおいては、動物は、人間あるいは人間社会の特質を明らかにするための対象物として、二次的に取り上げられるに過ぎなかった。ホメロスの『イリアス』『オデュッセイア』では、不死なる神と死すべき存在としての人間という対比の方が強調されており、人間と動物との違いは余り問題とされていない。動物と人間の関係が本格的に取り上げられ始めるのは、ヘレニズム期のヘシオドス『仕事と日々』の一節からであり、ここでは「正義」の有無が人間と動物の違いとされる。さらにアルクマイオンは、「知性」「理性」の有無から両者の違いを説明し、これが西洋の伝統的な考えとなった。（もっとも、アナクサゴラスのように動物にも知性が備わるとする説もある。）またゼノンを創始者とするストア派は、「動物は人間のために存在する」と説き、後世しばしば批判されながらも西洋の伝統的動物観となる、人間中心主義的目的論を定式化させたという（六〇—七五頁）。

古代ギリシアにおいては、このように主として倫理的な問題意識から動物と人間とが取り上げられており、そこには変化変身への関心は浮かび上がってこない。動物と人との間には、人と神との間のような隔絶は無かったようで、たとえばアリストテレスも『動物誌』第八巻・第一章において、「ある動物はヒトに対し、また、ヒトは多くの動物に対して程度の差で異なり」「自然界は無生物から動物にいたるまでわずかずつ移り変わってゆくので、この連続性のゆえに、両者の境界もはっきりしない」と述べている（岩波文庫本では下冊四三—四四頁、島崎三郎訳、一九九九年）。しかし、とはいっても人間以外の動物は所詮動物であり、人間へと変化する可能性については、自然科学的思考においても想像力の世界においても、想起の余地を与えられなかったのであろう。

中国や日本の場合、動物が人になる変身譚の背後にあるのは、年を経た動物が人に変身する能力を持つとする動物観ないしは自然観、あるいは報恩や恋情のために動物が人となって現われることがあるとする動物観であっの力量では扱うことが出来ない。

差異はどこから生じてきたのか、さらに本質的な疑問が生じる。ただ、ここから先の問題については、現在の私た。こうした動物観・自然観は東洋に独自なもののようであるが、ヨーロッパに古来それがないとすると、その

右に見たようにギリシア世界においては、変身といえば神あるいは人の動植物等への変身であって、動物が生きながら人間へと変身することはなかった。しかし、死を介在させた転生の場合はどうであろうか。輪廻や転生の思想は、実はインドのみに限られる訳ではなく、古代エジプトやギリシアにもあったと言われており、これに関しても一瞥しておく必要を感じる。

石上玄一郎『エジプトの死者の書　宗教思想の根元を探る』（レクルス文庫、第三文明社、一九八九年／初版は人文書院、一九八〇年）九四―九七頁、『輪廻と転生　死後の世界の探求』（レクルス文庫、第三文明社、一九八一年）八〇―八一頁によれば、古代エジプト人の考える霊魂には、「カ」（「精霊」と訳され、抽象的な個性もしくは人格で、それを持つ人の形質をそなえる）と「バ」（いわゆる「霊魂」）の二種類があった。「カ」は墓場の中でミイラと共にいることが多いのに対し、「バ」は人が死ぬと天に昇り、太陽神ラーあるいは冥府の支配者オシリスと住むようになる。そして、オシリス庁の審判で罪なしと判定された場合は、自分の欲する如何なるものにも変身する権利を与えられた。（一方、有罪の判決を受けた者は、審判を務めるトートの背後に控えた怪物に食べられてしまい、復活再生の途は閉ざされる。この点はインドの輪廻転生と大きく異なる。）

また井本英一「輪廻の前史」（『輪廻の話―オリエント民俗誌』法政大学出版局、一九八九年／初出は『大系　仏教と日本人4　因果と輪廻』春秋社、一九八六年）は、『死者の書』（前一六―前一四世紀頃に成立）よりも時代を下るエジプト人の輪廻観について、ヘロドトス（前五世紀）の『歴史』の記事を引いて次のようにいう。「エジプト人

は人間の魂の不滅を信じ、肉体が亡びると、魂は次々生まれてくる他の動物の体内に入って宿ると考えた。…（中略）…魂は陸に棲むもの、海に棲むもの、空飛ぶもの、とあらゆる動物の体を一巡して、再びまた、生まれてくる人間の体内に入り、三千年で魂の一巡が終わる」（三頁、『歴史』巻二―一二三）。形態の変化から見れば、ここには動物から人への変身があると言えよう。しかし、この転生は人間の不滅の魂が本来の肉体に回帰したもので、本質的には動物の変身と異なる。

ギリシア思想における輪廻の問題については、前掲の石上玄一郎『輪廻と転生』の「ディオニュソス崇拝とオルフェウス教」「ギリシア諸家の輪廻観」の二章に詳しい。なかでも特に注目すべきは、ピュタゴラスとプラトンであろう。

ピュタゴラスの教説は、オウィディウス『変身物語』の巻一五に紹介されている。彼は人間の霊魂を神に所属する不滅の実体とし、それが前世の罪によって地上の牢獄、すなわち肉体に囚われると考える。したがって霊魂は、肉体とは有機的な関係を持たない全く別のものであり、死後は肉体から離れて冥府ハデスに下り、煉獄の苦難を受けたのち浄められて再び天上界に昇る。しかし、そのあるものは昇天できずに、遊魂となって地上をさまよい続ける。このさまよう魂について、彼は次のように語っている。中村善也訳（岩波文庫、岩波書店、一九八四年）によって引く。

万物は変転するが、何ひとつとして滅びはしない。魂は、さまよい、こちらからあちらへ、あちらからこちらへと移動して、気に入ったからだに住みつく。獣から人間のからだへ、われわれ人間から獣へと移り、けっして滅びはしないのだ。柔らかな蠟には新しい型を押すことができ、したがって、それはもとのままではいられないし、いつも同じ形をたもつことはできないが、しかし同じ蠟であることには変わりがない。それと同じように、霊魂も、つねに同じものではありながら、いろんな姿のなかへ移り住む――それがわたしの説くところだ。

（下冊三〇七―三〇八頁）

ここには人間から動物への転生と同様に、動物から人間への転生も想定されている。しかし、これも不滅の魂が住むところの肉体を移し替えるといった、宿替え的な性格が強い。

次にプラトンについて見てみよう。彼の著『パイドン』に記されたソクラテスの主張から、死後の転生について述べられた部分を参照してみる。魂の永遠を信じ、肉体を悪とするソクラテスは、哲学者の使命を魂の肉体からの解放にあると考える。生前に肉体への隷属から解放された真の哲学者の純粋な魂は、死後に冥界ハデスへと出発し、神々と交わる祝福のうちに暮らすことができる。しかし肉体を愛した不浄な魂は、石碑や墓のまわりをうろつく幽霊となるか、あるいはそれぞれの性格に従って、様々な動物の身体に宿ることになるのである。この動物への転生について、ソクラテスはケベスに向かって次のように語りかける。田中美知太郎編『プラトンⅠ』（世界の名著、中央公論社、一九六六年）によって引く。

〔ソクラテス〕「たとえば、大食いで、不節制で、大酒のみで、といった生活に慣れて自制しなかった人たちは、おそらく驢馬とか、そういった類いの動物になる。とは思わないかね？」

〔ケベス〕「ほんとにそうのようですね」

「これに対して、不正や専制や貪欲を好んだ人たちは、狼や鷹や鳶の類いになるだろう。それとも、どこかほかに、そういう魂の行先きがありうるだろうか」

「いいえ」とケベスが言いました、「そういった類いのなかに入らせるがいいでしょう」

「では、そのほかの人たちも、どこへ行くかそれぞれ自分の慣れてきた生き方との類似によって、明らかではないか」

「ええ、明らかですとも」

「そして、このような人たちのなかでいちばん幸福でいちばん善いところに行く者は、通俗的な市民道徳に励んだ人たちではないか。それは、ふつう節制とか正義とか呼んでいる、哲学や知性を欠いた、慣習や訓練から生ずる道徳のことだがね」

「どうして、その人たちがいちばん幸福なのですか」

「なぜなら、彼らはおそらく、ふたたび彼らに似た社会的な平和な種族、蜜蜂（みつばち）だの、黄蜂（きばち）だの、蟻（あり）だのになるか、または、ふたたびまえと同じ人間の種族になって、そこから穏健な人たちが生まれるだろうからね」

「そうですね」

（池田美恵訳『パイドン』五三一―五三二頁）


ここで語られている内容には、罪業による転生を説く仏教と通ずるところがあろう。(2) しかし、仏教の輪廻転生説のような壮大な体系を備えた、思想の本質にかかわるものではなく、ピュタゴラスと同様な観点から、不浄な魂の行き先として付随的に語られているに過ぎない。肉体を蔑視し、霊魂のそこからの解放を使命とするこの思想にとって、向かうべきは不滅の霊魂の問題であって、罪深い肉体と関わり続ける転生の事象ではあり得ない。転生の観念は、古代ギリシア思想にも確かに存在した。しかし、それは霊魂の問題のほんの片隅の位置しか与えられず、したがって、そこから物語が紡ぎ出されることもないまま、後のキリスト教思想によって否定されていったと考えられるのである。

因みに、ロバート・ガーランド「古代ギリシア人の死生観」（和光大学総合文化研究所　永澤峻編『死と来世の神話学』言叢社、二〇〇七年）には、次のような指摘が見える。

いわゆる輪廻転生の観念は、つまり死後に人の魂が別の肉体に宿るという信仰は、古代ギリシアでは哲学的な教養としてだけ存在するが、大衆的な支持は得られることがなかった。（山口拓夢訳、一三七頁）

三

ところで、キリスト教以前のヨーロッパ変身譚について論ずる場合、注目しておきたい文章に澁澤龍彦「メタモルフォーシス考」（『変身のロマン』立風書房、一九七二年）がある。氏はオウィディウス『変身譜』（『変身物語』の別称、あるいは『変形譚』とも）をもとに、ギリシアの変身譚を原因・動機から五つ（一、罰による変身　二、祝聖あるいは記念としての変身　三、保護のための変身　四、予防のための変身　五、衰弱のための変身）に分類した後、変身後の結果から見た分類へと論を転ずる。そして、動物・植物・鉱物・液体・気体・天体などへの変身のうち、植物的メタモルフォーシスに注目する。氏の文章の後半は、『変身譜』のなかでも多数を占める植物への変身の考察に費やされており、ここから私達は重要な示唆を得ることができる。以下、やや長くなるがその一節を左に挙げ、私見を添えておくことにしたい。

『ダフネの寓話』の著者イヴ・ジローによれば、植物的メタモルフォーシスのタイプは、最も重要な変身タイプの一つであって、他の領域では認められない特有の意義を持っているという。なぜかというと、人間は植物に変身すると、その生命を植物の生命と連続させて、一種の不死の状態を獲得することになるからである。ここで注目すべきは、一般に植物的メタモルフォーシスという現象が、個々の特定の植物の上に起るのではなく、同じ部門の植物全体の上に起るということだ。すべての月桂樹が変身したダフネなのであり、すべてのアネモネが変身したアドニスなのである。この点が、動物的その他のメタモルフォーシスと完全に異なる点だろう。だから植物的メタモルフォーシスは、それが関係した二つの自然界、人間界と植物界とを直接に結びつける、同化と融合の作用を果すことになるのであり、人間と植物の二つの平面間を流れる生命は、いわば無限に循環することになるのである。

古代人にとって、しばしば樹木が女の形態をあらわすものであったということも、記憶しておいてよいだろう。樹は、樹のなかに棲んでいるニンフ（ドリュアデスあるいはハマドリュアデスと呼ばれる）と同一視されるのだ。樹とともに生まれ、樹とともに死ぬニンフは、人間の形態から植物の形態へ自由に移行することができる。メタモルフォーシスは、ニンフには全く自然に、日常的に行われるにすぎない。そして樹を切られれば、草を摘まれれば、ドリュオペとロティスの物語におけるように、ニンフの赤い血が流れるのである。堅い樹皮の下に、香り高い樹液の血が滾々と流れているということは、古代人にとって、ほとんど疑いを容れないことだったにちがいなく、それはただちに樹木と人間との同一視、ひいては樹木崇拝という方向に彼らの夢想を誘ったのである。

（一六―一七頁）

中国の場合、人が様々な動物に変身する話はあるけれども、植物に変身する例は極めて少なく、ヨーロッパとは対照的な様相を呈している。従来指摘されることがなかったように思うが、東西の変身譚を比較する際には重要な相違点であろう(3)。

またヨーロッパの場合、すでに見たように動植物が人に変身することはない。ただ、植物に関して言えば、内に宿るニンフ（妖精）を代理役とすることによって、樹木は人への変身を果たしているのである。そしてニンフは若く美しい女性の姿を持ち、神や人とも恋をする。東洋における動植物の人間への変身や恋愛と比較して、これもまた詳しく論じられてよい点であろう。なお、妖精について付言しておくと、ギリシア神話においては山野・河川・樹木・洞穴などの精霊として登場し、動物以外の自然との結びつきが強い。しかし、後世になると動物的な要素と結びついた妖精も登場するように思われる（たとえば、蛇女メリュジーヌなど）。ヨーロッパの森に棲む妖精については、比較研究の対象として極めて興味深い存在であるが、澁澤氏の指摘に加えて、さらに詳しい調査と考察が必要とされよう。

四

以上、古代ギリシアの時代の変身変化観について一瞥してみた。そこには、キリスト教以後のヨーロッパとは明らかに異なる自然観や変身観が窺われる。こうした観念は、唯一絶対の創造主を信ずるキリスト教の下に、異端として抑圧されてゆくのであるが、しかし全く消滅してしまうのではなく、民間の伝承や土俗的信仰のなかに、形を変えて生き延びていったと考えられる。ヨーロッパ文明は、そうした二重性において捉えられるべきであるう。

また、輪廻の思想や動物への転生など、むしろ東洋的な思想と共通する一面は、殊に注目されるところである。しかしそうした共通性を覗かせながらも、そこにはやはり東洋とは異なる、この地域独自の特徴を既に潜ませているように思われる。こうした問題に対する、西洋・東洋両古典学からのアプローチが期待される。

（1）小論は、元早稲田大学大学院生大立智砂子さんの提言と教示を執筆の契機としている。

（2）もっとも、東洋の仏教とは異なる輪廻観を示す別の資料もある。山内昶『もののけ Ⅱ』（ものと人間の文化史、法政大学出版局、二〇〇四年）がプラトン『国家』に載るとして紹介する、パンピュリア族の戦士エルの蘇生譚は、次のような内容である。以下、山内氏の著書から引用する。

……軀（むくろ）を離れたエルの霊魂は霊妙不可思議な裁きの場についた。そこでは生前の所業によって、生涯を一〇〇年とするとその一〇倍の一〇〇〇年間の賞罰が決定され、善き魂は天上で、悪しき魂は地下でその期間を過ごさねばならない。この千年紀を終えると、霊魂は三人の運命の女神（モイラ）の前にいって第二回目の生を籤（くじ）で選ばねばならない。「ありとあらゆる種類の生涯の見本がそこにはあった」が、モイラの一人ラケシスの宣言によると、「運命を導くダイモーン（神霊）が、汝らを籤で引き当てるのではない。汝ら自身が、自らのダイモーンを選ぶべきである」とのことだった。

（「Ⅳ章　西洋の悪魔論」八頁）

山内氏はこの資料をもとに、さらに次のように論じる（同一一頁）。

ただ同じ輪廻思想でも東洋では冥界の大審判官ヤマ、つまり仏教でいう地獄の閻魔大王が個々人の生前の行状によって一方的に判決を下していたし、インドではカースト別に再生族と一生族とがア・プリオリに決定されていた。が、西洋、とりわけプラトンでは籤引きの順番は運命によって定められていたけれども、その順番に従ってどういう籤の内容、つまり再生の生涯を選ぶかは自由意志の選択に任されていた。「責は選ぶものにある。神にはいかなる責もない」（『国家』）と必然の女神（アナンケー）の娘ラケシスは明言する。そこに、後に大きく分化する東西思想の特徴的差異がすでに萌芽していたのである。

興味深い指摘と言えよう。なお該当箇所は、『国家』の第一〇巻一三―一五節に見える。

（3）植物への変身としては、『山海経』巻五・中山経に見える帝女（女尸）の蓋草への変身、『呂氏春秋』巻一四・孝行覧・本味に載る伊尹の母の空桑の樹への変身などがあって皆無とは言えないものの、動物への変身に比べて極端に少ない。

あとがき

本書は、一九九九年から二〇〇八年にかけて広島大学『東洋古典学研究』に掲載の論考、およびその後これを纏めて名古屋大学に提出した学位請求論文をもとに、加筆訂正を加えて成ったものである。初出を記せば次のようになる。

「板橋三娘子」考（一）—原話をめぐって—
　広島大学『東洋古典学研究』第八集　一九九九年一〇月
「板橋三娘子」考（二）—物語の成立とその背景—
　広島大学『東洋古典学研究』第一〇集　二〇〇〇年一〇月
「板橋三娘子」考（三）—中国の変身譚のなかで・上—
　広島大学『東洋古典学研究』第一二集　二〇〇一年一〇月
「板橋三娘子」考（四）—中国の変身譚のなかで・下—
　広島大学『東洋古典学研究』第一四集　二〇〇二年一〇月
「板橋三娘子」考（五）—日本の変身譚のなかで—
　広島大学『東洋古典学研究』第一六集　二〇〇三年一〇月
「板橋三娘子」考（一）（二）補訂

広島大学『東洋古典学研究』第一八集　二〇〇四年一〇月

「板橋三娘子」考（三）補訂

広島大学『東洋古典学研究』第二〇集　二〇〇五年一〇月

「板橋三娘子」考（四）補訂

広島大学『東洋古典学研究』第二二集　二〇〇六年一〇月

「板橋三娘子」考（五）補訂

広島大学『東洋古典学研究』第二四集　二〇〇七年一〇月

また附論の三篇は、以下の論考およびその一部をもとにし、同じく加筆訂正を加えた。

『出曜経』遮羅婆羅草・『毘奈耶雑事』遊方の故事とその類話

広島大学『東洋古典学研究』第二六集　二〇〇八年一〇月

「板橋三娘子」校注稿

『横浜国立大学教育人間科学部紀要Ⅱ（人文科学）』№13　二〇一一年二月

「板橋三娘子」考（三）補訂

広島大学『東洋古典学研究』第二〇集　二〇〇五年一〇月

書き連ねながら振り返ってみると、もともと唐詩を研究対象としていた私が、思うところあって中唐文学会第六回大会発表でこの小説を取り上げたのが、一九九五年一〇月のことであった。間に空白はあったにせよ、十五年以上も「板橋三娘子」と向き合ってきたことになる。しかし歳月の長さに比して、成し得た調査・考察は極めて不充分なものと言わざるを得ない。殊に補訂に取りかかって以降は、生来の怠惰に加え、諸般の事情からこの作業に専念することが困難であった。細切れの時間を利用して補うことの出来た内容は微々たるもので、所期の目標との落差に嘆息を禁じ得ない。

ただ、一旦稿を終えた後の十年近くが全くの無駄であった訳でもない。新たな発見の喜びに浸ったり、初歩的な過誤に汗顔する機会を得たのは、貴重な体験と言うべきであり、この間に恩師や先輩・畏友あるいは受講の学生諸君から、様々な意見感想、教示や激励を受けることもできた。論中には、勝手ながら記名の形で一端を示させていただいたが、不備が見られるとすれば、それは総て引用した私に責がある。

なお、当然のことながら、言及し得なかった学恩も様々で大きい。事の発端にまで遡れば、唐代小説を扱った拙い講読の授業を聴き、「『アラビアン・ナイト』に似た話があったように思います」と教えてくれた女子学生の一言が、私を「板橋三娘子」に向かわせた。しかし、申し訳ないことに彼女の名を記憶していない。もしも本書を手にしてくれたらとの期待を込め、この場を借りて詫びておきたい。

そうした切っ掛けから資料の調査を始めて以降、横浜国立大学や東京大学を始めとする大学・研究所図書館、国立・県立・市立の図書館には大変お世話になった。閲覧室の机に向かい、借出の文献に新たな関連記事を発見した時の喜びは、やはり忘れ難い。二〇〇七年に補訂の作業を一段落させた後、周囲の強い勧めもあって、遅蒔きながらこれを学位論文に纏め直すことにした。二〇〇九年度から科学研究費の助成（基盤研究C一般、課題番号二一五二〇三六六「中国における人化異類変身譚の研究」）を受けて作業を進め、二〇一〇年夏に名古屋大学に提出の運びとなった。多忙の中、主査を務めて下さった加藤国安氏は、科研「中唐文学の総合的研究」（一九九四～五年）で知り合って以来の畏友である。委員の高橋亨・神塚淑子・櫻井龍彦・田村加代子の諸氏も旧知の方々であり、試問の席上、あるいは学位授与後も種々有益な教示をいただき、感謝に堪えない。また本書の刊行に当たって、二〇一一年度科学研究費補助金（研究成果公開促進費）を交付されたのは、大変有り難いことであった。

一先ずは完成させたこの論考が、そうした恩恵・支援に果たして応えられているか否か、正直なところ甚だ心許ない。菲才ゆえに、折角の御意見を活かせなかった箇所も多々ある。しかし、従来の唐代小説研究が未開拓であった領域に向けて、素人臭い手つきで探りを入れてみた点は、善きにつけ悪しきにつけオリジナルな特徴と言えよう。隣接分野への身の程を弁えない越境については、専家の厳しい批正を仰ぎたいと考えている。

冒頭に示した通り、本論考は広島大学『東洋古典学研究』に長期にわたり、自由に書かせていただくことによって初めて形を成してきた。その間、東洋古典学研究会代表の野間文史氏には、一方ならぬお世話になった。野間氏の労を惜しまない御援助によって、この論考ははじめて擱筆を迎えられたし、そもそも氏の慫慂がなければ、本格的な執筆に取りかかることもなかったと思う。記して深甚なる謝意を表したい。また本書には、『河東記』合宿読書会での、赤井益久、澤崎久和両氏からの示教・助言が反映されている。年に一度の、三人だけの気儘な読書会で、私にとっては楽しく貴重な勉学の機会である。昨年来、諸事に追われ開催遅延の張本人となっているが、感謝の念は一入である。

私事に渉る事柄を、回顧と共に今少し連ねさせていただく。妙に意固地なところがあって、我流の研究態度を変えない学生時代からの私を、名古屋大学の先生方は優しく見守って下さった。道山に帰された入矢義高、水谷真成の両先生、後を継いで御指導いただき現在に至っている今鷹真先生、東洋史研究室から温かく手を差し伸べて下さった谷川道雄先生。一宮の山本和義先生、京都の原田憲雄先生、荒井健先生からの御手紙は、大きな励ましであった。関東に赴任して後は、田仲一成先生、山之内正彦氏（「先生」とお呼びしないのは、氏がその呼称を拒否されるからである）の下にも伺えるようになった。ほかに中唐文学会の諸兄からの厚遇など、数え上げてゆけば際限がなくなる。

本書は、学恩を受けたそうした方々に、第一に捧げられるべきであろう。ただ私には、これまで御迷惑をかけた方達にも、との思いが強い。世事に疎く諸般に処理能力を欠き、人を導く教師としても失格の私は、周囲には随分と迷惑をかけたように思う。先ずは勤務先横浜国立大学の教職員の方々、国語・日本語教育講座の同僚諸氏や学生諸君、それに何より私の家族達。父母は逝去して久しいが、全くの不肖の息子であった。愛知に暮らす二人の姉と義兄には面倒をかけ続け、横浜の古びた宿舎に住まわせた妻子にもまた。そんな次第でこちらも際限がないが、とりわけ荊妻には、手渡す本書を喜んでもらえれば嬉しい。長い苦労と心労の代償としては、鴻毛の軽さの贈物であるにせよ。

鴻毛といえば、あの三月一一日、未曾有の震災の後は、原稿を前に言いようのない無力感に襲われた。もとより遊びが半分の内容で、世のため人のための仕事ではない。そのことは百も承知の上だったが、拭い難い後ろめたさのようなものが心に広がり、改稿の筆は渋り続けた。幸い知り合いには人的被害を受けた方もなく、私はといえば六階研究室の倒れたスチール棚や散乱した書籍を、学生達に助けられて整頓することくらいで済んだ。ただ、福島原発の情報は新たな暗雲となって立ち籠め、遣り場のない憤りと危機感を募らせた。そして十箇月を過ぎた今も、この萎えた気持ちに結着をつけられたわけではないが、結局私にできるのは、このような仕事しかなさそうである。胸に手を当ててみれば、平穏だった私の日々にも、憂きこと辛きことは絶えなかった。そんな中で「板橋三娘子」の論考執筆は、蒲聊斎の顰みに倣うならば、霧消のあてない悩みを暫し忘れる解放の一時でもあった。ふざけたコメントがあったり、余分な注が膨らんでいるのは、そのせいでもある。この蕪雑さ煩雑さを厭わず、研究とやら言う堅苦しい枷を取り払って、本書の何処かに開放感を共有していただけるならば、望外の幸せであり、以て瞑すべきであろう。

最後に、本書の上梓に至る経緯について記しておきたい。『東洋古典学研究』に連載中の拙論に注目し、知泉書館の小山光夫社長に御紹介下さったのは、佐賀大学の古川末喜氏であった。古川氏とは、中唐文学会を通じての旧友であるが、出版事情の厳しい昨今、この御厚意は有り難かった。爾後、小山氏からは幾度か声をかけていただいたものの、なかなか本腰を入れて纏め上げるに至らなかった。その間、小山氏には辛抱強くお待ちいただき、出版の計画が決まって後は、自ら編集に当たって下さった。仕事が遅く杜撰な私は、ここでも随分と御面倒をおかけした。完成稿の筈の三校を終えた後も、多くの朱を入れることになったり、特に索引作成では、予定を大幅に遅延させてしまった。幸い本学大学院生の小泉彩さん、四年生の上田和裕君、緒方芙美香さん、加藤真輝子さん、三年生の山田香織さんの協力——時間に迫られる中、本当に助かりました。有り難う——により、何とか完成に漕ぎ着けられたが、最終段階ですっかり御迷惑をかけてしまった。後になってみれば、もっと余裕をみて、さらに入念で引きやすい索引を目指すべきだったと思う。それは兎も角として、こうして「あとがき」の筆を執ることができるのも、偏に小山氏と編集に携わって下さった皆さんのお蔭である。あらためて心より御礼申し上げる。

本書は、還暦をとうに過ぎ、退職を目前にした私の初めての著作となる。こう書くことになった自身の怠慢を深く恥じながらも、あれこれ思いは交錯する。願わくば拙著が多くの批正と批判を経て、その後も読者に一片の愛着を持たれんことを。

二〇一二年二月

岡田　充博

参考文献

・各章および節ごとに参考文献を挙げ、必要に応じて細目を設けて一纏めとした。複数の章・節にわたる文献もあるが、数は限られているので重出を避けなかった。ただし、主要でないものについては一部省略した。
・古典作品については、成書あるいは撰者の生卒年をもとに、原則として年代順に排列した。
・中国古典の校注および日本語訳は、古典作品と見なして排列した。ただ、校注者・訳者の名のみを記して、近現代研究書の項に収める場合もある。また古典作品の後に一字下げて並記する訳書や研究書は、特に必要あって参照した著作のみに止めた。
・日本古典の校注・現代語訳等についても、中国古典の場合と同様に扱った。
・近現代の著書・訳書および論文については、欧文・中文・日文いずれも、参照目的による大まかな括りを施した上で、原則としてそれぞれ刊行あるいは初出の年次順に排列した。ただ、内容的に近いものや同じ著者である場合などは、年次にこだわらず一括して記載した。
・漢語詞典・漢和辞典・英和辞典・国語辞典および百科事典の類については、すべて省略した。

第一章　原話をめぐって（序を含む）

一　ヨーロッパ

ホメロス著、松平千秋訳『オデュッセイア　上』（岩波文庫、岩波書店、一九九四年）
アプレイウス著、呉茂一訳『黄金のろば　上』（岩波文庫、岩波書店、一九五六年、一九八三年第九刷）
オウィディウス著、中村善也訳『変身物語　下』（岩波文庫、岩波書店、一九八四年、一九九五年第九刷）
アポロドーロス著、高津春繁訳『ギリシア神話』（岩波文庫、岩波書店、一九五三年、一九六八年第九刷）
プリニウス著、中野定雄・中野里美・中野美代訳『プリニウスの博物誌　第Ⅱ巻』（雄山閣出版、一九八六年）
アウグスティヌス著、大島春子・岡野昌男訳『アウグスティヌス著作集　第一四巻』（教文館、一九八〇年）『神の国』

伊藤正義訳『ゲスタ・ロマノールム』（篠崎書林、一九八八年）
永野藤夫訳『ローマ人物語　ゲスタローマノールム』（東峰書房、一九九六年）
藤代幸一・岡本麻美子訳『幸運のさいふと空飛ぶ帽子　麗しのマゲローナ』（ドイツ民衆本の世界、国書刊行会、一九八八年）「フォルテュナテュス」
ヤーコブ・グリム　ウィルヘルム・グリム著、金田鬼一訳『完訳グリム童話集』全七冊（岩波文庫、岩波書店、一九七九年改版、一九九四年第二四刷）
ヤーコブ・グリム　ウィルヘルム・グリム著、吉原素子・吉原高志訳『初版グリム童話集』全四冊（白水社、一九九七年）
アシル・ミリアン　ポール・ドラリュ著、新倉朗子訳『フランスの昔話』（大修館書店、一九八八年）
Antti Aarne & Stith Thompson : *The types of the Folktale. A Classification and Bibliography*, Helsinki 1927, 1961（『昔話の型』）
P. Ispirescu: *Zîma Zimelor*, Editura pentru literatură, 1996
楊憲益『零墨新箋』（中華書局、一九四七年／香港商務印書館、一九八三年）
南方熊楠「今昔物語の研究」（『郷土研究』一巻九号、一九一三年／『南方熊楠全集』第二巻、平凡社、一九七一年）
南方熊楠「人を驢にする法術」（『郷土研究』二巻九号、一九一四年／『南方熊楠全集』第二巻、平凡社、一九七一年）
南方熊楠「鳥を食うて王になった話」（『牟婁新報』一九二一―一九二二年／『南方熊楠全集』第六巻、平凡社、一九七三年）
田辺市南方熊楠邸保存顕彰会編『南方熊楠邸蔵書目録』（田辺市、二〇〇四年）
増尾伸一郎「説話の伝播と仏教経典――高木敏雄と南方熊楠の方法をめぐって」（『中国学研究』第二五号、二〇〇七年）
佐々木理「驢馬になった人間」（『歴史』第一巻三号、一九四八年）
佐々木理「黄金驢馬」（『名古屋大学文学部研究論集』四、一九五三年）
小澤俊夫編『世界の民話』全二十五冊（ぎょうせい、一九七六―一九七八年）
スイス文学研究会編『スイス民話集成』（スイス文学叢書、早稲田大学出版部、一九九〇年）
篠田知和基「人馬変身譚の東西」（『名古屋大学文学部研究論集』文学三六・通号一〇六、一九九〇年）
篠田知和基『人狼変身譚――西欧の民話と文学から』（大修館書店、一九九四年）

栗原成郎『増補新版　スラヴ吸血鬼伝説考』（河出書房新社、一九九一年）
実吉達郎『中国妖怪人物事典』（講談社、一九九六年）
日本民話の会・外国民話研究会編訳『世界の魔女と幽霊』（三弥井書店、一九九九年）
松原國師『西洋古典学事典』（京都大学学術出版会、二〇〇〇年）
森雅子『西王母の原像――比較神話学試論』（慶応大学出版会、二〇〇五年）
フリードリッヒ・エンゲルス著、佐藤進訳『エンゲルス　社会・哲学論集』（世界の大思想、河出書房、一九六七年）『家族、私有財産および国家の起源』
カール・グスタフ・ユング著、笠原嘉・吉本千鶴子訳『内なる異性　アニムスとアニマ』海鳴社、一九七六年
エリッヒ・ノイマン著、福島章・町沢静雄・大平健他訳『グレート・マザー　無意識の女性像の現象学』（ナツメ社、一九八二年）
ジャン・ボテロ著、松島英子訳『最古の宗教　古代メソポタミア』（りぶらりあ選書、法政大学出版局、二〇〇一年）

二　西アジア

【エジプト】

コンラッド・ケルレル著、加茂儀一訳『家畜系統史』（岩波文庫、岩波書店、一九三五年）
加茂儀一『家畜文化史』（改造社、一九三七年／法政大学出版局、一九七三年）
F・E・ゾイナー著、国分直一・木村伸義訳『家畜の歴史』（法政大学出版局、一九八三年）
矢島文夫編『古代エジプトの物語』（現代教養文庫、社会思想社、一九七四年）
杉勇訳・三笠宮崇仁解説『古代オリエント集』（筑摩世界文学全集、筑摩書房、一九七八年）
J・チェルニー著、吉成薫・吉成美登里訳『エジプトの神々』（六興出版、一九八二年）
ジャン・ポール・クレベール著、竹内信夫他訳『動物シンボル事典』（大修館書店、一九八九年）
マンフレート・ルルカー著、山下主一郎訳『エジプト神話シンボル事典』（大修館書店、一九九六年）
ステファヌ・ロッシーニ　リュト・シュマン・アンテルム著、矢島文夫・吉田春美訳『図説　エジプトの神々事典』（河出書房新社、

一九九七年）
リチャード・H・ウィルキンソン著、内田杉彦訳『古代エジプト神々大百科』（東洋書林、二〇〇四年」）

【諸蕃志】

宋・趙汝适撰『諸蕃志』（学海類編本／叢書集成覆学海類編本）
藤善真澄訳注『諸蕃志』（関西大学出版部、一九九一年）
楊博文校釈『諸蕃志校釈』（中華書局、一九九六年）
マルコ・ポーロ著、愛宕松男訳注『東方見聞録　2』（東洋文庫、平凡社、一九七一年）

【内陸アジア・アラブ】

小澤俊夫編『シルクロードの民話』全五巻（ぎょうせい、一九九〇年）
イネア・ブシュナク編、久保儀明訳『アラブの民話』（青土社、一九九五年）

【アラビアン・ナイト】【板橋三娘子】

豊島与志雄・渡辺一夫・佐藤正彰・岡部正孝訳『完訳　千一夜物語』全十三冊（岩波文庫、岩波書店、一九五〇―一九五五年、一九八八年改版）
佐藤正彰訳『千一夜物語』全四冊（世界古典文学全集、筑摩書房、一九六四―一九七〇年／ちくま文庫一九八八―一九八九年）
大場正史訳『バートン版　千夜一夜物語』全十冊（河出書房、一九六七年／ちくま文庫、筑摩書房、全十一冊、二〇〇三―二〇〇四年）
山主敏子編訳『アラビアン・ナイト　バートン版』全六冊（ぎょうせい、一九九〇年）
前嶋信次・池田修訳『アラビアン・ナイト』全十八冊（東洋文庫、平凡社、一九八八年）
柴田宵曲『妖異博物館　続』（青蛙房、一九六三年／ちくま文庫、筑摩書房、二〇〇五年）
江川卓・川村二郎・河盛好蔵他編『増補改訂　新潮世界文学辞典』（新潮社、一九六六年、一九九〇年増補改訂）
前嶋信次『アラビアン・ナイトの世界』（講談社現代新書、講談社、一九七〇年／平凡社ライブラリー、平凡社、一九九五年）
杉田英明編『前嶋信次著作選1　千夜一夜物語と中東文化』（東洋文庫、平凡社、二〇〇〇年）

西尾哲夫『アラビアンナイト——文明のはざまに生まれた物語』（岩波新書、岩波書店、二〇〇七年）

ロバート・アーウィン著、西尾哲夫訳『必携アラビアン・ナイト　物語の迷宮へ』（平凡社、一九九八年）

Husain Haddawy: *The Arabian Nights*, Vol. I. W. W. Norton and Company, New York London, 1990

劉守華「《一千零一夜》与中国民間故事」（『外国文学研究』一九八一年第四期）

劉守華「中国与阿拉伯民間故事比較」（『比較故事学』中国民俗文化研究叢書、上海文芸出版社、一九九五年）

周双利・孫冰「《板橋三娘子》与阿拉伯文学」（『内蒙古民族師院学報〔社会科学〕』2、一九八六年／『中国民俗文学与外国文学比較』中央民族学院出版社、一九八九年）

劉以煥「古代東西方〝変形記〟雛型比較并溯源」（『文学遺産』一九八九年第一期）

王曉平「貌同神異　奪胎換骨——日本近代作家対志怪伝奇的新視角」（『仏典・志怪・物語』東方文化叢書、江西人民出版社、一九九〇年）

王立・陳慶紀「道教幻術母題与唐代小説」（『山西大学師範学院学報』二〇〇〇年第三期）

張鴻勛「亦幻亦奇　扑朔迷離——唐伝奇〈板橋三娘子〉与阿拉伯民間故事」（『天水行政学院学報』二〇〇一年第六期）

閻偉「〝驢眼看人〟与〝人眼看驢〟——《金驢記》与《河東記・板橋三娘子》叙視覚之比較」（『湖北教育学院学報』二〇〇六年第一期）

劉海瑛「東西方文学中〝人変驢〟故事的類型」（『沈陽農業大学学報〔社会科学版〕』二〇〇八年第一〇期）

李剣国・陳洪主編『中国小説史　唐宋元巻』（北京高等教育出版社、二〇〇七年）

【古代女神】【四十日】

ミルチャ・エリアーデ著、堀一郎訳『大地・農耕・女性——比較宗教類型論』（未来社、一九六八年）

アードルフ・E・イェンゼン著、大林太良・牛島巌・樋口大介訳『殺された女神』（人類学ゼミナール、弘文堂、一九七七年）

呉茂一『ギリシア神話』（新潮社、一九六九年、一九九三年第四五刷）

犬養道子『新約聖書物語　上』（新潮社、一九七六年／新潮文庫、一九八〇年）

井本英一「四十日祭」（『イラン研究』2、二〇〇六年）

三　インド

【古代インド】

長尾雅人編訳『バラモン教典　原始仏典』（世界の名著、中央公論社、一九六九年）
前嶋信次編『新版　西アジア史』（世界各国史、山川出版社、一九七二年）
山崎元一『古代インドの文明と社会』（世界の歴史、中央公論社、一九九七年）
山崎元一・小西正捷編『南アジア史1　先史・古代』（世界歴史大系、山川出版社、二〇〇七年）

【仏典】【応報・償債、変驢譚】

晋・鳩摩羅什訳『成実論』（『大正新脩大蔵経』第三二巻・論集部全）
姚秦・竺仏念訳『出曜経』（『大正新脩大蔵経』第四巻・本縁部下）
『国訳一切経　印度撰述部・本縁部十　出曜経』（大東出版社、一九三〇年、一九七四年第三版）
梁・宝唱撰『経律異相』（『大正新脩大蔵経』第五三巻・事彙部上／『影印宋磧砂版大蔵経』上海古籍出版社、一九八八年）
唐・釈道宣輯『広弘明集』（四部叢刊本）
唐・斉己撰『白蓮集』（四部叢刊本）
澤田瑞穂「釈教劇叙録」（『天理大学学報』第四四輯、一九六四年／『仏教と中国文学』国書刊行会、一九七五年）
澤田瑞穂「畜類償債譚」（『仏教文学研究』第六集、法蔵館、一九六八年／『仏教と中国文学』国書刊行会、一九七五年）
中村元『仏教語大辞典』全三冊（東京書籍株式会社、一九七五年）
中村元・福永光司・田村芳朗・今野達編『岩波仏教辞典』（岩波書店、一九八九年、二〇〇二年第二版）
鎌田茂雄・河村孝照他編『大蔵経全解説大事典』（雄山閣出版、一九九八年）

【インド古代説話・関連資料】

ソーマデーヴァ著、岩本裕訳『インド古典説話集　カター・サリット・サーガラ』全四冊（岩波文庫、岩波書店、一九五四—一九六一年、一九八九年第二—四刷）
岩本裕『インドの説話』（紀伊国屋新書、紀伊国屋書店、一九六三年／精選復刻紀伊国屋新書、一九九四年）

辻直四郎『サンスクリット文学史』(岩波全書、岩波書店、一九七三年)
上村勝彦訳『屍鬼二十五話　インド伝奇集』(東洋文庫、平凡社、一九七八年)
クスム・クマリ・カブール編、林祥子訳『ブータンの民話』(恒文社、一九九七年)
佐々木理『ギリシア・ローマ神話』(グリーンベルト・シリーズ、筑摩書房、一九六四年/講談社学術文庫、講談社、一九九二年)
高木敏雄『増訂　日本神話伝説の研究2』(東洋文庫、平凡社、一九七四年)「驢馬の耳」
高橋宣勝「旅人馬(話の履歴書昔話六十選　23)」(野村純一編『別冊国文学41　昔話・伝説必携』学燈社、一九九一年)
橘健二・加藤静子校注訳『大鏡』(新編日本古典文学全集、小学館、一九九六年)
稲田浩二編『日本昔話通観・研究編2　日本昔話と古典』(同朋舎出版、一九九八年)
堤邦彦『江戸の怪異譚　地下水脈の系譜』(ぺりかん社、二〇〇四年)

【唐代交通路】

家島彦一「唐末期における中国・大食間のインド洋通商路」(『歴史教育』第一五巻五・六号、一九六七年)
水谷真成訳注『大唐西域記』(中国古典文学大系、平凡社、一九七一年/東洋文庫、平凡社、一九九九年)
瞿愷「唐代外貿由陸路向海路的転移」(『思想戦綫』一九八六年第四期)
李斌城主編『唐代文化　下』(中国社会科学出版社、二〇〇二年)

四　その他(モンゴル・チベット・韓国)

【ゲセル・ハーン物語】【ケサル王伝】

若松寛訳『ゲセル・ハーン物語　モンゴル英雄叙事詩』(東洋文庫、平凡社、一九九三年)
降辺嘉措『《格薩爾》初探』(青海人民出版社、一九八六年)
降辺嘉措・呉偉共編『格薩爾王全伝』(宝文堂書店、全三冊、一九八七年/作家出版社・再版修訂本、全二冊、一九九七年)
ノーマン・コーン著、山本通訳『魔女狩りの社会史　ヨーロッパの内なる悪霊』(岩波書店、一九八三年/岩波モダンクラシックス、一九九九年)

ローズマリ・エレングィリー著、荒木正純・松田英監訳『魔女と魔術の事典』（原書房、一九九六年）

【シッディ・クール】

吉原公平訳『蒙古シッディ・クール物語』（ぐろりあ・そさえて、一九四一年）
C・F・コックスウェル著、渋沢青花訳『北方民族（上）の民話』（アジアの民話、大日本絵画巧芸美術、一九七八年）
岡田充博「『出曜経』遮羅婆羅草・『毘奈耶雑事』遊方の故事とその類話」（『東洋古典学研究』第二六集、二〇〇八年／附論1）
烏力吉雅爾著・西脇隆夫訳「『シッディ・クール』と『屍語故事』上・下」（『名古屋学院大学論集　人文・自然科学篇』第四五巻第一号、二〇〇八年、『名古屋学院大学論集　言語・文化篇』第二〇巻第一号、二〇〇八年）
色音・陳崗龍訳「シッディ・クール（1）―（5）」（『比較民俗学会報』第三〇巻第二・三・四号、第三一巻一・三号、二〇一〇―二〇一一年）
護雅夫・岡田英弘編『中央ユーラシアの世界』（民族の世界史、山川出版社、一九九〇年）
小松久男・梅村坦・宇山智彦他編『中央ユーラシアを知る事典』（平凡社、二〇〇五年）

【韓国昔話】

関敬吾監修・崔仁鶴編著『朝鮮昔話百選』（日本放送出版協会、一九七四年）
崔仁鶴『韓国昔話の研究　その理論とタイプインデックス』（弘文堂、一九七六年）

第二章　物語の成立とその背景

【章全体にわたる参考文献】（第三章にも適用）

宋・李昉等編『太平広記』（人民文学出版社、一九五九年／中華書局、一九六一年新版、一九八一年第二次印刷）
宋・李昉等編『太平御覧』（中華書局、一九六〇年、一九八五年第三次印刷）
清・張英等輯『淵鑑類函』（新興書局、一九八六年）
清・陳夢雷編纂、清・蒋廷錫校訂『古今図書集成』（中華書局・巴蜀書社、一九八六年）

『四部叢刊』初編・続編・三編（商務印書館、一九一九―一九三六年／万方数拠電子出版社電子版、二〇〇一年）
『景印文淵閣四庫全書』（商務印書館、一九八三―一九八六年／上海人民出版社電子版、一九九七年）
『全唐詩』（中華書局、一九六〇年／雕龍全文検索叢書シリーズ、凱希、二〇〇四年）
『全唐文』（中華書局、一九八三年／雕龍全文検索叢書シリーズ、凱希、二〇〇五年）
『唐宋史料筆記叢刊』（中華書局、一九七九年―／雕龍全文検索叢書シリーズ、凱希、二〇〇六年）
『元明史料筆記叢刊』（中華書局、一九五九年―／雕龍全文検索叢書シリーズ、凱希、二〇〇六年）
『清代史料筆記叢刊』（中華書局、一九五九年―／雕龍全文検索叢書シリーズ、凱希、二〇〇七年）
『古代小説典』（中国国学出版社、二〇〇八年）
『漢籍電子文献』（台湾中央研究院）
『経文検索』（中華電子仏典協会）

一　所載小説集と撰者

【河東記・薛漁思】

宋・孫光憲撰『北夢瑣言』（宋元筆記叢書、上海古籍出版社、一九八一年）
宋・宋敏求撰『長安志』（景印文淵閣四庫全書本）
宋・朱勝非撰『紺珠集』（商務印書館影印明刊罕伝本、一九七〇年／景印文淵閣四庫全書本）
宋・晁公武撰、孫猛校証『郡斎読書志校証』（上海古籍出版社、一九九〇年）
宋・洪邁撰、何卓点校『夷堅志　第三冊』（中華書局、一九八一年）
宋・陸游撰、李剣雄・劉徳権点校『老学庵筆記』（唐宋史料筆記叢刊、中華書局、一九七九年）
元・馬端臨撰『文献通考』（中文出版社、一九七〇年／景印文淵閣四庫全書本）
程毅中『古小説簡目』（中華書局、一九八一年）
袁行霈・侯忠義『中国文言小説書目』（北京大学出版社、一九八一年）

王夢鴎『唐人小説校釈　下』（正中書局、一九八五年）
李剣国『唐五代志怪伝奇叙録　下』（南開大学出版社、一九九三年）
傅璇琮・張忱石・許逸民編『唐五代人物伝記資料総合索引』（中華書局、一九八二年）
張万起編『新旧唐書人名索引』全三冊（上海古籍出版社、一九八六年）
方積六・呉冬秀編『唐五代五十二種筆記小説人名索引』（中華書局、一九九二年）

【西域・幻術】

金関丈夫『新編　木馬と石牛』（大雅堂、一九五五年／角川選書、角川書店、一九七六年／法政大学出版局、一九八二年／岩波文庫、岩波書店、一九九六年新編）「杜子春系譜」
正倉院事務所編『正倉院のガラス』（日本経済新聞社、一九六五年）
榎一雄『榎一雄著作集・第四巻　東西交渉史Ⅰ』（汲古書院、一九九三年）「黎軒・条支の幻人」「セリグマン・ベック氏共著『極東古ガラスの分析的研究』」
魯迅著、中島長文訳注『中国小説史略　1』（東洋文庫、平凡社、一九九七年）
銭鍾書『管錐篇』（中華書局、一九七九年）
項楚『敦煌変文選注』（巴蜀書社、一九九〇年）「葉静能詩」
黄征・張涌泉『敦煌変文校注』（中華書局、一九九七年）「葉静能詩」

【申屠澄】

高麗・僧一然撰、金思燁訳『完訳三国遺事』（六興出版、一九八〇年）
村上四男『三国遺事考証　下之三』（塙書房、一九九五年）
鵜飼酔雅撰『近代百物語』（太刀川清校訂『続百物語怪談集成』叢書江戸文庫、国書刊行会、一九九三年）
今村与志雄訳『唐宋伝奇集　下』（岩波文庫、岩波書店、一九八八年）
志村五郎『中国説話文学とその背景』（ちくま学芸文庫、筑摩書房、二〇〇六年）

二　「板橋三娘子」とその背景

田中貢太郎『支那怪談全集』（博文館、一九三一年／桃源社、一九六〇年／『中国の怪談（一）』河出文庫、河出書房新社、一九八七年）
岡本綺堂『支那怪奇小説集』（サイレン社、一九三五年／『中国怪奇小説集』旺文社文庫、旺文社、一九七八年）
奥野新太郎他監修、駒田信二編訳『中国史談5　妖怪仙術物語』（河出書房新社、一九五九年）
前野直彬編訳『六朝・唐・宋・小説集』（中国古典文学全集、平凡社、一九五九年）
前野直彬編訳『唐代伝奇集　2』（東洋文庫、平凡社、一九六四年）
前野直彬編訳『六朝・唐・宋小説選』（中国古典文学大系、平凡社、一九六八年）
漢文資料編集会議編、尾上兼英担当『伝奇小説』（大修館書店、一九七一年）
今村与志雄訳『唐宋伝奇集　下』（岩波文庫、岩波書店、一九八八年）
竹田晃編『中国幻想小説傑作集』（白水社Uブックス、白水社、一九九〇年）
近藤春雄『中国の怪奇と美女――志怪・伝奇の世界』（武蔵野書院、一九九一年）
八木章好『中国怪異小説選』（慶応義塾大学出版会、一九九七年）
太平広記研究会訳「『太平広記』訳注（十）――巻二百八十五「幻術」（三）」（『中国学研究論集』第一九号、二〇〇七年）
竹田晃・黒田真美子編、溝部良恵著『広異記・玄怪録・宣室志　他』（中国古典小説選、明治書院、二〇〇八年）
王汝濤等注『太平広記選　上』（斉魯書社、一九八〇年）
陸昕等訳『白話太平広記』（北京燕山出版社、一九九三年）
高光等訳『文白対照全訳《太平広記》　三』（天津古籍出版社、一九九四年）
丁玉琤等訳『白話太平広記　三』（河北教育出版社、一九九五年）
魏鑑勛・袁閭琨・李平編訳『白話唐伝奇』（黒竜江人民出版社、一九八四年）
王夢鴎校釈『唐人小説校釈　下』（正中書局、一九八五年）
劉永濂訳『中国志怪小説選訳』（宝文堂書店、一九九〇年）

馬清福主編『隋唐仙真』（遼寧大学出版社、一九九一年）
盧潤祥・沈偉麟編『歴代志怪大観』（上海三聯出版社、一九九六年）
李剣国主編『唐宋伝奇品読辞典　上』（新世界出版社、二〇〇七年）
＊『太平広記』以降、『古今説海』、『唐人説薈（唐代叢書）』など、「板橋三娘子」を収める旧中国の小説集については、附論2の参考文献を参照。

1　汴州・板橋・旅店・驢

【汴州・板橋・旅店】

漢・司馬遷撰『史記』（二十四史、中華書局、一九五九年、一九八二年第二版）
晋・陳寿撰『三国志』（二十四史、中華書局、一九五九年、一九八二年第三次印刷）
後晋・劉昫撰『旧唐書』（二十四史、中華書局、一九七五年）
劉宋・劉義慶撰、徐震堮校箋『世説新語校箋』（中国古典文学基本叢書、中華書局、一九八四年）
唐・杜佑撰、王文錦・王永興等点校『通典』（中華書局、一九八八年）
清・顧祖禹撰、賀次君・施和金点校『読史方輿紀要』（古代地理総志叢刊、中華書局、二〇〇五年）
清・王士禛撰『隴蜀餘聞』（龍威秘書本）
清・王士禛撰『香祖筆記』（明清筆記叢書、上海古籍出版社、一九八二年）
清・檀萃撰『滇海虞衡志』（叢書集成本）
中国科学院考古研究所西安唐城発掘隊「唐代長安城考古紀略」（『考古』一九六三年一一期）
譚其驤主編『中国歴史地図集　第五冊　隋・唐・五代十国時期』（地図出版社、一九八二年）
楊金鼎主編『中国文化史詞典』（浙江古籍出版社、一九八七年）
牛志平・姚兆女編著『唐人称謂』（隋唐歴史文化叢書、三秦出版社、一九八七年）
徐君慧『古典小説漫話』（巴蜀書社、一九八八年）「李娃的〝娃〟」
黄正建『唐代衣食住行研究』（首都師範大学出版社、一九九八年）

厳耕望『唐代交通図考　第六巻・河南淮南区』（中央研究院歴史語言研究所専刊八三、二〇〇三年）
青山定雄『唐宋時代の交通と地誌地図の研究』（吉川弘文館、一九六三年）
日野開三郎『唐代邸店の研究』（九州大学文学部東洋史研究室、一九六八年／『日野開三郎東洋史学論集　第一七巻』三一書房、一九九二年）
日野開三郎『続　唐代邸店の研究』（九州大学文学部東洋史研究室、一九七〇年／『日野開三郎東洋史学論集　第一八巻』三一書房、一九九二年）
田中淡「中国の伝統的木造建築」（『建築雑誌』98・No.1214. 一九八三年）
田中淡「唐代都市の住居の規模と算定基準」（『岩波講座世界歴史9　中華の分裂と再生　3—13世紀』月報16、一九九九年）

【驢】

漢・司馬遷撰『史記』（二十四史、中華書局、一九八二年第二版）
漢・班固撰『漢書』（二十四史、中華書局、一九六二年、一九八三年第四次印刷）
劉宋・范曄撰『後漢書』（二十四史、中華書局、一九六五年、一九八二年第三次印刷）
劉宋・劉義慶撰、徐震堮校箋『世説新語校箋』（中華書局、一九八四年）
唐・劉餗撰、程毅中点校／唐・張鷟撰、趙守儼点校『隋唐嘉話　朝野僉載』（唐宋史料筆記叢刊、中華書局、一九七九年）
唐・杜佑撰、王文錦等点校『通典』（中華書局、一九八八年）
明・顧炎武撰、清・黄汝成集釈『日知録集釈』（世界書局、一九九一年）
清・段玉裁注『説文解字注』（上海古籍出版社、一九八一年）
郎延芝・羅青『中国古代雑技』（中国文化史知識叢書、山東教育出版社、一九九二年）
加茂儀一『家畜文化史』（法政大学出版局、一九七三年）
笹崎龍雄・清水英之助『中国の畜産』（養賢堂、一九八五年）

2　投宿・店内

唐・杜甫撰、清・仇兆鰲注『杜詩詳註』（中国古典文学基本叢書、中華書店、一九七九年）

唐・白居易撰『白氏文集』（四部叢刊本）
唐・白居易撰、朱金城箋校『白居易集箋校』（上海古籍出版社、一九八八年）
唐・李商隠撰『唐李義山詩集』（四部叢刊本）
張采田『玉渓生年譜会箋』（中華書局、一九六三年／上海古籍出版社、一九八三年）
唐・李商隠撰、清・馮浩箋注『玉渓生詩集箋注』（中華書局、一九七九年）
劉学鍇・余恕誠集解『李商隠詩歌集解』（中華書局、一九八八年）
鄧中龍訳注『李商隠詩訳注』（岳麓書社、二〇〇〇年）
唐・范攄撰『雲渓友議』（中国文学参考資料小叢書、古典文学出版社、一九五七年）
後晋・和凝撰、宋・和㠓続『疑獄集』（景印文淵閣四庫全書本）
宋・桂万栄撰『棠陰比事』（景印文淵閣四庫全書本）
宋・阮閲編、周本淳点校『詩話總亀　前集』（中国古典文学理論批評専著選輯、人民文学出版社、一九八七年）
宋・計有功撰、王仲鏞校箋『唐詩紀事校箋』（巴蜀書社、一九八九年）
明・文震亨撰『長物志』（景印文淵閣四庫全書本）
荒井健他訳注『長物志　明代文人の生活と意見　2』（東洋文庫、平凡社、二〇〇〇年）
王鍈『詩詞曲語辞例釈』（中華書局、一九八〇年、一九八六年増訂本）
王学奇・王静竹『宋金元明清曲通釈』（語文出版社、二〇〇二年）
松浦友久編『漢詩の事典』（大修館書店、一九九九年）

3　幻術——木偶人・種麦

【木偶人】【機巧】

（伝）戦国・列禦寇撰『列子』（四部叢刊本／諸子集成本）
戦国・韓非撰『韓非子』（四部叢刊本／諸子集成本）
漢・班固撰『漢書』（二十四史、中華書局、一九八三年第四次印刷）

漢・王充撰『論衡』（四部叢刊本／諸子集成本）
山田勝美訳注『論衡』全三冊（新釈漢文大系、明治書院、一九七六―一九八四年）
南朝宋・劉義慶『幽明録』（歴代筆記小説叢書、文化芸術出版社、一九八八年）
晋・陸翽撰『鄴中記』（武英殿聚珍版全書本／説郛本）
唐・岑参撰・劉開揚箋註『岑参詩集編年箋註』（巴蜀書社、一九九五年）
唐・杜佑撰、王文錦等点校『通典』（中華書局、一九八八年）
唐・鄭処誨撰、田廷柱点校／唐・裴庭裕撰、田廷柱点校『明皇雑録　東観奏記』（唐宋史料筆記叢刊、中華書局、一九九四年）
唐・韋絢撰『劉賓客嘉話録』（景印文淵閣四庫全書本）
唐・李冗撰、張永欽点校／唐・張読撰、侯志明点校『独異志　宣室志』（古小説叢刊、中華書局、一九八三年）
唐・闕名撰『大上妙林経』（道蔵本）
宋・張君房編、李永晨点校『雲笈七籤』（道教典籍選刊、中華書局、二〇〇三年）
宋・李昉等編『文苑英華』（中華書局影印本、一九六六年）
宋・阮閲編、周本淳点校『詩話総亀』（人民文学出版社、一九八七年）
宋・計有功撰、王仲鏞校箋『唐詩紀事校箋』（巴蜀書社、一九八九年）
宋・呉曽撰『能改斎漫録』（中華書局、一九六〇年）
宋・范成大撰、胡起望・聶光広校注『桂海虞衡志校注』（四川民族出版社、一九八四年）
宋・范成大撰、厳沛校註『桂海虞衡志校註』（広西新華書店、一九八六年）
明・謝肇淛撰『五雑組』（歴代筆記叢刊、上海書店出版社、二〇〇一年）
藤野岩友『五雑組』（中国古典新書、明徳出版社、一九七二年）
岩城秀夫『五雑組』全八巻（東洋文庫、平凡社、一九九六―一九九八年）
明・楊時偉編『諸葛忠武書』（東洋文庫所蔵、清刊本）
清・張澍編『諸葛忠武侯文集』（東洋文庫所蔵、清刊本）

清・褚人穫撰『堅瓠集』（清代筆記小説大観、上海古籍出版社、二〇〇七年）
董暁萍編『《三国演義》的伝説』（南海出版公司、一九九〇年）
王瑞功主編『諸葛亮研究集成』（斉魯書社、一九九七年）
鍾敬文『魯班的伝説』（中華本土文化叢書、甘粛人民出版社、一九八八年）
李喬『中国行業神崇拝』（中国歴代名人伝説叢書、中国華僑出版公司、一九九〇年）
李喬『行業神崇拝　中国民衆造神運動研究』（中国文聯出版社、二〇〇〇年）
劉守華「民間故事中的機器人――談〝木人〟故事」（『比較故事学』上海文芸出版社、一九九五年）
劉守華『中国民間故事史』（湖北教育出版社、一九九九年）
王青『西域文化影響下的中古小説』（唐研究基金会叢書、中国社会科学出版社、二〇〇六年）
那波利貞「『杜陽雑編』に見えたる韓志和」（『支那学』第二巻第二・四号、一九二二年）
高津春繁『基礎ギリシア語文法』（東京要書房、一九五一年）「エジプトの魔法使い」
角田一郎『人形劇の成立に関する研究』（鳩屋書店、一九六三年）
鎌田重雄「散楽を中心とする東西文化の交流」（『史論史話』南雲堂エルガ社、一九六三年）
鎌田重雄「散楽の源流」（『史論史話第二』新生社、一九六七年）
服部克彦『北魏洛陽の社会と文化』（ミネルヴァ書房、一九六五年）
服部克彦『続北魏洛陽の社会と文化』（ミネルヴァ書房、一九六八年）
濱一衛「唐の傀儡戯とくぐつ」（『吉川博士退休記念中国文学論集』筑摩書房、一九六八年）
榎一雄「黎軒・条支の幻人」（『季刊東西交渉』第二巻一―四号、一九八三年／『榎一雄著作集4　東西交渉史Ⅰ』汲古書院、一九九三年）
越智重明「中国雑技小考」（『榎博士頌寿記念東洋史論叢』汲古書院、一九八八年）
越智重明『日中芸能史研究』（中国書店、二〇〇一年）
西村康彦『中国の鬼』（筑摩書房、一九八九年）

郭伯南他著、人民中国雑誌社翻訳部訳『中国文化のルーツ　上』（東京美術・人民中国雑誌社、一九八九年）
蔡毅「飛龍衛士・韓志和」（中西進・王勇編『日中文化交流史叢書10　人物』大修館書店、一九九六年）
稲田浩二編『日本昔話通観・研究篇2　日本昔話と古典』（同朋舎出版、一九九八年）

【種　麦】

漢・司馬遷撰『史記』（二十四史、中華書局、一九八二年第二版）
漢・班固撰『漢書』（二十四史、中華書局、一九八三年第四次印刷）
晋・葛洪撰『神仙伝』（増訂漢魏叢書本／景印文淵閣四庫全書本）
晋・葛洪撰『抱朴子』（四部叢刊本／諸子集成本）
　本田済訳『抱朴子　内篇』（東洋文庫、平凡社、一九九〇年）
晋・干宝撰、汪紹楹校注『捜神記』（中国古典文学基本叢書、中華書局、一九七九年）
　李剣国輯校『新輯捜神記　新輯捜神後記』（古体小説叢刊、中華書局、二〇〇七年）
劉宋・范曄撰『後漢書』（二十四史、中華書局、一九八二年第三次印刷）
後魏・酈道元撰、王国維校、袁英光・劉寅生整理標点『水経注校』（上海人民出版社、一九八四年）
後魏・楊衒之撰、周祖謨校釈『洛陽伽藍記校釈』（香港中華書局、一九七六年）
後魏・賈思勰撰、繆啓愉校釈・繆桂龍参校『斉民要術校釈』（農業出版社、一九八二年）
北斉・顔之推撰『顔氏家訓』（四部叢刊本／諸子集成本）
梁・慧皎撰、湯用彤校注『高僧伝』（中国仏教典籍選刊、中華書局、一九九二年）
唐・釈道世撰、周叔迦・蘇晋仁校注『法苑珠林』（中国仏教典籍選刊、中華書局、二〇〇三年）
唐・杜佑撰、王文錦等点校『通典』（中華書局、一九八八年）
唐・韓鄂撰、繆啓愉校釈『四時纂要』（農業出版社、一九八一年）
後晋・劉昫撰『旧唐書』（二十四史、中華書局、一九七五年）
宋・王溥撰『唐会要』（歴代会要叢書、上海古籍出版社、一九九一年）

陳登原『国史旧聞』（大通書局、一九七一年）「魔道術」
王立「古代小説種植速長母題的仏教文学淵源」（『仏教文学与古代小説母題比較研究』東方文化集成、崑崙出版社、二〇〇六年）
ジェームス・ジョージ・フレイザー著、永橋卓介訳『金枝篇　二』（岩波文庫、岩波書店、一九六六年）
鶴藤慶忠・藤原覚一他『中国の民間信仰』（明玄書房、一九七三年）
澤田瑞穂「種まきの呪法」（『節令』第四期、一九八三年／『中国の呪法』平河出版社、一九八四年）
高木重朗『大魔術の歴史』（講談社新書、講談社、一九八八年）
斧原孝守「成木責めと問樹と――日本と中国における果樹の予祝儀礼」（『東洋史訪』第六号、二〇〇〇年）
繁原央『日中説話の比較研究』（汲古書院、二〇〇四年）

【焼餅】【蕎麦】

後蜀・何光遠撰『鑑戒録』（景印文淵閣四庫全書本）
徐珂編撰『清稗類鈔　第一三冊』（上海商務印書館、一九一七年／中華書局、一九八四―一九八六年）
向達『唐代長安与西域文明』（三聯書店、一九五七年、一九八七年第三次印刷）
朱金城箋校『白居易集箋校　第二冊』（上海古籍出版社、一九八八年）
黄永年「説餅―唐代長安飲食探索」（『唐代史事考釈』聯経出版、一九九八年）
青木正児『華国風味』（弘文堂、一九四九年／『青木正児全集　第九巻』春秋社、一九七〇年）
篠田統『中国食物史』（柴田書店、一九七四年）
篠田統『中国食物史の研究』（八坂書房、一九七八年）
石毛直道『麺の文化史』（講談社学術文庫、講談社、二〇〇六年／旧題『文化麺類学ことはじめ』講談社文庫、一九九五年）

4　変驢・黒店

【点心】

宋・呉曽撰『能改斎漫録』（中華書局、一九六〇年）
元・陶宗儀撰『南村輟耕録』（元明史料筆記叢刊、中華書局、一九五九年）

中村喬「早食と点心」（『立命館文学』第五六三号、二〇〇〇年）

【変驢】

晋・葛洪撰『神仙伝』（増訂漢魏叢書本／景印文淵閣四庫全書本）
晋・法顕撰、章巽校注『法顕伝校注』（上海古籍出版社、一九八五年）
長沢和俊訳注『法顕伝・宋雲行紀』（東洋文庫、平凡社、一九七一年）
後魏・楊衒之撰、周祖謨校釈『洛陽伽藍記校釈』（香港中華書局、一九七六年）
入矢義高訳『洛陽伽藍記』（中国古典文学大系、平凡社、一九七四年）
唐・玄奘・弁機撰、季羨林等校注『大唐西域記校注』（中外交通史篇叢刊、中華書局、一九八五年）
水谷真成訳『大唐西域記』（中国古典文学大系、平凡社、一九七一年）

【黒店】

唐・劉餗撰、程毅中点校／唐・張鷟撰、趙守儼点校『隋唐嘉話　朝野僉載』（唐宋史料筆記叢刊、中華書局、一九七九年）
明・施耐庵、羅貫中撰『水滸全伝　上』（人民文学出版社、一九五四年）

【胡人採宝譚】

石田幹之助『増訂　長安の春』（創元社、一九四一年／世界教養全集、平凡社、一九六一年／東洋文庫、平凡社、一九六七年増訂版）
「西域の商胡、重価を以て宝物を求める話――唐代支那に広布せる一種の説話について」「再び胡人採宝譚に就いて」「胡人買宝譚補遺」
澤田瑞穂「異人買宝譚私鈔」（『早稲田大学大学院文学研究科紀要』第二六輯、一九八一年／『金牛の鎖　中国財宝譚』平凡社選書、平凡社、一九八三年）
佐々木睦「胡人と宝の物語」（『しにか』一九九七年一〇月号）
石見清裕『唐代の国際関係』（世界史リブレット、山川出版社、二〇〇九年）

6 詐術・騎驢

【詐術】【茶】【驢】

晋・干宝撰、汪紹楹校注『捜神記』（中国古典文学基本叢書、中華書局、一九七九年）
竹田晃訳『捜神記』（東洋文庫、平凡社、一九六四年）
宋・釈普済撰、『五灯会元』（景印文淵閣四庫全書本／中国仏教典籍選刊、中華書局、蘇淵雷点校、一九八四年）
宋・王讜撰、周勛初校証『唐語林校証』（唐宋史料筆記叢刊、中華書局、一九八七年）
邱龐同『中国面点史』（青島出版社、一九九五年）
布目潮渢『中国喫茶文化史』（岩波同時代ライブラリー、岩波書店、一九九五年）
布目潮渢『中国茶文化と日本』（汲古選書、汲古書院、一九九八年）
工藤佳治主編『中国茶事典』（勉誠出版、二〇〇七年）
仁井田陞『唐令拾遺』（東方文化学院東京研究所、一九三三年／東京大学出版会、一九六四年復刻版）

【ソグド】

後晋・劉昫撰『旧唐書』（中華書局、一九七五年）
宋・王溥撰『唐会要』（歴代会要叢書、上海古籍出版社、一九九一年）
ヤクボーフスキー他著、加藤九祚訳『西域の秘宝を求めて――スキタイとソグドとホレズム』（新時代社、一九六九年）
羽田明『世界の歴史・第一〇巻　西域』（河出書房新社、一九六九年、一九七四年新装版）
羽田明「ソグド人の東方活動」「東西文化の交流」（『岩波講座世界歴史・第六巻　古代6』岩波書店、一九七一年）
山田信夫編『東西文明の交流・第二巻　ペルシアと唐』（平凡社、一九七一年）
荒川正晴「唐帝国とソグド人の交易活動」（『東洋史研究』第五六巻三号、一九九七年）
荒川正晴「ソグド人の移住集落と東方交易活動」（『岩波講座世界歴史15　商人と市場――ネットワークの中の国家』岩波書店、一九

九九年）
森安孝夫「《シルクロード》のウイグル人――ソグド商人とオルトク商人のあいだに」（『岩波講座世界歴史11　中央ユーラシアの統合　9―16世紀』岩波書店、一九九七年）
森安孝夫「唐代における胡と仏教的世界地理」（『東洋史研究』第六六巻・第三号、二〇〇七年）
森安孝夫『シルクロードと唐帝国』（興亡の世界史、講談社、二〇〇七年）
森部豊「唐代河北地域におけるソグド系住民――開元寺三門楼石柱題名及び房山石経題を中心に」（『史境』第四五巻、二〇〇二年）
森部豊『ソグド人の東方活動と東ユーラシア世界の歴史的展開』（関西大学出版部・関西大学東西学術研究所研究叢刊、二〇一〇年）
日本放送協会『NHKスペシャル　文明の道』第五集「シルクロードの謎　隊商の民ソグド」（二〇〇三年九月一四日放映）
石見清裕『唐代の国際関係』（世界史リブレット、山川出版社、二〇〇九年）
曽布川寛・吉田豊『ソグド人の美術と言語』（臨川書店、二〇一一年）
栄新江『中古中国文明与外来文明』（生活・読書・新知三聯書店、二〇〇一年）「北朝隋唐粟特人之遷徙及其聚落」「北朝隋唐粟特聚落的内部形態」「安禄山的種族与宗教信仰」
田中於菟弥・上村勝彦訳『パンチャタントラ』（アジアの民話、大日本絵画、一九八〇年）

7　華岳廟・復身・遁走

【華山】
桑原隲蔵『考史遊記』（弘文堂、一九四二年／『桑原隲蔵全集　第五巻』岩波書店、一九六八年／岩波文庫、岩波書店、二〇〇一年）
隗芾主編『中国名勝典故』（吉林人民出版社、一九八九年）
松浦友久篇、植木久行・宇野直人・松原朗著『漢詩の事典』（大修館書店、一九九九年）
『月刊しにか　特集・中国の名山』二〇〇〇年八月号（大修館書店）

【遁走】
唐・裴鉶撰、周楞伽輯注『裴鉶伝奇』（上海古籍出版社、一九九〇年）
唐・寒山撰、項楚注『寒山詩注』（中華書局、二〇〇〇年）

王隆升「唐代小説〈板橋三娘子〉探析」（『輔大中研所学刊』第四期、一九九五年）

第三章　中国の変身譚のなかで

【章全体にわたる参考文献】（第二章冒頭に示した文献を除く）

漢・劉向撰『列仙伝』（景印文淵閣四庫全書本）
王叔岷校箋『列仙伝校箋』（中華書局、二〇〇七年）
晋・張華撰、范寧校証『博物誌校証』（古小説叢刊、中華書局、一九八〇年）
晋・葛洪撰『神仙伝』（増訂漢魏叢書本／景印文淵閣四庫全書本）
晋・葛洪撰『抱朴子』（四部叢刊本／諸子集成本）
王明校注『抱朴子内編校注』（中華書局、一九八五年）
本田済訳『抱朴子』全三冊（東洋文庫、平凡社、一九九〇年）
晋・干宝撰、汪紹楹校注『捜神記』（中国古典文学基本叢書、中華書局、一九七九年）
竹田晃訳『捜神記』（東洋文庫、平凡社、一九六四年）
（伝）晋・陶潜撰、汪紹楹校注『捜神後記』（古小説叢刊、中華書局、一九八一年）
唐・欧陽詢撰、汪紹楹校『芸文類聚』（上海古籍出版社、一九六五年、一九八二年新一版）
唐・釈道世撰、周叔迦・蘇晋仁校注『法苑珠林』（中国仏教典籍選刊、中華書局、二〇〇三年）
唐・徐堅等撰『初学記』（中華書局、一九六二年、一九八〇年第二次印刷）
南唐・譚峭撰『化書』（景印文淵閣四庫全書本）
宋・張君房撰、李永晨点校『雲笈七籤』（道教典籍選刊、中華書局、二〇〇三年）
宋・洪邁撰、何卓点校『夷堅志』（中華書局、一九八一年）
金・元好問撰、常振点校／元・無名氏撰、金心点校『続夷堅志　湖海新聞夷堅続志』（中華書局、一九八六年）

明・徐応秋撰『玉芝堂談薈』（景印文淵閣四庫全書本／筆記小説大観本）

明・朱謀㙔撰『異林』（四庫全書存目叢書本）

明・方以智撰『物理小識』（景印文淵閣四庫全書本）

清・蒲松齢撰、張友鶴輯校『聊斎志異』（中華書局、一九六二年／上海古籍出版社、一九七八年）

　常石茂・増田渉・松枝茂夫訳『聊斎志異』全二冊（中国古典文学大系、平凡社、一九七〇、一九七一年）

清・紀昀撰、汪賢度校『閲微草堂筆記』（上海古籍出版社、一九八〇年）

清・袁枚撰、申孟・甘林点校『子不語』（上海古籍出版社、一九八六年）

清・袁枚撰、王英志主編『袁枚全集』（江蘇古籍出版社、一九九三年）

　手代木公助訳『子不語』全五冊（東洋文庫、平凡社、二〇〇九―二〇一〇年）

『筆記小説大観』（上海進歩書局石印本景印、江蘇広陵古籍刻印社、一九八三―一九八四年）

『叢書集成新編』（新文豊出版公司、一九八五―一九八六年）

『漢魏六朝筆記小説大観』（歴代筆記小説大観、上海古籍出版社、一九九九年）

『唐五代筆記小説大観』（歴代筆記小説大観、上海古籍出版社、二〇〇〇年）

『宋元筆記小説大観』（歴代筆記小説大観、上海古籍出版社、二〇〇一年）

『明代筆記小説大観』（歴代筆記小説大観、上海古籍出版社、二〇〇六年）

『清代筆記小説大観』（歴代筆記小説大観、上海古籍出版社、二〇〇七年）

謝国楨編著『明清筆記談叢』（華夏出版社、一九六七年）

李剣国『唐前志怪小説史』（南開大学出版社、一九八四年）

李剣国『唐五代志怪伝奇叙録』全二冊（南開大学出版社、一九九三年）

陳文新『中国筆記小説史』（志一出版社、一九九五年）

占驍勇『清代志怪伝奇小説研究』（華中科技大学出版社、二〇〇三年）

徐徳明『清人学術筆記提要』（学苑出版社、二〇〇四年）

来新夏『清人筆記随録』（研究叢刊、中華書局、二〇〇五年）
陳国軍『明代志怪伝奇小説研究』（天津古籍出版社、二〇〇六年）
前野直彬「清代志怪書解題」（「名古屋大学文学部研究論集」七、一九五四年、「東京教育大学文学部紀要」七、一九五六／『中国小説史考』秋山書店、一九七五年）
澤田瑞穂『増補　宝巻の研究』（采華学術叢書、采華書林、一九六三年／国書刊行会、一九七五年増補版）
澤田瑞穂『修訂　地獄変』（法蔵館、一九六八年／平河出版社、一九九一年修訂版）
澤田瑞穂『仏教と中国文学』（国書刊行会、一九七五年）
澤田瑞穂『修訂　鬼趣談義』（国書刊行会、一九七六年／平河出版社、一九九〇年修訂版）
澤田瑞穂『中国の民間信仰』（工作舎、一九八二年）
澤田瑞穂『修訂　中国の呪法』（平河出版社、一九八四年、一九九〇年修訂版）
澤田瑞穂『中国の伝承と説話』（研文出版、一九八八年）

一　中国の変身譚と変身変化観

1　人への変身

漢・孔安国伝、唐・孔穎達疏『尚書正義』（十三経注疏影印本、芸文印書館、一九六〇年）
漢・鄭玄注、唐・孔穎達疏『礼記正義』（十三経注疏影印本、芸文印書館、一九六〇年）
漢・戴徳撰、北周・盧弁注『大戴礼記』（四部叢刊本／景印文淵閣四庫全書本）
漢・王充撰『論衡』（四部叢刊本／諸子集成本）
魏・王弼　晋・韓康伯注、唐・孔穎達疏『周易正義』（十三経注疏影印本、芸文印書館、一九六〇年）
高田信治・後藤基巳訳『易経　上』（岩波文庫、岩波書店、一九六九年、一九七二年第四刷）
清・王先謙撰『荘子集解』（諸子集成本）
森三樹三郎訳注『荘子　外篇』（中公文庫、中央公論社、一九七四年）

赤塚忠訳注『荘子　下』（全釈漢文大系、集英社、一九八六年）
清・葵愚道人撰『寄蝸残贅』（東京大学東洋文化研究所所蔵清刊本）
中野美代子『中国人の思考様式　小説の世界から』（講談社現代新書、講談社、一九七四年）
中野美代子『孫悟空の誕生　サルの民話学と「西遊記」』（玉川大学出版部、一九八〇年）
中野美代子『中国の妖怪』（岩波新書、岩波書店、一九八三年）
戸倉英美「器物の妖怪　―化ける箒、飛ぶ箒―」（『竹田晃先生退官記念東アジア文化論叢』汲古書院、一九九一年）
谷川健一『民俗の思想　常民の世界観と死生観』（岩波同時代ライブラリー、岩波書店、一九九六年）
小南一郎「干宝『捜神記』の編纂　上・下」（『東方学報　京都』第六九・七〇冊、一九九七―一九九八年）

2　動物への変身――神仙

周・左丘明伝、晋・杜預注、唐・孔穎達疏『春秋左伝正義』（十三経注疏影印本、芸文印書館、一九六〇年）
（伝）左丘明撰、呉・韋昭解『国語』（四部叢刊本）
大野峻訳注『国語　上・下』（新釈漢文大系、明治書院、一九七五、一九七八年）
撰者不詳、晋・郭璞伝『山海経』（四部叢刊本）
袁珂校注『山海経校注』（上海古籍出版社、一九八〇年）
沈海波『「山海経」考』（文匯出版社、二〇〇四年）
郭郛注疏『山海経注疏』（中国社会科学出版社、二〇〇四年）
漢・高誘注『呂氏春秋』（四部叢刊本／諸子集成本）
漢・劉安撰、漢・高誘注『淮南子』（四部叢刊本／諸子集成本）
楠山春樹訳注『淮南子』（新釈漢文大系、明治書院、一九八八年）
漢・班固撰、唐・顔師古注『漢書』（二十四史、中華書局、一九八三年第四次印刷）
漢・王逸章句、宋・洪興祖補注『楚辞補注』（四部叢刊本）
晋・王嘉撰、梁・蕭綺録、斉治平校注『拾遺記』（古小説叢刊、中華書局、一九八一年）

梁・陶弘景輯、唐・李淳風注『太上赤文洞神三籙』（『道蔵』洞玄部・衆術類）
隋・杜台卿撰『玉燭宝典』（古佚叢書本／叢書集成本）
唐・撰者不詳『上清丹景道精隠地八術経』（『道蔵』正乙部）
唐・撰者不詳『玄圃山霊匭秘籙』（『道蔵』洞玄部・衆術類）
袁珂『神話論文集』（上海古籍出版社、一九八二年）
袁珂『中国神話伝説』全二冊（中国民間文芸出版社、一九八四年）
袁珂編著『中国神話伝説詞典』（上海辞書出版社、一九八五年）
袁珂・周明編著『中国神話資料萃編』（四川省社会科学院出版社、一九八五年）
任継愈主篇『道蔵提要』（中国社会科学出版社、一九九一年）
張志哲主篇『道教文化辞典』（江蘇古籍出版社、一九九四年）
徐志平「『人化異類』故事従先秦神話至唐代伝奇之間的流転」（『台大中文学報』第六期、一九九四年）
李剣平主編『中国神話人物辞典』（陝西人民出版社、一九九八年）
出石誠彦『支那神話伝説の研究』（中央公論社、一九四三年、一九七三年増補改訂版）
森三樹三郎『支那古代神話』（大雅堂、一九四四年）
森安太郎『黄帝伝説　古代中国神話の研究』（京都女子大学人文学会・朋友書店、一九七〇年）「鯀禹原始」
石田英一郎『石田英一郎全集　第六巻』（筑摩書房、一九七〇―一九七一年、一九七七年新装版）「月と不死」
白川静『中国の神話』（中央公論社、一九七五年／『白川静著作集　第六巻』平凡社、一九九九年）
白川静『中国の古代文学（一）神話から楚辞へ』（中央公論社、一九七六年／『白川静著作集　第八巻』平凡社、二〇〇〇年）
御手洗勝『古代中国の神々――古代伝説の研究』（東洋学叢書、創文社、一九八四年、一九九九年第二刷）
小南一郎「大地の神話――鯀禹伝説原始」（『古史春秋』第二号、一九八五年）
赤塚忠『赤塚忠著作集　第一巻　中国古代文化史』（研究社、一九八八年）
山田慶兒『本草と夢と錬金術と――物質的想像力の現象学』（朝日新聞社、一九九七年）「物に対する――両義性の世界」

入谷仙介「后羿・嫦娥神話について」(『九州中国学会報』三七、一九九九年)
賀学君・櫻井龍彦共編『中日学者中国神話研究論著目録総匯』(名古屋大学大学院国際開発研究科、一九九九年)
福井康順他監修『道教』全三巻(平河出版社、一九八三年)
野口鐵郎他編『道教事典』(平河出版社、一九九四年)
坂出祥伸編『「道教」の大事典』(『別冊歴史読本　特別増刊号』新人物往来社、一九九四年)
小林正美『中国の道教』(中国学芸叢書、創文社、一九九八年)
倉田憲司・竹田祐吉校注『古事記　祝詞』(日本古典文学大系、岩波書店、一九五八年)
青木和夫・石母田正・小林芳規・佐伯有清校注『古事記』(日本古典文学大系、岩波書店、一九八二年)
山口佳紀・神野志隆光校注『古事記』(新編日本古典文学全集、小学館、一九九七年)
ゲリー・ジェニングス著、市場泰男訳『エピソード魔法の歴史——黒魔術と白魔術』(現代教養文庫、社会思想社、一九七九年)
E・A・ウォーリス・バッジ著、石上玄一郎・加藤富貴子訳『古代エジプトの魔術』(平河出版社、一九八二年)
ローズマリ・エレングィリー著、荒木正純・松田英監修『魔女と魔術の事典』(原書房、一九九六年)
ロッセル・ホープ・ロビンス著、松田和也訳『悪魔学大全』(青土社、一九九七年)
リチャード・キャヴェンディシュ著、栂正行訳『魔術の歴史』(河出書房新社、一九九七年)

3　動物への変身——人間

漢・司馬遷撰『史記』(二十四史、中華書局、一九八二年第二版)
漢・揚雄撰『琴清英』(漢魏遺書鈔本/玉函山房輯佚書本)
漢・許慎撰、清・段玉裁注『説文解字注』(上海古籍出版社、一九八一年)
晋・常璩撰、任乃強校補『華陽国史校補図注』(上海古籍出版社、一九八七年)
晋・袁宏撰『後漢紀』(景印文淵閣四庫全書本)
後魏・闞駰撰『十三州志』(重訂漢魏地理書鈔本/叢書集成本)
劉宋・范曄撰『後漢書』(二十四史、中華書局、一九八二年第三次印刷)

劉宋・劉敬叔撰、范寧点校／北斉・陽松玠撰、程毅中・程有慶輯校『異苑　談藪』（古小説叢刊、中華書局、一九九六年）
梁・沈約撰『宋書』（二十四史、中華書局、一九七四年）
唐・房玄齢・李延寿撰『晋書』（二十四史、中華書局、一九七四年）
唐・李延寿撰『南史』（二十四史、中華書局、一九七五年）
唐・劉知幾撰、清・浦起龍釈『史通通釈』（上海古籍出版社、一九七八年）
清・東魯古狂生編、何権衡点校『酔醒石』（中州古籍出版社、一九八五年）
魯迅『中国小説史略』（『魯迅全集　第九巻』人民文学出版社、一九八一年）
中島長文訳注『中国小説史略』全二冊（東洋文庫、平凡社、一九九七年）
劉錫誠・王文宝主編『中国象徴辞典』（天津教育出版社、一九九一年）
薛恵琪『六朝仏教志怪小説研究』（文津出版社、一九九五年）
前野直彬『中国小説史考』（秋山書店、一九七五年）
近藤春雄『唐代小説の研究』（笠間書院、一九七八年）
中鉢雅量『中国の祭祀と文学』（東洋学叢書、創文社、一九八九年）
山本節『神話の海　ハリマオ・禅智内供の鼻・消えた新妻』（大修館書店、一九九四年）
富永一登「『人虎伝』の系譜――六朝化虎譚から唐代伝奇小説へ」（『中国中世文学研究』一三号、一九七八年）
富永一登「唐代小説の創作意図――『杜子春』を中心として」（松本肇・川合康三編『中唐文学の視角』創文社、一九九八年）
戸倉英美「変身譚の変容――六朝志怪から『聊斎志異』まで」（『東洋文化』七一、一九九〇年）
増子和男「唐代伝奇に見える変身譚――『人虎伝』を中心として」（『文学における変身』笠間選書、笠間書院、一九九二年）
黒田彰「伯奇贅語――孝子伝図と孝子伝」（説話と説話文学の会編『説話論集　第一二集　今昔物語集』清文堂出版、二〇〇三年／『孝子伝図の研究』汲古書院、二〇〇七年）
アト・ド・フリース著、山下主一郎他訳『イメージ・シンボル事典』（大修館書店、一九八四年）

4　変身術——化虎譚の場合

劉宋・劉敬叔撰、范寧点校／北斉・陽松玠撰、程毅中・程有慶輯校『異苑　談藪』（古小説叢刊、中華書局、一九九六年）
梁・任昉撰『述異記』（漢魏叢書本）
唐・李冗撰、張永欽点校／唐・張読撰、侯志明点校『独異志　宣室志』（古小説叢刊、中華書局、一九八三年）
（伝）唐・李淳風撰『増補全符秘伝万法帰宗』（国会図書館所蔵、新南書局鉛印本／同館所蔵、清写本）
宋・黄休復撰『茅亭客話』（景印文淵閣四庫全書本）
宋・楽史撰『太平寰宇記』（文海出版社、一九六三年）
元・李京撰『雲南志略』（説郛本）
明・曹安撰『讕言長語』（叢書集成本）
明・蔡羽撰『遼陽海神伝』（香艶叢書本）
明・陳耀文撰『天中記』（景印文淵閣四庫全書本）
明・王士性撰『広志繹』（元明史料筆記叢書、中華書局、一九九七年）
明・王穉登撰『虎苑』（広百川学海本）
明・陳継儒撰『虎薈』（叢書集成本）
清・東軒主人撰『述異記』（説鈴本）
清・胡煦撰『周易函書別集』（景印文淵閣四庫全書本）
清・趙彪詔撰『談虎』（昭代叢書本）
清・張澍撰『続黔書』（叢書集成本）
清・兪樾撰『右台仙館筆記』（明清筆記叢書、上海古籍出版社、一九八六年）
高国藩『中国巫術史』（上海三聯書店、一九九九年）
澤田瑞穂「メタモルフォーシスと変鬼譚」（『昔話——研究と資料』第二号、一九七三年／『中国の民間信仰』工作舎、一九八二年）
櫻井徳太郎他『ふぉるく叢書3　変身』（弘文堂、一九七四年）

栗原成郎『増補新版　スラヴ吸血鬼伝説考』（河出書房新社、一九八〇年、一九九一年増補新版）
谷口幸男・福嶋征純・福井和彦『ヨーロッパの森から　ドイツ民俗誌』（NHKブックス、日本放送出版協会、一九八一年）
伊東一郎「スラヴ人における人狼信仰」（『国立民族学博物館研究報告』六巻四号、一九八一年）
荘司格一『中国説話の散歩』（日中出版、一九八四年）
荘司格一『中国中世の説話――古小説の世界』（白帝社、一九九二年）
井本英一「獣皮を被る人」（『大阪外国語大学学報』七七、一九八九年／『習俗の始原をたずねて』法政大学出版局、一九九二年）
井本英一『十二支動物の話〈子丑寅卯辰巳篇〉』（法政大学出版局、一九九九年）
井本英一「人狼月をめぐって」（『イラン研究』五、二〇〇九年）
今村仁司『排除の構造　力の一般経済序説』（青土社、一九八九年／ちくま学芸文庫、筑摩書房、一九九二年）
赤坂憲雄『排除の現象学』（筑摩書房、一九九一年／ちくま学芸文庫、一九九五年）
松崎治之「中国変身譚雑考――人虎伝の系譜について」（『筑紫女学園短大紀要』第二八号、一九九一年）
池上俊一『狼男伝説』（朝日選書、朝日新聞社、一九九二年）
篠田知和基『人狼変身譚――西欧の民話と文学から』（大修館書店、一九九四年）
大室幹雄『パノラマの帝国　中華唐代人生劇場』（三省堂、一九九四年）
諏訪春雄『折口信夫を読み直す』（講談社現代新書、講談社、一九九四年）
李友華「彝族の虎トーテミズム習俗」
星野紘「来訪神らしき虎〔雲南省双柏県彝族の村を訪ねて〕」
（以上二編、『自然と文化　［特集］東アジアの虎文化〔虎祖先神の軌跡〕』日本ナショナルトラスト、一九九五年に所載）
森博行「中国老虎譚」（『大谷女子大国文』第二六号、一九九六年）
上田信『トラが語る中国史　エコロジカル・ヒストリーの可能性』（山川出版社、二〇〇二年）
伊藤進『森と悪魔　中世・ルネサンスの闇の系譜学』（岩波書店、二〇〇二年）
岡田充博「魔法の塗り薬」（『横浜国大　国語研究』第二五号、二〇〇七年）

ヘロドトス著、松原千秋訳『歴史　中』（岩波文庫、岩波書店、一九七二年、一九九八年第三〇刷）
プリニウス著、中野定雄他訳『プリニウスの博物誌　第Ⅰ巻』（雄山閣出版、一九八六年）
田辺繁子訳『マヌの法典』（岩波文庫、岩波書店、一九五三年）
アウグスティヌス著、大島春子他訳『神の国』（『アウグスティヌス著作集　第一四巻』教文館、一九八〇年）
ミルチャ・エリアーデ著、斉藤正二訳『ザルモクシスからジンギスカンへ　1』（『エリアーデ著作集　第一一巻』せりか書房、一九七六年）
ハンス・ペーター・デュル著、岡部仁・原研二他訳『夢の時　野生と文明の境界』（叢書ウニベルシタス、法政大学出版局、一九九三年）
クロード・カブレール著、幸田礼雅訳『中世の妖怪、悪魔、奇跡』（新評論、一九九七年）
ジャン・ド・ニノー著、池上俊一監修、富樫瓔子訳『狼憑きと魔女　17世紀フランスの悪魔学論争』（工作舎、一九九四年）
セイバン・ベアリング・グールド著、ウェルズ恵子・清水千香子訳『人狼伝説　変身と人食いの迷信について』（人文書院、二〇〇九年）

二　中国の変驢変馬譚と「板橋三娘子」

1　「応報譚」系

漢・支婁迦讖訳『雑譬喩経』（『大正新脩大蔵経』第四巻・本縁部下）
姚秦・竺仏念訳『出曜経』（『大正新脩大蔵経』第四巻・本縁部下）
晋・竺法護訳『生経』（『大正新脩大蔵経』第三巻・本縁部上）
梁・宝唱編『経律異相』（『大正新脩大蔵経』第五三巻・事彙部上／『宋磧砂版大蔵経』上海古籍出版社、一九九一年）
梁・任昉撰『述異記』（漢魏叢書本）
唐・唐臨撰、方詩銘輯校／唐・戴孚撰、方詩銘輯校『冥報記　広異記』（古小説叢刊、中華書局・一九九二年）
五代呉越・陳纂撰『葆光録』（叢書集成本）

宋・孫光憲撰『北夢瑣言』（宋元筆記叢書、上海古籍出版社、一九八一年）
宋・徐鉉撰、白化文点校／宋・張師正撰、白化文・許徳楠点校『稽神録　括異志』（古小説叢刊、中華書局、一九九六年）
宋・劉斧撰『青瑣高議』（宋元筆記叢書、上海古籍出版社、一九八三年）
宋・方勺撰、許沛藻・楊立揚点校『泊宅編』（唐宋史料筆記叢刊、中華書局、一九八三年）
宋・廉布撰『清尊録』（広百川学海本／叢書集成本）
金・元好問撰、常振点校／元・無名氏撰、金心点校『続夷堅志　湖海新聞夷堅続志』（中華書局、一九八六年）
明・瞿佑等撰、周楞伽校注『剪灯新話　外二種』（上海古籍出版社、一九八一年）
明・王圻纂集『稗史彙編』（北京出版社、一九九三年）
明・呉承恩撰『西遊記』（中国古典文学読本叢書、人民文学出版社、一九五〇年、一九八〇年第二版）
清・陳子斌評『西遊真詮』（古本小説集成、上海古籍出版社、一九九一年）
明・笑笑生撰『金瓶梅詞話』（明万暦刊本影印、大安、一九六三年）
小野忍・千田九一訳『金瓶梅　中』（中国古典文学大系、平凡社、一九六八年）
明・王同軌撰、孫順霖校注『耳談』（明清文言小説選刊、中州古籍出版社、一九九〇年）
明・王同軌撰、呂友仁・孫順霖校注『『耳談類増』（明清文言小説選刊、中州古籍出版社、一九九四年）
明・無名氏撰『輪廻醒世』（古体小説叢刊、中華書局、二〇〇八年）
明・臧懋循輯『元曲選』（中華書局、一九五八年）
徐征・張月中・張聖潔・奚海主編『全元曲　第八冊』（河北教育出版社、一九九八年）
明・銭希言撰『獪園』（内閣文庫所蔵『松樞十九山』明刊本／同文庫所蔵清刊本）
明・馮夢龍撰『笑府』（内閣文庫所蔵明刊本）
明・顔茂猷撰『迪吉録』（内閣文庫所蔵明刊本）
明・鄭仲夔撰『耳新』（叢書集成本）
明・周楫撰、周楞伽整理『西湖二集』（中国小説史料叢書、人民文学出版社、一九八九年）

明・侯甸撰『西樵野紀』（四庫全書存目叢書本）

清・褚人穫撰『堅瓠集』（清代筆記小説大観、上海古籍出版社、二〇〇七年）

清・張潮撰『虞初新志』（虞初志合集、上海書店、一九八六年）

清・徐慶撰『信徵録』（説鈴本）

清・呉陳琰撰『曠園雑志』（説鈴本）

清・王椷撰『秋灯叢話』（内閣文庫所蔵、清刊本）

清・和邦額撰、王一工・方正耀点校『夜譚随録』（上海古籍出版社、一九八八年）

清・曽七如撰、南山点校『小豆棚』（荊楚書社、一九八九年）

清・慵訥居士撰、陶勇標点『咫聞録』（筆記小説精品叢書、重慶出版社、二〇〇五年）

清・梁恭辰撰『北東園筆録』（筆記小説大観本）

清・兪樾撰『右台仙館筆記』（明清筆記叢書、上海古籍出版社、一九八六年）

清・李慶辰撰『絵図希奇古怪』（東京大学東洋文化研究所所蔵清刊本）

道端良秀『唐代仏教史の研究』（法蔵館、一九五七年）

道端良秀『中国仏教と社会との交渉』（平楽寺書店、一九八〇年）

道端良秀『中国仏教社会経済史の研究』（平楽寺書店、一九八三年／『道端良秀中国仏教史全集　第四巻』書苑、一九八五年）

森三樹三郎「まじないと練り薬の宗教」（渡辺照宏編『思想の歴史4　仏教の東漸と道教』平凡社、一九六五年）

吉川忠夫『中国人の宗教意識』（中国学芸叢書、創文社、一九九八年）「償債と謫仙」

吉川忠夫『読書雑志　中国の史書と宗教をめぐる十二章』（岩波書店、二〇一〇年）「償債と謫仙」

木越治校訂『浮世草子怪談集』（叢書江戸文庫、国書刊行会、一九九四年）

小峯和明校注『今昔物語集　二』（新日本古典文学大系、岩波書店、一九九九年）

岡田充博「『聊斎志異』「三生」本事小考」（『横浜国大　国語研究』第二一号、二〇〇三年）

福田素子「鬼討債説話の成立と展開——我が子が債鬼であることの発見」（『東京大学中国語中国文学研究室紀要』第九号、二〇〇六

年）
福田素子「六朝・唐代小説中の転生復讐譚――討債鬼故事の出現まで」（『東方学』第一一五輯、二〇〇八年）
福田素子「偽経《仏頂心陀羅尼経》的研究」（『中国古典文学与文献学研究』第四輯、二〇〇八年）
福田素子「雑劇『崔府君断冤家債主』と討債鬼故事」（『東方学』第一二二輯、二〇一一年）
志村五郎『中国古典文学私選　凡人と非凡人の物語』（明徳出版社、二〇〇八年）
中国民間文芸出版社編集部編『中国諺語総滙・漢族巻　俗諺』（中国民間文芸出版社、一九八三年）
翟建波編著『中国古代小説俗語大詞典』（世紀出版集団・漢語大詞典出版社、二〇〇二年）

2 『出曜経』系

撰者不詳『括地図』（『漢唐地理書鈔』輯本／漢魏六朝筆記小説大観、上海古籍出版社、一九九九年）
漢・郭憲撰、王根林点校『漢武帝別国洞冥記』（漢魏六朝筆記小説大観、上海古籍出版社、一九九九年）
（伝）漢・東方朔撰、王根林点校『海内十洲記』（漢魏六朝筆記小説大観、上海古籍出版社、一九九九年）
晋・王嘉撰、梁・蕭綺録、斉治平校注『拾遺記』（古小説叢刊、中華書局、一九八一年）
撰者不詳『玄中記』（『古小説鉤沈』魯迅古小説研究著作四種、斉魯書社、一九九七年）
劉宋・劉敬叔撰、范寧点校／北斉・陽松玠撰、程毅中・程有慶輯校『異苑　談藪』（古小説叢刊、中華書局、一九九六年）
唐・魏徴等撰『隋書』（二十四史、中華書局、一九七三年）
唐・玄奘、弁機撰、季羨林等校注『大唐西域記校注』（中外交通史篇叢刊、中華書局、一九八五年）
宋・彭乗撰『墨客揮犀』（景印文淵閣四庫全書本）
宋・沈括撰、胡道静校証『夢溪筆談校証』（上海出版公司、一九五六年／上海古籍出版社、一九八七年）
宋・李石撰、李之亮点校『続博物志』（巴蜀書社、一九九一年）
宋・撰者不詳『伝信適用方』（景印文淵閣四庫全書本）
宋・張杲撰『医説』（景印文淵閣四庫全書本）
宋・周去非撰、揚武泉校注『嶺外代答校注』（中外交通史籍叢刊、中華書局、一九九九年）

宋・黄震撰『黄氏日抄』（景印文淵閣四庫全書本）
明・朱⿰土韋撰『普済方』（景印文淵閣四庫全書本）
明・曹安撰『讕言長語』（叢書集成本）
明・陸容撰、佚之点校『菽園雑記』（元明史料筆記叢刊、中華書局、一九八五年）
明・黄瑜撰『雙槐歳抄』（四庫全書存目叢書本）
明・陸粲撰、譚棣華点校／明・顧起元撰、陳稼禾点校『庚巳編　客座贅語』（元明史料筆記叢刊、中華書局、一九八七年）
明・田汝成撰『炎徼紀聞』（景印文淵閣四庫全書本）
明・唐順之撰『武編』（景印文淵閣四庫全書本）
明・李時珍撰『本草綱目』（景印文淵閣四庫全書本）
明・陳継儒撰『珍珠船』（叢書集成本）
明・王士性撰、周振鶴点校『五岳游草　広志繹』（元明史料筆記叢刊、中華書局、二〇〇六年）
明・鄺露撰『赤雅』（景印文淵閣四庫全書本）
清・劉崑撰『南中雑説』（叢書集成本）
清・劉献廷撰『広陽雑記』（清代史料筆記叢刊、中華書局、一九八五年）
清・屈大均撰『広東新語　下』（清代史料筆記叢刊、中華書局、一九八五年）
清・東軒主人撰『述異記』（説鈴本）
清・郝玉麟等監修『広東通志』（景印文淵閣四庫全書本）
清・鄂爾泰等監修『雲南通志』（景印文淵閣四庫全書本）
清・李心衡撰『金川瑣記』（叢書集成本）
清・張泓撰『滇南新語』（叢書集成本）
清・李調元撰『粤東筆記（南越筆記）』（函海本／東京大学東洋文化研究所所蔵民国石印本）
清・楽鈞撰、辛照点校『耳食録』（清代筆記小説叢刊、斉魯書社、一九九一年）

清・楽鈞撰、范義臣標点／清・許仲元撰、范義臣標点『耳食録　三異筆談』（筆記小説精品叢書、重慶出版社、一九九六年、二〇〇五年第二版）
清・張景雲撰『秋坪新語』（東京大学東洋文化研究所所蔵清刊本）
清・屠紳撰『蟫蛣雑記』（内閣文庫所蔵本）
清・屠紳撰『六合内外瑣言』（申報館仿聚珍版排印本／中国近代小説史料彙編、広文書局、一九七〇年）
清・銭泳撰『履園叢話』（清代史料筆記叢刊、中華書局、一九七九年）
清・宣鼎撰『夜雨秋灯録　続録』（上海古籍出版社、一九八七年）
清・鄒弢撰『三借廬筆談』（筆記小説大観本）
高楠順次郎監修『南伝大蔵経　第三〇巻　小部経典八・本生経』（大正新脩大蔵経刊行会、一九三五年、一九七二年複製）「雲馬本生物語」
高楠順次郎監修『南伝大蔵経　第六〇巻　島王統史・大王統史』（大正新脩大蔵経刊行会、一九三九年、一九七四年複製）
村川堅太郎訳注『エリュトゥラー海案内記』（生活社、一九四六年／中公文庫、中央公論社、一九九三年）
岩本裕『仏教説話』（グリーンベルト・シリーズ、筑摩書房、一九六四年／『仏教説話研究　第二巻　仏教説話の源流と展開』開明書店、一九七八年）
平等通照『印度仏教文学の研究　第三巻』（印度学研究所、一九八三年）
大林太良編『世界の大遺跡12　アンコールとボロブドゥール』（講談社、一九八七年）
長沢和俊『海のシルクロード史』（中公新書、中央公論社、一九八九年）
太田辰夫・鳥居久靖訳『西遊記』全二冊（中国古典文学大系、平凡社、一九七一―一九七二年）
中野美代子訳『西遊記』全十冊（岩波文庫、岩波書店、一九七七―一九九八年、二〇〇五年）
太田辰夫『西遊記の研究』（研文出版、一九八四年）「『大唐三蔵取経詩話』考」
太田辰夫訳・磯部彰解題『大蔵文化財団蔵　宋版　大唐三蔵取経詩話』（汲古書院、一九九七年）
志村良治『志村良治著作集Ⅱ　中国小説論集』（汲古書院、一九八六年）

小島瓔禮編著『蛇をめぐる民俗自然誌・蛇の宇宙誌』(東京美術、一九九一年)
大室幹雄「蠱憑きの歴史人類学」(『パノラマの帝国』三省堂、一九九四年)
川野明正『中国の〈憑きもの〉——華南地方の蠱毒と呪術的伝承』(風響社、二〇〇五年)
鄧啓耀『中国巫蠱考察』(上海文芸出版社、一九九九年)
艾伯華(Wolfram Eberhard)『中国民間故事類型』(商務印書館、一九九九年/原著一九三七年)
丁乃通『中国民間故事類型索引』(中国民間文芸出版社、一九八六年)
祁連休『中国古代民間故事類型研究』全三冊(河北教育教育出版社、二〇〇七年)

【魔女・サバト】【姑獲鳥】

泉鏡花「魅室」(『鏡花全集　巻二七』岩波書店、一九四二年、一九七六年第二版)
澤田瑞穂「観灯飛行」(『神田喜一郎博士追悼　中国学論集』二玄社、一九八六年/『中国の伝承と説話』研文出版、一九八八年)
戸倉英美「器物の妖怪——化ける箒、飛ぶ箒」(『竹田晃先生退官記念東アジア文化論叢』汲古書院、一九九一年)
上田安敏『魔女とキリスト教——ヨーロッパ学再考』(人文書院、一九九三年/講談社学術文庫、講談社、一九九八年)
高橋義人『魔女とヨーロッパ』(岩波書店、一九九五年)
渡会好一『魔女幻想——呪術から読み解くヨーロッパ』(中公新書、中央公論新社、一九九九年)
ノーマン・コーン著、山本通訳『魔女狩りの社会史』(岩波書店、一九八三年)
カルロ・ギンズブルグ著、竹山博英訳『ベナンダンティ』(せりか書房、一九八六年)
マーガレット・A・マレー著、西村稔訳『魔女の神』(人文書院、一九九五年)
オウィディウス著、高橋宏幸訳『祭暦』(叢書アレクサンドリア図書館、国文社、一九九四年)
大林太良「うぶめ鳥とポンティアナク」(『池田彌三郎著作集　第五巻　身辺の民俗と文学』角川書店、「月報5」一九七九年)
山田慶児「夜鳴く鳥」(『思想』七三六号、一九八五年/『夜鳴く鳥——医学・呪術・伝説』岩波書店、一九九〇年)

3　『カター』『千一夜』系

唐・裴鉶撰、周楞伽輯注『裴鉶伝奇』(上海古籍出版社、一九八〇年)

宋・徐鉉撰、白化文点校／宋・張師正撰、白化文・許徳楠点校『稽神録　括異志』（古小説叢刊、中華書局、一九九六年）
宋・曾敏行撰『独醒雑志』（景印文淵閣四庫全書本）
宋・王明清撰『投轄録』（景印文淵閣四庫全書本）
汪新森・朱菊如点校『投轄録　玉照新志』（宋元筆記叢書、上海古籍出版社、一九九一年）
宋・周密撰『武林旧事』（景印文淵閣四庫全書本）
元・鍾嗣成撰、王鋼校訂『校訂録鬼簿三種』（中州文献叢書、中州古籍出版社、一九九一年）
明・羅貫中、馮夢龍撰『平妖伝』（上海古典文学出版社、一九五六年）
明・朱権撰『太和正音譜』（元・鍾嗣成等撰『録鬼簿　外四種』古典文学出版社、一九五七年）
明・陸容撰、佚之点校『菽園雑記』（元明史料筆記叢刊、中華書局、一九八五年）
明・祝允明撰『祝氏志怪録』（明・沈節甫撰『紀録彙篇』／蓬左文庫所蔵明刊本）
明・郎瑛撰『七修類稿』（歴代筆記叢刊、上海書店出版社、二〇〇一年）
明・闕名撰、于文藻点校『雲斎広録　鴦渚誌餘雪窗談異』（古小説叢刊、中華書局、一九九七年）
明・王同軌撰『耳談類増』（明清文言小説選刊、中州古籍出版社、一九九四年）
明・謝肇淛撰『五雑組』（歴代筆記叢刊、上海書店出版社、二〇〇一年）
明・謝肇淛撰『滇略』（景印文淵閣四庫全書本）
明・袁中道編『霞房捜異』（内閣文庫所蔵明刊本）
明・銭希言撰『獪園』（内閣文庫所蔵『松樞十九山』明刊本／同文庫所蔵清刊本）
清・黄虞稷撰『千頃堂書目』（景印文淵閣四庫全書本）
清・陸次雲撰『峒谿纖志』（叢書集成本）
清・呂熊撰、劉遠游・黄蓓薇標点『女仙外史』（中国古典小説研究資料叢書、上海古籍出版社、一九九一年）
清・李心衡撰『金川瑣記』（叢書集成本）
清・李調元撰『尾蔗叢談』（叢書集成本）

清・洪亮吉撰『洪北江詩文集』（四部叢刊本）
清・王椷撰『秋灯叢話』（内閣文庫本）
（伝）清・袁枚撰『怪異録』（『袁枚全集　捌』江蘇古籍出版社、一九九三年）
清・阮葵生撰『茶餘客話』（叢書集成本／清代筆記小説大観、上海古籍出版社、二〇〇七年）
清・屠紳撰『六合内外瑣言』（申報館仿聚珍版排印本／中国近代小説史料彙編、広文書局、一九七〇年）
清・里人何求編『閩都別記』（福建人民出版社、一九八七年）
清・兪樾撰、貞凡顧馨・徐敏霞点校『茶香室叢鈔』（学術筆記叢刊、中華書局、一九九五年）
清・葵愚道人撰『寄蝸残贅』（東京大学東洋文化研究所所蔵清刊本）
清・程麟撰『此中人語』（筆記小説大観本）
清・丁柔克撰、宋平生・顔国維等整理『柳弧』（清代史料筆記叢刊、中華書局、二〇〇二年）
小横香室主人『清朝野史大観』（中華書局、一九一五年、一九二一年第六刷／一九三六年中華書局本景印、上海書店、一九八一年）
徐珂編『清稗類鈔』（上海商務印書館、一九一七年／中華書局、一九八四―一九八六年）
著者不詳『古今怪異集成』（一九一九年初版影印本、中国書店、一九九一年）
莊一払『古典戯曲存目彙考　上』（上海古籍出版社、一九八二年）
徐征等主編『全元曲　第四巻』（河北教育出版社、一九九八年）
趙山林「宋雑劇金院本劇目新探」（『南京師範大学学報［哲学社会科学版］』二〇〇一年第一期／『詩詞曲論集』華東師範大学中文系学術叢書、中華書局、二〇〇六年）
朝倉無声『見世物研究』（春陽堂、一九二八年／ちくま学芸文庫、筑摩書房、二〇〇二年）
太田辰夫・鳥居久靖訳『西遊記』全二冊（中国古典文学大系、平凡社、一九七一―一九七二年）
中野美代子訳『西遊記』全十冊（岩波文庫、岩波書店、一九七七―一九九八年、二〇〇五年）
澤田瑞穂「メタモルフォーシスと変鬼譚」（『昔話――研究と資料』第二号、一九七三年／『中国の民間信仰』工作舎、一九八二年）
澤田瑞穂「宋代の神呪信仰――『夷堅志』の説話を中心として」（『東方宗教』第五六号、一九八〇年／『修訂　中国の呪法』平河出

版社、一九九〇年修訂版）
中野美代子・武田雅哉『世紀末中国のかわら版　絵入新聞『点石斎画報』の世界』（福武書店、一九八九年／中公文庫、中央公論社、一九九九年改訂版）
中野美代子・武田雅哉編『中国怪談集』（河出文庫、河出書房新社、一九九二年）
松村昂「祝氏、怪を語る――『語怪』から『罪知録』へ」（『日本中国学会報』第五六集、二〇〇五年）
相田洋『橋と異人　境界の中国中世史』（研文出版、二〇〇九年）「境界としての宿屋――逆旅の怪」

【殺人祭鬼】

澤田瑞穂「殺人祭鬼」（『天理大学学報』第四三輯、一九六四年／『中国の民間信仰』工作舎、一九八二年）
澤田瑞穂「殺人祭鬼・証補」（『中文研究』第五号、一九六五年／『中国の民間信仰』工作舎、一九八二年）
河原正博「宋代の殺人祭鬼について」（『法政史学』第一九号、一九六七年）
宮崎市定「宋代における殺人祭鬼の習俗について」（『中国学誌』第七本民俗専号、一九七三年／『アジア史研究　第五』同朋舎出版、一九七八年／『宮崎市定全集　第一〇巻』岩波書店、一九九二年）
金井徳幸「宋代荊湖南北路における鬼の信仰について――殺人祭鬼の周辺」（『駒沢大学禅研究所年報』第五号、一九九四年）
金井徳幸「宋代における妖神信仰と『喫菜事魔』・『殺人祭鬼』再考」（『立正大学東洋史論集』第八号、一九九五年）
岡田充博「『殺人祭鬼』溯源」（『名古屋大学中国語学文学論集』第一八輯、二〇〇六年）
李敏昌「宋代東南地区的殺人祭鬼風俗」（『東南文化』1・2輯、一九九〇年）

4　その他

宋・王明清撰『投轄録』（景印文淵閣四庫全書本）
元・闕名撰『異聞総録』（叢書集成本）
著者不詳『古今怪異集成』（中国書店・一九一九年初版影印本、一九九一年）
泉鏡花「麦搗」（『鏡花全集　巻二七』岩波書店、一九七六年）
前嶋信次訳『アラビアン・ナイト　2』（東洋文庫、平凡社、一九八四年）

中務哲郎訳『イソップ寓話集』（岩波文庫、岩波書店、一九九九年）
鈴木満『昔話の東と西　比較口承文芸論考』（国書刊行会、二〇〇四年）
岡田充博「日本昔話「狼のまつ毛」の原話――『逸史』・『三国遺事』・インドの伝承をめぐって」（『新しい漢字漢文教育』第四六号、二〇〇八年）
岡田充博「睫毛と鏡――前世・来世の姿を見る呪宝」（『名古屋大学中国語学文学論集』第二三輯・今鷹眞先生喜寿記念号、二〇一一年）

おわりに

唐・封演撰、趙貞信校注『封氏聞見記校注』（中華書局、一九五八年）
芥川龍之介「酒虫」（『芥川龍之介全集　第一巻』岩波書店、一九七七年）
増子和男「唐代伝奇『陸顒伝』に関する一考察　上・中・下」（梅光女学院大学日本文学会『日本文学研究』第三三・三四・三六号、一九九八―二〇〇一年）
増子和男「唐代伝奇『陸顒伝』に関する一考察　―消麺虫来源再考―」（同誌第三五号、二〇〇〇年）
妹尾達彦「中華の分裂と再生」（『岩波講座　世界歴史・第九巻　中華の分裂と再生』岩波書店、一九九九年）

第四章　日本の変身譚のなかで

【章全体にわたる参考文献】

『古事類苑』（古事類苑刊行会・吉川弘文館、一九二七―一九三〇年、一九六九―一九七一年縮刷普及版第三版）
『日本古典文学大系』（岩波書店、一九六四―一九六八年）
『日本思想大系』（岩波書店、一九七〇―一九八二年）
『日本随筆大成』第一・二・三期（吉川弘文館、一九七四―一九七七年／新装版、二〇〇七年）

『日本古典集成』(新潮社、一九七六―一九八九年)
『新日本古典文学大系』(岩波書店、一九八九―二〇〇〇年)
『新編日本古典文学全集』(小学館、一九九四―二〇〇一年)
『国書総目録』(岩波書店、一九六三―一九七六年、一九八二年第三刷)
『日本古典文学大辞典』(岩波書店、一九八三―一九八六年)
中村禎里『日本人の動物観　―変身譚の歴史―』(海鳴社、一九八四年)
中村禎里『日本動物民俗誌』(海鳴社、一九八七年)
稲田浩二・小澤俊夫編『日本昔話通観・第二八巻　昔話タイプ・インデックス』(同朋舎出版、一九八八年)
稲田浩二編『日本昔話通観・研究篇1　日本昔話とモンゴロイド』(同朋舎出版、一九九三年)
稲田浩二編『日本昔話通観・研究篇2　日本昔話と古典』(同朋舎出版、一九九八年)
篠田知和基「人馬変身譚の東西」(『名古屋大学文学部研究論集』一〇六、一九九〇年)

一　日本の変身譚と変身変化観(「1　古代から近世に至る変身譚」「2　変身術」)

山口佳紀・神野志隆光校注、訳『古事記』(新編日本古典文学全集、小学館、一九九七年)
小島憲之他校注、訳『日本書紀』全三冊(新編日本古典文学全集、小学館、一九九四―一九九八年)
植垣節也校注、訳『風土記』(新編日本古典文学全集、小学館、一九九七年)
藤原継縄他撰、青木和夫他校注『続日本紀　第二冊』(新日本古典文学大系、岩波書店、一九九〇年)
作者不詳『信西古楽図』(覆刻日本古典全集、現代思潮社、一九七七年)
大江匡房撰、大曽根章介校注『本朝神仙伝』(日本思想大系『往生伝　法華験記』岩波書店、一九七四年)
大江匡房撰、大曽根章介校注「傀儡子記」(日本思想大系『古代政治社会思想』岩波書店、一九七九年)
山田孝雄他校注、訳『今昔物語集』全五冊(新日本古典文学大系、岩波書店、一九九三―一九九九年)
橘成季撰、西尾光一・小林保治校注『古今著聞集』全二冊(日本古典集成、新潮社、一九八三、一九八六年)

三木紀人他校注『宇治拾遺物語・古本説話集』（新日本古典文学大系、岩波書店、一九九〇年）
浅見和彦校注、訳『十訓抄』（新編日本古典文学全集、小学館、一九九七年）
住信撰『私聚百因縁集』（『大日本仏教全書　第一四八冊』名著普及会、一九八三年）
安居院作、貴志正造訳『神道集』（東洋文庫、平凡社一九六七年）
玄棟撰『三国伝記』（『大日本仏教全書　第一四八冊』名著普及会、一九八三年）
愚軒撰『義残後覚』（近藤瓶城編『史籍集覧　続　第七冊』近藤出版部、一九三〇年）
市古貞治校注『御伽草子』（日本古典文学大系、岩波書店、一九五八年）
浅井了意撰、松田修・渡辺守邦・花田富二夫校注『伽婢子』（新日本古典文学大系、岩波書店、二〇〇一年）
中山三柳撰『醍醐随筆』（続日本随筆大成・第一〇巻、吉川弘文館、一九八〇年、二〇〇七年）
撰者不詳、太刀川清校訂『諸国百物語』（『百物語怪談集成』叢書江戸文庫、国書刊行会、一九八七年）
山岡元隣撰、山岡元恕整理補筆、太刀川清校訂『古今百物語評判』（『続　百物語怪談集成』叢書江戸文庫、国書刊行会、一九九三年／『仮名草子集成　第二九巻』東京堂出版、二〇〇一年）
林義端撰『玉箒木』（『徳川文芸類聚　四』国書刊行会、一九一四年、一九八七年複印）
寒川辰清編、小島捨市註・宇野健一新注『近江輿地志略』（弘文堂書店、一九七六年）
並木正三撰『惟高親王魔術冠』（『歌舞伎台帳集成　第二〇巻』、勉誠社、一九九〇年）
柳原紀光撰『閑窓自語』（日本随筆大成・第二期八巻、吉川弘文館、一九九四年）
速見春曉斎撰『甲越軍記』（『帝国文庫　第一九編』博文館、一八九四年）
撰者不詳『切支丹宗門来朝実記』（『続々群書類従』第一二輯・宗教部二）
撰者不詳『南蛮寺興廃記』（『日本思想闘諍史料　第一〇巻』東方書院、一九三一年／名著刊行会、一九六九年複製版）
海老沢有道訳『南蛮寺興廃記・邪教大意・妙貞問答・破提宇子』（東洋文庫、平凡社、一九六四年）
王三慶・荘雅州・陳慶浩・内山知也主編『日本漢文小説叢刊　第一輯・第二冊』（台湾学生書局、二〇〇三年）
石川鴻斎撰、小倉斉・高柴慎治訳注『夜窗鬼談』（春風社、二〇〇三年）

池田一彦「石川鴻斎『夜窗鬼談』に係る二三の書誌的事項について」（『成城国文学論集』第二九輯、二〇〇四年）
ロバート・キャンベル他校注『明治編3　漢文小説集』（新日本古典文学大系、岩波書店、二〇〇五年）『夜窗鬼談』
撰者不詳『周易乾鑿度』（『緯書集成　上』上海古籍出版社、一九九四年）
唐・法琳撰『弁正論』（『大正新脩大蔵経』第五二巻・史伝部四）
唐・蘇鶚撰『杜陽雑編』（景印文淵閣四庫全書本）
明・羅貫中、馮夢龍撰『平妖伝』（上海古典文学出版社、一九五六年）
朝倉無声『見世物研究』（春陽堂、一九二八年／ちくま学芸文庫、筑摩書房、二〇〇〇年）
朝倉無声『見世物研究　姉妹編』（平凡社、一九九二年）
司馬遼太郎『果心居士の幻術』（新潮社、一九六一年／新潮文庫、一九六七年）「果心居士の幻術」「飛び加藤」
中村元『決定版　中村元選集　別巻2　東西文化の交流』（春秋社、一九六五年、一九九八年決定版）
下出積與『神仙思想』（吉川弘文館、一九六八年、一九九五年新装版）
ラフカディオ・ハーン著、平川祐弘編『怪談・奇談』（講談社学術文庫、講談社一九九〇年）
松田智弘『古代日本の道教受容と仙人』（岩田書院、一九九九年）
諏訪春雄『安倍晴明伝説』（筑摩新書、筑摩書房、二〇〇〇年）
泡坂妻夫『大江戸奇術考　手妻・からくり・見立ての世界』（平凡社新書、平凡社、二〇〇一年）
後小路薫「増訂　近世勧化本刊行略年表　一三〇〇点」
西田耕三「近世説話集　10の解説」
（以上二編、学燈社『国文学　解釈と鑑賞』二〇〇四年四月号〔第49巻5号〕「近世の仏教説話――勧化と説話の万華鏡」所載）
岡田充博「呑馬呑牛の術」（『横浜国大　国語研究』第二三号、二〇〇五年）
藤山新太郎『手妻のはなし　失われた日本の奇術』（新潮選書、新潮社、二〇〇九年）
荒俣宏『本朝幻想文学縁起』（工作舎、一九八五年／集英社文庫、集英社、一九九四年）
須永朝彦『日本幻想文学史』（白水社、一九九三年）

須永朝彦編訳『日本古典文学幻想コレクション』全三冊（国書刊行会、一九九五―一九九六年）

【付喪神】

撰者不詳『付喪神記』（『京都大学蔵　むろまちものがたり　第十巻』、臨川書店、二〇〇一年）
須永朝彦訳「付喪神記」（『書物の王国18　妖怪』国書刊行会、一九九九年）
花田清輝「画人伝」（『室町小説集』講談社、一九七三年／講談社文芸文庫、一九九〇年）
澁澤龍彦「付喪神」（『思考の紋章学』河出書房新社、一九七七年／河出文庫、二〇〇七年／『澁澤龍彦全集　第14巻』河出書房新社、一九九四年）
今野圓輔『日本怪談集　妖怪篇』（現代教養文庫、社会思想社、一九八一年／中公文庫、中央公論社、二〇〇四年）
小松和彦「器物の妖怪――付喪神をめぐって」（『憑霊信仰論』ありな書房、一九八四年／講談社学術文庫、講談社、一九九四年）
田中貴子「『付喪神記』と中国文献――「器物の怪」登場の背景をなすもの」（『和漢比較文学叢書第14巻　説話文学と漢文学』汲古書院、一九九四年）
田中貴子「捨てられたものの物語」（『百鬼夜行の見える都市』新曜社、一九九四年／ちくま学芸文庫、筑摩書房、二〇〇二年）

二　日本の変驢・変馬譚と「板橋三娘子」

1　「応報譚」系

景戒編、中田祝夫校注、訳『日本霊異記』（新編日本古典文学全集、小学館、一九九五年）
源信撰、石田瑞麿校注『往生要集』（日本思想大系、岩波書店、一九七〇年）
大江匡房・鎮源他撰、大曽根章介校注『往生伝　法華験記』（日本思想大系、岩波書店、一九七四年）
三善為康記、大曽根章介校注『拾遺往生伝』（日本思想大系『往生伝　法華験記』岩波書店、一九七四年）
馬淵和夫他校注、訳『今昔物語集』全四冊（新編日本古典文学全集、小学館、二〇〇二年）
山田孝雄他校注『今昔物語集』全五冊（新日本古典文学大系、岩波書店、一九九三―一九九九年）
平康頼撰、小泉弘校注『宝物集』（新日本古典文学大系、岩波書店、一九九三年）

鴨長明撰、簗瀬一雄訳注『発心集』(角川文庫、角川書店、一九七五年)
鴨長明撰、三木紀人校注『方丈記　発心集』(日本古典集成、新潮社、一九七六年)
三木紀人他校注『宇治拾遺物語　古本説話集』(新日本古典文学大系、岩波書店、一九九〇年)
小林保治・増古和子校注、訳『宇治拾遺物語』(新編日本古典文学全集、小学館、一九九六年)
源顕兼撰、川端善明・荒木浩校注『古事談　続古事談』(新日本古典文学大系、岩波書店、二〇〇五年)
慶政撰、小島孝之校注『閑居友』(新日本古典文学大系、岩波書店、九九三年)
浅見和彦校注、訳『十訓抄』(新編日本古典文学全集、小学館、一九九七年)
橘成季撰、西尾光一・小林保治校注『古今著聞集』全二冊(日本古典集成、新潮社、一九八三、一九八六年)
住信撰『私聚百因縁集』(『大日本仏教全書　第一四八冊』名著普及会、一九八三年復刻版)
無住編、小島孝之校注、訳『沙石集』(新編日本古典文学全集、小学館、二〇〇一年)
(伝)西行撰、西尾光一校注『撰集抄』(岩波文庫、岩波書店、一九七〇年)
虎関師錬撰『元亨釈書』(『新訂増補国史大系　第三一巻』吉川弘文館、二〇〇二年)
玄棟撰『三国伝記』(『大日本仏教全書　第一四八冊』名著普及刊行会、一九八三年復刻版)
池上洵一校注『三国伝記　上』(三弥井書店、一九七六年)
鈴木正三撰『因果物語』(『假名草子集成　第四巻』東京堂出版、一九八三年)
中村某撰『奇異雑談集』(『假名草子集成　第二一巻』東京堂出版、一九八三年)
中江藤樹撰、加藤盛一校註『鑑草』(岩波文庫、岩波書店、一九三九年)
寺島良安撰『和漢三才図会　下』(東京美術、一九七〇年)
島田勇雄・竹島淳夫・樋口元巳訳注『和漢三才図会　第一〇冊』(東洋文庫、平凡社、一九八八年)
椋梨一雪撰・神谷養勇軒編『新著聞集』(田山花袋・柳田国男編校訂『近世奇談全集』続帝国文庫、博文館、一九〇三年/日本随筆大成・第二期第五巻、吉川弘文館、一九七四年、一九九四年新装版)
喜多村信節撰『嬉遊笑覧　第四冊』(日本随筆大成・第二期別巻、吉川弘文館、一九七九年、二〇〇七年新装版)

松谷みよ子『現代民話考5　死の知らせ　あの世へ行った話』（立風書房、一九八六年／ちくま文庫、筑摩書房、二〇〇三年）
小松和彦「輪廻転生譚をめぐって」（『過去世回帰』宝島社、一九九二年／『酒呑童子の首』せりか書房、一九九七年）
中島隆「因果物語」（『岩波講座日本文学と仏教　第二巻　因果』岩波書店、一九九四年）
堤邦彦「仏教と近世文学」（『岩波講座日本文学史　第八巻　17・18世紀の文学』岩波書店、一九九六年）
堤邦彦『江戸の怪異譚　地下水脈の系譜』（ぺりかん社、二〇〇四年）

【驢馬・馬】

小島憲之他校注、訳『万葉集　二』（新編日本古典文学全集、小学館、一九九五年）
小島憲之『上代日本文学と中国文学――出典論を中心とする比較文学的考察　中巻』（塙書房、一九六四年）
源順撰、京都大学文学部国語学国文学研究室編『諸本集成　倭名類聚抄』本文編・索引編（臨川書店、一九六八年）
宮崎安貞編録、貝原楽軒删補、土屋喬雄校訂『農業全書』（岩波文庫、岩波書店、一九三六年、一九七七年第七刷）
松浦静山撰、中村幸彦・中野三敏校訂『甲子夜話　第一冊』（東洋文庫、平凡社、一九七七年）
松浦静山撰、中村幸彦・中野三敏校訂『甲子夜話　続編第二冊』（東洋文庫、平凡社、一九七九年）
朝倉無声『見世物研究』（春陽堂、一九二八年／ちくま学芸文庫、筑摩書房、二〇〇〇年）
朝倉無声『観物画譜』（『日本庶民文化史料集成　第八巻　寄席・見世物』三一書房、一九七六年）
市川健夫『日本の馬と牛』（東京書籍、一九八一年）
塚本学『生類をめぐる政治　元禄のフォークロア』（平凡社、一九八三年／平凡社ライブラリー、一九九三年）
川添裕『江戸の見世物』（岩波新書、岩波書店、二〇〇〇年）
梶島孝雄『資料　日本動物史』（八坂書房、二〇〇二年）
芥川龍之介「杜子春」（『芥川龍之介全集　第四巻』岩波書店、一九七七年）

2　『出曜経』系

平康頼撰、小泉弘・山田昭全校注『宝物集』（新日本古典文学大系、岩波書店、一九九三年）
兜木正亨校注『日蓮文集』（岩波文庫、岩波書店、一九六八年、一九九二年）

岡本錬城編著『日蓮聖人の御手紙　真蹟対照現代語訳　第三巻・女性篇』（東方出版、一九九〇年）
中田祝夫・林義雄『古本下学集七種研究並びに総合索引』（風間書房、一九七一年）
撰者不詳『宝月童子』（『室町時代物語大成　第一二冊』角川書店、一九八四年）
並木千柳撰『並木正三一代噺』（『日本庶民文化史料集成　第六巻　歌舞伎』三一書房、一九七三年）
並木正三撰『嫗髪歌仙桜』（『歌舞伎台帳集成　第一六巻』勉誠社、一九八八年）
劉宋・求那跋陀羅訳『過去現在因果経』（『大正新脩大蔵経』第三巻・本縁部上）
梁・僧祐撰『釈迦譜』（『大正新脩大蔵経』第五〇巻・史伝部二）
和久博隆『仏教植物辞典』（国書刊行会、一九七九年）
水野弘元『南伝大蔵経総索引　縮刷版』（日本学術振興会、上冊一九五九年、下冊一九六〇年／東方出版、一九八六年）
坂田貞二・前田式子訳『インドの昔話　上』（春秋社、一九八三年）
今西実「奈良絵本『宝月童子』とその説話」（『ビブリア』第二一号、一九六二年）
田口和夫「共謀する下人――『人馬』の形成と説話」（『説話』五号、一九七四年／『狂言論考――説話からの形成とその展開』三弥井書店、一九七七年）
日野巌『動物妖怪譚　上』（有明書房、一九七九年／中公文庫、中央公論社、二〇〇六年）
今野圓輔『日本怪談集　妖怪篇　下』（社会思想社、一九八一年／中公文庫、中央公論社、二〇〇四年）
小松和彦「山姥をめぐって」（『憑霊信仰論』伝統と現代社、一九八二年／ありな書房、一九八四年／講談社学術文庫、講談社、一九九四年）
小松和彦「恐怖の存在としての女性像　化け物退治譚の深層」（『異人論』青土社、一九八五年／ちくま学芸文庫、筑摩書房、一九九五年）
宮田登「女と妖怪」（『現代思想』第一四巻九号、一九八六年／『ヒメの民俗学』青土社、一九九三年）
川村邦光「金太郎の母――山姥をめぐって」（田中雅一編『女神研究序論』平凡社、一九九八年）
橋本順光「『安達ヶ原一つ家伝説』の語り直しと山姥の変容」（金井淑子編著『ファミリー・トラブル』明石書店、二〇〇六年）

3　「カター」『千一夜』系

【アイヌの神話】

B. H. Chamberlain. Aino Folk-Tales. Publ. of the Folk-Lore Society: 53 London, 1888

大林太良編『世界の神話　万物の起源を読む』（ＮＨＫブックス、日本放送協会、一九七六年）

山田秀三『北海道の地名』（北海道新聞社、一九八四年、一九八八年第三版）

萱野茂『カムイユカラと昔話』（小学館、一九八八年）

井本英一『習俗の始原をたずねて』（法政大学出版局、一九九二年）

山田孝子『アイヌの世界観「ことば」から読む自然と宇宙』（講談社叢書メチエ、講談社、一九九四年）

工藤雅樹『蝦夷（えみし）の古代史』（平凡社新書、平凡社、二〇〇一年）

【「板橋三娘子」の系譜】

藤原佐世撰『日本国見在書目録』（『続群書類従』第三〇輯下・雑部）

小長谷恵吉『日本国見在書目録解説稿　附・同書目録、同書索引』（小宮山書店、一九五六年）

林羅山撰『恠談』『怪談全書』（『仮名草子集成　第一二巻』東京堂出版、一九九一年）

中村某撰『奇異雑談集』（『假名草子集成　第二一巻』東京堂出版、一九八三年）

三坂春編撰、高橋明彦校訂『老媼茶話』（『近世奇談集成　（一）』叢書江戸文庫、国書刊行会、一九九二年）

高古堂（小幡宗左衛門）撰、太刀川清校訂『新説百物語』（『続百物語怪談集成』叢書江戸文庫、国書刊行会、一九九三年）

小枝繁撰、横山邦治校注『催馬楽奇談』（新日本古典文学大系、岩波書店、一九九二年）

曲亭馬琴撰『殺生石後日怪談』（共隆社、一八八六年／『曲亭馬琴翁叢書』錦花堂、一八八九年　いずれも国会図書館所蔵本マイクロフィルム）

関亭伝笑撰『河内国姥火』（国会図書館所蔵文政刊本、マイクロフィルム）

田山花袋・柳田国男編校訂『近世奇談全集』（『続帝国文庫　第四七編』博文館、一九〇三年）

吉田幸一編『近世文芸資料３　近世怪異小説』（古典文庫、一九五五年）

田中允編『未刊謡曲集　第八冊』（古典文庫、一九六七年）「馬僧」
須永朝彦編訳『日本古典文学幻想コレクション』全三冊（国書刊行会、一九九五―一九九六年）
中村幸彦「林羅山の翻訳文学――『化女集』『狐媚鈔』を主として」（『文学研究』第六一輯、九州大学文学部、一九六三年／『中村幸彦著述集　第六巻　近世作家作品論』中央公論社、一九八二年）
木場貴俊「林羅山と怪異」（東アジア恠異学会編『怪異学の技法』臨川書店、二〇〇三年）

【旅人馬】【説話】

玉井敬泉『白山の伝説』（『白山文庫』第九輯、一九五八年、国会図書館所蔵本）
関敬吾編『秘められた世界』（毎日新聞社、一九六九年）
立石憲利『首のない影　賀島飛左の昔話・補遺篇その三』（自刊、一九八一年、国会図書館所蔵本）
稲田浩二・小澤俊夫責任編集『日本昔話通観』全二十九巻（同朋舎出版、一九七七―一九九〇年）
今野達「遊士権斎の回国と近世怪異譚」（『専修国文』第二四号、一九七九年／『今野達説話文学論集』勉誠出版、二〇〇八年）

【太平広記】

宋・王応麟撰『玉海』（景印文淵閣四庫全書本／江蘇古籍出版社・上海書店、一九八七年）
大江匡房口述・藤原実兼筆録、山根對助・後藤昭雄校注『江談抄』（新日本古典文学大系、岩波書店、一九九七年）
藤原孝範撰『明文抄』（『続群書類従』第三〇輯下・雑部）
虎関師錬撰『異制庭訓往来』（『群書類従』第九輯・消息部）
義堂周信撰、蔭木英雄訓注『訓注空華日用工夫略集　中世禅僧の生活と文学』（思文閣出版、一九八二年）
北静盧撰『梅園日記』（日本随筆大成・第三期第一二巻、吉川弘文館、一九七七年）
川口久雄「『本朝神仙伝』と神仙文学の流れ」（『国語と国文学』五一三号「本朝神仙伝と今昔物語集等について」、一九六六年／『西域の虎――平安朝比較文学論集』吉川弘文館、一九七四年）
遠藤光正『類書の伝来と明文抄の研究――軍記物語への影響』（あさま書房、一九八四年）
大曾根章介「平安時代の説話と中国文学」（『国文学研究資料館講演集6　日本文学と中国文学』一九八五年／『大曾根章介日本漢文

学論集　第三巻』汲古書院、一九九九年）
高橋昌明『酒呑童子の誕生　もうひとつの日本文化』（中公新書、中央公論社、一九九二年）
竺沙雅章「『太平広記』と宋代仏教史籍」（『汲古』第三〇号、一九九六年）
富永一登「『太平広記』の諸本について」（『広島大学文学部紀要』第五九巻、一九九九年）
周以量「日本における『太平広記』の流布と受容――近世以前の資料を中心に」（『和漢比較文学』第二六号、二〇〇一年）
張国風「《太平広記》在両宋的流伝」（『文献』二〇〇二年第四期／『《太平広記》版本考述』中華文史新刊、中華書局、二〇〇四年）

【「板橋三娘子」作家邦訳・翻案・童話等】

加藤鐵太郎「一読一驚　妖怪府」（尚成堂、一八八五年）
田中貢太郎『支那怪談全集』（博文館、一九三一年／桃源社、一九七〇年）
岡本綺堂『支那怪奇小説集』（サイレン社、一九三五年）
柴田宵曲『妖異博物館　続』（青蛙房、一九六三年／ちくま文庫、筑摩書房、二〇〇五年）
鈴木了三『中国奇談集』（現代教養文庫、社会思想社、一九七二年）
森銑三『瑠璃の壺　森銑三童話集』（三樹書房、一九八二年／『森銑三著作集　続編　第一六巻』中央公論社、一九九五年）
実吉達郎『中国妖怪人物事典』（講談社、一九九六年）
黒塚信一郎『ホラー超訳　日本怪異譚　血も凍りつくミステリー』（青春文庫、青春出版社、一九九六年）
平岩弓枝『道長の冒険』（新潮社、二〇〇三年）
今枝茂・青山捨夫『支那の童話　第二集　仙人と鶴・魔法の宿屋』（児童図書出版協会〈大連〉、一九二六年）
石井蓉年・小西重直『支那の童話』（課外読本学級文庫、ヨウネン社、一九二七年）
佐藤春夫『支那童話集』（日本児童文庫、アルス、一九二九年）
鹿島鳴秋『人間ろば――中国童話選』（文寿堂、一九四九年）
鹿島鳴秋『魔法のなしの木――中国昔話』（世界名作童話全集、講談社、一九五一年）
河野六郎・前野直彬・松原至大・松山納『中国・東南アジアの民話』（世界民話の旅、さ・え・ら書房、一九七〇年）

山室静『新編世界むかし話集8――中国・東アジア編』（現代教養文庫、社会思想社、一九七七年）
長谷川摂子・文、井上洋介・絵『ふしぎなやどや』（福音館書店、一九九〇年）
水木しげる『河童の三平　第2巻』（サンコミックス、朝日ソノラマ、一九七〇年）
長池とも子『崑崙の珠　六』（秋田書店、一九九七年）
岡野玲子『妖魅変成夜話　八』（平凡社、二〇〇三年）
千野明日香・衛藤和子編『日本語訳中国昔話解題目録：一九六八―一九九〇年』（中国民話の会、一九九二年）

4　その他

無住撰、小島孝之訳注『沙石集』（新編日本古典文学全集、小学館、二〇〇一年）
石川流舟撰『正直咄大鑑』（『近世文芸叢書　第六・笑話』国書刊行会、一九一一年）
撰者不詳『譚嚢』（『近世文芸叢書　第六・笑話』国書刊行会一九一一年）
小島貞二編『定本艶笑落語1　艶笑小説傑作選』（立風書房、一九八七年／ちくま文庫、筑摩書房、二〇〇一年）
内田百閒「尽頭子」（『内田百閒集成3　冥土』ちくま文庫、筑摩書房、二〇〇二年）
内田百閒「東京日記」（『内田百閒集成4　サラサーテの盤』ちくま文庫、筑摩書房、二〇〇三年）
埴谷雄高『闇の中の黒い馬』（河出書房新社、一九七〇年）
池田廣司・北原保雄『大蔵虎明本　狂言集の研究　本文篇上』（表現社、一九七二年）
田口和夫『狂言論考　説話からの形成とその展開』（三弥井選書、三弥井書店、一九七七年）
池田廣司「狂言台本の史的考察」（『東京教育大学文学部紀要　国文学漢文学論叢』第四集、一九五九年）
岡田充博「魔法の塗り薬」（『横浜国大　国語研究』第二五号、二〇〇七年）

【泉鏡花】

泉鏡花「高野聖」（『鏡花全集　第五巻』岩波書店、一九四〇年、一九七四年第二版）
長谷川覺「泉鏡花蔵書目録」（『鏡花全集　第三巻』「月報」第14号、岩波書店、一九四一年）
横山達三（健堂）『趣味と人物』（中央書院、一九一四年）

松原純一「鏡花文学と民間伝承と――近代文学の民俗学的研究への一つの試み」（『相模女子大学紀要』第一四・一六号、一九六三年）
横山邦治「『高野聖』（泉鏡花作）の「三娘子」原拠説につきての雑説」（『近世文芸稿』第二一巻、一九七六年）
村松定孝編著『泉鏡花事典』（有精堂、一九八二年）
手塚昌行『泉鏡花とその周辺』（武蔵野書房、一九八九年）
東郷克美編『日本文学研究資料新集12　泉鏡花・美と幻想』（有精堂、一九九一年）

附論1　『出曜経』遮羅婆羅草・『毘奈耶雑事』遊方の故事とその類話（第一章の参考文献に掲げたものを除く。）

シーフネル著・吉田公平訳『西蔵伝承印度民話集』（日新書院、一九四三年）
鈴木力衛・那須辰造・田中晴美訳『世界民話の旅2　フランス・南欧の民話』（さ・え・ら書房、一九七〇年）
ディーン・S・ファンスラー著、サミュエル淑子訳『アジアの民話7　フィリピンの民話』（大日本絵画巧芸美術、一九七九年）
稲田浩二編『世界昔話ハンドブック』（三省堂、二〇〇四年）
馬場英子・瀬田充子・千野明日香訳『中国昔話集　2』（東洋文庫、平凡社、二〇〇七年）

附論2　「板橋三娘子」校勘記

宋・李昉等編『太平広記』（中華書局、一九六一年新版／芸文印書館影印文友堂談愷本、一九七〇年／内閣文庫所蔵明許自昌本／新興書局影印黄晟校刊本、一九六九年／景印文苑閣四庫全書本／筆記小説大観本／掃葉山房石印本）
厳一萍『太平広記校勘記』（芸文印書館、一九七〇年）
明・陸楫撰『古今説海』（内閣文庫所蔵明刊本／景印文苑閣四庫全書本／上海文芸出版社影印清刊本、一九八九年）
明・馮夢龍編『太平広記鈔』（魏同賢主編『馮夢龍全集　31』上海古籍出版社、一九九三年／魏同賢主編『馮夢龍全集　第八・九巻』江蘇古籍出版社、一九九三年）
明・馮夢龍編撰『古今譚概』（魏同賢主編『馮夢龍全集　40』上海古籍出版社、一九九三年／魏同賢主編『馮夢龍全集　第六巻』江

蘇古籍出版社、一九九三年）
明・王世貞編『艶異編五十一種』（蓬左文庫所蔵明刊本）
明・王世貞編『艶異編』（内閣文庫所蔵明刊本）
明・呉大震輯『広艶異編』（内閣文庫所蔵明刊本／続修四庫全書本）
明・袁中道編『霞房捜異』（内閣文庫所蔵明刊本）
清・陳世熙輯『唐人説薈』（東洋文庫所蔵清乾隆刊本）
清・陳世熙輯『唐人説薈（唐代叢書）』（東京大学東洋文化研究所所蔵清同治刊本）
清・陳世熙輯『唐人説薈（唐代叢書）』（東京大学東洋文化研究所所蔵民国石印本）
清・陳世熙輯『唐代叢書』（東京大学東洋文化研究所所蔵清光緒石印本）
清・王文誥・邵希曽輯『唐代叢書』（新興書局景印清嘉慶刊本、一九六八年）
清・馬俊良輯『龍威秘書』（東京大学東洋文化研究所所蔵清刊本）
張国風『《太平広記》版本考述』（中華文史新刊、中華書局、二〇〇四年）
秦川『中国古代文言小説総集研究』（上海世紀出版股份・上海古籍出版社、二〇〇六年）
李夢生『中国禁毀小説百話　増訂本』（上海古籍出版社、一九九四年、二〇〇六年増訂）
富永一登「『太平広記』の諸本について」（『広島大学文学部紀要』五九、一九九九年）
塩卓悟「国立公文書館蔵『太平広記』諸版本の所蔵系統」（『汲古』第五九号、二〇一一年）

附論3　古代ギリシアの変身観　ノート

ヘシオドス著、松平千秋訳『仕事と日』（岩波文庫、岩波書店、一九八六年）
ヘロドトス著、松平千秋訳『歴史　上』（岩波文庫、岩波書店、一九七一年）
田中美知太郎編『プラトン　Ⅰ・Ⅱ』（世界の名著、中央公論社、一九六六、一九六九年）『パイドン』『国家』
プラトン著、藤沢令夫訳『国家　下』（岩波文庫、岩波書店、一九七九年、二〇〇八年第四五刷改版）

アリストテレス著、島崎三郎訳『動物誌　下』（岩波文庫、岩波書店、一九九九年）
オウィディウス著、中村善也訳『変身物語　下』（岩波文庫、岩波書店、一九八四年）
澁澤龍彦『変身のロマン』（立風書房、一九七二年）「メタモルフォーシス考」
石上玄一郎『エジプトの死者の書　宗教思想の根元を探る』（人文書院、一九八〇年）
石上玄一郎『輪廻と転生　死後の世界の探求』（レクルス文庫、第三文明社、一九八一年）
中村善也・中務哲郎『ギリシア神話』（岩波ジュニア新書、岩波書店、一九八一年）
井本英一「輪廻の前史」（『大系　仏教と日本人4　因果と輪廻』春秋社、一九八六年／『輪廻の話――オリエント民俗誌』法政大学出版局、一九八九年）
浜岡剛「ギリシア思想における人間と動物」（加茂直樹・谷本光男編『環境思想を学ぶ人のために』世界思想社、一九九四年）
山内昶『もののけ　Ⅱ』（ものと人間の文化史、法政大学出版局、二〇〇四年）
ロバート・ガーランド著、山口拓夢訳「古代ギリシア人の死生観」（和光大学総合文化研究所編『死と来世の神話学』言叢社、二〇〇七年）
漢・高誘注『呂氏春秋』（四部叢刊本／諸子集成本）
晋・郭璞伝『山海経』（四部叢刊本）

岡田 充博（おかだ・みつひろ）

1946年愛知県生まれ。名古屋大学文学部卒，同大学院博士課程単位取得。横浜国立大学教育学部講師・助教授を経て，現在同大学教育人間科学部教授。博士（文学）。
共著に『中唐文学の視角』（創文社，1998年），最近の論文に「象の重さを量る話――『三国志』曹沖伝，教材としての可能性」（横浜国立大学『教育デザイン研究』第1号，2010年），「睫毛と鏡――前世・来世の姿を見る呪宝」（名古屋大学『中国語学文学論集』第23輯，2011年）などがある。

〔唐代小説「板橋三娘子」考〕　ISBN978-4-86285-127-7

2012年 2 月25日　第1刷印刷
2012年 2 月29日　第1刷発行

著　者　岡田充博
発行者　小山光夫
印刷者　藤原愛子

発行所　〒113-0033 東京都文京区本郷1-13-2
電話03(3814)6161振替00120-6-117170
http://www.chisen.co.jp
株式会社 知泉書館

Printed in Japan　印刷・製本／藤原印刷

人名索引

（近代以前，神名を含む）

・引用・紹介の作品や説話，あるいは史書の逸話に見える人名には，＊を施した。
・上記の人名でそれ以外の引用例がある場合は，（＊）とした。

ア行

アウグスティヌス　18,30,253,263
阿耆達長者*　427
秋元但馬守*　459
アクィナス，トマス・　327
浅井了意　392,406
アジュ・メルゲン*　74
飛鳥貞成*　420,421
アドニス*　549
アナイティス　34
アナクサゴラス　543
阿仏房　437
アブド・アッラーフ*　39,60,65,172
アプレイウス　11,15-18,29,30,211
安倍晴明*　400,407
アポロドーロス　15,320,395
アポロン　35
アマラダッタ王*　57
天之御中主神*（あめのみなかぬしのかみ）　388
アリステイデス　29
アリストテレス　543
アルクマイオン　543
アルゴス*　13
アルルン・ゴア*　66,67
安族（安足）国王*　436,437,450
あんならえん*　440,441
安禄山　170,175
伊尹*　212,552
イエス*　35,48
イオ*　17,542
生田中務*（——某）　406,410
活玉依毘売*（いくたまよりびめ）　386
韋荊　94
伊邪那岐*（いざなき）　388
伊邪那美*（いざなみ）　388
矣三*　312,313,325
矣二*　312,314,325,350
石川流舟　487
イシュタル　34
韋絢　130
韋斉休*　86
韋節　169,170
懿宗　84
イソップ　176,378
イナンナ　34
伊吹山の神*　387,394
韋浦*　184
尹吉甫*　221,234
イーシス*　16,142
上田秋成　3,236
雲居膺禅師*　165
禹*　200-202,204,212,215,216,293,314
于生*　296
歌麿　451
浦島子*　386
雲程*　344-346,362　→呉雲程
ヴィル，E・ド・　253,263
ヴェーターラ*　57
ヴェルダン，ミシェル・　253
衛侯*　235
エウリュロコス*　12,13
エヴァンテス　261
エオス*　51
慧皎　149
慧燈　431
閻王*　284　→閻魔
延喜法師＊　420,421
袁宏　227
閻四老*　282

偃師*　128
袁雙*　248
袁中道　110,351,529,540
炎帝*　203
袁枚　219, 233, 285, 296, 356, 357, 362, 375
閻魔*　285,551　→閻王
オウィディウス　15,328,545,548
王逸　212
王琰　159,228,267
王応麟　477
王嘉　215,317
王圻　296
王瓊*　138,143
王甲*　288
王という人物*　268
王五*　275,291
王済（王武子）*　107
王粲（王仲宣）*　107
王士禛　101,112,119,351
王士性　248,260,324
王昭君*　429
王處回*　138,139
王充　97,128,144,194,198,246
王仁裕　277
王瑞功　131
王世貞　94,110,158,529,539
王先謙　197
王泰*　367,368
王穉登　255
王仲宣（王粲）*　115
王定保　84
王鐵夫　325
王同軌　284,292,363
王武子（王済）*　115
王文誥　94,110,529,540
王褒　165
王僕*　150
王梵志　185
王明清　346,373
王瑤*　173
王瑤（同姓同名の別人）*　240
王用*　248
王棫　294,354,362
大江匡房　400,401,456,478
大江山仙娘子*　451
大物主神*　387
大宅世継　63
オシリス　544
織田信長　403,405
オデュッセウス*　12-14,26,28
お時*　443,444
小野小町*　442
小幡宗左衛門（高古堂）　461
お道*　443
お三輪*　442
オルフェウス　545

カ　行

介象*　149
解飛*　129,145
蒯武安*（かいぶあん）　180,241,242
懐宝　151
開明*　234,236,303
かうひらん*　441,442
華岳神*　184
何求　344
和凝　123
花玉婦人*　439,440
郝玉麟　324
郭憲　317
虢国夫人*（かくこくふじん）　298,299
覚忠義　416
郭璞　213,215,328,395
賈恵　284
何光遠　151
賈思勰　139
果心居士*　403,405,409,410
夏二娘*　295
カスパール*　320
賈仲明　361
葛洪　90, 114, 149, 150, 198, 204-206, 210,213,360
葛玄*　149
葛由*　143

河伯* 223
和邦額 287
伽梵達磨 359
神谷養勇軒 432
神産巣日神*（かむむすびのかみ） 388
何明遠* 156
和壎 123
鴨長明 417
カリュプソ* 12
闞駰 221
桓温* 381
韓鄂 139
桓公* 235
桓侯* 317
寒山 185
韓湘* 139,151
韓志和* 129,145
桓闡* 226,240
観世音菩薩（観音） 305,306,359,439
桓帝 109
干宝 136,144,194,195,198,200,224,
225,237,245,317,330,397
韓愈* 84,139,179
甘林 296
觀勒 399
ガウディー*, イザベル・, イソベル・
73,74,220
楽鈞 325
顔師古 125,135,137,184,201,210
顔之推 150,228
顔茂猷 292,431
紀昀 196,233,273
紀君祥 335,361
菊* 347,405
葵愚道人 199,362
鬼谷先生* 321
僖宗 85,86
徽宗 332,346
北静廬 477
喜多村信節 433
吉平* 400
及潤礎* 275,276,291
姜七* 276,291
姜修* 98
僑梵波提* 427
曲亭馬琴 406,462,479,480
許慎 234
許自昌 528,539
許仲元 324
キルケ* 11-16,26-29,32,44,50,51,55,
211,244,395
季和* 4,5,116-118,120,152,157,158,
160-163,168,171,177,178,180,530,
531,533-537 →趙季和
琴高* 120,237
金名汝利* 356
欽䲹* 217
義堂周信 455,456
義孚* 281
魏猛變* 129
牛哀* 210,255
牛僧孺 83,84,89,93
行蘊* 85
堯* 202
玉梅詞隠 297
空空児* 181
クシナダヒメ* 398
屈大均 308
瞿曇長者* 505
鳩摩羅什 61
瞿佑 284,411
孔穎達 198,307
鞍作得志* 398,399
クリシャー・ガウタミー* 514
愚軒 409
グナーディア 59,64,109,496
グラウコス* 320
景煥 139
桂万栄 123
計有功 122,146
啓* 48,147,150-152,200,201,210,212,
215,323,325,354,478,528
景戒 388,412,427
景行* 394
慶政 417
恵帝* 235

ケペス* 546,547
ケンタウロス* 256
乾隆帝* 356
羿* 201,202
倪彦忠* 279,283
ゲセル・ハーン 65-69,72-74,126,133,395,512
阮閲 122,146
元暉* 282,283,295
阮葵生 363
源信 415
玄奘 65,155,322,335,449 →三蔵法師
玄宗* 101,106,146,171
玄棟 422,427
ゲーテ 143
鼓* 217
向 →しょう
黄一正 324
孝王 120
衡王 274
耿煥 248
姮娥* 201,202
高季昌* 94
黄休復 255
公牛氏* 255
猴行者* 299-301,318
皇極天皇* 398
黄虞稷 363
高県君* 295
后羿* 214
孔彦璋* 282,295
高古堂（小幡宗左衛門） 461
孔子* 195,196,199,200,394
黄氏* 131 →孔明の妻
黄氏母* 222,223,225,237
侯志明 144,258
黄秀* 226,227,237
黄承彦* 132
公乗通* 281
黄震 324
黄晟 528,539
幸仙* 430
高祖 235
高宗 137
侯甸 296
功徳山* 144
黄万戸* 143
黄苗* 243
光武帝 108,320
皇甫氏 121,247
皇甫湜 84
弘法大師* 35,426
洪邁 84,238,259,279,323,331,334,362
孔明* 131,132 →諸葛孔明
孔明の妻* 131,132,148,338 →黄氏
黄瑜 308
高誘 213,215,255,317
公輸班*（魯班，魯般） 128
洪亮吉 351
鄺露 324
顧炎武 107,109
虎関師錬 420,455,478
胡璩 94
古狂生 232
胡煦 255
告須蒙* 404,405
顧祖禹 102
胡媚児* 89-91,97,461
胡樸安 363
惟高親王* 411
惟喬 442
惟仁 442
鯀* 202,204,215,216
根生* 226
呉雲程 344,345,362 →雲程
呉均 96
呉元泰 293
伍考之* 237,238
呉曽 146,153
呉大震 110,529
呉陳琰 287
ゴータマ・シッダルタ 52 →釈迦

サ 行

崔煒* 359

蔡羽　256
西行　112,430
崔紹*　95
崔忠献　402
崔韜*　247
崔導*　292
崔豹　235
サヴァ*　35
小枝繁（さえだしげる）　406,462
左慈*　154
貞成*　420,421
実忠*　430
サマンダル王*　38,39
三官神*　325
三小*　345
三蔵法師*　299,360　→玄奘
ザイード*　47,511
ザッド*　47,511
シェイクスピア　35
塩売長次郎*　406,410
重井*　462,463
子貢*　195
駟児*　313,325
市中散人祐佐　479
司馬相如　120
司馬正彝*　104
司馬遷　107,135
渋川清右衛門　396
島田清庵（壽問）*　405
シムハラ*　305,306
釈迦*　288,303,427,439,449
シャシャーンカヴァティー姫*　57
謝荘　215
謝肇淛　132,147,148,338,362,363
シャフルマーン王*　38,43,492
周客子*　381
周楫　296
周眕*　159,245,246
周震*　284,296
周循　363
周太朴*　344
周珽　278,281
周密　335
終無為*　88,95
周瑜　118
祝允明　337,361,364
粛宗　87,95
朱権　360
朱勝非　93
須達*　439
朱謀㙔　233
朱孟震　314
春澤*　420,421
俊民玉*　442
邵希曽　94,110
向栩*　108,109
向杲*　259
蔣恒*（蔣常）　122,123
昭公　202,215,307
鍾嗣成　335
笑笑生　284
章丞相*　373,376
蔣生　370,373,374,376
葉静能*　91,97,98
昭宗　85,86,151
商徳正*　294
蕭洞玄*　88,89,93,95,159,183
葉法善*　97
譙本*　248
聖武天皇　400,401
諸葛孔明　130
　諸葛武侯　131,338
　諸葛亮　131,132,147
支婁迦讖　268,288
子路*　195,196
新安道人*　362
沈括　324
審言*　277,278
岑参　142
秦楚材*　331,332,334,348
沈徳符　324
信徳丸*　432
申屠澄*　91,92,94,98,181,183,247,291
沈節甫　361
沈汾　127,138
沈約　225

ジャウハラ姫* 39,43
ジャヤヴァルマン七世 305
戎* 312,314,325,350
住信 430
壽問（島田清庵）* 404,405
ジュルラナール* 38
荀氏（荀某） 96,168
順帝 109
女娃* 203,204
聶隠娘* 181
嫦娥* 201,202,213-216
常羲* 214
鄭玄 394
襄公 221,235
上公* 277
上帝* 247,367,518
徐応秋 233,314,362
恕翁 403
徐慶 296
徐鉉 104,293,329,336
徐光* 136,137,150,330,331,362,401
如皎鹿* 294
女戸* 552
徐登* 150
仁海* 430
任昉 243,263,317,320
神武天皇 216
推古天皇 386,399,415,428
鄒弢（すうとう） 324
佐国*（すけくに） 430
スサノヲノミコト* 398
鈴木正三 392,396,423
瑞渓周鳳 478
斉王* 235,236
西王母* 34,201,202,256
斉己 62
青原 165
西施* 309,318
斉明天皇 428
西門慶* 284,285
石虎* 129,145,168
石生* 240
関亭伝笑 451,462,464
石梅道人* 362
戚夫人* 235
薛収* 94
薛偉* 3,229,231-233,236,238,350
薛漁思（薛渙思） 83-87, 89-95, 100, 101,133,164,175,180,183,186,271, 273,291,329,343,379,454
薛元敬* 94
薛震* 156,157
薛徳音* 94
薛道衡* 115
薛冥 236
薛用弱 240,247
銭泳 319
宣王 234
銭希言 284,296,336,362
顓頊*（せんぎょく） 212,217
宣饔母* 221,223,237
宣饔* 223-225
銭小小* 144
仙娘子* 464
宣鼎 317
千日尼 437,448,450
銭祐* 262
ゼウス* 51,542
ゼノン 543
善導 430
曹安 259,324
曹衍東 297
荘季裕 153
痩瞿答弥* 505,506
宗玄成 123
荘公 221
荘子 192,193,197,198,210,211,260
宋子賢* 410
宋士宗母* 221,222
宋士宗* 222,236
曹植 221,234
荘宗* 94
曹操* 102,154 →武帝
曾慥 184
宋定伯* 165-167,173
宋敏求 94

曽敏行　359
蘇鶚　406
則天武后*　156
ソクラテス　546
蘇仙公*　154
祖沖之　237,321
孫頠　87,94,95,530
孫皓*　223
孫光憲　84,281,296
孫悟空*　197,258,299,360
孫子荊*　115
孫二娘*　156
孫潜　528,539
孫楚*　107
孫甑生*　143
ソーマ・デーヴァ　56,59,63,496
臧懋循　291

タ　行

太陰夫人*　138
太閤秀吉*　403
大聖世尊*　427
太宗*　294
戴孚　184,247,255,314,376,381
平康頼　416,427,436,450
戴良*　107,115
高橋連東人*　414
高御産巣日神（たかみむすびのかみ）*　388
高安長者*　432
橘氏公*　443
橘成季*　391,417
楯四三平*　462
タレス　17
太郎助*　423
太郎介*　443,445
譚峭　255
弾子和尚（蛋子和尚）　409
第五倫*　237
大小*　344,345
ダフネ*　549
談愷　528,539
段玉裁　115
段君秀*　138
檀萃　114
団助*　462,463
段成式　95,96,138,139,151,248,270,321,328,375,449,524
智願上人*　418
竹勿山石道人　324　→屠紳
郗皇后（—氏）*　236,292
チャンダ・ケートウ*　57
趙雲*　352,353
張永欽　144,258
張果*　97,98,127
張楷*　108,109
張簡棲*　172
張華　244,317
趙季和*　4,36,116-118,153,157,158,161,163,165,167,168,170,171,182,186,349,350,496,530,537,538　→季和
張君房　146
張景雲　323
張悶蔵*　123
張鶱　107,135
晁公武　83
張衡　215
張高*　270
張泓　311
張鷟　115,122,156
張師正　295
張澍　131,132,147,259
趙汝适　37
張辞*　143
丁柔克　363
張生*　112,113,333
張青*　156
張誠*　332-334
趙善文*　293
張全*　366,367,374
趙泰*　266-268
趙達　149
張寵奴*　368
張潮　296

張読　127,171,230,379
張婆児*　368,369
趙彪詔　255
趙平*　150
張逢*　231,247
張勃　177
張本頭*　295
張耒　148
張驢児*　368
猪嘴道人*　346,347,362
褚人穫　131,147,296
沈　→シン
陳翰　184
陳輝文　259
陳貴*　295
陳継儒　255,317
鎮源　388
陳纂　292
陳寿　132
陳世熙　94,110,232,529
陳仙*　168
陳鱣　539
陳陶　185
陳斐*　455
陳武振*　321
通児　272,209
恒貞親王*　442,443
丁綖*　148
鄭馴*　184
鄭君*　217
鄭綮　146
鄭襲*　241
帝俊*　214
鄭肖匡　363
鄭處誨　127,146
帝女*　552
鄭鮮之*　150
鄭仲夔　284
程麟　157,160,314,341-343,350
鉄麻姑*　362
寺島良安　433
転輪王*　288
ティトノス*　51
ディオニュソス　545
杜宇*　236　→望帝
竇維鋈　223,410
東軒主人　259,311,324
陶宏景　206
董斯張　294
唐順之　324
陶潜（陶淵明）　223,245
陶宗儀　87,153
董卓*　102
董奉*　114
東方朔　125,317,321
滕明之*　283
東陽無疑　381
唐臨　268,281,415,427
徳川家光　456,479
徳川家康　423,456
徳宗　171
杜光庭　321
塗山氏*　200,201,212
杜子春*　89,93,95,114,159,160,179,238,350,426
杜七聖*　362,409
屠紳　312,313,324
杜台卿　213
飛び加藤*（鳶加藤，加藤段蔵）　408-410
杜甫　3,118,125
杜佑(*)　105,106,130,145
豊玉姫*　387,394
豊臣秀吉*　405,428　→太閤秀吉
鳥飼酔雅　98
鳥山石燕　479
トート　544
ドゥヴィル*，エマニュエル・　263
道綽　430
道世　237,268
獰瞪神*　332
獨脚神*　359
独孤遐叔*　165
度命真士*　146
ドリュオペ*　549
ドリュアデス　549
曇摩羅*　149,154,155

曇鸞　430

ナ　行

内記入道*　430
中江藤樹　431
中村某　424,457
中山三柳　403
並木正三　406,442-444,459
鳴神尼*　442
南極子*　360
二小*　345
ニスハイ*　66,67
日蓮　437,439,448,450,469
日達　431
如意*　221,235,523
ネクバハト*　512

ハ　行

裴鉶　181,359
裴沆*　375
裴松之　118,149
裴寂*　179,180,184
白元通*　270
八平次*　462,463
白居易　101,112,119,120,122,140,141
伯寄*　221,234
林義端　409
林羅山　444,456,478,479,494,497,539
→羅山
潘金蓮*　285
班固　107,108,135
范成大　131,324
樊夫人　360
范曄　107,150
范攄　122
梅庵*　404,405
枚乗　120
馬俊良　94,110,529
馬湘（馬湘自然）*　137,138
馬燧*　172
馬端臨　93
バドル・バーシム　32,38-44,49,65,77,153,161,163,172
ハマドリュアデス　549
馬烈道人*　464
萬周*　292
萬震　258
幡随意上人*　404
伴夢*　404
パトライのルキオス　29
パンフィレエ*　15,211
費忠*　247,262
畢沅　214
平賀源内　433
稟君*　245
白虎*　344-346,350,362,363,496
ピュルゴ*，ピエール・　253
苗生　259,465
平等王*　272,290
ビーマ・パラークラマ*　57,153,163
ピクス*　15
ピネウス*　328
ピュタゴラス　545,547
馮浩　122
馮拯*　284
馮夢龍　110,120,285,409,491,527-529,536,538,540
フォルテュナテュス*　33,34,503,521
フォーティス*　15,16
深草少将*　442
深山某*　473
普済　165,323
藤義丞*　433
藤原佐世　454
藤原惺窩　456
藤原孝範　455,477
筆坂城之介*　443-445
不動明王*　422
浮遊*　212
仏図澄*　149
仏念　61,268,524
武帝（漢武帝）　107,135,201,317,401
武帝（魏武帝）　102　→曹操
武帝（梁武帝）　236,292

文震亭　121,142
文帝*　107,115
プラトン　545,546,551
プリニウス　28,252,256,261
プルタルコス　256
ヘシオドス　543
ヘラ*　542
ヘルメイアス*　13
鼈霊（鼈冷，鼈令）*　233,234,236
ペトゥルス*　35
ベーター*，シュトゥッペ・　253
彭生*　221,235
彭世（彭姓の者）*　227,228
方以智　239
彭海秋*　369
宝月童子*　79,439-442,448,450
彭好古*　369
龐居士*（ほうこじ）　61,185,291,417
法護　268
方勺　284
宝唱　55,268
彭乗　324
彭世*　237
方相氏　260
法琳　394
蒲松齢　136,157,160,233,273,285,296,314,317,339,340,362
法顕　155,159
龐統　176
ホメロス　28,44,543
旁毎*　524-526
望鶴（山割玄海）*　443
茅君*　154
房玄齢　237
房千里　302,303,306
望帝*　221,233,234　→杜宇
穆王*　128,210
墨子(*)　128,202,218
穆宗　129
ボトム*　35
ポセイドン*　12
ポリュイドス*　320,521

マ　行

麻秋*　455
又五郎*　443,444
松浦静山　429,433
松永弾正*　403
麻婆*　138
マリク・ハッサン*　512
満月長者*　439,441
三坂春編　459
ミダス王*　35,63
道範（橘道範）*　408
水戸光圀　428
源顕兼　391,417
ミノタウロス*　256
宮崎安貞　415
妙空*　443,444,446
三善為康　430
ミロオ*　15
ミーノース*　320
椋梨一雪　432
椋の家長の公*　412
無住　391,419,420,485,486
紫の方*　464
ムリガーンカダッタ*　57,59,60,63,77
名称長者*　505
明宗　86,94
メルクリウス　28
孟詵　140

ヤ　行

八雲皇子　442,443
柳原紀光　410
山岡元恕　411
山幸彦*　386
ヤマトタケルノミコト（日本武尊）*　387,394
山上憶良　428
山割玄海（望鶴）*　443
ヤマ　446,551
兪一公*　283

猷山石髄　431
遊方*　34,47,62,76,320,501,505,506,522
兪樾　199,249,293,354
兪元*　295
庾宏*　294
庾氏*　173
庾信　115
葉　→　しょう
楊貴妃*　298,299,318
楊衒之　137,149
楊収*　84
楊松玢　247
楊慎　324
楊時偉　132,147,338
楊循吉　148
陽成院*　401
煬帝　101
慵訥居士　297
楊鑣*　84,85
揚雄　234-236
慶滋保胤（よししげのやすたね）*　430
ヨナタン*　23,62,509
ヨハネス*　320

ラ　行

来歙　108
羅含　294
落月堂操巵　295
ラケシス*　551
羅山　456,457,464,478,479　→林羅山
羅浮先生*　406
欒巴*　154,240,360
ライストリュゴネス*　12
ラー　544
ラープ*　32,39,40,42,44,48-51,58-60,65,77,163,172,211,244
李娃*　113,373,505
李隠　298
李延寿　237
陸運　62
陸游　87
李詡　95
陸翽　129
陸顒*　379-382
陸粲　314
陸次雲　348
陸容　324,363
李京　259
李慶辰　296
李賢　108
李巘*　362
李調元　323,324,362
李広利　115
李商隠　101,119,120,122,202
李相公*　375
李信*　270,290
李心衡　324,351
李慈徳*　144
李淳風　208,258
李冗　258,352
李靖*　184
李石　306
李善　215
李宗古*　283
李知微*　183
李徴　3,92,230-233,238,250,291,350
李肇　179
李著明　274,291
李徳裕　84
李道人*　362
李白　3,120,146,280
李玫　112
李復言　84,89,229,231,247,270
李福*　332
李勉　101
李昉　83,528
劉安*　218
劉禹錫　122
劉寛　62
劉向　150,360
劉義慶　107,148,168,228,266,267,294
劉敬叔　150,225,317
劉献廷　324
劉公信*　123

劉崑　309
劉琨*　368
劉三復*　296
劉指揮*　296
劉自然*　281
劉昌裔*　181
柳祥　255,292,366
劉氏*　381
劉政*　149,154,209
劉全*　294
柳宗元　114
劉知幾　234
劉珍　108
劉幡*　321
劉斧　295
劉別駕*　377
梁恭辰　297
梁鍠　146
呂后*　221,235
呂伯奢*　102
呂不韋　212,317
林希逸　198
林滋　146
林平*　443-445
ルキアノス　29,142
ルキウス　15,16,211,377
霊雲*　459
令狐生*　284
霊帝　109,222
酈食其（れきいき）　101
酈道元　150
煉銀道人*　362
郎瑛　363
郎士元*　95,172
郎餘令　270
盧杞*　138
盧求　241
盧弘正　122
盧思道*　115
盧従事（盧伝素）*　92,98,271,273,290
盧詢祖　142
盧肇　138,375
ロティス*　549
魯般（魯班，公輸班）　128,144,145
魯夫人*　235
呂熊　364

ワ　行

和　→か

人 名 索 引

（近現代）

ア 行

青木正児　151
青山定雄　112
青山捨夫　483
赤井益久　95
赤坂憲雄　264
赤塚忠　197,198,216
赤峯太郎　7
芥川龍之介　381,426
朝倉無声　365,366,401,407,429
朝倉治彦　411,431,433,478,479
阿部真司　394
荒井健　94,121,142,172,394
荒川正晴　174
荒木正純　73,220
荒俣宏　410
泡坂妻夫　408-410
アンテルム，リュト・シュマン・　45
アンデルソン　30
アーウィン，ロバート・　50
アールネ，アンティ・　33,142
家島彦一　65
池上俊一　251,263
池上洵一　422
池田修　48-50
池田一彦　409
池田廣司　490
池田美恵　547
石井蓉年　483
石川松太郎　478
石川鴻斎　409
石上玄一郎　220,544,545
石毛直道　151
石田幹之助　160
石田英一郎　213
石見清裕　160
Ispirescu　34
出石誠彦　213
泉鏡花　326,378,448,480,488,489,491
磯部彰　318
市川健夫　427
一柳廣孝　484
伊東一郎　261
伊藤進　260
伊藤正義　509
犬養道子　48
井上豊　206,218
井上洋介　475,484
今枝茂　483
今鷹眞　375
今西実　450
今村仁司　263
今村与志雄　80,93,95,98,111,112,144,173
井本英一　48,249,256,260-262,476,500
入谷仙介　214
入矢義高　159,184
岩城秀夫　147,148
岩瀬博　434
岩本裕　62-65,73,303,321
巌谷小波　143
イェンゼン，アードルフ・E・　49
ウィルキンソン，リチャード・H・　45
ウェルズ恵子　251
植木久行　121,184
上田信　254
上田信道　143
上田安敏　327
上村勝彦　64,176
ウォーカー，ジョン・　405
牛島巌　49
後小路薫　396
内田杉彦　45
内田百閒　490

内山知也　409
于文藻　348
梅村坦　75
宇山智彦　75
烏力吉雅爾　75
栄新江　175
エーバーハルト，ヴォルフラム・（艾伯華）　319,350,363,523
衛藤和子　484
榎一雄　97,134,137,139,149,150
海老沢有道　403-404,410
エリアーデ，ミルチャ・　49,249,252,261
エレングィリー，ローズマリ・　73,220
閻偉　80
袁珂　202,203,213-216
エンゲルス，フリードリッヒ・　34
袁行霈　93
遠藤光正　477
袁閭琨　111
王鍈　118
王英志　219,296,362,375
王学奇　118
王曉平　79
王三慶　409
汪紹楹　144,173,199,257
汪新森　347
王汝濤　111,118
王瑞功　131
王静竹　118
王青　145
王仲鏞　122
王文錦　105
王文宝　236
王夢鴎　84,93-95,111,125,165
王明　199,217,346,373
王勇　145
王立　79,150
王隆升　79,185
大島春子　30
大島廣志　481
大曽根章介　402
太田辰夫　299,318-319,334,360
大谷紗恵子　143
大立智砂子　551
大場正史　49
大林太良　49,322,328,452
大平健　36
大室幹雄　254,306
岡田英弘　75
岡田充博（拙稿）　220,263,296,360,491
岡野昌男　30
岡野玲子　484
岡部仁　262
岡部正孝　49
岡本綺堂　111,483
岡本麻美子　509
岡本錬城　450
尾形亀吉　149
小川国夫　490
小川環樹　109
荻野弘巳　508
奥野新太郎　111
小倉斉　409
小澤俊夫　33,35,47,142,410,426,433,446,508,510
尾島きみ枝　435
愛宕松男　47
越智重明　149
尾上兼英　111,184
小野忍　296
斧原孝守　151,525
小野泰博　260

カ　行

隗芾　184
カイヨワ，ロジェ・　192
郭伯南　148
郭郛　213
蔭木英雄　478
影山悦子　176
笠原嘉　36
笠原美保子　484
鹿島鳴秋　484
梶島孝雄　415,428

何卓　279,295
加藤九祚　174
加藤盛一　431
加藤鐵太郎　483
加藤富貴子　220
金井淑子　451
金井徳幸　360
金関丈夫　95
金田鬼一　30,33
兜木正亨　450
カブレール，クロード・　256
カブール，クスム・クマリ・　63
鎌田重雄　149
神塚淑子　62,148
加茂儀一　45,106,428
加茂直樹　542
萱野茂　476
川合康三　238
川口久雄　478
川添裕　429
川野明正　323
河原正博　359
川村邦光　450
甘林　296
艾伯華　319　→エーバーハルト
賀学君　216
ガーランド，ロバート・　548
木越治　296
季羨林　159
北原保雄　490
木場貴俊　479
木村伸義　45
キャヴェンディッシュ，リチャード・　211
キャンベル，ロバート・　409
邱龐同　172
祁連休　319,350,363
金思燁　98
金心　368
金田一京介　477
魏鑑勛　111
牛志平　103
ギンズブルグ，カルロ・　327
瞿愷　65
楠山春樹　213
工藤雅樹　476
工藤佳治　173
久保儀明　47
クラウストン　20,26,32,506
栗原成郎　35
呉茂一　29
クレベール，ジャン・ポール・　45
黒田彰　234
黒田真美子　111
黒塚信一郎　483
桑原隲蔵　184
グリム，ヤーコプ・，ウィルヘルム・　33,326,363
グールド，セイバイン・ベアリング・　251,252,263
ケルレル，コンラッド・　45
厳一萍　528
厳耕望　112,116
厳沛　147
小泉弘　427,449
小泉八雲　451
黄永年　151
黄暁凱　148
高光　111
高国藩　258
侯志明　144,258
黄征　98
黄正建　113
項楚　98,185
幸田礼雅　256
侯忠義　93
河野六郎　484
降辺嘉措　68,73
胡起望　147
国分直一　45
小島瓔禮　321
小島孝之　417,485
小島貞二　491
小島信夫　490
小島憲之　428
コックスウェル，C・F・　71,513

小西重直　483
小西正捷　60
小林正美　219
胡樸安　363
駒田信二　111,483
小松和彦　397,416,430,432,450
小松久男　75
小南一郎　198,216
近藤春雄　80,111,238
今野圓輔　397,451
今野達　479
コッローディ，カルロ・　35
コーン，ノーマン・　74,327,328
呉偉　68,73
呉海鴻　80

サ　行

蔡毅　145
崔際銀　80
崔仁鶴　76,482,516,517
坂出祥伸　218
坂井弘紀　75
坂田貞二　449,515
櫻井龍彦　75,80,216
櫻井徳太郎　260
佐々木理　11,18,28-30,45,63,66,78,109
佐々木睦　160
笹崎龍雄　115
佐藤園子　484
佐藤春夫　483
佐藤正彰　47,49,50,171
佐藤泰正　238
実吉達郎　35,483
サミュエル淑子　518
澤崎久和　94,98,113,176,484
澤田瑞穂　61,79,98,139,148,151,160,217,248,259,260,267,271,273,277,278,288,290-295,297,312,314,316,319,323,324,326,329,341-343,358,359,361,363,365
塩卓悟　539
繁原央　151
篠田統　140
篠田知和基　19,32,35,79,251-253,263,395,490
柴田宵曲　38,48,50,80,483
司馬遼太郎　410
渋沢青花　71,513
澁澤龍彦　397,548
島岩　64
島崎三郎　543
島田勇雄　433
清水千香子　251
清水英之助　115
志村五郎　98,290
志村良治　318
下出積與　407
謝国楨　319
周以量　455,477
周叔迦　289
周双利　48,79,173
周祖謨　159,184
周明　215
朱菊如　347
朱金城　141
葉婉奇　185
鍾敬文　144
荘司格一　254,262
向達　140,151
鍾肇鵬　146
色音　69,74
白川静　212,213,215-217
沈偉麟　111
沈海波　213
秦川　539
申孟　296
シーフネル　514
ジェニングス，ゲリー・　220
竺沙雅章　477
徐珂　141,361
徐君慧　113
徐志平　212-217
徐震堮　115
徐征　291

徐正　361
徐徳明　319
ジロー，イヴ・　549
任継愈　146,218
任乃強　234
杉勇　46
杉田英明　50
杉本キクヱ　434
鈴木満　377
鈴木力衛　508
鈴木了三　111,483
須永朝彦　397,411,480
諏訪春雄　257,407,489
妹尾達彦　382
関敬吾　76,481,482,516
瀬田充子　523
薛恵琪　238
占驍勇　319
銭鍾書　95
千田九一　296
千野明日香　484,523
荘一払　335
荘雅州　409
相田洋　358
蘇晋仁　289
曽布川寛　176
孫冰　48,79,173
孫猛　93
ゾイナー，F・E・　45

タ　行

高木重朗　150
高木敏雄　7,63
高柴慎治　409
高田衛　480
高津春繁　29,142
高橋明彦　480
高橋宣勝　57,59,63,79
高橋宏幸　328
高橋昌明　455,477
高橋義人　329
田口和夫　405,449,480,487,490
竹内信夫　45
竹島淳夫　433
竹田晃　111,114,121,199,316
武田雅哉　364,365
竹山博英　327
太刀川清　98,411,480
立石憲利　481
田仲一成　142
田中於菟弥　176
田中克彦　75
田中貢太郎　110,483
田中貴子　397
田中淡　113
田中晴美　508
田中雅一　450
田中美知太郎　546
田辺繁子　260
谷川健一　200,394
谷川道雄　94
谷口幸男　262
谷本光男　542
玉井敬泉　473
田山花袋　432,480
譚其驤　112
聶光広　147
チェルニー，J・　45
チェンバレン，B・H・　452,476
中鉢雅量　236
張永欽　144,258
張月中　291
張鴻勛　80
張国風　477,539
張采田　122
趙山林　335
張志哲　217,218
張友鶴　291,361
張涌泉　98
沈　→しん
陳慶紀　79
陳慶浩　409
陳崗龍　69,74
陳洪　80
陳国軍　319,539

陳登原　149
陳文新　319
塚本学　433
辻直四郎　63
土屋喬雄　428
堤邦彦　61,424,431,432
角田一郎　145
露の五郎　491
鶴藤慶忠　151
程毅中　93,95
丁玉琤　111
鄭肖厓　363
丁乃通　319,350,363
鄭晩晴　148
翟建波　293
手代木公助　375
手塚昌行　492
ディズニー，ウォルト・　143
デュカス，ポール・　143
デュル，ハンス・ペーター・　262,263
田廷柱　144
董暁萍　147
鄧啓耀　323
鄧中龍　122
東郷克美　492
唐楚臣　325
富樫瓔子　263
栂正行　211
戸倉英美　199,238,239,254,316
富永一登　236,238,477,538
トムソン，スティス・　33,142,507,509,510
豊島与志雄　49,171
鳥居久靖　360
ドラリュ，ポール・　33,508-510

ナ　行

中島敦　3
中島長文　96
中島隆　432
中田祝夫　450
中務哲郎　378
中西進　145
中野美代子　28,191,197,213,254,261,360,364,541
中野三敏　429
中村善也　28,545
中村喬　140,158
中村禎里　385,413,433
中村元　404
中村幸彦　429,478,479
中村亮　492
長池とも子　484
長尾雅人　61
長沢和俊　159,322
永野藤夫　509
那須辰造　508
奈良行博　184
那波利貞　145
仁井田陞　176
西尾哲夫　49
西田耕三　396
西村康彦　145,160
西脇隆夫　75
ニノー，ジャン・ド・　263
布目潮渢　173
ノイマン，エリッヒ・　27,36,49
野口鐵郎　219
延広真治　429
野村純一　481

ハ　行

橋本芳恵　435
橋本順光　451
長谷川覺　491
長谷川摂子　475,484
ハッダウィー，フセイン・　50
服部克彦　149
花田清輝　397
埴谷雄高　490
羽田明　170,174,176
浜岡剛　542
濱一衛　145,149
林義雄　450

林祥子　63
原研二　262
原田行造　479
原田淑人　97
原道生　480
原実　64
范寧　237,257
ハーン，ラフカディオ　65-69，71-74，76,126,133,395,409,451,512,513
バスク　32,75
馬清福　111
バッジ，E・A・ウォーリス　220
馬場英子　523
バートン，リチャード・H・　42,49
樋口大介　49
樋口元巳　433
日野巌　451
日野開三郎　102,113
平岩弓枝　475,484
平川祐弘　409
繆啓愉　150,152
繆桂龍　150,152
ビュルストローム，C・G・　508
平等通照　321,322
ファンスラー，ディーン・S・　518
深沢秋男　433,478,479
府川源一郎　484
福井和彦　262
福井康順　219
福島章　36
福嶋征純　262
福田素子　293
富士昭夫　478
藤代幸一　509
藤野岩友　147
藤山新太郎　407,408
藤善真澄　46,47
藤原覚一　151
フリース，アト・ド・　236
古田恵美子　484
フレイザー，ジェームス・ジョージ・151
フーリック，ロバート・ハンス・ファン・149
ブシュナク，イネア・——　47
ブーラ，アンリ・　42,43,49,508
方詩銘　288
星野紘　257
堀一郎　49
本田済　198,205,210
ボテロ，ジャン・　34

マ　行

前嶋信次　38,47,49,50,60
前田式子　449,515
前野直彬　111,238,484
増子和男　238,380
増尾伸一郎　7,32
町沢静雄　36
松浦武四郎　477
松浦友久　121,184
松枝茂夫　381
松崎治之　254
松島英子　34
松谷みよ子　434
松平千秋　28,260
松田英　73,220
松田和也　220
松田智弘　407
松原國師　29
松原至大　484
松原純一　480,491
松村昂　361
松本隆信　450
松本肇　238
松山納　484
マフディー，ムフシン・　50
マルドリュス　42,43,49,163
マレー，マーガレット・　322,327
万足卓　143
三笠宮崇仁　46
水木しげる　475,484
水谷真成　65,159
水野弘元　449
溝部良恵　80,111,118

御手洗勝　215
道端良秀　292
南方熊楠　6,7,11,20,32,33,53,61,62,78,339,479,501,502,504,507,526
三宅晶子　481
宮崎市定　359
宮田登　450
宮本常一　482
ミリアン，アシル・　33,508
村上四男　98
村川堅太郎　321
村崎恭子　476
村松定孝　491
ムルジェ，ミシェル・　263
森銑三　483
森博行　254
森部豊　174
護雅夫　75
森雅子　34
森三樹三郎　193,214,294
森安孝夫　174,176
森安太郎　215

ヤ　行

八木章好　111
ヤクボーフスキー　174
矢島文夫　45,46
矢内光一　329
柳清子　159
柳田国男　385,432,480
山内昶　551
山口拓夢　548
山崎元一　60,61,64,322
山下主一郎　45,236
山下正治　79,481
山田慶児　329
山田秀三　477
山田昭全　449
山田孝子　476
山田信夫　174
山主敏子　49
山之内正彦　144,324,365
山室静　484
山本通　74,327
山本節　236
葉　→しょう
楊金鼎　112
楊憲益　11,37,46,47,79,101,112,173
姚兆女　103
楊博文　46,47
横地優子　64
横山重　450
横山邦治　480
横山達三　491
吉川忠夫　280
吉田幸一　479
吉田春美　45
吉田豊　176
吉成薫　45
吉成美登里　45
吉野裕子　394
吉原公平　74,75
吉原高志　33
吉原素子　33
吉本千鶴子　36
余恕誠　122

ラ　行

来新夏　319
羅青　115
李永晨　146
李喬　145
陸昕　111
陸峻嶺　46
李剣国　80,86,87,93-95,112,144,199,215,234,242,257,259
李剣平　214
李之亮　306
李斌城　65
李敏昌　360
李平　111
李夢生　539
劉以煥　79,173
劉永濂　111

劉海瑛　80
劉開揚　142
劉学鍇　122
劉錫誠　236
劉錫蕃　259, 260
劉守華　38, 48, 79, 145, 174
李友華　257
リーチャヌ，アウロラ・　34
リーチャヌ，ステファン・　34, 476
ルルカー，マンフレード・　45
郎延芝　115
盧潤祥　111
魯迅　96, 232
ロッシーニ，ステファヌ・　45
ロビンス，ロッセル・ホープ・　220

ワ　行

若松寛　72, 73
ワカルパ　477
和久博隆　449
渡辺一夫　49
渡辺照宏　294
渡会好一　327

作品名索引

・頻出する「板橋三娘子」「三娘子」は省略した。

ア　行

「アイヌの楽園時代」　452,454
「赤扇と青扇」　517
「或唐人女ノ羊ニ生タルヲ知ラズシテ殺ス事」　430
「阿波国知願上人の乳母の尼　死後化生して馬となり…」　417
「安族国商人」　474
「生き針・死に針」　517,518,521
「鬻柑老人録」　347,348
「石橋ノ下ノ蛇ノ事」　430
「異事」　324
「泉の子ヨハネスと泉の子カスパール」　320
「韋斉休」　86
「韋薛輕高氏」　94
「異俗」　324
「飯綱の法」　450
「韋浦」　184
「以木易手足」　363
「伊犁紀事詩」　351
「陰魔羅鬼」　479
「ウェストカー・パピルスの小話」　37
「牛に化けたなまけ者」　76,516
「牛に化けた不精者」　71,76
「打ち出の小槌」　524,526
「馬僧」　464,480,481
「馬になる草」　446
「馬ノ真似スル僧ノ事」　431
「馬ノ報ノ事」　431
「馬ノ物言事」　431
「裏切られた夫」　46
「蘊都師」　85,94
「雲馬本生物語」　303,321
「ヴァラーハッサ・ジャータカ（雲馬本生物語）」　303,321
「衛女」　235
「エジプトの魔法使い」　142,143,147
「越中にて人馬になるに尊勝陀羅尼の奇特にてたすかりし事」　424
「越中」　433
NHK スペシャル　176
「閻四老」　282
「袁雙」　248
「王寰」　362
「王瓊」　138,143
「王甲」　288
「黄金驢馬」　18,28-30,45,66,78
「王様と猿」　176
「王様になった炭焼き人」　518
「王様の耳はロバの耳」　63
「王處回」　139
「王瑤」　173
「王瑤」（上記と同姓同名の別人）　240
「王用」　248
「嗚呼がましき人の事」　485
「御曹子島渡」　391
「孀髪歌仙桜」　406
「女鳴神」　444,450
「女名舅殺」　296
「温裴黜」　122

カ　行

「海王の娘ジュルラナールとその子バドル・バーシム王の物語」（「シャフルマーン王の子…」）　38
「解救薬毒」　324
「海中婦人」　302
「蒯武安」　180,241
「改變人形」　354
「傀儡吟」　146
「傀儡詩」　146
「傀儡子記」　401

「開蓮花法」 362
「華陰店嫗」 113
「化猿記」 295
「華岳霊姻」 184
「河間劉別駕」 377
「華岳神女」 184
「虢国夫人」 298
「賈恵子為驢」 284
「賢いウサギとライオン」 176
「過獅子林及樹人國」
「瓜子妖」 362
「果心居士の幻術」 410
「夏二娘」 295
「鍛冶屋と猿」 176
「化蝉」 235,236
「葛由」 143
「河南妖主」 144,176
「上出雲寺別当父ノ鯰ニ成タルヲ知ナガラ殺シ食フ事」 430
「何明遠」 156
「カメの餌になった汗の息子」 75,76
「迦羅越牛自説前身負一千銭三反作牛不了」 288
「唐模様」 326
「桓侯」 317
「邯鄲客舎歌」 142
「棺中驢馬」 296
「觀亭江神」 237
「観燈飛行」 314
「外国道人」 96
「画工為牛」 292
「画人伝」 397
「寄遠」 120
「聴耳と三つの呪宝」 517,518
「鬼谷先生」 321
「鬼谷に落て鬼となる」 411
「祈請して母の生所を知る」 419
「奇術士語」 410
「狐の嫁入り出生の男女」 98
「寄物陳思歌」 145
「峡口道士」 247,262
「姜修」 98
「吉利支丹打拂ひの事」 410
「巨卵」 285,491
「羇旅作」 145
「金現感虎」 98
「金香一枝」 285
「金水橋幻戯」 362
「金の卵を産む鵞鳥」 176
「金を吐く王子」 75,525
「牛皮蠱呪」 323
「牛皮蠱」 323
「御講般若経序」 62
「魚服記」 3,236
「国造りの神とフクロウ」 476
「句容佐史」 381
「キャベツろば」 22, 23, 26, 33, 34, 47, 62, 71, 77, 320, 326, 363, 449, 501, 506, 507, 509, 516, 521, 522
「クリシャー・ガウタミー」 514
「黒馬に新しい日を」 490
「頃刻開花法」 362
「継妻三変畜」 296
「荊州人」 247
「鶏娘子と異仙人」 484
「蹇償債」 274
「黔之驢」 114
「倪彦忠馬」 279,283
「逆旅客」 329,339,346,348
「以外術被盗食瓜語(外術を以て瓜を盗み食はるること)」 136,401
「幻戯」 362
「幻術」 111,352,361,362,403
「狗熊写字」 356,366,373,374
「交響詩『魔法使いの弟子』」 143
「高県君」 295
「黄氏母」 221,237
「黄秀」 237
「江州人」 236
「黄裳梅花」 362
「公乘通」 281
「更生斎詩」 351
「江西四省」 324
「更生論」 294
「廣東西人善造蠱」 324
「功徳山」 144

「黄万戸」　143
「黄苗」　243
「紅李子和白李子」　523
「古玩藏家」　363
「国王　鹿を狩りに山に入りて娘　師子に取られたる語」　322
「試みの岸」　490
「枯樹遇仙」　362
「呼天女」　365
「蠱毒」　306,307,314,324
「偸用子物作牛役之示異表縁（子の物を偸み用ゐ…）」　412
「胡媚児」　89,97,461
「こぶ取り」　524
「瘤取り」　526
「戸部令史妻」　314,316,326,327,329
「盗米作驢馬」　431
「惟高親王魔術冠』　411
「伍考之」　237,238

サ　行

「崔紹」　95
「再生爲牛」　292
「崔韜」　247
「崔導」　292
「サヴォア元老員の著名な二判決」　263
「做人極圓」　364
「鎖口法」　337,361
「実忠知牛語事」　430
「三衛」　123
「三官神」　325
「山月記」　3
「三娘子出よ」　483
「第22話　三娘子」　484
「三生」　285,296
「三世」　296
「三人兄弟の王様」　23,25,26,511
「三枚の蛇の葉」　320
「惨また惨！　ボール小僧の涙」　364
「『石榴の花』と『月の微笑』の物語」　38
「ザッドとザイード」　47,511
「示郭事」　430
「通四国辺地僧行不知所被打成馬語（四国の辺地を通る僧…）」　385
「四国の辺地を通る僧」　473
「屍語故事」　69,75
「死後　馬ト成」　431
「詩三百三首」（寒山）　185
「獅子と兎」　176
「紙人」　364
「喜地呼爾」　69,69,71,74,75
「シッディ・クール」　63,69,74,75,512,521,522,525
　「シッディ・キュール」　74
「実忠知牛語事」　430
「司馬正彝」　104
「蛇含草消木化金」　317
「シャフルマーン王の子バドル・バーシムとサマンダル王の娘の物語」（「海王の娘…」）　38
「シャライゴル征伐」　66,68,69,73
「酒狂」　293
「種萵苣」　125
「酒虫」　380-382
「種桃」　362
「種麦法」　362
「種梨」　136,362
「種栗法」　362
「周震変驢」　284,296
「周畛奴」　257
「唱歌犬」　356,357,365,366
「将軍，瑞雲たなびく牛を救う」　484
「蔣恒」　122
「向杲」　259
「葉司法妻」　259
「蔣秀才の冒険」　375
「章丞相」　373
「葉浄能詩」　98
「葉静能」　91,97,98
「蕭洞玄」　88,89,93,95,159,183
「商徳正羊」　294
「商人の息子たち」　76
「償負驢」　297
「葉法善」　97

「譙本」　248
「諸葛亮黄門求婚」　147
「食橘化蛇」　319
「尻鳴りべら」　517,518
『シルクロードの謎　隊商の民ソグド』（NHK スペシャル）　176
「新安道人」　362
「新鬼覓食」　148
「秦氏家牛」　292
「信西古楽図」　407
「秦楚材」　331,334,348
「震旦隋代人　得母成馬泣悲語第十七（震旦の隋の代の人）」　415
「震旦隋代人」　289,420,432
「信徳丸」　432
「申屠澄」　91,92,94,98,181,183,247,291
「自知三生」　296
「ジャンガル」　75
「獣皮を被る人」　249
「呪水」　324
「呪肉」　324
「聶隠娘」　181
「常娥」　202
「地羊鬼」　363
「徐光」　136,137,150,330,331,362,401
「如皎鹿母」　294
「上公」　277
「仁海夢其父死後為牛事」　430
「人形如毬」　354,357
「人虎伝」　3,92,232,236,238,254,291,350
「じんぞう」　47,511
「獅子と兎」　176
「盡頭子」　490
「水蓮の唄」　35
「崇文門のほとりの商人の母」　431
「佐国花を愛し　蝶と成る事」
「捨てられたものの物語」　397
「ストトントノス七つの秘宝」　484
「隋朝王氏女驢ト生ルル事」　427
斉王の后の話　→「化蝉」
「斉華門妓」　284
「石梅道人」　362
「薛収」　94
「薛震」　157
「薛偉」　3,229,231-233,236,238
「薛録事魚服証仙」　232,350
「西川座上聴金五雲唱歌」　185
「宣騫母」　221,237
「銭小小」　144
「銭塘于生三世事記」　296
「千日尼御返事」　437,448,450
「前業の報ひたる事」　420
「前生為猪」　296
「前生駅馬」　296
「僧迦羅五百の商人」　322
「僧義孚」　281
「宗玄成」　123
「送書使者」　183
「宋子賢」　410
「宋士宗母」　221
「僧審言」　277
「送孫頠」　95
「宋定伯」　165-167,173
「僧用涌湯之薪而与他作牛役之示奇表縁（僧の湯を涌す薪を用ちて他に与へ…）」　414
「祖円接待庵」　317
「即身即猫」　295
「外見変われど中身変わらず」　47,512
「蕎麦の餅」　483
「蕎麦餅」　483
「孫甑生」　143
「贈持法華経僧」　62
「造畜」　157,160,339-341,343,352,361,363,369

タ　行

「太陰夫人」　138
「太虚司法伝」　411
「宝手拭い」　426,433
「滝口道範　術を習ふこと」　408
「旅人牛」　470,482
「旅人馬」　5,32,55,57,71,72,79,102,

110, 350, 384, 390, 406, 446, 448, 454, 459, 461, 466, 471, 474, 481, 482, 489, 497, 501-504, 512, 516, 517, 522
「丹波の奥の郡に人を馬になして売し事」 407, 457
「大安寺別当ノ女ニ嫁スル男夢見ル事」 417
「大師の馬」 488, 491
「竹枝詞」 122
「畜生谷」 473, 489
「畜生づくり」 340
「畜生道」 390, 473, 474, 482, 489
「中婦織流黄」 142
「中部民」 352, 411
「張果」 97, 98, 127
「張簡棲」 172
「張冏蔵」 123
「張高」 270
「張辞」 143
「張生」 112, 333
「長生の道士」 406
「挑生法」 311, 323
「張全」 366
「趙善文」 293
「趙泰」 266, 268
「趙不易妻」 259
「張逢」 231, 247
「張本頭」 295
「猪嘴道人」 346, 362
「沈痾自哀文」 428
「陳貴殺牛」 295
「陳仙」 168
「陳斐」 455
「陳武振」 321
「ツォーパン」 76
「付喪神」 396, 397
「鄭馴」 184
「僦用寺息利酒不償死作牛役之償債縁（寺の息利の酒を…）」 414
「祭天狗法師擬男習此術語（天狗を祭る法師…）」 401
「店婦」 103, 113
「天宝選人」 247
「天問」 212, 215
「テーラパッタ・ジャータカ（油鉢本生物語）」 321
「東京日記」 490
「東市人」 270, 275
「倫節婦変驢」 294
「獞婦畜蠱」 324
「董奉」 114
「滕明之」 283
「吐金王子」 75
「杜子春」 89, 93, 95, 114, 159, 160, 350
杜子春 95, 179, 238, 426
「杜子春三入長安」 350
「杜子春」（芥川龍之介） 426
童話「杜子春」 426
「飛び加藤」 409, 410
「鳶と鼠」 403
「虎を生き返らせたバラモン」 176
「道士遮眼法」 362
「独角」 236
「独孤遐叔」 165
「土司変獣」 259, 324
「どろぼうの名人とその大先生」 410
「貪禽悪鳥論」（令禽悪鳥論） 234

ナ　行

「長い鼻」 33, 507
「七つの秘宝」 484
「西の京陰魔羅鬼の事」 479
「人形いきてはたらきし事」 461
「人形奇聞」 480
「人間ろば」 484
「にんげんろば」 484
「盗人と馬」 426, 481
「農夫と鬼」 76
「後の三娘子」 484

ハ　行

「裴沆」 375
「背嚢と帽子と角笛」 33
「白山の畜生谷」 482

「鼻が長く伸びた王女」　33
「鼻高扇」　517,518,520,524
「鼻長姫のおはなし」　508
「鼻の長いお嬢さん」　508
「母死生馬」　431
「母為女盗与父米死為草馬」　431
「母我子ノ米ヲ盗ミ驢馬ト生シ事」　431
「板橋記」　99,530
「板橋曉別」　119
「板橋三娘子の話」　318
「板橋店の三娘子」　484
「板橋路」　112,119,122
「板橋」　123,351,540
「返生香草」　317,321
「汗と貧乏人の息子に何がおきたか」　71,513
「煤郎母負債作驢」　292
「馬自然」　138
「費忠」　247,262
日爪発心　296
「人，馬と化する怪談」　433
「人を驢馬にする話」　483
「廟神化虎」　257
「苗生」　259
『ファンタジア』　143
『ファンタジア2000』　143
「風流具」　370,373,375,377,378
「普光寺僧」　282,283
「負債爲驢」　297
「二人兄弟の話」　37
「不動貴験事」　422
「婦変狸驢」　368
「魔法の品と不思議な果実」　33,508
「焚幻猴」　312,324-326,349
「無精者と呪宝」　517,518
「豚を飼う姉妹」　484
「文壇人国記」　491
「変鬼術」　324,351
「変化論」　195-198,200,224
「返魂摂鬼」　362
「変馬」　160,343,350,363
「変馬償所負」　284
「別賦」　215
「方禹冤」　293
「龐居士誤放来生債」　417
「放屁論」　433
「奉写法華経因供養顕母作女牛之因縁（法華経を写し奉りて供養することに因り…）」　414
「旁乣」　524-526
「某王子」　287
「彭海秋」　369
「房氏功烈」　324
「彭世」　237
「亡父夢に子に告げて借物返したる事」　420
「牧牛児」　255
「ホラーサンのシャフルマーン王の物語」　38,43,492

マ　行

「麻秋」　455
「魔女の馬勒」　32
「マタイ伝」　48
「魔の谷・入らず山」　482
「マハー・ヴァンサ」　322
「魔法」　488,491
「魔法使いの弟子」　143
「魔法使い夫婦」　76
「魔法弟子」　143
「魔法の品と不思議な薬草」　449,515,521
「魔法の鳥」　76
「魔法の宿屋」　483
「魔法の塗り薬」　220,263,491
「継子の訴え――継子と鳥型」　235
「マリク・ハッサン」　512
「魅室」　326
「妙厳寺の僧　馬となる」　432
「夢応の鯉魚」　3,236
「麦搗」　378
「夢想の馬ぐすり」　488
「ムリガーンカダッタ王子の物語」　57,59,60,63
「夢狼」　259
「冥報」　297

「孟密鬼術」　363
「木人賦」　146
「木馬」　510
「木邦」　348,352

ヤ　行

「薬師寺別当ノ事」　417
「夜行遊女」　328
「闇の中の黒い馬」　490
「兪一公」　283
「雪女」　451
「兪元」　295
「庾宏奴」　294
「油鉢本生物語」　321
「夢のハム工場」　484
「庸医変驢」　287
「妖怪篇」　199
「妖怪論」　196,225
「妖術論」　253,263
「陽羨鵞籠」　96
「陽成院御代滝口金使行語（陽成院の御代に滝口金の使に行くこと）」　401
「陽台虎精」　259
「楊柳枝」　122
「寄絵恋歌」　477
「ヨナタン」　23,62,509
「四十日祭」　48

ラ　行

「ライオンを再生した男達」　176
「来訪神らしき虎　［雲南省双柏県彝族の村を訪ねて］」　257
「騾得人身」　296
「羅浮先生」　406
「蘭人献上驢馬の事」　429
「李娃伝」　113,373,505
「陸顒」　380-382
「李氏虎首」　259
「李信」　270
「李徴」　230-233,238,250
「李慈徳」　144
「李靖」　184
「李宗古馬」　283
「李知微」　183
「李徴」　3,92,230
「李道人」　362
「理髪師の話」　377
「劉公信妻」　123
「劉指揮子三生事」　296
「劉自然」　281
「劉幡」　321
「劉老虎」　259
「梁武后」　236
「令禽悪鳥論」（貪禽悪鳥論）　221
「霊憲」　215
「令狐生冥夢録」　284
「茘枝少年」　336,362
「醴陵店主人」　332,334,348,359
「煉銀道人」　362
「臘月開花法」　362
「老尼死の後　橘の虫となる事」　430
「鹿活草」　321
「鹿啣草」　317,321
「六波羅寺幸仙橘木を愛する事」　430
「驢首王食雪山藥草得作人頭」　62
「盧従事」　92,98,271,273,290
「驢償債」　297
「驢償前生債」　297
「驢精六幺」　335
「驢大爺」　285
「ロバに変えられた旅人」　483
「ロバにされた三娘子」　483
「ロバになった旅人」　484
「驢馬になった人間」　11,18,29,30,78,109
「ロバになって働く魔女姉妹」　19,30
「ろばに変身させられた男」　35
「驢馬の耳」　63
「ロバの耳を持った王様」　63
「ろばの若様」　30,35
「驢皮記」　335,360
「ロブサガ・ラマ退治」　74,512

論文名索引

ア　行

「愛餅の説」　151
「愛餅余話」　151
「紅い呪術」　323
「『安達ヶ原一つ家伝説』の語り直しと山姥の変容」　451
「安禄山的種族与宗教信仰」　175
「石川鴻斎『夜窗鬼談』に係る二三の書誌的事項について」　409
「異人買宝譚私鈔」　160
「泉鏡花蔵書目録」　491,492
「彝族の虎トーテミズム習俗」　257
「《一千零一夜》与中国民間故事」　48,79,174
「因果物語」　432
「うぶめ鳥とポンティアナク」　329
「馬にされる話」　48,50,483
「亦幻亦奇　扑朔迷離——唐伝奇〈板橋三娘子〉与阿拉伯民間故事」　80
「黄金驢馬」　18,28-30,45,66,78
「狼男とその目撃者」　263
「女と妖怪」　450

カ　行

「回族文学的萌芽——唐宋回族民間文学」　80
「観物源流考」　407
「干宝『捜神記』の編纂」　198,237
「官本雑劇段数」　335
「画人伝」　397
「鬼索債」　293
「奇術士語」　410
「鬼討債説話の成立と展開——我が子が債鬼であることの発見」　293
「器物の妖怪——付喪神をめぐって」　199,397
「鬼卜」　293
「旧本《捜神記》偽目疑目弁証」　215
「境界としての宿屋——逆旅の怪」　358
「鏡花文学と民間伝承と——近代文学の民俗学的研究への一つの試み」　491
「狂言台本の史的考察」　490
「狂言『人馬』と説話——昔話と狂言　その２」　450,480
「恐怖の存在としての女性像——化け物退治譚の深層」　450
「共謀する下人——『人馬』の形成と説話」　449,490
「吉利支丹打拂ひの事」　410
「近世勧化本刊行略年表　一三〇〇点」　396
「近世説話集　10の解説」　396
「金太郎の母——山姥をめぐって」　450
「偽経《仏頂心陀羅尼経》的研究」　293
「ギリシア思想における人間と動物」　542
「逆旅の怪——中国・宿屋の社会史」　358
「工匠魔魅旧聞抄」　148
「『高野聖』（泉鏡花作）の「三娘子」原拠説につきての雑説」　480
「『高野聖』成立考」　492
「国立公文書館蔵『太平広記』諸版本の所蔵系統」　539
「胡人買宝譚補遺」　160
「胡人と宝の物語」　160
「古代ギリシア人の死生観」　548
「古代ギリシアの変身観」　200
「古代東西方“変形記”雛型比較并溯源」　79,173
「蠱薬与婚忌」　325
「鯀禹原始」　215
「鯀・禹と殷代銅盤の亀・龍図象」　216

「今昔物語の研究」（高木敏雄）　7
「今昔物語の研究」（南方熊楠）　6, 11, 20,32,53,62,78,479,502

サ　行

「西域の商胡，重価を以て宝物を求める話」　160
「殺人祭鬼」　359
「殺人祭鬼・証補」　359
「殺人祭鬼・再補」　365
「『殺人祭鬼』溯源」　360
「散楽の源流」　149
「散楽を中心とする東西文化の交流」　149
「三枚の蛇の葉——日本の落語から古代ギリシアまで」　321
「雑劇『崔府君断冤家債主』と討債鬼故事」　293
「シッディ・クール（1）～（5）」　74
「『シッディ・クール』と『屍語故事』（上）（下）」　75
「支那の説話と日本の昔話」　79,481
「『子不語』所収のある小説と『黄金の驢馬』の一挿話の似寄りについて」　377
「釈教劇叙録」　268,288,291
「祝氏　怪を語る——『語怪』から『罪知録』へ」　361
「『出曜経』遮羅婆羅草・『毘奈耶雑事』遊方の故事とその類話」　34, 47, 62, 76, 320
「償債と謫仙」　280,294
「《シルクロード》のウイグル人——ソグド商人とオルトク商人のあいだに」　176
「獣皮を被る人」　249
「嫦娥奔月神話初探」　213
「上代支那の日と月との説話について」　213
「『人化異類』故事従先秦神話至唐代伝奇之間的流転」　212,215
「人格変換と憑依体験」　260
「『人虎伝』の系譜——六朝化虎譚から唐代伝奇小説へ」　236
「『人虎伝』の系譜」　238
「人馬変身譚の東西」　32,79,395,490
「人狼月をめぐって」　261
「スラヴ人における人狼信仰」　261
「説餅——唐代長安飲食探索」　151
「説話の伝播と仏教経典——高木敏雄と南方熊楠の方法をめぐって」　7
「セリグマン・ベック氏共著『極東古ガラスの分析的研究』」　97
「宋雑劇金院本劇目新探」　335
「早食と點心」　140,158,172
「宋代荊湖南北路における鬼の信仰について——殺人祭鬼の周辺」　360
「宋代東南地区的殺人祭鬼風俗」　360
「宋代における殺人祭鬼の習俗について」　359
「宋代における妖神信仰と『喫菜事魔』・『殺人祭鬼』再考」　360
「宋代の殺人祭鬼について」　359
「宋代の神呪信仰——『夷堅志』の説話を中心として」　358
「ソグド人の移住集落と東方交易活動」　174
「ソグド人の東方活動」　174

タ　行

「《太平広記》在両宋的流伝」　477
「『太平広記』と宋代仏教史籍」　477
「『太平広記』の諸本について」　477,538
「旅人馬（話の履歴書昔話六十選，23）」　79
「大地の神話——鯀禹伝説原始」　216
「『大唐三蔵取経詩話』考」　318
「大唐三蔵取経詩話訳注」　318
「畜類償債譚」　53, 61, 98, 182, 183, 185, 268,271,277,288,297
「中華の分裂と再生」　382
「中国雑技小考」　149
「中国与阿拉伯民間故事比較」　79,174
「中国変身譚雑考——人虎伝の系譜について」　254
「中国老虎譚」　254

「挑生術小考」　323
「付喪神」　396,397
「『付喪神記』と中国文献――「器物の怪」登場の背景をなすもの」　397
「東西文化の交流」　174,176
「東西方文学中“人変驢”故事的類型」　80
「唐代河北地域におけるソグド系住民――開元寺三門楼石柱題名及び房山石経題記を中心に」　174
「唐代外貿由陸路向海路的転移」　65
「唐代小説の創作意図――『杜子春』を中心として」　238
「唐代小説〈板橋三娘子〉探析」　79,185
「唐代長安城考古紀略」　113
「唐代長安与西域文明」　151
「唐代伝奇に見える変身譚――『人虎伝』を中心として」　238
「唐代伝奇『陸顒伝』に関する一考察」　380
「唐代伝奇『陸顒伝』に関する一考察――消麺虫来源再考」　381
「唐代都市の住居の規模と算定基準」　113
「唐代における胡と仏教的世界地理」　174
「唐帝国とソグド人の交易活動」　174
「唐の傀儡戯とくぐつ」　145,149
「唐末期における中国・大食間のインド洋通商路」　65
「東洋古代ガラスの史的考察」　97
「『杜子春伝』憶説」　95
「杜子春系譜」　95
「『杜陽雑編』に見えたる韓志和」　145
「鳥を食うて王になった話」　32,78,507,526
「道教幻術母題与唐代小説」　79
「呑馬呑牛の術」　408,409

ナ　行

「奈良絵本『宝月童子』とその説話」　79,450
「成木責めと問樹と――日本と中国における果樹の予祝儀礼」　151
「日本における『太平広記』の流布と受容――近世以前の資料を中心に」　477
「日本昔話「狼のまつ毛」の原話――『逸史』・『三国遺事』・インドの伝承をめぐって」　375

ハ　行

「伯奇贅語――孝子伝図と孝子伝」　234
「林羅山と怪異」　479
「林羅山の翻訳文学――『化女集』『狐媚鈔』を主として」　478
「林羅山集附録」　478
「《板橋三娘子》与阿拉伯文学」　48，79，173
「『板橋三娘子』校勘記」　110
「板橋三娘子」（楊憲益）　11，28，37，46,79,173
「人を驢にする法術」　78,339
「飛龍衛士・韓志和」　145
「再び胡人採宝譚に就いて」　160
「仏教と近世文学」　432
「文壇人国記」　491
「平安時代の説話と中国文学」　478
「変身譚の変容――六朝志怪から『聊斎志異』まで」　238
「変身譚の変容」　239
「北朝隋唐粟特人之遷徙及其聚落」　175
「北朝隋唐粟特聚落的内部形態」　175
「『本朝神仙伝』と神仙文学の流れ」　478
「貌同神異　奪胎換骨――日本近代作家対志怪伝奇的新視角」　79
「卜思鬼術」　314

マ　行

「まじないと練り薬の宗教」　294
「睫毛と鏡――前世・来世の姿を見る呪宝」　375
「魔法の塗り薬」　220,263,491
「昔話の変身構造――旅人馬をめぐって」

63,79
「メタモルフォーシス考」　548
「メタモルフォーシスと変鬼譚」　79,248,259,312,341,300
「物に対する――両義性の世界」　210

ヤ　行

「山姥と金太郎」　451
「山姥をめぐって」　450
「遊士権斎の回国と近世怪異譚」　479
「雪女」　451
「ユーラシアの変身・変化思想」　256,476
「妖術をめぐる注目すべき諸問題」　263
「寄絵恋歌」　477
「四十日祭」　48

ラ　行

「来訪神らしき虎　〔雲南省双柏県彝族の村を訪ねて〕」　257
「李娃的“娃”」　113
「六朝隋唐時代における宗教の風景」　294
「六朝・唐代小説中の転生復讐譚――討債鬼故事の出現まで」　293
「黎軒・条支の幻人」（榎一雄）　97,134
榎論文　137,139,150
「『聊斎志異』「三生」本事小考」　296
「輪廻転生譚をめぐって」　432
「輪廻の前史」　544
「“驢眼看人”与“人眼看驢”――《金驢記》与《河東記・板橋三娘子》叙視覚之比較」　80

書名・雑誌名索引

ア　行

『愛知大学文学論叢』　318
『アイヌの世界観「ことば」から読む自然と宇宙』　476
『アウグスティヌス著作集』　30
『青木正児全集』　151
『赤塚忠著作集』　216
『悪魔学大全』　220
『アジア史研究』　359
『アジアの民話』　513,518
『新しい漢字漢文教育』　375
『あの世へ行った話・死の話・生まれかわり』（現代民話考）　435
　『死の知らせ　あの世へ行った話』　434
『安倍晴明伝説』　407
『アンコールとボロブドゥール』　322
『アンコール』　322
『アラビアン・ナイト』（『千一夜物語』も参照）　32,38,42-44,48,50,51,56,58-60,68,71-73,77,82,109,110,126,133,134,152,153,161,163,165,167,169,172,178,206,244,265,302,329,358,374,377,452,454,496
『アラビアンナイト』　489,490,492
　『アラビヤンナイト』　492
　カルカッタ第二版　42,43,48,49,59,377
　バートン英訳本　42,49
　マク・ノーテン版　42,48,49,178
　マルドリュス仏訳本　42,43,49,163
『アラビアン・ナイト』（前嶋・池田訳）　48,49
『アラビアン・ナイト　バートン版』（山主訳）　49
『アラビアンナイト――文明のはざまに生まれた物語』　49
『アラビアンナイト』（西尾哲夫著）　50
『アラビアン・ナイトの世界』　38,50
『アラブの民話』　47
『千夜一夜物語』　47
『アルフ・ライラ（千の夜）』　50
『異苑』　150,225,226,237,240
『池田彌三郎著作集』　329
『夷堅志』　84,87,238,259,279,282,283,293-295,311,317,323,331,348,358,359,362
『滙刻書目』　540
『石田英一郎全集』　213
『緯書集成』　394
『異人論』　450
『泉鏡花事典』　491
『泉鏡花とその周辺』　492
『泉鏡花・美と幻想』　492
『異制庭訓往来』　455,478
『医説』　323
『イソップ寓話集』　378
『一読一驚　妖怪府』　483
『逸史』　138,375
『異聞集』　184
『異聞総録』　367,369
『イメージ・シンボル事典』　236
『イラン研究』　48,261
『異林』　233,239
岩波講座世界歴史　113,174,176,382
岩波講座日本文学史　432
岩波講座日本文学と仏教　432
『岩波仏教辞典』　62
『因果物語』　392,396,423,424,431-433
『因果』（岩波講座日本文学と仏教）　432
『因果と輪廻』（大系　仏教と日本人）　544
『インドの説話』　64,73
『インドの昔話』　449

『印度仏教文学の研究』　321,322
『陰陽雑記』　396
『浮世草子怪談集』　296
『宇治拾遺物語』　391,395,408,417
『海のシルクロード史』　322
『内なる異性　アニムスとアニマ』　36
『雲笈七籤』　146,208
『雲渓友議』　122
『雲南志略』　259
『雲南通志』　324
『ヴォージュ民俗誌』　19
『影印宋磧砂版大蔵経』　62
『易』　193,194,198,238
『易鉤命決』　394,395
『エジプト神話シンボル事典』　45
『エジプトの神々』　45
『エジプトの死者の書　宗教思想の根元を探る』　544
『絵図希奇古怪』　296
『粤東筆記』　323,324
粤雅堂叢書　259
『粤東筆記』　323,324
『南越筆記』　323
『閲微草堂筆記』　196,233,259,273,275,291-293,319
『江戸の怪異譚』　424
『江戸の怪異譚　地下水脈の系譜』　61
『江戸の見世物』　429
『淮南子』　201, 202, 204, 210, 212-215, 255
『榎一雄著作集』　97,149
　『著作集』　97
『榎博士頌寿記念東洋史論叢』　149
『エピソード魔法の歴史――黒魔術と白魔術』　220
『蝦夷（えみし）の古代史』　476
『エリアーデ著作集』　261
『エリュトゥラー海案内記』　321
宛委山堂本（『説郛』）　295
『艶異編五十一種』　158,527,529
『艶異編』　94,110,527,539
『淵鑑類函』　126,255
『エンゲルス　社会・哲学論集』　34
『冤魂志』（別名『還冤記』『還冤志』）150,228
『艶笑小説傑作選』　491
『鴛渚誌餘雪窗談異』　347
『袁枚全集』　219,296,362,375
『黄金の驢馬』　11, 220, 377, 489, 490, 492,516
『黄金のろば』　18,29
『往生要集』　415
『報応記』（『金剛経報応記』）　241,242
『近江輿地志略』　410
『大江戸奇術考　手妻・からくり・見立ての世界』　408
『大鏡』　63
『狼男伝説』　251
『狼憑きと魔女　一七世紀フランスの悪魔学論争』　263
『大阪外国語大学学報』　249
『大曾根章介日本漢文学論集』　478
『大谷女子大国文』　254
『オデュッセイア』　11,12,14-16,26-29,32,37,44,55,62,244,543
『御伽草子』　391,396
『伽婢子』　392,396,406,411
『折口信夫を読み直す』　257
『嫗髪歌仙桜』　459
　『女鳴神』　444,450
『厭穢欣浄集』　289

カ　行

『戒庵老人漫筆』　95
『解頤録』　247
『解頤』　247
『怪異学の技法』　479
『怪異録』　362
『獪園』　284,296,336,361,362
『解釈』　492
『開篋』（『帰蔵啓篋』）　215
『海内十洲記』　317,321
『怪談・奇談』　409
『怪談全書』　444,456,459,464,479
『怪談乗合船』　296

『怪談』　451,456
『恠談』　479
『開天伝信記』　146
課外読本学級文庫　483
『下学集』　439,450
『鑑草』　431
『華国風味』　151
『過去現在因果経』　449
『過去世回帰』　430
『化書』　255,256
『河上楮談』　314
『家族，私有財産および国家の起源』　34
『カター・サリット・サーガラ』　36,50,56,58-60,62-65,68,69,71-73,77,78,82,109,110,126,133,134,152,161,163,165,167,178,206,265,302,329,358,452,454,496
『家畜系統史』　45
『家畜の歴史』　45
『家畜文化史』　45,106,428
『甲子夜話』　396,429,433
『括地図』　259,317
『河童の三平』　475
『括異志』　295
『河東記』　83-87,89,92-95,127,165,180,184,186,242,271,318,329,454,456,461
華東師範大学中文系学術叢書　360
仮名草子集成　431,433,478,479
歌舞伎台帳集成　411
『歌舞伎』（日本庶民文化史料集成）　450
『霞房捜異』　110,351,540
『神の国』　18-20,22,30,31,253
『カムイユカラと昔話』　476
『華陽国史』　234
『華陽国史校補図注』　234
『河内国姥火』　480
『還冤記』（『冤魂志』）　150
『還冤志』（『冤魂志』）　150
『鑑戒録』　151
『函海』　323
『環境思想を学ぶ人のために』　542
『漢魏叢書』　263
勧化本　396
『韓国昔話の研究　その理論とタイプインデックス』　76,482,517
『漢語大詞典』　153,365,375
『閑居友』　417
『寒山詩注』　185
『漢詩の事典』　121,184
『管涔子』　363
『漢書』　107,115,125,135,149
『管錐篇』　95
『勧善懲悪集』　431
『閑窓自語』　410
『神田喜一郎博士追悼　中国学論集』　314
『韓非子』　144
『観仏三昧海経』　96,97
『漢武帝別国洞冥記』　317
漢文小説集　409
『完訳　千一夜物語』　49,171
『完訳グリム童話集』　30,33
『外国文学研究』　48,79
『臥雲日件録』　478
『顔氏家訓』　150
『奇異雑談集』　407,424,425,431,433,457-459,464,471,479,497
『奇異雑談』（写本）　425,433
『寄蝸残贅』　199,362
『季刊自然と文化』　476
『季刊東西交渉』　97
『鬼趣談議』　293
『基礎ギリシア語文法』　142
『帰蔵啓筮』（『開筮』）　215
『帰蔵』　215
『汲古』　477,539
『九州中国学会報』　214
『旧雑譬喩経』　96
『嬉遊笑覧』　433
『狂言論考――説話からの形成とその展開』　449
『京都大学蔵　むろまちものがたり』　397
『郷土研究』　6,7,78
『経律異相』　55,62,145,268,288,321

『曲亭馬琴翁叢書』　480
『極東古ガラスの分析的研究』　97
『虚実雑談集』　403,409
『切支丹根元記』　403
『切支丹宗門来朝実記』　410
『吉利支丹文庫』　403
『紀録彙篇』　361
『金牛の鎖　中国財宝譚』　160
『金言類聚抄』　289
『金枝篇』　151
『琴清英』　235
『近世怪異小説』（近世奇談集成）　479
『近世奇談集成（一）』　480
『近世奇談全集』　432,480
『近世作家作品論』（中村幸彦著述集）　479
『近世の仏教説話——勧化と説話の万華鏡』　396
『近世文芸稿』　480
近世文芸資料　479
『近世文芸叢書』　490,491
『金川瑣記』　324,351
『近代百物語』　98
『金瓶梅詞話』　284
『金瓶梅』　491
『金驢篇』　11
『疑獄集』　123
『義残後覚』　409
『鄴中記』　129,145,148
『玉策記』　198
『玉芝堂談薈』　233,239,314,362
『玉燭宝典』　213
『玉女隠微』　218
『玉海』　477
『玉渓生詩集箋注』　122
『玉渓生年譜会箋』　122
『玉堂間話』　277
『ギリシア神話』（アポロドーロス著）　15,29,320,395
『ギリシア神話』（呉茂一著）　51
『ギリシア神話』（中村善也・中務哲郎著）　542
『ギリシア・ローマ神話』　63
『空華日用工夫略集』　455,478
『旧唐書』　94, 101, 136, 150, 169, 170, 179,184
『首のない影　賀島飛左の昔話・補遺篇その三』　481
『廓喇・艶喇集成　露の五郎（二）』　491
『虞初新志』　296
『訓注空華日用工夫略集　中世禅僧の生活と文学』　478
『虞初新志』　296
『弘明集・広弘明集』（大乗仏典　中国・日本編）　294
『グリム童話集』　22,33,35,62,320,410,501,506,507
　『グリム童話』　26,385
　『初版グリム童話集』　33
『グレート・マザー　無意識の女性像の現象学』　36
　『グレート・マザー』　27,49
『郡斎読書志』　83,86,87,93
　袁本　93
　衢本　93
『群書類従』　478
『続群書類従』　477
『続々群書類従』　410
『桂海虞衡志』　131,132,147,324
『桂海虞衡志校注』　147
『儆戒録』　278,281
『稽神録　括異志』　295,358
『稽神録』　104,293,329,336,339
「経文検索」　449
『京房易占』　198
『鶏肋編』　153
『格薩爾王全伝』　68,73
『ケサル王伝』　68,73
『《格薩爾》初探』　73
『研究年報』　160
『堅瓠集』　131,147,296
『建築雑誌』　113
『芸文類聚』　173,198,214,215,221
『ゲスタ・ロマノールム』　23, 33, 62, 509,521
『ゲセル・ハーン物語　モンゴル英雄叙事

詩』　72
『ゲセル・ハーン物語』　65,66,68,69,
73,74,126,133,395,512
『月刊しにか』　184
『月刊百科』　294
『幻異志』　87,94,530
『玄怪録』　84,89,95
『玄怪録　続玄怪録』　95
『原化記』　121,247
『元曲選』　291
『元亨釈書』　396,420
現代民話考　434,435
『玄中記』　213,317,328
『玄圃山霊彼秘籙』　209
元明史料筆記叢書　260
『広異記・玄怪録・宣室志　他』　80,111
『広異記』　184,247,255,314,376
『孔偉七引』　150
『幸運の空飛ぶ帽子　麗しのマゲローナ』
509
『甲越軍記』　409,410
『広艶異編』　110,529,540
『曠園雑志』　287
『香艶叢書』　256
『行業神崇拝　中国民衆造神運動研究』
145
『広弘明集』　62
『考古』　113
『広古今五行記』　223,410
『広志繹』　248,260,324
『孝子伝図の研究』　234
『黄氏日抄』　324
『庚巳編』　314
『考史遊記』　184
『高僧伝』　149
『香祖筆記』　112
『江談抄』　456,478
『黄帝伝説　古代中国神話の研究』　215
『広東新語』　308,323
『広東通志』　324
『江表伝』　118
『神戸外大論叢』　318
『洪北江詩文集』　351
興亡の世界史　174
『高野聖』　448,480,488,490-492,498
『広陽雑記』　324
『高麗史』　402
『虎苑』　255
『湖海新聞夷堅続志』　257,292,368
『国学研究』　175
『国語』　202,203,215
『国語と国文学』　478
『国史旧聞』　149
『国史記』　184
『国史大系』　420
『国書総目録』　481
『国文学　解釈と鑑賞』　396
『国文学——鑑賞と教材の研究』　63,79
国文学研究資料館講演集　478
『国訳一切経』　61,62
『国立民族学博物館研究報告』　261
『試みの岸』　490
『古今怪異集成』　363,375
『古今説海』　99,110,125,165,232,400
『古今譚概』　110,527,538,540
『古今注』　235
『古今著聞集』　391,395,397,399,400
『古今図書集成』　126,255,295
『古今百物語評判』　411
『古史春秋』　216
『古小説簡目』　93
古小説叢刊　95,237,257,258,288,295,
348,358,368
『古事記』　216,385,387,393-395,398
『古事談』　391,395,417,430
『古事類苑』　407
『瞽女の語る昔話　杉本キクヱ媼昔話集』
434
古体小説叢刊　95,144
『古代インドの文明と社会』（世界の歴史）
60,322
『古代エジプト神々大百科』　45
『古代エジプトの魔術』　220
『古代エジプトの物語』　46
『古代オリエント集』　46
『諸蕃志』　37,46,47,302

『諸蕃志校釈』　46
『古代学』　216
『古代政治社会思想』　401
『古代中国の神々——古代伝説の研究』　215
『古代日本の道教受容と仙人』　407
『古代6』(岩波講座世界歴史)　174
『呉中故語』　148
『国家』　551
『古典戯曲存目彙考』　335
『古典小説漫話』　113
『湖北教育学院学報』　80
『古本下学集七種研究並びに総合索引』　450
古本小説集成　360
『古本説話集』　396,417,430,478
『駒沢大学禅研究所年報』　360
『惟高親王魔術冠』　411
『殺された女神』　49
『虎薈』　255
『金剛経』　241
『金剛経応報記』(『応報記』)　241
『今昔画図続百鬼』　479
『今昔物語集』　6, 7, 136, 289, 322, 388, 389, 391, 395-398, 401, 407, 415-417, 420, 425, 432, 433, 435, 471, 473, 474, 485, 493
『紺珠集』　93
『今野達説話文学論集』　480
『根本説一切有部毘奈耶雑事』　23,32,33, 320,501,505
『毘奈耶雑事』　26, 32, 34, 47, 62, 76, 77, 320, 501, 507, 509, 510, 512, 514, 516,517,521,522,524,525
『根本説一切有部毘奈耶』　321
『崑崙の珠』　484
『合類大因縁要文』　431
『後漢紀』　227
『後漢書』　107, 108, 150, 154, 184, 185, 237
『五行記』　248
『呉興備志』　294
『五雑組』　132,147,148,338,362
『呉中故語』　148
『五灯会元』　165
『呉録』　176

サ　行

『西域文化影響下的中古小説』　145
『西域』(世界の歴史)　174
『西域の秘宝を求めて——スキタイとソグドとホレズム』　174
『西域の虎——平安朝比較文学論集』　478
『斉諧記』　381
『最古の宗教　古代メソポタミア』　34
『催馬楽奇談』　462,480,489
『斉民要術』　139,140,150,151
『斉民要術校釈』　151,152
『西遊記』　294,299,335,352,360
『西遊記の研究』　318
『西遊真詮』　360
『祭暦』　328,329
『瑣園日記』　324
『相模女子大学紀要』　480,491
『蛸蛣雑記』　312,324,349
『左留日誌』　477
『猿著聞集』　396
『纂異記』　112
『三異筆談』　324
『散楽源流考』　149
『三国遺事』　63,63,98,375
『完訳三国遺事』　98
『三国遺事考証』　98
『《三国演義》的伝説』　147
『三国志』　102,118,132,149
『三国伝記』　289,396,422,427
『三借廬筆談』　324
『三遂平妖伝』(『平妖伝』)　409
『サンスクリット文学史』　63,64
辻『文学史』　64
『山西大学師範学院学報』　79
『山西通志』　295
『山茶』　325
『ザルモクシスからジンギスカンへ　1』

261
『志怪録』 337,339,361,364
『屍鬼二十五話 インド伝奇集』 64
『屍鬼二十五話』 69,75
『史記』 101,107,115,135,221
『史境』 174
『詩経』 210
『思考の紋章学』 397
四庫全書 146,147,151,239,256
四庫全書存目叢書 239
『屍語故事』 75
『詩詞曲論集』 360
『思想』 329
『死者の書』 544
『私聚百因縁集』 396,430
『四時纂要』 139,151
『史籍集覧』 403
『自然と文化 〔特集〕東アジアの虎文化〔虎祖先神の軌跡〕』 257
『思想戦綫』 65
思想の歴史 294
『七修類稿』 363
『此中人語』 157,314,341,343,350
『喜地呼爾』 69,71,74,75
『シッディ・クール』 63, 75, 512, 521, 522,525
「シッディ・キュル」 74
「シッディ・キュール」 74
バスク英訳本 75
モンゴル語版 75
『史通』 234
『死と来世の神話学』 548
『支那怪奇小説集』 111,483
『支那怪談全集』 110,483
『支那学』 145
『支那古代神話』 214
『支那神話伝説の研究』 213
『支那童話集』 483
『支那の童話 第二集 483
『支那の童話』 483
『しにか』 160
『死の知らせ あの世へ行った話』(現代民話考) 434
『あの世へ行った話・死の話・…』 435
『子不語』 233,259,285,296,317
『続子不語』 219,285,296,356,362
『澁澤龍彦全集』 397
四部叢刊 122,144,197-199,289,363
『咫聞録』 297
『志村良治著作集』 318
『釈迦譜』 449
『沙石集』 391,396,419,420,485
『拾遺往生伝』 430
『集異記』 97,240,247
『拾遺記』 215,317
『周易函書別集』 255,256
『周易乾鑿度』 394
『習俗の始原をたずねて』 249,476
『秋灯叢話』 294,354,357,362
『秋坪新語』 323
『萩園雑記』 324,363
『祝氏志怪録』 361
『出曜経』 33, 34, 47, 53, 55, 61, 62, 72, 76,78,265,268,288,297,299,301-303, 314, 316-321, 329, 343, 360, 384, 390, 406, 407, 420, 428, 435-437, 439, 442, 446-449, 451, 452, 457, 466, 467, 472, 474, 482, 485, 490, 497, 501-504, 507, 510,512,516,517,522,524,525
『酒呑童子の首』 430
『酒呑童子の誕生 もうひとつの日本文化』 477
『趣味と人物』 491
『昌宇経』 198
『松樞十九山』 361
『蛸蛄雑記』(『蝖蛄雑記』) 324
『尚書』 194,198,202
『瀟湘録』 98,292,366
『正直咄大鑑』 487
『正倉院のガラス』 97
『小豆棚』 297
『商人と市場――ネットワークの中の国家』 174
『笑府』 285,491
『生類をめぐる政治 元禄のフォークロア』

433
『諸葛忠武侯文集』　131,147
『諸葛忠武書』　132,147,338
『諸葛亮研究集成』　131,132,147
『初学記』　201,214,215
『蜀王本紀』　234,236
『続日本紀』　400,428
『食療本草』　140
『諸国百物語』　392,396
『諸国里人談』　396
諸子集成　144,197-199
『諸蕃志』　37,38,46,47,302
『諸仏感応見好書』　431
書物の王国　397
『白川静著作集』　212
『資料　日本動物史』　415
『シルクロードと唐帝国』（興亡の世界史）　174,176
『シルクロードの民話』　47,510,512
　第四巻「ペルシア」　47,511
　第五巻「アラビア・トルコ」　47,511,512
『史論史話』　149
『史論史話　第二』　149
『詩話總亀』　122
『新御伽婢子』　396
『岑嘉州集』　142
『神学大全』　327
『神鬼伝』　222
『新旧唐書人名索引』　94
『真誥』　206
『新輯捜神記　新輯捜神後記』　144
　『新輯捜神記』　198,199,215
『新小説』　488
『晋書』　237
『清人学術筆記提要』　319
『岑参詩集編年箋註』　142
『清人筆記随録』　319
『新説百物語』　461,480
『神仙思想』　407
『神仙伝』　90, 114, 149, 150, 154, 185, 209,240,257,360
『清代志怪伝奇小説研究』　319
清代史料筆記叢刊　308,319
『清代筆記小説大観』　147
『新潮世界文学辞典』　47,64
『清朝野史大観』　362
『信徴録』　296
『新著聞集』　396,432
『神道集』　391
『新唐書』　94,114
新日本古典文学大系　289,394,407,417,427
新日本古典文学大系　明治編　409
『清稗類鈔』　141,361,363
新編日本古典文学全集　394,485
『身辺の民俗と文学』　329
『新約聖書物語』　48
『沈陽農業大学学報　80
『神話と人間』　192
『神話論文集』　213
『直談因縁集』　289
『地獄変』　292
『耳食録』　325
『耳新』　284
『耳談』　284,292
『耳談類増』　284,363
『十訓抄』　396,430
『事物紺珠』　324
『ジャータカ』　44
『十三経注疏』　198
『十三州志』　221,233
『17・18世紀の文学』（岩波講座日本文学史）　432
『十二支動物の話〈子丑寅卯辰巳篇〉』　260
『述異記』（任昉）　263,317,320
『述異記』（祖冲之）　173,243
『述異記』（東軒主人）　259,311,323,324
『成実論』　52,61,78,265-267,417
『上清丹景道精隠地八術経』　206,208
『上代日本文学と中国文学——出典論を中心とする比較文学的考察』　428
『女仙外史』　364
『人物』（日中文化交流史叢書）　145
『人文論叢』　215

『人狼伝説　変身と人食いの迷信について』 263
『人狼変身譚――西欧の民話と文学から』 19,79,251
『水経注』 150
『水滸伝』 156
『スイス民話集成』 32
『酔醒石』 232,238,350
『スラヴ吸血鬼伝説考』 35
『隋書』 247,258,307,359
『隋唐仙真』 111
『図説　エジプトの神々事典』 45
『西王母の原像――比較神話学試論』 34
『世紀末中国のかわら版　絵入新聞『点石斎画報』の世界』 364
『生経』 145,268,288
『西湖二集』 296
『青瑣高議』 295
『聖書』 48,252
『西樵野紀』 296
『成城国文学論集』 409
『醒世恒言』 232,350
『清尊録』 284,295,427
『聖と俗』 249
『西蕃記』 169,170
『西北第二民族学院学報』 80
『西洋古典学事典』 29
世界各国史 60
世界古典文学全集 47,49
『世界の神話　万物の起源を読む』 452
『世界の大遺跡』 322
『世界の魔女と幽霊』 30
『世界の民話』 33,35,142,509
解説編 33,142
地中海 35
ドイツ・スイス 33,508
世界の名著 61,546
世界の歴史（河出書房新社） 174
世界の歴史（中央公論社） 60,322
世界民話の旅 484,508
『世界昔話ハンドブック』 75,525
世界名作童話全集 484
世界歴史大系 60
『赤雅』 324
『殺生石後日怪談』 464,480,489
『説郛』 87,95,129,145,259,295
『説部擷華』 297
『説文解字注』 115
『説文解字』 234
『節令』 139,151
『説鈴』 287,323,348
『神話の海』 236
『説話文学と漢文学』 397
『説話論集』 234
『説話』 449,480
『千一夜物語』（佐藤正彰訳） 47,49,50,171
『山海経』 203, 213-215, 217, 256, 394, 552
『山海経校注』 203,213-215
『「山海経」考』 213
『山海経新校正』 214
『山海経注疏』 213
『千頃堂書目』 363
『宣験記』 228,266,271
『宣室志』 97,127,144,171,230,300
『専修国文』 479
『撰集抄』 430
『千手千眼観世音菩薩広大円満無礙大悲心陀羅尼経』（『大悲呪』） 359
仙台本第一種 465,481
『仙伝拾遺』 97,321
『剪灯新話』 284
『剪燈新話』 411
『仙人と鶴・魔法の宿屋』 483
『全元曲』 291,361
『全国漢籍データベース』 540
『全世界一大奇書（原名アラビヤンナイト）』 492
『全唐詩』 62,95,119,122,141,142,185,202
『全唐文』 95,146
『雙槐歳抄』 308
『宋雲行紀』 159
『宋会要』 477
『宋金元明清曲通釈』 118

宋元筆記叢書　347
『想山著聞奇集』　396
『宋史』　112
『荘子』　192,197,198,210,211
　『荘子集解』　197
叢書江戸文庫　98,296,411,480
叢書集成　259,309,323
『宋書』　225
『捜神記』　136,144,165,173,194-196,198,199,215,224,237,245,317,330,397,401
『捜神後記』　144,245,246,257,381
　『続捜神記』　223,257
『宋磧砂大蔵経』　289
『ソグド人の東方活動と東ユーラシア世界の歴史的展開』　174
『ソグド人の美術と言語』　176
『蘇州府志』　365
『楚辞』　212,215
『曽呂利物語』　396
『孫悟空の誕生』　197
『増壱阿含経』　321
『増訂漢魏叢書』　257
『雑譬喩経』　55,62,145,288,297
『増補全符秘伝万法帰宗』　258
『万法帰宗』　258
『続漢書』　210
『続群書類従』　477
『続黔書』　259
『続玄怪録』　84,89,93,95,229,231,247,270
『続古事談』　430
『続斉諧記』　96
『続子不語』　219,285,296,356,362
続修四庫全書　294,540
『続神仙伝』　97,127
『続仙伝』　138
『続捜神記』　→『捜神後記』
『続　唐代邸店の研究』　102,113
『続博物志』　306,308
『続百物語怪談集成』　98,411,480
『続北魏洛陽の社会と文化』　149
『続明道雑志』　148
『俗話小説の移化』　20,506

タ　行

大系　仏教と日本人　544
『大正新脩大蔵経』　32,61,394,449
　『大正大蔵経』　62,288,289,359,502
『太上赤文洞神三籙』　208,362
『台大中文学報』　212
『太平寰宇記』　257,259
『太平御覧』　126,150,168,173,199,210,213,215,217,221,229,234,237,255,257-259,381
『太平広記』　83,85-89,91,92,94,95,97,99,100,103,111-114,120,122,123,126,127,129,137,141,143,144,156-159,165,168,171-173,180,181,183,184,199,221,229-232,235-238,240,241,243,246,247,255,257,266,270,271,277,281,288-290,292,294,298,302,314,321,326,329,351,352,358,359,363,366,375,376,382,410,411,454-456,461,477,478,497,527,534,538,539
　許自昌校刊本　許刻本　528,539
　黄晟校刊本　黄氏巾箱本　528,539
　沈氏野竹斎鈔本　539
　孫潜校訂本　528,539
　談愷本　528,539
　中華書局点校本　115,528,539
　陳鱣校本　539
『太平広記鈔』　110,120,527,536,540
『太平広記選』　111,118
『太平百物語』　396,479
『太和正音譜』　360
『竹田晃先生退官記念東アジア文化論叢』　199,316
『玉箒木』　409
『丹後国風土記』　394
『譚嚢』　491
『譚賓録』　94
『丹陽記』　210
『大王統史』（『マハー・ヴァンサ』）　322

『大漢和辞典』　153
『醍醐随筆』　403，409
大乗仏典　中国・日本篇　294
『大乗妙林経』　145，146
『大蔵虎明本　狂言集の研究　本文篇上』　490
『大智度論』　427
『大地・農耕・女性――比較宗教類型論』　49
『大唐奇事』　298
『大唐西域記』　65，89，95，155，159，322，449
『大唐西域記校注』　159
『大唐三蔵取経詩話』　299，318，334
『詩話』　318，319
『大日本国法華験記』（『日本法華験記』）　388
『大日本仏教全書』　428
『大悲呪』（『千手千眼観世音菩薩……大悲心陀羅尼経』）　358
『大魔術の歴史』　150
『大戴礼記』　193，198
『ダフネの寓話』　549
『談虎』　255
筑摩世界文学全集　46
『チベット大蔵経』　514
『西蔵伝承印度民話集』　514
『茶香室叢鈔』　354
『茶餘客話』　363
『中阿含経』　321
『中央ユーラシアの世界』　75
『中央ユーラシアの統合　9-16世紀』（岩波講座世界歴史）　176
『中央ユーラシアを知る事典』　75
『中華全国風俗志』　363
『中華の分裂と再生：3-13世紀』　113，382
中華文史新刊　539
中華本土文化叢書　144
『中古中国文明与外来文明』　175
『中国怪異小説選』　111
『中国怪奇小説集』　111
『中国怪談集』　365
『中国学研究』　7
『中国学研究論集』　111
中国学芸叢書　219，280
『中国学誌』　360
『中国奇談集』　111，483
『中国喫茶文化史』　173
『中国禁毀小説百話』　539
中国近代小説史料彙編　324
『中国諺語総匯・漢族巻　俗諺』　293
『中国幻想小説傑作集』　111
『中国行業神崇拝』　145
『中国古代雜技』　115
『中国古代小説俗語大詞典』　293
『中国古代文化史』（赤塚忠著作集）　216
『中国古代文言小説総集研究』　539，540
『中国古典研究』　95
中国古典小説研究資料叢書　238
中国古典小説選　80，111
中国古典文学基本叢書本　112，144
『中国古典文学私選　凡人と非凡人の物語』　290
中国古典文学全集　111
中国古典文学大系　65，111，159，184，296，300
中国古典文学読本叢書　360
『中国古典文学与文献学研究』　293
『中国志怪小説選訳』　111
『中国史学』　294
中国史談　111，483
『中国小説史考』　238
『中国小説史　唐宋元巻』　80
『中国小説史略』　96，232
『中国小説論集』（志村良治著作集）　318
『中国象徴辞典』　236
『中国食物史』　140
『中国食物史の研究』　140
『中国神話資料萃編』　215
『中国神話人物辞典』　214
『中国神話伝説』　213，214
『中国神話伝説詞典』　214
『中国人の思考様式　小説の世界から』　191，541
『中国人の宗教意識』　280

『中国説話の散歩』　254
『中国説話文学とその背景』　98
『中国茶事典』　173
『中国茶文化と日本』　173
『中国中世文学研究』　236
『中国・東南アジアの民話』　484
『中国の鬼』　145,160
『中国の怪奇と美女――志怪・伝奇の世界』　80,111
『中国の怪談』　110
『中国の古代文学（一）　神話から楚辞へ』　212
『中国の古代文学』　215,217
『中国の祭祀と文学』　236
『中国の神話』　212,213
『中国の呪法』　323
『中国の畜産』　115
『中国中世の説話』　262
『中国の〈憑きもの〉――華南地方の蠱毒と呪術的伝承』　323,324
『中国の伝承と説話』　314
『中国の道教』　219
『中国の民間信仰』　79,151,248,359,365
『中国の妖怪』　197,213
『中国筆記小説史』　319
『中国巫蠱考察』　323,325
『中国巫術史』　258
『中国仏教社会経済史の研究』　292
中国仏教典籍選刊　289
『中国仏教と社会との交渉』　292
『中国文化史詞典』　112
中国文化史知識叢書　115
『中国文化のルーツ』　148
『中国文言小説書目』　93
『中国民間故事史』　145
『中国民間故事類型索引』　319,363
『中国民間故事類型』　319,523
『中国古代民間故事類型研究』　319,363
『中国民俗文学与外国文学比較』　79
『中国昔話集』　523
『中国名勝典故』　184
『中国面点史』　172
『中国妖怪人物事典』　35,483
『中国歴史地図集』　112
中国歴代名人伝説叢書　145
『中世の妖怪，悪魔，奇跡』　256
『中唐文学の視角』　238
『中日学者中国神話研究論著目録総匯』　216
『中文研究』　359
『長安志』　94
『長安の春』　160
『朝鮮昔話百選』　76,482
『長物志　明代文人の生活と意見』　121
『長物志』　142
『朝野僉載』　115,122,144,156,157
雕龍全文検索叢書シリーズ　319
『珍珠船』　317
『筑紫女学園短大紀要』　254
『付喪神記』　396,397
『通典』　105,106,114,130,150
『定本艶笑落語』　491
『定本艶笑落語（全）』　491
『廸吉録』　292,431
『手妻のはなし　失われた日本の奇術』　407,408
『滇海虞衡志』　114
『天水行政学院学報』　80
『点石斎画報』　364
『天中記』　259
『滇程記』　324
『滇南新語』　323
『天風閣薈譚』　540
『天理大学学報』　61,268,359
『滇略』　363
『ディーパ・ヴァンサ』（『島王統史』）　322
『伝奇小説』　111,184
『伝奇』　181,359
『伝信適用法』　323
『東亜学』　112
『棠陰比事』　123
『騰越州志』　324
『島王統史』（『ディーパ・ヴァンサ』）　322
『唐会要』　150,174

『投轄録』 346,362,373
『東観漢記』(『東漢記』) 108
『東京教育大学文学部紀要 国文学漢文学論叢』 490
『東京大学中国語中国文学研究室紀要』 293
『東京大学東洋文化研究所漢籍分類目録』 319
『東京日記』 490
唐研究基金会叢書 145
『桃源遺事』 428
『投荒雑録』 302,306,308,309,321
『唐国史補』 179
『唐五代五十二種筆記小説人名索引』 94
『唐五代志怪伝奇叙録』 86, 87, 93-95, 242
『唐五代人物伝記資料総合索引』 94
『唐語林』 172
『東西交渉史Ⅰ』 97,149
『東西文明の交流』 174
『東西文化の交流』 404
『唐詩紀事』 122,146
『唐詩紀事校箋』 122
『唐史』 153
『唐人称謂』 103
『唐人小説校釈』 84,93-95,111,165
『唐人説薈』 158, 232, 540 →『唐代叢書』
『唐前志怪小説輯釈』 234,259
『唐宋時代の交通と地誌地図の研究』 112
『唐宋伝奇集』 80, 93, 95, 98, 111, 112, 173
『唐宋伝奇品読辞典』 112
『唐代衣食住行研究』 113
『唐代交通図考』 112,116
『唐代史事考釈』 151
『唐代小説の研究』 238
『唐代叢書』(『唐人説薈』も参照) 94, 110,158,491,492,500
『唐代長安与西域文明』 151
『唐代邸店の研究』 102,113
　『唐代邸店』 103-106,117
『唐代伝奇集』 111
『唐代の国際関係』 160
『唐代仏教史の研究』 292
『唐代文化』 65
『東南文化』 360
『東方見聞録』 47,302
『東方学』 236,293
『東方学報 京都』 198
『東方宗教』 359
東方文化集成 150
東方文化叢書 79
『当麻曼陀羅疏』 289
『僮約』 165
『東游記』 293
東洋学叢書 215,236
『東洋学報』 97
『東洋史研究』 174
『東洋史訪』 151
『東洋文化』 238
『唐令拾遺』 176
『兎園小説』 396
『徳川実記』 428
『杜詩詳註』 125
『杜陽雑編』 145,406
『トラが語る中国史 エコロジカル・ヒストリーの可能性』 254
『敦煌変文校注』 98
『敦煌変文選注』 98
『ドイツ・スイス』(世界の民話) 33
ドイツ民衆本の世界 509
『「道教」の大事典』 218
『道教文化辞典』 217,218
『道教』 219
　『第一巻・道教とは何か』 219
『道教事典』 219
『峒谿繊志』 348,352,363
『道蔵』 146,208,209
『道蔵提要』 146,218
『動物シンボル事典』 45
『動物誌』 543
『動物妖怪譚』 451
『同朋』 256
『独異志』 258,352

『読史方輿紀要』　102,112
『読書』　79
『読書雑志　中国の史書と宗教をめぐる十二章』　294
『独醒雑志』　359
『ドラえもん』　362

ナ　行

『内閣文庫漢籍分類目録』　324
『内蒙古民族師院学報』　48,79
『中村元選集』　404
『中村幸彦著述集』　479
『名古屋学院大学論集』　75
『名古屋大学文学部研究論集』　18,28,32,78,79,395,490
『名古屋大学中国語学文学論集』　360
『並木正三一代噺』　444
奈良絵本　79,450
『南越志』　237
『南京師範大学学報』　335
『南史』　236
『南州異物志』　258
『南充師院学報』　213
『南村輟耕録』　153
『南中雑説』　309,311,323
『南伝大蔵経』　303,321,322,449
『南伝大蔵経総索引』　449
『南蛮寺興廃記』　403,405,410
『南蛮寺興廃記・邪教大意・妙貞問答・破提宇子』　403
『西アジア史』　60
『日蓮聖人の御手紙　真蹟対照現代語訳第三巻・女性篇』　450
『日蓮文集』　450
『日中芸能史研究』　149
『日中説話の比較研究』　151
日中文化交流史叢書　145
『日知録』　107,109
『日本怪談集　妖怪篇』　397,451
『日本漢文小説叢刊　409
『日本紀略』　428
『日本研究』　210
『日本国見在書目録』　454
『日本国現報善悪霊異記』(『日本霊異記』)　412
日本古典全集　408
日本古典全書　478
『日本古典文学大辞典』　478,479
日本古典文学幻想コレクション　411,480
日本古典文学全集　216
日本古典文学大系　393,394,396
『日本語訳中国昔話解題目録：一八六八―一九九〇年』　484
日本思想大系　394,401,415
日本思想闘諍史料　403
『日本書紀』　385-387,393,394,398,399,428
日本庶民文化史料集成　429,450
『日本神話伝説の研究』　63
日本児童文庫　483
『日本人の動物観――変身譚の歴史』　385,393,413
　中村前掲書　394-396
日本人物語　482
日本随筆大成　396,410,432
『日本中国学会報』　361
『日本動物史』　428
『日本動物民俗誌』　433
『日本の馬と牛』　427
『日本の昔話』　79
『日本文学研究』　380
日本文学研究資料新集　492
『日本文学と中国文学』　478
『日本昔噺』　143
『日本昔話記録』　385
『日本昔話大成』　481
『日本昔話通観』　142,410,426,466,481,426,433,446
『日本昔話通観・研究編1　日本昔話とモンゴロイド――昔話の比較記述』　520,524
『日本昔話通観　研究編2　日本昔話と古典』　79,433,490
『日本霊異記』　388, 412-414, 416, 425,

429,439
『人形劇の成立に関する研究』　145
『人間ろば――中国童話選』　484
『能改斎漫録』　146,153
『農業全書』　415,428

ハ　行

『稗史彙編』　296
『排除の現象学』　264
『排除の構造　力の一般経済序説』　263
『白山の伝説』　473
『白氏文集』　119,140
『白氏六帖』　210
『泊宅編』　284,295
『博物誌』（プリニウス）　28,252,261
『博物誌』（張華）　244,245,257
　『博物誌校証』　257
『白話太平広記』　111,165
『白話唐伝奇』　111
『橋と異人　境界の中国中世史』　358
『白居易集箋校』　141
『林羅山集』　478
『梅園日記』　477
『梅翁随筆』　396
『バラモン教典　原始仏典』　61
『幡随意上人諸国行化伝』　404
『万法帰宗全書』　362
『バートン版　千夜一夜物語』　49
『パイドン』　546
『パノラマの帝国　中国唐代人生劇場』
　306
『パンチャタントラ』　176
『比較故事学』　79,145
『比較民俗学会報』　74
筆記小説大観　151,239,341,375,539
『必携アラビアン・ナイト　物語の迷宮へ』
　50
『日野開三郎東洋史学論集』　113
『ヒメの民俗学』　450
『秘められた世界』　482
『百鬼夜行の見える都市』　397
『譬喩経』　268,288
『憑霊信仰論』　397,450
『広島大学文学部紀要』　477,538
『尾蔗叢談』　362
『備徴志』　260
『ビブリア』　79,450
『白蓮集』　62
『白虎七変法』　218
『閩都別記雙峰夢』　344
　『閩都別記』　344,346,350,351,362
『ピノッキオの冒険』　35
『ファミリー・トラブル』　451
『フィリピンの民話』　518
『封氏聞見記』　381
『馮夢龍全集』　528,529,540
『ふぉるく叢書３　変身』　260
『フォルテュナテュスの不思議な物語』
　33,509
　『フォルテュナテュス』　34,509,521
『福岡教育大学紀要』　358
『普済方』　323
『ふしぎなやどや』　475,484
『風土記』　385,387,393
『フランス・南欧の民話』　508
『フランスの民話』　508
『フランスの昔話』　33,508
『武英殿聚珍版全書』　145
『仏教説話の源流と展開』　303
『仏教植物辞典』　449
『仏教説話』　303,321
『仏教説話研究』　303
『仏教と中国文学』　61,267
『仏教の東漸と道教』（思想の歴史）　294
『仏教文学研究』　61,268
『仏教文学与古代小説母題比較研究』
　150
『仏典・志怪・物語』　79
『仏本行集経』　321
『物理小識』　239
『武編』　324
『ブリハット・カター』　59，60，63-65，
　68,77,82,109,110,265,329,452,496
　カシュミール本　64
　ネパール伝本　65

『ブリハット・カター・シュローカ・サングラハ』　63
『ブリハット・カター・マンジャリー』　63
『武林旧事』　335
『文苑英華』　146
文淵閣四庫全書本　93
『文化麺類学ことはじめ』(『麺の文化史』)　151
『文学遺産』　79
『文学における変身』　238
『文献通考』　93,215
『文献』　477
『文白対照全訳《太平広記》』　111
『文明の道』　176
『ブータンの民話』　63
『プラトン』　546
『プリニウスの博物誌』　28,261
『敝帚軒剰語』　324
『平妖伝』(『三遂平妖伝』)　352, 358, 362,419
『蛇の宇宙誌』　321
『変形譚』　548
『変身のロマン』　548
『変身譜』　548
『変身物語』　15,28,29,545,548
『変生談』　29
『編著書目』　478
『別冊国文学』　57,79
『別冊歴史読本』　218
『ベナンダンティ』　327
『弁正論』　394
『ペルシアと唐』(東西文明の交流)　174
『報応影響録』　431
『法苑珠林』　150,199,237,268,288-290, 431
『宝巻の研究』　292
『宝月童子』　79,439,442,448,450
『龐公宝巻』　292
『龐居士語録』　185
蓬左文庫本(『艶異編五十一種』)　158
『法政史学』　359
『宝物集』　416, 427, 436, 437, 439, 441, 448-450,469,474,502
『抱朴子』　150,198,199,204,206
　本田訳　206,217,218
『抱朴子内篇校釈』　199,217
『北魏洛陽の社会と文化』　149
『北東園筆録』　297
『北夢瑣言』　84-86,94,281,284,296
『葆光録』　292
『輔大中研所学刊』　79,185
『北海道の地名』　477
『法顕伝』　155
『発心集』　417,430
『北方民族(上)の民話』　71,513
『ホラー超訳　日本怪異譚　血も凍りつくミステリー』　483
『本草綱目』　323
『本草と夢と錬金術と　物質的想像力の現象学』　210
『本草和名』　428
『本朝幻想文学縁起』　410
『本朝神仙伝』　400,456,478,493
『墨娥漫録』　95
『墨子五行記』　218
『墨客揮犀』　324
『梵唐雑名』　174

マ　行

『前嶋信次著作選 1　千夜一夜物語と中東文化』　50
『魔術の歴史』　211
『魔女狩りの社会史　ヨーロッパの内なる悪霊』　327,328
『魔女幻想——呪術から読み解くヨーロッパ』　327
『魔女とキリスト教——ヨーロッパ学再考』　327
『魔女と魔術の事典』　73,220
『魔女とヨーロッパ』　329
『魔女の神』　327
『真夏の夜の夢』　35
『マヌの法典』　260
『マハーバーラタ』　44

『マハー・ヴァンサ』(『大王統史』)　322
『万葉集』　145,428
『未刊謡曲集』　481
『武蔵大学人文学会雑誌』　377
『見世物研究』　365,401,402,406,407
『見世物研究　姉妹編』　407
『道長の冒険』　475,484
『道端良秀中国仏教史全集』　292
『南方熊楠全集』　78,507
　平凡社『全集』　339,479,502,505,526
『南方熊楠邸蔵書目録』　32
『南アジア史１　先史・古代』　60,64
『南アジア史１』　61
『耳袋』　396
『宮崎市定全集』　359
明清筆記叢書　199,249
『明清筆記談叢』　319
『民族』　160
『民俗学』　160
『民俗の思想　常民の世界観と死生観』　200
民俗・民間文学影印資料
『明代志怪伝奇小説研究』　319
『昔話――研究と資料』　79,248
『昔話タイプ・インデックス』(『日本昔話通観』)　235,517
『昔話の型』　33,142,507,509
『昔話の東と西　比較口承文芸論考』　377
『夢渓筆談』　324
『牟婁新報』　78
『室町小説集』　397
『室町時代物語大成』　450
『明皇雑録』　97,127,144,146
『冥祥記』　159,228,257,266,267
『名全記』　410
『冥途』　490
『明文抄』　455,456,477
『冥報記』　268,270,281,288-290,415,427,431,435
『女神研究序論』　450
『変生談(メタモルフォーセオーン・ロゴイ)』　29
『メタモルフォーセーズ』　11,15,17,29,30,247
『麺の文化史』(『文化麺類学ことはじめ』)　151
『蒙古シッディ・クール物語』　74,75
『孟子』　144
『木馬と石牛』　95
ものと人間の文化史　551
『もののけ』　551
『森銑三著作集』　483
『森と悪魔　中世・ルネサンスの闇の系譜学』　260
『文選』　215

ヤ　行

『夜雨秋灯続録』　317,321
『訳余偶拾』　28,79　→『零墨新箋』
『野人閑話』　139,248
『夜窗鬼談』　409
『夜譚随録』　287
『闇の中の黒い馬』　490
『右台仙館筆記』　199,249,293
『幽明録』　148,168,266,294
　『幽冥録』　266
『酉陽雑俎』　95, 96, 138, 139, 144, 151, 270,275,321,328,375,449,524
『夢の時　野生と文明の境界』　262,263
『妖異博物館　続』　48,80,483
『妖怪仙術物語』　111,483
『妖怪』(書物の王国)　197,213,397
『妖魅変成夜話』　484
『横浜国大　国語研究』　220, 263, 296, 408,491
『吉川博士退休記念中国文学論集』　145
『寄席・見世物』(日本庶民文化史料集成)　429
『読売新聞』　63
『夜鳴く鳥――医学・呪術・伝説』　329
『ヨーロッパの森から　ドイツ民俗誌』　262

ラ　行

『礼記』　193,194,198
『洛陽伽藍記』　137,149,154,159,180
『洛陽伽藍記校釈』　159,184
『讕言長語』　259,324
『輪廻と転生　死後の世界の探求』　544
『輪廻の話――オリエント民俗誌』　544
『類書の伝来と明文抄の研究――軍記物語への影響』　477
『類説』　184
『ルキオス驢馬』　29
『瑠璃の壺　森銑三童話集』　483
『霊鬼志』　96,168
『嶺南紀蛮』　259,260
『零墨新箋』(『訳余偶拾』)　11, 28, 79, 101
『歴史』　11,78,252,260,544
『歴史教育』　65
『歴代志怪大観』　111
『列子』　128,198,395
『列仙伝』　150,154,185,237,360
『列異伝』　173
『老媼茶話』　396,459,480
『老学庵筆記』　87
『隴蜀餘聞』　101,102,112,119,351
『六合内外瑣言』　324,325,365
『六度集経』　321
『録鬼簿』　335
『魯班的伝説』　144
『論衡』　97,128,144,194,198,200
『ローマ人物語　ゲスタローマノールム』　509
『羅馬列伝』　32

ワ　行

『別れる理由』　490
『和漢三才図会』　433
『和漢乗合船』　295,296
和漢比較文学叢書　397
『和漢比較文学』　477
『早稲田大学大学院文学研究科紀要』　160
『倭名類聚抄』　428

欧　文

Aino Folk-Tales　476
Popular Tales and Fictions　32
The Arabian Nights　50
The types of the Folktale　33
Zîma Zîmelor　34

事　項　索　引

（地理・民俗）

・作品・説話中の地名を含む。
・頻出の「中国」「日本」は省略した。

ア　行

アイアイエの島　12
アイオリエの島　12
アイスランド　509
アイヌ　452-454,476,477
アイルランド　509
秋田　426,451,472,481,482,484
浅草　429
アザニアー　322
アジア　34,47,60,61,64,71,75,107,159,170,176,306,322,359,484,513,518,521,522
アッバース朝　50,171
アフリカ　37,38,45,106,302,509
アメリカインディアン　33,510
アメリカ　49,509
アヨーディヤー　57
アラビア　38,44,47,173,511,512
　アラブ　38,47,78,170,174
アルカディア　28,261
アルプス　19
アルメニア　61
アレキサンドリア　135
粟田口　405
阿波国　417
アンコール　305,322
　アンコール・ワット　305
安息国（安足，安族国）　436,438,449,450,474,502
アントゥス　261
アンドラ王国　59
安陸　381
アーリア　52,60,61,322
イオニア　17
イギリス（英国）　32,405,452
夷人　314,351
イスパニア　403,404
イスラエル　37,45
伊勢国　485
彝族　257,263,325
イタケー　12
イタリア　15,18,19,22,30,31,263,327,328
イラク　44
イラン　34,48,61,91,170,174,256,261,262
岩手　422,466,467,481
インダス川　52,155,512
隠遁術　217
インド　6,17,23,33,34,44,49,50,52,56,60-62,64-66,68,69,73,75,77,78,82,89,90,96,97,134,136,137,149,150,154,155,159,170,171,176,213,260,265,268,279,294,305,306,322,375,401,439,441,449,450,496,501,509,512,514-516,521,526,544,551
　印度　61,321,322,437,450,514
インドネシア　33,328,509,510
インド洋　37,65,304
インド=ヨーロッパ語族　61
インド・アーリアン　52
ウイグル　170,171,176
羽淵　202
烏延　353
羽山　202
烏場國　154,155,159
烏仗那　155
烏石山　344
烏孫国　115
烏秅国　115

烏萇　155
ウッジャイニー　57
ウッディヤーナ　155
雲南　249, 257, 259, 307, 309, 311, 312, 314,323-325,363,365
ヴァラナシ城　505
ヴィンドヤ山　62
ヴォトヤーク　76
ヴォルガ川　75
ヴォージュ　19,20,219
衛州　122
営州　175
益州　221,366,374
エジプト　37, 44-46, 48-50, 107, 135, 142, 143, 147, 220, 256, 260, 262, 305, 544
エストニア　76,263
越中　424,425,433
粵東　308,309,323,324
越俚　259
江戸　61,98,285,295,296,365,392,396, 403, 404, 406-411, 423-426, 428, 429, 433-435, 439, 442, 444, 450, 451, 454, 456, 457, 459, 477, 480, 488, 490, 494, 497,498
鹽官　137
宛　166,173,177,295,341,536,537
兗郡　354,355
燕　366,374
エーゲ海　17
オアシスルート　175
オイラト族　75
王屋山　88
大阪　249,365,396,423,429,442
奥州　422,433
近江国　419
大江山　451,464
岡山　425,467-471,481,482
沖縄　426
オスマン・トルコ　47
オセット族　76
オリエント　34,37,46,143,544
オルトク商人　176

カ　行

会稽　237
海岱門　370,376
開封　4,101,102,120,336,337,358
カイロ　47
華陰　113,178
加賀　425,491
嘉興　347
鹿児島　467,468,481,483,503
河朔　113
華山　178,179,184
カシュミール　56,63,64
カスピ海　60,61
括州　338
且末　175
河東　80,84,94,175
河北　90, 106, 111, 156, 174, 222, 275, 276,291,319,361,366,367
鎌倉　402, 416, 417, 419, 427, 430, 433, 434,436,437,502
カリュプソの島　12
カルマック　75,513
　カルムィク　75,76
川越　459
轘轅山　200,201
韓国　66, 71, 72, 76, 77, 375, 482, 483, 516-518,521,522
函谷関　178,184
漢人　175,307,312,313,323,326
漢民族　257,263,308,323,324
觀亭　225,237
カンボジア　305
ガンジス川　34
救命池　89,95,96,159
許州　116,530,537,538
岐州　106
京都　29, 198, 215, 258, 397, 403, 406, 419,455,456,469,470,481,482,494
匈奴　107,258
キルギス　170
紀伊国　64,216

喜界島　467,468,503
鬼谷　321,344,345,411,496
吉水　332,333
吉備津宮　425
九州　5,113,214,410,433,466
キュレネ　28
金川　324,351
岐阜　426,473
ギリシア　11,12,15,17,29,35,44,51,61,63,142,176,200,252,256,261,320,321,329,378,395,521,541-545,547,548,550
百済　399,428
熊野　216
句容　381
荊州　106,247
黔　114,259,325,326
建康　331,332
蘭巌山　237
月支国　320
ゲルマン　262
「胡」　90,170,174
胡客（胡商）　174
　商胡（客胡，興胡）　157,160,174,175
康國　169,170
黄河　307,339,340
交河　276,291,292
杭州　137,156
高昌　175
広西　147,307-309,319,364
広東　225,307-309,321,323,324
江北　339,361
高麗　98,398,399,402
江淮　138,255
虎丘　356
コプトス　142
崑崙　150,322,484
江夏郡　381
高平　226
五山　455,456,481,494
梧州　364
呉楚　230

サ　行

西湖　296,369
サヴォア　19,263
ササーン朝ペルシア　44
サマルカンド　170
サラセン帝国　46
三州　221,233,423
山東　112,115,173,180,274,282,341,355,368,369,381
ザラフシャン川　170
紫雲古津（シウンコツ）　453,477
滋賀　426
四国　389,425,433,473
四川　98,106,114,147,165,215,249,281,307,311,312,325,351,365,366,525
シナイの山　48
シベリア　214
シャヴァラ　62
シュメール　34
小アジア　17,61
湘中　334
邵陵　226
蜀　101,102,112,119,130,151,165,177,221,234,236,278,298,317,318,321,351
蜀川　106
シリア　44,50,135
シルクロード　47,107,171,174,176,322,510,512
秦（地名）　338
晋（地名）　338,339
縉雲縣　319
信州　338,489
振州　321
シンド　512
真符県　98
シムハカルパ　305
シリーサ・ヴァットゥ　303
シンハラ人　322
真羅武　249

申理　46
日月山　214
十字坡　156
ジュンガリア　75
条支　97,134
條枝国　135
襄州　106
常州　290,420,421
汝州　116
徐州　122
尋陽　159,245
樹人国　299,334
綏山　226
スイス　20,32,33,508
嵩高山　201
嵩山　241,375
スキュタイ（スキュティア）　261
スコットランド　73,74
スラヴ　35,261,262
スリランカ　305,322
スワート川　155
ズンガリア　75
西粤　308
青海　73
清河　90,222,267
西岳　178
青州　274,291
済寧府　368
セイロン　304,321,322
関ケ原　423
赤壁　118
石門橋　275,291
浙江　112,137,293,319,338
摂津　462
雪山　55,56,62
セム族　45
鄯善　115,175
宋州　106
ソグド　160,170,171,174-176,496
ソコトラ島　37,47,302
ソマリーランド　37,302
楚雄　249

タ　行

太原　106,175
泰山　106
大梁　101,112,330,331,336
タイ　521
太平府　319
タクシャシラ城　505
タヒチ　214
タプロバネー　321,322
タラス　171
タリム盆地　510,512
潭州　332,333
丹波　140,407,457,459,462,464,468,481,497
タンバパンニ島　303,304
大食　46,65,173,379,546
タームラ・ドヴィーパ　305
大宛　107,115,135
大孤山　84
代州　175
ダーキア人　261
畜生ケ原　433
畜生谷　473,482,489
地中海　34,35,261
チベット　66,68,69,73,75,126,171,512,514,521,525
チャランドレイ　31
中央アジア　65,75,150,175,510,512
中央ユーラシア　71,75,176,513,521
中宿縣　225
中部県　352,353
中牟　101,112,113
中理国　37,46,302
貙人　244,245
長安　88,94,101,102,106,113,114,122,140,141,151,160,170,175,178,179,184,298,317,350,370,376
長山　381
朝鮮　63,76,149,399,402,428,482
チロル地方　30
陳留　101

通済渠　101
筑紫　254,419
貞符県　98
鄭州　113,116,358
定州　156
滇　114,309-311,323-325,363,365
天山山脈　75
天竺　53,54,136,229,322,436,439-442,450,502
天水　80,352
テーベ　107
デッカン地方　62
東欧　261
東北　5,37,106,113,207,410,433,466,469
トスカーナ　19,30
突厥　170,258
富山　424,435
豊河　432
トラキア　328
トルキスタン　170
トルグート族　75
トロイア　12,51
トロイエ　13
ドイツ　32,33,262,449,508,509
潼関　177,178,184
道頓堀　365

ナ　行

ナイル河　45
長崎　410,428,429
ナガダー　107
難波　416,429
南蛮　106,259,310,403-405,410,442,443
南陽　166,173
新潟　434,446,448,466-469,471,472,481,482
西アジア　6,17,34,37,38,44,45,47,60,68,77,143,150,154,170,249,321,510,512
ネアック・ポアン　305,306
ネウロイ人　260,261
ネパール　63,65
野田　141

ハ　行

擺夷　311
白山　473,482
波斯　160,322
八角鎮　358
發鳩之山　203
鄱陽　226,227,237
板橋　4,5,40,100-102,106,112-114,116-120,122,123,141,173,174,177,186,317,329,331,351,358,530,540
板橋店　4,100,102,160,161,530,534,537,538
范陽　106
バルト　261
バグダッド（バグダード）　50,377
バビロニア　34
バレアレス諸島　35
パンピュリア族　551
婆羅痆斯　89,159
パトライ　29
パミール高原　512
パライシムーンドゥー　321,322
東アジア　71,141,199,257,316,453,479,484,516,521
東ローマ　170
肥城県　368
飛驒　129,145,489
日高　453
ヒマラヤ　56
ヒンドュークシュ山脈　65
備中の国　425
ビルマ　307,322
閩　336,344,346,350,351,362,363,496
フィリピン　509,518
フィンランド　76
福島　36,469,470,481,482
巫山　233
福建　307,336,344,362

扶南　258
フランス　33,35,143,263,405,508
ブカレスト　25
武州　431,459
武城　282,295
ブータン　63
并州　175
平伊郡　422
閇伊郡　422
ベトナム　520,521
汴河　101,112,120,331,332
汴州　4,100-102,106,112-114,116,117,122,331,336,337,530,537,538
汴梁　112,120
ペネウス　28
ペルシア（ペルシャ）　17,38,39,44,47,135,160,170,174,176,322,450,511,521
ペンジケント　176
蓬莱山　386
北欧　252,261,327
蒲州　94,175,179
北海道　453,454,477
ホラーサン　38,43,492
于闐　181
望夫山　308,309,323

マ　行

まかだ国　439
マムルーク王朝　47
マルシ人　328
マレー　322,327
三河　432,473
密州　112,173
ミャンマー　311,521
宮城　426,466,481,519
ミレトス　17,29
陸奥　386,408
メソポタミア　34,256
メムビス　142
孟州道　156
猛人　244,257
孟密　363
木邦　348,349,352
モルドヴィン　76
モンゴル　63,65,66,68,69,71,72,74,75,77,126,512,521,525
モンゴリア　170

ヤ　行

山形　426,469-471,481-483
大和の国　412
山梨　471,473,481,482
幽州　175
ユルゲンスブルグ　262
ユーラシア　174,249,256,262,476,514,521
揚州　88,89,130,339,361
陽翟県　116
ヨーロッパ　6,7,11,15,20,22,23,26,27,30,33-35,37,40,44,50,56,60-63,69,71,74,75,77,78,171,191,192,197,200,204,211,219,220,248,250-254,262-264,301,302,310,313,316,320,327-329,365,449,470,506-511,514,516-518,521,522,541,542,544,548,550

ラ　行

洛陽　4,5,94,101,102,116,137,149,154,159,161,168,175,178,180,184,268,269,289,346,375,431
羅藏山　259
ラトヴィア　262
羅羅　259
莱州　369
楽安　227
ラゲ　135
犂軒（黎軒）　97,134,135
留人洞　308,309,323
梁苑　112,119-121
涼州　106
獠族　257

臨安　156
リン国　66
ルーマニア　23,26,34,511
嶺南　92,257,259,260,271,307
醴陵　332-334,348,359
烈士池　95,96
獵人　325
ロシア　33,75,510
蘆子関　352
ローマ　11,15,17,18,20,22,44,63,97,
135,252,328,506,509,541
魯　202,235

ワ　行

淮陽　231

事 項 索 引

（動植物）

ア 行

青草　300,301,318,458,471
赤い李　523
赤い花　520
蟻　90,405,547
杏　114
アンズ　114
家鴨　277
イチジク　25,511
イナゴマメ　25
犬（イヌ）　35,45,61,115,197,221,226,229,235,248,250,255,257,258,275,277,285,291,303,313,325,356,357,365-368,373,375,387,388,395,401,409,412,420,434,435,453,472,473,482
稲　324,398,410,413,421,463,468,504
猪　267,296,310,344,346,347,360,362,387,408,521　→彘
　イノシシ　221,235
インドボダイジュ　449
魚　3,25,119,129,196,197,216,217,229,230,232,236,267,287,288,300,311,318,350,393,402,405
魚の髭　518
うさぎうま　428
牛　31,37,46,53,71,72,75,76,89,93,105-107,115,146,176,177,184,229,237,239,248-250,255,256,258,266-268,271,277,278,284,288,291,292,294,295,303,311,314,323,388,392,395,401,403,404,407-409,412-417,423,426,427,429-435,437,470,473,482,484,516,520,525,542
美しい鳥　70
産婦鳥　328
うぶめ　328,329
ウミヘビ　393
雲馬　303,304,321
燕麦　67
猨　198
狼　19,29,32,35,79,197,198,229,250-254,259-264,375,393,477,526,546
大麦　29,39,57,58

カ 行

玃　198
亀　143,195-197,199,210,216,236,322,386,387,394
　カメ　69,70,75,76,143,223,355,512,521
カモシカ　512
烏　203,404,505,507,520
川瀬　393
奇畜　107,108,110,367,415,428,429
狐　98,172,195,197,198,209,252,255,358,389,393,397,401,412,455,464,478
　きつね　410
　キツネ　453,455
キビ　472
キャベツ　22,23,26,33,34,47,62,71,77,320,326,363,449,501,506,507,509,516,521,522
巨蚕　525
雉　193-195,235
啄木鳥（きつつき）　15
朽草　224
金商　205
義獣　252,262,263
空桑の樹　212,552
孔雀　58,178
糞虫　66,69,74,126,133

熊　198,200-203,212,216,226,248,259,260,365,387
クマ　63,215,216,356,357,453,543
狗熊　356,366,373,374
蜘蛛　393
雞（鶏，鷄）　120，152，153，235，258，311，405，472，475，484，511，533，537，538
雞卵　405
駃騠　107
玄魚　215
黿　195,210,222,223
鯉（こい）　3，119，229，230，236，237，401，409
黄能　203,215
黄熊　202,203,215,216
黄龍　215
姑獲鳥　328,329
小麦　12,140,151,347,464
五穀　405

サ　行

采華之樹　317
サメ　393
猿（さる）　151，176，197，198，210，237，295，298，299，313，317，318，325，335，359，412，426，433，449，472，515，516，525
山精　213
鹿（シカ）　53，227，249，266，294，321，322，388，429，453
紫葛　244,245,257
縞のススキ　467
遮羅婆羅草　34,47,62,76,436,437,439，450,501,522
しゃらばらさう　441
シャラバラ草　62，72，78，265，299，301，311，314，320，321，329，334，366，390，406，407，436，437，439，442，446-448，452，457，466，467，469，473-475，482，497，504，516，517，524，525
酒虫　380-382
照魅草　317
消麺虫　379-381
白い猪　387
白い鹿　227,387
白い李　523
白い花　520
白鳩　24
蛇銜草（蛇含草）　317,320
十二獣　260
壽木　317
上味　55,56
兕　249
雀　195,430
爵　193
蜃　193-195
赤鯉　120,237
蝉　51,235
蟾蜍　213　→ヒキガエル
蟾蠩　201
川馬　356,365
蕎麦　4,124,133,140,141,151,161,352，458,469,470,483
ソバ　476

タ　行

鷹　193-195,546
橐駞（橐它）　107,115　→駱駝
橘　319,443
橘の虫　430
狸（たぬき）　393,397
大根　72,516,517
茶　66，162，164，165，172，173，325，333，341，342，345，458，463，468，504，535，537，538
蝶　143,224,430,523
鶴　154,209,210,237,316,327,375,483
彘（てい）　221,235　→猪
鳶　128,145,403,410,546
虎　3，91，92，98，132，154，159，180，181，183，197，200，210，218，225，226，229-232，236，238-260，262-264，291，310，312，324，325，335，357，360，362，367，

398,399,429,521
鳥　15, 16, 20, 22-24, 32, 37, 70, 76, 78, 129, 135, 154, 176, 178, 197, 203, 205, 210, 216, 217, 220, 221, 229, 234, 235, 314, 321, 328, 329, 387, 393, 402-404, 428, 488, 505-507, 512, 514, 521, 525, 526
鳥の頭　20,24
鳥の心臓　21,22,24,506
洞冥草　317
毒龍　236

ナ　行

菜　21,22,149,150,318,360,507
梨　136,141,362,432,471,473,481,482, 510,514
　ナシ　33,507,508
鯰　195,196,417,430
茄子　468,504
ニワトリ　277
ニワトリの頭　511
ニワトリの腎臓　511
猫　74,129,219,220,295,296,313,324, 325,388,393,431
鼠　129,172,183,198,219,252,403,410
野ウサギ　74
麞（のろ）　53,249,266,321

ハ　行

白鳥　39,387
白雉　428
白丁　402
伯裘　455
鳩　61,145,193-195,203
蛤　193,195
反魂樹　317
半人半獣　256,257
返生香草　317,321
麦狼　262
バラの花　16
ヒキガエル（蟾蜍）　74,202,213-215
畢鉢羅樹（卑鉢羅樹）　449
畢婆羅草　436, 437, 439, 442, 449, 450, 503
　ヒッパラ草　406,442-444,449
　ひっぱら艸　444
羊　46,53,74,75,107,140,143,154,166, 172, 173, 229, 248, 258, 266, 267, 277, 294, 312, 314, 340, 344, 345, 349, 351, 361,413,417,428,430,431
華撥　449
雛　79,173,405
豹　192,235,249,256,344
獼猴　198
フクロウ　476
不思議な植物　511
不死草　297,317,320
腐草　193
鴽（ふなしうずら）　193
豚（ブタ）　12-15, 27, 29, 35, 61, 197, 229, 248, 250, 255, 257, 258, 267, 276, 277, 294, 296, 311, 312, 344, 345, 375, 413,484
　豕　250,255,291,314,349,351
ブドウ　511
僻側　205
蛇　120,121,196-198,212,213,215-217, 229, 285, 292, 296, 307, 319-321, 324, 365, 386-389, 393-395, 398, 400, 405, 408, 412, 415-418, 423, 426, 429, 430, 451,521,550
鱉　196,267,287,288
螢　193,224
菩提樹　449
ホトトギス（子規）　67,221,234
ポンティアナク　328,329

マ　行

マンゴー樹　150
ミカン　319,320,347,348
醜い鳥　42
耳木菟　15,211
麦　39, 40, 74, 123, 129, 131, 134, 139,

224，338，339，341-343，346-348，350，362，364，368，372，378，427，461，464
虫　192，193，210，211，217，235，295，379，380，382，388
狢（むじな）　386
木鬼　205
田鼠（もぐら）　193
餅米　464，465，481
桃　120，205，362，402，510

ヤ　行

射干　217
山羊　58，60，65，178
薬草　13，28，29，33，35，54-56，108，219，297-299，301，319，321，449，502，505，515，516，521
夜行遊女　328，329
豺（やまいぬ）　197，198
ヤマタノオロチ　398

ラ　行

騾　115，250，273，295，296，314，351，415
ラバ　32，39，41-43，49，115，163，250，312，446
羸　107
駱駝（駱駞）　105，377，415，428，429
→槖駞
狸（貍，やまねこ）　198，368
流萍　218
霊芝　298，299
霊草　21，265，317，318，321，435，439-442
鹿啣草　317，321
六甲父母　205

ワ　行

鰐　386，387，393
ワニ　37，143，147，393

事 項 索 引

（呪術，道術，幻術，儀礼）

ア 行

赤いもの　39,49
赤色　49
いつな　410,414
いぬかみ　410
イニシエーション　252,261-263
以木易手足　363
隠形　205,207,217,218,411
隠身法　208
隠遁術　217
隠淪　205,217
厭勝　149
厭媚　302,303,306,308-310
魘昧　361
女呪術師　265, 302, 310, 311, 314, 316, 317,363,435,437,447,448,451
陰陽師　400,407

カ 行

開花術　151,362
外丹　206
化虎呪　258
化虎符　258
嫁樹法　139,151
嫁棗　150
嫁李樹　151
枯木に花　404
鬼道　273,294,400
鬼卜　293
鬼術　324,351,363
季節儀礼　262
牛皮蠱　323
禁呪　144,159,400
金商之艾　205
頃刻開花　337,362
外術　136,401,402,407
幻術　15,79,83,89-91,93,97,111,117, 124, 126, 127, 129-137, 140, 142-144, 146-149, 154, 155, 159, 167, 171, 176, 180, 181, 233, 257, 302, 321, 330, 337-339, 342, 349, 352, 358, 361-364, 373, 374, 379, 393, 398, 400-408, 410, 411, 455, 457-459, 461-465, 467, 469, 471, 473, 475, 478, 494, 496-498, 504, 525, 536
幻人　97,134,184,312,325
眩人　135
荒天術　302
蠱　254,306-311,324,325
蠱毒　250, 306-308, 310, 311, 314, 323, 324,359,448
黒眼定身法　335
五假法　208,218
五遁　218,219
護符　220

サ 行

裁断儀礼　49
鎖口法　337,361
殺人祭鬼　359,360,365
左道　337,400
三世鏡　403,404
坐在立亡　205
雑技（雑伎）　97,115,134,137,146,149, 150,401,408
扯絮　361
七星符　227
宗教儀礼　34,252
種瓜　137,149,150,180
種菜　150
種樹　135-137, 139, 150, 155, 324, 330, 331,336,337,348

種麦　74, 123, 134, 139, 343, 346, 348, 350, 362, 364
種粟法　362
種李　150
種梨　136, 362
縮地　411
植瓜　135-137, 139, 150, 155, 324, 330, 336, 337, 348, 401
殖苽　150
植棗　137, 149, 180
書符　400
神婚儀礼　386
真言　360, 422
神呪　96, 358, 359
神仙道　206
児衣符　205
邪法　318, 410
呪枯樹　154
樹蠱　324
呪人変為驢馬　155
呪詛（呪咀）　64, 149, 359, 400
術道　399, 400
呪符　159, 246, 258
呪法　127, 139, 144, 148, 151, 176, 211, 217, 219, 323, 358, 360
呪宝　505, 516-518, 521
呪文　42, 58, 73, 142, 143, 155, 176, 207-209, 218-220, 328, 335, 352, 360
人身供犠　49, 263
人畜易形　159
呪術家　53, 54, 62
吹毛為虎　258
生花術　409
截馬　135, 184
仙術　90, 96, 111, 127, 137, 139, 149, 209, 221, 256, 316, 368, 400, 401, 407, 411, 470, 483, 493, 525
仙丹　88
噀　124, 127, 360, 531, 537, 538, 540
噀水　127, 144, 318, 335, 352, 360
蔵形匿影之術　206

タ　行

大隠符　217
大悲呪　333, 358, 359
打絮巴　361
爪より火を出し　404
挑生　323, 324
定年薬　306, 308
手品　146, 364, 403, 406
手妻　407, 408
稲田蠱　324
とうへう　410
吐火　135, 184, 411
屠人　135, 137, 184
肚仙　293
遁甲　399
道士　35, 88, 91, 95, 96, 98, 136, 138, 139, 148, 154, 180, 183, 204, 211, 240, 244, 247, 259, 262, 332, 346, 362, 379, 406
道術　87, 91, 126, 127, 137, 143, 219, 240, 399, 400, 525
毒薬　211, 307, 323, 464
毒藥鬼　249
呑牛の術　408, 409
呑刀　135, 411
呑馬術　406, 408, 410

ナ　行

成木責め　151
軟膏　219, 220, 252, 253, 263
入馬腹舞　408
人形　4, 5, 73, 85, 124, 126-134, 143-149, 162, 167, 198, 299, 339, 352, 364, 365, 458-462, 464, 470, 475, 480, 496, 524
塗膏　16, 211
塗り薬　14, 31, 218-220, 263, 487, 491
農耕儀礼　151
呪い　42, 46, 57, 73, 311, 432
呪師（のろんじ）　401

ハ　行

駮馬泥丸　205
剥驢　180,184
花咲實る　405
人身御供　69,331,334,398,513
百戯　137
巫蠱　144,306,310,317,323,325,326
符咒　219
噴　4,360
噴水　127,144,176
変化之術　210,218
変身術　11, 31, 74, 204, 206, 211, 218-220, 239, 244-250, 252, 259, 261, 263, 301, 312, 349, 351-353, 357, 358, 360, 368, 370, 374, 379, 395, 401, 406, 407, 410, 412, 493, 496, 525
方術　126, 139, 150, 154, 168, 185, 204, 205, 209, 219, 240, 244, 246, 399
方術書　399
豊饒儀礼　327
歩罡　219
卜思鬼術　314

マ　行

魔術　15,20,27-29,37,39,44,46,47,51, 52,55,73,74,78,92,132,133,143,145, 146, 150, 211, 219, 220, 244, 253, 262, 263,328,406,411,460,475,502,512
魔女　5,11,14,19,20,22,28-32,38,39, 43,44,51,58,60,65,69,73,74,77,102, 127, 132, 133, 148, 154, 161, 163, 178, 211, 219, 220, 250, 251, 260, 263, 265, 302, 310, 313, 314, 316, 326-329, 395, 496,506,507,512
魔道術　149
魔法　12-15, 23, 29, 32, 33, 39, 48, 76, 142, 143, 211, 219, 220, 251, 261, 263, 300, 327, 395, 403, 404, 410, 449, 452, 470, 483, 484, 488, 491, 508, 515, 521, 525
魔法使い　12,15,39,55,65,76,142,143, 147
「マンゴー樹」の奇術　150
木鬼之子　205
問樹　151

ヤ　行

妖術　4,5,10,37,38,40,46,47,69,211, 233, 247, 250, 253, 263, 302, 316, 331, 340, 349, 351, 352, 399, 405, 439, 461, 464,466,484,496,502,512
予祝儀礼　151
四十日祭　48

ラ　行

留人洞　308,309,323
煉丹　88,208
臘月開花法　362
狼祭　263
ロウのワニに呪文　147
六甲父母　205

事 項 索 引

（その他）

・頻出の「変驢」「変馬」は省略した。

ア　行

赤色　49
悪神　27,45
悪魔　32,57,66,74,220,251-254,256,260,262,263,305,327,551
アナール派　327
アニマ　27,36
アニミズム　387
操（り）人形　145,146
行脚の（修行）僧　464,494
安史の乱　65,106,171
アイヌの楽園時代　452,454
生き針　517,518,521
異常出生譚　212
和泉流　487,490
磯女　448,451
異端尋問　327
一角（いっかく，うにこうる）　442
異人買宝譚　160　→胡人買宝譚
「一席地」　124,125,531,537,538
一生族　551
衣服　92,114,242,244,247,248,252,253,259,262,282,344,345,353,356,376,525
　衣服と獣皮　252
異類婚姻譚　386,394,448,451
入れ子式の話　97
因果応報　92,182,204,227,228,230,232,233,254,265,266,268,280,282,297,373,388,393,412,416,423,431,434,457,485,497
淫祀　237
陰書　505,514
飲次　162,164,165,535
陰陽　387,388,394,396,399-401,407
烏鬚膏　337
臼　4,124,131,148,288,318,338,339,344,372,373,377,378,463,469
烏銭　173
打ち出の小槌　524,526
産女伝説　451
　うぶめ　328,329
馬男　365
馬沓　472
浦島説話　386
占い　24,400
盂蘭盆会　85
ウパニシャッド　52,61
英雄叙事詩　66,68,72,75
驛馬　421
驛驢　105,106,114
会下僧　458
エジプト人の輪廻　544
絵本　79,439,450,475,484,400
絵巻　396,450
エメラルド　70,513,514
エルの蘇生　551
エロティシズム　451,490
牡牛への変身　37
応報思想　221,229-231,233,236,238,389,391,393
狼男　251-253,260,263
狼人間　261,262
狼の牧者　35,261,262
扇　517,518,520,524
和尚　286,297,409,471,472
女主人　18,19,49,100,104,263,331,514
女鳴神　444,450
怨霊　432
オールド・ワイズ・マン　182

カ　行

カースト　551
回国行脚僧　459,479
　回国修行僧，回国聖　479
改変人形　354
傀儡（傀儡子）　130,145,146,149,401,402
顔のこぶ　523,525
華岳廟　5,177-180,182,184,496,536
　華陰廟　178
化虎譚　181,200,229-231,236,238,239,245,246,249-255,259,310,312,367
化畜返報譚　431
笠　462,518
河東の薛氏（河東三鳳）　84,94
歌舞伎　406,407,411,442,450,465,475,497
粥　151,304,369,471
からくり　129,130,133,134,145,148,167,408
からくり人形　127,128,130,132,133,145,148,199
唐舞　408
寒食　268,269,289
観世音菩薩信仰　305
閂　142
漢訳仏典　52,268,321,501,502,504
甘露水　74
外丹　206
ガラス　89,91,97
「気」　194,195,210,211,225,365,388
　気の思想　200
「奇」　231
「機」　193
鬼　32,35,53,64,69,75,76,86,87,92,96,145,148,160,166,168,173,183,184,191,194,205,222,235,239,247,249,257,262,273,291,293,294,297,303,305,314,332,335,344,345,359,360,362,363,365,377,395,397,400,401,409,411,440,471,473,479,496,524,526
　鬼妻　308,323
　鬼索債　293
　鬼推磨　148
聴耳　517,518
喫菜事魔　360
「氣象」　387,388,394,395
狐憑き　255
吉備津宮　425
救済　182,288,404,416,430
舂車　129
清水寺　419
「許」　120,185
経行寺　85,94
狂言　143,449,450,480,486-488,490
京都五山　455,456,481,494
京都大学付属図書館　397
京参り　446,475
杏林　114
キリシタン（吉利支丹，切支丹）　403,404,406,410
ギリシア諸家の輪廻観　545
キリスト教　18,35,45,197,200,252-254,261,262,327,365,541,542,548,550
禁書　147
巾廂　123,125,531,532
　巾箱　125,127,532,537,539
牛馬想　146
牛李の党争　84
魚竜曼蜒　402
空中飛行　327
草餅　466,467
齣歯咲（くししょう）　402
薬　12-14,18,21,24,28-31,33,35,55,56,90,108,138,206,208,209,211,213,217-220,235,240,263,294,297-299,301,306,308,309,319,321,323-325,336,337,356,357,365,368,381,395,399,400,405,407,437,438,443-445,449,459,462,486,487,489,491,502,515,516,521
窟礧子　130

轡（くつわ）　19,32,219,295,415,424
履　79,199,319,401,409,500
熊女　365
熊童　365
グレート・マザー　27,36,48,49,182
羣精　195,196
啓母石　201,212
毛皮　219,226,240,243,252
「欠債還銭」　278,414
「欠債変驢変馬填還」　293
「間」　103,113
　間架　113
遣唐録事　428
建仁寺　456
見龍床　129
月精　201
ゲルマン神話　262
元型　27,36
「更」　120
交易　167,169,171,174,175,477,496,505
口技　115
行業神　144,145
叩歯　207
孝子譚　428,437,441,457
洪水神　212,215
広大　120,135,149,499
口頭伝承　131,363,406,425,426,446,456,474,475,482
弘法大師伝説　35
小枝（呪具）　33
国立公文書館　528,539
胡食　141
胡人採宝譚（胡人買宝譚）　160,379
国会図書館　258,296,480,481
小咄　173,284,285
虎皮　181,241,242,246-248,253,260,357
こぶ取り　524,526
胡瓶　91
胡餅　105,140,141,172
古楼子　172
「混元」　387,388
業（ごう）　52,53,61,228,238,266,267,277,280,284,367,420,421,551　→罪業
合巻　462,475
合成獣人像　256,257
拷問　73,123
五行　199,200,208,210,212,218,223,225,228,237,248,410,493
極楽　416
牛頭（ごず）　256,392,473
五百歳　198
娯楽　136,137,145,231,366,432,457
御霊信仰　432

サ　行

再生　48,87,95,113,176,180,204,213,216,236,249,260,266,279,292,294,382,477,498,509,544,551
采生折割　356,365
再生族　551
「最得」　116,118,530,531
サウィーク　40,41,163,172
酒甕　97,98
酒樽　91
サガ　74,252,512
鷺流　487
「殺人償命」　278
サバト　74,316,327
三衛　122,123
三官廟　326
散楽　130,149,150,401,408
參神　387
サンスクリット　63,64
山精　213
三生　285,296
　三世　183,228,285,296,375,403,404,416
三千歳　213
三百歳　198
罪業　182,227,239,241,244,251,266,267,270,279-281,379,388,412,422,423,426,547　→業

雑技（雑伎）　97,115,134,137,146,149,150,401,408
志怪　3,79,80,84,86,87,93-96,111,167,190,196,200,223-225,228-230,233,234,238,240,242,244,259,266,268,273,282,319,337,339,343,361,364,379,382,397,539
紫葛衣　244,245
式神　407
四国を廻りて猿となる　433
志人　3
紙銭　278,293
四川　98,106,114,147,165,215,249,281,307,311,312,325,351,365,366,525
自然観　193-195,211,253,365,387,493,542-544,550
始祖神信仰　252
始祖伝説　215
七丸　402
疾病　244,251,255
「悉窣」　121,532
指南車　129
死に針　517,518,521
借財化畜譚　61
集合無意識　223
愁眉　402
宿債　53,266,278,279,288
酒令　91,231
漿　105
牀　115,118,124,152,330,331,531-533,537,538
「嘯」　115
娼家（娼館）　26,28
娼婦　23,26,32,34,505,511,514
償債　35,53,61,98,182,183,185,229,266-275,277,278,280,281,283,284,288-290,292,295,297,412-417,420-424,427-432,435,493
椒豉　172
昇仙譚　237
唱導　423,432,459
正道　424
焼餅　4,5,14,36,38,46,124,140,151,152,161-164,171,172,345,347,349,352,407,496
　焼麪餅　38,46
称名　471
燭　116,123-125,213,326,333,530,531,533,537,538
　燭台　199
食牀　117,152,533
植物的メタモルフォーシス　548,549
食物による変身　35,244,407,482,501
職業神　144
司里車　129
真言　360,422
新銭　173
神仙思想　237,394,399,407
神仙譚　3,407
心変　255
シンボル　45,223,236
神話的情況　192
地獄　53,88,262,267,292,426,487,551
地獄道　273,424
自在な変身　73,204,352,379
邪教　331,334,351,359,403,406
獣皮　243,244,247,249,252,253,260,357
儒教　193,201,204,216,411
樹皮　260,511,549
樹木崇拝　151,549
自由恋愛　34
地羊鬼　363
杖殺　156,157,356,357,365
浄土教　404,416,430
浄瑠璃　467
人化異類　212,215,216,239,256
人虎　3,92,232,236,238,251,254,263,264,291,350
人彘　235
人馬変身譚　32,79,395,490
人狼　19,32,79,250-254,260-264
人狼裁判　262
人狼月　261
人身驢首　55

水神　212,215
水葬　236
垂直神　197
数百歳　236,237,406
鋤（スキ）　74,133,330
擂木　142,143
「隨事」　161
性愛　14,27,34,77,153,451
西岳廟　178 →華岳廟
性交　74
聖婚　34
聖職者　34
聖体節　30
性的オルギア　327
石蜜　169
説教節　391,432
殺生石　464,480,489
説唱　68,73
説法　494
宣教師　403,404
宣講書　277
千歳　194,195,198,213,217
剪紙　337,364
先秦神話　212,215,216
浅草寺　429
仙女　21,138,286,297,371
仙人　90,96,114,120,127,143,154,180,185,204,211,218,237,240,244,280,369,371,379,394,401,407,470,483,484,525
全国漢籍データベース　540
禅宗　430,439
善神　27
禅浄一致説　430
前生　288,296,297,304
　前世　53,182,183,228,266,276,278,279,285,288,291,292,296,303,375,379,412,413,416,421,422,426,432,545
　前世物語　303
善と悪　15,27,252,421
相国寺　456
「莊嚴」　62
早食　140,158,159,172
創造神　212
送茶　162,165,535
草店　103,104,117,120,165
僧門　439,455,475
息壌　216
蘇生　213,230,236,267,293
尊勝陀羅尼　424,425
酥　172
ソグド人聚落　175
族神　216
空飛ぶ木馬　510
ゾロアスター教　144,150,171,175

タ　行

太清楼　455
太母神　327 →地母神
太鼓　201,391,524
謫仙　280,294
旅商人　156,168,169,171,175,186,302,358
タブー　236
魂　150,157,169,228,229,250,251,256,259,260,293,294,317,327,345,362,370,376,387,496,545-548,551 →霊魂
タラスの戦い　171
丹書　213
胆煎　205
大安寺　417
「第三項」　264
大蔵流　486,487,490
大蟲皮　241
ダイモーン　551
丹波の一夜餅　481
談義　432
団子　58,163,411,470,472
畜生道　272,273,290,390,415,424-426,433,473,474,482,489
畜生報業　53,266,267
畜類償債譚　35,53,61,98,182,183,185,229,268,271,273,275,277,278,280,

281, 284, 288, 293-295, 297, 412-416, 420, 423, 427, 428, 430, 431, 493
チベット仏教　75
地母神　27, 34　→太母神
伥鬼　247
「挑燈」　142
地理書　399
賃驢業　106
チーズ　12, 18, 29
通婚譚　391-393
杖（呪具）　12-14, 29, 67, 218, 219, 240, 395, 515, 518
憑きもの筋　248, 257, 259
付喪神　393, 396, 397
角（つの）　66, 69, 74, 79, 126, 213, 227, 433, 442, 508-511, 519, 521, 523
角笛　33
艶噺　491
啼粧　402
蹄鉄　19, 32
邸店　102-106, 113, 117, 120, 160
　「邸」　103, 160
　「店」　103
　店娃　100, 102, 183, 530, 537, 538
　店嫗　103, 113
　店婦　103, 113
テラ・インコグニタ（未知の土地）　192
天界　66, 232, 288, 416, 421, 476
天狗　401, 472
転生　52, 66, 78, 92, 95, 183, 193, 227-229, 249, 256, 259, 265-268, 270, 271, 273-288, 292, 293, 295-297, 357, 367, 373, 375, 379, 388, 389, 391-393, 395, 396, 412-420, 422-430, 432-435, 493, 542, 544-548, 551
點心　140, 152, 153, 158, 159, 161, 172, 533, 534
天台宗　430
天謫　226, 227
「天」の思想　238
天罰　227, 247, 379
転病　255
天文　399, 479
天理図書館　450
ディズニー映画　143
伝奇　64, 68, 79, 80, 86, 87, 93-95, 98, 102, 111, 112, 167, 173, 181, 184, 212, 215, 231, 236, 238, 242, 316, 319, 351, 359, 373, 379-381, 496, 498
伝承　19, 31, 37, 38, 40, 59, 68, 72, 91, 110, 128, 134, 159, 168, 171, 215, 223, 237, 248, 262, 314, 323, 329, 342, 343, 350, 375, 390, 393, 406, 425, 426, 432-434, 448, 450, 451, 454, 459, 466, 469-471, 473, 474, 476, 477, 480, 481, 491, 497, 498, 510, 514, 523, 550
榻　116-118, 121, 142, 344, 376, 530, 531, 537, 538
討債鬼　293
東西交易（東西貿易）　167, 169, 171
逃竄譚　425, 471, 473
湯餅　140
東洋文化研究所　93, 199, 258, 294, 319, 323, 324, 529, 540
東洋文庫　47-50, 63-65, 72, 96, 111, 121, 142-144, 147, 159, 160, 198, 375, 377, 403, 429, 433, 523, 529, 540
時之化　194
屠人　135, 137, 184
肚仙　293
兜率天　428
土地神　241, 257, 367
塗布薬　217, 218, 220, 491
虎の皮　92, 242
都立中央図書館　258
トロイア戦争　12
トーテム　215, 249, 259, 260
　トーテム信仰　261
　トーテミズム　252, 257, 263
動物観　385, 393, 413, 543, 544
動物神　216, 236, 386, 387
毒薬　211, 249, 307, 464
　毒薬鬼　249
　解毒薬　323
髑髏　192, 294
どこでもドアー　362

独協大学図書館　476

ナ　行

内閣文庫　110, 294, 324, 351, 354, 360, 361, 527-529, 539, 540
内丹　208
七十化　213
鳴神劇　442
南蛮寺　403-405, 410
二王禅（仁王禅）　423
膠　169, 170, 174, 205
肉体　250, 255, 259, 545-548
日宋貿易　455
乳香　46
二靈　387
人形（にんぎょう）　4, 5, 54, 73, 85, 124, 126-134, 143-149, 162, 167, 198, 299, 320, 339, 352, 364, 365, 458-462, 464, 470, 475, 480, 496, 524
人形劇　130, 133, 134, 145, 148
人相見　400
ニンフ　549, 550
妖精　12, 29, 550
念仏禅　430
ノアの箱船　48

ハ　行

杯珓　332
排除　254, 263, 264, 307, 310, 327, 447
ハイヌヴェレ神話　49
排耶書　403
筈（呪具）　23, 32, 33, 337
波斯邸　160
発火錐　453
八百歳　198
ハデス　545, 546
鼻の伸び縮み　33, 510, 516, 517, 522-524
花輪　30
玻璃の瓶子　89, 90
バイシャーチー語　63
売春　34
罰　24, 25, 30, 35, 71, 76, 184, 213, 214, 226, 228, 229, 231, 232, 237, 243, 244, 247, 251, 257, 260, 262, 270, 279, 281, 285, 289, 326, 328, 342, 343, 365, 369, 373, 374, 551
罰による変身　202-204, 221, 226, 237-239, 247, 251, 548
バテレン　405
バラーハ神馬伝説　305
バラモン教　52, 61
バラモン　176, 322
馬勒　32, 42, 172
盤鈴　130
引札　429
飛行　96, 218, 220, 314, 316, 328, 401, 406, 411, 452, 453
飛騨の匠（斐太人）　129, 145
百歳　198
百姓　30, 31, 72, 175, 270, 400, 466, 516
百年　3, 37, 52, 106, 194, 195, 198, 237, 353, 396, 422, 457
譬喩譚　268
憑依　196, 236, 255, 260, 423
廟神　240, 243, 257
フィクション　3, 157, 167, 231, 250, 404, 409, 494
覆器　123-125, 531, 532, 537, 538
復身　177, 178, 180, 181, 247
普光寺　282, 283, 295
不死　201, 213, 214, 297, 317, 320, 543
不死の薬　201, 202, 214, 521
不殺生戒　230
「不逮」　100, 105, 114, 530
「不知所之」　177, 183, 185, 375, 536-538
不動明王　422
風呂　446, 458, 464, 471, 482
不老　51, 96, 205, 206, 321, 440
仏教　7, 52, 61, 62, 73, 136, 149, 150, 155, 174, 204, 227-230, 236, 238, 266-268, 279, 280, 285, 287, 289, 292, 294, 321, 322, 388, 391, 393, 396, 401, 404, 411, 416, 420, 428, 430, 432, 437, 447, 449, 455, 457, 474, 475, 477, 493, 544, 547,

551
仏教説話　52, 56, 78, 289, 303, 306, 321, 391, 392, 395, 396, 413, 424, 432, 435, 457, 494, 497
仏典　23, 26, 32, 44, 53, 56, 61, 78, 79, 96, 145, 265, 266, 268, 280, 294, 297, 303, 322, 392, 413, 417, 427, 435, 449, 457, 482, 509, 510, 524
「物老則爲怪」　196, 392, 393, 396, 397
文化と野生　252
文明　49, 52, 60, 140, 143, 151, 174-176, 197, 253, 262, 263, 306, 310, 322, 450, 544, 550
瓶子　89-91
黒店（ヘイ・ティエン）　99, 152, 153, 156, 157, 167, 168, 204, 233, 331, 351, 359, 496
蛇小僧　365
蛇信仰　387, 394
篦　518
ヘレニズム　17, 543
変易人形　354, 496
変鬼　314, 324, 351
変鬼譚　79, 248, 259, 312, 341, 363
「変形」　181, 365
「変化」　181, 193, 194, 197, 198, 211, 213, 239
「変」と「化」　198
変身観　155, 200, 236, 239, 253
変身願望　247, 248
変婆　259
変物　209
便榻　116, 118, 121, 530, 537, 538
北京図書館　539
ベナンダンティ　327
ペルシア伝説　176
報恩譚　262, 391, 396
宝巻　292
箒（帚）　139, 142, 143, 315, 316, 324, 326, 409
宝剣　96, 443, 444
寶光寺　154
蓬左文庫　94, 158, 361, 527, 529
方術書　399
疱瘡　429
北斗　219
ホミ（呪具）　518
本生話　303, 305, 321, 322
貿易　17, 65, 169, 170, 174, 306, 321, 322, 428
餑餑　372, 376

マ　行

巻物　70, 71, 513, 514
枕　20-22, 24, 148, 199, 506, 511
磨車　129
魔女狩り　28, 31, 74, 251, 313, 327, 328
魔女伝説　30, 316
魔神　38, 43, 359
マッチ　405
漫画　362, 382, 475, 484, 498
萬歳　213
饅頭　156, 173, 342, 447, 469, 470
見世物　354, 357, 358, 364-366, 401, 402, 406, 407, 429
弥陀信仰　430
ミッキー・マウス　143
妙厳寺　432
ミレトス噺　17, 29
民間伝承　68, 131, 132, 184, 220, 253, 343, 344, 350, 480, 491, 494, 497
無窮之壽　198
鞭（呪具）　341, 342, 390, 395
冥界　87, 92, 221, 236, 262, 272, 278, 283, 292, 357, 374, 546, 551
冥府　278, 284, 544, 545
女神　12-16, 19, 26, 27, 34, 49, 51, 84, 214, 450, 551
馬頭（めず）　184, 392, 473
メタモルフォーシス　79, 191, 192, 248, 259, 312, 341, 363, 548, 549
モイラ　551
木牛　69, 73, 74, 123, 131, 132, 143, 146, 147, 162, 168, 331, 338, 339, 343, 458, 463, 464, 475, 531, 535, 537, 538, 540

木人　124, 128, 129, 131, 143, 145-148, 162, 168, 318, 331, 338, 343, 531-533, 535, 537, 538
木偶（木偶人）　123, 126, 148, 338, 410, 463, 531, 532, 540
木女　146
木男　146
木馬　95, 144, 146, 510
餅（もち）　463-465, 468, 481-483, 504,
餅米　464, 465, 481
「物久而幻形」　199
「物久爲妖」　199
紅葉山文庫　528, 539

ヤ　行

薬師寺　417, 427
夜叉　85, 88, 156, 303, 304, 322
野生　253, 262, 263
耶蘇教徒　403
山姥　448, 450, 451
山姫伝説　491
幽鬼　87, 173
友好と敵対　15, 27
遊魂　545
雪女　448, 451
油餅　140
夢　3, 35, 57, 87, 96, 112, 120, 122, 125, 165, 180, 210, 219, 236, 237, 259, 262, 263, 271, 274, 276, 277, 284, 287, 291-293, 302, 327, 344, 358, 367, 368, 375, 414, 417, 419-422, 430, 431, 434, 435, 484, 488, 498, 549
夢枕　180, 271, 287, 293, 420, 431, 435
ユーカラ　477
妖怪　35, 70, 111, 196, 197, 199, 206, 213, 225, 254, 256, 257, 272, 316, 360, 396, 397, 450, 451, 483
謡曲　464, 465, 475, 480, 481, 497
読本　218, 360, 462, 475, 478, 483
四十　39, 48, 63, 160, 302, 346, 351, 419, 423, 540
四十日　39, 48

ラ　行

来世　183, 228, 291, 375, 410, 416, 424, 548
来訪神　257
落語　173, 285, 321, 488, 491
裸体　252, 262, 284, 345, 489
ラマ教　73
喇嘛僧　381
襴衫　130
六朝小説　3
龍興寺　94
流馬　131, 132, 147, 338, 339
龍陽　372, 376
陵遅　365
旅店　100, 101, 103, 113, 117, 120, 156, 157, 167, 186, 331, 341, 344, 345, 358, 361, 496　→邸店
林棲期　260
輪廻　52, 61, 228, 238, 265, 266, 279, 280, 284, 294, 296, 297, 375, 388, 404, 412, 416, 432, 493, 542, 544, 545, 547, 548, 551
霊魂　202, 221, 235, 250, 544-547, 551　→魂
霊都観　88
霊薬　74, 202, 440
暦本　399
恋愛　14, 27, 77, 323, 550
煉獄　545
狼神　35, 252, 261-263
蝋人形　85
蝋のワニ　37, 147
老婆　22, 42, 43, 60, 123, 178, 210, 277, 285, 328, 406, 448, 470, 506, 512
六部　472
驢馬崇拝　45
驢馬の画像　74
驢皮　335, 360, 361
驢鳴　107, 108, 115, 152, 284, 351, 533, 535, 537, 538

ワ　行

「板橋三娘子」考　略年表

	ヨーロッパ	北アフリカ〜西アジア	インド
	ホメロス『オデュッセイア』(B.C.800頃)　魔女キルケ アリステイデス「ミレトス噺」*(B.C.2C)	《エジプト》 前3200年頃，すでに驢馬を家畜として飼養	・アーリア人の進入(B.C.1500頃〜) ・ウパニシャッド哲学　業による輪廻の思想(B.C.800〜B.C.600) ・ゴータマ・シッダルタ　仏教(B.C.566〜B.C.486) 仏典（仏教説話） 『根本説一切有部毘那耶雑事』遊方*（？）
A.D.1	パトライのルキオス『変生談』(B.C.1C〜A.D.1,2C頃？)		『出曜経』（紀元前後？）
100	アプレイウス『黄金の驢馬』(150〜155頃)		
200		《ササン朝ペルシャ》(226〜642)	グナーディヤ（2〜3C？） 『ブリハット・カター』
300			
400	アウグスティヌス『神の国』(413〜430頃) イタリアの宿の女主人		『成実論』（4C後半？）
500		『アラビアンナイト』の枠物語，インドより（？）伝わる（6C頃？）	②〈変驢変馬〉(←『洛陽伽藍記』烏場国胡沙門曇摩羅)
600		《サラセン帝国》(7C〜1258)	『ブリハット・カター』カシュミール伝本（7C）
700			玄奘『大唐西域記』救命池伝説(646)「人畜易形」之術
800			
900		・『アラビアン・ナイト』の主要十三話成立（10C頃）	
1000			ソーマデーヴァ（11C） 『カター・サリット・サーガラ』 「ムリガーンカダッタ王子の物語」
1100			
1200		《中理国》（ソマリア半島） 「人多妖術，能変身作禽獣或水族」 （←趙汝适『諸蛮志』1225頃）	
1300	（インド『毘那耶雑事』） ↙ 『ゲスタ・ロマノールム』 「ヨナタン」*（14C前半）	・『アラビアンナイト』ほぼ現在の形となる(13,4C〜16C初) 「ホラーサンのシャフルマーン王の物語」 魔女ラープ	
1400			
1500	『フォルテュナテュス』*（15C末）		
1600			
1700	〈魔女系〉（？） 「ロバになって働く魔女姉妹」 サヴォア民話 「ヴォージュの魔女」 「魔女の馬勒」他		
1800	〈『毘奈耶…』『ゲスタ…』系〉（？） ローマ俗話 「キャベツろば」 「三人兄弟の王様」 他	〈『毘奈耶…』『ゲスタ…』系〉（？） ペルシア 「ザッドとザイード」 トルコ「じんぞう」 カルマック族 「ハーンと…」他	〈『毘奈耶…』系〉（？） 「魔法の品と不思議な薬草」
1900			

*印は，動物への変身以外の関連資料。
○印数字を付した資料は，他欄の同番号数字が属する項目とも関わることを示す（〈　〉に内容を略記)。

中国				
	応報譚系	『出曜経』系	『カター』『千一夜』系	その他
		〈シャラバラ草〉〈女術者〉〈幻術〉〈詐術〉		
A.D.1	(インドより仏教伝来) ↘			
100				
200		(インド) ↘		
300	(インド) ↘	竺佛念 訳『出曜経』利養品(4C末～5C初)	①〈植瓜〉	①干宝『捜神記』「徐光」* (4～5C)
400	鳩摩羅什訳『成実論』六業品(411～412)		②〈変驢〉	②楊衒之『洛陽伽藍記』烏場国胡沙門曇摩羅……呪人変為驢馬(6C)
500		宝唱等『経律異相』「驢首王…」(516)		
600	唐臨『冥報記』(653) 釈道世『法苑珠林』債負篇(658)			
700			③〈変形〉	③李冗『独異志』「中部民」* 柳祥『瀟湘録』「張全」
800		④	薛漁思『河東記』(9C)「板橋三娘子」	④房千里『投荒雑録』「海中婦人」*(以上9C)
900	李昉 等『太平広記』(981) 宿業・応報譚多数 畜類償債譚多数		⑤〈種樹〉	⑤徐鉉『稽神録』「逆旅客」*(10C)
1000				
1100	廉布『清尊録』(12C)「楊広」	⑥	⑦〈黒店〉 ⑧〈変驢〉	⑥李石『広博物志』「定年薬」*(12C)
1200	洪邁『夷堅志』(1198頃)「倪彦忠馬」「普光寺僧」他			⑦『夷堅志』「秦楚財」他* ⑧『大唐三蔵取経詩話』「樹人国」(12～13C)
1300	瞿佑『剪灯新話』「令狐生異夢録」(1397)		(モンゴル『ゲセル・ハーン物語』13C以降「シャライゴル征伐」)	闕名『異聞総録』「王泰」(12～13C)
1400			⑨〈人形〉	⑨祝允明『志怪録』「鎖口法」*(1489)
			⑩〈変驢〉	⑩陸粲『庚巳編』「変鬼」(16C初)
1500	笑笑生『金瓶梅詞話』第五一回 挿入笑話(16C末)	⑩	⑪〈種樹〉	⑪銭希言『獪園』「荔枝少年」*(16C末)
1600	王道軌『耳談』(1597)「周震変驢」他		⑫〈人形〉	⑫謝肇淛『五雑組』「孔明之妻」*(1619)
	蒲松齢『聊斎志異』(1679頃)「驢償債」「三生」他		⑬〈変驢〉	⑬『聊斎志異』「造畜」
1700			⑮	⑭東軒主人『述異記』「腹中奇蠱」*(17C)
		⑭		⑮陸次雲『峒谿纖志』「木邦」*(17～18C)
	袁枚『子不語』(1788)「驢大爺」「金香一枝」他		⑰〈変形〉	⑯張泓『滇南新語』「蠱」*
1800	紀暁嵐『閲微草堂筆記』(1800)「及潤礎」「交河農夫」他	⑯	里人何求『閩都別記』(18,9C)「白虎」 ⑱〈変形〉	⑰王椷『秋灯叢話』「人形如毯」*『子不語』「風流具」* ⑱『続子不語』「狗熊写字」*(以上18C)
1900			程麟『此中人語』「変馬」(1882)	

日本				
	応報譚系	『出曜経』系	『カター』『千一夜』系	その他
		〈シャラバラ草〉〈女術者〉〈幻術〉〈詐術〉		
A.D.1				
100				
200				
300				
400				
500				
600				
700				
800	景戒『日本霊異記』「作牛償債」（823頃）			
900				
1000				
1100	闕名『今昔物語集』「隋代人得母成馬」（12C）	『宝物集』「安族国商人」〈孝子譚〉		『今昔物語集』「被打成馬」〈逃竄譚〉
1200	平康頼『宝物集』覚忠義和歌（1179頃）	日蓮「千日尼御返事」（1280）〈孝子譚〉		・『太平広記』、1232年以前に日本に伝わる。（←『明文抄』）
1300	虎関師錬『元亨釈書』「飛鳥貞成」（1322）			無住『沙石集』「伊勢国修行者」*（1279～1283頃）〈笑話〉
1400	玄棟『三国伝記』「不動貴験」（1446？）	闕名『下学集』（1444）「遮羅婆羅草」「畢婆羅草」		
1500			昔話「旅人馬」（？）	狂言「人馬」（16～17C）〈笑話〉
1600	鈴木正三『因果物語』変馬譚8話（1661） 中村某『奇異雑談集』「越中…」（1687）	闕名『宝月童子』〈孝子譚〉（江戸初期末）	『奇異雑談集』「丹波の奥…」 林羅山『怪談全書』「板橋三娘子」訳（1698）	『正直咄大鑑』「夢想の馬薬」（1694）〈笑話〉
1700	猷山石髄『諸仏感応見好書』「母死生馬」（1726）	⑲並木正三『女鳴髪歌仙桜』（1762）	謡曲「馬憎」（？） ⑲ ⑳〈人形〉〈植稲〉	『譚嚢』「魔法」（1712）〈笑話〉 ⑳三坂春編『老媼茶話』「飯綱の法」*（1742） 落語「大師の馬」（？）〈笑話〉
1800	昔話「盗人と馬」（？） 昔話「宝手拭い」（？）		小枝繁『催馬楽奇談』（1811） 曲亭馬琴『殺生石後日怪談』（1824～1833） 関亭伝笑『河内国姥火』（1828）	
1900			水木しげる『河童の三平』「七つの秘宝」（1970） 平岩弓枝『道長の冒険』「鶏娘子」（2003）他	泉鏡花『高野聖』（1900） 内田百閒「尽頭子」（1921）他